內容提要

　　《湖天一覽樓》以一個家族的回憶為藍本，蘇北古城高郵為背景中心，縱觀數代人的悲歡離合、命運浮沈，印證了時代洪流不可抗拒的巨大威力。同時也橫向展現了不同歷史時期具象化的社會風貌。

　　崔陽春，本在廣州行醫，陰差陽錯成為太平軍戰將。天京突圍後，為護忠王之女，隱身高郵湖畔。

　　吳玉棠，清朝舉人，在京任微職，恰遇「庚子國變」，因禍得福，獲太后封賞，衣錦還鄉。

　　崔瑞亭，進士及第入仕。因受革命黨案的牽連入獄丟官，繼而雙目失明，家境轉貧。

　　崔錫麟，字叔仙，少小抗父命離家。在其外公的資助下讀完中學並回到高郵當小學教員。後入國民黨，進入軍界並經商。他不但刻苦用功，亦八面玲瓏、長袖善舞。集軍政要人、書畫名家、幫會大佬、銀行實業家等多重身份於一體。晚年沈獄十載。

　　汪嘉玉，高郵大戶千金，獨具慧眼，不顧家族反對，下嫁窮教員崔錫麟。汪嘉玉也是華夏大文豪汪曾祺先生的家人。

　　崔開元，出生優渥，大學畢業後加入四野南下，後任防空軍文化部、空軍政治部助理員並加入作協。他嚮往成為一名光榮的共產黨員，但因出生於資產階級家庭，屢次受批判審查。雖有才華而終身不得志。

　　韓冠如，初為國軍上校團長，抗日軍人。後加入解放軍，參加淮海戰役、抗美援朝。雖有軍功，卻因冤案被處死。

　　韓向新，十三歲參軍，進入文工團，後調防空軍文化部，結識崔開元並結婚。為了愛離開北京，攜手丈夫一同踏進了廣袤的北國荒原。

　　崔哥，在黑龍江省的北大荒出生，年幼時隨部隊轉業的父母遷回江蘇高郵。第一部完。

本書特色

　　文字簡潔、故事密集。包含獨家秘聞、高層內幕，兼有歷史瞬間、市井百像。

湖天一覽樓

（第一部）

作者：崔哥

Where Lake Meets Sky

（Part 1）
Author: Edward Xiaonong Cui

版權所有 不容侵犯！

目錄

前言

2016 年，我們搬到了現在居住的小區 ARBOR HILL。這是來阿拉巴馬州後的第三次搬家，大概就是那點兒滿族人的血液在作怪，喜遷徙。

房子的前女主人很會打理庭院，後院裡的樹木花草不少，五顏六色，錯落有致。但漂亮並不是我理想院子的唯一標準。一旦搬進來，崔哥馬上自己動手，伐去橡樹三棵和楓樹兩棵，改種一棵無花果、一棵藍莓、一桃、兩梨，外加兩棵柿子樹。到第三年，就都開花結果，叫人開心不已。用高郵話說：「不得個辦法，災荒年生人太歡喜吃了。」

在這些果樹中，我偏愛柿子樹。

北美洲南方的三月中旬，桃樹和梨樹還沒長出葉子，就已經開滿了花朵。桃花紅，梨花白，滿樹枝綻放。四月，當杜鵑花怒放時，桃和梨的花兒早就轉了身，化作一個個幼小的果實，如果到了六月底、七月初，還沒採摘完，這些桃啊梨的，很快就會掙脫枝條的束縛，飛回它們的鄉土。

柿子卻不然。它的樹枝先發出新芽，然後吐出嫩葉，且要等到樹上的葉子舒展開來，色澤變深且油亮之後，青綠色的花蕾才慢慢地打開。

我們的柿子樹五月份開花。

柿子開小白花，不像梨花那般的潔白茂密，也不像桃花那般色濃艷麗，它的花朵好平凡。可柿子樹卻是最好管理的果樹，不必多打理，就能按時結果子。它果實的色澤也是最好看的。

當地的農人曾告訴我，柿子可別忙著摘，要耐心等待，等待過了秋天收穫的季節，等待冬季來臨，等待它落葉飄零，等待寒霜覆蓋，等待感恩節後，最好再有些紛飛的雪花，直到它只剩下滿樹紅彤彤熟透了的柿子時，這才到了收穫的好時節。

每當在冷風之中，將一個個成熟的柿子仔細剪下的時候，心裡總能湧出許多的感恩。

這時分，只要靜下心來側耳細聽，就一定能聽到，聖誕的樂聲已經四處響起。

9

第 01 章 天京突圍 崔陽春隱居菱塘

1 夢鄉的色彩

我原先並不叫崔小農。我出生的那年鬧飢荒，全國各地都缺少糧食，政府正在提倡大辦農業，因此我六歲以前都叫崔大農。到了江蘇高郵以後，母親嫌「崔大農」三個字在蘇北話里聽起來像是「吹大牛」，她不是太喜歡。送我到機關保育院報到的時候，她隨口就為我改了名字，從此大農變成了小農。不管是大農還是小農，其實無所謂，周圍的大多數人（比如我的岳父母大人）一直都叫我小崔。直到我年紀大了，忽然有人不再喊我小崔了。說了半天，現在到底該怎麼稱呼我呢？

封面上不是有嗎？崔哥呀！

不知算不算是一個特點，我從記事開始到現在，只要一睡著就立即做夢，不會停頓，到醒方休，從無例外。

自從 18 歲離開高郵以後，我在夢中最常見到的是故鄉的運河，還有河那邊一望無際的湖水。

我曾經問過朋友，老家在他們的夢境里是否有色彩，有的說有，有的說沒有，反正我的從來都沒有。做別的夢時，常有彩色出現，只要是在夢中回到家鄉，家鄉一定是黑白兩色的，且帶著淡灰色的基調，透著一絲憂傷。難道是因為離別得太久遠嗎？

夢里的家鄉雖無彩色，但卻非常清晰，彷彿是我的現實親歷，又好似我曾經的過往，也像是從小聽過的傳說。時間一長，我已經難以分清，它們只是夢中的虛幻，還是現實在夢里的延伸。活了大半輩子也沒搞明白。或許我並不需要一個明確的答案。

到我上了歲數，夢里似乎多了一個花蕾。在我的期盼中，花蕾有一次終於開放，我竟然發現，哦！原來這不是一朵小花，而是一個願望，想要把那些做過的舊夢全都串連起來，並記錄在冊。

於是有了我要講的這個故事。

2 家鄉高郵

我的故事，要從我的家鄉講起。

儘管我出生在千里之外的烏蘇里江畔，但大運河邊的江蘇高郵才是我的家鄉。

在海外，向華人朋友說起高郵時，許多人並不瞭解這個城市。我須特別介紹這片富饒的魚米之鄉，有中國最早的秦代郵政、特產雙黃鴨蛋、古時只產於高郵，唯皇家獨享的血糯米，還有緊挨著城西的大運河流淌不息。跨越運河西河堤就能看見高郵湖，那裡水波連綿、蒼天浩渺。

當然，也有人知道高郵，甚至非常瞭解。何以見得？你看他們，尤其是她們，一聽說我是高郵人，思考片刻，突然扭過頭去，想忍住笑，但臉上卻泛起紅暈。旁邊若有率性的朋友，會揮手笑著說：「哈哈！高郵黑屁股。」 說實話，大部分高郵人並不會因為聽到這話而不高興，因為口出此言的人一定知道，這個典故對高郵人並無惡意。

但在高郵本地，一些稍顯敏感的話語卻會讓人不悅。比如在2000 年，我們全家回國探親。某日午，崔哥突發腎結石，母親陪我去了高郵人民醫院。張大夫是我們家的老朋友，他笑呵呵地說：「小農，你看起來不太像患有腎結石，腎結石是很疼的，應該疼得在地上打滾才對啊。」天地良心，我不是不想滾，只是在拼命忍。張醫生開了處方，我們去划價、繳費、取藥，然後進了注射室。止疼劑推進「高郵黑什麼」已有半小時，疼痛仍然無法忍受。母親焦急地拿起小藥瓶遞給我，說： 「藥效好像有些慢，你看看是哪裡生產的？」我接過來一看，大概是鑽心的疼痛讓我口不擇言：「是高郵生產的，難怪···」 這本來不是什麼傷人的話，高郵人拿自家產品自嘲一番並不算太過份。不幸的是，整個注射室內只有我和母親不操本地方言。我話沒說完，五位護士中的一位提高了嗓門：「你們什麼意思？看不起我們高郵嗎？」

我們高郵人是很有自尊的。

幸好我隨後的話成功地化解了先前略顯敵意的氛圍：「請別誤會！我是高郵人，我母親也是高郵人。在你出生以前，我們就住在這

裡了。如果有冒犯之處，我向你道歉！」 注射室里恢復了平靜。

當天晚上，我腹中的疼痛就逐漸消失了。後來我常常想起那位年輕漂亮的護士，想知道她是否能夠理解我們。如果不能，她又會有怎樣的疑問呢？

有時連我都很難理清，我們本從遠方來，又到遠方去，是什麼讓我的這些故事，總是出自這方土，又歸於這汪湖呢？假設我們生命里那些匆忙的過客們只是劇中人，在一部電視連續劇中輪番出場，情節時而平靜安穩，時而扣人心弦，時而又充滿懸疑，觀眾或許會發表評價或感嘆。但我的問題是，有人覺得奇妙嗎？老實說，對於這樣的疑問，我沒有答案。我故事里的一切，的確就是這樣發生的。

這個故事起源於 1981 年的一個夏夜。當時我 20 歲，在揚州市無線電總廠上班。按規定，身為一個還未娶妻的外地職工，每年可享受 15 天的探親假。於是那年夏天我回到了高郵家中。

不久之前，我的祖父從上海搬到高郵來與我父母同住。國務院和統戰部剛剛促成了祖父的平反，摘掉了他「反革命」的「帽子」，並得到「落實政策」的待遇。隨即，他加入政協，並被聘為江蘇省文史館員。我記得當時他的月薪好像有三百多元，而且我的小姑媽每個季度還會從美國寄給他四百美元。你知道這是一個多麼驚人的數字嗎？那時候，我的月薪只有區區三十元，我父親的工資算是挺高的，但也只有一百多元。另外，南京軍區還給他送來了上萬塊，只求他別再討要他（準確說是祖母）在鎮江的一處房產。南京軍區一位副司令的一大家子，真不想搬出那套帶花園的洋樓。

長期被管制的日子一去不復返，他過上了正常人的生活，老人家自然很開心。他每日忙著參加各種會議、撰寫文史資料，接待各地來的訪客，還定期給來家中學畫的學生們授課，精神好，興致高。

那天晚飯後，在運河畔新落成的庭院裡，我和年屆八十的祖父坐在一起納涼。

我一時心血來潮，問道：「爺爺！能給我講講我們家以前的事嗎？」

爺爺問：「你想聽哪一段的事體呢？」

「從頭開始，我是說從爺爺知道的最早的往事開始，可以嗎？」

12

「好吧。‧‧‧。」

那時的夏天，夜還很靜，天上的星星還很多，月還很亮。

3 崔陽春入太平軍

我爺爺的祖父名叫崔陽春，道光 14 年出生於廣東，從小跟他的父親崔福學習詩文、武術和醫術。崔陽春剛滿 13 歲時，就隨他父親一起在藥店裡坐堂診病了。

這崔記藥店開在廣州市一條熱鬧的街面上。崔氏一門在廣東世代為醫，不僅生活殷實安定，且因醫術超群，又樂善好施，方圓百里是聲名遠揚。世代相傳到了崔福執掌藥店以後，中國跨入了一個動蕩的年代，處在社會中的每個人都無法避免時代大潮的衝擊。有些人甚至被浪潮捲走，無可奈何地改變了生命的軌跡。

道光 25 年前後，廣州出了一檔新鮮事。離崔記藥店不遠的南關石角地新近建成了一座西洋教堂，引起了人們的廣泛關注和熱議。在當時的廣州，這個教堂可以說是無人不知、無人不曉。

這天上午，崔記藥店裡照往常一樣忙碌的時候，有一個洋人跨進門來向崔福行禮，自我介紹說他名叫羅孝全，是花旗國的田納西人氏，時下正於那新蓋的基督教堂，也就是廣州人稱為西洋廟的地方禮拜佈道，特來邀請崔大夫一家人大駕光臨雲雲。崔福對洋教已有耳聞，聽說這些外國傳教士不僅教授聖經、勸導人向善，還醫好了當地市民不少的疑難病患。今日遇見，方知這洋人穿的是華服、說的是粵語、取了個中國名字還叫孝全，怎麼看都感覺良好，他便答應下個禮拜天帶領一家人前去教堂一試。

此一去而不可收，崔家人全都心門洞開，一年內，舉家由羅孝全施洗禮，信奉了基督教。

道光 27 年，即公元 1847 年，一個重量級人物，突如其來地登上歷史舞台。他的意外出現，極大地震動了近代中國，也將崔陽春的命運徹底改變。

南關教會的正式名稱是「粵東浸信會福音堂」。那年初，當地的一股排外勢力煽動一大群人去鬧事，砸毀了這座教堂和羅孝全的住所，「粵東浸信會」只得帶著信徒遷往聯興街，與那裡的「第一浸信

會」合併，繼續聚會。崔福一家也跟著眾人來到了這裡。

在「第一浸信會」里，原先有兩位慕道友，叫洪仁坤和洪仁玕。他們是堂房兄弟，都是廣州附近的花縣人，來到廣州是為了參加科舉考試，但他們考了幾次都未考中。洪仁坤也略通醫術，自然和崔家父子成了朋友。某日，洪仁坤自己得了重病，可能是發燒導致幻覺，醒來後便說自己是造萬物上帝的次子，也就是耶穌的弟弟。這件事在教會里引起了很大爭議，因為明顯違背了基督教義。羅孝全護教心切，不僅拒絕為洪仁坤施洗禮，還一一指出他言論的錯誤。這人聽不進勸告，見羅孝全不肯為其出力，乾脆就退出「第一浸信會」，另創立了一個新的教派，叫「拜上帝教」，並將自己的名字改為洪秀全。這個名字後來響徹雲霄，成為百年來備受關注的人物之一。

洪秀全在廣東傳教極不順利，跟從他的人寥寥無幾。正值他在難以為繼之時，他的幾個信徒中有個叫馮雲山的人，跑到天高皇帝遠的廣西西江流域，為「拜上帝教」打開了局面。那裡的農人和礦工也說粵語，但他們不像經歷過鴉片戰爭之後的廣東人那麼的見多識廣，因而太容易被忽悠，馮雲山一鼓動，眾人紛紛加入「拜上帝教」，他們的教派迅速發展壯大。

咸豐皇帝登基後的第一個冬天，國內遭遇大飢荒，洪秀全趁勢在廣西桂平的金田村宣佈編團營。鄰近數省的信徒事前收到了洪天王的召集令，憑著「有田同耕，有飯同食，有衣同穿，有錢同使，無處不均勻，無人不飽暖」的口號，居然在金田呼啦啦地集結了上萬人馬，「拜上帝教」開始打造兵器，操練人馬，漸漸形成了軍隊的雛形。

有一些廣州「天地會」和「三合會」的人被官兵打得無處藏身，也到廣西去投奔了洪秀全。洪秀全打發他們中的兩個人立刻回廣州，給「第一浸信會」的傳教士羅孝全送去一封書信。

此時正值夏季，隨著他的信眾越聚越多，各營中突發瘧疾和痢疾，使得軍事訓練受到很大影響。金田當地醫療資源匱乏，他寫信請求基督教會派遣醫生前來協助治療。

羅孝全當然知道洪秀全的教會是何種組織，他當年幾乎就要把洪秀全趕出教會。但接到信後，他還是決定伸出援手。「拜上帝教」至少能讓人知道上帝的存在，總不是一件壞事。救死扶傷、醫治疾病

更是理所當然，而且他還希望有朝一日能說服洪秀全回歸基督教正統。

他找了幾個懂醫術的教友帶著一批藥品前往廣西解救燃眉之急，待情況穩定後即刻返回。

崔陽春加入去廣西的行動是他自己主動要求的，崔福一開始並不贊成，但兒子真心想去，也就隨他吧。好在朝廷和「天地會」一直打得昏天黑地的，卻不曾和「拜上帝會」起過衝突。兒子的醫術也學得八九不離十，對付一些常見病症更是綽綽有餘。廣西桂平雖說不近，但也不算太遠，料想他此一去，短可一月，長則不出半年，出門長點見識回來，也許對他有好處。

容不得崔福多想，崔陽春一行說走就要啟程了。出門前，一家人圍著他，不捨他離去。崔福關照他說：「你到廣西後，要少說話，多做事，慎交友，遠刀劍，事畢返家，不可因貪玩而延誤歸期，免得家人掛念。我的話，你都記下了嗎？」

崔陽春回說：「我都記下了。父親，母親，還有姐姐，你們放心，那邊的事情一結束，我馬上就回來。你們在家也多多保重！」

媽媽不停地抹眼淚。姐姐見狀，自己擦了淚水，過來安慰母親：「媽，你看陽春長這麼大的個頭，又有一身武藝，還是個大夫，不要緊的，放心讓他走吧！」

媽媽默默地點點頭，含著淚送走了崔陽春。

崔陽春他們幾位大夫別了家人，經佛山，過梧州，時而行水路，時而走旱道，最後從潯江登船進入其支流南渌江，順風順水，停船靠岸，眼前的村子便是金田。

洪秀全隨即召見。他見到舊日相識崔陽春來到，格外高興，找人把幾位大夫安頓好，還特意在當天晚上，把崔陽春請到他府上用餐。雖然洪教主素來禁酒，但在席間他們依然聊得十分愉快。洪秀全一再勸說崔陽春留在金田，別回廣州了。說現在是他急需用人之時，像崔陽春這般年輕有為之人才，跟著他乾，前程遠大！崔陽春不停地搖手說：「請恕陽春萬難從命。家中二老年事已高，還等著我回去幫著打理藥店的生意。此趟臨行前，老父一再叮囑我早去早回，不許我在外多耽擱一日。還懇請天王海涵見諒！」

見他態度堅決，洪秀全也就沒有多勸，只是惋惜地搖搖頭。

　　他們接連忙碌了三個月，營中疫情已經被基本控制住，崔陽春給家裡寫信，報告說此地的醫病事宜行將結束，他在本月底即可回家。一家人見信，喜笑顏開，就等著他回來，全家人一起過年了。

　　他們等到崔陽春了嗎？

　　沒有，永遠沒有。

　　崔陽春的一生，算得上是高壽，但他此生再也沒有回過在廣州老家。

　　嗨！還真是，人算不如天算。憑你是誰，怎能逃得過天命的安排？

　　就在崔陽春和幾個大夫行將離開金田的三天之前，各人分別到不同的營區去打招呼告別，過後崔陽春又來找洪秀全辭行，但洪秀全不在。問去哪裡了，答說好像是去了山人村的胡以晃家。崔陽春笑笑，心想剛才回來時還從山人村旁邊經過，早知道他在那裡，我就不必花時間繞回來了，直接進山人村不就行了嘛！再抬頭看看天色，現在再去山人村太晚了，明天吧。

　　次日中午，他在山人村找到了胡以晃的家。洪秀全和馮雲山都在。見到崔陽春，洪秀全高興地招呼他坐下喝茶。馮雲山以前在廣州時也見過崔陽春，便過來一起聊天。崔陽春告訴洪秀全自己是來辭行的，後天一早，他們從廣州來的幾位大夫就要回返。洪秀全馬上表示謝意說：「這次的疫情這麼快就被撲滅，你們幾位大夫功不可沒。辛苦你們了！也要感謝···！」他的話還沒說完，就見一個營長狂奔而至，氣喘吁吁，手指著外面，半天才說出話來：「大事不好了！不知是誰走漏了風聲，朝廷得知你們二位在此，派那潯州營副將李殿元前來進剿。他們已經把村子包圍了，送進來勸降信，叫我們未時前務必出村投降。否則，他們就要殺進來了！」他一邊說著，一邊將手中的信遞給洪秀全。

　　洪秀全沒有任何思想準備。他到廣西以後，只想在金田傳教，做個威風的教主，過他的好日子，對其它的事情並不感興趣。他提出的口號也以不主動刺激朝廷為考量，盡量避免和官府起衝突。這段時間，大家一直過得蠻安穩，朝廷怎麼突然間就翻臉了呢？再一看手中的信，上面列著他的罪狀，這一下就明白了。原來是他們新近接納了「天地會」和「三合會」這樣的一些對抗朝廷的人，朝廷就忍不了

啦，著廣西巡撫勞崇光即刻派兵圍剿「拜上帝會」。勞崇光的手下正好探得那洪、馮二匪首皆在山人村，擒賊先擒王，此時不下手，更待何時？於是，勞崇光急命李殿元為先鋒，帶著兵馬突襲到此，為的是給對手一個措手不及。

洪、馮二人終究不是平泛之輩，一度驚惶失色之後，很快就鎮定下來，馬上找來胡以晃，問他手中的人馬能抵擋官兵多久。

這位胡以晃可不一般，他不僅是個家財萬貫的財主，同時還是武秀才出身，人高馬大，武功超群，若非他在考場之上用力過猛，拉斷了弓弦，考中武舉人應該沒有懸念。

此時在山人村，除了洪、馮二人的衛隊，就只有胡以晃手下一支兵馬可用。胡以晃想想回答說：「就憑李殿元那個區區副將，抵擋他十天半月不成問題，怕就怕時間拖久了，官兵的援軍一到，就不好說了。而且硬衝也不是辦法，我們這裡還住著不少家眷，因此我們無法從這裡突圍而出。」

馮雲山一聽，說：「這倒不要緊，只要能扛上個兩三日，我們也可以去搬救兵啊。」

洪秀全說：「這是個辦法。我們只能這麼辦了。」

胡以晃說道：「好！我即刻就去安排人馬守衛。不過需要有人盡快衝出去找援軍，派誰去好呢？」

洪秀全和馮雲山商量出幾個人選，胡以晃聽了都搖頭說沒有把握。

這時，就聽到有人低聲說道：「那就讓我去吧！」

大家回頭看，原來發話者是崔陽春。危情突如其來，竟然忘了這裡還有一個人，大家一時都沒反應過來。

胡以晃先行開口：「這不是崔大夫嗎？你是說你要衝出去？你可知道這是要命的事？切不可兒戲呀！」

洪秀全一拍自己額頭，轉身對胡以晃說：「哎！你別看他是個大夫，可他的武藝好著吶。」又問崔陽春：「你真的願意去犯險嗎？你要是袖手旁觀，我不會怪你。你可要想仔細了。」

崔陽春回答道：「除了我，有旁人可去嗎？你們好像並沒有合適的人。我若留在這裡，他們殺進來，會因為我是個大夫而放過我嗎？顯然不會。所以我別無選擇，只好賭上一把。」 他稍微停頓了一

下，又說：「如果各位信得過我，我今晚就試著往外衝，如果明天天黑之前援軍未到，就證明我沒有成功，你們再作其他安排，怎麼樣？」

「好！」，「好！」

胡以晃問崔陽春用什麼兵器趁手，崔陽春說：「我的目的是去搬救兵，並不想取人性命，隨便找根棍子防身就行。」

天一擦黑，胡以晃帶著一批人，齊聲吶喊，佯裝要從村東頭往外衝。

再說那清兵的頭目李殿元，把招降書送進村，指望把裡頭的人嚇得乖乖出來投降，兵不血刃就能回去交差。可是未時早過了，村裡還是沒有任何動靜。眼見天快黑了，虛實不明，他也沒敢貿然進村，只能把村子包圍住，準備次日一早再進攻。

誰知天一黑透，就聽村東頭殺聲響起，李殿元趕緊帶人往東面趕。等到了一看，兩邊人馬已經打作一團。他不知這是調虎離山之計，光看那架勢，自己的人好像快頂不住了。於是他忙傳令，叫西面路口的人撥一大半出來，到東邊來增援。

不大一會兒，他的人大多聚在村東口，仗著人多，終於把突圍而出的人又壓回村裡。隨後，村莊重新恢復了平靜。他派人去村四邊查看情況，回來的人報告說，其它地方都沒事，只有村西口那邊，有一人衝出了村。李殿元一聽火了，親自跑到村西面，問是怎麼回事，放走何人，誰讓他逃脫的。

他的手下回答說：「天黑，沒看清人臉，他跑得太快了，哥幾個還沒回過神，他就到了跟前。而且他的手段真是不一般，手中一根短棍舞得飛快，專打我們的小腿，沒幾下就把我們都打翻了，人也跑了。」

「往哪兒跑了？」

「小的沒，沒，沒看清。」

「‧‧‧。」

崔陽春成功衝出村子，用最快的速度趕到金田，把洪秀全所寫的救援信交在蕭朝貴的手中。蕭朝貴急忙找來楊秀清，略一商議後決定，大軍立刻出發，直撲山人村。

山人村裡的人看見救兵已到，隨即掩殺出來，前後夾攻，清軍

一敗塗地。

此戰之後，洪秀全以及其他幾個金田的首領好幾次表達過，這場「迎主之戰」的頭功，當屬崔陽春。各營中也在流傳崔陽春是如何如何的英勇，以至於越傳越神，說那廣州來的小崔大夫刀槍不入，赤手空拳打得清軍人仰馬翻，護得教主平安。

崔陽春根本沒想到，這件事會給自己招來多大的麻煩。本來，他們幾位大夫已經收拾好行裝，準備即日啓程回廣州，可在他們出發前，聽聞一個壞消息，巡撫勞崇光獲知清軍在山人村吃了敗仗，惱羞成怒，隨即調派貴州鎮遠總兵周鳳岐率綠營軍分路殺來，並已切斷了金田的水路和旱路。他們已經走不掉了。

崔陽春連忙去找洪秀全，想核實這一情況的真偽。洪秀全告訴他：「陽春老弟，我知道你一心想回家侍奉父母，可是，清軍確實把我們的出路都堵死了。如不出我所料，一場大戰也就是這兩三天以內的事。此時讓你們離開金田，便是等同送你們赴死無疑。再說，即便你能回到廣州，也並非安全。現今清妖對我「拜上帝教」是欲除之而後快，你不但來過金田，還在「迎主之戰」里立了大功，這話要是傳到廣州，清妖定不會饒你罷休。」

崔陽春一聽這話，傻了！

洪秀全接著說：「周鳳岐此次前來，指派悍將伊克坦布為先鋒，素聞此人驍勇善戰，悍不畏死。他在剿滅‘天地會’時，便是心狠手辣，斬盡殺絕。今番殺來，同樣說要斬草除根，一個不留。我等教友眼下只剩下起義造反這一條路了。大戰在即，正是用人之時，陽春啊！留下吧，你既能文又能武，我們義軍若有了你，便是如虎添翼。怎麼樣？答應我，別再猶豫啦！」

崔陽春不再猶豫，點頭答應。遂被編進蕭朝貴軍中，任一營之長，並立即率領全營人馬到蔡江村埋伏迎敵。他加入太平軍的這一年，剛滿十八歲。

蔡江村一役再次大敗清軍，斬殺了包括從二品官伊克坦布在內的八名清將。「拜上帝教」乘熱打鐵，在教主洪秀全三十八歲壽辰之時，正式發動「萬壽起義」。拉開了太平天國運動大戲的序幕。

崔陽春從此跟隨太平軍出廣西，戰長沙，克武昌，定都金陵。其間，蕭朝貴戰亡，崔陽春碾轉成為忠王李秀成的部下。

戎馬倥傯、出生入死，轉眼之間，十餘年的時間就過去了。

至咸豐 11 年，崔陽春已是李秀成麾下的一名師帥，並隨忠王二次西徵武昌。西徵最終失利，崔陽春返回天京城內的第二天，在洪仁玕的乾王府偶遇了一位故人，美國傳教士羅孝全。

洪秀全想請這位洋傳教士在太平天國任職，羅孝全也想來太平天國傳教、糾正這裡的錯誤教義和異端，所以來到了天京。見到崔陽春，他很高興，但是一說到太平天國，臉上便浮起了愁雲。他告訴崔陽春，他對太平天國的情形很擔憂且失望，如今洪秀全的「拜上帝教」，已經更遠地偏離了基督教的正統，他不想與之為伍，打算即日離開此處回廣州。

崔陽春向他打聽自己家裡的情況，羅孝全說道：「當年，你們幾位一起到廣西去，其他大夫都回來了，你卻跟太平軍走了，我和你家裡人都想不通是怎麼回事，也十分擔心你的安危。」

崔陽春便把當時的處境和難處講了。

羅孝全：「哦！原來如此。你們家的情況你一直都不清楚嗎？」

崔陽春搖搖頭說：「自從離開廣州去廣西，就再也沒有家人的消息。他們還好嗎？」

「你們家的藥店還開著，不過生意不如以前了，是你姐夫在店裡管事。你父親幾年前去世了。」

崔陽春一聽，仰天長嘆，眼淚止不住地淌。

過後，崔陽春邀請羅孝全來到自己的住處，等他修得家書一封，連些銀錠子，請求羅孝全捎給廣州家中自己的母親，羅欣然應允。

羅孝全的後事如何，他是否見到了在廣州的家人，以及崔家人後來的狀況，崔陽春一概不知。

崔哥本人在網上查了有關羅孝全的資料，所得信息並不多，只說此人：

「離開金陵後就回廣州繼續傳道行醫。1866 年回到美國時已是年老多病。因早先在澳門服務麻瘋病患者時染疫，1871 年，他終因麻瘋病併發症去世於伊利諾伊州其侄子的家中」。

4 天京突圍

羅孝全離開天京後沒多久，崔陽春隨忠王進攻上海，未取勝，繼而再次退守天京。此時，忠王已成為太平天國最重要的軍事主帥。李秀成是廣西人，貧苦出生，憑戰功從普通兵士中脫穎而出，逐步成為太平天國的軍事統帥。他不僅英勇善戰，也兼有謀略，曾數次上奏，試圖改變當下的戰略頹勢，怎耐天王皆不納。加之義軍內部相互廝殺內鬥，既使是此時的忠王，也根本無法組織有效力量殺出城去，與那些團團圍困天京的湘軍再次決一高下。不管是李秀成還是崔陽春都清楚地知道，太平天國苦撐到這個地步，氣數已到盡頭。

天京在持久的圍困之下終成一座孤城，城內已到馬無草、軍無糧的絕境。天王洪秀全用野草充飢數日後病亡，其子幼天王即位。不可再耽延，忠王李秀成和乾王洪仁玕商議後決定，與其在城內坐以待斃，還不如拼死突圍，也許能找到一線生機。

這天傍晚，崔陽春正在城牆上指揮守衛，忽有傳令，忠王召見。崔陽春不敢怠慢，隨即前往忠王府。忠王在天京的府邸原在明瓦廊，進入權力最高層以後，又新近在江寧府衙里另造一處，甚是輝煌宏大，可惜在這風雨飄搖之際，眼看就要人去樓空了。

崔陽春在門前下馬，一隨護已在等候，領他穿過花園和曲橋，來到一偏廳等候。隨護前去稟報。

忠王府里很安靜，靜得出奇。

大約過了半個時辰，長廊那邊傳來腳步聲，忠王進門而來。李秀成今年四十出頭，身材瘦高，氣質非凡，但面帶倦意。崔陽春正準備行禮，忠王攔住他，說道：「軍情緊急，不必拘禮！我剛剛從太平門趕過來，今天湘軍挖掘地道，埋了炸藥，炸塌了太平門旁的城牆。現在我們的人正在那裡抵擋，但全城能戰鬥的兵力已經不到三四千人，湘軍明天早晨衝進來是不可避免了。因此，今晚四更，我們要衝出城去」。

「敬請忠王下令，陽春願作先鋒，只要一口氣在，便要殺出一條血路來。」崔陽春話音未落，就見李秀成搖頭道：「非也，非也，出城後我向南，你則要奔北。」

「這是為何？出城的路如此凶險，陽春豈可離開忠王半步？」

「陽春，我是另有一事相托啊！」

「忠王有令，儘管吩咐，屬下在所不辭！」

李秀成略微沈吟了一下，緩慢低聲說：「陽春，自從攻打漢口開始，你就一直跟隨我衝鋒陷陣。你的忠勇，我都看在眼裡。今夜突圍定是一場惡戰，我母親年事已高，身體虛弱，她不願意離開王府，決定留下來自己了結。她說要做忠臣，就難為孝子，叫我不要管她，只要全心保護幼天王的安危。但她吩咐我務必要將她的孫女，也就是我的女兒帶出去。我前後想了一下，只能把這件事托付給你，你要仔細聽。突圍時，我和所有可以戰鬥的人馬必須護送幼天王向南突圍。而你則要單獨帶著小姐衝出城後掉頭向北，一路上盡量不要停留，等到了安全地帶再歇息。城外已被大軍包圍，你們兩人能否平安離開並甩掉追兵，就全憑你的本事了。如果突圍成功，我會前往江西尋找侍王李世賢的部隊，以圖東山再起。」

「我一定全力保護小姐的安全，把她安置好之後，立即到江西去繼續追隨忠王。」

「我要你往北的意圖就是不讓你再來找我⋯⋯。」忠王提高了些音調，卻欲言又止，遞過來一紅布包，接著說：「這是一些銀子和珠寶，你帶著，出去以後用得上。時間不多了，其它的事我會交代給小姐，我們太平門前見吧」。

軍情緊迫，崔陽春沒再多問，接過布包，直接奔那太平門而去。

夜深了，李秀成把人馬集結在太平門裡，將小姐托付給崔陽春，然後簡單地安排突圍行動計劃。將士們由於連日的飢餓已經沒有了交談的力氣，他們點點頭，握緊了手中的兵器準備奮力一戰。門外一片寂靜，估計這是明日總攻前的平靜。

幼天王被安置在馬隊中央，左右是忠王和乾王守護著。崔陽春突然發現忠王的坐騎有異，詢問親兵才知道，忠王看到幼天王騎著一匹民馬，就用自己的軍馬交換了。他走上前，要把自己的馬讓給忠王。忠王說：「你的馬也餓了多時，不一定好到哪去，況且，小姐還要靠你送出去，你的軍馬還是留給你們吧。」崔陽春說了「遵命」二字就要帶小姐到隊伍的後面去。這時，李秀成叫住他們，摘下自己的

佩劍遞給崔陽春說：「陽春，拜託！謝謝！」，崔陽春一時也不知道
說些什麼，只見忠王的目光在女兒的身上略作停留，便扭頭上馬，下
令出發。

　　湘軍雖有防備，但還是沒能擋住冒死突圍的太平軍，他們只能
跟在後面追擊。大家往南衝到城外一處松樹林時，崔陽春猛地一撥馬
頭，他的馬馱著他和小姐悄悄離隊，先向西後向北。上帝保佑！他們
在夜色中轉向，身後的追兵竟然沒有發現。天亮前，他們二人已經來
到了長江邊。

　　馬再也不肯走了，他們棄馬步行來到江邊的一個小村鎮。崔陽
春曾經帶著隊伍在這一帶活動過，有認識他的村民悄悄地接待了他
們。吃過飯，崔陽春剃了頭髮，二人換了民服，告別鄉民，繼續沿江
往北走。天黑時，他們已是疲憊不堪，便在一旅店留宿，小姐睡床，
崔陽春睡在地上，他們皆和衣而臥。終於能松下一口氣歇一歇，但不
知忠王和其他人是否平安，也不知下一步路該怎麼走，心緒繁雜的崔
陽春幾乎整夜無眠。旁邊的小姐也在床上輾轉反側，直到後半夜才像
是睡著了。

5　菱塘

　　時在七月中旬，天亮得早。崔陽春這才仔細打量了一下還未醒
的小姐。她中等個頭，體態健康豐滿，五官分明精緻，面容安祥平
和，看不出她剛經歷了如此劇烈的變故。一直聽說忠王女兒是個大美
人，果不其然，確實漂亮。以前在蘇州偶遇過她，但沒敢用眼看。後
來忠王將她許配給手下大將黃金愛，不曾想，黃將軍艷福太淺，未等
到迎娶小姐過門，戰無錫時，隨一位英國人赴上海採購艦船，竟然一
去未返，再無音訊。如今受李秀成所托，崔陽春打定主意，一定要保
護好小姐。

　　李小姐醒後，崔陽春到街邊買了燒餅、油條，請小姐將就當作
早餐。她讓他坐下一起吃，崔陽春推說不合禮數，仍舊站在一旁，臉
朝著窗外，啃了兩個燒餅。吃完，小姐開口道：「此地雖無追兵，但
絕非久留之地，湘軍佔了天京後很快會在周邊一帶抓捕我們的人，不
知崔將軍有何萬全之策。」

　　「前天晚上在忠王府的時候，忠王只交代我護衛小姐出城，並且讓我帶著小姐一路北上。當時情況緊急，忠王也沒細說，脫險以後的事讓我都聽你的。現在請小姐吩咐，陽春必聽令而行。」

　　李小姐沈默片刻後，輕嘆一聲說：「事已至此，我不妨就直說了，父王早知道黃將軍是回不來的。前天晚上父親對我說，我們父女不得不分開出城，以後怕是再難相見，他唯一放心不下的便是我的依靠，說是若能一起衝出重圍，便是我和崔將軍的緣分。你也知道，我並非生來就是什麼小姐郡主，小時候在藤縣老家也是清貧人家的鄉村丫頭。父王在蘇州建好王府，才把我們接來過上了好日子。怎知好景不長，許配的夫君又下落不明，如今更是骨肉分離。我一個無依無靠的弱女子到了這步田地，你就別跟我講什麼上下尊卑、高低貴賤了。父親說崔將軍能文能武，又有好人品，讓我今生今世都跟著將軍，往後一切都聽你的。只是父親交代切不要再去找他，讓我們找個安全隱秘的地方平安度日。崔將軍，現在天京城裡的忠王府是個什麼情景，你應該很清楚，父王的情況也不明瞭。到了這份田地，我只好放下臉面，跟你把話挑明，還請將軍不要介意我有過婚約。將軍放心，我雖識字不多，但今後一定守好婦道本份，望將軍不要嫌棄小女子才是。」

　　生在亂世的人就是不一樣，小姐竟然能如此平靜、如此直白地講出這番話。

　　而崔陽春聽罷卻是大吃一驚！額頭上的汗水順著臉頰往下淌。怎麼會是如此這般！

　　「啊？我，我・・・，讓我想一，一・・・想，你說的是什麼意思。」他在這混亂世道中也經歷了許多人和事，但從來不曾這般慌張過。

　　「將軍當然明白我的意思。」

　　還好，小姐的鎮定使他理清了思緒，這才對李小姐說道：「謝謝忠王和小姐的抬愛和信任！就憑忠王托付、小姐的尊貴和人品，陽春何德何能，怎會有嫌棄之心？可是，忠王下落不明，黃將軍生死未卜，無論是按教義教規，還是孔孟之道，屬下都萬難承受啊！你看這樣好不好？我們這就過江，向北去安徽天長，那裡是黃將軍當初起兵的地方，如能找到黃家人，把你安置好，我就掉頭去江西找忠王，再

圖大業。」

李小姐聽著聽著流下兩行清淚：「父親贈你寶劍，又讓你背道而馳，難道說將軍還不明白父親的心意嗎？也罷，我既然說過一切聽從將軍，便不失言，按你說的做就是。但為防不測，從此我們改換稱呼，我叫你老爺，你喚我夫人。」崔陽春點頭表示遵從，他們離開旅店，來到渡口渡江。

天長雖在安徽境內，距此渡口北岸也就一百來里路程。二人雇了馬車，當天夜晚就到，找了一間客棧住下。次日清晨，用了當地特色糕點「進貢甘露餅」以後，崔陽春請「夫人」暫且歇著，自己出去打探，在街面上一打聽便問到了黃家的住處。

找到黃家大門樓子的時候尚未到中午，巷子里前後無人。他上前叩門卻沒人應，正在猶豫間，背後響起開門聲，回頭看見一老翁從對門探出頭來。崔陽春轉身施禮：「有勞老先生大駕，晚輩有事請教。請問這黃家是否有人在？」老者正要說話，忽見巷口一隊鄉勇路過，急忙招手讓他進了自家門，關上大門後說：「公子不像是本地人，你找黃家人所為何事？」

我受人所托，帶黃家的一位親眷前來投奔。」

「哦，那就不巧了，他們黃家人上兩個月就搬走了。他們家的大公子在長毛軍里可是個大將軍，湘軍打過來，絕不會輕易放過他們，所以就逃了。他們是黑夜裡走的，連我們幾十年的鄉居也不知道搬到哪裡去了。聽公子南方口音，莫非是黃大公子的朋友？聽說他已不在人世了，是真的嗎？你是不是也落難了呀？這兩天官府四處抓人，你可千萬不能大意！」

「謝謝前輩！請問前輩貴姓？」

「本人免貴姓馬。」

「看來馬前輩是位善人，願意出手相助。實不相瞞，在下姓崔，從天京城裡逃難到貴寶地，本想到黃家落腳，不曾想來晚了。崔某在此人生地不熟，也不知該往何處藏身，懇請馬前輩指路。晚輩這邊有禮。」崔陽春說完下拜。

「其實你不說，我也能猜出幾分。你們一行幾人？」老翁攪起他坐下後問道。

崔陽春回答：「就兩人。」

「噢。」 老者想了一下接著說：「人不多便好辦。這去處倒是有一個，只要你不嫌那地方小。從這裡往東走二十里路有個菱塘鎮，也叫菱塘橋，處在安徽和江蘇的交界處，歸江蘇的高郵州管轄。說是屬高郵，卻隔著高郵湖的六十里水路。從旱地去高郵城就要取道邗江、揚州，再經江都、邵伯，繞著走好幾天才能到，所以離各地官府都很遠。加上菱塘還是回民之鄉，一半人口信奉伊斯蘭教，民風淳樸，是個再好不過的藏身之處。」

崔陽春聽後也覺得是個好主意，忙問當地是否有馬爺可引見之人。老者說有並讓他稍等，當即寫就一封書信讓他帶著，去見菱塘馬姓的族長馬五爺。崔陽春伸手接過信，心中感激，當下給馬爺磕頭謝過，回到客棧。

「夫人」也認為去菱塘躲避是眼下最好的辦法。夜長怕夢多，說走就走，第二天兩人就從天長趕到了菱塘，在校場邊的一個小客棧住下後，立即去拜訪馬族長。不巧馬族長去揚州辦事，不在家，要一個月後才能回來，二人只得在客棧等候。

這一天，他們從客棧出來，到街邊的面館吃飯。看天氣很好，不冷又不熱，就在店外頭的桌子邊坐下，要了兩碗麵條。正在吃的時候，聽到旁邊有人談話。扭頭一看，原來是面館邊上的空地上來了一個剃頭師傅，正在給一個人刮臉，他的剃頭挑子就放在崔陽春他們桌子的邊上，有另外兩個人正坐在一邊等著剃頭。剃頭挑子的一頭是一個小型的煤爐，爐子上有個銅盆，盛著熱水。剃頭師傅從熱水裡撈起毛巾擠乾，敷在顧客的臉上，轉身取出剃刀，在皮質的磨刀布上來回盪上幾下，掀開熱毛巾的一邊，開始刮這半邊臉。旁邊等候的人和剃頭師傅挺熟悉，他們一直都在聊天。崔陽春並沒在意他們講的是什麼，但忽然聽到他們說起一個熟悉的名字。

有一個人在說：「···。他們從天京闖出來以後的第三天，就被湘軍給追上了。你知道是為什麼嗎？據說是忠王李秀成的馬有毛病，跑不快，在天京城外的方山上，湘軍抓住了李秀成。前兩天他已經被砍了頭。」

另一個說：「不但李秀成死了，長毛軍的最後一支人馬也在江西被打敗了。太平天國徹底完了。」

崔陽春聽到這話大吃一驚，轉眼發現小姐臉色煞白，拿筷子的

手不停地顫抖，眼看筷子就要掉落。他怕小姐露出破綻，一手趕緊接過小姐的筷子，另一隻手扶住小姐的手說：「吃不完不要緊，我正好還沒吃飽，給我吧。」說完將小姐的半碗面倒進自己碗中，把面吃完後才和小姐一同回客棧。

小姐不吃不喝，倒在客棧的床上哭了數日，卻不敢戴孝。崔陽春一邊好生安慰小姐，一邊也是思緒萬千，眼見除了他自己，小姐在世上再無依靠，他唯有守護小姐一生，方能不辜負忠王之托。況且自己也是逃犯，改變身份並隱藏在菱塘這個偏遠小鎮，不失為上上策。於是便和「夫人」商量，爭取在這裡長期住下來，「夫人」說一切由「老爺」做作主，別無多語。

立秋的那天，馬五爺回到家，二人一同前往拜見。馬五爺是個慈祥的族長，性格爽朗，看了信後請他們兩位在堂屋坐下用茶，然後問他們作何打算。崔陽春站起來說：「稟馬族長，我夫婦二人打廣東來，因為南邊的水患加上戰亂，一路逃難到了貴地。因我祖上世代行醫，就想在菱塘鎮開個藥鋪，維持生計。斗胆請馬族長成全。」

馬五爺一聽很高興：「好事呀！崔大夫開藥店治病，造福鄉里，這個忙我一定幫，明天我就去給你們看地方。只是開藥店需要不少資金，你們考慮過沒有？」

崔陽春回答：「我們雖不富有，但只要價格公道就不會有大問題。我們從家裡出來時，倒是帶了些本金。」

「那就好辦。在我們菱塘，別的好處也許談不上，價錢一定公道。你們常住客棧也不是個事，此事宜早不宜遲，後天中午你再來，我給你信。」馬五爺噓寒問暖一番，將他們送出家門。

第三天中午，崔陽春再度現身時，馬五爺說事情可以辦了。他在鎮北邊的橋頭找到一塊地，可以用來蓋藥店。只要再和木匠和瓦匠師傅談好工錢料錢，馬上可以開工建房，最多十來天就可完工。事情竟然是這般順利，崔陽春再三表示感謝。馬五爺笑著說，只要能讓鄉民在家門口就能求醫問藥，應該感謝崔大夫才是！

6 李氏

房子很快就建好了。兩排屋，中間是庭院，前排朝南臨街的一

大間做藥店，崔大夫在櫃台外的牆邊擺了一張桌，替病人號脈、診病、開藥方。雇了一位學徒在櫃內抓藥、包扎、收銀。崔家夫婦住在後一排屋裡。外人並不知曉，崔大夫臥於西房，崔太太睡在東廂。

又經過一年的時間，太平天國的塵埃完全落定，崔家藥店的主人再也不用提心弔膽，從此過上了平靜的生活。

藥店的生意越來越好，店裡又多雇了兩個夥計。附近的村民都來此看病，崔大夫的醫術在四鄰八鄉逐漸有了名氣，甚至有高郵城的病人也坐船過來求醫。崔大夫注重醫德，關懷病患，受到了當地居民的愛戴。

崔陽春每天收工回到後院，「夫人」總是問寒問暖，酒菜伺候。她平日里洗衣做飯、灑掃庭除，儼然一副賢良內當家的模樣。

族長馬五爺覺著自己辦了一件大好事，臉上有光，常常會送些雙黃鴨蛋過來，崔家夫婦便請他留下喝酒。馬五爺從不推辭，只要桌上沒豬肉就行，崔家太太還專門學了一些清真菜的做法，馬族長古道熱腸，崔家人記恩於心。有次吃飯聊天時，崔陽春問為何這高郵的鴨子生蛋，會有兩個蛋黃。馬五爺說：「北方的鴨長於旱地，吃些青草、糠皮當作飼料；而高郵的麻鴨生長在水里，一般不用多餵，早起放出去，到河網里或湖水中自行覓食，吃的是小魚小蝦和螺螄，營養豐富，第一枚蛋還沒長好殼，又長出第二枚蛋黃來，所以這裡的雙黃鴨蛋個頭大，味道美，尤其適合做咸鴨蛋和松花蛋。」

現在看來，馬五爺的解釋並不科學，但當時的高郵人都是這麼認為的。

轉眼到了年尾。除夕這天下午，藥店早早上了門板，要等到年初六才再開業。一人發給一個大紅包，打發走三個夥計回家過年，崔陽春拴上藥店前後門，回到後院。

天上飄著雪花，西牆根的臘梅正在怒放，兩條哈趴狗，一個身上白，一個身上腫，引人發笑。李氏在廚房忙碌，裊裊炊煙從廚房的煙囪升起，融化在飛雪中。家的感覺真好，讓人心曠神怡。

隔著窗，崔陽春對李氏問候道：「夫人辛苦了！」

李氏抬起頭，微笑答道：「回來啦？飯菜馬上好，你去洗洗手坐下吧。」

他乖乖地洗了手，在桌旁坐下。不一會，菜齊了：咸鴨蛋、炒

安菜、炒蝦仁、醋血鴨、清蒸桂魚、茨菇燒肉、汽鍋山藥母雞湯，外加大雜燴。這些菜當中，醋血鴨和清蒸桂魚乃兩廣一帶的名菜，其它都是李氏到江蘇以後學會的。蝦仁用的是高郵湖里特有的白米蝦，擠出的蝦仁似黃豆一般大，煞是鮮美；安菜其實是豌豆苗，高郵方言叫安菜頭子，每家過年必吃，為了討個平安順利的彩頭；茨菇和山藥都是崔陽春的偏愛；大雜燴更是蘇北一帶嫁娶節慶宴里不可或缺的一道菜，裡面燴了豬肉圓、魚圓、蝦圓，另加入青菜頭、油炸肉皮、豆腐果、金針菜、香菇木耳。家境富裕的人家還加入海參、魚翅。高郵有個規矩，這大雜燴又叫頭菜，是節日或喜宴、壽宴必備的一道主菜。宴客主家掌握著上菜的節奏，等到酒喝得心滿意足，頭菜端上來往桌上這麼一放，就可以找個青年後生，帶著孩子們出去放鞭炮。不想再喝酒的說聲：「得罪了！我就不陪了！」方可請主人「帶飯」。主人家一定做好了米飯，有時還有麵食可取捨。最後上湯，宴會進入尾聲。

　　崔陽春看著一桌子的美味佳餚，想想除了鞭炮沒買，其餘都有了。然而，兩個人過年，還是有點冷清。李氏給崔陽春倒滿一杯米酒，給自己也倒了小半杯，舉起來說：「老爺，這是今生第二次和老爺一起吃年夜飯，再次謝謝救命之恩！如果不是你不離不棄，我定是和祖母一起去了，哪有現在的安穩日子過啊！」

　　「夫人言重了，你父親對我素有恩惠，護著夫人是我的責任，也是我的福氣，我當謝謝夫人平日里的照料才對。來來來，夫人請！」說完他舉杯一飲而盡。

　　李氏放下酒杯，取過一個小碗，夾了菜遞給崔陽春，看著他吃起來方才動筷子。他酒喝了三杯，肚子也有八分飽了，見李氏的半杯酒還沒動，就勸她也喝。她說不急，馬上再喝。直到崔陽春說吃好了，她才喝了那半杯酒。以前從沒見她喝過酒，以後也沒見過，獨一次。

　　崔陽春站起來，正待像往常一樣，舉步向西屋去，只聽她說：「老爺且慢，我有話想說。」

　　「夫人請說。」他停下腳步，回過身。

　　「那我就乘著大年三十，說說心裡話。打從出了天京太平門，這話就在我心裡了，今晚容我把話都說出來，再請老爺回個准話。我

還記得當年在蘇州王府第一次見到你，就一直把你放在心中。那時你還年少，已是旅帥，不但文武雙全，還生得一表人才。我當時心裡就想著，要嫁就嫁這樣的人。後來父親把我許給黃將軍，我無法違抗父命，但心中不甘，所以才一再藉故推遲婚期。不知是我前世修了功德，還是你我今生就是有緣，父親最終還是把我交給你，囑咐我好生與你相依為命，平安度日。現在，你無須再上戰場拼命，我們可以安穩地過日子了，我知道我該知足的，可我的心裡卻總是空蕩蕩的。你我夫婦相稱也不是一天兩天了，看你每次往那西廂去，我心裡都不是滋味。是老爺救了我，我的一切都是你的，何不從今以後，我們做真正的夫妻？這樣一來，祖母和父親的在天之靈也可安息了。等明年過年，我們也放掛鞭炮，不至像今晚這樣冷清。」

見他低下頭不言語，李氏又接著說：「也對，我不是被你用八抬大轎給抬進門的，可我真的不在意，誰讓我們是逃命的兩個人呢？再說你一個大男人，不能沒有個女人，不能不生兒育女吧？若你還為我以前的婚事妨礙著，那可談不上一個男子漢的胸襟了。要是真的嫌棄我，那就請老爺直說，我從此不會再提這件事。老爺你回房好好想看，要是想開了就過來，我給你留門。」

不愧是忠王之後，這番話說得崔陽春頓感無地自容，自己心裡明明有意，卻沒敢如此明白地吐露心聲，竟自辜負了她的一片柔情。他不自主地回到西屋坐下來，魂不守捨。忽然間，似乎聽見斷續的「嗡嗡」聲，輕輕地從牆上傳來。順聲看去，是那把忠王所賜的寶劍。他起身將它取下，抽劍出鞘，劍身卻並不發出任何聲響，只是在油燈下閃著銀光。

崔陽春持劍來到院中央的雪地裡舞了好一陣，然後收劍入鞘，在院子裡跪下來，先向上帝祈禱保佑他們夫婦，又在心裡向南邊的親人求原諒，這輩子他要在這高郵湖邊扎根，回不去了。

他跪在地上的時間一久，便覺得有些寒冷，再抬頭看看身邊，四下一片漆黑，唯有東廂房的窗戶亮著燈火。三十多歲的崔陽春忽然發現，這窗、這燈光是那樣美，那樣有引力，彷彿有根線把他的心和這窗連在一起，不管走多遠，再也不會斷開。

當然，那天夜裡他的發現還不止這一點。原來，一個女人的愛能讓她的男人陷入如此溫暖、如此柔和的境地。

來年秋，李氏誕下一男嬰，崔陽春別提有多高興，給孩子起名為瑞亭。孩子滿月時，崔家在鎮上的清真飯店望湖樓辦了十桌酒席，請來馬五爺以及其他鄉紳和鄰里。大夥伙熱鬧慶賀，都誇崔家一門是有福之人。

7 行醫

自有了兒子，崔大夫看病就更有精神。關於他醫術的美談，愈傳愈廣，有些一直流傳到我住在高郵的年代。這裡只說一個好笑的故事。

話說，那望湖樓的掌櫃名叫沙如海，三十歲左右，是個精明能幹的人，生意做得好，和崔家常有來往。崔瑞亭的滿月酒辦完後不久，沙掌櫃一天上午急切地走進藥店來找崔大夫，說他「家裡的」得了病，不能過來看，想請崔大夫出診一趟。作為大夫，到病人家中診病是崔陽春的常事，他和夥計交代了幾句，便背起藥箱，隨沙掌櫃一道去沙家。

大家都住在一條街上，沙家一會兒就到。崔大夫被引進後房裡屋，只見沙太太躺在床上，臉上的表情看不出是哭是笑。她得了個怪病，昨夜枕著雙臂睡下，貪涼沒關窗，晚秋的涼風一吹，壞了，兩條胳膊背在腦後放不下來，一動就疼。年輕的沙太太不好意思為上門就診而舉著雙手招搖過市，便把大夫請到家裡來。崔大夫看完對沙太太說：「無大礙，你這是氣血凝滯，筋絡痹阻，和落枕同理，只需向下使勁一扳就過來了。」

沙太太一聽都快哭了，忙說：「不行不行，太疼了，我哪塊忍得住啊。」高郵說「哪塊」就是「哪裡」的意思。

「那···。要不然我開一副藥你試試？」崔大夫見她怕疼，便這樣問病人。

「這藥貴嗎？」沙如海在一旁問。

「不貴，很便宜。」藥方寫好，沙掌櫃接過來一看，不免滿臉都是疑問，因為藥方上只寫了一味藥：「黃草紙二兩八錢。」

崔大夫接著說：「這藥府上就有，拿來用就可以。此乃我祖上傳下來的秘方，需心誠才靈驗。我們全都出屋回避，裡屋只留下兩位

婦人幫忙。沙夫人起床後，雙腳併攏而立。我在門外教你們怎樣
行。」於是大家按他說的，取來草紙放在床邊，只在裡屋留下兩位婦
人陪著沙太太。崔大夫在外面吩咐裡面幫忙的婦人，把草紙捲起並首
尾相結編成繩狀，四尺長就夠。裡面說弄好了，他又讓幫忙的人抽出
沙夫人的裙帶，小心換上草紙帶，剛好能扎住裙子就好，裡面說停當
了。他在外面問：「沙太太，你聽見我說話嗎？」

「很清楚。」

「現在請你慢慢地吸一口長氣，然後憋住。好！沙太太，你現
在用力咳嗽一聲！」

只聽到裡面一聲咳嗽，隨後又是輕輕的「啊」一聲，立刻便聽
到裡面喊道：「好了，好了，她的膀子放下來啦！」

沙掌櫃一聽見裡面喊好了，喜不自禁：「哎呦！崔大夫，太謝
謝你了！你的醫術真的是不得了。來，給你行謝禮。」

崔大夫攔住：「唉！不用謝，我們一條街上的鄰居，別見外
了。其實你太太只是受了涼風，不是什麼難症，有空給她用熱毛巾敷
肩膀，兩三天便可痊癒。假如還有什麼事情，儘管來找我。」

「那好，我也不多說了，等瑞亭過百露，我們再湊一起喝一
杯，怎麼樣？」

「一言為定！」

8 崔瑞亭娶妻

高郵湖的水清澈且平靜。

湖畔的大多數人家都是靠水吃水，或捕魚捉蟹，或養鴨收蛋，
亦有行船賣勞力的。當然也有農人，湖邊的田地平坦肥沃，冬天整片
麥苗的墨綠，到初夏換成了油菜花的嫩黃，配上湖面上的白帆，無不
在人們心底喚起對明天的希望。

在菱塘，過半數的居民信伊斯蘭教，大家在鎮上低頭不見抬頭
見，平日問候著，有事照應著。小鎮不大，每個人都能當作自家親戚
一樣相待。崔家的日子就更沒話說，鄉民們有的稱崔陽春為大夫，也
有人稱其先生，總透著敬意。崔陽春夫婦從戰火中衝殺出來，沒想到
能在這秀麗的湖灣小鎮落腳，不但有了家業，還添了兒子，二人有時

甚至覺得這哪裡是菱塘，分明一個世外桃花源。想起以前的金戈鐵馬、烽火狼煙，真可謂是白雲蒼狗、東海桑田。

溫馨的生活固然好，但平順的日子里發生的故事，不多且平淡。我就不在此多講了。

時光在這湖天一色間悄悄地流逝，崔家的獨生兒子也漸漸長大成人。崔陽春按照祖傳的方法向他傳授詩書、醫術和武術。到光緒爺登基坐皇位的第二年，崔瑞亭滿十三歲，正式跟著父親坐堂，邊學徒，邊打下手。用現今的說法叫做基因強大，崔瑞亭很快顯露出聰慧的天資，不但書讀得好，醫術學得也快，竟連他父親也常常暗自驚奇：「這孩子，莫非是個人物？」

別說，還真是這麼回事。

崔瑞亭十六歲時，他父親發覺，在這菱塘鎮上已經沒人能夠教得了兒子讀書，就把他送到九十里以外的揚州府，進入官學書院。數年後，崔瑞亭在揚州參加鄉試，中舉得了功名，來年春天進京殿試又高中三榜進士，吏部堂下掣簽，外放浙江省布政司任都事。雖只是從七品小官，但在許多考生還在等待候補官缺的情形下，他已屬幸運。而且，浙江好山好水，是個美滿的去處。

待兒子載譽而歸，崔陽春又在望湖樓擺了三天酒席，宴請菱塘鄉鄰。年過七旬的馬五爺也來了，被推到首席坐下，看著同一桌笑逐顏開的崔家父子，他說：「感謝真神把你們一家送到我們鎮上來，不但讓我們有了好大夫，現在還出了一個進士官老爺。這是我們菱塘橋的福分啊！」

崔陽春也有些激動，端起酒杯敬馬五爺：「五爺言重！若非當年五爺收留，若無鄉鄰相幫，哪有我崔家今日？」轉臉又道：「瑞亭，不管你當什麼官，也不管你走多遠，菱塘才是家。這裡的鄉親們都是你的親人，這裡的恩情，你永不可忘！」

「是！瑞亭謹記在心。」

崔瑞亭去做官，李氏自然高興，但想到兒子要遠走高飛，心裡又是百般地不捨，每每在崔陽春麵前流下淚來。崔陽春好言相勸，說兒子大了，理當施展抱負，我們不能耽誤了他的錦繡前程。況且他諳曉醫道，相信他能照顧好自己。

李氏說這些道理很好明白，只是他此一去山高路遠，不知何日

才是歸期，怎能讓人不牽掛？其實崔陽春的心情又何嘗不是如此。

　　兩口子商量了一陣，決定在兒子行前給他娶個媳婦。是呀，崔瑞亭的確到了娶妻的歲數，他日後有了孩子，家裡的老兩口就不會那麼寂寞了。再說，去浙江赴任要到來年秋天，路途雖要耗時良久，可離啓程之日還有幾個月，利用這段時間辦兒子的婚姻大事，正好。

　　這邊剛透出一絲口風，說媒的人便蜂擁而至。誰不知，誰不曉，那崔家藥房的小先生，不僅人才一表，又有功名在身，前途無量。通常都是男方遣媒使登女方家門下達提親。這倒好，女方的媒人們紛至踏來，最遠的能來自揚州府。崔陽春對這種事毫無經驗，都交李氏定奪。李氏左挑右挑，最後看中的姑娘是湖對面高郵鎮上吳孝廉家的小姐。雙方父母滿意，三媒六證齊全，過年前，崔家用婚船、花轎把吳家小姐迎娶進門。

　　洞房花燭夜，金榜題名時。齊全了。

　　崔瑞亭大婚之後，仍去藥店和父親一起坐堂。自從崔瑞亭高中，有病沒病的都來看小先生，許多人見著就要下跪，都被小先生拉起來，說道：「請起、請起！還未到任，不必行禮。」

　　到了夏末，崔瑞亭該啓程去浙江了。全家人和鄰居們將他送至碼頭，揮淚相別。崔陽春想掩飾離愁，找個空隻身回了藥店。

　　還有一個人，也要強忍淚水，因為不能讓人看到離別的痛楚，難為情。當然也不願崔瑞亭增添牽掛，為官也不易。

　　這個人就是崔瑞亭的新娘吳氏。此刻，她已經有孕在身。

　　吳氏是吳老爺的幼女。吳老爺是何許人，前面一筆帶過，你萬不可認定此人在我的故事裡不甚重要，恰恰相反是太重要了。這麼說吧，若無此人，便沒有我後面故事的精彩，至少結局會完全不一樣。也或許，我根本就沒有寫下這些文字的衝動。

　　請你聽我慢慢道來。

第02章 逢凶化吉 吳玉棠衣錦還鄉

1 高郵城

用互聯網搜索「高郵」二字，GOOGLE 的頁面跳到了中國百度。關於高郵，百度如是說：

高郵，是世界遺產城市、國家歷史文化名城、國家全域旅遊示範區。地處江蘇省地理幾何中心、江淮平原南端的長江三角洲。是中國民歌之鄉、中國七夕文化之鄉、中華詩詞之鄉、全國集郵之鄉、中國建築之鄉…。高郵有 7000 多年文明史和 2243 年建城史。史稱江左名區、廣陵首邑，為帝堯故里、堯文化發祥地，是江淮文明、郵文化重要區域…。秦王嬴政於公元前 223 年在此築高台、置郵亭，後人又稱高沙、盂城。 由宋置軍至清設州，有九百多年中等行政區劃的經歷。

我猜讀者一定跳過了上一節的大部分內容。好吧，簡單地說，高郵就是一個古城、因最早的郵政聞名、魚米水鄉。可這些全都敵不過高郵雙黃鴨蛋更能直接勾起現代人的興趣。高郵湖的大閘蟹也是一絕，體大、膏肥、極鮮美，宴會時只能最後吃，否則，其後的任何美味佳餚都會較之索然無味。

1970 年前後，高郵出產的螃蟹價格大約是每斤四毛錢，人們嫌貴，一般不買。我父母工資較周圍的人高一些，我們沒少吃。改革開放後，人們的錢包大多逐漸隆起，去買螃蟹吃吧，可集市上卻見不著它們的蹤影了。因為出口賣給外國人，每只螃蟹值一美元，換算過來等於將近十塊錢人民幣，而且行情不斷看漲。1996 年我回老家，姐姐花了一百五十塊，買了四隻回來讓我過癮。味道沒錯，可惜沒小時候吃的那般肥美。姐夫笑說高郵的螃蟹在鍛鍊身體、努力減肥。姐認為就是因為不合標準，才出口轉內銷的。

高郵水多，寬闊的京杭大運河從城西流過，把高郵湖和高郵城分隔開。中學的暑假裡，我幾乎天天都和一幫同學跳進運河裡游泳，從各種繁忙的船隻空隙間穿過，游到對岸。運河的水流急，我們必須

逆著水流斜著游，才可準確地返回對岸的碼頭。碼頭由寬寬的石階砌成，從河堤上的路面一直延伸到水中。少女少婦們站在水裡，或浣衣，或淘米洗菜。

　　大運河舊稱漕河，官辦的漕運一直是各個朝代極其重要的軍事、經濟命脈。聰明的高郵船主們格外會做生意，使手段買通漕運關吏，那得了好處的稅官們，看到來往的大帆船凡尾部漆成黑色的，便知是來自高郵的「黑屁股」船，會按約定手下留情。加之，高郵的船上常常裝運進貢宮廷的大米，因此在漕河上下，「黑屁股」船可優先通行，神氣得要命。「高郵黑屁股」的說法，就是這樣傳開的。

　　水為高郵注入無限生機，但也會帶來水患，有時甚至是滅頂之災。上一次高郵段運河決堤，引發特大洪水是在民國二十（1931）年，那次水災導致七萬七千人殞命，三百五十萬人流離失所。所以高郵人既愛水，又怕水。兒時聽人說，方形的西門寶塔就是唐朝一高僧為鎮河妖而建。到明朝水禍不息，又來個和尚說那河妖其實在東門，於是，東門又建起了一座圓形寶塔。河妖怎麼還沒被鎮住呢？這時候來了個道士發現，西邊的塔是雄性，東邊的塔是雌性，雌雄兩塔跑去相會，河堤豈有不破之理！要問有沒有解法，有的，便是在兩塔之間再豎起一座奎樓，橫空截斷了這兩座高塔的卿卿我我。

　　歷史上也許確有其事，而我更願意相信，這些都是當地人編的故事。因為高郵人素有編故事的傳統，崔哥也不例外。

　　說到這東門寶塔，還有一段和戰爭相關的往事，完全配得上載入史冊。1945 年 8 月，日本天皇宣佈投降，各地的日軍放下武器，同年 9 月 2 號，日本正式簽署投降書。一般而言，無論 1945 年的 8 月還是 9 月，都可標誌著抗日戰爭的結束，也是「二戰」的終點。我要告訴你的是，這個觀點並非是天衣無縫。因為在此之後的 12 月份，中日軍隊仍舊有一場惡戰，就發生在高郵。因此，有另一派軍事史學家堅持認為，1945 年 12 月 26 日的這一天，中日軍隊的最後一戰，或叫「高郵之戰」 的結束，才能真正地給中日戰爭，乃至整個「二戰」畫上句號。也可以說，第二次世界大戰，始於歐洲的波蘭，終止於我的故鄉高郵。

　　事情是這樣的，抗日戰爭期間，日軍有上千人駐紮在高郵，駐軍司令官名叫林田，是個大佐。就是這個林田，收到天皇的投降令後

造反了，居然抗旨不遵，拒不投降。新四軍粟裕的部隊包圍了高郵城。戰鬥打得異常激烈，最後一批日軍鑽進東門寶塔，居高臨下、負隅頑抗。新四軍用了七天的時間取得最後勝利，同時也付出了沈重的代價。從此，寶塔塔身多了累累彈孔，塔下則多了一座烈士陵園。我小時候和哥兒們去那一帶用氣槍打麻雀，走累了，就在烈士墓旁坐下歇息，看見有一座斑駁的墓碑，上面寫著墓主人的姓名和職務，他生前是新四軍的一位營長，犧牲於 1946 年的元月 2 日。當時我們幾個還認真探討了一番，最後認定，這位營長與日軍作戰時為國捐軀，當然是抗日烈士，儘管他的犧牲之日是在公認的抗戰結束幾個月以後。

您如果造訪高郵，我建議去這兩座寶塔看一看，當然別忘了兩塔間的奎樓。奎樓也在東門外。

一改舊時風貌，今天的奎樓早已陷落在城市之中，它緊鄰商業街道，車馬喧囂、人來人往。你若想找個漂亮的食肆酒樓，嘗嘗地道的高郵美食，很是方便。

我年少的時候，奎樓旁邊有一片樹林，樹林深處隱藏著一個小院，好像是部隊的軍營。再往外的四周全是農田，安靜得不能再安靜了。微風掠過，樹梢搖曳生姿，遠處的鳥鳴，清晰可聞。

有時候，人是多麼希望能回到過去的時光啊！

2 吳玉棠中舉

讓我們把時間倒回至清代的咸豐年間。

日後成了崔瑞亭岳父的那個吳孝廉，名叫吳玉棠，出生於高郵城北西街土壩口的一戶普通人家。土壩緊挨著大運河的御碼頭。

那年月，社會底層人士要爭取向上層流動，唯一的通道就是科舉考試制度。普天下莘莘學子，無不為了一個只有極少數的人才能達到的目標而用功奮進，吳玉棠便是其中之一。他幸運地擠進了那個「極少數」，於光緒二年，發解丙子科，中了舉人。那年科考，全高郵中舉的，唯吳玉棠一人。

不少文學作品製造了一個假象，讓人誤以為中了舉人就能當官。就像範進中了舉，馬上聯想到即將來臨的榮華富貴，喜極至癲狂。就連他的老丈人胡屠戶也覺得從此有了依靠，再不用殺豬賣肉賺

那點辛苦錢了。

哪裡有這麼好的事，起碼到了光緒時代，舉人入仕已不是一件容易的事。吳玉棠中舉以後，在家候補了多年也沒等來委任命狀，他只能頂著老爺、孝廉的名號，在高郵教書為生，依舊是清貧度日。

十年以後的某天，有媒婆登門找吳老爺，說那湖西的菱塘橋新近出了個進士，叫崔瑞亭，原在其父親的藥店做大夫，考得功名之後已得了委任，打算先娶妻再去浙江走馬上任。都說吳孝廉家的小女兒是百裡挑一的美人，配那有才有貌的崔進士，無論怎麼說，都是無比的般配。吳家人一聽，也覺著很好，請算命先生看了兩人的生辰八字，也好！天作之合。

兩邊都是讀書人家，一會親，雙方甚是投緣，高高興興地定了親。好日子一到，崔家人天沒亮就敲鑼打鼓到高郵鎮來接新娘。迎親隊伍在城北御碼頭過了擺渡，翻過湖堤就見著花船在湖邊等待，一行人上了船，張起滿帆，沿湖岸順風使舵，正午前便到菱塘。來看新娘子的人把碼頭圍得水洩不通。新娘的花轎抬過跳板上岸前行，約走一里遠的路程就到崔家。看熱鬧的人們也一路跟隨。

在這之前，崔家為了給兒子辦喜事，在後院又接了一進三間，張燈結彩作新房。新娘子一進家門，按高郵風俗，要吃「三道茶」，也就是要上三道早茶，分別是紅棗、蓮子、湯圓。食畢，新娘就改口喚新郎父母為爹娘，新娘自此便算是夫家的人了。婚宴後還要鬧洞房，但洞房必須在午夜前關閉留給新人，其餘人等各回各家，喜事結束。婚禮次日新郎陪新娘回娘家，吳玉棠一家人見新郎謙遜隨和、不擺架子，滿心歡喜。

把女兒嫁到湖西崔家的第二年，吳玉棠的官運冷不丁地冒了出來。

在京城陸軍部任主事的宣哲是高郵人，他是吳玉棠讀書時的同門舊友。此人詩書畫都是高手，且精通古玩鑒定，朋友也多，在京城混得是風生水起。日後，著名的「京城四少」之一，袁世凱的公子袁克定，便是拜了宣哲為師。

這年，宣大人回高郵省親，專門找過吳玉棠，說是陸軍部現有一缺，雖然職位低，但也是個八品的官職，不知吳兄可願低就。如果願意的話，他可以在朝中上下活動一番，幫老朋友踏上仕途。吳玉棠

想著，這大小也是個京官，總比私塾先生的地位高得多。於是，他當下就答應願意前往。事不宜遲，他不日就隨著宣大人一同進了北京，通過宣哲的努力，加上吳玉棠的品行和才能也得到了京城官員的認可，他終於獲得委任，即刻就去陸軍部履職。

新差事薪水不多，但清閒，無非是這裡跑跑腿、那裡打打雜。吳玉棠忠厚老實，與人無爭，在陸軍部一做便是十餘年，官位提升雖慢，心情倒是十分的愉快。

這一年，宣哲大人另有高就，調離了陸軍部。新來的主事帶來了自己的人手，吳玉棠便被調至北京城的江擦門做了一名門丁的班領，也叫門吏。江擦門是民間的說法，其實就是左安門，位於外城南垣東端，門上建有箭樓，從登城馬道下來一拐，迎面的一排平房便是公乾和吃住的值房。來到這較偏僻的所在做個小頭目，對於京中官吏來說是非升反降了。但他不在乎這些，自己已經年過五十，孫子也有了好幾個，再乾幾年就要告老還鄉，回高郵去盡享天倫。眼下還是以平安為重，無病無災便是有福。至於官階變低，也能想得通，運氣不太好罷了，沒什麼大不了的。

豈不知，塞翁失馬，焉知非福。一年後，中國發生了一件大事，最初帶給他一個災禍之相，後來卻如戲劇一般，讓他逢凶化吉，因禍而得福。

3 庚子國變

發生在清光緒二十六年，即公元 1900 年的庚子之亂，是一場過程異常複雜的事件。它牽扯到多個國家的多方勢力，對清政府造成了直接的嚴重後果，也對之後的中國乃至世界的近代歷史產生了深遠的影響。關於這一歷史事件，現代人本著不同的立場或視角，對其正反兩面的作用還存在不少爭議，但對於當年的吳玉棠來說，事情再簡單不過了。他不僅在北京親眼目睹了整個過程，甚至對皇宮裡面的事都有耳聞。

有關皇家的小道消息，來源於他手下一個二十歲的哨長。此人姓恩名召，滿洲八旗人，祖上是正黃旗的一個將領，清軍入關時進了北京。恩家原本也是京城大戶，過著錦衣玉食、富貴榮華的生活。但

到了恩哨長父親這輩，家道中落，恩哨長雖分得瓦屋三間，但家族的旗地早被父輩賣光，他不得不在禁衛軍中謀份差事，養家糊口。吳玉棠初到任時，人地兩不熟，需要地頭蛇恩哨長幫忙，恩哨長則欽佩吳門吏的為人，一來二去，兩人成了至交。有一次，吳玉棠得瘧疾，病得不輕，恩家夫婦把他接到自己家照顧了近一個月，直到他痊癒。平時閒來無事，二人一起喝口「二鍋頭」，是無話不談。恩哨長有親戚在宮裡做官，能聽到一些大內裡的事情，正好是酒桌上的談資。

恩召是這麼品論時事的：「嗨！那是朝中一幫文人閒得無聊，整日價攛掇光緒爺跟前說那洋人的好處，皇帝覺著有道理，就要跟著學，沒曾想惹了太后老佛爺不高興。這個呀，本來是人家姨侄倆人兒的家事，外人他管不著不是？可洋人非要插一槓子，仗著他們有洋槍洋炮，非幫著光緒爺拉偏架，還護了康有為、梁啓超一乾人犯。山東巡撫毓賢會做官，眼瞅著洋人們惹惱了老佛爺，就暗中鼓動山東的義和團去殺洋人、滅洋教、討老佛爺歡心。這下洋人又不乾了，正和咱朝廷鬧著吶。」

過了些時日，北京城內關於義和團的謠言四起，人心惶惶。吳玉棠能明顯感到一股不詳之氣，正在北京城的上空瀰漫開來。這天，恩哨長提著酒又來找他吳大哥。吳玉棠說：「外面都亂套了，你倒有心思喝酒？」

他說道：「吳大哥有所不知，沒啥大不了的，洋人催得緊，太后只好派袁世凱到山東去彈壓義和團。義和團哪打得過袁世凱的新軍？他們逃出山東，奔北京來了。太后聽說了這幫人不怕死，還標榜自己是神靈附體、刀槍不入。正好，老佛爺就想讓他們進京，滅滅洋鬼子的威風。洋人一看，這哪成啊？趕快派兵到北京來保護他們的人。好像咱朝廷已經派兵馬去天津一帶攔他們去了。」

「這兩邊眼看著不是要打起來了嗎？」吳玉棠不無憂心地問。

「嗨！沒事兒。洋人的兵馬才幾個人啊，湊足了也就千把來人。而且，你知道不？聽說洋人的腿不會打彎兒，推倒了爬不起來，怎麼打得過咱大清？沒事兒，喝酒！」

這話是那年五月份說的。沒幾天，吳玉棠接到命令：大開城門，迎義和團入城。於是義和團的人從各城門湧入，一路高喊「扶清滅洋」的口號，沿街張貼朝廷的懸賞布告，鼓動市民參與殺洋人、洋

孩。不一會兒，東交民巷那邊就傳來了槍炮聲，這是義和團在攻打洋人使館。北京城就這樣亂糟糟地鬧到了八月份也沒消停。

恩哨長又來傳遞過幾次消息，但不喝酒了。他說慈禧太后殺了幾個主和的大臣，向十一國宣了戰。過了些天，他又告訴吳玉棠，清軍兵敗，丟了天津。洋人並非腿不會拐彎，而是厲害的很，我們幾十萬兵馬根本擋不住，他們就快打到北京了。他最後帶來了一個更壞的消息，京郊武衛軍的李將軍戰敗自盡，北京城外的最後防禦已經垮了。

這時，九門提督下達命令，各城門務必死守，臨陣逃脫者，斬！吳玉棠加緊布防，預備著一場即將發生的血戰。但是看著手中的大刀片子，和那洋槍洋炮比，實在是不頂用，說要死守，和坐以待斃也沒什麼兩樣。兩三天一過，除了吳玉棠和恩召，其他的門丁全都跑光了。

風聲鶴唳。

這天夜裡，恩召匆忙跑來值房找吳玉棠說：「吳大哥，洋兵就要到城外了，宮里的人正準備跑。不能再等了，我們也跑吧！要是洋人圍住城，咱就逃不出去了。」沒等吳玉棠說話，他又接著說：「雖然我是為了養家糊口才領了這份差事，但要說我怕死，還不至於。可是連常勝軍的洋槍隊都沒頂住，咱們的這些刀啊矛的，怎麼跟人打啊？再說，皇上、太后都走了，咱禁衛軍還衛個啥？不是白白等著送命嗎？我知道你一南方人，在北京沒親沒故的，我不能夠扔下你不管。你這就跟我們一起走，往鄉下避一避吧？」他說著衝門外一招手，就見恩太太走了進來。她抱著女兒，手裡輓著包袱，已做好出城的準備。

吳玉棠看著他們說道：「我也知道事情非常嚴重，大難臨頭，門丁各自亡命，我沒攔他們。多謝你一直陪著我到現在。你有一家人要照顧，我更不忍心強留。既然想走，那就盡快吧。我絕不會怪你。」

「誰都知道這座北京城守不了幾天，留下來肯定不會有好結果。你還是跟我們一起走吧！」

「不啦，恩老弟，我有我的不得已，請賢弟見諒！我一個大清舉子，戴著皇恩，背著軍令，莫說理應報效朝廷、為國捐軀的大道

理，既然叫我做這個一門之班領，守著它、和它共生共死，便是我的職責。你就讓我留下來聽天由命吧。難為你在危難之際還想著愚兄。我這就去開城門，送你們一家出去。你們自己多留神，等這陣子亂過以後，一定要平安而歸。」

恩哨長見勸不動吳玉棠，站在那兒不知所措。吳玉棠微微一笑，拍了一下他肩膀說：「好啦！別猶豫啦，走吧！希望你我後會有期。假如你回來見不到我了，還要煩勞賢弟著人往我高郵老家報個信，我便心滿意足了。」

恩哨長扭頭抹了眼淚，帶著一家人出了城門，身影消逝在夜色中。

天快亮了，吳玉棠豎起耳朵聽聽周圍，什麼動靜也沒有，便回到自己屋內。他四下掃視一番，可嘆自己來京城十多年，還是兩袖清風，身無長物。回想當年寒窗苦讀，為的是要出人頭地，不想今朝卻要因此而賠了性命，真是造化弄人。好的是遠在蘇北的高郵城裡，他已子孫滿堂，想想也沒有過多的遺憾。

唉！他輕嘆一口氣，目光落在桌上一個漂亮的、黑色的小酒罈上。那是前段時間，夫人托人從高郵捎來的米酒。酒還未啓封，今晚不喝，明天也許就喝不成了。於是他坐下，把酒罈挪到面前，解開壇口的小麻繩，掀起罩著壇口的一小塊四方紅布，正要拔那木塞，他又有些躊躇，側耳聽一聽城門外，那裡更加沈靜了。他心裡暗自思忖，洋人這會兒到了哪裡了？何時來攻城門？我又該如何應對？但又一轉念，他們該來的總歸會來，此時此地就我一人，老天爺讓我今日亡，我也活不到明天，多想多做都屬徒勞，還不如痛快暢飲一番，後面的事，大不了是個死，這世上誰又能躲得掉這個死字呢？想到此，「噗」，他拔掉塞子，倒出一碗酒，米酒的醇香立刻滿屋地飄散開來。看著這清亮、發淡棕色的米酒，鄉愁猛然襲上吳玉棠的心頭，遠方親人們的笑顏，從眼前一一浮過。料想此生，怕是不能再相見了。

罷、罷、罷，命中注定，隨它去也！

他一抬手，一仰頭，一碗酒就下了肚。甘甜的米酒沁入心田，身體彷彿融化在家鄉的田野裡，好愜意，好輕鬆。來！自斟自飲，再續一碗。不知不覺中，整壇米酒竟然見了底。他飄飄然然，扶著桌沿站起來，摸到床邊，和衣躺下。夢鄉安然降臨。

4 八國聯軍進京

　　倒不是吳玉棠不勝酒力，怪只怪這高郵米酒著實屬害。此酒是用高郵當地出產的糯米釀造，入口平滑，回味甘甜，但後勁極大，喝醉了難醒。

　　1986 年的時候，我母親在高郵糧食局工作，下屬單位城南油廠的新任廠長姓陳，原是從泰州市下放到高郵的知青。他腦子活，點子多，在完成榨油生產任務之餘，打起了米酒的主意。高郵米酒自打「社會主義改造」時就沒人再釀了。還好，到這時候，尚能找來幾個懂行的師傅。眾人搗鼓了一陣子，油廠還真就按古方釀出了高郵米酒。第一批酒裝了罈子，每壇大約裝酒二斤半左右，光是那烏黑油亮的罈子就讓人愛不釋手。小陳廠長太會做人，第一批酒正好是在春節前夕做好的，沒賣，全部在糧食局內部贈送，母親也拿回一壇。父親從不喝酒，母親酒精過敏，這壇酒安靜地躺在了客廳的一個角落裡。

　　我回家過年，一進門就看見了這個用紅綢布蒙著口的小罈子。不用問，非我莫屬。節後帶回揚州，找來幾個好酒的朋友到槐樹南巷來品酒。大家一嘗都說，從未喝過這麼好的酒，於是開懷暢飲。只是到了第二天，至少有兩個傢伙沒能來廠裡上班。

　　當年的吳玉棠，同樣是第二天沒上班。

　　酒力加上好幾天沒睡好，他這一覺醒來，已是第三天的早晨。他在睡夢中似乎聽到過隆隆炮聲，這時分，外面卻十分安靜。

　　他用涼水洗了把臉，然後推門出屋，看不見人。走到城門口，城門依然緊閉，值守的人也還不見蹤影。吳玉棠不知道自己睡了多久，更不知其間發生了什麼，於是他上了箭樓，向城內外眺望。這一望，讓他吃了一驚，遠處城樓上大清的龍旗不見了，取而代之的旗幟有點眼熟，好像在德意志國的公使館門外見過。難道洋兵已經進來了？正疑惑的時候，忽見一隊兵馬從內城方向迎面而來，他立刻開始緊張，隨即拔刀在手，緊盯著這支隊伍。待他們漸漸靠近才放下心，來的是清軍，領頭的人正是自己的頂頭上司。見吳玉棠隻身站在箭樓之上，手上還握著刀，上司一臉狐疑地問道：「吳玉棠，你這幾天一直守著城門，沒跑嗎？」

「我，我….沒跑，可是我…」他一時不知任何回答，因為根本就弄不清狀況。

話沒說完，上司就高興地說：「什麼也別說了，你就站那兒別動，我這就回來。」說著便調轉馬頭，到隊伍後面的一頂轎子前低語一陣，然後就看見一人下了轎子並走上前，抬頭朝箭樓看過來。吳玉棠認得他，這位不是別人，乃是京城大權在握的九門提督崇禮。

原來，在吳玉棠醉酒酣睡之際，八國聯軍攻了進來，並很快控制了全北京。各國軍隊攻城時，分攤攻取各個城門，唯獨漏了吳玉棠所在的江擦門沒有派兵。在這之前，太后和皇帝早跑了，聯軍進城以後，急忙找清政府談判，可留在京城的官員們，都不知道皇家的人身在何處，只好分頭去找。崇禮正要出城去尋慶親王，不料在這江擦門並沒見有聯軍把守，唯有吳玉棠一身戎裝，手中執刀，站在箭樓之上。我的天啊！卻原來咱北京城並非全部淪陷，這個城門竟然還在清軍手中。他招手叫吳玉棠下來，問了姓名，好一番慰問誇獎，告訴他可以暫且回去休息，遇見聯軍不要抵抗，等待朝廷和聯軍議和。說完就出城而去。

見到崇禮的事，吳玉棠一點也不在意，自己糊裡糊塗地與死神擦肩而過，實在是值得慶幸。過後的一段時間里，他有好幾次用手拍拍自己腦門，確定不是在夢幻之中。

等事態完全平息，恩召回來了。他們又照常當差，照常喝酒聊天，生活回歸原樣，和先前並無二至。

直到一年後的某日，忽然從皇宮傳來太后口諭，命吳玉棠即刻入宮晉見。吳玉棠丈二和尚摸不著頭腦，高高在上的慈禧太后為何要見我一個小小門丁班領？容不了他多想，是福不是禍，是禍躲不過，那就走唄。

5 吳巡撫榮歸故里

慈禧太后在庚子事變之初便已亂了方寸。對義和團是剿是扶，對洋人是戰是和，先是模棱兩可，後又左右搖擺、忽右忽左。搞得像榮祿、李鴻章這樣的重臣也不知所措，只能觀望其變。最後是太后老佛爺一怒，不管不顧了，竟以一國之力向十一國下了戰表。可等到聯

軍的槍彈打飛了寧壽宮的琉璃瓦，她一下又慌了神，立刻就匆匆忙忙地逃出了北京。

太后帶著光緒帝等一行，一大早乘轎車（一種帶棚的馬車）出了神武門，過德勝門，到了頤和園，吩咐守軍斷後，她一路逃出北京，經山西逃到了陝西西安。等到庚子國難落下帷幕、老太后鳳駕回朝，已經過去了十六個月。在逃亡路上，慈禧蒙受的屈辱，嘗到的艱辛，無以言表，都令她終身難忘。

我的外婆生在北京長在北京。當我還是個七歲的孩子時，她給我講過一個故事。說慈禧太后西逃時，因為走得慌張，所帶的食物很快就吃光了，只能向沿路的農家買食物。但是，出了長城的居庸關以後，眼前一片荒涼，走了兩天也沒見人煙，弄得慈禧是又飢又渴。後來終於在山裡看到一戶人家，太后連忙讓手下敲開門，見家中只有一位老婦人。太監拿了一個金錠給老婦，請她燒水做飯。老人家雖不知道進來的是太后和皇上，但這麼大一塊金子還是頭一回見，高興壞了，立刻就用家裡最上等的食材做了一頓飯。慈禧飢餓難耐，掀開鍋蓋一看，眼睛直冒光。只見滿滿一鍋二面窩窩頭，金黃的玉米面夾著紅色的高粱面，那模樣賽過紫禁城裡所有的瑪瑙寶玉。送到嘴邊咬一口，真香啊！慈禧太后在宮裡的時候，每餐都有御廚給她烹製的一百多道菜，什麼山珍海味，什麼滿漢全席，都是家常便飯。但她從來沒吃過這麼好吃的東西。太后吃飽了，傳旨：「問清老婦這頓飯的方子，回去叫御廚天天做來享用。」

再後來，慈禧太后從西安回到了北京，滿漢全席吃了幾頓就又厭煩了，忽然想起在山裡人家吃的美食窩窩頭，就叫御廚照方子去做，可等端上來一嘗，鳳顏大怒：「這是什麼東西？這麼難吃。把這個愚蠢的廚子斬了，換個人重做。」

第二次又端來，慈禧嘗後只說了一個字：「斬！」

第三次：「斬！」

然後便是：「斬，斬，斬⋯。」

末了，就剩下最後一位還活著的御廚，輪到他來做這窩窩頭了。他看到前面所有御廚都被砍了腦袋，知道他們死得冤枉，太后那時是餓極了，才會覺得窩窩頭這種粗糧好吃。可眼下怎麼做才能讓太后滿意呢？他搜腸刮肚想了一宿，終於想到一個方法。第二天天不亮

他就起床，先做糖炒栗子（崔哥最愛），做好了，乘熱剝開碾成粉，過細篩篩成面，再加入高郵州進貢來的血糯米粉，再配上些許玫瑰花蜜，調和後揉成面團，做成鴿子蛋一般大的小窩頭，擱在那兒醒上三個時辰，再用蘋果木料文火慢烤，終於做好了。

他戰戰兢兢地捧著這鍋費盡心機的冒牌窩窩頭，呈給太后去嘗。太后吃了一個，皺了一皺眉頭。御廚一看，心想這下完了，太后下面又該說「斬」了，不禁兩腿發軟，冷汗直流。可是太后吃完並沒說話，又拿了一隻吃了，這才慢悠悠地說：「嗯！這回呀，好像有點兒像那麼一回事。下去吧！」 這位御廚總算是撿了條小命。

我當時對這個故事信以為真，長大後回想起來，這最多算一個頗具想象力的民間趣聞。晚清時代的朝廷已呈弱勢，太后再狠，也不會為區區一個窩窩頭殺一串御廚。都殺光了，誰給她做飯吃？

但在真實的歷史上，慈禧太后西逃結束回到北京，還真就開過殺戒。她一回來就先忙著設宴，邀請各國公使和公使夫人，好一番盛情款待，說光了好話，陪盡了笑臉。完了就要召見大臣們，看看怎麼掏銀子賠人家各國的戰爭經費。當初要想將打進北京的八國聯軍請出去，就得跟人家簽那不平等的《辛醜條約》，答應共計賠付白銀四億五千萬兩，也就是當時全中國的四億五千萬人口，每人賠一兩。洋人說現在拿不出這麼多，可以先欠著，分期付款，不過得算利息。這是何等的羞辱。

太后想到自己的出逃之行，美其名曰西狩，結果一路坎坷，吃盡了苦頭，還被迫下了罪己詔書，這在滿人入關，奪了漢人天下以後的數百年來，還是頭一次，確實夠丟臉的。後來還聽報，說那八國聯軍進京以後搶劫殺人也就罷了，還非要進紫禁城行軍，以示軍威，這簡直是奇恥大辱、大逆不道。她憋了一肚子的火氣，怨憤難平。

所有的這一切，在慈禧太后看來，當然不是她的錯，全都是手下的大臣和他們手下的軍隊不給自己爭氣。平時養著你們，管著你們吃香的喝辣的，到我遇到難處，你們一幫孫子跑得比我還快。留著你們還有何用，殺！

主和的大臣殺過了，現在該殺主戰的大臣了。三天兩頭，老佛爺一不順心就要殺幾個消消氣。幾位軍機大臣知道，太后心中窩了太多太多火，殺人解氣是免不了的，可是得趕緊做點什麼，讓太后消停

下來，要不，沒准哪天自己的腦袋瓜也要搬家。

幾個重臣私下商量對策。李鴻章老謀深算，想出一妙招，跟「哥兒幾個」說：「我看太后老佛爺的這趟西狩之行吃了太多苦。回來了，又是一連串不順心的事，每日都惹她心煩。咱們最好能弄點值得高興的事，讓她換換心情，最好還能輓回一點咱大清臉面。」

「這年頭，哪兒還能找到讓人臉上有光的事情啊？」榮祿搖著頭嘆道。

坐在一旁的慶親王奕劻也在思索。「唉？」他抬起頭，用手拍了一下腦門，說：「想起來了，你別說，還真就有這麼一個。我記得去年夏天，九門提督崇禮到豐台接我進京，在路上跟我講過一件事，說那聯軍進攻北京之時，奪了各內外城門，唯獨左安門從頭到尾都沒丟失給洋人，有個七品門吏一直守在那兒。好在洋人對那個城門沒興趣，要不，這個門吏定是要為國捐軀了。咱們何不把這事稟告太后？興許，老佛爺聽了會高興點兒。」

「想不到還有這事兒。我看行！」幾位都覺得這主意不錯，便叫來崇禮問明詳情，再統一好口徑，如此如此，這般這般。大傢伙都心領神會。

下一次上得朝堂，大臣們跪在那兒又被猛訓了一通，太后數落到最後，還是那些話，什麼我泱泱大清國，竟然無人能替哀家守住家門。再說下去，恐怕又有人要掉烏紗、丟性命了。

「啓稟皇太后！」慶親王抓住時機，向太后奏報：「據臣所知，八國聯軍也並非什麼不可戰勝的虎狼之師。當日夷兵攻打外城各城門的時候，我左安門守軍在門吏吳玉棠的率領下，英勇抗敵，激戰一晝夜，未曾使夷兵踏入城門半步。聯軍只好放棄進攻，轉而由它門而入。這足可證明，聯軍其實並沒有完全佔領北京城，至少那左安門至始至終都在我大清的手中。」

「此事確切？」慈禧問道。

榮祿忙說：「稟皇太后，此事千真萬確，乃九門提督崇禮親眼所見。」

「那崇禮你仔細說說看。」太后有了精神頭。

崇禮接著稟報，免不了又添枝加葉。

慈禧太后聽著聽著，臉上果然露出了一點笑意。

　　憑著慈禧的冰雪聰明，自然聽得出這其中的水份，可她太需要這個故事，也太需要這個英雄人物來輓回大清國的顏面，提振朝廷的威望。要不然，就像她從西安回京時，在紫禁城門前看熱鬧的人群居然無人下跪，成何體統？如果讓老百姓知道，大清在八國聯軍面前，竟如此的不堪一擊，她這個皇太后還能當得下去嗎？謝天謝地，心中切切盼望的轉機終於出現了。她馬上叫大總管李蓮英宣吳玉棠即刻入宮晉見。

　　吳玉棠滿心忐忑地進了紫禁城。宏偉的皇宮他是第一次進來，但是無心它顧，跟著引路的護衛一路來到了養心殿外。殿外等候的太監叫崔玉貴，見著他滿臉堆笑，問：「你就是吳玉棠，吳門吏？」

　　「下官正是吳玉棠。敢問公公，可知宣我進宮所為何事？」他想打聽一下，好在心裡做些準備。

　　「哎喲餵！吳門吏還不知道啊？你在江擦門打敗了夷兵，立了大功，太后都知道了。這不，找你來問話吶。你八成是要升官發財了！」

　　吳玉棠一聽急了，忙說：「不對啊，這是誤會了。江擦門沒丟是沒錯，可我也沒見著洋兵，一仗也沒打，談何大功之有啊？來，我們趕快去見太后，我會當面說清楚。」說著，他抬腳就要往前走。

　　崔玉貴上前一把拽住他說：「嗨！先別急呀，太后正在和幾位大人議事，我得先去稟報，等宣了你，你才可以進去。」看看周圍沒人，崔玉貴小聲在吳玉棠的耳邊說：「不過在這之前，我有話對你說。慶親王和李中堂讓我帶話給你，等會兒見了太后萬不可多言，尤其不能說江擦門沒見到夷兵的事。太后說什麼你都要應承下來，幾位大人會在裡面幫你說話，只要這事辦成了，太后心情變好了，不再殺大臣了，你可就又立了一大功啊！」說到這裡，崔玉貴突然收了笑臉，語調陰沈下來：「你若把這趟子差事辦全活了，內閣總理府即刻會差人，趕到你蘇北高郵的府上去報喜。你心中有數嗎？」

　　吳玉棠聽得明白，這話其實是在用他家人來脅迫他，自己已經成了幾位大臣做的局裡的一顆棋子。木已成舟，為了高郵一家老小的安危，他也只能硬著頭皮，順水推舟。

　　崔玉貴何時離開他進去稟報的，他都不知道。忽然就聽到：「宣吳玉棠進殿！」

48

吳玉棠進了養心殿，面向正中坐著的慈禧太后行了跪拜禮。幾位軍機處的樞密大臣也在一邊站著，這裡面有文華殿大學士榮祿、政務大臣瞿鴻禨、體仁閣大學士王文昭、還有禮部尚書鹿傳霖。

太后發話問道：「吳玉棠，起來說話吧！我問你呀，你名字中的棠字是哪個棠啊？」

「啓稟皇太后，是甘棠的棠。」

「不錯，是個好名字。」太后抬眼看了一下旁邊的鹿傳霖，問：「鹿尚書，你進士登科有多少年了？」

「回太后，到今年正好四十年。」

「那你倒是說說看，好像有句詩這樣說：春日遲遲春草綠，野棠開盡飄香玉。用的就是這個甘棠的棠字吧？這是誰的詩啊？」太后接著問道。

鹿傳霖略一思索說：「啓稟太后，這是晚唐李洞的詩，出自於他的《秀嶺宮詞》，這裡面的棠字的確就是甘棠的棠。」

「哦。」老佛爺聽後問：「吳玉棠，你可知道這兩句詩的後面是怎麼說的呀？」

「這…。」他心裡知道後兩句是「繡嶺宮前鶴髮翁，猶唱開元太平曲。」說的是唐玄宗荒政誤國之事。這還得了！分明是太后想要試探他，打死都不能說，不行，要把她引到別的的詩上去。他略一停頓，想到了一首，說：「微臣不才，只知道董其昌的‘依依棠樹逼丰茸，朗朗玉山高崒崒。’」

慈禧又看一眼鹿傳霖，見他點頭，心中明白吳玉棠是個聰明人，心理試探算是通過了。接下來就可以輕鬆話家常了：「你是哪兒人吶？」

「微臣是江蘇高郵人氏。」

「哦，高郵。高郵是個好地方。秦觀，秦少游是你們高郵人吧？嗯，從高郵進貢來的健脾八珍糕，宮里也是常備著的。說說看吧，你是如何到北京來的呀？」

「微臣是丙子恩科的舉人，候補到陸軍部供職，後調任左安門任班領。」吳玉棠心想再順著往下問，就不好回答了。

誰知道慈禧太后的話鋒在此一轉，說：「丙子科的舉人，還是七品官，也太委屈你了。可你還能把班領當得好，足見你是個老實厚

道的人。對你這樣為國盡忠的英才，黃金萬兩的賞賜是應該的，可目前國庫吃緊，我就賞你兩千兩吧，你就別嫌少了。」

根據我的推算，清朝的一兩黃金，等於 31.25 克。兩千兩黃金，大概是今天五百多萬人民幣的同等概念。

吳玉棠「撲通」一聲跪下說：「微臣真的沒做什麼，實在不敢貪功受賞。」

慈禧太后沒接話茬，接著又說：「嗯！黃金千兩還真是少了一些。這樣吧，授你從二品頂戴，到福建去做巡撫吧。」

吳玉棠聽了就差沒昏過去，這都是什麼呀？亂七八糟的！不行，一定要把事情說清楚，否則太后治他個欺君之罪，同樣要把小命交待了。他壯壯膽開口說：「啓稟皇太后，微臣，微臣我，其實‧‧‧真沒‧‧‧，」

剛說到此處，榮祿大人接了他的話說：「吳玉棠，還不趕快謝恩！這是何處？豈容得你多言？」

吳玉棠看到再無輓回餘地，只好說：「謝皇太后隆恩！可微臣不勝惶恐，還有一個請求，望太后容臣稟報。」

「儘管說吧，看哀家能不能辦得到。」

「啓稟皇太后，微臣的確是不善為官，實在擔不了巡撫的重任。況且微臣年近耳順，堂上有慈母，膝下有孫兒。所以想求太后開恩，允微臣告老還鄉，頤養天年。皇恩浩蕩，微臣永志不忘！」

太后笑起來說：「你看看，你還真是怪老實的，福建巡撫這麼大的油水你都不要。也罷，哀家就准了你。不過，你也別老閒著，許你專折奏事之權，回高郵州之後，每半年三個月的就上一道折子，把你在下面聽到的新鮮事兒跟我說說，也不枉朝廷發給你的俸祿。好不好啊？」

吳玉棠領旨、跪謝。

慈禧站起身，打了個哈欠說：「哀家有點乏了，就這樣吧。崔玉貴呀，難得今天高興，去趟御膳房，叫尚膳今晚加一道高郵血糯米粥。另外，記得帶點生米過來，讓幾位愛卿也帶回去嘗嘗。」

「謝太后！」幾位大人暗暗相視一笑，這心就放回肚裡了。

不到一個月的時間，吳玉棠完成了門禁的交接，準備打道回高郵。恩召過來找他，繞了半天彎子才說：「我太太聽說吳巡撫要走

了，想請吳大人今晚來家裡吃頓餃子。可是您現在是從二品高官，我也不知這事兒是合適呢，還是不合適。」

吳玉棠對恩哨長說：「哎！我們兄弟二人不談官階，不管什麼時候，你都是我的老朋友。弟妹要請我吃餃子，我當然要去。我走前也應該去看看你們一家人的。」

當天傍晚，吳玉棠去了恩家，順路在街上的金店買了一把長命鎖送給恩家的孩子。一進門，見著恩太太，才發現她的肚子隆起已懷著老二。再去買禮物是來不及了。他靈機一動，將金鎖送給他們的女兒，然後，從腰上摘下自己的玉佩交給恩召，當作禮物，留給即將出生的孩子。

恩太太做的餃子是白菜豬肉餡的，放了很多的蔥姜，按待貴客的方式，只包得如拇指般大小。大家都高興，吳玉棠記得那日他吃了有四十多個餃子。

在清代的高郵，能吃到的美食很多，但這北方水餃，卻是當地很難見到的稀罕物。即使到了二十世紀八十年代，餃子仍舊稀罕，全高郵的小吃店也都賣「餃子」，可他們的「餃子」實為餛燉。備受高郵人喜愛的「餃面」，便是麵條加餛燉，帶湯一大碗，隨處可以買到。而真正的北方水餃，買是買不到的，因為沒人會包。然而好吃的高郵人又總是饞水餃，怎麼辦呢？只好求人，求北方人。像我母親的同事們，老是問我母親說：「你是河南人，一定會包餃子吧？什麼時候到你家吃餃子啊？」所以到了星期天，我們常常要切菜、剁餡、揉麵、包餃子請客。餃子的製作，我從小就學會。自上高中，家裡再請客吃餃子，我已經可以獨當一面了。爸媽不必插手，只要跟我說一聲，一下班，帶著同事回家，餃子已然包好可以下鍋了。後來在揚州，去女朋友家，看見未來的岳母正戴著圍裙、護袖，在方桌上用力擀一張大餅，擀平後，用玻璃杯反過來扣出一張張餃子皮。再一看餡，包之前已做熟，因為南方人怎麼也想不通，如何才能保證既要將餃子煮熟，皮還不破。弄得不好，就只能喝「疙瘩湯」了。那天，我好好表現了一番，讓大家吃了一頓正宗的北方餃子。岳母的鄰居都傳開了，說我女朋友一家真有福，大女婿會做「紅案」，現在找了個小女婿會做「白案」。

吳玉棠離開北京時，是個早春。恩召將他一直送到天津的運河

碼頭，二人揮淚相別。

　　帆船從天津南下，一路順風順水，十來天就到高郵地界。船到高郵北邊的界首鎮上岸，揚州知府、高郵知州一行人已在界首碼頭等候。待接到吳巡撫，換轎車沿古運河堤向南，從北門進了高郵城。先不回家，高郵知州已在城北焦家巷的天樂園裡備好了酒席，為吳巡撫大人接風洗塵。揚州和高郵衙門的官員皆恭敬熱情，都表示有吳大人回鄉居住，是我等地方官的光彩，日後還要靠吳大人多多提攜等等。他們整晚都在推杯換盞，直到半夜時分，幾位大人已是面赤耳熱，才送吳玉棠回府。

　　吳玉棠自從前次回鄉省親，已過去了五年。今日家人見面，分外歡喜高興。一家老老小小歡聚一堂，說不完的話。

　　吳家小女兒也從湖西菱塘過來探望父親，帶來了她的兩個兒子，老大叫崔金麟，字伯仙，小名大龍；老二叫崔玉麟，字仲仙，小名二龍，吳玉棠上次都見過面。而吳氏近來又懷上一胎，請人把過脈，還是男孩。她想請老太爺給這三龍起個名字。吳玉棠說：「你們崔家也是書香門第，名字還是由孩子的爹爹起為好。」

　　吳氏告訴父親，這就是崔家老太爺關照的，說這次親家公官加從二品，衣錦還鄉，是何等的榮華富貴。因此，務必請吳巡撫給孩子起個名。這孩子沾了吳巡撫的榮光，必定會前程似錦、福分無量。

　　雖說是外孫，孩子的大好前程當然也重要。「好吧，我就不推辭了。」他想了一下，三龍的大名就有了：

　　崔錫麟，字叔仙。

第 03 章 禍福相倚 崔瑞亭家道中落

1 崔錫麟菱塘出生

崔錫麟，我的祖父，1902 年農曆六月十五日生於高郵菱塘。那一年，他的外公吳玉棠剛從北京歸來，他父親崔瑞亭則在浙江做官。在他出生後不久，崔瑞亭回菱塘過年。在這期間，他和父母商量，想把全家人都帶到杭州去過日子。崔陽春對崔瑞亭說：「我年紀大了，不想再往外跑，想在菱塘終了一生。既然你這麼喜歡浙江，哪天我要是不在了，那就把你母親和你們一家都帶去了浙江好了，省得你還要兩頭跑。」

崔瑞亭聽到這話，只能說：「現在談這個還太早，父親身體這麼好，一定會長命百歲的。你們都留在菱塘也不錯，我不在意兩頭跑。」

年過完了，崔瑞亭隻身返回浙江，仍舊把一大家人留在了高郵湖邊。一晃，好幾年就這樣過去了。

後來，崔瑞亭曾回想過，假設他的官場不在浙江，或者他沒有回到高郵，亦或者當初他根本就沒有考取功名，這個劫難也許就能躲過。但這些假設毫無意義，因為他確實中了進士；確實就在浙江當官；他的父親也確實去世了，他必須回菱塘「丁憂」守制。

「丁憂」又叫「丁艱」，是中國古代和孝道有關的休假制度，按其規定，文武官員在父母亡故後必須離任，回到原籍守孝。到了清代，「丁憂」多適用於文官，而且朝廷借孝道之名，強制「丁憂」的官員停職停薪，守制二十七個月，期滿後，另補新缺。這樣有利於縮短官員任期，促進新老官員的更替。

崔瑞亭回家「丁憂」的那一年，大龍 13 歲，二龍 10 歲，三龍才 4 歲。他們的祖父在菱塘病逝，就埋葬在高郵湖邊。崔陽春前半生在疆場拼殺的往事，除了他的遺孀李氏，誰都不知道。多年後，等他們弟兄三人長大了之後，才逐漸瞭解了真相。

李氏這時的年齡已經接近六旬了，丈夫的突然去世對她是個巨大的打擊，一下子讓她蒼老了很多。幸好，她的兒子、兒媳和三個大

孫子整日陪伴她，給了她許多慰藉。這三個孫子各有特色，大的憨厚老實，二的機敏伶俐，小的聰慧絕頂。老太太最享受的事情莫過於常常帶著三個孩子去吃早茶，有時是豆漿油條，有時是包子燒賣。她自己很少吃，而是坐在旁邊，笑眯眯地看著三個男孩子一邊玩鬧，一邊風捲殘雲。

崔瑞亭是個做官的身份，沒有別的選擇，藥店只能散伙關張了。他把店裡的夥計們打發回家，家裡留下兩個傭人幫助料理家事。日復一日，崔瑞亭每天都在家寫詩、作畫打發時間。心裡盤算，只等「丁憂」守制期滿，就帶著一家老小搬去杭州居住。菱塘這個小地方實在太過閉塞，一旦離開，也許再也不會回來。他暗自慶幸，自己為官的這幾年，很得上司器重。就拿這次回鄉守孝來說，不少人「丁憂」即為罷官，重新補到新缺的希望非常渺茫。他不用擔心，上司已經保證，他的職位仍然替他保留，到時候直接回來上任就行。雖然朝廷推行新政，廢除了科舉制度，但憑自己這麼多年來在浙江官場廣交朋友，積累人脈，為官的道路應該會越來越光明。不僅如此，他還要帶著一家人離開菱塘，乃至離開高郵州這個生活的小圈子，去見識更加廣闊的天地。

然而，一場始料未及的災難驟然降臨，擊碎了他的美好願景。

2 安慶起義

一日午後，家裡的傭人進來報告說，門外來了一位外地人，求見老爺。崔瑞亭放下書卷，來到大門口。一位年輕人立在門外，見他走出來，忙向他行禮問安。崔瑞亭打量了好一陣，才認出這是徐錫麟，其父徐鳳鳴是他在浙江官場的朋友之一，前些年不幸病故了。看到故交的公子，他非常高興，連忙讓進門，看座沏茶。交談之後得知，徐公子剛從日本留學歸來，覺得在浙江山陰老家無用武之地，於是花銀子捐了個道員，被任命為安徽巡警學堂會辦，現正往安徽安慶赴任。由於高郵菱塘正好處在由浙江北上安徽的路途中，所以徐錫麟特意來拜訪他父親的生前好友。

崔瑞亭上一次見徐錫麟還是好幾年前的事了，這次他忽然到訪，崔瑞亭的心裡有一絲意外，但沒有太在意，老朋友的兒子從遠方

54

來，特地停留拜訪，難得這份情誼。況且，徐錫麟留學過東洋，講起外面世界的新聞軼事、風土人情，一家人不論大小，全都愛聽。

跟徐錫麟最親近的是崔錫麟。首先，他們的名字相同，一見面就像老相識。徐錫麟肚子里有太多好聽的故事，每一個都能深深吸引年幼的三龍。正好是愛問問題的年齡，三龍纏著徐錫麟問了許多「為什麼」。比如，為什麼大清打不過小國日本？日本為什麼要學西方？我們國家的「新政」為什麼失敗？徐錫麟並不嫌煩，耐心講解，並且熱情地鼓勵小三龍要好好學習功課，從小立大志，長大要成為一個為國為民做大事的人，去喚醒我們整個民族，用科學和民主改變我們國家落後的面貌。徐錫麟不能說得太直白，五歲的三龍當然是似懂非懂，但他開始認真地思考，思考一些遠不是他這個年齡的孩子通常思考的問題。因此可以說，崔錫麟關於民主革命最初的思想啟蒙，可以追溯到這個時期。

徐錫麟在崔家逗留了七、八天的時間。儘管小三龍再三輓留，他還是要繼續北上安慶，不得不和崔家人告別。臨行前，他留下一個上了鎖的小皮箱，請崔瑞亭代為保管，並說好一年後回浙江時，經過菱塘再來取。崔瑞亭說，只怕到時候自己一家人也要搬到浙江去，便說好，如果屆時家中無人，就把此皮箱寄放在隔壁鄰居家中。

且說這位徐公子離開高郵後便直奔安慶上任。很快，他以博學多才和穩重幹練受到了安徽巡撫恩銘的賞識。除了升任巡警學堂堂長，他還同時兼任警察處會辦以及陸軍小學監督。一時間，徐錫麟成了巡撫大人眼中備受青睞的人物，名頭響徹安徽官場上下。各級官員私下裡常常議論，都認為徐公子日後必將節節高昇、飛黃騰達。但是，他們全都被蒙在鼓裡，對徐錫麟隱藏的天大秘密竟毫無察覺。

這個時期的滿清政權已經步入了窮途末路，好比一艘滿是破洞的大船，在風雨中飄搖。各地反清的革命黨正積極地組織力量，發動武裝起義，旨在推翻腐朽的滿清統治，建立民主共和。徐錫麟早已加入光復會，此次來到安徽的真實目的便是組織和領導安慶起義。

關於徐錫麟本人和他領導的安慶起義，都是中國近代史上濃重的一筆。「百度文庫」對這段歷史是這樣這樣記載的：

徐錫麟，字伯蓀。浙江紹興人。1873 年（清同治十二年）生。

55

1901 年任紹興府學堂教師，後升副監督。1903 年應鄉試，名列副榜。同年赴日本。1904 年回國，在上海加入光復會。同年冬再赴日本學軍，因患眼疾未能如願。1906 年歸國，赴安徽任武備學校副總辦、警察處會辦；1907 年任巡警學堂堂長、陸軍小學監督。

1907 年 7 月 6 日，光復會領導的首次安慶起義爆發。徐錫麟以安慶巡警處會辦兼巡警學堂監督的身份，暗中聯絡會黨，約定在本年 7 月 8 日乘巡警學堂舉行畢業典禮時進行突然襲擊，殺掉省文武大官，佔領安慶，然後與秋瑾的浙東起義軍共同攻打南京。

因葉仰高叛變，安徽巡撫恩銘已掌握黨人名單，畢業典禮突然提前於 6 日舉行，會中徐錫麟用短槍擊斃安徽巡撫恩銘，會場嘩然，其餘文武官員慌忙逃走。徐錫麟與馬宗漢，陳伯平及巡警學生百餘人很快佔領了軍械所，後被前來鎮壓的清軍包圍，激戰四小時失敗。陳伯平戰死，徐錫麟、馬宗漢被捕。當晚，徐錫麟被殺。臨刑前，他神色自若地說：「功名富貴，非所快意，今日得此，死且不悔矣！」

徐錫麟終年 34 歲。

徐錫麟原本和秋瑾等人約定，在安徽和浙江同時起事，然後兩支義軍在高郵湖邊匯合，再一同攻打南京。前番菱塘之行，就是為了事先探路，也是預備萬一起義失敗，往浙江南逃時有個退路。不料出了叛徒，倉促的起義瞬間就完全失敗了。儘管安慶起義沒有成功，但一個巡撫大員居然被自己所信任的下屬用槍擊斃的事件，還是驚動了整個朝野上下。清政府旋即責令藩司馮煦、臬司聯裕嚴查徐錫麟的同伙，務必將其餘黨趕盡殺絕。

3 禍從天降

常言道，天有不測風雲，人有旦夕禍福。再有幾個月，「丁憂」期滿，崔瑞亭一家就要啓程去浙江，不想禍事卻先行來臨。

這天一早，一家人剛起床不久，忽然聽到一陣急促的拍門聲。還沒等開門看看是怎麼一回事，就聽見外面有人喊：「把院子圍起來，別讓犯人跑了。他可是朝廷重犯。」

全家人都聽見了，大驚失色。崔瑞亭讓大家不要慌亂，吩咐吳

氏將母親和三個孩子帶進裡屋，然後叫傭人去開大門。

大門「嘩啦」一聲被推開，一幫差役闖進庭院。其中一人，手指著崔瑞亭對為首的一個彪形大漢說：「這位便是崔大人。」

這大漢向崔瑞亭略一拱手，開口道：「崔大人，小的奉命來請大人即刻去梟司府問話。不過行前還有一件差事要辦，便是要把大人的府上裡裡外外、上上下下全都搜查一遍。」

崔瑞亭一聽，沈下臉厲聲訓斥來人：「你們休得無禮！瑞亭也是朝廷命官，你們有話要問，我去一趟便是了，身正本不怕影斜，一定是有什麼誤會。可你們不分個青紅皂白，一來就要抄家，還講不講道理？」

「哎呀！和我們當差的講道理，大人的官算是白當了。我們吃的就是這碗飯，上頭叫拿誰，我們就拿誰，叫搜查，我們就搜查。其它的，我們懶得管。看在你為官的面子上，我們不想太為難你，你也別叫我們為難，不管查出個什麼，等把你交給聯裕大人，我們就算交差了。」

崔瑞亭聽罷問：「既然是聯裕派你們來抓本官，可曾聽他說過本官犯了那條王法？」

「啊？大人還不知道吧，革命黨徐錫麟，你認識吧？他在安慶造反，殺了我們巡撫，已經被正法。有人檢舉你崔瑞亭是反賊餘黨，聯裕大人命我等來此查抄證據。要是我們今天得罪了大人，或是衝撞了哪位，你就多擔待吧。」領頭的說完，對手下一揮手說：「給我仔細搜！」

不一會兒，徐錫麟留下的那個皮箱就被翻了出來。崔瑞亭並不知道皮箱中有何物件，此刻箱子已被砸開，除了幾件換洗衣物、一些銀元，還有一支左輪手槍以及若干子彈。差役的頭頭接過箱子，對崔瑞亭問道：「這些物件是誰的？」

「的確是徐錫麟所寄放之物。」

「那還有什麼好說的？你這就跟我去見聯裕大人吧。」

崔瑞亭明白大禍已經臨頭，深知此一去很難脫身，但他強作鎮定，對緊抓著他手的吳氏說：「我絕沒有參與徐錫麟謀反，我會跟他們說清楚，你們不要太擔心。如果我今夜未歸，你就去找岳父大人幫忙。」吳氏點點頭，含著淚松開了雙手，眼睜睜看著丈夫被帶走了。

前腳還是好端端的一家人，立刻被恐懼籠罩，能做的只有焦急地等待。

當晚，崔瑞亭沒有回家。吳氏通宵未眠，等到天亮，便告別哭泣一夜的婆婆，帶著大兒子從水路趕往高郵鎮。

吳玉棠見女兒和外孫突然回來，神色慌張，忙問發生了什麼事情。聽完女兒講述昨天的經歷後，他也感到十分的意外和震驚。稍作思考，他對女兒說：「你們現在先吃點東西，一定要保重身體。雖然這件事聽起來不小，但你們也不要慌亂。我這就去州府，盡力弄清楚瑞亭人在何處，由誰審案，然後再想辦法。」

「父親一定要想辦法救他呀！你看我們這老的老，小的小，怎麼有得過生啊！」吳氏所說的「過生」 在高郵話里是指「活下去」的意思。

吳玉棠安慰女兒說：「你放心，只要瑞亭確實不知道徐錫麟有造反之心，事情總有回旋的餘地。」

在女兒和外孫用飯的時候，吳玉棠已將從二品官服穿戴整齊，從吳府出門往南邊步行大約半里路，到中市口往左一拐，前面就是高郵州府衙。知州見吳巡撫登門，連忙殷勤接待。吳玉棠將女婿的遭遇講了，請高郵知州幫忙打聽一下崔瑞亭的消息。

知州聽完後，對吳玉棠說：「先別說他是吳大人的女婿，任他哪個高郵的居民，你安徽的差人要抓，總該知會我這個高郵的父母官一聲，他們不該就這麼把人帶走了。吳大人，這麼著，我先派車送您回府，隨後就行公文，派專人去一趟安徽，問明瞭崔瑞亭的詳細情況，馬上回來給您回話。您覺得這樣妥當嗎？」

吳玉棠心裡明白，作為一個知州，能做到這一步，算是盡力了。於是便回家等待消息。

約莫五六天後，消息總算等到了。崔瑞亭人還在安慶，被關在督練公所，主審臬司聯裕連審數日，儘管崔瑞亭矢口否認參與謀反，但有徐錫麟所留物證，加之自己的小兒子竟也取名錫麟，所以聯裕斷不肯放過他，打算奏請朝廷核准，秋後問斬。

吳氏得知這一消息，差點癱倒在地，被家人趕緊扶到床上躺下。這邊吳玉棠吩咐他的長子帶著大龍，即刻回菱塘，準備銀兩，旋即趕往安慶去上下打點，爭取留下崔瑞亭的性命，再從長計議。

到了菱塘，吳大公子發現家裡的錢遠遠不夠，崔母李氏出面典了房產，又找鄉鄰湊了一些錢，加上崔瑞亭這些年收集的古董字畫，一並送給了聯裕。

有錢能使鬼推磨，聯裕答應暫緩奏報。死罪可免，人卻不敢放，因為新上任的安徽巡撫馮煦已經明示要親自復審此案。要想放人，一定要馮巡撫點頭才行。臨了，聯裕還透露，這馮大人也是你們蘇北人，興許他願意幫你們的忙。

吳大公子即刻離開安慶，趕回高郵向父親復命，商議下一步行動計劃。

4 馮巡撫網開一面

吳玉棠以前聽說過這位新上任的安徽巡撫馮煦，也知道一些他的底細。此人生於江蘇金壇，因父親早亡，他便在外公家長大，而他的外公就住在高郵旁邊的寶應縣。馮煦是光緒十二年的進士，工詩詞歌賦，年少時就有「江南才子、江南通儒」之稱。他本來在四川任按察使，兩年前剛調任安徽布政使兼提學使。由於恩銘被徐錫麟刺殺身亡，朝廷擢升馮煦為安徽巡撫，並代表清政府全權處理安慶起義的案子。他素來有為官清廉，剛正不阿的美譽，吳玉棠覺得女婿的案子有望出現轉機，於是，他決定親自赴安徽拜訪馮巡撫。

馮煦得悉吳玉棠欲來訪，很是高興。他早就想結識這位在庚子之亂中出了大名的吳巡撫。於是他馬上安排，在自己的府邸會面並設午餐宴請吳玉棠。

吳玉棠到了馮府，帶來了高郵特產——四盒秦郵董糖作為禮物。吳巡撫對馮巡撫說：「聽聞馮中丞清廉美名在外，本院不敢造次。這點家鄉土特產，權當見面禮，太不成敬意，還望中丞大人勿怪。」

「吳中丞是京中守國功臣，馮某久仰大名。今日得見，實在是莫大的榮幸。在寶應時就品嘗過秦郵董糖，據說是 '秦淮八艷' 之一的董小宛所創制，乃高雅之物。而且我還聽說，此董氏的小名就叫清蓮（廉），吳中丞有心誇贊，令我感激不盡！」 馮煦一邊說，一邊請吳玉棠入座。

餐席很簡單，四菜一湯。二人並未飲酒，邊吃邊寒暄，接著談論古今文學，越談越投機，越談越知己。飯後，馮煦請吳玉棠移步客廳坐定，命人上茶，說：「我馮家貫來粗茶淡飯，唯獨對飲茶情有獨鍾。吳中丞請品此茶，看看是否順口。」

吳玉棠雙手捧起茶托，見茶碗里的茶有葉無梗，平展微翅，色澤寶綠並帶白霜，葉底綠嫩明亮，茶湯清澈透明。送到嘴邊抿一口，清香高爽，滋味鮮醇回甘，不禁贊嘆：「果真是茶中極品。今天有幸和中丞相聚一堂，此茶也是極其對應當下的情景。有詩雲：‘七碗清風自六安，每隨佳興入詩壇。纖芽出土春雷動，活火當爐夜雪殘。’」

馮巡撫接著吟誦：「‘陸羽舊經遺上品，高陽醉客避清歡。何日一酌中霖水？重試君謨小鳳團。’對、對、對，這正是我安徽名茶‘六安瓜片’。吳中丞好眼力，好學問。你我今日相見恨晚，不妨打開天窗說亮話，來他個不吐不快，可好哇？」

「好！中丞此話正中玉棠下懷。中丞想必明瞭，玉棠此行實為小婿崔瑞亭的官司而來。瑞亭他實在是個本份人，從未參與革命黨的任何事情。徐錫麟的確來高郵找過他，他因父親過世，從杭州回到高郵‘丁憂’守制，而徐錫麟的父親徐鳳鳴在浙江山陰做官時，和小婿有過交往。可自打徐鳳鳴死後，瑞亭就再沒見過徐錫麟，根本不知道他是個革命黨。這點，我完全可以為他擔保。至於我那小外孫也名叫錫麟，就更屬巧合。這個名字是我外孫尚未出娘胎之時，我給他起的，那時瑞亭還在浙江任上。我若有先知先覺，斷不會讓外孫和一個反賊同名。」

吳玉棠見馮煦頻頻誠懇點頭，他話鋒一轉：「當年兩江劉總督表彰馮中丞‘心存利濟、政切勤勞’，玉棠也知道中丞為官清正，明察秋毫，所以才斗胆登門，表以實情，切盼中丞能夠手下留情，救小婿一命。」

談到案子，馮煦表情凝重起來，回應說：「吳中丞應該知道，我們這些做官的人自從領皇恩、受俸祿於朝廷，便是個不由己之身。此次審理安慶反事，本院是百感交集、心中茫然而無人可訴，難得遇見知己，今天我想暢所欲言一回。」

「玉棠願洗耳恭聽。」

「徐錫麟殺了朝中大臣，朝廷命我嚴辦，我不得已而為之，下令將其就地正法。可當今的逆賊難保日後就不會是烈士勳臣。而我會留下罵名於史冊，不是絕無可能。那徐錫麟若泉下有知，能明吾苦衷否？我在其位，謀其政，不過是一個為朝廷盡忠的官吏罷了，情非得已呀！故此，本案主犯以外，絕不株連，主散脅從，以示寬大為懷，同時也給自己留下點可退之地。至於崔瑞亭一案，先由聯裕主審，本院亦已復審。詳查之後，實未發現他參與謀反的真憑實據，至多可責其交友不慎這一條罪狀。既然有吳大人親自擔保，我不妨施以順水人情，待與聯裕商量之後，數日內或可釋放崔瑞亭返家。不過，官他是當不成了，回家安心休養，過過庶民的小日子，不一定是什麼壞事。」

吳玉棠想不到轉機出現的如此之快，心中巨石落地。他站起來說：「本院這裡先替小婿謝過馮大人！素聞中丞大人屢平疑獄，今日一見，果真名不虛傳，就是不知如何感謝為好。」

「兄台先別誇獎，本院此舉，也只是順應天下大勢之潮流罷了。要說感謝，還不如要你一句肺腑之言，不知兄台可願意慨然相贈呀？」

「既是知己，便當肝膽相照，中丞儘管相問，玉棠知無不言，言無不盡。」

「好！要的就是這句話。兄台自當看得清楚，時下吾朝內憂外患，黨禍日亟而民不聊生。滿朝文武不思自責與奮力圖強，卻一味粉飾因循而苟安之旦夕，貽誤將來且今者阽危，大局每況愈下，日甚一日。馮某為此寢食難安，想必兄台也為之憂慮吧？」

「實不相瞞，吳某憂心如焚。」

「可曾想過解救之法？」 馮煦迫切追問。

「這解救之法，不是沒有，只是太難落實。」

「馮某願一聞其詳。」

「這唯一的解救方法便是這幾條：其一，將民為邦本視為要則。其二，明確賞罰，用尊主護民之臣勿疑，刑禍國殃民之臣不貸。其三，天下自治則莫能亂，天下舉安則莫能危。大計之本，不出此三條也。」

馮煦聽罷開懷大笑，說：「吳中丞一席話，說到我心裡去了。

雖說眼下的時局已是積重難返，可上書進諫乃吾等臣子的職責。我想請閣下和我一同聯名寫個奏章，把你我的想法上疏朝廷。不知兄台意下如何。」

「馮中丞為國為民，用心良苦，玉棠怎敢推辭中丞之命？」

等二人寫好了上疏文書，吳玉棠就起身告辭。臨別時，他對馮煦說：「再一次謝過馮大人對小婿崔瑞亭的恩典，他的一家老小可就在家等他回家了，再不會生出枝節吧？」

「不會的，兄台放心吧！」 馮煦說過這話，將吳玉棠送至門外，吳玉棠離開安慶回高郵去了。

後來，馮、吳二人的上疏奏本頗得慈禧太后的賞識。可是，在清朝即將崩潰的前夜，不但其主張根本無法貫徹，還引來了一眾朝中顯貴的忌恨和排擠。吳玉棠原本就無官一身輕，倒也無傷大雅，可是馮煦的巡撫只當了一年不到，就被兩江總督端方罷了官，罪名是「有革命黨之嫌疑」。此舉正中馮煦下懷，頂著這個名頭，他總算是為自己找了一條退路。滿清滅亡後，民國政府沒有追究他處死徐錫麟的罪責，他得以寓居上海，以前朝遺老自居，善終於八十五歲。

一個不折不扣的聰明人。

5 崔瑞亭眼盲心冷

湖邊蘆柴的葉子開始轉黃，蘆花的白絮隨風飛舞，一無定向。在這濃濃的秋色里，崔瑞亭終於回了家。

人能活著回來，值得全家人高興。吳氏當掉僅剩的幾件首飾，在望湖樓辦了幾桌酒，一是要公告大家崔家老爺全身而歸、並無罪責；二是感謝在崔家有難時伸出援手的鄉鄰，當然也請來了功不可沒的吳玉棠和其他的吳氏娘家人。

大家都知道，崔瑞亭在獄中一定吃了不少苦，可為了他的顏面，都不提這事，盡量說一些安慰、祝福的話。

崔瑞亭含著微笑，以平靜的語調應承著，可在眼底瞬間划過的悲傷和憂愁的情緒，還是被吳玉棠的視線捕捉到了。酒席散了後，吳玉棠回到女兒家，和女婿一直交談到深夜。他勸崔瑞亭說：「人生一世，總免不了磨難，遲早而已，還是要看開了。官職丟了，榮華富貴

沒了，甚至連房子家產也都不復存在，這個家自然會是面目全非。但人還活著，就不能失去希望。眼下首要的是忘了自己的功名和官位，盡快適應市井布衣的身份，並為今後的日子早作打算，擔起這一大家子的責任，儘管這份責任肯定會很沈重、很艱難。如果實在有過不去的難事，我們家裡人一定盡全力和你一起來分擔。」

次日晨，吳玉棠就要返回高郵鎮上。行前女兒女婿帶著三個男孩子到碼頭相送。吳玉棠登上船，一回頭見女兒吳氏在岸上流淚不止，不禁也紅了眼圈。他又折回頭上岸，對三個外孫說：「你們家的日子可能要比之前過得清苦，你們都是男子漢大丈夫，不但要學會照料自己，還要幫助你們的父親扛起這個家。尤其是大龍，你已經十六了，要照顧好你的兩個兄弟才是。」

見大龍點頭答應，他扭頭對小三龍說：「三龍啊！你還小，可你也要學會懂事，好好用功念書，將來出人頭地，重新光耀門庭，讓一家人都有指望，你要不要啊？」

三龍看著外公，認真地說：「要！」雖然只一個字，卻好似一粒種子，日後會在他心中長成樹，一棵參天的大樹。

送走了岳父、岳母大人們一行，崔瑞亭回家和吳氏坐下來，仔細地將債務做了個盤點。除了房子和前面的店鋪已經押給了「望湖樓」的小沙掌櫃，另外還欠了不少現錢，大約有數百大洋。吳氏說父親昨晚背著崔瑞亭給了她一張銀票，正好夠還上這筆錢，但是房產的贖金一分都沒有，而且已到交房抵贖之期。

崔瑞亭決定，即刻去沙府求情。吳氏阻攔說：「再怎麼說，老爺也是有進士功名的人，怎好如此不顧身份？還是我去吧。」

「不然！還是由我去為好。夫人想想看，如果我今天不能邁出這第一步，往後如何在菱塘這個地方過日子？如何做一個能屈能伸的七尺男兒？事到如今，已經連累你許多，以後只要我在，便不會叫你再受委屈。放心吧！我會把一切都安排妥當的。」崔瑞亭說完，在院中站立了片刻後，猛然抬起頭，跨門而出。

還是當年崔陽春走過的路，沙府也還在原地，只不過老沙掌櫃前些年過世後，沙家現由小沙掌櫃當家。小沙掌櫃一見崔瑞亭來訪，忙迎進門、請上座、沏「碧螺春」。崔瑞亭坐下說；「沙掌櫃不要客氣。我今天來是要謝謝沙掌櫃，在我們崔家遭難時慷慨解囊，幫助我

一家渡過難關，瑞亭沒齒不忘。對於抵押出去的房產，我無心贖回，以後就是你的產業。但求沙掌櫃好人做到底，能否將此宅院的後一進出租給我，我一家仍舊住在那塊，從後門出入。這樣，前一進院子和臨街的鋪面，你可作它用。你看這麼辦行不行？當然，如果讓你為難，我再想其它辦法。」

小沙掌櫃連忙攔住他的話頭，說道：「你先聽我跟你說，當初你遇到事情，尊夫人找到我，說實話，那是抬舉我。憑著我們兩家上下兩代人的交情，能拿的我都拿出來了，救急嘛。可你夫人執意要把房約地契留在我這裡，這讓我太難為情，但事情緊急，我也沒有多說什麼。現在事情已經過去，你大活人也回來了，我們這心啊也能放下來了。這些契約你先拿回去，還錢是小事，來日方長，我們日後有空再談。你先回去好好休養。」他說著就把契約書往崔瑞亭手裡塞。

「不、不、不，沙老弟，我能叫你老弟嗎？」崔瑞亭激動地站起身，連連擺手。

「那還用問嗎？行啊！崔老兄！」

「老弟呀！不瞞你說，這筆錢我是還不上了。可這一家人總要有個遮風擋雨之處吧。我也知道，你不會趕我們出去，可是欠債還錢，自古以來天經地義。既然錢還不了，那房子就不歸我所有，哪怕叫我在那屋裡頭多住上一天，都會讓我難當羞愧。你如果真心幫我，就允我所求。租金上客氣一些，不要收得太高，便是好之又好了。」

「崔老兄，你不要著急，先坐下喝口茶。」沙掌櫃等崔瑞亭坐下後接著說：「老兄你既然把話說到這個份上，我也就來個直來直去。其實，我這裡有個折中的辦法，不知說出來會不會得罪老兄？」

「沙老弟請說，不礙事的。」

「如果就依你的說法，你們一家住在後一進的三間房裡。那臨街的店面反正也空著，我們可以把藥店再開起來，藥店賺了錢，房租再從裡面扣就是了，租金就按市面上的均價算。如此一來，你有房子住，我有生財之道，同時你也有了養家的營生，一箭三雕。你看這主意怎麼樣？」

崔瑞亭聽後喜出望外，說：「沙掌櫃能這麼做，真是又幫了我的大忙。那就這麼說定了。不過，我尚有一事，請老弟答應我。」

「什麼事？你請直接講！」

「開藥店是好主意，可我只想在店裡坐堂看病。櫃台上的事，還請老弟另找一個懂得做生意的人來做，望沙老弟應允。」

沙掌櫃一想，崔瑞亭當年高中進士，經歷過富貴，如今願意放下身段，做回一個郎中先生，已屬難得，如果當個掌櫃，每日早晚忙於貨物錢賬，先別說他是不是這塊材料，即便可以做得好，也會讓人心不忍而情難堪。因此，沙掌櫃爽快地答應了下來。

小沙掌櫃比他父親更會做生意，也就用了小半個月，臨街的鋪面已經打掃乾淨，新進了貨物，藥店就開張了。新店名叫「望湖藥房」，小沙掌櫃請自己的大舅哥來做掌櫃，幾名夥計還是以前的老人，全都熟門熟路。崔瑞亭在櫃台外的桌子上號脈問診，到月底扣了房租，還能在櫃台上支一些工錢，能夠維持家裡的基本生活。

當人們得知「望湖藥房」看病的先生是個進士出身，藥店生意一下就忙得不可開交，不得不接連增聘夥計。夥計們則住在後院的前一進屋裡。

漸漸地，崔瑞亭和他的家人適應了新的生活方式。大龍和二龍不再讀書，他們四處奔走，想方設法掙錢。後來，大龍成為湖產買賣的中間人，為漁船和岸上的商人撮合交易並收取微薄的好處費。雖然這份工作掙錢辛苦，但大龍老實厚道，大家都願意找他做生意。一年後，他娶了菱塘當地的瞿姓姑娘，搬出去租房居住。但他和二龍一直分擔著三弟的學費，從未間斷。

二龍常常不在家，跟著漕運的船隻四處漂泊。他偶爾會回家看望家人，留下一些錢就又離開了。

三龍在兩位哥哥的幫助下，得以在菱塘鎮的新式小學上學。他知道這個讀書機會來之不易，所以更加努力用功。他聰明好學，記憶力超群，不僅各科成績在全校名列前茅，還在詩歌、書法、繪畫等方面顯示出卓越的才華。他尤其喜歡當時的書畫大師吳昌碩，因此他的書法和畫風從小學時代就形成了吳派的風格，在菱塘已經小有名氣了。

然而，他繼續求學的道路很快就遇到了阻力，而這阻力來自於他的父親。

崔瑞亭在獄中患上了眼疾，雖然在出獄後立即就開始了治療，但病情未能得到很好的控制，加上他情緒低落、心灰意冷，雙眼視力

逐漸下降，到了三龍小學畢業的那年，他已經完全失明瞭。他放棄了藥店的工作，從此就一直待在家裡，再也沒有回到藥店工作。唯一微薄的收入也不再有，只能依靠大龍和二龍的供養，以及岳父的援助生活。這樣的日子既艱苦又不順心。同時，他也非常擔心小兒子的前途。

一天晚上，他半躺在床上，讓吳氏把三龍叫進房來。為了籌集上中學的學費，三龍這些天一直在街上賣字畫。聽說父親找他，他馬上跑進房裡。崔瑞亭說：「三龍啊，來，坐在我邊上，我有話跟你說。」

三龍便坐在了父親身邊。

崔瑞亭雙手向前摸索，抓住了小兒子的一隻手，接著說道：「三龍，都是因為我的後半輩子命運不濟，讓一家人都跟我一起吃苦受罪。尤其是你們弟兄三個，我什麼也沒留給你們，反給你們添累贅。眼看你大嫂今年冬天就要生產，大龍的負擔就更重了。因為北面打仗，二龍的船隊又被卡在天津出不來，昨個收到他的信，說他不再跑船了，而是留在天津當地做了一個水警，薪水很低的。他們兩個雖說也不寬裕，但他們不在我跟前，我操心也沒有用。唯獨三龍你讓我放不下心。你年紀最小，全家人又都寵著你，可我和你媽還能活多久？你將來要靠什麼來安身立命呢？在學校里，你一直品學兼優，沒人不誇贊你，我心裡也高興。可你已經高小畢業，家裡如此艱難，就不要往下讀書了。讀書沒有用的，對你根本沒好處！你看看我還不清楚嗎？我讀了一輩子書，還高中了進士、做了官，可到頭來我還剩下什麼？除了一雙瞎眼什麼都沒有。再看他沙掌櫃家從不出讀書人，世代靠手藝吃飯，就一個小本生意，日子過得不曉得比我們家好到哪裡去了，連我們住的房子都是他家的。」

崔瑞亭停頓了一下，又說：「所以，三龍啊！今天我讓你媽帶我去了一趟‘童記’茶食店，求童老闆收你做個學徒，童老闆說他一直很歡喜你這個小秀才，同意你去，不收學費，不發薪響，三年滿師。你要能好好學，不怕吃苦，等學成之後，也算是有了一技傍身，我和你媽就可以安心了。童老闆那裡，我都說好了，明天一大早你就過去，聽候童老闆的吩咐。」

三龍聽完父親的話後，沒有說任何話就默默地走出了房門。吳

氏悄悄對丈夫說：「我看他的眼淚都快要流出來了，不曉得他聽進去沒有。」

崔瑞亭心想：不讓他繼續讀書肯定讓他有點難過，但他一直是個聽話的好孩子，應該會聽從我的安排。而且，以他的聰明才智，應該懂得這是他最好的選擇。

崔瑞亭夫婦因此感到一些欣慰，睡了一個安穩的覺。第二天清晨，三龍向父母告別：「父親、母親，我走了。你們在家多保重，不用擔心我。」說完，離開家門而去。吳氏趕忙也走到門外，目送小兒子離家，直到他的背影消失在街角的轉彎處。

轉過街角，前面不遠就是「童記」茶食店。茶食，一般是指飲茶品茗時的佐食之物，包括糖果、糕餅、蜜餞等等點心、零食的總稱。當時，副食品商店尚未出現，茶食店便是最能吸引孩子們的地方。三龍當然也喜歡那裡，以前奶奶常帶他去。三龍比誰都饞，尤其愛吃糖，還有又脆又香的桃酥、雪白的雲片糕、六個角的金剛奇。這麼說吧，這裡就沒有一樣是他不愛吃的。可自從父親入獄的那天起，他就再也沒進過「童記」。

今天，他會進去嗎？

假如他進去了，憑他的資質和強勁的進取心，應該乾得不錯，或許，很快在某一天就混成了一個茶食店老闆。他的店可能很大、很氣派，生意興隆通四海，崔家在菱塘鎮上再次噹噹作響。

這種推測，能夠勾起我無限遐想，構思出無數的可能性。但是，真實的結局只有一個，那就是三龍根本就沒有跨進茶食店的門。他過門而未入，繼續大步朝前走，把「童記」甩在身後，把菱塘鎮也甩在身後。

確切地說，十三歲的三龍離開了菱塘，而且以後他會越走越遠。從這一天起，他再也沒有回過菱塘這個地方。

6 一幅畫作

2019 年 6 月 13 號，距離祖父崔錫麟離開人世已經有三十多年了。這天，著名的北京保利國際拍賣有限公司在其網站的主頁上，發佈了一條 「重要通知」 ，點開後是一篇圖文並茂的文章，標題是

「樣本的價值：見證了時代洪流的一件傑構——讀張大千贈崔錫麟《番女醉舞》」。

這是一幅張大千的人物彩色畫，畫的是一位新疆舞女。對此作品的說明如下：

拍品第 3095 號

張大千 《番女醉舞》

鏡心　設色紙本　1943 年作

79×36 cm.　31 1/8×14 1/8 in.　約 2.6 平尺

【題識】茸茸狸帽遮眉秀，白粉故衫拖窄袖。金樽一滴九回腸，柳眼半迷雙中酒。客里看春花影瘦，元夜燈昏風定後。婆娑倦態趁輕塵，羅帶紅隨腰貼逗。《木蘭花令》。

壬午元夜塔爾寺看酥油花燈，復觀番女醉舞，賦此。越二年，癸未秋日復為叔仙老兄寫圖，即乞正之，時將還蜀中，倚裝率爾，幸諒幸諒，張爰。

【印文】張爰、大千居士

【說明】上款。崔錫麟（1902-1987），字叔仙，江蘇高郵人，是聞名全國的作家汪曾祺（1920-1997）的親姑父。1931 年奉張仁奎成立「仁社」，與張竹平、徐逸民等人同為該社主持人，系青幫「通」字輩大佬。1934 年冬，與徐逸民、範文藻、楊寶璜、邱漢平、韋敬周等幫會同仁在上海籌建洪門五行山。後任行政院簡任組長、財政部中國農民銀行董事長、第二集團軍少將參議。「八一三」抗戰期間，崔轉任國民黨三十二師少將參議兼三十二師司令部駐滬辦事處處長，負責勸募抗日軍用物資，送至前線，為此受到蔣介石先後兩次接見。1948 年重組「仁社」時，崔錫麟與徐逸民等均為理事。1950 年崔錫麟自香港起義歸來，1955 年因潘漢年事入獄，1981 年平反，後定居高郵故里。

崔錫麟與國民黨政界軍界高層往來極多，尤其是任職蘭州時，與吳稚暉、於右任、居正、蔣經國兄弟等相當熟稔，吳、於多有贈書；他早年主持「仁社」時，韓復榘即為社員，他又與黃琪翔、朱紹良、蔣鼎文等交相莫逆。崔又嗜好丹青，因此張大千、豐子愷、潘絜茲等常為其座上賓，時有酬作。

　　民國時的上海灘，是政黨、幫會、金錢、洋人的天下，共同構成那個時代的波詭雲譎和光怪陸離。來自全國乃至世界各地的有產或無產階級，均蜂擁而至，希望在那時上海的霓虹燈下攫取自己的一杯羹，由此演出一幕幕有關家國、生死、愛恨、情仇的大小戲碼。嚴格來說，來自距上海300餘公裡外的高郵鄉下的崔錫麟，並不算是這股大潮里的佼佼者，不過其頭角崢嶸，以一身而盡兼幫派大佬、軍政要員、銀行巨子、丹青雅客數種鮮艷角色，且隨時隨地切換自如，倒也是十分了得的功夫。儘管，易幟後他逐漸被新的歷史潮流裹挾、吞噬而至於籍籍無名。

　　這裡關於崔錫麟的說明，寫得簡要且精彩，所述事實基本準確，只是有些內容需要修正。

　　比如，他並非汪曾祺的姑父，而是汪曾祺父親的姑父。他也並非財政部農民銀行的董事長。各位耐心往下看，自然都會明瞭。

　　哦！至於這幅畫，最後拍得五百多萬元人民幣。不清楚這位賣家是誰，但把這張畫保留至今，並讓其重見天日，我感激不盡！

　　我也不知道那位買家的名字。在此一並鳴謝！

第 04 章 中學畢業 崔錫麟初探社會

1 崔哥的外號

在高郵方言中，「崔」和「吹」的讀音竟然相同，都念作「chui」。因此，您大概不難猜到，崔哥從上小學到高中畢業，被同學叫過的綽號無非便是「吹大牛」或是「吹老牛」之類而無其它。我於 1967 年進入小學，1977 年高中畢業，這十年也是中國的「文化大革命」年代。那時學生的學業極其輕鬆，有點兒作業，三下五除二即得。於是就生出了海量的課余閒暇，尤其是進入高郵中學以後，百無聊賴的一幫子少年，每天一放學就會聚在一起，變著花樣地瘋玩。玩累了，也會找個土坡，坐下來輪番亂侃。等到每個人所能講的故事都講完了，總會有人提議，讓「吹大牛」再講一個。

因隨父母「幹部下放勞動」，崔哥的小學三年級至初中一年級是在高郵縣城往北九公裡外的東溝公社度過。實在是無處可去，也沒東西玩，從那時起，我突然對閱讀上了癮。至小學畢業前，別說家裡爸媽的藏書，全公社所有下放幹部家的書，幾乎都被我借來吞下肚。沒得挑，只要是書都看，當然以小說為多。白天坐在山牆下的草堆邊，晚上在煤油燈旁，不停地讀。媽媽老是說我，這樣看下去，眼睛一定會看壞的。媽媽一貫正確，到了初中二年級，因近視加散光，我鼻梁上多了一副眼鏡，但肚子里多出一堆故事。中國的、外國的、古時的、現代的，琳琅滿目。

也是在鄉下的那段時間，大姑媽從新疆，叔叔從山西同時來探望我們。他們和父親談到許許多多他們共同的往事。也許他們並未在意，我在一旁聽得有多麼認真，並且第一次得知，原來我們的家族居然有這麼多迷人的故事。

那天在奎樓的石階上，幾個同學聊過三國演義和三國志的異同之處後，要求崔哥再講個不一樣的故事。我問要不要聽我老爸家的故事？大家都來了興致，說好哇！那時候，我所聽到的關於自己家族的往事，尚未連貫成體系，更不全面，可我還是講起了我聽來的、斷續的故事。講著講著，晚霞已經爬滿天際，大家散伙回家，約好明天繼

續。

幾天後，我的故事講完了。大傢伙意猶未盡，讓我接著講。我說沒有了，我知道的都講完了。

「怎麼可能？接著編不就行了嘛。」

「可我不會編呀。我講的都是真實的事情。而且就知道這些了。」我解釋道。

沒有人相信我的話。不奇怪，對於一直生活在高郵這種小地方的中學生來說，這些故事太過於戲劇化。用當時的話說，太象吹大牛了。好在我的一幫老友心善，忙告訴我：「雖然明知是吹牛，但我們愛聽，接著吹就是了。上學期全縣的語文統考，你是第一名，編故事對你來說應該不難吧？」

我能怎麼辦呢？他們斷不信我。我有些沮喪，當時就想，假如我把這些故事前前後後的來龍去脈全都搞清楚，並寫成一部書，還會有人說是我吹出來的嗎？這是少年時關於寫書的最初想法。隨著年齡的增長，這種想證明自己不是吹牛的念頭，早成了超幼稚的笑話。雖然寫作的心願沒有斷過，但目標導向卻徹底改變，變成了想寫一部書來證明自己真是個會吹牛的人。

人的一輩子里有太多的想法，很正常，將想法付諸於行動就不容易了。

崔哥也是一樣，對寫作的事，其實從未認真過，直到我五十歲生日那一天，忽然發現我的這個念頭不但沒淡忘，反而變得有點迫切了。

那晚即將收工，台灣來的琦美和她香港籍的先生 CN，加上北京人譚家姐妹倆和她們的丈夫，劉博士和周博士，共三家人一起送來了一個驚喜。他們帶著生日蛋糕，一起來到我們店裡，慶祝我的五十大壽。我們旋即關了店門，煎牛排、倒啤酒、切蛋糕、歡喜快樂。在這群人里，我是第一個進入五十歲的人。席間，我被問到對將來退休生活可有規劃。我說我興趣廣泛，閒不下來，想做的事情還很多。不知怎麼就說到，自己長期以來一直有一個寫書的想法，就不知什麼時候才真開始動筆。聽一個職業大廚說要寫作，大家非但沒有過於驚訝，反倒對我說，以你平時講故事的才華，弄不好，你寫的書一不留神就成了世界名著了。

一陣歡笑。

我便趁勢編了個段子：「要這麼說，我倒想出一個笑話。說的是一千年後，有位小學老師問學生們一個問題：'小朋友們，誰能說出一位我們中國歷史上享有盛名的文學家？'有一位女同學舉手說：'我知道一位，曹雪芹。''對！還有嗎？'這時，有個小男孩也舉起手說道：'我還知道一位，他，他，他好像姓崔。'老師說：'都說對了。你們真棒！'」

又一陣歡笑。

笑聲散去，我忽然發現，我吹牛的本事看漲。看來時候已到，我該為寫作做一些準備了。

不久，寫書的想法逐漸形成了一個清晰的概念，可是真要開始行動，談何容易？先不說寫得好壞，寫作所需的時間就是第一難題。一直到9年以後，機會才最終出現。

2019年底開始，新冠病毒在全球大流行，我們被迫在2020年的三月停止工作、關了店門、留在家中躲病毒。家中門裡門外的雜事都乾完了，平身第一次發覺，時間還需要打發方能不感無聊。美國國慶節前後，正在我無事可做、閒得發慌的時候，猛然想到，現在有的是時間，何不就此開動呢？

說做就做，打開電腦，開始寫提綱。寫了好幾種不同的大綱，卻發現自己的能力對於複雜的文學結構根本罩不住。算啦，還是老實點，按著時間線把我的故事一一講來。還別說，這麼一來，事情變得容易多了。我只是想象著，還是那個秋天的午後，還是在安靜的奎樓下，給要好的朋友們講起了我的故事。

起初的三個章節很順利就寫好了。我嘗試性地將這三章的初稿發給姐姐評判，也發給了幾位好朋友，他們將會是我的《湖天一覽樓》第二、三部書中的重要人物。很快就收到意見反饋，總的來說，反應好過預料。有位姓許的老友是位教授，在揚州的一所大學里教英文寫作，他也給出了非常正面的評價，讓我信心倍增。

五個月的疫情高峰期一過，我們就恢復工作了，每天又要從上午9點工作至晚9點。我只好暫時封筆，打算等退休以後，有了閒暇再接著往下寫。想不到的是，此後的每一天，我心中總是不安寧。躺在電腦里那前三章的文字，怎麼總讓我無法忘懷？把它們扔在那裡不

再問津，為何讓我心生愧疚？就在昨天我忽然想明白，我已經把自己放在這些文字之中，不時地喚醒它們，不時地經歷它們，都變成了我自身的一種渴望。

今天是復活節，所有商店停業一天，沒地方可去。從今天起，我開始嘗試著不再擱置，只要有時間就隨手寫一點，因此就有了第四章的第一節。

這一節寫到此，我忽然想到，我曾有兩次和文學活動沾上邊。一次是在我的大女兒出生的 1988 年，我寫的一篇短小說在揚州當地的報紙上刊登。另外一次更早，是在 1971 年早春的一個星期天，我們一家四口從高郵城步行回東溝的家。途徑邵家溝時，曾是作家的父親指著路邊剛發嫩芽的柳樹念出一句詩：「柳樹枝被抹上了一層新綠，春天來了。」

巧了，第二天到學校，老師要求寫一篇作文，題目是：記清明節掃烈士墓。我想都不用想，第一句就有了：「路邊的樹枝抹上了一層新綠，清明節到了」。這篇作文後來被選入揚州地區中小學生優秀作文集，刊印成冊。同在東溝下放的單校長是母親的好友，她得到一冊，看後告訴了母親。媽媽回家在飯桌上說起來，大家都笑我偷爸爸的句子。那時我讀小學四年級，現在想起來一算，這已經是五十年前的事了。

2 吳家大院

接著說三龍。

那天一早他離開家，就一直奔碼頭而去。

大龍正在碼頭上談生意，邊上一漁人拍拍大龍肩膀說：「哎！大龍，那不是你家那個小才子嗎？」

大龍回頭，看見三龍正往這邊匆忙趕來，他立刻從跳板上跳下來，迎上他的小弟弟，問：「三龍啊！這一清早的，你跑到碼頭上來做什麼？」

「大哥，我要上高郵。」三龍告訴哥哥，父親不讓他讀中學，叫他到茶食店去當學徒，而他不想就此荒廢學業，要到高郵城去找外公幫忙。他拿出最近賣畫掙得的錢，問哥哥夠不夠去高郵的船

費。

　　大龍有些驚訝，但沈默了一下，想想也沒有其它更好的辦法。他嘆了一口氣，輕聲對三龍說：「是你哥哥沒本事，讓你這麼小就要離開家。也罷，你如果能上中學，以後一定有出息。」他讓三龍把銅板收好，留著以後花，又在弟弟口袋裡塞了一塊銀元，領他到開往高郵的船上，托船老大把弟弟帶到高郵北門。待船帆升起，將要啓錨之時，大龍又返回船邊，手裡拿著荷葉包著的、熱騰騰的水煮藕，遞給三龍說：「剛才在對面攤上買的，小心燙嘴，等一下路上吃。三龍啊！你要是在外頭不順心，還是回家來。聽到沒有？」

　　三龍聽了點點頭，想說些什麼，卻沒說出口。船離開了岸邊，他回頭望去，發現大龍並未目送自己遠去，而是低著頭靜靜站在那裡，一動不動。三龍不作多想，轉身把目光投向前方，眼前無邊的湖水延伸至天邊，水波反射出斑斕的光輝，還有一隻白色的水鳥，在蔚藍的天空里舒展開雙翅，自由自在地飛翔。

　　船在高郵北門外的運河對岸停泊，船老大帶三龍翻過湖堤，把他交給運河擺渡工老蔡。老蔡聽說是吳巡撫的外孫，樂呵呵將他送過河，指著御碼頭高高的石階說：「等你過了河堤，一直往前走，到了北門街就右拐，走到了城門口，就可以看到護城河東邊最高的門樓子，那就是你要去的吳家大院。」

　　三龍謝過老蔡，上了岸。也就一刻鐘的時間就找到了外公的家。敲開門。

　　吳玉棠和太太趕忙出來見小外孫，看他孤單一人大老遠找來，心疼壞了。待三龍道出原委，外公說：「你要讀書，我當然支持。既來之，則安之，先在家裡住下來，上學的事，再從長計議。正好中飯快好了，我們等會先吃飯。」

　　外婆上前拉起三龍的手，領他到客廳用餐。外公一家三代人都開心地看著三龍，問東問西，令他倍感溫馨。

　　這時候，距滿清滅亡已經過去了數年。民國開始後，吳玉棠的巡撫官職自然是沒有了，但因著他當年的抗夷英名，加上回鄉後修橋補路的善行，民國政府不曾為難於他。作為當地的知名鄉紳、昔日舉人，他仍舊是新朝官員的座上賓。雖然遠不比前朝時的威風，可他還是遠近聞名的「吳巡撫」。當年回鄉之初，用太后賞賜的銀子置了些

田畝。到如今，他吳家在高郵城裡雖不在大財大富之列，但一家人日常的吃穿用度，大可不必愁煩。

今天的中午飯，下人張媽媽已做好四菜一湯：涼拌界首茶乾，蒸白魚，蝦仁汪豆腐，萵苣炒肉片，海帶冬瓜湯。

三龍生來好吃，外公家的人當然知曉。外婆打發人到城門口的熏燒店裡買來四個蒲包肉，專給三龍加餐。

崔哥認為，這蒲包肉在高郵美食中最具特色。我在高郵的歲月，豬肉尚憑票供應，平時買不到蒲包肉，逢年過節時，運氣好才能吃到。直到上世紀九十年代，蒲包肉才重新流行起來。後來我們每次回國，都能在熏燒攤位上看到它，看到就不會放過。說是蒲包肉，猛一聽以為是個大蒲包，裝進幾斤肉，做好切開而食。錯了！此蒲包實在是極其的小巧精緻，每個蒲包倒出的葫蘆狀肉塊，比人的拇指粗不了多少。如此烹制，蒲草和其它香料的味道才能充分進入肉裡。祖籍高郵的文學家汪曾祺先生，在他著名的小說《異秉》中曾對蒲包肉有過生動的描述。

三龍的肚子早就餓了，他坐下來，等外公動了筷子，他和大家一起開始用餐。外婆另拿一個碗，夾滿肉和菜，放到他的飯碗邊，他連忙立起身說：「外婆，太多好吃的了。三龍謝謝外公外婆！」

「快坐下吃吧！ 不用謝。三龍真是個懂事的孩子！」外婆眼裡滿是愛憐。

飯後，外公和外婆把三龍叫到書房，外公說道：「小三龍，你遇到了困難，想到找外公幫你，做得很對。但你離開父母，屬於不辭而別，我若就這麼留下你，定是有違情理。你看這樣行不行？我托人捎個口信到菱塘，讓你爸媽過來一下。我們一起坐下來談談你上中學的事。你放心好了！ 我不會讓你失望的。」

三龍回答：「好的，只要能上中學，怎麼樣都可以。」

過了幾日，三龍媽攙扶著崔瑞亭回了娘家。大家一碰面，外婆把躲在身後的三龍拽出來，笑著說：「三龍，來，給你爸媽磕個頭，這事就算過去了。你們兩個不許怪罪我家三龍！」

三龍跪下磕了頭，賠罪道：「爸爸！ 媽媽！ 三龍不孝，有違父命，且不辭而別，請父母大人原諒！」

媽媽擦了眼淚，上前輕拍了一下三龍：「你這個孩子，膽子也

太大了。我們都以為你到茶食店去了，你倒好，就這麼走了。你讓我…。」

爸爸打斷吳氏：「都是我的不是，孩子要上進沒得錯。可我們也沒有辦法，這事須得量力而行啊。」

「好了，好了，都別說了！」吳玉棠招招手讓大家坐下來，接著說：「三龍愛讀書是件大好事。他過來找我，我也真心高興，只要能幫上忙，我當然會盡全力相助。三龍離開家，你們也別太難過，兒大不由娘，男孩子長大了，有抱負、有志向，難能可貴。將來他修身齊家、安邦定國、走得更遠、飛得更高，也是你們做父母的福氣。這兩天，我已經找了幾位朋友聊過，高郵城裡並沒有中學好上，連原來的贊化學堂也剛剛改成江北水利工程講習所。我的朋友姜正芳先生推薦了六合縣城的益智中學。這所學校好像是洋人辦的，他的一位堂弟在那裡教書，說是個非常好的學校，甚至強於一些大城市的中學。姜正芳答應寫一封書信，讓三龍帶著跑一趟六合，到益智中學找這位姜先生問一下情況，等他回來我們再說。」

大家都覺得如此可行。遂於次日送三龍登船去六合，崔瑞亭夫婦皆回菱塘等消息。

3 六合益智中學

船到六合縣城。崔錫麟在滁河碼頭上岸，一問益智中學，人都知道，用手一指，就在前面不遠的街面上。走過高高的耶穌堂，就能看到學校的大門。

姜老師人不到五十，瘦高個，戴著眼鏡。他見了三龍，問：「這位同學，我好像不認識你。你來找我為了何事？」

三龍雙手遞上介紹信：「我叫崔錫麟，從高郵來，煩勞姜先生賜教。」

「不用客氣，叫我姜老師吧。」姜老師打開信看罷，看著三龍說：「原來你是吳玉棠的外孫子。想報考我們學校是吧？ 好的，你先坐下，這一路辛苦了吧？我去給你倒杯水。」

「謝謝姜老師！」

姜老師介紹說：「我們益智中學是美國人辦的教會學校，屬於

美國基督教貴格會的差傳會。哦！基督教就是大家平日里說的耶穌教。這是一所新式中學，主課是國語、算術、英文，也學音樂和美術。學校很有名，臨近各省都有學生慕名而來。因為是教會學校，學費並不太貴，只相當於南京城裡那些中學的一半左右。只要是高小畢業生，都可以來報考。唯一的一點是，報名的多，錄取的少，就不大容易考進來。此信上說你聰慧過人，品學兼優，應該有希望能考上。遺憾的是，今年的招生考試和錄取都在上個月完成了，你來的略微晚了一些。不過，你也別灰心，今年十二月和明年六月還有兩次考試的機會，任何一次你若考得好，明年夏天一過，就可以入學了。但我也要告訴你，即使你考進我們學校，也必須過得了貴格會的簡樸生活，吃得各樣辛苦。否則，等不到順利畢業，就會被勸退的。你覺得你可以嗎？」

「我能守規矩，也不怕吃苦。請姜老師教教我，怎麼樣做才能參加下一次考試？」

「這倒不難，你今天就在這填寫一張新生報名表格。時候一到，學校會發通知給你。你記得帶著你的高小畢業證書和成績單，按時過來考試便可。考取之後，就要讓你家長過來，繳過學費和食宿費，正式入冊以後，就等開學前一天來校報到。」

三龍又詳細詢問了不少問題，覺得瞭解得差不多了，就謝別姜老師往回返。抑制不住興奮的心，三龍老覺著船行得太慢，他要快快地回去稟告外公，不知外公覺得如何，也不知自己能否考上，所以是既高興又有些擔心。

回到高郵吳家，三龍將六合之行一一彙報。吳玉棠一聽心喜，算算四年開銷，也能對付，本來約好過幾天女兒女婿再來商討此事，但這次三龍媽一人現身，說是崔瑞亭眼睛看不見，來去不便。吳玉棠明白他其實是面子下不來，也就不多問。幾個人一合計，看法一致，就報考六合的這所益智中學。

既已確定目標，三龍別無雜念，馬上用功復習備考。外公還找來原贊化學堂的老師指點他的溫習功課。到年底，三龍再去六合參加考試，考完國文、算術、書畫三門功課。一放榜，三龍和其他學生都跑去看。等到了跟前，一眼便發現 「崔錫麟」三個大字赫然在目，而且名列第一。旁邊姜老師看見此景，也禁不住兩眼放光，激動地扶著

三龍說：「果真是頂好的學生。恭賀你崔錫麟！你被錄取了。」崔錫麟當然激動萬分，但他外表平靜，向姜老師鞠了一躬說：「首先要謝謝姜老師的幫助！日後還要請老師多多地批評教誨。」

　　吳玉棠格外開心，等崔錫麟回來，他在天樂園擺了好幾桌，宴請親友。第二天一早，崔瑞亭夫婦辭行準備回湖西菱塘，打算把崔錫麟也帶回去，等到明年夏天開學再去六合。

　　「你們且慢。我有些話要對你們講。」吳玉棠叫住他們。他們坐下來，聽吳玉棠接著說：「三龍考上中學，大家都高興。可也不能光顧得高興了，還有一件事也很重要。這兩天我再三考慮，總覺著你們一家人應該搬到高郵城上來住。菱塘也很好，可那塊畢竟是個小地方，跟我們離得也遠。四年後，三龍學成，還是回高郵城來好一些。瑞亭眼睛不好，你們住在湖西，那麼遠，我們很難幫上忙。你們要是住在高郵，大家靠得近些，走動起來不就方便了嗎？」

　　崔瑞亭搖搖頭，剛想說話，又聽他岳父說：「你先別忙著搖頭，我知道你對高郵人地不熟，但你只要肯搬過來，住處倒是現成的。我回鄉前，我們吳家住在西街土壩口的老宅子裡，後來才遷到這塊來。眼下土壩的那幾間房子空著沒人住，你們要是不嫌棄，可以搬進去。至於你們往後的日子怎麼過，我也大概想了一下，大龍可以到我這裡來跑跑腿，像收收田租什麼的。瑞亭也可以在土壩為人號脈診病。眼睛看不見寫藥方，可以讓三龍媽媽代寫，她出嫁前在家裡就會寫不少字，嫁給你之後也沒有停止讀書，應該可以的。你們好好想想，你們都是我的親骨肉，看你們現在有難處，我和你母親怎能不揪心？又怎能不出手相助呢？我女兒自幼在高郵長大，她一定更喜歡到高郵來，而你瑞亭就不要再顧及那些個臉面了，凡事多為全家人著想，是不是更加重要一些呢？」

　　崔瑞亭聽到這些，猶豫片刻後點點頭說：「我最怕的是給泰山一家添麻煩。既然岳丈大人如此誠心相助，瑞亭恭敬不如從命，謝謝岳丈再一次的相救之恩。我們崔家一門如有出頭之日，定當報答吳家的恩情。」

　　「想讓自家人過得好些，本是私情，何來恩情之有？瑞亭啊，你是我的親女婿，女婿也是兒，就不要客氣了。」

　　這邊一家人回菱塘準備搬家，崔錫麟仍留在外公家。因為離學

校開學尚有半年多時間，外公知道他酷愛書畫，建議他利用這段空閒，拜個名師學畫。崔錫麟當然是求之不得。

學畫的故事暫且放著不表，單說崔錫麟過了夏天來到六合，開始了他四年的中學生活。

貴格會是基督教新教的一個很特別的派別，產生於 17 世紀的英國。除了新教教義，他們尤其主張平等自由，反對戰爭和暴力，也在歷史上反對過奴隸制度，因此在英國受到迫害，與清教徒一同移民至美洲，在賓夕法尼亞州的費城地區定居。上世紀初，他們的美國差傳會便來到南京和六合一帶傳教，建立了教堂和學校。據我所知，貴格會並未像其他教派那樣不斷地在中國擴大聖工範圍，而是一直留在六合地區深入地工作，一直堅持到 1953 年才搬遷到台灣。

崔錫麟小時候，曾經聽徐錫麟講述過基督教以及基督教對人類進步的貢獻，直到如今才實際接觸到它。他很喜歡這裡的學習生活，緊張而快樂。每天早晨，大家一起讀經、唱詩、祈禱。上午學習國文、算術和英文，下午學習其它課程，晚上和週六自由活動，周日則參加禮拜和學習聖經知識。崔錫麟天資聰穎，不用太費力就能在各門功課上名列前茅。一旦有空，他就去姜老師那裡學畫。

姜老師本身就是國文和中國畫教員，他看到崔錫麟聰明好學，書畫的天賦也很高，便常常單獨教他繪畫。教法也很特別，他說：「你還是個少年，先別忙著模仿大家，當下最要緊的是打下堅實的基礎，這樣你才會有底氣。」因此他要求崔錫麟學習中國畫的工筆畫技法，一學就是四年。後來的經歷證實，這些功夫花得毫不冤枉，這個老本夠他一吃到老。

四年很快過去，崔錫麟中學畢業了。好多學生準備考入大學深造，這也是崔錫麟的理想。他成績優異，考上大學並不難，可他沒有經濟能力讀大學，理想也只能是想一想而已。

這四年中也冒出一些令他傷心的事情。首先是讀中學的第一年，奶奶離開了人世。前一年的冬天，外公也病故了。他很清楚，上大學是一件可望而不可及的事情，還是回高郵去吧。

他這一年，虛歲十九。

4 善因寺

　　現在我們回過頭來講四年之前，外公為崔錫麟找的繪畫師傅乃是一位和尚，法號鐵橋，是本縣最大寺廟善因寺的方丈。

　　鐵橋和尚生於同治十三年，比崔錫麟年長 28 歲。他本姓秦，高郵張軒鄉人氏，其父秦介甫乃清朝舉人，未入仕，教書為生，家貧。鐵橋和尚十歲出家，在高郵三聖庵拜高僧指南為師。鐵橋和尚自幼聰慧非凡，並在三聖庵飽讀詩書，成就書畫篆刻大才，在高郵這藏龍臥虎之地，他的書畫造詣也能稱得上首屈一指。他年少時，曾出外雲遊，在句容名剎寶華山的隆昌寺受戒，歸來後主持善因寺。

　　要說這個善因寺，更有來頭。此古寺自明朝起，被喚作地藏庵。1762 年，乾隆大帝巡遊江南時在高郵停留，就住在此寺之內。

　　那天天氣炎熱，乾隆從北門外御碼頭上岸，換乘十六抬的輕步輿進城。去往地藏庵的一路上，他已經是熱得不行，心裡不免煩躁。可一到地藏庵，便有一片參天大樹連成的林子出現在眼前。走進去，巨大的樹冠株株相連，蔽天遮日。涼風吹過，林濤低吼，飛鳥高歌，乾隆頓覺身心清爽，龍顏大悅，遂賜寺名：「善因寺」。從此該寺香火更旺，成為高郵八大名寺之首。

　　到如今這樣的寺廟早就蹤跡難尋了，好在汪曾祺在他的文字中，還能讓後人看到它們昔日的情景。他在小說《地藏庵》和《受戒》中，對高郵的寺廟有過詳細精彩的描述。也塑造了指南、石橋等僧人的鮮明形象。石橋的生活原型就是鐵橋。

　　善因寺就坐落在吳家大院的旁邊。

　　這天，外公帶著崔錫麟到善因寺拜訪鐵橋方丈。拿了幾張崔錫麟的字畫，讓鐵橋過目。鐵橋驚訝這些作品竟出自一個十三歲的少年。鐵橋當年雲遊蘇州時，結識了被後人稱為「後海派」的代表人物，當時就是大師級存在的吳昌碩。後來，鐵橋畫風受「吳派」影響極深，尤其善書石鼓文。崔錫麟從小學習吳昌碩，他的字畫已有幾分吳派的神韻，鐵橋自然喜歡。可聽崔錫麟說要拜其為師，他哈哈一笑後連連搖頭，對崔錫麟說：「你外公知道的，本僧從不收徒，只會畫友。你若真想學畫也不難，你就住在善因寺的邊上，有空就過來，我們在一起畫著玩，可好？」

崔錫麟沒有想到會是這樣，忙說「不行，不行，學生羞愧難當，哪敢和師傅稱畫友，還是懇請師傅收我為徒弟吧！」

「哈哈！不礙事！明天午飯後過來哟。一起畫，假如有什麼要我幫忙，我不推辭。」

自此，崔錫麟每日在善因寺向鐵橋大師討教。鐵橋名義上不收徒，可經不住聰敏伶俐的少年軟磨硬泡，最終跟授徒已無區別。弄得鐵橋直呼後悔，再也不提會畫友的話，甚至以石鼓文寫一橫幅掛在堂中，上書八個大字：「只交酒朋，不結畫友」。崔錫麟更為得意，明著自稱是鐵橋大師的「關門弟子」。

鐵橋和尚當年四十歲剛出頭，身材高大，五官俊秀。他才氣橫溢，卻隨性為人，瀟脫行事，常常不拘小節，更不守戒律。喝酒吃肉也就罷了，他還有個情人，是個漂亮的年輕女子，有時也來看「畫友」們作畫寫詩，並不避人。現在腦補這幅畫面，崔哥還是覺得奇特無比。指南和尚向來信仰虔誠，循戒尊規，從無越軌之嫌，卻能忍受自己的高徒做個花和尚，還把他推上高郵第一名寺方丈的位置。這首先表明，指南和尚確實修行到了極高的境界。其次，高郵之社會早已有了自由開放的氛圍，對於有才華的人，常以寬容待之，而非過分拘泥於小節。

在善因寺的畫友中，還有一位眼科大夫也常來，並很快成了崔錫麟的好友。他姓汪，叫菊生，字淡如。他在高郵的名氣大，有兩個原因。一是會玩，在南京上中學時成為體育健將，此外，琴棋書畫、吹拉彈唱，他樣樣拿得起。二是其父汪嘉勳是高郵卓有名望的財主。汪家有田地兩千餘畝，在高郵那些大地主的眼中，不足為奇，可汪嘉勳的布店和藥店辦得出色，尤其是兩家藥店，享有鼎鼎大名。一曰「萬全堂」，開在北門，一曰「保全堂」，開在東頭的東大街。汪老爺誠信經商，所售藥品，貨真價實，好似店裡掛著的對聯：「修合雖無人見，存心自有天知」。高郵人最信得過汪家的藥店，就連其它大藥房的夥計生了病，居然也到汪家的藥店來抓藥。

現在，互聯網上很容易找到有關汪菊生先生的信息，倒不是因為他有個出色的父親，而是他有一個非凡的兒子——汪曾祺。如今這個名字如雷貫耳，但當時沒人能夠想到，汪淡如會生出中華大地上的「最後一位士大夫」。

　　崔錫麟第一次見到汪菊生時，他中學畢業沒幾年，還是個尚未謀婚的大小伙子。鐵橋，汪菊生，崔錫麟，三人年紀雖不同，但總是聚在一起，除了畫畫、寫字，也好談古論今，他們很快成了莫逆之交。

　　一日，三人一邊畫畫，一邊神聊。鐵橋講起自己的父親雖取得功名，但沒能當上官，在家鄉開館教學，一生貧窮潦倒，自己本是出於無奈才出家當了和尚。然後，他問起崔錫麟的祖上是否一直在湖西生活。

　　崔錫麟解釋：「那倒不是。我父親和我們弟兄三個都生在菱塘。而我的祖父向上，都是廣東人氏，世世代代在廣州行醫。太平天國時期，天下大亂，我祖父幾經碾轉，流落他鄉，最後在湖西菱塘落戶，我們就成了高郵菱塘人，直到如今。」

　　汪菊生問：「聽說你父親高中過進士，還當過官。」

　　「是，他是三甲進士，在浙江當過幾年官，但後來捲入了革命黨造反事件而被罷官，回鄉之後就靠號脈治病為生。近來，他的眼疾越來越嚴重，家裡的生活更加困難，沒錢供我讀書，我只好跑到高郵我外公家，有了他老人家的幫助，我才考上六合的益智中學。」

　　「叔仙，淡如家也是醫藥世家，而且淡如專攻眼科，治好了不少疑難眼病。下次請他給你父親看看。」鐵橋一概用他們的字稱呼他們。

　　崔錫麟：「求之不得，淡如兄意下如何？」

　　汪菊生：「醫者本份，在所不辭。下次他到高郵，請來我的診所。他也是大夫，我們可以一起商討，總會有辦法的。」

　　崔錫麟：「他很快就會到高郵來，我們一家都會從菱塘搬到高郵來住。淡如兄，我這裡先替我父親謝謝你！」

　　汪菊生：「哎！不必見外！」

　　這時鐵橋和尚又問起他們汪家的來歷，汪菊生答：「我們家也是早年間從安徽遷到了高郵地界。要說到更早一些，那要到三國時，漢代龍驤將軍汪文和因戰亂南遷至安徽的歙縣，在孫策帳下為將。他是我們徽州汪氏的第一世祖。大約清初的時候，我們的八十一世祖從歙縣搬到了高郵。」

　　「那就難怪有傳聞說，你們汪家和安徽歙縣有名的大人物汪直

有關聯。是不是可以猜想一下？汪直被殺，他的後人逃到這裡來
了。」這汪直是明末最大的海盜。鐵橋就是如此，想到什麼就能脫口
而出。

　　汪菊生解釋說：「怎麼可能的事？我剛剛講的那八十一世公，
名叫汪起鳳，他不但和海盜無關，而且還因為做官時，帶兵和海上流
寇作戰有功，當上了廣東布政使吶。他過世後，他的劉夫人帶著三個
兒子回了她的老家高郵。那已經到了崇禎晚期，滿清入關以後了。」

　　崔錫麟幫汪菊生的腔：「淡如兄說的沒錯。《明史》》上是提
到了汪直，的確說他是徽州歙縣人。可是我曾在另外一本書上讀到
過，說是《明史》有誤，其實那海寇頭子本姓王，而非汪。三橫一豎
的王，不是三點水的汪。再說，王直被胡宗憲誘殺，是在嘉靖三十幾
年間，到清初，還相差著七八十年呢。至於你講的起鳳公，也是明晚
期有名的大臣。我記得他是因為拒絕給魏忠賢修生祠，被罷過官，到
崇禎時，才又被啓用。」

　　鐵橋和汪菊生都覺得這說法有道理，並贊揚崔錫麟的好記性。

　　還真是，一個人想成功，書讀得再多，沒個好記性，讀了也是
白讀。崔家上下幾代人，多多少少都沾過記憶能力的光。

5 汪家巷

　　崔錫麟讀完中學，回到高郵土壩口，和父母同住。

　　崔瑞亭的眼病，經過汪菊生大夫的診治，有些好轉，可以看見
一點模糊不清的光影。搬到高郵以後，他在家中為人號脈，能掙些
錢，但不多。

　　此時，崔錫麟的大哥崔金麟也住在高郵。自從外公離去，吳家
日漸式微，他就開始自己做小買賣。城南相國寺邊上有個糧食市場，
他在那裡給買賣雙方牽線搭橋，仍舊是靠介紹生意並抽成，只不過從
魚市變成了糧市，日子雖緊，但也維持得過去。他有兩個女兒，大的
叫國珍，小的叫國娣，一家四口住在南門街租來的房子里。

　　二哥則一直待在天津混日子，時不時寄點錢回來補貼家用。

　　崔瑞亭掙來的錢很少，經常入不敷出，讓他十分焦慮。如今三
龍終於中學畢業，回到他身邊，他心中稍稍有了些許盼望。畢竟在當

時的高郵，中學生並不算多。

　　崔錫麟雖然懷揣著大志和夢想，卻完全不知道從何處開始著手。因為有上次離家出走的那件事，他一直回避和父親討論自己的心事。在回高郵後的第三天午飯過後，他就去了善因寺和老朋友們會面。

　　他去得早，便和鐵橋和尚談天。過了一會，汪菊生到了，他手裡提著一包南京雨花茶，送給崔錫麟，說：「叔仙，祝賀你畢業！」

　　「謝謝淡如兄！這麼金貴的好茶，讓我如何消受得起？還是燒點開水，我們一起喝吧！」崔錫麟接過茶葉說道。

　　「叔仙完成學業，確實可喜可賀！淡如給你的禮物，你帶回去慢慢享用。我也留了好茶給你們品嘗。」鐵橋吩咐小和尚去燒開水、沏茶。不多時，茶來了。

　　崔錫麟捧過茶盅，打開蓋，只覺得一股鮮醇清香，迎面襲來。低頭再看，嫩綠的茶湯清澈而明亮，茶葉整齊乾淨。茶水入口，香高味濃、回甘生津。他知道遇到了茶中極品，只是以前沒見過。小時候，他父親專喝龍井，後來眼睛壞了，就開始喝菊花茶加少許龍井，為的是清肝明目。別的好茶，他都沒喝過。扭頭見汪菊生喝了一口說：「好茶呀！這是難得的‘信陽毛尖’。在上次的萬國博覽會拿金獎的，除了茅台酒，便是它了。只是這般細嫩，這般明顯的白毫，這般鮮爽的茶香，還是第一次見。」

　　「一點都不錯！這是‘明前信陽毛尖’中的極品，不大好找。前些時，有河南那邊來求畫的人帶給我的。想著叔仙快家來了，特地留到今天。來！請用茶！」

　　「請！」「請！」

　　寒暄一番後，鐵橋把茶盅放在茶桌上，轉身面向崔錫麟，略一停頓後說：「叔仙，你今後作何打算？心中有無計劃？你有大才在胸，但不知道哪個行業最適合你。」

　　崔錫麟連忙說：「慚愧！慚愧！我哪裡有大才可言。再說了，即便有些志向，也不能好高騖遠、眼高手低，所以我明白應該從小事做起。文康的那句‘大處著眼，小處著手’，就連曾國藩都極力推崇吶。現在的問題只有一個，就是從哪個小事情開始著手呢？真心請兩位兄長指點迷津，錫麟在此預先謝過！」

　　鐵橋和尚指著汪菊生對崔錫麟說：「這個問題，淡如應該能夠回答。他家有許多人在外面讀書，眼界開闊，見聞廣博，看看他有什麼主意。」

　　汪菊生正享受著品茶的樂趣，聽到鐵橋的話後，也放下茶盅說：「叔仙中學畢業，不用擔心找不到工作。但我認為，這件事情不能急於求成，可以先試著騎驢找馬，找到一個行業先做起來，再等待機會。這說起來也湊巧，眼下就有個事情可以一試，就不知是否妥帖。」

　　「管它妥帖不妥帖，先說說看。」鐵橋比崔錫麟更急。

　　汪菊生：「高郵去年大澇，今年又大旱，種田的人收成銳減，城裡各個地主家下去收租都收不上來。自從民國後，高郵州改縣以來，民政長和知事沒怎麼為老百姓做過好事。到今年，他們在縣府後身闢出七十七畝地修公園，自然是造福一方，實為不易。然而為了城鄉平衡，就要為農人們再乾點實在事。所以，馬上要開辦'高郵蠶桑試驗場'。消息還沒公佈，因為我四叔汪嘉禾要當這個試驗場的場長，所以我先曉得了。我四叔一直都在做教師，但縣裡曉得他畢業於江蘇農校，正好學為所用。說實話，我也不太清楚他們到底會乾些什麼，但聽他講，會試驗最新的種桑養蠶技術。他們這兩天正在招人手，叔仙老弟想不想去試試看？」

　　崔錫麟想要一試，忙問：「這蠶桑試驗場在哪塊？可否請淡如兄得空之時，幫忙引見汪場長？」

　　「擇日不如撞日，我現在就帶你去見我四叔，見了面再問詳情，怎麼樣？」

　　「那好哇！」

　　二人別了鐵橋和尚，出善因寺，沿著護城河走到北門街，轉向北走半里路，到東大街丁字路口右拐，再走半里多，前面一大片院落，就是汪家大院。汪嘉禾的院子在最西面，二人正往大門去時，東面的一個院門裡走出兩位姑娘。從她們的裝束可以看出，這是一位大家閨秀，身後跟著她的的女傭。

　　崔錫麟不由自主地停下了腳步，看著走在前面的這位姑娘。彷彿時間凝滯，周圍的景物漸漸模糊，只有這位美麗的少女在他的眼中清晰可見。美麗這個詞似乎並不能完全描述她的容貌，但除去美麗二

字，崔錫麟也找不出更加貼切的詞彙。他已經十八歲了，還從未見過哪個女子長得如此之美。她身材高挑勻稱，穿著黑色百褶裙和皮鞋，上身著淡藍色學生裝，喇叭袖中露出圓潤白皙的手臂。額前的一縷劉海輕輕飄動，無法掩蓋那雙湖水般清澈明亮、閃著波光的大眼睛。和其他富家女不一樣，她的頭上、手上看不到任何珠寶戒指，卻又分明光華籠罩。美麗的少女彷彿是一幅精美的畫作，每一筆勾勒都是那樣的精准，同時又散髮著一種神秘而迷人的魅力，讓人無法移開視線。

她離他越來越近。她雙眼看向他，目光從容而堅定。

「叔仙，這邊請！」汪菊生的呼喚猛然驚醒正在發呆的崔錫麟。他立即低下頭，為剛才的失態羞愧不已。正要挪開腳步，到了跟前的姑娘竟先開口說話了。

「是菊生啊。這是往哪塊去呀？」

「哦！ 去四爺家。這位是我的好朋友崔叔仙。他剛從外頭讀完中學，想到四爺那塊找事做。叔仙，這是我的小姑姑汪嘉玉。」

崔錫麟慌亂中趕緊行禮，汪嘉玉默默還了禮，面容平靜，冷冷地說：「我也去他家。他家的波斯菊開了。」然後吩咐身後的女傭：「巧蘭，敲門！」

進門後，女主人帶大家一起到庭院裡看花。只見粉色、白色和黃色的波斯菊在院中花圃里連成一片，微風吹過，花海起伏。汪嘉玉看著花，陶醉在花前。汪太太隨手摘了一朵粉色的花朵，插在正彎腰賞花的汪嘉玉頭上。汪嘉玉立直腰，抬手扶著小花，問站在一邊的崔錫麟：「這位崔先生，是不是很好看？」

「啊？ …」 崔錫麟立時語頓，支支吾吾，不知該如何回答。汪嘉玉忽然明白這書生會錯了意，馬上笑出聲：「我是問這一片花。 」

「哦！ 哦！ 好看，好看。」崔錫麟額頭開始冒出冷汗。

汪太太笑著問崔錫麟：「花好看，我們家嘉玉更好看，對吧？」

崔錫麟瞥了一眼汪嘉玉，不好意思地低下頭，小聲說：「對。」

汪嘉玉也有些難為情，微笑說：「四嫂子就會開玩笑。 」

汪嘉禾聞聲從屋內出來問道：「你們在笑什麼？ 這麼高

興？」

汪菊生表明來意：「四爺，這位是我的朋友，大才子崔叔仙。他外公就是吳巡撫，你認得的。」

「哦！你是吳巡撫的外孫。我和他老人家見過好幾次，冬天他過世，我還去送葬了。崔老弟到寒捨有何貴乾啊？」

汪菊生說：「他剛從美國人的教會中學畢業。他父親要他回來找事做，不曉得四爺那裡還缺不缺人。假如還要人，要不要通過什麼考試？」

「我們還在招人。考試嘛，倒不必了。不過…。」汪嘉禾說到這，走到花圃邊，指著眼前的波斯菊問道：「請叔仙小兄弟說說，你對這花可有瞭解？」。

崔叔仙跟著到了花前，他知道這就是臨場考試題了。還好，在學校向姜老師學習工筆花卉時，臨摹過波斯菊，也聽老師仔細講解過，沒想到在此派上了用場：「汪場長，學生對花木所知甚少，但聽老師說過，波斯菊原產於美國南邊的墨西哥國，後經波斯傳入上海，所以才叫波斯菊，又叫上海菊，但也有人稱之為秋英、掃帚梅、大春菊，格桑花。英文叫‘Cosmos’，來源於希臘語的‘宇宙’一詞，因此也可稱其為‘宇宙花’。」

汪嘉禾說：「崔老弟果然有才！要是你還未有高就，又不嫌薪資低，不妨到我們蠶桑試驗場先乾著。我們的試驗場剛開始辦，頭緒不少，你要是能來幫忙，是件大好事。」

「此話不假，叔仙能算、能寫、能畫，一身才氣，定能讓四爺如虎添翼。」汪菊生一邊得意地說著，一邊轉身問崔錫麟：「叔仙，這樣合你心意嗎？」

「合心意。謝謝汪場長！」

汪場長一聽，高興地說道：「行！就這麼說定了。明天一早你就過來找我。我們就在水部樓那邊，藥王廟的對面。你到我家來，不能光站著，來吧，請到裡面吃杯茶。」

崔錫麟推辭說：「不打擾汪場長了，我和淡如已經約好，要到他家的畫室去畫畫。謝謝汪場長收我做事，往後還要請場長多多栽培！」

汪菊生附和：「對！他在六合的中學里學了四年工筆，肯定

功夫了得，我等不及要一睹為快。 」

「那我就不留你們了，你們玩去吧。叔仙，我們明天見！ 」

崔錫麟告辭，走向大門。見幾位女性還在賞花，他停下腳步，按菊生朋友的身份行禮：「四媽！ 汪姑姑！ 錫麟告辭，日後再來請安。」

「請慢走！ 看看這個小伙，眉清目秀的，還這麼懂禮節。」四媽誇獎著。崔錫麟臉有點紅，加快腳步出了大門，身後傳來一陣竊竊笑聲。陪崔錫麟出來的汪菊生也笑起來：「你也喊她姑姑，她比你還小，屬龍的，是我父親最小的妹妹。 」

「應當的嘢，你都喊她姑姑，我小你 6 歲，更應該隨你喊她姑姑了。」

「倒也是。」

沒走幾步，進了汪菊生家，見到他太太楊氏，一個美麗、有些瘦弱的年輕婦人。他們的女兒剛出生不久，還在襁褓之中。楊氏見有客至，招呼自己丈夫陪崔錫麟在堂屋八仙桌坐下，吩咐傭人：「大蓮子，給客人上茶！」

崔錫麟忙說：「不用客氣，我們還是去畫室吧？」

汪菊生站起來：「也好。大蓮子，把茶端到我畫室去吧。 」

大蓮應道：「嗯吥！ 」

汪菊生的畫室在後院，裡面寬敞明亮，窗下有個小案，上面是篆刻的工具和各種各樣的章料。屋子中央的大案上放著大小畫筆和顏料、調色的梅花蝶、青花瓷筆洗，正中鋪墊一塊羊絨畫毯。四面牆上掛了不少汪菊生的畫作。崔錫麟見這些畫都未裝裱，問道：「淡如兄，為何有這麼多畫芯在此？ 」

「嗨！ 你也知道，我沒有畫興時不願動筆，欠下畫債太多，實在拖不過去了，就畫上一批，一起送到裝裱店去。」

「既是求畫，為何不讓他們自己去裱？ 」

「這些人不是親戚就是朋友。要麼不送，要送就送裱好的字畫，才是真心實意。 」

「聞君一席話，勝讀十年書。錫麟受教匪淺。 」

「還是老弟嘴甜。來吥！ 我們畫起來！ 」汪菊生到邊上的櫃子裡取出畫絹，接著說：「我備好了畫工筆的熟絹，裁多大給你？ 」

　　崔錫麟一聽，擺手說：「有兩尺熟宣紙就行。絹好是好，但太貴重，我向來不曾用過。」

　　「不礙事！我來裁出兩尺絹讓你畫。我們先說好，這次你來畫，我在邊上看，行不行？」汪菊生一邊裁絹，一邊說。

　　「行！ 你想讓我畫什麼？」 崔錫麟問。

　　「隨便，畫什麼都好。 」

　　崔錫麟想了片刻，有主意了：「今天是第一次訪問淡如的家，就命題《訪菊》吧？ 」

　　「太好了！ 我本是在古歷九月初九出生的，故此叫菊生。而且，我們剛在我四爺家裡賞過菊。就畫菊，但我還是更歡喜本菊花。」

　　「那好！ 就畫一幅本菊。 」

　　崔錫麟在畫案前坐定，平心、靜氣。首先，取一支喚做蟹爪的細狼毫，在熟絹上用墨勾勒出一大一小兩朵菊花和一些枝葉的輪廓，然後右手拿兩支白雲畫筆，一支蘸顏料，填在勾勒出的墨線之內的一側，再用一支蘸清水，將顏色渲染開，水暈散了筆痕，又過渡了明暗色調。最後將畫翻過來，在畫的反面重點上色，使其色彩厚重、層次分明。末了，在畫的右上方題詩：

訪菊

閒趁霜晴試一游，酒杯藥盞莫淹留。

霜前月下誰家種，檻外籬邊何處秋。

蠟屐遠來情得得，冷吟不盡興悠悠。

黃花若解憐詩客，休負今朝掛枝頭。

左邊落款：淡如兄教正，崔叔仙畫並題。

　　這邊汪菊生也沒閒著，他在邊上看上一陣，到小案上忙乎一陣再過來看，就這般兩邊忙。等崔錫麟完成畫作，他手上也有了一枚刻好的印章，上有「崔叔仙書畫」五個篆字。崔錫麟大喜過望，忙了一個多小時，留下一幅畫，換一方印章，嘴裡喊出：「以畫易印，我賺了！ 」

汪菊生說：「你說得不對，能換這麼好的工筆畫，我才大賺了一筆吶！ 還有，你題的詩出自《紅樓夢》，也是我很歡喜的一首。正好應了你今天高興的心情。 」

「是啊！ 今天又賞菊、又榮登貴府，明個就開始工作，怎能不高興？ 就怕是有點得意忘形了。」崔錫麟嘴上這麼說著，心裡想，還有一件事更值得高興，那就是見到了如此美貌的「汪姑姑」。 剛才畫畫時，汪嘉玉的身影一直在他腦海裡晃動，也不知還能不能再見到她。

正想到此，就見大蓮進來報：「三少爺，小姑奶奶和巧蘭過來了，說是要看畫。」話音未落，汪嘉玉已走進畫室。她一進門就問：「你們畫好沒有？ 我看看。」汪菊生說：「你等一下。」說著便把崔錫麟的畫釘在牆上。汪嘉玉走上前去一看，吃驚道：「哎呀！畫得真好！像真的一樣。」

「謝謝汪姑姑誇獎！ 」崔錫麟又見到她，心中暗喜。

「崔先生不必拘禮，叫我嘉玉就行。 」

「真的可以嗎？ 」

「當然可以啦。另外，我還有一個請求，如果你有時間的話，幫我也畫一張，好嗎？ 」

「這沒問題，但是今天出來有點久了，怕我爸媽在家裡不放心。我先回去，晚上就給你畫，畫好了叫淡如帶給你。 」

「不急的，你慢慢畫。 」

「那你也要我畫花卉嗎？ 你喜歡什麼花？ 」

「只要是花，我都喜歡。」汪嘉玉說到這，從頭上取下那一朵小小的波斯菊，遞給崔錫麟，說：「畫它就蠻好。 菊生吶！ 再裁一塊你的絹給叔仙帶回去。 」

崔錫麟拿著絹和小花回到土壩家中。待看病的人一離開，崔錫麟就把找到工作的好消息告訴了父母，爸爸媽媽聽了自然很高興。晚上照例吃燙飯搭媽媽自制的酒香蘿蔔乾。為表示慶賀，媽媽拿出一枚咸鴨蛋，用刀切開，一半給丈夫，一半給兒子。

晚飯後，崔錫麟把飯桌仔細擦乾淨，墊上布，鋪上絹，把那朵波斯菊花放在面前，開始作畫。媽媽問：「三龍，這是要給誰畫呀？煤油燈底下看得清嗎？ 」

崔錫麟答：「看得清，我剛才把燈罩特地擦得雪亮。明天要上班，怕白天時間不多，我已經答應汪菊生的小姑姑，盡快畫給她。」

「你是說汪家的小妹，嘉玉小姐呀！原來你們相識的呀！」

「也就今天下午才剛剛認識，我們在汪四爺家碰到的。後來，她在淡如那裡見到我畫的畫，蠻歡喜的，我就答應畫一幅給她。媽知道她呀？」

「知道，知道，聽東大街的人說起過，汪家小妹人生得好看，心眼又好，還識文斷字。樣樣都好，就是脾氣怪。她從小就是汪家老爺的掌上明珠，什麼事都由著她。她說不裹小腳，就不裹；她說要讀書，就請先生上門教。後來她父母都走了，幾個哥哥更是護著她。給她說媒的人就差把汪家的門檻踏破，可她一個也看不上。十七八歲了，還沒說好婆家，家裡又沒人能管得了她唦，也就只好隨她去了。」

崔錫麟聽媽媽這樣說，不以為然：「他們這麼說，一定是不瞭解她。雖然她是大戶小姐，但我覺得她很隨和，是個落落大方的人，絲毫看不出脾氣怪。這畫還是她主動跟我要的吶。」

媽媽聽兒子的話音，似乎覺察到一點不尋常，建議兒子說：「既然是送給人家小姐的，你可要用點心。要不要去隔壁夏家借個桌子畫呀？電燈公司剛給他家拉了電燈線，電燈一開，亮得不得了。」

「不用了，媽媽，就這麼一小幅畫，就在家畫吧，一下子就好。」

「別太倉促了，好好畫，啊！」媽媽說完，在桌子頂頭坐下納鞋底，崔錫麟在另一邊認真作畫。他先打腹稿，再用宣紙畫一草稿，然後才正式畫在熟絹上。畫好以後題字，還是紅樓詩，這次他選了《憶菊》中的後四句：

念念心隨歸雁遠，寥寥坐聽晚砧遲。
誰憐我為黃花瘦，慰語重陽會有期。

次日一早起來，崔錫麟先去汪家大院，把畫交給汪菊生，請他轉交汪嘉玉。然後他回過頭，直奔蠶桑試驗場。

6 水部樓

　　高郵蠶桑試驗場坐落在中市口西邊的水部樓。高郵人說起水部樓，多指前朝水利機構水部樓的建築物及其周圍的一片區域。說來也巧，多年後，也是在水部樓附近，我為母親買了一棟三層民居樓房。房子是新建的毛坯房，姐夫張羅裝修的大小事情。等第二年回老家時，媽媽已經搬進去住了。此時，祖父和父親都已經仙逝，而當我站在頂樓陽台向前方放眼望去時，仍會產生一個幻覺，街道和建築物漸漸模糊消失，取而代之的是一大片果綠色的桑園，還有桑園裡辛勤勞作的人們。我無法辨認祖父年輕時的身影，但相信他一定也在其中。

　　美好的遐想好似欣賞一幅畫卷，總令人心曠神怡。但現實存在卻並非這般美好。儘管祖父十八歲那年走進高郵蠶桑試驗場時，心中充滿理想，準備刻苦學習種桑養蠶技術，進而借此成就一番事業。但偏偏事與願違，用現在的流行語來說就是：「理想很豐滿，現實很骨感」。也就不到一年的時間，他的桑蠶生涯就不得不結束了。

　　蠶桑試驗場是由高郵縣公署官辦，主要推廣先進的蠶桑品種和相關技術，並扶持縣內蠶農的生產及銷售。崔錫麟一邊學習，一邊幫助汪場長做些聯絡和文書事項，同時還管理著試驗場和繭行總所的帳目。他每天忙忙碌碌，既充實又快樂。

　　直到有一天，他發現了一個問題。蠶繭收購、售出的賬目和總賬對不上，問場長才知，幾筆現款被縣署的人提走，沒有留下收條。他天生是個認真的人，想著去見縣署會計，拿一個正式的轉賬憑據。誰知縣署會計查了半天，並沒有找到相關的入賬記錄。毋須多問，一定是有人貪了這些錢款。

　　回去把情況彙報給汪場長，汪場長聽完嘆了口氣說：「叔仙啊，你剛出校門不久，可能對這個社會還不是很瞭解。這歷朝歷代，官府里的事情都很複雜。就拿我們高郵來說，民國初年委任的高郵縣民政長姚崇義，在清朝宣統時就是高郵州的知州。此人向來有貪腐的名聲，每次旱災還是水澇，他都棄災民於無視，災前災後均無作為，只顧自己中飽私囊。民政長後來改稱縣署知事，據說郭知事倒是兩袖清風，不貪不佔的，可他也太過老於事故，算得上是官場老油條，不

管每年修河道旱道，還是現今正在建的公園，他都能讓縣里的那些土豪劣紳們得好處，來換取他當官的便利。說實在的，誰來當我們的縣太爺，還是這些有勢力的土豪劣紳說了算。這些個事情說都說不完。就比如這幾筆款子，他們派人過來提走了，說是為了縣里的公事，其實是進了他們自己的腰包。我這個場長除了乾瞪眼，還能幹什麼？我們還是盡量以自身的綿力，多為農民做些實事，便可謂是盡本份了。」

是夜，崔錫麟失眠了，他躺在床上，翻來覆去睡不著，耳邊不斷回響著汪場長的話語。

次日清晨起來，媽媽看出他沒睡好，忙問為何。他就把事情一五一十講給父母聽。崔瑞亭和吳氏都表示他們也聽說過，坊間早有積怨，卻無人知曉何以申訴。

崔錫麟說他想了整整一夜，不願就這麼聽之任之，他要向上告狀，阻止貪官污吏魚肉鄉里，還高郵人民一個朗朗乾坤。如若不然，當年像徐錫麟這樣的反清志士，豈不白白枉送了性命嗎？

崔瑞亭見兒子不是說笑，而是真要和縣太爺鬥法，不免有些擔心，便說：「你一個剛過十八歲的毛頭小伙，要想告倒縣知事，可不是件容易事。如果不成功，必會受到報復，你就不怕引火燒身嗎？」崔錫麟回答：「怕什麼？我單身漢一條，一無所有，即便是引火燒了身，也沒東西值得燒。況且，邪不壓正，我告狀並非為一己私利，而是替全高郵人討公道，諒他們也不敢把我怎麼樣。」

吳氏這時說道：「三龍啊，你從小就是這個脾氣。我們既然攔不住，倒不如幫幫你。」

「那就太好了！不知母親怎麼個幫法。」

「我有個堂房兄弟，叫吳鴻勳，他今年夏天剛被選上江蘇省議員，我可以帶你去找他，看看他有什麼好辦法。」

崔錫麟一聽大喜，正愁沒有上告的門路，假如有省議員的支持，此事不就成功一半了嘛！「好的，好的，今晚我們就去找他好嗎？」

「好！」

當晚，在吳議員家，崔錫麟說明來意，請議員賜教。

吳議員指著桌上剛沏好的茶說道：「叔仙，來，先喝口茶！」

一見崔錫麟端起茶杯，並不往嘴邊送，兩眼閃著期盼的目光，他笑著說道：「看來，你性子還蠻急的。不錯，年輕人就要有這股精氣神。好吧，我也就打開窗戶說亮話吧。關於對我們高郵這些貪官的民怨，已經不是一天兩天的事了。你其實來得早不如來得巧，我這裡也陸續收到了來自高郵農、商、學各界人士的檢舉信，現在開始告他們，時機業已成熟。而且，正好由你來幫我整理材料並聯絡各界檢舉的人。今年十月十號，江蘇省第二屆議會的首次年會要在南京召開，我們要在這之前，把準備好的材料遞上去，我好在會上提出議案。你願意跟我一起乾這件大事嗎？叔仙。」

崔錫麟回答願意。吳議員又接著說：「但是，我也不想瞞你，我們儘管有確鑿證據，也有一群證人願意作證，可這兩個知事為官多年，在官場上下的人脈是盤根錯節，背後的後台都很硬。先別說省裡有給他們撐腰打傘的，在高郵本地，他們的靠山就是我們高郵縣的另一位省議員王鴻藻。他可是大名鼎鼎，不是隨便什麼人都能動得了的。你要是真的有決心跟我做這件事，就要有點壯士斷腕的氣概，不怕他們找麻煩。而且，你現在的工作可能就做不成了，因為你們蠶桑試驗場直屬於縣公署，如果你還掛在那塊，怕是叫你們場長汪嘉禾為難。汪場長可是個大好人，我們高郵的蠶農還指望這個人才吶，差錯不得！」

王鴻藻此人，崔錫麟早就聽鐵橋和尚說起過。他住在城裡焦家巷，雖不是高郵最大的地主，但也是財大氣粗，加上在孫傳芳的軍隊裡有靠山，因此成了縣里最大的惡勢力，縣知事都必須聽他的，否則官就當不成。他還包攬訴訟斂財，高郵人大多都聽過一個順口溜，叫作：「要得官司了，就找王鴻藻。」

有道是初生牛犢不怕虎，崔錫麟也沒想太多，當即表示不怕，反正自己也沒有什麼好失去的，不管是誰，他要作惡多端，我便替天行道。至於蠶桑場那邊也好辦，我可以辭了那份工作。我那個小飯碗，砸了就砸了，不可惜，這樣還能專心做好吳議員的幫手。丟掉工作只是我自身的損失，卻是為了全縣的萬千民眾。孰輕孰重，豈不明瞭？

吳議員感慨地說：「刮目相看！刮目相看啊！沒想到你這位年輕人有如此大的胸懷和氣度。謝謝你肯為我們高郵犧牲自己的利益。

反過來說，這也是你大顯身手的一個絕好機會，將來若能入仕，前途無量啊！」

　　第二天，崔錫麟向汪場長遞交了辭呈，謝謝他的栽培，當然也沒瞞他辭職的真正緣由。汪場長雖覺惋惜，但也稱讚其勇氣可嘉，是個做大事的人。

　　崔錫麟把手上的賬目交接完畢，就離開了蠶桑場。不出一個月，他就把所有文字材料、賬目清單一並準備妥當，最後起草兩份文件。篇幅長的上交省議會，短的是一封電文，直接電告北京總統府。不管是長是短，都寫得是清晰明瞭、有理有據，無不切中要害。吳議員大加誇贊，修改數次後定稿。

　　北京方面收到電文，未有耽擱，立即責成江蘇省府和督軍府一起徹查，加上江蘇省議會的敦促，一個月不到，高郵縣署知事姚崇義和郭曾基被解職，就連淮揚道伊王曜也被迫引咎辭職，可謂引發了當時淮揚官場的一次大震動。

　　新上任的高郵知事姓莊。他一到高郵就拜訪並宴請了此次一戰成名的吳議員。吳議員帶著崔錫麟前往赴宴，把他介紹給莊知事。知事得知眼前的這位年輕人在這件事裡所起的重要作用，馬上表揚他為高郵人民的福祉立了大功，而且電告文稿寫得文採橫溢，想不到竟然出自一個十八歲的大小伙子。莊知事當即表態，像如此有才氣、有志向的青年應當到縣公署來做事，日後必有前途。問崔錫麟心意如何，崔錫麟答道：「謝謝莊知事的器重！到縣公署當差固然是好，但錫麟尚年輕，一想多多學習，二願做些實事來歷練身心。錫麟眼下有自己的想法，不知當講不當講。」

　　「講！講！只要力所能及，我們一定助你一臂之力。」知事說。

　　「是呀，叔仙！這陣子真的委屈你了。如果你看中什麼差事，我也會鼎力相助，省得你每天去賣畫度日。」吳議員也說道。

　　「那好！錫麟便斗胆一回。事情是這樣，前兩天汪場長找到我，說高郵縣勸學所近日要開辦小學教師國語講習班，主要學習漢語拼音。他告訴我，講習班上完就有望做小學教師，那是我最心儀的職業。可我去問過了，人家說有規定，必須是現職教師才能報名參加。不知道縣里這次能不能為我破例一次？」

　　知事和議員都認為這事不算太難。你既有中學文憑，還喜歡教書，高郵又缺教員，那你去當教師是兩全其美的大好事。兩位立馬答應都會去向勸學所打招呼，應該馬上會有好消息。

　　果真不假，沒過幾天，勸學所的告示貼出來，國語講習班錄取名單上，共有三十多人，崔錫麟在列。

　　講習班教授中國歷史上的第一套拼音字母，當時也叫注音符號。這一年，由北洋政府教育部公佈了 39 個注音符號，在全國各地小學推廣，這便有了高郵教育局的前身——勸學所開辦的講習班。全班學員有近半數是小學校長，其他的都是國文教員，唯有崔錫麟是個例外。用符號來標注漢語的標準讀音，對高郵當地的校長老師來說，還真不容易學。崔錫麟在中學學過標準漢語讀音，而且，有英文的基礎，漢語拼音學起來就簡單了。大家很快就注意到，這個姓崔的小伙子學得又快又好。一問才知道他不是哪所學校的教員，只是剛出中學大門一年，正在找教書職位的一個學生。當幾位校長得知他在美國教會學校畢業，且國、英、算成績優異，都爭相邀請他去自己的學校教書。

　　在這些校長中，有一位姓董，叫董增侃，他邀請得最賣力。他所在的學校是城鎮第五高等小學，人們簡稱為「五小」，是高郵城裡最好的高等小學，而且此校就設在土壩邊上的承天寺內，從家裡走路過去幾分鐘即可到達。各方面都具有吸引力，崔錫麟最後決定去「五小」工作。

　　從十九歲開始，直到二十六歲踏入仕途，崔錫麟在小學任教師，共計有七年之久。

第05章 拋卻榮華 汪嘉玉自由戀愛

1 承天寺

「五小」坐落在城北的承天寺內。

承天寺建於元代，也是高郵八大名寺之一，全名為承天大梵講寺。該寺廟名聲響亮，原因之一是元末的一代梟雄張士誠率領起義軍攻克高郵城後，以高郵為都，在承天寺的大雄寶殿登基為王，開創了大周國。該寺廟建築在歷史上幾經戰火焚毀又幾經重建，到了崔哥的年代，已經很難找到它的遺址了。有人說是在現在的醬醋廠，也有人說不對，是肉聯廠。總之，承天寺已煙消雲散在歷史中，就連後來的「五小」原址也難覓其蹤。但若真想瞭解「五小」百年前的景象，也有辦法，你可以讀一讀汪曾祺先生的《我的小學》。文中對「五小」的描繪與崔錫麟當年所見大致相同。

繼蠶桑試驗場後，教書育人是崔錫麟的第二份正式職業。他珍惜這次工作機會，也熱愛這個職業。備課講課、批改作業、家訪學生，每天都享受其中。學生和同事稱他「崔先生」或「崔老師」，都讓他高興。但是，這高興來得快，去得也快，因為這一回，他仍舊不順利。

秋天快過去時，他一早去上班。進了學校大門，剛一踏上校內筆直的磚道，就見董校長站在路旁粗壯的古銀杏樹下，抬手召喚他。自他來這個學校後，董校長常常找他聊天，每次都笑呵呵的，今天怎麼了？校長臉色好像有點古怪，看見他笑了一下，但笑容很快消失了，然後對他說：「早啊！崔老師，你今天第四節沒有課，能來找我一下嗎？」

「哦！校長早。找我有事啊？」

「對，有點事。等你有空，我們細談。」

「好的！好的！等第三節課一下我就去找你。」

「不急，等事情弄完再過來不遲。」

「就是了！」這是高郵人應承人時更加殷勤的講法。說完就向教室走去。進教室前，他回頭看了一下，董校長還站在原地，樹冠

的陰影遮住了他臉上的晨光。

第四節課的上課鐘聲敲響過後，整個校園一片安靜。崔錫麟穿過小操場，來到校長室。董校長正在等候，見他到了，站起來，請他在板凳上落座，關上門，回身坐在他對面，嘆息一聲說：「叔仙老弟，現在有個十分棘手的事情，不得不找你來商量。」

「哦？還有事能難倒董校長啊？」

「是這麼個事···」 校長欲言又止，思索片刻後反問道：「叔仙吶，你是怎麼得罪了那個王鴻藻啊？惹得他非要為難於我。」

「你說的是焦家巷的議員王鴻藻吧？對，我早就得罪了他。當年我參與了告發縣知事的貪污案，因為他和被罷官的知事是同夥，就開始記恨我。後來我還直接寫信給省署，揭發他包攬訴訟。平日里我也常有反對土豪劣紳的言行流露。要建立民主的國家，就不能允許這些惡勢力胡作非為。王鴻藻恨我，並不奇怪，可他是怎麼為難董校長的呢？」

董校長聽他這樣問，禁不住搖頭苦笑：「你說你，得罪哪個不好，非要跟他過不去。你不知道他是哪個嗎？他那麼粗的腰桿子，不要說憑你我，在高郵，隨便哪一個都不是他的對手。你問他是怎麼為難我的，還不是因為他要為難你，才讓我為難啊！」

「那就請董校長說說看，他要如何為難我。」崔錫麟笑著問。

「昨天下午，教育局的督學找我談話，說你們‘五小’ 的教員崔錫麟不是師範學校畢業的，不能當教師，要立即解聘。我跟他講道理，現在的小學教員有幾個是師範畢業的？大多數都不是，可他們照樣當得好好的，為何崔錫麟就不行呢？他可是我們學校最好的老師。後來他就明講了，是因為王鴻藻不讓你當教師，甚至揚言要把你趕出高郵城。督學抗不過他，就來壓我，我一個小小的校長更沒有反抗的餘地，只好跟他們協商，爭取讓你把這學期的課教完，等寒假的時候再解聘。叔仙，你是個好教員，我覺得非常惋惜，又覺得對你不起，真的叫我十分為難。」

崔錫麟從板凳上站起來說：「董校長不必覺得為難，王鴻藻勢力大，全高郵都曉得。謝謝校長讓我把這學期教完，否則對不起班裡的學生。」

臨了，董增侃勸他道：「其實，如果你能活動活動，或是給王

98

鴻藻賠個禮，說不定他能放你一馬。在高郵城裡過日子，惹毛他一定沒好果子吃。世道原本如此。叔仙，你最好不要過於認真。」

崔錫麟點點頭，沒再說什麼就走了。他心中悵然失望，卻又有幾分意料之中，自己親手摘的果子，苦的也要吞下肚。男兒大丈夫，必須如此。

他每天仍然像往常一樣在學校工作，一直到寒假開始，他便再一次失業了。

這一回，父母不得不為他感到憂愁了。說你小三龍不到兩年就丟掉兩份工作，這樣下去，你連自己都養不活，更別指望你來幫忙養家了。而且，你和王鴻藻這類人鬥，未免有些自不量力，如果沒有能力戰勝對手，卻非要堅持不懈地鬥下去，最後受損失的只有你自己。弄不好還會落得個遍體鱗傷的結局，你仔細想過沒有？

崔錫麟安慰他的父母，說無需為他擔心，自己的所作所為是出於正義，為的是有一個更民主、更公平、更美好的社會，吃點苦頭是值得的。只要自己肯努力上進，就不會被埋沒，一定會有出人頭地的一天。此乃天道，你們等著看好了，這一天不會太久遠。

崔瑞亭夫婦仍然放心不下，可心裡都知道，兒大不由娘，雖然三龍從不犟嘴，但他要是在心裡打定了主意，別人是勸不動的。崔瑞亭最後只好說：「三龍，你蠻聰明的，也很勤奮努力。我相信你會有出頭之日。但你要保護好自己，不要讓我們太過擔心。現在跟你講好了，下次再找到工作，一定要踏踏實實地賺錢養家，好不好？」

他點頭答應。看著老去的父母為自己憂心，心裡的確不好受。自己快二十了，在追求理想的同時，也該為年邁的父母以及全家人多考慮。

工作沒了，他不能待在家裡吃閒飯，只能重操舊業去賣畫。北城門口的街面是個熱鬧的市口，在護城河和狹窄的「一人巷」之間有五六家店面，崔錫麟看中的是其中一家裱畫店。在進入小學教師國語講習班之前，他就在這家店的門口賣過畫。這次，裱畫店的老闆還是願意幫忙，讓他用一塊卸下的門板擺放在門口，攤開他的畫作，供人選購。

崔錫麟的字畫在高郵城裡已經有了名氣，裱畫店裡常有他的作品來裝裱。當時的高郵人若想瞭解本城字畫界的新動向，經過裱畫店

時，走進去看兩眼是最好的辦法。只要有崔錫麟的畫作貼在板壁上等待晾乾，這些行家會駐足於前，多看一眼。

裱畫店的屋頂能遮雨，風吹日曬卻不能全免。儘管這些辛苦難不倒崔錫麟，但是賣畫並非易事。那幾年高郵連年遭災，不是水澇，就是大旱，今年又開始鬧瘟疫。人們日子難過，畫自然就不好賣。崔錫麟早出晚歸，有時一天能賣出去幾張，可有時連一張也賣不出去。與其說他在堅持，莫如說在等待，等待著一個新的、屬於他的機會再次出現。

沒料到，他先等來的是一個人，還是一個女人。誰呢？

汪嘉玉。

2 牆洞傳書

聽崔哥的故事講到現在，您或許能猜到，這汪嘉玉不是別人，她日後成為了我的祖母。

我爺爺生於 1902 年。奶奶則是在 1904 年出生。爺爺享壽 86 歲，奶奶卻只在世上生活了 60 年。崔哥小時候，父親一般不會提起他的父親，但常常有對奶奶的回憶，尤其在他晚年，會更加懷念他的母親。很遺憾，我從未有機會見到奶奶，她在山西太原去世時，我才 4 歲，還遠在黑龍江。雖然沒見過她，我也懷念她，見沒見過不重要，重要的是我和祖母血脈相連。

我的祖母汪嘉玉不僅生在高郵城裡的富貴之家，還生在一個社會巨變之時，偏偏又遇見了一個崔錫麟，因此她不算長的人生道路注定不會平坦，一定會經歷起伏動蕩和風吹雨打。這一切都開始於那個風和日麗的下午，她不經意間的一個舉動，那就是四哥家的波斯菊開了，看看去。

當天吃過午飯，她讓女傭巧蘭收拾好碗筷，就帶著巧蘭一起出了院門，一前一後向四哥家走去。沒走幾步路，突然一抬頭，看見二哥家的小三子帶著另一個年輕人，也正往四哥家的院門而去。這個年輕人她以前沒見過，看著比小三子小那麼幾歲，穿著一件已然洗舊了的黑色學生裝，個子高高的，肩膀寬寬的，腰板直直的，國字臉型，濃眉大眼，嘴角透著一絲冷峻。但因為臉色過於白皙，他整個人顯得

有些憂鬱。汪嘉玉看見他，心中彷彿有一根琴弦被輕輕撥動了一下。她平生從未有過這種感覺，說也說不清楚，就像是忽然掉進了夢中一般。這時他們已經走的夠近，汪嘉玉聽見菊生喊了年輕人一聲「叔仙」，她才猛然驚醒。

得知他們也是去汪嘉禾家，便一同走進院門。庭院本不大，汪嘉玉一邊賞花，一邊豎起耳朵聽四哥他們在一旁的對話，心中稱奇不已，這個年輕人不僅外表俊朗，還有一肚子的學問，真是不簡單啊！

等崔錫麟和汪菊生一離開，她就問四哥這崔叔仙是何人，為何以前從未見過他。四哥說，這個小伙子是我們高郵大名鼎鼎的吳巡撫的外孫。吳巡撫過世的前幾年，他們一家剛從湖西菱塘橋搬到湖東邊來。他在美國人辦的中學畢業後，因為家境不寬裕，就沒有升入大學，而是回高郵找工作來了。

離開四哥家回到自己房內後，汪嘉玉一直想著剛才的情景，心中若有所失，一時間坐臥都不得安穩。

巧蘭是高郵西溝鄉人，因家裡女孩多，她十三歲時，被家人送到汪家大院做幫傭。一進汪家便跟了汪嘉玉，雖然比主人小三歲，但她盡心盡意地貼心伺候，對主人甚是瞭解。加上她本來就十分伶俐，注意到汪嘉玉從四爺家回來後，總是心神不寧，大概猜出了幾分緣由。

過了一會兒，見汪嘉玉坐到桌前，如往常一樣，攤開紙，研磨，練小楷。巧蘭過去看了一眼，見她的字寫得比平時大得多，於是她笑著對汪嘉玉說道：「小姑奶奶，你是要寫小字還是寫大字啊？要不然今天就不要練字了，去三少爺那邊看他們畫畫去，好不好？」

「好吧！你要想看，我就帶你過去。」汪嘉玉這樣說，心裡想的卻是：「怎麼不早說？要是畫已畫完，人都走了怎麼辦？」

謝天謝地！進了汪菊生家，一問大蓮，大蓮說畫了好大一陣子了，人還沒出來，這就去通報。汪嘉玉走進畫室端詳著牆上崔錫麟的畫，心中對一件事更加肯定，女人沈溺於情網，可以是如此迅速而又無法自拔。

第二天，汪菊生把畫送來了。汪嘉玉打開畫欣賞片刻後，問道：「菊生啊！這幾句詩大概是什麼意思，你能給我解釋一下嗎？」

「哦！這也是紅樓夢里的詩，薛寶釵寫的。是借用菊花來表達

詩人的一種思念之情。」汪菊生停頓了一下斟酌詞語：「我雖比你大幾歲，可你畢竟是我的長輩，有些話本來不該我講。但崔叔仙是我的好朋友，我又不得不說。這詩提得是再明白不過了，他歡喜一個人，並希望能再見到她。今天早晨，他送畫過來，我看到這詩句就猜到了他的心思，問他所思之人是不是你，他沒有否認。他說，他和你身份懸殊，不為別的，只是想把自己的愛慕之情表露出來而已。你若沒有意思就罷，如果他不是單方面的非份之想，或者說，你對他不反感，我想說，崔叔仙無論從品格還是從才華上看，都可說是馬中赤兔、人中呂布，不可多得！你打算如何回應？如果需要，我可以遞個話。」

「怎麼能算是非份之想呢？我也覺得他是個蠻好的人。至於怎麼回應，我也沒有主意。最好是能再見見他，對他多一些瞭解再說。」汪嘉玉想盡量使自己表現得平靜一些。

「那好啊！用什麼理由見他比較好呢？」

汪嘉玉想了一下說：「我一直都想學英文。就請他過來給我講一講英文是怎麼一回事吧。」

「好的，我去跟他說。」汪菊生當然明白這件事有多重大，所以接著提醒汪嘉玉：「小姑姑，這事情到底會怎麼樣，我真不知道。我會把話帶給他，接下來的事，我就無能為力了。」

「行唉！我會看著辦的。對了，你以後不用喊我姑姑了，叫嘉玉就行。」

崔錫麟到蠶桑試驗場上班沒幾日，汪菊生托汪場長捎話，請他來一趟，他便又一次去了汪家的畫室。汪菊生關上畫室的門，悄悄講了他和汪嘉玉的談話，約好下星期天下午，還是在此地，崔錫麟過來與汪嘉玉會面。

那天下午，他們單獨見了面。除了英文，我敢肯定他們也談了其他問題，因為從這天起，他們開始互相聯繫，而且採用了一個新穎、別緻、巧妙的聯絡方式。

汪家朝南的院牆外是河邊，平時鮮有行人。磚砌的牆體有一段是空心的，裡外相對的一處磚頭被人摳掉泥灰，兩塊磚都可以被取出，放入書信後再將磚放回原位。每逢初一、十五，牆內外必有信件互換，既方便又保密，真的是個好方法。

我曾問過祖父，這是誰想起來的點子？牆洞又是誰挖的？他說

是他和奶奶兩個人共同想起來的主意，而那個牆洞好像是巧蘭的傑作，因為他實在沒那個膽量，敢跑去把人家姑娘家的院牆給挖開了。至於那些情書里都寫了些什麼，他沒說，我也沒問。誰沒點兒秘密呢？

可以想象，他們雖不見面，但一定是不斷增進著相互之間的瞭解和信任，兩顆年輕的心越來越靠近。直到有一天，他按約定的時間去取信，看四邊無人，拿出那塊磚，卻沒見裡面有信，伸手進去上下左右摸了一圈，還是沒有。聽一聽，牆裡面一片寂靜，也不知道是什麼情況，他只好先離開，打算過兩天再來。

沒想到第二天，汪嘉玉竟然現身裱畫店門前來找他。這太不尋常了。

裱畫店北面的「一人巷」只有一人寬，因此得其名。他們來到巷子深處，在和下一個巷子接口的拐角站定。崔錫麟問：「你還好嗎？來這裡找我一定有什麼重要的事情吧？昨天我去看信，沒有找到，為什麼呀？」

汪嘉玉用柔和的目光凝視著他，良久才緩緩地說出一句話：「我來跟你要一件東西。」

「你說吧，要什麼？不管什麼我都給你。」

「有這話就行。事情來得突然，紙片上說不清，只好來找你。」

「快告訴我，到底怎麼了？」

「這些年，向我們家提親的人就沒有斷過，哥哥也常說我年紀不小了，應該出嫁成婚了。昨天一早，哥哥說有一戶好人家來提親，想把我嫁到南京去。我說我不想出嫁，可他們說這次不能再由著我的性子胡來，不想嫁也要嫁，非嫁不可。看他們動真的了，我只好說我心裡已經有人了，我們自由戀愛，要嫁就嫁崔叔仙，旁人管他是哪一個都不嫁！」

「你哥哥們怎麼說？」

「四哥不表態，其他哥哥都反對。氣死我了！」

崔錫麟安慰她：「其實，他們反對很正常，不是嗎？如果我是你哥哥，我也不願意把你嫁給一個在街邊賣畫的人。正因為如此，我才遲遲沒敢登門向你家提親。說來慚愧，我沒有你勇敢，倒讓你先把

我們的事情挑明了。事已至此，我就不能再等了，明天我就去找你的幾個哥哥，正式提親。讓他們都同意可能並不容易，但屬於我該做的，我一定去爭取，再難我也不怕。嘉玉，你放心，只要你願意嫁給我，我就一定會娶你進門，哪個也攔不住。」

汪嘉玉聽到這番話，愁眉舒展開來，說：「我就知道沒有看錯你。現在提倡新生活，婚姻自由，他們管不了我自己的婚事。所以不管他們怎麼說，我都等著你來娶我。不過口說無憑，你要給我一個信物。」

崔錫麟說：「現在我在路邊上賣東西，手頭上什麼也沒有，拿什麼給你呢？」

「我又不要什麼貴重的珍珠瑪瑙，只要是你的東西就行。比如你的筆呀硯呀什麼的，都可以。」

崔錫麟一下想起來，他的畫攤上為防畫被風吹跑，正用一塊玉石做的鎮紙壓著。他叫汪嘉玉在這裡稍等，他來到畫攤跟前，從路邊拾起一塊碎磚，替換了那塊鎮紙，然後回到巷中，將鎮紙交在汪嘉玉的手上說：「這塊玉石鎮紙雖不如翡翠瑪瑙貴重，卻是從我祖父那裡傳下來的。你收好，如果我有食言，你拿它來找我。」

汪嘉玉接過鎮紙，剛要說什麼，就見有行人路過，她只好轉身離開。

這時候，汪嘉玉除了四哥，尚有二哥和六哥住在高郵。崔錫麟先去找六哥，六哥說：「我不同意，但老二和老四那邊要是點頭，我反對也沒用。你去找他們吧。」

他再去找汪家的二哥，二哥說：「聽菊生談起過你，知道你是個好孩子，也為高郵人做了不少好事。但是，只是個好孩子，還遠遠不夠娶走我們嘉玉。你現在只是靠賣畫為生，我問你，你賣的畫能養活你自己嗎？退一步講，你即便是還能回去教書，你的那點薪水，恐怕都不如我給她每月的零花錢多。跟你談錢是有點俗，但是我家小妹妹以後怎麼過日子，我就不得不考慮了。另外，你來提親，是合禮數的，我當以禮待之。你今天出了我家大門，就當什麼也沒有發生過，你還是菊生的朋友，不要為此傷了和氣。但這件事情就不要再提了，我是不會同意的。」

崔錫麟怕激起汪嘉玉和家人的進一步衝突，就收住話頭，辭了

汪家二哥，再到汪嘉禾家去尋求幫助，至少希望他能給自己出出主意。

3 教師資格考試

汪嘉禾一直很喜歡崔錫麟。一見他登門來訪，便笑著迎他進屋，讓座泡茶。還沒等他談正事，汪嘉禾先開口說道：「叔仙啊！用不著你說，我也知道你是幹什麼來了。你的事也是目前我們家最大的事了。可能你也曉得，我們家的這個小妹妹，從小被幾個哥哥嫂嫂慣的是無法無天，她要怎麼樣，我們幾個從來不會說個'不'字。可等她大了，到了談婚論嫁的年紀，就讓人犯愁了。給她前前後後挑了不少好人家，我們都覺得是很好的姻緣，可她就是看不中。眼看她就十八了，你說我們急不急？所以我們的話就說得有些重，本來是想嚇她一下子，沒想她倒跟我們發火了，不許我們再給她找婆家，還說已經有了想嫁的人，暗中通信已經一年了。我們一聽嚇死了，怎麼一點跡象都沒察覺？趕緊追問是何許人。她死活不肯說，後來還是二哥家的三奶奶透出一絲口風，說是要猜的話，可能是菊生的朋友崔叔仙。我們去找嘉玉覈實，她終於承認就是你。你本事不小啊，我們家的這位小姑奶奶，這麼難玩（意指很難對付），居然鐵了心要嫁給你，還說什麼'崔叔仙將來就是去討飯，我也跟他一起捧討飯碗。'」

「汪場長，懇求你相信，我和汪嘉玉的確是兩心相頃，彼此愛慕。我知道我還很窮，現在連個正規工作也沒有。但是，為了能娶嘉玉，我會加倍地努力，一定會讓她過上舒暢的好日子。但眼下對我最要緊的，是說服幾位哥哥同意我們的婚事，請汪場長多多支持我。」

「叔仙吶！實話實說，要說支持還是不支持你們的婚事，現在就叫我決定的話，實屬不易，我們不是在談別的事，是在談嫁妹妹。單從妹妹今後的安定生活來看，你目前的境況，確實遠不如我們相中的那幾家。這一點，你大概也不否認，所以也不要怪做哥哥的不同意你們的婚事。設身處地想一想，要是你妹妹嫁人，你要她嫁哪個？」

「完全能理解。」崔錫麟點頭答道。

汪嘉禾接著說：「嘉玉雖然脾氣犟，但她心地善良，而且認准的事，就會認真做下去。依我對你的瞭解，你當然不會一窮到底，以

105

你的才華和志向，你的前途是不可限量的。從這點看，你們郎才配女貌，似乎又是天作佳偶。這就讓我難辦了，我一邊勸不動我哥哥接受你，另一邊也勸不動我妹妹放棄你。所以，我與其兩邊作難，莫如什麼話也不說，靜觀其變，以察後效。」汪嘉禾說到這，停下來，示意崔錫麟喝茶。

崔錫麟打開杯蓋，正想端起茶杯，忽然體會到汪嘉禾的話中有玄機。他把茶杯蓋子又放回去，站起身行禮道：「請汪場長快快指點迷津，要得後效，如何變之？」

汪嘉禾哈哈笑起來：「就知道你是個急性子。你夠機靈，我這裡還真有個圖變之策，但不是一件容易的事。」

「請汪場長明示，再困難，錫麟也願一試。」

「放心！不叫你上刀山，也不叫你下火海，只是去參加一個考試。你考過了，我就支持你娶嘉玉。我們今天就這麼約定好，你以為如何？」

「一言為定！」

「好！我歡喜說話爽快的人。是這麼回事，我以前做教師的時候認識了省教育廳的一個朋友。前兩天我到南京辦事，碰巧遇見他，聽他說，省廳會在今年暑假期間，舉行小學教師資格鑑定考試，要考師範學校的所有課程。也就是說，如果你能在暑假前讀完師範的所有教科書，並且通過考試，你就有做教師的資格，名列前茅的考生還可以直接當校長。在這麼短的時間里，要讀完這麼多書，平常人是做不到的。況且，即使能學完，也不一定能考得過關。但是叔仙，你想不想試一下？考還是不考？ 」

崔錫麟低頭考慮了一下，然後抬起頭來，堅定地說：「考！」

汪嘉禾一聽，輕拍一記桌子說：「好！有志氣，迎難而上才是男子漢。」

「可是，我不曉得怎樣才能找到師範的教科書。」

「我以前的一位老師，名叫任孟賢，現在是省立第五師範的校長，也是這次考試揚州考區的主考官。我馬上寫一封信，你帶著去揚州找任先生。他應該能幫你找到師範學校所有的書本，你再帶回來仔細學習。後面的事情，就看你自己的本事了。」

「太謝謝汪場長了，我一定會用盡全力，爭取考到教師資格。

我們也要先說好，如果我考過了，汪場長一定要幫忙促成我們的婚事。」

「我會的。」

崔錫麟去揚州以前，請汪菊生幫忙，在他的畫室約見了汪嘉玉。他把此次揚州之行的前後情況說給她聽，並告訴她，在他參加考試之前，會把自己關在家裡專心學習，等考試結束以後，他們二人再見面。汪嘉玉心情複雜，既期待他考試成功，又擔心他學習辛苦，同時也因為他肯為自己承擔壓力而欣慰。臨別，她塞了五十塊銀元給他，他不肯要，卻推脫不掉，只好拿上。次日一早，他乘長途車往揚州去。

他到了揚州，從車站出來，向路邊的販夫打聽省立第五師範怎麼走。販夫用手向北指說：「你一直朝前走，到了甘泉路左拐，走到路頭上，右手邊就是『大汪邊』，拐過去就到了。」

揚州也是一座古城，距離高郵六十多公里。當年崔瑞亭曾在此地讀書，並最終考得功名。崔哥自己也在揚州上學並工作多年。我和這個城市最大的淵源，是在這裡遇見了曉蕾。1987 年她成了我的太座，次年我們的大女兒在揚州出生。

直到 1992 年移民北美前，我總共在揚州居住了 13 年之久，曾經對於這座城市的熟悉程度，不亞於對同時期高郵的瞭解。當然這是舊話，現如今，無論高郵還是揚州，對於一個離開了三十年的人來說，幾乎就是陌生的地方。有一年我回國，和朋友約好在揚州富春茶社用餐。我上了一輛出租車，司機是揚州人，年紀與我相仿，得知我要去百年老店富春，他說前面有條街因修路關閉了，需要繞行，問我想怎麼繞。我能說一口地道的揚州方言，卻回答不了他的問題，因為我根本就不知道自己身在何處，連東南西北都搞不清楚。

「對不起！我真不曉得。我離開家鄉好多年了，這兩天剛家來。這塊變化太大了，認不得路了。」

全中國的出租車司機都愛侃，揚州自不例外。

「怪不得的呢，我心頭說了，你個揚州人怎麼認不得路的吶？原來你是從外地家來的。哪個城市啊？上海還是北京？不對！不會是上海，上海回揚州方便得很。也不會是北京，現在揚州到北京的火車開通好幾年了，從北京上車睡一覺就到家了，你也不會等到現在才家

來。」

「你說得很對，比北京遠，往西面去。」

「西安？」

「還往西。」

「還要西？哦！我曉得了，烏魯木齊，一定是烏魯木齊。我說的沒錯吧？」我正想著如何回答他，他接著說：「烏魯木齊確實是太遠，回來一次不容易噢，真是要好好看看、玩玩。揚州的變化可以說是翻天覆地，你曉得是為什麼嗎？我們新來的市長姓季，他一上任，就開始城市改造更新。氣魄大吶，老百姓說他是'手一揮，推、推、推；腳一跺（de），拆、拆、拆（ce）。'所以，你一家來，肯定是認不得的啦。」

現在回想起來，心中還是有些失落之感，我所熟悉的揚州老城，只剩下一小塊被巨大的新城市所包裹著的陳舊角落，我又如何去想象，當年崔錫麟看見的，又是怎樣的一個揚州呢？能確定的是，省立第五師範學校的原校址還在，現在那裡是著名的揚州中學。曾經是刑場的'大汪邊'早已被寬闊的淮海路所取代。

祖父說，他那天順利地找到了第五師範，見到了任校長。

任校長名叫任誠，字孟閒，那年也剛37歲。他看了汪場長的信以後，抬頭打量著跟前的年輕人，然後說：「汪嘉禾對你的評價可不一般啊。」語氣略顯驚訝。

崔錫麟忙站起來行禮：「學生慚愧！雖不知汪先生在信中如何說，但他一定是過獎了。」

「那我來問你，從六合益智中學以第一名畢業，可屬實？」

「嗯。」

「因為在高郵反對土豪劣紳而受到迫害，可屬實？」

「嗯。」

「去年組織領導了全縣教師聲援北京學生運動的大遊行，是不是你？」

「嗯。」

「太好了！我要謝謝你肯來找我。你也知道，國民政府正在大力興辦教育。要論救國救民之大計，教師實在是首要之事。像你這般有才幹且正直的青年，正是做教師的最佳人選。這樣吧，你現在就跟

108

我到教務處去，看看能不能馬上找齊你要的教材。」

到了學校教務處，任校長把崔錫麟介紹給在這裡工作的康老師，他將負責此次考試的具體事務。康老師立刻到書櫃里翻騰一陣，找出十多本和考試有關的書來，把它們摞在一起，兩頭墊上報紙，用細麻繩扎緊，交給崔錫麟。崔錫麟問多少錢，康老師說你不用付錢，校長剛才關照過了，書錢從他的薪金里扣。

崔錫麟拎著書，回到校長室表達感謝，任校長說不用謝，你回去好好用功，能夠考出好成績，就是對我最大的回報。

崔錫麟抱著書回了高郵，隨即，一頭扎進這堆書中。他廢寢忘食，沒日沒夜地苦讀，終於在考試前啃完了所有的教材。

我曾經思考過，祖父成功的秘訣是他聰明過人嗎？是，但又不僅僅是這一個原因。許多人都很聰明，特別是在高郵這樣的地方，高智商的人不少見。然而，像祖父這樣即聰明又具備極強意志力的人卻不多。從他的一生來看，在許多關鍵時刻，他都是憑借著超強的意志力，緊盯著心中的目標，竭盡全力來實現自我突破。

我父親、我自己和我的女兒們，似乎都沒有遺傳到他的這一長處。是因為一代英雄三代孬呢？還是我們福氣好，且用不著這樣拼命呢？真是很難說。

那年的崔錫麟有多麼拼命呢？這麼說吧，當考完最後一門科目後，他走到監考的康老師面前，雙手捧著試卷想要遞上去，但整個人卻仰面朝後倒了下去，康老師眼疾手快，一步上前攬住了他。

當崔錫麟再次睜開眼睛時，覺得自己已經睡了很久很久。他環顧房間四周，發現這是一個完全陌生的地方。他試著從床上爬起來，卻四肢無力。就在這時，一個人推門進來說：「嘿，你醒了？感覺好點了嗎？」他仔細看了看，說話的是一個少年，看起來大約十二、三歲，之前從未見過。他有些糊塗：「這是哪裡？請問你是哪位？」

少年嘻嘻笑著回答：「我姓康，叫康正鑄。就是康有為的康，正大光明的正，鑄新淘舊的鑄。我知道你是崔錫麟大哥哥，還是這次考試的第一名！聽我父親說，你還沒把最後一張考卷交到他手裡，就暈過去了。校醫看過你，說沒有大問題，只是因為學習辛苦，缺乏睡眠才昏倒的，好好休息，再吃點好的就能恢復健康。所以，他們就把你抬到我們家來了。」

　　崔錫麟明白了：「你是第五師範康老師的兒子吧？我是被他們抬到你們家一直睡到現在？你剛才說我考試得了第幾名？第一名？」

　　見小正鑄不住點頭，他知道自己已考過關，心裡像是一塊大石頭落了地，人立刻有了些精神。他下床走出房間，見過正在廚房忙碌的康夫人，再讓正鑄領著上了趟廁所，回來就見康夫人燒好熱水讓他洗漱。不多時，康老師也下班回家，見他醒來高興得很，說：「你醒啦？身上有力氣了吧？餓不餓？今個師娘做了毛豆米燒小公雞給你進補，過來吃飯吧！」

　　崔錫麟站直身，給康老師一家人深深鞠了一躬，並說：「謝康先生救難之恩，更要謝康先生一家收留我於此，而且是如此地豐盛款待。錫麟身無長物，又沒有什麼大本事，真不曉得如何才能報答這份恩情，學生不勝惶恐難安。」

　　康老師笑著擺手道：「本來我們的確是萍水相逢，可你在我監考時有恙，醫生說你需要休息調養，你家遠在高郵，而我家就在學校附近，所以就讓你來這裡休息幾天，乾脆等拿到省裡頒發的教師資格證書以後，再回高郵去不遲。」

　　「謝謝康先生的美意！錫麟還是覺得，這樣太過於打擾了，我可以回旅店去住。」

　　「考生都已經各回各家，統一安排的旅店已經退房了。七天以內，考中的人會在各縣拿到資格證書，你的情況有點特殊，任校長囑咐，你的證書辦好後先送給他，讓你到他的辦公室去取。這也是安排你住在這裡的另外一個原因。」見崔錫麟張嘴還想著說什麼，就又說：「叔仙吶！別想太多，有道是既來之，則安之。這兩天身體恢復以後，讓正鑄帶你去瘦西湖、大明寺去玩一玩。他巴不得能跟你交朋友呢。到時候，我安排你去見任校長。現在開飯，你的肚子早就餓了吧？」

　　那邊桌上，康夫人已經擺好了飯菜，除了毛豆燒公雞以外，還有韭菜炒雞蛋、木耳燴豆腐，外加山藥鯽魚湯。崔錫麟沒有再推辭，和康家人坐在一起，邊用餐，邊聊家常。崔錫麟倍感溫馨，他知道自己交了好運，不但通過了考試，還遇見了好人。

　　當然，他不知道，從這一天開始，一直到他五十四歲那年在上海進監獄為止，他的好運就沒斷過，長達三十三年之久。

　　他在揚州又逗留數日，遊覽了當地名勝。等得到通知，便去第五師範學校，面見校長任孟閒先生。

　　一走進校長辦公室，任校長就興致勃勃地招呼崔錫麟落座，指著桌上的兩張證書說：「崔錫麟，祝賀你以總分第一的成績通過了考試，而且你拿到了兩份資格證書，一份是小學教師資格，一份是小學校長資格。你帶著這兩個證書回到高郵，不但馬上可以做教師，而且可以成為一名校長。可喜可賀！汪嘉禾沒有看錯你，我也沒有看走眼，你果然沒有讓我們失望。」

　　「還要謝謝任校長！這都離不開校長還有康老師的幫助。」崔錫麟抬頭看了一眼任校長，見他笑眯眯地看著自己，又看看桌上的證書，並不講話。

　　過了好一會，任校長才又開口說道：「今天找你過來，可不單單是為了祝賀你，也不是為了親手把這兩個證書頒發給你。正好相反，我是找你來商議，勸你不要拿它們。」

　　崔錫麟馬上就愣住了。「學生不明白，這是為何呀？錫麟苦讀了近三個月，不就是為了這個資格證嗎？」他詫異地問。

　　「你說的都沒有錯！你考得好，拿到第一，我很是高興。但我也在考慮另外一個問題，覺得有必要和你坐下來，好好商量商量。」

　　崔錫麟做了個深呼吸，平復了情緒後說：「請校長賜教！」

　　任孟閒沈吟片刻，問道：「你介意我問一個比較私人的問題嗎？」

　　「不介意。不管任校長問什麼，我都會如實回答。」

　　「那就好。我想問的是，你的天資超群，而且願意下苦功夫。像你這樣的年輕人，在當下實屬罕見。我想知道你為什麼沒有考入大學繼續深造。這對你來說並不難，一定是有原因的吧？」

　　這番話直戳崔錫麟的痛處：「任校長說得對，上大學一直是我的夢想。之所以沒有報考，的確是有難言之隱。」

　　「如果你願意，不妨把你的難處跟我說一說，也許我可以幫你。」

　　「沒有什麼不能跟校長說的，主要的原因是我家付不起上大學的費用。」

　　「哦！我就說這裡頭必有緣由。」他慈祥地看著崔錫麟，接著說道：「以叔仙你的品格和才氣，能看出你會是一位大有前途的人。如果你能讀完大學，那好似更上層樓，如虎添翼，方能如魚得水，無往而不利也。我們中國太需要更多的青年才俊來建設國家，來改變我們民族的落後面貌。所以我要勸你，還是去讀大學吧。至於大學的學費，你不必擔心，我個人願意資助你，一直到你大學畢業。請你好好

考慮一下，把你的決定告訴我。」

崔錫麟一聽，一股感動的暖流由心裡一直湧到眼眶。他站起身，鞠躬致謝。但並未考慮太久，便開口道：「任校長願意幫我這麼多，實在是太謝謝了！校長的美意我只能心領，大學我就暫時不去想它了。我不但付不起大學學費，我父親年老多病，想讓我盡早開始工作，這樣能幫著補貼家用。我也想立刻成為一名教師，為了教育救國盡自己最大的努力。」

儘管很心疼，他還是這樣婉言謝絕了任校長的資助。當然，他沒有提及另外一個對他同樣是舉足輕重的原因，那就是除了要賺錢養家，他還要盡快回到高郵去把汪嘉玉娶了，否則以後的夜有幾許長，夢有幾許多，就很難確定了。此等兒女情長之事，他不好意思說出口。

任校長輕嘆一聲問：「你肯定是想好了才決定的嗎？」

「是的，校長，我想好了才說的。」

「那好吧！雖然我覺得非常可惜，但還是尊重你的選擇。這樣的話，你就拿著這兩份資格證，好好工作去吧。同時希望你心中存留一個信念，你是一個能有更大成就的人。」

臨別前，任校長贈給崔錫麟一張他自己的照片，其背面寫有：

寄茲小影，與其晨昏。學制雖改，道義當存。　永盟方寸，親愛精誠。梅花香遠，大地皆春。

這次在揚州城的經歷，對崔錫麟的一生影響深遠，尤其是任校長和康老師都令他終身難忘。1927 年，任孟閒先生從「五師」離職，後遷居滬上，在大學任教。數年後，恰逢崔錫麟從上海崛起，並且不忘舊恩，對孟閒先生多有關照。1957 年，任誠卒於上海，終年 69 歲。至於康家就更不含糊，等崔某人搖身一變，成了青幫大佬並開始收徒，第一批就收有揚州人康正鑄。到了那時，徒子徒孫都有了另一個與時俱進的新稱謂，叫做「學生」。後來崔錫麟進入銀行業，當上江蘇省農民銀行的經理，在揚州支行坐鎮的就是他的這位「學生」康正鑄。

後話暫且不表，只說崔錫麟精神抖擻，揣著剛剛考到的兩份資格證書，從揚州打道回府。

4 十里尖

這天下午，高郵教育局的督學來到焦家巷內王鴻藻的府上，他

遇到了一件犯難的事情。王鴻藻此前已經迫使「五小」解聘教師崔錫麟，理由是崔錫麟不是師範畢業生。沒想到剛剛過去幾個月，崔錫麟已經拿著省教育廳頒發的資格證回到高郵，並且省廳還要讓他直接當小學校長。王鴻藻的意願不可違背，省府的委任也無法反抗，這該怎麼辦呢？當下督學來找王鴻藻商議對策。他們密謀一番後決定，既然現在無法趕走崔錫麟，只好姑且容忍，等日後抓住他的把柄再徹底將他趕出高郵。

縣府的委任狀很快就收到了，崔錫麟被任命為高郵縣第二學區第十一小學的校長，即刻赴任。

崔錫麟和家人都很高興，尤其是崔瑞亭夫婦，兒子做了一校之長，他們的臉上頓時都發出光來。

但這第二學區是哪個區？第十一小學又在哪裡？怎麼從沒聽說過呢？崔錫麟到教育局一打聽才知曉，這個「十一小」原來不在高郵城裡，而是在高郵東面的小鎮十里尖。此處離城十里之遙，故而得名。

從教育局回家，崔錫麟顯得有點失落。可父母親仍舊高興，不管它是十里尖還是二十里鋪，校長就是校長，到哪裡都是校長，正兒八經的，沒錯！

最高興的人當屬汪嘉玉。崔錫麟從揚州回來後，約汪嘉玉在善因寺碰面。同時在座的有鐵橋和尚、汪菊生以及汪嘉玉的四哥汪嘉禾。崔錫麟想乘著興頭，爭取各位對自己婚事的支持。

鐵橋和尚和汪嘉禾屬長輩，他們兩人意見一致，都認為僅憑崔錫麟一個小學校長的身份，很難讓汪家當家的二哥欣然同意把小妹妹嫁給他。但是大家也都明白一個道理，在當前民國的世道之下，只要當事二人兩心相悅，「甲魚吃秤砣」，鐵心要走到一塊，別人沒有反對的法律依據。況且從小到大，汪小妹一直就是個說一不二的個性，她要是打定主意，誰能犟得過她！

鐵橋說，無論汪二哥的態度如何，作為崔家應該遵守的禮節一樣不能少，該走的過程一個也不可缺，免得愛說閒話的人得了口實。

最後，汪嘉禾又再次問道：「叔仙，嘉玉，我再問一遍，你們二人是否肯定想好了？一個要娶，一個要嫁，絕不反悔！」

「今生今世，我絕不會反悔！」崔錫麟站起來說。

汪嘉禾扭臉轉向汪嘉玉。只見她猛然低下頭，似乎剛剛意識到大家正在談論的是什麼。她臉上泛起紅暈，點點頭。

崔錫麟回家後，把善因寺會面的情形都跟父母稟報了。父母一聽，認為都在理。隨即開始張羅。

首先，要找出一個人來保媒。找誰合適呢？吳氏想了一下，然

後說：「有個人很合適，她就是隔壁的惠芬。我們現在就過去找她。」

惠芬姓顧，是隔壁鄰居夏傳益的妻子。夏傳益在電燈公司做職員，崔錫麟和他是好朋友，和他的太太自然也很熟悉。穩重可靠的顧惠芬出自書香世家，其兄還是高郵中學的校長，讓她幫忙再合適不過了。於是一家三口來到了夏家。

這是初秋的傍晚，天色仍明亮。鄰居家大門開著，夏傳益和顧惠芬都在家。見崔家人都過來，就忙著讓座。寒暄兩句後，惠芬問道：「平日里崔大夫很少來串門，今天幾位一起過來，有什麼事情吧？」

「你猜對了，今個還真有一件事，我們想請惠芬幫個大忙。」吳氏笑眯眯地看著她回答。

惠芬聽了有點兒意外，趕緊說：「那快快講給我聽聽，看這忙我能不能幫上。」

「幫得上，幫得上。」吳氏說完，拿眼看崔瑞亭

崔瑞亭輕輕地清了一下嗓子，慢聲說道：「你們曉得的，我因眼睛不好，很少到你們府上來。人都說遠親不如近鄰，此話不假，自你們搬到這裡，你們一直對我們照顧有加。傳益比三龍年長幾歲，和三龍處得像親兄弟一樣。正因為如此，我們才好意思過來，為三龍的事，求二位幫忙。我這裡先替三龍謝謝了！」

夏傳益見崔瑞亭要站起來行禮，忙扶他坐下，說：「不敢當的，你請坐好。和崔大夫一家做鄰居，本是我們的福分，再說三龍又不是別人，他的事，我們理當盡力。要我們做什麼，你就直接說。只要辦得到，惠芬她一定不會推辭。」

崔瑞亭接過話頭說：「你這麼說，我就更加放心了。是這麼一回事，東門大街上的汪家，你們一定曉得吧？」

「曉得呢！」

「汪家的小妹，嘉玉姑娘也曉得吧？」

「也曉得呢！」

「三龍原來在她哥哥的蠶桑場上班，又和她的侄子是畫友。他們走動之間，三龍和嘉玉姑娘就相互認得了。一來二去的，兩個人就生了情，一個說非她不娶，一個說非他不嫁。到了這個地步，我們就不得不管了。也沒有別的好辦法，想請惠芬出馬，到他們汪家門上為三龍說個媒，爭取讓汪家答應這門親事。嘉玉姑娘雖生在高門，可我們三龍並非配她不上。不知惠芬肯不肯幫這個忙。」

惠芬立刻說：「哎喲，我當是什麼事呢，這個還不好辦嗎？這

郎才女貌的，哪裡還能找到更配的才子佳人啊？你們準備一下三龍的八字庚帖，我會盡快跑一趟東頭汪家大院，你們就等著好消息吧。」

崔家人聽她這麼說就放了心。崔瑞亭謝了夏家夫婦，吳氏拉起惠芬的手說：「謝謝你，惠芬！這婚事若是成了，我就欠你'十八個面朝南'。」

惠芬答：「那好呀，我就吃你們這十八次酒席。不過，要吃就吃三龍請的酒，哪個讓他是校長呢？哈哈哈！」

大家都笑了。

惠芬到汪家大院去過以後，汪嘉玉的二哥，把四哥、六哥都找來家裡商議他們寶貝小妹的婚姻大事。對於這門親事，老六還是說聽你們決定，老四則大力贊成。最後，二哥表態說，事已至此，我反對也沒用了。老四，既然你贊成，那你就看著辦吧，反正我是不管了。不過，我有言在先，將來她若吃了虧，可別回來找我。老六說，罷了吧！最寵嘉玉的人就是二哥，我才不信你能硬下心不管她呢！二哥搖搖頭，什麼也沒說。

緊接著，汪嘉禾代表女方和崔家換了八字貼。崔家父母再親自登門「提親」，最後在灶王牌位前焚了香，將吉日良辰寫在「吉課」貼上，連同一個大紅包送達女方，這叫「請期」，也叫「乞日」。女方接過紅包，好事就成了，婚期就定在半年後正月十五元宵節的當天。

新學期開學前幾天，崔校長上任了。學校不大，連校長在內，教職員工加起來也就八九個人，學生則以附近的農家子弟為主。崔錫麟既當校長，也當教師。學生家長聽說他是洋學堂的高材生，又是省裡教師資格考試的「狀元」，就都很歡迎並尊敬他。其中有位家長是十里尖的一個財主，聽說小學校長要結婚，就把鎮上的一處房產騰空，以很優惠的價格租給崔錫麟做婚房。崔錫麟從學校宿舍搬過去，用白石灰水刷了內牆，購置了幾件傢具，屋內頓時就有了家的模樣。

經過焦急的等待，崔錫麟和汪嘉玉終於盼來了這一年的元宵節。在此之前，得知汪家只有四哥汪嘉禾、老友汪菊生，以及汪嘉玉的姐姐汪嘉珍夫婦會出席婚禮，崔錫麟決定就在十里尖舉辦一個簡單的新式婚禮，除了汪家人以外，僅邀請了鐵橋和尚和夏傳益夫婦。當天一早天剛亮，崔錫麟雇了一架馬車，把新娘接到十里尖的新房。按

照舊時規矩，傭人巧蘭依然跟隨著主子。

　　大哥崔伯仙夫妻二人裡裡外外忙個不停，大嫂更是從一大早就過來準備婚筵。太陽西沈，婚禮正式開始。來的都是知音至交，不用過多的客套，新娘逐一向來賓敬酒以後，大家接著飲酒誦詩，說些祝福的話。

　　酒席剛過半，就見汪家的傭人陳旺春急急匆匆趕來，給汪菊生報信說：「三爺，三奶奶快生了，老太爺叫你盡快趕回去。」

　　汪菊生一聽就慌了神，原地打轉不知怎麼辦才好。崔錫麟催他快回家，女人生孩子不是小事，馬虎不得。但汪菊生說，這塊是叔仙的結婚大喜，怎麼可以半途離去。

　　鐵橋和尚說道：「淡如啊！你還是先回去，這邊有我們，你就放心回家，一定要把母子安頓好，我們以後有的是機會聚在一起喝酒。」

　　汪菊生上前給自己的酒杯斟滿酒，一口乾了，算是給新人賠禮，然後慌忙上了陳旺春趕的馬車，往城裡疾奔而去。他當天得子，取名汪曾祺。

　　快到午夜，其他客人們也都告辭，準備回家。崔錫麟請哥嫂兩人也一同回高郵去，畢竟還有十里夜路要趕。嫂子說收拾完再走，汪嘉玉開口說：「大哥、大嫂勞累了一整天，還是一起回吧。下面的事情，有我和巧蘭呢。過幾天，我會讓叔仙帶我過去拜訪，專程答謝大哥、大嫂。」

　　大嫂解下圍裙，說：「大家小姐就是不一樣，長這麼漂亮，還會體貼人，叔仙你真是有福啊！」說完，哥嫂就和其他人一道走了。

　　看著巧蘭動手收拾桌上的碗筷，崔錫麟和汪嘉玉都過來幫忙，巧蘭趕緊說：「哎喲餵！不作興的嘞，我是傭人，你們是主家，我來做就行了，怎麼能讓你們動手呢？」

　　汪嘉玉乾脆讓巧蘭先停下手，她有話要說：「巧蘭啊！你跟我已經有些年了。雖然捨不得，但天下沒有不散的宴席，到明天一早，你我的主僕緣分就算到頭了，我要你回汪家大院去。這番話本應該今個早上離開家以前就對你說的，但怕動靜太大，我才等到現在。我已經拜託我四哥，讓他幫你找個好人嫁過去。而我既然嫁給叔仙這個窮教員，就沒有打算繼續做什麼富小姐或是闊太太，以後的生活可能會

辛苦得多。到什麼時候說什麼話，到十里尖來過平常人的日子，就不能再帶著傭人。而且我也想證明，自己離開了汪家大院，一樣會過得開開心心。」

巧蘭的兩行淚珠滾滾下落，想說話，但汪嘉玉用手勢制止她，並迅速扭轉身去。這就意味著小姐決心已定，絕不容更改。

崔錫麟聽汪嘉玉這樣說，心中無比感動，嘴上卻不知說什麼好。直等大致收拾完畢，新婚夫婦進了內屋，坐在床沿上，他一手擁著他的新娘，一手輕輕地拉起她的手說：「你看你的手，又細又白，哪能做粗活。以後沒有傭人了，有什麼事情，我來做。」

汪嘉玉從他的肩膀上抬起頭，看著他說：「你還是把我想成汪家大小姐呀？叔仙，自從你說要娶我，我就把自己看成是崔太太了。你看著好了，我會做一個全高郵最好的太太，也會讓你做個全高郵最舒心的丈夫，我還要給你生一大堆兒女。這就是我的心願，我會用一輩子來圓我的心願。叔仙，你有什麼心願？告訴我，看我能不能幫你。」

崔錫麟在那一刻，真的感到自己是世上最幸福的男人。他告訴汪嘉玉：「我的心願，就是我們二人永遠在一起不分開。有一首古詩，本來是一個女子寫給她夫君的，可憑你對我的這個情份，我願意反過來，把它送給你，以表吾心。」

崔錫麟取來筆墨，展開潔白的宣紙，一邊低聲吟誦，一邊揮毫落紙：

我欲與君相知，長命無絕衰。山無陵，江水為竭，冬雷震震，夏雨雪，天地合，乃敢與君絕！

汪嘉玉叫崔錫麟仔細解釋了詩意，心裡被溫情充滿，可嘴上卻說：「想不到寫詩的人，也會說出這麼肉麻兮兮的話。」

他說：「這也算肉麻呀，我有比這個更肉麻的話，你要我說嗎？」

她：「要！」

⋯⋯。

一年後，他們的第一個孩子在十里尖出生，是女兒，取名崔國

117

英。她就是崔哥的大姑媽。大姑媽還有個小名，是她奶奶起的，叫「大磨子」。

5 「二小」

人們都說，崔錫麟真是春風得意，做了教師，當上校長，娶了汪嘉玉，生下女兒，一切都顯得那麼順風順水。對於一般人而言，小日子過成這樣，不啻志得意滿，夫復何求？崔瑞亭夫婦心裡也是這麼想的，他們生了三個兒子，總算出息了一個。即便是當時的崔錫麟自己也以為，他便是這「一般人」中較為幸運的一個。其實這才到哪裡呀，他真正的好運氣還在後頭吶。

崔錫麟對自己做的事情，總是非常認真。這年暑假到來，為了深造，崔錫麟報名參加了南京東南大學辦的暑期教育班，學習兩個月。

此教育班裡的同學，來自全省各地。從高郵來的除了他，還有一個人叫王益，是高郵第一學區第二小學的校長。他們是同縣來的，年紀相仿，又都是校長，不免惺惺相惜，很快成了好友。待教育班結束，二人一同從南京乘車回高郵。他們一路上都在交談，當車過了邵伯，高郵就在前方三十三公里處，王益忽然轉了話題：「唉！叔仙，前幾年，你去十里尖的'十一小'上任，我們都以為你會想出什麼辦法，繼續和土豪劣紳鬥到底。沒想到，你倒在那塊安安穩穩地享起清福。難道他們真的是要放你一馬？」

崔錫麟一聽，這話裡有話。便說道：「這兩年也不是真的安穩，每次到教育局裡辦事，都不太順利。王校長在城裡上班，消息聽得多，是不是有什麼我不知道的？」

「其實也沒有什麼太多消息。只聽說教育局故意把你放在'十一小'，就是讓你遠離縣城，沒法和他們鬥。而且，教育局給你小鞋穿，也是想讓你當不成這個校長。這話本不該我多嘴，怕你吃虧才講給你聽。」

二人接著又談了一陣。車就到了高郵，他們下車告別，各回各家。

崔錫麟到西街土壩看望父母，吃了午飯，然後步行往十里尖

去。兩個月都沒見嬌妻幼女，想得不行，因此腳步如飛，一小時不到就走到家了。

家門臨街，他剛走到街頭，一眼就看見了自己日夜思念的妻子。在門外的一處陰涼地，她正坐在一個大木盆前的小凳子上洗著衣物。好像有心靈感應，她下意識的抬頭轉過臉，看見丈夫正走過來，她呼啦一下就站起身，打翻了搓衣板，水濺了一臉，等他走近時，都無法分辨她臉上到底是水還是眼淚。

過了一會兒，汪嘉玉才回過神來，低聲說：「家來啦？」

這三個字雖簡單，可只要語氣稍變，尤其是最後的那個「啦」字，說時帶點往下行的拖腔，便可表達女人滿懷的欣喜。崔錫麟當然能夠品味，這三個字到底甜蜜到什麼程度。

汪嘉玉將崔錫麟輕輕推進門，問：「餓嗎？」

「不餓，在土壩家裡吃過中飯才走的。」

「那好，你先坐下歇歇，我去燒水泡茶。」

「好！讓我先看看我的寶貝女兒。」崔錫麟說著，走近他女兒的「草窩」（一種當時的高郵人都會給嬰兒準備的嬰兒床，由麥草編成）。小小國英正在酣睡，他的眼光落在這張胖鼓鼓的小臉上，長久不能移開，直到汪嘉玉喊他：「別傻看了，過來喝茶吧。」

他走過去在堂屋的方桌前坐下，端起茶杯剛喝一口，視線正好掃過門外，這才發現門外的晾衣繩上，搭了許多洗好的衣物。他問：「你怎麼一下洗這麼多衣裳啊被子的？這些被面子，以前我怎麼沒見過？新買的嗎？」

「啊？」汪嘉玉經這一問，先是一愣，然後在崔錫麟對面的條凳上坐下，看著丈夫說：「這些衣裳和被子又不是我們家的，你當然沒見過啦。」看到他放下手中的茶杯，一臉狐疑，就不免笑出聲來，接著說：「好啦！我講給你聽。你可不能怪我啊！」

「我怎麼會怪你？到底是怎麼一回事？」

「哪塊是什麼大事情唉，我在家裡閒著也是閒著，還不如幫人家洗洗衣裳，洗洗被子什麼的。這樣子下來，既不會閒得難過，還可以賺幾個銅板回來。多好，是不是？」

「你是說，你在幫人洗衣裳掙錢？」崔錫麟簡直不敢相信自己的耳朵。

「嗯，你好像還是在怪我，是不是叫你崔校長丟面子了？」

「哪塊是面子？我的…。」 彷彿被迎頭一擊，崔錫麟語無倫次，人傻在那裡，眼睛落在汪嘉玉被衣物的顏色染得發藍的手，然後一把抓過來，又見她的手指肚都被水泡得生了褶皺，他有千言萬語卻說不出口，淚水流出了眼眶。

汪嘉玉掏出手巾遞給他說：「叔仙，你別難過，其實也沒什麼，也是巧了，今天洗的東西多，平時想洗還不一定有得洗呢。我當然曉得，你捨不得我乾這種粗活。我也不是嫌你賺的不夠用，其實是還沒來得及告訴你，我肚裡已經有小二子了。我們家就快是四個人了，用錢的地方越來越多，你掙的錢不能算少，但是用一文就少一文。我看你一髮餉，就全數交給我，你自己一文錢都捨不得花。所以我就想找點事情做，幫這個家多攢下兩個錢，日後孩子更多的時候，我們也會略微寬鬆一點。記得我可說過，要生一大堆孩子的。」

崔錫麟還是語塞，那句詩又不自覺蹦出口：「山無稜，…。」

「哎呀！ 好啦，你不要在這塊山呀水的了，過來幫忙，把這個床單擠乾，晾上去就完事了。晚上想吃什麼？給你做。我們早點吃晚飯。」

從這一刻起，崔錫麟就不斷暗自沈思，回想他這幾年的經歷。自從他來到十里尖，當上校長，又有了妻子、女兒，生活變的越來越平穩。他也漸漸地滿足於現狀，把當初的那些遠大抱負、人生理想什麼的都快忘光了。在汽車上和王校長的談話引發了他的深思。回到家後，滿院涼曬的、在風中飄動的那些床單和衣物，更是猛烈地撞擊著他的內心。他不斷在心中問自己，這是你要的生活嗎？高郵的土豪劣紳是否仍然猖狂？對家人的承諾有沒有實現？就在十里尖了此一生到底值不值？想到最後，所有的答案都是否定的。

他很快就有了新的計劃，並立即付諸於行動。

課還照樣上，學校的事也照樣管。一到週末，他就會跑到高郵城裡去四處活動。

週六這天晚上，秋高氣爽，月色怡人。他到南門街敲開了新朋友王益的家門。這王家一看就是個書香門第，一大家人住在一個院落中。王益在天井裡的一棵枇杷樹旁支個小桌子，放兩把竹椅，和崔錫麟一邊喝茶，一邊聊天。漫談一陣後，王益問：「叔仙，回來後是不是很忙？我以為你很快就到我這裡來玩，不想你到今天才來。以後

別客氣，隨時歡迎你過來。」

崔錫麟這才把話引入正題：「那就太好了！我今天來，確實有一事相求。」

「叔仙，有什麼話直接講，你要我做什麼？只要能辦到，我沒二話。」

「我今晚斗胆登門，想請王兄助我一臂之力。我這裡先謝過！」崔錫麟站起來行禮。

「不要客氣，你請坐下說。」

崔錫麟腹中組織了一下詞彙，然後低聲敘述：「那天，在回高郵的車上，你我之間的一番交談讓我思考良久。土豪劣紳在高郵猖獗一天，高郵人便無一天安寧。我既反對他們，他們就不會放過我，而我也不會任由他們欺負。所以，我希望能變得更強大，並且能聯合更多志同道合之人，一起與他們鬥爭到底。但是，反觀我現在的處境，身在十里尖這個彈丸之地，孤陋寡聞，單槍匹馬，真是毫無前途可言。如果不是王兄一句話把我點醒，我或許就在那個偏僻的鄉村終老一生了。當然，一輩子做個鄉村教師並非不好，但仔細想想，這不是我想要的。我希望自己的視野能夠更加開闊，以利於開拓理想，施展抱負。」

見他收住話題，王益隨即表態：「我認為你的想法很正確。以你的見識和資歷，在十里尖也許能夠偏安一隅，亦不失桑榆。但你畢竟才二十多歲，正是大展經綸的年紀，如此的青年才俊，就應該有大志和遠見，就像韓愈的那句詩：'啓中興之宏圖，當太平之昌歷。'叔仙，你打算怎麼做？」

崔錫麟回答：「我要走的第一步，是辭去'十一小'的校長職務，並且在高郵城內找到教師的工作。我今天登門拜訪，是聽說王校長的學校正好有教師的缺口，我來毛遂自薦，希望得到王校長的聘用。」

王益一聽，有點驚訝。說：「你真的願意放棄校長職位，到我們學校來做個普通教師？」

「對！ 會讓王校長為難嗎？」

「不僅不為難，高興都來不及。我們學校正缺教師，跟教育局要了好久，最後局里讓我自己找，說找到就讓我聘用。現在你來，不是正好嗎？ 而且你辭了校長不乾，跑來做個教師，料想他們也不會阻攔。我明天就到局里去辦你聘書的事，過幾天給你消息。」

幾日後，崔錫麟到「二小」見到王益時，他的聘書已然放在王校長的辦公桌上。王校長把聘書交給他，說：「歡迎你來我們學校教

書。雖然屈才，但希望今天是你人生中一個新的起點，從此便可一展
宏圖、飛黃騰達。」

「不管日後能否騰達，王校長的知遇提攜之恩，錫麟沒齒焉
忘。」

客套話無須多說，崔錫麟數日之內就到「二小」來上班。

這「第二小學」後來改名為荷花塘小學，直到 1995 年，它搬
遷至新巷口小學且與之合併。原來的校址變為高郵市聾啞學校，直到
今日。

既然回到高郵城裡工作，家就得搬過來。所以在辭別了十里尖
的父老鄉親後，就要在高郵城裡另覓住所。西街土壩家中本不寬敞，
現在他們第二個孩子也快來到，那裡是住不下了。

汪嘉玉實在弄不明白，丈夫吃錯了什麼藥，校長當得好好的，
非要到城裡來做教師。她問他為什麼，他說是為了一家人今後有更好
的生活。可是校長變老師，薪水分明是減少了，生活怎麼能變好呢？
崔錫麟讓汪嘉玉再給他一些時間，生活一定會變好，別的也不願多
說。她想，誰讓我死心塌地要嫁給他呢？現在也只能隨著他去。沒別
的辦法，唯一能做的，是想方設法找到一個省錢的住處。

她四處一問，還真讓她找到了。那是她的娘家侄子汪乃生的房
子，坐落在東大街的一條巷子內，巷名叫草巷口。汪乃生和太太住在
宅子的前一進，後面一進沒人住。反正空著，正好自己的小姑姑找房
子，那就請搬進來吧。什麼？租金？不用！小姑姑付我租金，豈不折
壽？再說了，房子老是空在那，少了人氣，是會壞的，你們要是願意
搬過來，不就等於是幫我維護房子嘛。所以不要談錢啦，儘管住，不
用付租金！

崔哥的父親共有姐弟四人。我大姑媽崔國英出生在十里尖，叔
父崔開明生在常州，二姑媽崔國華和父親崔開元都在草巷口出生。後
來，即使崔錫麟離開了高郵，去別的城市當官的最初幾年，汪嘉玉還
是一直帶著孩子們居住在草巷口，直到崔錫麟到常州赴任，全家才遷
離高郵。

6 辦報失敗

做了「二小」的教師，崔錫麟當然不會安分守己。要是想安
分，他就不會削尖腦袋鑽到高郵城鎮來。

果然，崔錫麟利用教書課余四處聯絡，不出一個月，在高郵發
起了一個民間團體——高郵縣小學教師聯合會。明裡打出的旗號是為
全體小學教員謀利益。實質上，一群有民主思想的青年教師，要借這

個組織團結大眾，和高郵的土豪劣紳作鬥爭。

崔錫麟是這個團體的執行委員，也是其中「五虎大將」之一。他們很快成為一支在高郵不能被忽視的民主力量，併發起了一個聲勢浩大的行動，徹底揭發教育局長的貪污行為，成功將其罷官，剪除了王鴻藻在教育系統的爪牙。

王校長也是該組織的成員，崔錫麟和他的友情越發深厚。不久後，崔錫麟開始到王家向王益的父親學習律詩寫作。王老太爺叫王蔭槐，號植青，是前清秀才，也是一位在高郵頗有名氣的律詩大家。崔錫麟提出要拜師，他一口就答應下來。除了崔錫麟是自己兒子的好友以外，更重要的因素是他也有及其濃厚的民主革命意識，極力支持民主運動，堅決反對土豪劣紳等惡勢力。既是志同道合，便和崔錫麟成了忘年交。他在教授詩詞的同時，也為他們的民主運動出謀劃策。

教育局長被打倒以後，崔錫麟求問王蔭槐，自己下一步該做些什麼。王蔭槐說：「你們教師聯合會剛剛扳倒了教育局長，正是風頭十足的時候，此刻以趁熱打鐵為宜。想要宣傳革命思想，進一步打開高郵的民主局面，就必須利用輿論造勢，發動更多的民眾支持革命。在這些民眾里，你們這代青年人又是追求民主革命，實現民主政治的主力軍。那麼，叔仙你想一想，現如今什麼東西對青年的影響最大也最快？」

崔錫麟略一思索，小心問道：「王植老所指，莫非是報紙？」

王蔭槐笑起來說：「哈哈！你說的一點沒錯，正是報紙。如果你能辦一份報，就可以廣泛地宣傳你們的主張，並且號召更多的年輕人加入到民主革命的事業中來。這樣的話，會是怎樣的效果？」

「事半而功倍也！」 崔錫麟熱血沸騰，旋即站起身說：「太好了！謝謝王植老指點迷津！我會馬上行動，把報紙辦起來。可辦報是個新鮮事，我一竅不通。雖然我願意學，跑腿的事也不怕，只是報紙的內容安排，還要靠王植老來把關，這樣我才能心定。」

「這個沒問題，我可以做你們報紙的主編。至於其它的事情，像是組稿、排版印刷、發行等等，我這把年歲就幫不了多少了。你可能會很辛苦。」

「只要能把報紙辦起來，我不怕辛苦。」

說乾就乾，隨後幾天，崔錫麟緊鑼密鼓，四處奔走，終於成立

了高郵縣《新聲報》報社。除王植老任主編以外，崔錫麟既是社長，又管徵稿、印刷以及其它大小事宜，忙得是不亦樂乎。半個月後，稿件審定排版完畢，送交印刷廠刊印。

高郵印刷廠剛成立不久，本縣出了報紙，對於廠方做生意來說，是個大利好。崔錫麟到印刷廠一談，對方當然高興得很，立刻講好價格，就把合同簽了。崔錫麟交了印刷的訂金，便去聯繫報紙發行銷售，一切安排妥當，就等第二天一早，第一份《新聲報》出現在人們手中。此時此刻，崔錫麟幾乎抑制不住激動的心緒。

到了次日清晨，他到街上轉了一圈，沒見到一個賣報的報童，心想可能是太早了，於是先去學校上班。待放學後，找到先前聯絡好的報攤，也沒看到自己的《新聲報》。這是怎麼回事？一問才知道，今天早上在印刷廠，壓根就沒有人拿到這份報紙。

崔錫麟顧不得回家吃飯，掉頭就進了印刷廠。廠裡的人都下班回家了，只有看門的老張坐在門房裡打瞌睡。崔錫麟敲敲玻璃窗，老張一抬頭見是他，連忙說：「哎呦！崔老師，你來得正好，我們王廠長關照我把這個交給你。」說著便遞給他一個紙包。他接過來打開一看，原來是《新聲報》的承印合同，外加一個信封，裡面是他預先交的訂金，還有一個便條，大意是：遵上峰之命，《新聲報》不予印刷，合同及訂金退回，請委託方留下收據。落款是高郵印刷廠廠長王宜仲。

崔錫麟寫了收據交給老張，問道：「我的事情很緊急，麻煩你告訴我，怎麼樣能找到你們王廠長？我要馬上弄清楚，你們為什麼不給我印報紙。」

「哎喲餵，我一個看大門的，怎麼曉得廠長在哪塊呢？」老張說著，看看四周，伸手把崔錫麟招到跟前，小聲說：「崔老師，我認得你。我的大孫子張存義是你的學生唉。前幾天，你不是到我們家來家訪過嗎？」

崔錫麟想起來了：「哦！你就是張存義同學的祖父啊？」

老張說：「是啊！那天你離開時，我剛好下班，還沒到門口就看到你走了。聽我大孫子說，你是他的老師，他可喜歡崔老師了！」老張又看了一下周圍，壓低聲音道：「崔老師！既然不是外人，我就勸你一句。算啦！別辦報紙啦，我們廠不會給你印的。」

124

「那是為什麼呢？辦報又不違法，印報紙也有合同。我沒做錯什麼呀！」

「你是沒錯啦。可是···。唉！我也不便多說，你以後會明白的。」

「你不說，我哪塊能明白？」崔錫麟有點急了。

老張回答：「我曉得你會著急上火，但我只能跟你說這麼多。你還是先回去吧。」見到崔錫麟失望地掉頭離開，他就又補了一句：「崔老師慢走！以後有機會再到家裡來玩。···唉！崔老師一定是還沒吃中午飯吧？抓緊時間到焦家巷吃點東西，或許不算太晚。」

崔錫麟回頭向老張揮手示意後，一路向北回草巷口家中。他肚子確實是餓了，以至於走著走著，便聞到一股飯菜的香味，抬頭一看，他已經走到焦家巷口。這時他猛然想起剛才老張的話，不對！老張真的只是自言自語嗎？會不會是話裡有話呢？他乾嘛提起焦家巷？焦家巷裡有什麼？天樂園呀。難道是天樂園裡有玄機？於是他決定拐進天樂園一探究竟。

他繞過天樂園的正門，從邊門走進煙霧瀰漫的後廚。正在飯點上，裡面的大師傅、小夥計都在灶台上忙碌著，沒閒工夫管他，由他穿過後廚房和連接前廳的過道。當他掀起門簾剛要踏進前廳，就立刻收住了腳步。他一眼就看見，在前廳里斜對面的大圓桌上坐著五、六個人，居中坐在上座的中年人，膚白，微胖，一臉矜持。崔錫麟當然認識他，這位正是那鼎鼎大名的王鴻藻。再一看，坐在王鴻藻右手邊的是個瘦高個，正搖頭晃腦地講著什麼。這一位，崔錫麟也認識，高郵印刷廠的廠長王宜仲是也。看到這個畫面，再聽著他們的一陣陣哄笑，崔錫麟明白，自己敗了，又一次敗給了老對手王鴻藻。

他放下布簾，從天樂園退出身來，在街邊站定。秋色正濃，梧桐的落葉被秋風裹起，忽高忽低地舞動著瘦弱的身軀。崔錫麟內心充滿沮喪，甚至開始懷疑自己的信念和執著是否太過於不切實際了，彷彿有個聲音對他輕聲說：「放手吧！放手吧！回到人群裡，回到煙火人生，回到你已經擁有的生活中。它雖平凡，卻不失幸福美滿，來吧！」

人很奇怪！失敗之時，無論有多沮喪，一旦徹底服輸，心情立馬會好轉許多。崔錫麟也是如此，他收拾好心情，回家吃飯。他繼續

向北走，肚子餓得咕咕叫，腳下便加快了速度。

剛走到前面西街的三岔路口，他又停下腳步，目光落在了幾個搬運工人的身上。這時候，人們大多在家裡用午飯，街上行人稀少，這幾位工人，顯然是在短暫的午飯和休息後，再次開始勞作。他們拖著滿載的板車從土壩的方向來。

高郵話不說拉板車，而說拖板車。高郵搬運工所使用的板車很能載重，兩個鋼制的車輪配上充氣的橡膠輪胎，長方的車體委實厚重結實，四邊皆有鐵槽，插入立板，組成一個上空的盒狀長方體，如此一來，散裝的貨物就能多裝，重量可達千斤以上。板車的前端伸出兩根木質拉桿，如是空車，兩手攥著拉桿頭即可拉動板車。重載時，還用手去拉就外行了，因為腕關節和肘關節此時成了弱項，唯有躬下身體，將兩只臂膀緊緊纏繞在拉桿之上，再靠腿部力量向後蹬地，板車才得以前行。

此時的板車隊裝的是煤炭，這些煤炭應該是剛從御碼頭的船上卸下來，要運到東頭的電廠去。隊伍打頭的是一個年輕小伙，第二位是一個壯年男人，他們都穿著短褲，赤裸上身，結實的肌肉線條優美，汗珠在陽光的照耀下發著光。他們埋著頭，拖著沈重的板車，一輛接一輛從崔錫麟的身邊經過。

隨著第三輛板車的到來，他注意到拖車的人是一位穿著藍布衫的女性。從髮式上看，她是一個尚未出嫁的姑娘。雖然不強壯，甚至有些瘦弱，但她的車上所裝載的煤卻照樣堆著尖，一點都不比前面的車上少。

當姑娘偶爾抬起頭看路時，崔錫麟發現她的額頭上戴了一個麥草編成的繩圈，扎在頭上能避免汗水流入眼中。好似花環的繩圈下是一雙美麗的大眼睛，雖然她立刻又埋下頭去，但崔錫麟分明在她的眼神里看到的，沒有一丁點兒憂怨或是沈重，反倒是透著堅毅和強大，還有些自豪。

她的身後，是第四輛、第五輛···。這些搬運工有男有女，年齡各異，但步調一致，一樣的堅定，一樣的不屈不撓。

在高郵大街上遇到搬運工拖板車，並不是什麼新鮮事。如果你從北門街走一遭，一定會遇到這樣的板車隊經過，高郵人早已習慣了這個景象。但是，不同於往常，崔錫麟的內心卻被今天的場景所振

動、所鼓舞。他當即決定，掉頭向南，去找王蔭槐老人商討對策。

王老太爺見崔錫麟來訪，以為他是來送報紙的，笑呵呵地讓他把報紙拿出來看看。等崔錫麟把事情前後過程一說，他也禁不住義憤填膺，直呼：「豈有此理！豈有此理也！」

崔錫麟盡量使自己保持冷靜，並安慰老人家道：「王老也不必動氣，保重身體要緊。我絕不會因為報紙的事情被他們攪黃了就失去心氣，而是會一直和這些個土豪劣紳鬥到底。而且我相信，光明一定能戰勝黑暗。我今天來是想請教王老，有沒有其它的什麼好辦法。」

王老嘆了口氣，說：「也罷，按理說在高郵出了這檔子事也不足為奇，王鴻藻有錢有勢，且私黨者眾，鬥垮他，當然不會易如反掌。我很欣慰你有如此氣量，百折不撓才是年輕人最優異的品格，他曾文正公不也是‘屢敗屢戰’，方大功告成嗎？可是話說回來，我們和土豪劣紳們過招也不是一回兩回了，我們總是勝少而敗多，為什麼？我仔細想了一下，不外乎兩個原因，一是他們的地位和實力強於我們。二是比起他們來，我們勢單力薄。」

崔錫麟點頭說：「王老所言極是！敢問王老可有破陣之良策？」

王老慢慢地、輕輕地點點頭說：「有。」

「那太好了，請王老賜教！」

「是不是良策，要分人而論。對於普通大眾來講，‘普通’二字或許是他們一生幸福生活的根本要訣。假如你也是個普通人，我要說的所謂良策弄不好還會害了你。可是，我認准你不是個普通人，我不妨給你指條路，走不走由你。你要是選擇了這條路，路盡頭是個什麼，也許是風光旖旎，也許是功敗垂成，就只能看天意了。」

「請王老明示，只要能打敗那些土豪劣紳，實現我的遠大理想，錫麟定會義無反顧地走下去。」

「那好，我就送你四個字。」

「啊？就四個字？」

「對，這四個字就是‘入黨入仕’。」王老看到崔錫麟滿臉疑惑，便帶著微笑接著說：「以前的同盟會現在改成了國民黨。你要想辦法加入國民黨，投靠黨派的勢力，入仕為官。這樣才有力量從根本上解決土豪劣紳問題。不過，加入革命黨，在我們這裡可是要吃官司

的，弄不好腦袋都會搬家。我當然曉得其中凶險，可除此之外，我也實在想不到其它更好的辦法，也不能眼看著他們對你的傷害變本加厲。反過來講，只要你能小心行事，依老朽看，用不了多久，南邊的國民黨軍一路過關斬將，打到高郵是遲早的事。孫傳芳下台，大勢所趨也。到那時，何愁沒有你施展抱負的機會呀！」

崔錫麟聽了這話，站起來，拱手行禮：「聽王老一席談，有如醍醐灌頂。學生等了多年，等的就是這條路。但是又有新的問題了，我到哪裡才能找到國民黨呢？」

王蔭槐回答：「這就不清楚了。我只聽說，在高郵城裡，還有北邊的界首鎮都有國民黨活動，但具體是些什麼人，我真不曉得。但有一點可以肯定，國民黨的人一定會四處尋找他們的同路人，來壯大他們自己，所以你只要開始找他們，他們自然就會來找你。」

7 入黨

崔錫麟拿定主意要找黨。

他和身邊的好友都說了，請他們幫忙找。幾個月過去了，並沒有任何消息，這讓他有點焦慮。

到了年底，他的二女兒崔國華降生，奶奶叫她「小磨子」。她就是我的二姑媽，屬老鼠。崔哥本人，還有我姐的兒子張樹，也同樣肖鼠。

除夕那天，全高郵都沈浸在節日氣氛中。

大年三十，是家人團圓、一起吃年夜飯的重要時刻。這一天，人們最快樂，也最忙碌，因為次日是年初一，高郵人在正月初一是不可做任何家務的，尤其忌諱動用廚刀、剪刀、還有掃帚等生活工具。因此所有的這些事，必須在三十晚上以前全部忙完。

當日午飯一過，崔錫麟就帶著一家人到土壩的父母家裡，準備過年三十。大哥一家人也在，家裡面很熱鬧。

黃昏前，有人敲門。開門一看，來的是位陌生的年輕人，說要找崔錫麟老師。崔錫麟問他所來何事，他說有人帶話給崔老師，還請崔老師移步說話。崔錫麟把他請到內屋，來人開口道：「崔老師，不耽誤你過節，我們就看門見山。高郵的國民黨人聽說你想加入國民

黨，讓我帶話給你，經過這段時間的考察，現在打算跟你正式接觸，你準備好了嗎？」

崔錫麟警惕地說：「我本認不得你，怎麼曉得你說的是真是假？」

來人微笑了一下說：「你這麼說，可以理解。這樣吧，要是你不改變主意的話，後天，也就是年初二的下午 3 點鐘，你還在這裡等，有人會來見你。到時候你就明白了，而且還會一百個放心。」

崔錫麟問他姓名，他說姓居，然後就告辭離開了。崔錫麟也不知自己是該擔憂還是該興奮，等了幾個月，終於有了頭緒，但猜不到要來見自己的那個人到底是誰，竟是如此神秘莫測。轉念一想，嗨！乾嘛亂猜？到了時候自然見分曉。

初二那日，他們按原來的計劃，帶著孩子到汪嘉禾家吃午飯。飯後汪嘉玉帶孩子們回草巷口，崔錫麟匆匆忙忙趕到土壩家裡，一進大門，便站在院子中央等待。他不知道將會發生什麼，心中既激動又忐忑。大約過了一個小時，有人敲門，他的心跳開始加快，趕緊大跨步上前打開院門，卻不曾想，門口站著的是自己的好友，緊隔壁鄰居夏傳益。

崔錫麟見是老朋友，心情平復下來，說：「哎！是傳益啊。有事情嗎？」

「有事啊！我想喊你到我家來玩玩，順便吃個晚飯。我姐姐、姐夫回來了，他們都想見見你。你要沒什麼事，現在就過來吧，先聊聊天。」

「哦！真不巧，我正在等一個朋友來談事情，他應該就快到了。這樣，等和朋友見面以後，我馬上就過去。已經有段時間沒見松雲姐和姐夫了，一定要聽他們再好好擺一擺龍門陣。我今天要談的事情也蠻重要的，萬不可爽約。所以我們回頭見，好嗎？」

夏傳益一聽，馬上說：「那好，你先忙，一忙好，馬上就過來。」

「好，好！」崔錫麟嘴上應承，心裡希望夏傳益趕緊回去，免得耽誤正事。

夏傳益轉身往自家走去，但他出了院門剛走兩步就折回頭，見四處沒人，悄聲說：「哎！叔仙，我想問問，你等的朋友是不是一個

姓居的人介紹的？」

「啊？」崔錫麟的腦子再怎麼好用，這一下子也轉不過彎來。不會呀！自己沒跟任何人提過此事，連老婆都沒告訴，他是怎麼知道的呢？難道那個居先生有詐？也不會，夏傳益是多年的朋友，不會是害自己的人呀。

正當他心裡飛快地想象著各種各樣可能性的時候，夏傳益輕輕地說：「三龍，你此刻一定很驚訝，我是怎麼知道的對吧？其實，居先生跟你約好來跟你會面的不是別人，就是我呀。」見他仍站在那裡愣神，夏傳益接著又說：「行啦！知道你肯定想不通，你就跟我走，那個居先生也在我家，正等著你呢。你去了，馬上就能明白一切的。」

雖然崔錫麟滿腹疑團，但還是說好吧，讓我和我爸爸媽媽說一聲，就和你過去。正巧，吳氏從堂屋出來，到廚房去準備晚飯，見到夏傳益和兒子在一起，便說，「傳益呀，怎麼不到堂屋裡坐呢？不要走了，就在家裡吃晚飯吧，我給你們做好吃的。」

「不啦，崔媽媽，我來找叔仙到我家吃晚飯呢！我姐姐他們回來了，叫叔仙過去喝一杯，我們幾個好好聚一聚。你就把你家三龍借給我們一晚上吧！」夏傳益一邊說，一邊拉崔錫麟的胳膊，催他走。

吳氏很高興地回答說：「好，好，好！就借給你。他不會喝酒，別讓他喝多了啊！我這就蒸點香腸給你們端過去。」

「那可太好了！崔媽媽親手灌的香腸味道一絕。不過不要蒸太多，我們那邊已經備了不少菜。」

「好！」崔媽媽笑著答應，進了廚房。

這邊，根本沒頭緒的崔錫麟被夏傳益拽著胳臂來到隔壁夏家。

當年，崔瑞亭帶著一家子跨過高郵湖，搬到高郵鎮上的西街土壩來定居。兩年以後，夏傳益一家從湖北來到高郵，就住在崔家緊隔壁。兩家大門都朝東，中間有一牆，隔出兩個庭院，夏家在南，崔家在北。夏家人也都和善，所以兩家人是十多年如一日的好鄰居。

夏家父母育有子女姐弟二人，弟弟夏傳益長崔錫麟一歲，屬牛。兩個男孩自然很快成為好友。姐姐叫夏松雲，不但貌美，還是讀書的好材料。幾年前，金陵女大畢業以後，她在湖北省立女子師範謀到一份教員職位。在武漢期間，她積極投入反抗北洋政府的工人運

動，並結識了一個工人運動的領袖，也就是她後來的丈夫。他叫包惠僧，號梅生。

他們結婚以後，丈夫要到北京接手新的工作，夏松雲便辭了湖北女師的教職，跟著包惠僧北上，也順路帶著新婚回高郵探望父母。包惠僧溫文儒雅，見多識廣，且善於和人打交道，不但夏家二老非常滿意這個女婿，夏傳益和崔錫麟也都喜歡他。四個年輕人總湊在一起，有問不完的問題和談不完的話。他們上次在高郵住了十來天，就啟程往北京去。雖然在一起相處融洽，可真要說起來，當時的崔錫麟對包惠僧其人的背景並不十分瞭解，只知道他比自己大八歲，生於湖北黃岡，畢業於湖北一師，做過記者，辦過報紙，領導過工人反抗北洋軍閥。但那次去北京，卻是要在北洋政府的交通部任職，怎麼看，都顯得有些神秘。

時隔兩年，又能見到松雲姐和包大哥，崔錫麟真的高興，儘管心中還掛著個大大的問號。但不管怎麼疑惑，跟著夏傳益去見他的姐姐姐夫，的確不是什麼可擔心的事，因此，他們二人快步跨進了夏家的大門。

夏家爸媽正在院裡修剪臘梅，對於常在家中出入的崔錫麟，像是見到自己的孩子一般，說：「三龍來啦！」

崔錫麟回道：「大大！大媽！聽說松雲姐他們家來了。」

「家來了。快進去吧，他們等著你呢。」

他推開堂屋門，就見桌邊坐了四個人，夏松雲，包惠僧，那天到家中來找過自己的那位居先生，還有另一位年約二十的小伙子，他並未見過。

夏傳益對崔錫麟說：「我姐夫你已很熟了，這位叫居上達，你也見過，這位姓左，叫左公華，是高郵大律師左衛江的公子。他和上達都是上海法政大學的大學生，你們以後就會熟悉了。」

夏松雲站起來問丈夫：「崔叔仙，還認得嗎？」

「叔仙嘛！怎麼會不認得。常常想起他呢。」包惠僧站起來，向崔錫麟伸出雙手。

握手後，崔錫麟說：「很高興能再次見到松雲姐和包大哥，這次在高郵多住一些日子吧，我有太多的事要向包大哥討教。」

「哎！叔仙，不要客氣，我本來就喜歡和你這個小才子談天說

地，談不上討教。」

夏傳益接過話來說：「都別客套了，來，我們入席吧，邊吃邊談好了。」他說完，就轉身去院子裡叫他的爸媽，可他們稱還不餓，讓年輕人先吃。包惠僧說那怎麼好呢，又去院子裡請，但二老堅持說你們快吃吧，我們若餓了，在廂房吃就行，不妨礙你們青年人談話。

夏松雲只好說：「算啦，梅生，他們就這樣，你還是恭敬不如從命吧。」

幾個晚輩只好先開吃。不一會兒，吳氏端過來一個扣著盤子的大碗，放在桌上，和松雲他們打了個招呼便回去了。崔錫麟用筷子掀開上面的盤子，一陣熱氣騰起，香味撲鼻。他向包惠僧介紹道：「這是我媽最拿手的一道菜，香腸蒸塌棵菜。包大哥嘗嘗看。」

「哦？塌棵菜是什麼？」包惠僧不解，便問身旁的太太。

夏松雲解釋說：「這個塌棵菜應該是青菜裡的一個品種。其它的青菜一經霜凍就變得又老又不好吃了，唯有塌棵菜不怕凍，是我們高郵人在冬天最喜歡吃的蔬菜。或許只有我們蘇北才有塌棵菜吃，我在別的地方還真沒見到過。你吃吃看。」

包惠僧也不客氣，上去就夾了一筷子送進嘴，吃了連連贊嘆：「高郵真是好地方，連青菜都這麼美味無窮。」他又嘗了香腸，接著說：「香腸也很好吃！我有點好奇，叔仙啊，你們家不是高郵人嗎？為何能做出這麼地道的廣式口味呢？松雲，你嘗嘗，是不是和廣式香腸一模一樣？」

崔錫麟一聽笑起來：「哈哈！包大哥還是美食大家啊，你說得不錯，就是廣式香腸，我們家的這個做法本是從我祖父那裡傳下來的。雖然我父親還有我們兄弟三人都生在高郵，可我祖父卻是一個廣州城裡土生土長的廣東人。」

「那你們家是怎麼到高郵來的呢？」包問。

「我祖父當年跟著洪秀全造反，一路打仗打到這邊，為了保護忠王李秀成的女兒，從天京城突圍之後就跑到高郵湖西躲藏，因此我們就成了高郵人。」

「哦，原來如此。那忠王的女兒後來怎麼樣了？」

「她就是我的奶奶，一直和我們住在一起，在我離開家去外面讀書的那一年，她過世了。」

「想不到叔仙的祖輩如此的非同尋常，怪不得高郵能出此等英才，原來是有家族淵源。這要算起來，你還有王族血統吶。」

包惠僧還沒說完，夏松雲便說：「何止呢？隔壁崔伯父當年還考上進士了吶，後來受徐錫麟案的牽連才落難。要不，他們一家才不會搬到我們土壩來呢！」

崔錫麟連連擺手：「這都是哪年的往事了，早快忘光了。」他岔開話題，問：「你們上次不是說要去北京嗎？北方也能吃到廣東口味的香腸嗎？」

夏松雲在邊上解釋說：「北京那地方，除了烤鴨，就找不到什麼好吃的了。他能吃出你們的廣式香腸，是另有原因。也是我命苦，偏就嫁給他，跟他到處跑。兩年前，我們又跑到廣州去了。」

崔錫麟愣了一下，慢慢抬起頭，望向包惠僧，手中的筷子「啪嗒」一聲從手中滑落，掉在地上。「政治部主任，兩個主任・・・是你呀！」他激動地語無倫次。

包惠僧瞬間明白，崔錫麟發現了他的秘密，於是，他微笑著發問：「叔仙老弟，請你告訴我，你是怎麼知道的？」

「包大哥，不是，應該喊你包將軍。前些時，我偶然在一份報紙上讀到，黃埔軍校同時出現了兩個政治部主任。第一個主任周恩來跟隨蔣校長去了東徵前線，就又任命包惠僧為在校的政治部主任。你看我多傻，我以為那是個和你同名同姓的人而已，根本沒想到你是國民黨，而且還是那麼大的官。傳益，你怎麼能一直瞞著我？我可是第一個就告訴你，我想加入國民黨的啊！」

包惠僧揮手示意他坐下，然後說：「叔仙！不要怪傳益，我們的組織是有章程、有紀律的。黨對你進行了一系列考察，現在決定接納你，也可以把前因後果都講給你聽。記得我上次到高郵來，發現這裡還沒有黨組織的活動，就介紹我內弟加入了國民黨。離開高郵以後，我一直想把高郵的黨組織發展起來，這裡畢竟是我內人的家鄉。有一次，恰巧遇到了我的一位同鄉，他可是正牌的革命元老，也就是做過代理內務總長的居正先生。我和他談到在高郵發展組織的事，他認為很有必要，也很支持，還委派他的侄子，就是這位居上達先生，從上海到高郵來，幫助傳益進行秘密活動，伺機發展黨員。傳益說他第一個就相中你了，不想你也讓他幫忙找國民黨。你說巧不巧？」

「是呀！你跟我說要入黨，我高興壞了。不過按照章程，上達和我還是考察了你一段時間，結果是完全沒有問題。更巧的是，我姐夫本來要到蘇聯去，後來因故沒能成行，才有空到高郵來過年。這樣一來就更好，你可以讓他做你的入黨介紹人，他可是掛著中將軍銜的吆。」夏傳益說。

崔錫麟滿心歡喜激動。忙問：「包大哥，你願意做我的介紹人嗎？」

「我當然願意。不過，」包惠僧停頓思想了一兩秒，接著說：「入黨介紹人很重要，以後一直會保留在組織的檔案里。而我因為一些不便多說的原因，希望你的介紹人除了我，還要再找一位，這樣對你的將來是大有好處的。」

崔錫麟看看旁邊的夏傳益和居上達，問到：「你的意思是不是請他們中的一位來做我的介紹人？」

包惠僧搖頭說：「他們固然可行，但還有一位更好的人選。正好上達在年初六就要到上海去一趟，我們請他轉告他的伯父，請求居正先生當你的另一個介紹人。好不好？」

「真的可行嗎？假如居老拒絕怎麼辦？」崔錫麟不無擔心。

包惠僧想了一下說：「以我對居正先生的瞭解，他應該願意幫這個忙。他對年輕人的提攜，一直是不遺餘力的。加上高郵的黨組織，他從一開始就出了力。再說，不是有上達去面見，把這裡的情況詳細地彙報給他嗎？我想他會答應的。」

居上達也說：「崔老師，你放心，我一定盡最大的努力，請我伯父幫這個忙。」

當晚，崔錫麟填好入黨申請表格，包惠僧簽好名字。居上達帶著表格到上海去見居正，居正一聽這來龍去脈，隨即滿口答應，在介紹人一欄，簽下自己的大名。

隨後，居上達找到設在上海環龍路的國民黨總部，遞交了申請。總部接待的人一看嚇了一跳，高郵鄉下的一個青年入黨，居然有兩個大佬介紹。這等奇事，從未有過呀！

崔錫麟正式加入了國民黨。

居上達回到高郵，帶來了總部的指令，命夏傳益，居上達，左公華和崔錫麟四人組成高郵縣城鎮黨組織，由夏傳益負責，具體任務

是，聲援全國各地要求廣東革命政府出師北伐的呼聲，一旦舊政府被推翻，立即建立國民黨高郵縣黨部。

　　此刻的高郵，尚屬軍閥孫傳芳的地盤，國民黨只能在暗地裡活動，是名副其實的「地下黨」。雖有危險，但他們這「四人組」仍在頻繁活動。過了一段時間，報上披露，北上的北伐軍已經從鎮江和江陰兩地同時渡過長江，革命軍的腳步正在一天天地逼近高郵城。

第 06 章 水到渠成 崔叔仙踏入仕途

1 高郵光復

北伐軍進入高郵時，正是春夏交替之際。

這年初，汪嘉玉已生下第三胎。這次不得了！是個男孩。崔氏一門，到崔瑞亭這一輩以前的好幾代都是單傳。崔瑞亭雖有三個兒子，可老大伯仙房裡生了國珍、國娣兩個女兒後就沒了動靜；老二仲仙成親晚，此時並無子嗣。所以，這個男孩不僅是崔錫麟的第一個兒子，也是整個崔家唯一的獨苗。全家人高興的勁頭，勝於抱住個大金疙瘩。

崔錫麟找父親商量，給兒子取個什麼大名。崔瑞亭笑吟吟地說：「這孩子既是第一個，乾脆就叫‘開元’吧？這名字出自你三龍喜歡的一首古詞」

崔錫麟思索了片刻，說：「啊！想起來了，你是說宋朝賀鑄的那句‘輝錦繡，掩芝蘭。開元天寶盛長安。沈香亭子鉤闌畔，偏得三郎帶笑看。’太妙了！就叫‘開元’。謝謝父親起了個好名字！」

五年後，崔開元的弟弟崔開明在常州市出生。後來，崔開元的二伯崔仲仙也生了一個兒子，叫崔開年。

崔錫麟生下第一個兒子後，立即將他的獨生子過繼給了自己的大哥，以報答當年大哥的恩情。因此崔開元小時候經常會到大伯大媽家住一陣子。崔伯仙則說：「我們有了開元，過日子就更安心了。以後我們的墳頭有人燒錢，墳後能插柳椿。我跟家裡的說好了，我們不能太貪，開元還這麼小，他爸媽又在身邊，用不著他喊我們爸爸媽媽，喊大大、大媽就行。」

當時的崔錫麟，主要心思並不在兒子身上。何應欽率領的國民革命軍第一路軍節節勝利，已經逐漸抵近高郵，他們四個國民黨員開始暗中行動，不僅製作了幾面青天白日旗，也在夜裡四處貼標語，警告軍閥放棄抵抗，鼓動市民歡迎北伐軍進城。

這期間，還發生了一個小插曲。多年以後的某個夜晚，已經八十歲的祖父像說笑話一樣給我講了這個故事。現在想起來，當時二十

多歲的祖父所面臨的場景，非但不好笑，反倒是相當驚險。

「事情是這樣的。」他說：「就在北伐軍在揚州一帶大勝‘五省聯軍’後，孫傳芳在高郵的部隊全跑得沒影了，我們便知道高郵很快就會光復。那幾天，我都住在土壩的家裡，這樣能夠更快地和夏傳益一起歡迎北伐軍進城。那天夜已經很深了，居上達突然跑來敲門，高興地說北伐軍來了，部隊正在大街上經過。我和夏傳益聽到這個‘好消息’，當然也非常高興。於是我們三個人迅速把準備好的青天白日旗揣在懷裡，夏傳益提著燈籠，我拿起一個黃紙做的標語小紙旗，一起出門沿著西街向東走。還沒到北門街，就看到部隊正在急匆匆地由南向北行進，我們一見到就加快腳步，直奔向前。嘴裡還不停地喊著：‘哎！歡迎！歡迎！’

還沒接近他們的時候，就見有幾個兵停下來，警覺地端起槍，‘嘩啦’一聲拉開槍栓，厲聲喊道：‘什麼人？幹什麼的？’一邊說，一邊向我們走過來。

我們沒想到會遇到這個場面，馬上擺手說：‘哎哎！別誤會！我們是來歡迎你們進城的高郵人。’

當兵的放下槍，笑著說：‘哈哈！高郵這地界好啊，這麼晚了，還有人出來歡迎我們。真稀罕，我們被黨軍一路追到這兒，有人出來歡迎，還是頭一遭哇。’

我聽到這話，一下子反應過來，眼前的這支部隊，並不是北伐軍，而是被北伐軍追擊的軍閥部隊，我們弄錯歡迎對象了。再看著自己手中的小旗上寫著歡迎北伐軍的口號，正迎風招展，懸在半空的手是舉起不對，放下也不對。

正當我們不知如何是好的時候，卻發現這些大兵，歪過腦袋看了看我們的紙旗，並未有要發作的意思。我突然意識到，這幾個兵里沒有一個認識字。於是我故作鎮定地問他們：‘各位是哪個部隊的？老家是哪裡的呀？’

答說：‘我們幾個是安徽人，那邊那個是東北來的。都是孫大帥的兵。’

我又問：‘大老遠的，一路辛苦吧？要不要歇一歇，我們給你們弄點茶水來？’

他回答說‘歇什麼歇，我們得趕快跑。再晚，小命就沒了。’

他們說罷就扭頭朝北面跑了。」

我問：「後來呢？」

祖父笑笑說：「後來還能怎麼樣？嚇了個半死，趕緊跑唄。我們三個人立即掉頭，邊跑邊吹滅燈籠。跑到前面的多寶橋時，看到運河河堤那邊也有軍隊往北走，我們只好摸黑躲到橋下，一直等到大街上過兵的聲音靜下來，才從橋下爬上來，穿過後街，再繞過承志橋，回到各自家中。」

我問祖父：「有了這次經歷，等真正的北伐軍來了，你們還敢去歡迎嗎？」

他說：「那當然是接受了第一次的教訓嘍。其實，也就是四五個鐘頭以後，真正的北伐軍就進了城。我們確定他們是北伐軍的第二十一師，並且見到師長陳誠本人以後，才敢亮明身份。」

「那時候，陳誠還是個師長，應該很年輕吧？」

「他比我大幾歲，但還不到三十。」

當年北伐軍第一軍第二十一師在高郵作短時間休整，師政治部在高郵體育場召開慶祝勝利大會。陳誠聽說祖父會畫畫，就請他為大會畫一幅宣傳畫，祖父不僅立刻答應，送畫的時候，還寫了一首詩，裝裱了，送給了陳誠師長。

詩云：

> 雄師百萬出韶關，惡劣豪紳盡膽寒。
> 汀泗橋邊傳捷報，武昌城外躍徵鞍。
> 大軍淮海追窮寇，父老壺漿獻野餐。
> 我舉紅旗迎虎將，親同故舊共言歡。

陳師長十分喜歡，命人將其掛在師部的牆上。師部設在梁逸灣，這裡原來是縣議會。

這天下午，二十一師政治部把他們四人找來談話。政治部主任姓夏，是蘇北鹽城人，他奉命要和四人商討建立縣黨部籌備處的事情，到那天為止，北伐軍在高郵城裡只找到他們四個國民黨員。他們商量好，先將籌備處放在北門裡的關帝廟，等二十一師開拔以後，就將原議會舊址整理出來，作為縣府和縣黨部的辦公地點。

　　正說著，一位中年軍官走進來，在夏主任耳邊說了幾句悄悄話。

　　夏主任點點頭，然後對四人說：「今天我們就談到這裡，你們回去不要耽擱，就按我們講好的辦，有什麼需要就到這裡來找我。」

　　四人站起來要告辭，又聽夏主任說：「夏傳益和崔錫麟先別走，我們軍長要見你們兩位。」

　　「軍長？」二人不禁疑問。

　　「是的，我們何應欽軍長要見你們。」

　　「你是說，何軍長也在高郵？」

　　「對，他昨天剛到高郵。我們政治部幫助高郵縣建黨部，就是何軍長的命令。這位姓徐，是軍長的副官長，他會領你們去見我們軍長。」

　　徐副官長說道：「請二位跟我來！」

　　他們被帶進師長陳誠的司令部。副官長在門外喊：「報告」，裡面說：「進來！」

　　司令部是臨時的，很簡陋。陳誠和何應欽都在。

　　那年，何應欽也就四十歲左右，他身著軍裝，腳蹬馬靴，意氣風發，威風凜凜。

　　陳誠為他們做了介紹。何應欽和他們分別握手，帶著點貴州口音，他說：「兩位請坐！為了歡迎國民革命軍，高郵的父老鄉親都很辛勞，非常感謝！一直以來，高郵的各位黨員同志為黨國做了大量的工作，你們都辛苦了！目前，直系軍閥已經被我們趕到淮陰一帶，高郵的國民黨要從地下活動轉為公開的工作。首先要做的是建立縣黨部和縣政府。二十一師的政治部，準備任命你們四人為高郵縣黨部籌備委員。你們的辦公地點找好了沒有？」

　　「找好了，初步定在關帝廟成立籌備處。腳下這塊地方，以前是縣議會，以後的縣府和黨部都可以建在這裡。政治部的夏主任也同意這個方案，不知何軍長意見如何。」夏傳益回答。

　　何應欽擺擺手說：「我沒意見！夏主任做政治工作很有一套，而且他本人也是蘇北人，對蘇北地方的瞭解遠勝於我。關於建黨部的事，你們按他的意見辦，不會有問題的。不過，目前就你們三四個黨員，要建成縣黨部，力量還是有些薄弱。據我所知，高郵的國民黨人

應該不止你們幾位，你們應該盡快地張貼告示，號召更多的國民黨員到你們的籌備處來登記。大家齊心協力，精誠合作，才能把事情辦好。」

夏傳益和崔錫麟異口同聲表示，一定按何軍長說的辦。

「今天把你們找到這裡來，不只是為了談黨務的事情。還有一個原因，你們能猜到嗎？」何應欽面帶微笑而問，見這兩位搖頭，就接著說：「我一到高郵，就派人找你們，結果發現，你們已經和陳師長打過交道，所以很容易就把你們找到了。小夏，你姐夫梅生和我在黃埔軍校共過事，我還常去他們家吃飯，你姐姐燒的高郵菜，別提多好吃了。還有小崔，我也聽說你是夏松雲的鄰居，也是個難得的人才，梅生對你們大有贊賞。我很高興你們二人都成了籌備委員，我和政治處的人打過招呼，以後的縣黨部就由小夏來當主任委員，小崔做副主任委員。二十一師政治部會在一兩天內把委任狀發給你們，並派人到南京總部給你們備案。你們覺得好不好啊？」

兩個年輕人都表示同意，但他們怕自己缺少行政經驗，管不好這一大攤事。何應欽說：「這個你們不必擔心，我走後，會留下一個最好的縣長給你們，讓他來支持你們的黨務工作。這個縣長不是別人，就是我的副官長，也就是這位徐朝光先生。這兩天他把手上的事情交接清楚之後就上任，當一個臨時縣長，直到整個蘇北光復以後，再由新的江蘇省府統一任命各縣主政官。這樣，你們放心了吧？」

有軍隊撐腰，他們兩個當然放心。何應欽看到他們欣喜的笑臉，又說：「你們兩個年輕有為，一定能幹出一番事業。對了，小崔的文採果然不一般，我一來就看到，牆上有你的墨寶。詩好，字也好。」

崔錫麟答：「拙詩！拙字！軍長見笑。何軍長是書法大家，在軍長面前，我不敢班門弄斧。」

這時，夏傳益問：「軍長，我想問一下，你可知道我姐夫最近的情況？我們好幾個月都沒收到他們的信了，聽人說他已經離開廣州了，是真的嗎？」

「不錯，他們確實在前一陣子離開廣州了。北伐軍打下武漢以後，梅生就被派往武漢去籌建黃埔軍校武漢分校的工作。可他最近的情況，我認為不是很樂觀。」

　　夏傳益忙追問：「軍長何出此言？他們遇到什麼變故嗎？」

　　何應欽看著他們，停頓良久，搖搖頭，嘆氣說：「唉！這裡面的情況很複雜。有些事情你們未必都清楚。其實，梅生原來就是個大共產黨。當年國共開始合作，他和周恩來那幫共產黨才到黃埔軍校和我成了同事。據我所知，他在共產黨內部的地位，應該比在國民黨中的位置還要高。他很能幹，所以武漢那邊的鄧演達就請他過去，幫助建軍校。不成想，他到武漢以後，和他在共產黨內的頂頭上司，一個叫張國燾的人，鬧出不小的矛盾，以至於無法正常地開展工作，因此他先去廈門寅部做了政治部主任。過後不久，武漢方面就開始分共，他們這些在軍隊裡的共產黨都被停職了。」

　　崔錫麟看到夏傳益聽得臉色蒼白，趕緊問：「那包大哥，哦！我是說這位包惠僧先生最後怎麼樣了？」

　　「目前他和夏松雲具體在哪兒，我就不清楚了，但他們暫時還是安全的。寧漢分裂後，汪精衛也主張分共，但武漢和南京方面的態度不同，至少在目前，汪精衛不贊成對共產黨開殺戒。再說梅生和武漢當地軍政方面的頭面人物多有交情，他們還不至於為難他。你們不要擔心，即使真的有什麼風吹草動，他們若能盡快抽身，過來找我，我一定能保證他們的平安。當然，他也可以直接到南京去找蔣校長，憑他和蔣先生的交情，只要他能脫離武漢，脫離共產黨，將來在南京國民政府的前途也一定不會差。但是要快，據我看來，武漢方面的態度隨時都會改變，真要是鬧到不可開交的地步，我們可就愛莫能助了！告訴你們關於梅生的事情，也是為了叫你們放心，雖然今年四月份的上海清黨工作是我負責的，但是就個人關係，我和梅生曾經是同事，還是朋友。現在我們黨和共產黨分道揚鑣，搞成水火不容的事態，完全是因為政治信仰不同，並非個人恩怨。為了在中國實現國父的三民主義，就必須消滅共產主義，這也是沒辦法的事。

　　你們的情況，我已派人瞭解過。他包惠僧介紹你們入的是國民黨，不是共產黨，而且你們和共產黨並無瓜葛。這也算是萬幸，要不我怎麼放心把國民黨的縣黨部交給你們。眼下你們最重要的事情，是籌備黨部的建立，關於清黨的問題，最好等黨部建好以後，下一步再說。你們也不要有思想負擔，要是清黨時有人為難你們，你們大可到南京來找我，我給你們撐腰就是了。」

　　兩個人聽完，既喜又憂，一時也不知說什麼好，於是道謝辭別。臨走前，何應欽又再次叮囑說：「哪天要是見到梅生老弟，別忘了轉告我剛才的話。天無絕人之路嘛，他梅生絕頂聰明，自然懂得這個道理。」

　　他們兩人告別了何應欽和陳誠，回到夏家。關上門，平定一下心緒，才開始商量下一步該怎麼走。討論了好大一陣子，他們最後決定這麼辦：

　　一. 包惠僧和夏松雲的情況要嚴守機密，連夏家的父母也要瞞著，更不能讓外人知曉。

　　二. 崔錫麟明天就去和居上達、左公華碰面，由崔錫麟牽頭，立刻在關帝廟建立籌備處。

　　三. 夏傳益明天清晨即刻啓程，去湖北找姐姐、姐夫，並把何應欽的話帶到，而且勸他們先到高郵來躲一躲再說。

2 關帝廟

　　當晚天黑後，崔錫麟方才離開土壩，回到草巷口。

　　汪嘉玉抱著兒子，站在大門口等待丈夫歸家。一見丈夫走過來，她嗔怪道：「我說叔仙呀，你還曉得回家呀？這幾天你像是丟了魂，沒日沒夜地在外頭不著家。你不是說軍隊要用學校，最近都不上課嗎？那你還忙什麼？你看都這麼晚了，就不曉得餓呀？」

　　平時不會喜形於色的崔錫麟，今天卻難掩臉上的笑意，回答說：「餓，餓壞了！」說著就從汪嘉玉的懷中抱過五個月大的兒子，小聲問妻子：「站到這塊等了多大一下子了？」

　　「有一下子了。晚飯早就做好了，快進去吧，兩個大的老早就喊餓了。」

　　很快地，汪嘉玉把晚飯端上桌。一家五口圍著方桌坐好，兩個女兒笑咪咪的看著父親，等著他先動筷子，這是媽媽定的規矩。崔錫麟左手抱兒子，右手拿起竹筷，在紅燒魚的盤子邊輕敲一下說：「你們老早就餓了吧？吃吧！」

　　女兒們邊吃邊歪過腦袋看著爸爸，她們也感受到爸爸今天格外高興。看著美麗的妻子和三個可愛的孩子，崔錫麟再次仰起頭笑出聲

來，汪嘉玉也「噗呲」而笑，隨後皺起眉，上身微後仰，轉向丈夫說：「看你笑得這呆氣哦！遇到什麼好事啦？」她又去魚盤裡夾了一塊鯽魚脊背肉，放在他碗裡的白米飯上，這是他的最愛。

崔錫麟說：「好事，還真是好事！等吃完就告訴你，真是餓得很。」

「你早飯、中飯都沒好好吃，不餓才怪吶。」

晚飯剛吃完，兒子哭了幾聲，汪嘉玉說他在鬧覺， 就走過去從丈夫手裡接過兒子，將他放在床上，蓋上小被子，輕拍拍，看著孩子進入睡夢。

崔錫麟問：「他吃過奶啦？」

汪嘉玉回說：「你回來前剛餵過，這樣晚飯才吃得安穩。現在你可以告訴我，今天忙什麼去了？」

「那好，你坐過來，等一下再洗碗，我告訴你一個好消息。」

「啊？真的有好消息？」

「真的。嘉玉，我上次說過，北伐軍到了高郵，孫傳芳的兵跑了。你還記得嗎？」

「對！跟你有關係嗎？」

「有啊！我跟他們北伐軍是一伙的呀。」

「你跟他們一伙的？還是你告訴我的，他們是從廣東過來的，怎麼能跟你一伙呢？哦！你們家的祖上也是廣東的，難不成，北伐軍里有你親戚？」汪嘉玉聽得有點糊塗，只能亂猜。

「那倒不是。我們家從我祖父那輩子起，就和廣東再無聯繫。我說和他們一伙，是因為這北伐軍是國民黨的黨軍，我呢，也是國民黨。就是以前老是說的那個革命黨。」

「你是革命黨？你怎麼先前沒告訴過我？」

「我也是去年過年的時候才加入的。我們有規定，北伐軍進城以前，不能公開活動，也不准告訴任何人，包括老婆孩子。現在可以告訴你了，不但我是國民黨，你認得的夏傳益，還有小居、小左他們幾個也都是。」

「怪不得你們老是湊在一起，整天神神叨叨的。我看你的朋友都是些有文化的正派人，應該不會幹什麼壞事，也就沒有多想。你不告訴我也是好事，省得我整天為你提心弔膽的。」

汪嘉玉的平靜，讓崔錫麟感到有些意外，他說：「你不怪我就好。」

　　她笑起來：「乾嘛怪你，你們的黨都打到高郵了，你有他們撐腰，王鴻藻就不敢給你小鞋子穿了，對吧？」

　　「對！但不止於此。我以後就不做教師了，我現在是高郵縣黨部籌備處的副主任委員。我從政了。」崔錫麟眼裡閃出光來。

　　汪嘉玉不解：「這個什麼委員是多大的官？」

　　崔錫麟站起身，回答：「小官，反正不及縣長大，但對我來說，是一個新的開始。教書育人雖好，但不是我最終的理想。所以，我一定不會放過這次機會。打今天開始，我崔錫麟要加倍地努力奮鬥，施展才能，實現我做人的抱負。我不但要做大事，也要讓你和孩子們都過上大好的日子。」他一邊說著，一邊走到床邊，俯下身看著熟睡中的兒子，接著說：「我能當多大的官不敢想，但我的小開元長大以後，一定要當大官，一直當到大總統。」

　　當晚，崔錫麟就到南門王宅，先去拜見王蔭槐，老爺子身體有恙，正臥床養病。崔錫麟簡單介紹了北伐軍進城的情況，王植老很是高興，崔錫麟怕他勞神，很快從老爺子房中告辭出來，找王益繼續交談。

　　崔錫麟對王益說：「王校長，非常感謝那年你為我奔走，讓我在「二小」工作至今。可是，北伐軍進城至今，只聯繫上我們四個黨員，二十一師政治部下了死命令，要求我們立刻離開現有的職位，專心一意地建黨部。我現在很矛盾，既要執行命令，又覺得對不起你和我們學校・・・。」

　　王益打斷他說：「叔仙，自從我們在南京碰到一起，我就一直拿你當知心朋友，有什麼就說什麼。今天我也直說，你就按黨軍說的辦，不要在乎其它的事。離開學校，到黨部工作是大好事。別忘了，還是家父最先鼓動你去找國民黨的。再說了，你的才華和你的抱負現在都有了用武之地，我當然會支持你。」

　　「那我手上教的這幾個班級怎麼弄？」

　　「你完全不要擔心。這幾天反正停課，我和幾位老師商量一下，讓他們把你的課先拎起來，一個多月以後，這個學期就結束了。再找個教師，大概不會像以前那麼難，教育局也要換班底，不會再讓那些土豪劣紳說了算。對不對？」

　　對！縣黨部建成後，我們要做的第一件事，便是清理舊的政府

部門，肅清土豪劣紳的勢力。高郵的士農工商各行各業，都會是一個新的樣貌。」

這次談話後，他長達七年的教書生涯，正式結束了。

又過了幾個月，王校長的父親王蔭槐仙逝。當時，崔錫麟因為龍潭戰役被困在長江以南，等回到高郵時，王家的喪事已辦完。這又是後話，我還是先講關帝廟吧。

崔哥六歲時，媽媽調任糧食管理所直屬糧站站長。因此，我們住進了糧站的二樓。這個糧站坐落在老北門外的西側一角。城門我沒見過，因為早就拆了。若走過護城河的石橋，在前方約百米的大街左邊一側，還能見著一小段殘破的城牆。我們幾個少年，實在是閒得無聊時，會順著土坡，手腳並用爬到城牆頂上，從那裡能看到很遠的地方。就在這截破城牆下有個院落，裡面是文化官和圖書館。當人們提起那個地方，可不叫城牆根什麼的，而是會說關帝廟。奇怪的是，那裡不僅沒有廟，走遍整個高郵城也從沒見過關帝廟的影子。十多年後才聽祖父說，高郵歷史上確實有過關帝廟，而且有三座。一座在東頭，一座在南頭，還有一座最大，後來的文化館就是它的一部分。

1927年的夏天，這座大關帝廟的大殿還在，廟內還有幾十間房屋。二十一師政治部的人前去徵用了靠街口的三間房，讓崔錫麟他們幾個籌備委員在裡面臨時辦公。

夏傳益還沒回來。崔錫麟和居上達、左公華研究一番決定，第一件事就是公告全城，請高郵的國民黨員到籌備處來報名登記。

可是奇了怪了，告示張貼出去十來天了，一個人也沒等來。他們都覺得，高郵城裡的黨員應該不止他們四個，於是找來一些在高郵享有聲望的人，一早到關帝廟開座談會，看看還有什麼好方法，能在高郵找到其他的國民黨員。

大家坐定，互相寒暄尚未結束，忽然聽到大門外一陣喧嚷，接著，外頭站崗的政警跑進來報告說，門外來了一群人，也在貼告示，要辦高郵縣黨部籌備處。

啊？有這回事？難道是其他黨員同志用這種方式露面了？

他們三個人馬上快步走出來，就見這幫人七嘴八舌地喊著：「我們也是國民黨！我們也要籌備縣黨部！」

崔錫麟定睛看了一圈，有兩個人是領頭的。於是他走上前，開

口言道：「在下崔錫麟，敢問二位尊姓大名？」

　　二人之一回說：「我們認得你。你就是小才子崔叔仙。我叫孫石君，他叫王庭鈞。」

　　「請問，兩位都是國民黨員嗎？」崔錫麟又問。

　　「對呀！我們都是。」孫石君指向身後的人。

　　「我們都是，我們都是國民黨。」這些人一齊起哄。

　　他大概數了一下，這些人少說也有三十多。一下冒出這麼多國民黨員，崔錫麟真的沒有想到，但還是笑臉相迎：「孫同志和王同志，我們等了有半個月，終於等到了你們。我們這一支是由居正和包惠僧介紹的，請問你們是誰介紹的？」

　　「這是什麼意思？」孫、王沒聽明白。

　　崔錫麟解釋：「我是說，哪一位老黨員發展了你們這一支？是界首的曹伯鏞？參軍處的蕭魯生？也或許是黃埔一期的譚輔烈？高郵的老黨員就這幾位了，你們是哪條線上的？」

　　「你說的這幾個人，我們沒聽說過。」

　　「那你們···？」

　　「唉！」孫石君搶過話說：「我們哪個都不是。非要介紹才能在黨啊？那行！」他指著王庭鈞：「他介紹我，我介紹他，我們再介紹他們。」他又指向那群人。

　　「對，對！」人群附和道。

　　崔錫麟算是明白了，這不是瞎胡鬧嗎？但是他們人多勢眾，又不講道理，自己拿他們也沒辦法，只好去搬救兵。他在左公華耳邊小聲說：「快去找何軍長！」然後對這群人說：「大家稍微等一等，黨軍的人馬上就到，你們有什麼想法就跟他們講，看看黨軍怎麼決定。」

　　這伙人聲音提得更高：「誰來我們也不怕。憑什麼你們要革命，我們就不能革命？你們能籌備，我們就不能籌備？哪來的這個道理？」

　　崔錫麟試圖安撫他們，說道：「稍安勿躁！稍安勿躁！人馬上就到，我們一定會給大家一個公平合理的結果。」

　　過了一會，左公華領著一隊軍人過來了。崔錫麟看到了何應欽、夏主任、徐朝光，還有一隊衛兵。

　　這幫人看到軍人真的來了，好似立刻矮了半截，低下頭不敢吭聲。

　　夏主任說道：「各位，這是我們北伐軍第一路軍的何總指揮，你們有什麼要求就說說吧。」

　　他們心裡害怕，只敢小聲嘟囔：「我們也沒有什麼要求，就是也想革命，也想當籌備委員。」

　　何應欽笑著說：「好哇！你們要革命，是好事啊！你們要加入縣黨部的工作，更是好事。可是你們必須先加入國民黨，成為黨員才能做黨的工作。按黨的規定，要加入國民黨，必須要有兩個老黨員介紹，再經過黨部批准，才可以成為正式黨員，就能為黨工作了。今天這裡正在開會，所以大家先散了。回去吧，找兩個老黨員介紹你們入···。」

　　話還沒說完，孫、王帶的這伙人便一哄而散。

　　何應欽回頭對崔錫麟說：「鬧出此等笑話，說明高郵人對國民黨、對革命還缺乏瞭解，也說明黨務工作的重要和必要。你們的工作還很多啊！怎麼沒有見到小夏啊？」

　　崔錫麟回答：「他去外地辦事，快回來了。」

　　何應欽拍拍崔錫麟的肩膀，說：「小崔！我明天就去南京。部隊也會結束休整，繼續向北打。這裡的工作就交給你們了。好好乾！有什麼需要，找你們的徐縣長，再不行，到南京來找我。你們還這麼年輕，一定有大好前途的。」

　　「謝謝何總指揮的鼓勵！」

　　第二天，北伐軍離開高郵，繼續北上。

3 包惠僧隱藏土壩

　　這天晚飯後，崔錫麟坐在院子里讀報，報上刊載了北伐軍徐州戰況失利、蔣介石下野的消息。正憂心之時，夏傳益來了。

　　崔錫麟一見，忙問他：「什麼時候回家的？在外頭還好吧？」

　　夏傳益一臉疲憊，回說：「我還好！今天下午到家的。」

　　「你一路辛苦了！找到你姐姐、姐夫沒有？松雲姐和包大哥的情況怎麼樣？」

「怎麼說呢，一言難盡啊。」

「快來坐下。我給你去沏茶，你詳細說說。」

夏傳益接過茶喝了一口，把茶杯放在小桌上，開始講述他此趟外出的經歷。

夏傳益那天早上離開高郵，到南京上了火車，經徐州和鄭州轉車，三天後的早晨到達武漢。夏傳益少時搬來高郵前本是湖北人氏，其家族中仍有人住在武漢。所以他通過他的叔父，找到了夏松雲在漢口的住處。

夏松雲見到弟弟，十分地意外，讓他進門後，探頭往外張望，見四處安靜，便迅速關上門，回轉身對弟弟說：「你怎麼這時候來漢口？怎麼找到我的？」

「二叔告訴我的。我姐夫呢？」

「等會我慢慢告訴你。吃早飯了嗎？」

「在二叔家吃過了。」

「那就過來洗洗臉，看你一頭的汗。」

洗完臉，他坐下來，姐姐遞給他一柄蒲扇，說：「怎麼回事？為什麼這麼急著來漢口？事先怎麼也沒說一聲？」

夏傳益：「當然急，急得要命啊！大概一個月前，北伐軍佔了高郵，你知道吧？」

夏松雲：「知道。」

「師長陳誠，還有第一軍的何應欽你認識吧？」

「認識，梅生和他們在黃埔共過事，我還請他們吃過飯。」

「聽何應欽說過了。他到高郵以後找到我們，還任命我跟叔仙一起負責建立高郵的縣黨部。」

「那不是很好嗎！你不待在高郵，跑我這來幹什麼？」

夏傳益：「他也告訴我，包惠僧是個大共產黨，留在武漢可能有危險，叫我見著他，勸他到南京國民政府去。他還說，姐夫和他，還有蔣介石都有交情，到南京去是最好的選擇。我在鄭州轉車時，看到報上說，武漢這邊也開始殺共產黨了，是真的嗎？汪精衛表過態說不殺人，怎麼說變就變？」

夏松雲：「是真的。我沒想到，梅生也沒想到。當初，是周恩來介紹梅生到武漢來的。可他和共產黨的張國燾鬧得很不高興。上個

月，周恩來到家裡來找他，他們談什麼，我不知道，但他第二天就走了，說是去江西，別的沒讓我問。幾天過後，他的一個朋友來找我，帶來周恩來的口信，叫我們娘兒幾個不要住在家裡，先在這裡躲一段時間。這裡頭的事情，我也弄不明白，但能感覺到，一定有大事要發生。果不其然，這個月頭，聽到在南昌那邊的共產黨暴動了。汪精衛本來是想 '和平分共'，但南昌來了這麼一下子，武漢政府就翻了臉。這幾天，武漢三鎮到處都在抓人，聽說抓到就沒命了。梅生到江西，是不是去南昌，我不清楚，他現在人在何處，怎麼個狀況，我也是一概不知，心裡擔心得要命。我怕他回來找不到我，就悄悄到二叔家，告訴二叔這裡的地址。沒想到，你先找來了。」

「我沒有敢去你家，直接去找了二叔。你說姐夫是不是也參加了南昌的暴動？」

「我猜有這個可能，但報上沒有提到他，只看到了周恩來和張國燾的名字。其實，他們的暴動三天不到就失敗了。報上說，暴動的部隊已往廣東逃，張發奎的人正在後面追。梅生走以前已經病得很重，廣東的部隊裡又有許多人認識梅生，我想他不會在這個時候去廣東。我判斷，他此刻應該還在江西。」

夏傳益：「既然共產黨在南昌搞這麼大動靜，他應該也在那裡。姐，你知道他有親戚在南昌嗎？」

夏松雲：「除了他姨娘的兒子，沒有別的人了。你是說，他可能在那裡？」

「對！我想過去看看。你告訴我怎麼走。」

「我正在發愁不能撂下孩子，你代我去看看也好。我這就去把他姨的地址找出來，你可以坐船去九江，再坐火車，很快就能到南昌。傳益，江西分共比這裡要早也更狠，你一路上要小心再小心。聽到沒有？」

夏傳益又等了好幾天，才有開九江的客船。他乘船到九江，經南潯鐵路到了南昌。

包惠僧果然就躲在他的表弟家。他正躺在床上發著燒。

包惠僧的表弟告訴夏傳益，包惠僧是 8 月 6 號的夜裡來的，一來就藏在閣樓上，誰都不知道。他來時就病著，每天只有清晨還好一些，中午一過就發燒，退燒的藥也吃了，好像沒有什麼效果。

　　夏傳益等到第二天早上五點不到，就和姐夫見了面。包惠僧看到夏傳益很高興，夏傳益叫他別起來，就躺在床上談話。不像以往，這次交談，包惠僧向內弟透露了不少共產黨方面的秘密。

　　他是受周恩來指派，到南昌來接手共產黨江西省委軍委的工作。南昌暴動本來有他參與，後來共產國際發電報，想阻止起義部隊的行動，張國燾在武漢收到電報，立即趕到南昌，可是一切都太晚了，箭在弦上，不得不發。張國燾索性也參加了南昌起義。包惠僧本來就是因為張國燾的緣故才離開的武漢，沒想到張國燾也到了南昌，加上自己的病情的確在不斷加重，他便退出了起義委員會。

　　起義失敗後，周恩來在撤退前專門到旅館來找他，想帶他一起走，可是他連日來高燒不退，實在沒法隨部隊行動。周恩來無奈之下，寫了一封信讓他帶著，要求他病情一旦好轉，立刻回武漢去恢復已遭破壞的黨組織。

　　起義部隊隨即撤出南昌，他便轉移到這裡落腳。張發奎進南昌後，在城裡四處搜查共產黨，此處並不安全。在這節骨眼上，夏傳益來了。他說：「你來的正是時候，我打算盡快離開南昌，就請你陪我一起走。」

　　夏傳益問：「是去武漢嗎？」

　　包惠僧想了想，嘆了一口氣說：「武漢暫時就不去了，我們還是先去黃岡吧。」

　　棄武漢而選黃岡，夏傳益不知道是為什麼，既然姐夫沒有說，他也不便問。次日天沒亮，他們二人便啓程去黃岡。

　　到了黃岡家中，包惠僧一面看病吃藥，一面打聽當地局勢，發現這裡的清黨也鬧得挺凶。於是，他打發內弟再次入武漢，讓夏松雲和孩子們一起來黃岡，待他身體一有好轉，全家人一起行動，到高郵去避一避。

　　夏傳益到武漢找過姐姐後，自己就先行回到高郵。一到家，吃了晚飯洗個澡，馬上來找崔錫麟，瞭解高郵這邊的情況。

　　崔錫麟把夏傳益走後高郵的情形大至講了，最後還講了關帝廟前的笑話，他說：「你看看，普通的高郵人連國民黨都搞不清，哪裡搞得清共產黨。再說，何應欽不是讓我們不急著搞清黨嗎，即便清黨，有我們在，包大哥總歸是安全的，他們到高郵來是個好主意。而

且，高郵到南京很方便，我希望他能早日到南京去，那是上上策。」

夏傳益搖搖頭說：「我看他蠻苦惱的，似乎有些猶豫不決。我們也幫不了多少，還要看他自己怎麼決定。不管怎麼說，我想讓他們先到高郵安定下來，讓崔大夫給他調理好身體。以後的事，走一步算一步吧。」

和武漢、南昌、黃岡等地相比，高郵算是出奇的平靜。政權雖已更替，但人們的市井生活並沒有發生變化。包惠僧一家四口在土壩安頓下來，除了鄰居崔家，沒有外人知曉。

一到高郵的頭天晚上，包惠僧就到隔壁請崔瑞亭號脈。這時候他已退燒，只是還有點虛弱，睡眠不好。崔瑞亭說他的病基本好了，就開了歸脾湯，每日煎服。另外叫夏松雲用黑魚、蘿蔔、蜂蜜、黑白木耳燒湯給他喝。五六天一過，他就覺得又好很多，睡眠有所改善，說話也有了氣力。於是，夏傳益約崔錫麟過來和他姐夫聊天。

包惠僧此次在高郵隱居的一個多月裡，他們三人聊了好幾次。

這兩個年輕的高郵人，當然對國共兩黨合作前後的事情最感興趣。他們問了好多問題，其中雖有包惠僧不能說的，但也談到不少他的經歷和對時下局勢的看法。

包惠僧首先是個共產黨，而且有著元老級的老資格。俄國十月革命後，上海首先出現了共產主義小組，隨後包惠僧與他的兩個黃岡同鄉，董必武、陳潭秋，以及其他幾個人，在武昌也成立了共產主義小組，包惠僧任書記。這時候，共產黨尚未在華夏大地誕生。直到1921年初，全中國已經有了六個這樣的共產主義小組，正式成立中國共產黨的時機方算成熟。同年七月，董必武、陳潭秋、包惠僧齊赴上海，出席中共第一次代表大會。

在這次會議期間，包惠僧結識了另一位年輕的代表，湖南人毛澤東。毛只年長包一歲，兩人成為好友，且後來在很長的一段時間裡，他們不斷地有書信往來。有一次，在湖南做工人運動的毛澤東，受到湖南政府的通緝，逃到武昌，就是在包惠僧的住處躲避了一段時間，直到危機化解。

1924年，他以共產黨的身份加入國民黨，並任黃埔軍校政治部主任。周恩來在東徵結束後，也回到廣州，任職革命軍第一師黨代表，開始與包惠僧有了工作和朋友間的來往，他們頗有私交。

他很快得到國民黨內的廖仲愷、蔣介石、鄧演達等人的賞識。

在國共合作的初始蜜月期，包惠僧對兩黨都充滿信心，他多希望，形勢就如此地發展下去，這個國家和民族，一定會不斷好起來。

但他很快發現，自己太天真了。殘酷無情的現實，輕而易舉地擊碎了剛剛構建好的美夢。首先是「中山艦事件」，他失去了國民革命軍中的職務；共產黨派他去莫斯科，他想讓夏松雲隨行，但張國燾不同意。為此，他放棄了這次大好機會。

那時，他和黨內的上司張國燾的矛盾，已經發展到了公開化、白熱化的程度。張國燾一度要求黨中央開除包惠僧的黨籍，但因總書記陳獨秀沒有同意而作罷。

南昌起義的發動並失敗，是壓垮駱駝的最後一根稻草。包惠僧萬念俱灰，一邊看到國民黨嚴重分裂，對共產黨人的血腥鎮壓令他始料未及。反觀另一邊，共產黨的上層鬥爭同樣激烈，上司張國燾在黨內壓得他透不過氣來。而且他認為共產黨過於弱小，並不適合使用武裝鬥爭的方式，和國民黨進行正面對抗。因此他在高郵的這段時間，經過激烈的思考，終於做了一個痛苦的決定。這個決定的好處是，他能夠從紛亂的萬千思緒中成功地抽出身，重新開始一種全新的生活。而它的負面效果，卻成為一個無法改變的因子，攪拌在他後半生的那些悲劇命運當中。

他的決定是：從此退出黨派政治，無論共產黨，還是國民黨，從此概不摻合。至於一家人以後的生計靠什麼，他說，看來只能重操舊業，賣文為生。除此之外，他也不會別的。

崔錫麟和夏傳益都覺得，他不去投靠南京，有點可惜，但不知怎樣勸說他才好。

就在此後不久，發生了一件事，使得高郵也變得不再安全，包惠僧只能帶著一家人匆匆離開，前往上海。

事情突如其來，誰也沒有想到。

那是一天上午，關帝廟裡的籌備委員們，正在張羅著搬到梁逸灣去，那裡已經整理出來，等他們搬過去，高郵縣黨部就正式成立了。

正在忙碌的時候，門外走進一行人，走在前面的一位，操高郵方言，要找夏傳益和崔錫麟。

天氣很熱，見有人找自己，夏傳益和崔錫麟便用衣袖擦了擦汗，迎上前接待來客 。

崔錫麟定睛一看，為首的這個人很眼熟。哦！對！他叫吳垣，他的父親吳輔勳是本縣省議員。他的大伯吳鴻勳，當年也曾是省議員，因為和當時的另一位議員王鴻藻，還有縣民政長姚崇義有過節，便積極支持崔錫麟蒐集證據，告發他們。最後，姚崇義雖被罷免，王鴻藻卻因堅硬的後台，沒有受到任何影響，反而變本加厲地四處擠壓崔錫麟。算起來，這吳垣還是崔錫麟的表親，但他們只在年少時見過一兩次，平日並無來往。

看到吳垣找上門，崔錫麟心中升起一絲不祥之感。他聽說過，吳垣正跟著他姐夫做事。他姐夫姓葉，就是日後那名聲響亮的中統頭子葉秀峰。葉是揚州人，揚州中學畢業後，在天津北洋大學讀書時和陳立夫是同學，並和陳立夫一起赴美國匹茨堡大學留學，二人取得碩士學位後回國。陳立夫擔任中央組織部調查科長時，葉秀峰是他的機要秘書，最近他更是升任中央特派委員，指導南京市和江蘇省黨部的整頓，是眼下炙手可熱的 CC 系的大紅人。而此刻，他的內弟吳垣忽然出現在關帝廟，不免讓人心存疑問。

果然，吳垣拿出省黨部的介紹信函。他現在的身份是江蘇省黨部特派員，到高郵來的任務很明確，馬上成立國民黨高郵縣特別委員會，並立即開始清黨。他隨後也會全權負責縣黨部執行委員會的建立。

籌備處的這幾個人全都愣住了，不禁馬上發問：「北伐軍在高郵時，已經任命我們四個人作為籌備委員，省黨部也發了委任狀。我們緊鑼密鼓地籌備了一個多月。現在正式的縣黨部執行委員會即將成立，省黨部的批准函都到高郵了。怎麼忽然之間，又來了個特派員？還要另搞一套呢？」

吳垣倒也不認生，自己找了個凳子坐下，慢條斯理地解釋道：「各位不要急，讓我把詳細的情況告訴各位。你們四位籌備委員是省黨部委任的，這一點沒有疑問。而且，你們近來為黨部的成立做了大量的、細緻的工作，省裡也是明瞭的。我代表省黨部向你們表示慰問。但是，南京國民政府剛剛成立，中央黨部也新近搬到南京，有的工作才剛剛開始做，而有一些先前的事情，則需要做些調整，以適應

黨務工作正規化的要求。所以,中央黨部委派葉秀峰同志專程到南京來,指導黨務工作。葉秀峰同志來了以後,指定我為特派員,回家鄉來全權負責高郵的黨務工作。而你們籌備處,原是由軍隊指派的,屬於臨時性質,從我來的這一刻開始,就地解散。夏先生,請把你們當中的國民黨員和勤雜人員,造一個花名冊交給我,合適的人,我會留下,和我帶來的黨員合併,立即改組成高郵縣黨部特委會。」

聽到這裡,夏傳益忍不住反駁說:「吳先生,這不是開玩笑吧?何應欽軍長在高郵的時候,從來沒說過我們籌備處只是臨時的,省黨部的委任也沒這麼說過。憑你一句話,說解散就解散,我們成了個什麼?高郵湖的蝦,白芒(忙)啊?」

吳垣看夏傳益提高了聲音,就站起來板著臉說:「夏先生,我再說一遍,葉秀峰同志是專門來整頓黨務的,以前的事就不要再提了。中央給了他權力,讓他調動一切,指導一切,我們只能按他的意見辦。怎麼啦?你要抗命嗎?不要以為高郵就你們幾個是國民黨,我這條線上的黨員不比你們少。」

崔錫麟問吳垣身後的四個人,是否都是黨員,他們回答:是。他轉臉對吳垣說:「吳特派員,你先請坐下,給我們一點時間,我們商量一下,馬上給你個滿意的答復。」

「那好吧,叔仙,你們盡快,我等著。」吳垣說完坐下來。

崔錫麟把夏傳益他們三人,拉到邊上的一個房間,小聲對他們說:「大家不要發怒,這對我們沒有好處。這個人是我的遠房表親,你們可曉得他是何許人?他是 CC 系的人,他說的那個葉秀峰,其實是他姐夫。這就是為什麼,他父親能從一個高郵的財主,一下子變成了省議員,這伙人我們惹不起。我們的靠山是軍隊,可眼下軍隊在哪裡?陳誠的政治部在哪裡?何應欽又在哪裡呢?」

「我們不是還有徐朝光嗎?他應該曉得哪裡能找到何應欽。」居上達問道。

崔錫麟答:「遠水解不了這近渴。況且,真要鬧到何應欽那裡,還不曉得是他說了算,還是陳立夫說了算吶。」

夏傳益聽罷也平靜下來。他說:「叔仙說得不錯,他們如果是陳果夫、陳立夫的人,軍隊恐怕也幫不了我們。事到如今,看來我們只能接受這個結果。」

　　大家都表示同意。他們走出來，再次面對吳垣。

　　夏傳益以平和的語氣，對吳垣說道：「吳特派員，我們的意見已經一致，立刻解散籌備處。但我們有個請求，請特派員考慮，就是我們四個籌備委員，早在北伐軍進城以前，就在高郵秘密活動，我們都十分渴望能為黨部工作。而且我們全都辭掉了原有的工作，專心做黨務。所以，我們希望能在新的黨部裡有一份責任，盡一份力量。」

　　吳垣露出笑容，說：「你們這樣想就對了。至於你們的要求，我看不是難事。黨部運行以後，除了正常的黨務，還要立刻進行清黨，任務很重，只怕是人手還不夠吶。你們把名單報上來，我考慮好後，再送到省黨部報批。我雖然還不能承諾任何事情，但你們放心，我最後會給諸位一個交代的。」

　　崔錫麟聽到要清黨，忙問：「省裡以前說過，要我們先建黨部後清黨。現在為何要先建特委會，提前清黨呢？再說了，小小的高郵真有共產黨嗎？」

　　吳垣呵呵一笑：「有！當然有！現在共產黨到處搞兵變，搞暴動，所以現在黨務的首要任務，就是抓共產黨。高郵從現在開始，也要抓，抓一個就會少一個，直到抓完為止，絕不能放走一個！」

　　聽到這話，夏傳益和崔錫麟都沒有心思再說下去了。夏傳益報名字，崔錫麟用筆墨，很快就把籌備處工作人員花名冊寫好，交給吳垣。

　　吳垣大功告成，不禁松了口氣，滿意而去。夏傳益和崔錫麟二人也急急忙忙趕往土壩口。

　　包惠僧次日天沒亮就走了。他帶著一家人離開高郵，乘船往上海去。夏傳益和崔錫麟堅持要到碼頭送別，他未肯。

　　船在薄霧中啟航，行到高郵城的最南端，西門寶塔映入他的眼簾。　也就在這時，他忽然看見兩個熟悉的身影，站在河岸邊，向著行駛中的客船揮動手臂。他只是深吸一口氣，轉過臉，再長長地呼出，未露聲色。

4 龍潭戰役

　　高郵縣黨部正式成立了。

155

　　崔錫麟他們這幫原來的籌備委員失去了軍隊的靠山，只能聽任擺布。新的黨部特別委員總共五人，除了一位原籌備委員夏傳益以外，另四人是黃仁言、欣樹聲兩個地主，女律師楊濮真，以及吳垣的妹夫夏慰卿。崔錫麟和居上達被指派為縣黨部特委會秘書。

　　和事先所想的不一樣，崔錫麟當然有失落感，可是沒兩天就忘了。他有更重要的事情要做，那就是要把省議員、高郵商會會長王鴻藻拉下馬。他在縣黨部提議後，大家也都支持，並委派他代表高郵縣黨部，前往南京市江蘇省政府，控告王鴻藻和另一個高郵的惡霸土豪盧安祖。

　　崔錫麟帶著準備好的舉報材料，還有縣黨部的介紹公函，乘車上南京，也就是三個小時左右就到了。他找到省政府，直接要求見省長。接待處的人對他說：「啊喲，小伙子！我們鈕省長剛上任，要忙的大事是一堆連一堆，他可沒空見你。」

　　崔錫麟問，那我的控告材料該往哪裡遞交？對方說他也不是很清楚，省府剛剛改組過，現在下轄七個廳，分別是民政、財政、教育、建設、農工、司法、軍事。你說你該去哪個廳？

　　崔錫麟想想說：「你能不能幫個忙？給我找張桌子，我想把材料謄寫七遍，然後，每個廳我都遞交一份，並要求面見省長。」對方看他夠倔，就幫他找了一個寫字檯和一張椅子。他坐下開始抄寫，抄了七份，趕在下班前，給七個廳各遞了一份材料，並說，我會在省府邊上找個小旅店住下，每天都到省府來一趟，直等到有消息的一天。

　　小店住下以後，崔錫麟不想白白浪費時間，於是來到國民政府，憑手中的介紹信進了秘書處，問能不能找到一個人。坐在靠門邊的人問：「你想找哪一位？」

　　崔錫麟答：「我想找的這位叫居正。」

　　「你說的是國民政府委員居正嗎？」

　　「是的，你知道他吧？」

　　「誰不知道啊！他在山東護法軍當總司令的時候，你知道誰是他的參謀長嗎？」

　　「誰？」

　　「就是我們的蔣總司令啊！不過，你這位年輕人，來找他這樣的大人物有什麼事呀？」

「哦！是這樣，他是我的入黨介紹人。我在高郵縣黨部工作，正好來南京辦事，想去拜訪他一下。」

中央黨部的人聽說他有這等來頭，就答應打個電話，幫他問問。片刻後，電話接通了，居正讓他三天後的上午十一點，在其辦公室見面。

過了三日，他準時抵達。居正見到他很高興，握手寒暄幾句之後，居正問崔錫麟來南京所為何事，崔錫麟便將告發王鴻藻的事情大概告之。居正聽完說：「叔仙，我最近很忙，今天上午開了半天會，下午還要趕到上海去辦事。可是知道你來了，又很想見一面，所以想你到附近飯館吃個午飯，我們邊吃邊聊。」

崔錫麟聽聞居正要請自己吃飯，慌忙說：「晚輩不敢造次，怎敢讓委員請吃飯？」

居正笑道：「哎！你不要講客套，我沒把你當外人，我們就吃個便飯，主要是談談你們當地的事情，我也好瞭解一下，在北伐軍新近光復的這些地方，黨務和政務都是什麼樣的狀況。走吧，走吧！不遠，就在街對面。」

崔錫麟鞠躬道謝：「恭敬不如從命，晚輩先謝過！」

「不用謝！走吧。」 居正說著就領著崔錫麟走出他的辦公室。

他們剛出門往右轉身，就聽後面有人喊居正：「哎！覺生兄，這是往哪裡去？」

他們一回頭，見有二人從過道的另一端走過來，也像是要往外走。

居正答：「哦！是你們兩位。這是我的故交崔叔仙。他從江北高郵縣過來看我，我們現在到對面吃午飯，你們也一起來吧？」居正介紹了崔錫麟，又介紹這兩位，他們中年紀長的叫吳敬恆，字稚暉；年輕一些的叫於伯循，字右任。

崔錫麟沒想到，眼前的二位便是赫赫有名的吳稚暉和於右任。連忙施禮，激動地說：「真是沒想到晚輩能如此幸運，今天能親眼見到兩位當代書聖。」

居正接過話說：「他們可不僅僅是書聖，他們還是新上任的監察委員。正好，你們二位也來聽聽關於他們縣黨部要彈劾本縣省議員

的案子。」

　　看來這兩位和居正很熟悉，他們沒有推辭，四人一道出了大門，過馬路，進入一個飯館，點菜點飯，一邊吃，一邊交談。居正這年五十二歲，吳稚暉年過六十，於右任也快到五十了。這三人身居高位，而且在國民黨內皆有很深的資歷，但他們都非常和氣，絲毫不擺架子，崔錫麟也就不再緊張，一五一十地回答三人提的問題。

　　關於王鴻藻的案子，吳稚暉說：「按規定，彈劾省議員，要報到中央來，我們會盡快辦。只要情況屬實，國民政府定會嚴懲不貸。」

　　四個人相談甚歡，聊過高郵的事情，接著聊書畫，直到居正不得不起身告辭，要去趕上海的火車，這才散去。臨別，於右任對崔錫麟說：「叔仙老弟，雖是初次見面，但我們很是投機。我呢，也是剛從陝西過來，臨時住在‘法國公館’，你若晚上沒什麼事，可以來找我，我們接著聊。」

　　崔錫麟高興地回答說好！

　　又過了八九天，江蘇省政府的人通知他，省長要見他。

　　當天下午，在省長辦公室，崔錫麟見到了江蘇省長鈕永建。

　　鈕省長問了崔錫麟的基本情況，然後說：「其實，我一早就聽說過你崔錫麟的大名。」見他疑惑，便解釋說：「是這樣，多年前，你們高郵縣罷免了當時縣署的兩位知事，你還記得吧？」

　　「記得，很久以前的事了。鈕省長是怎麼知道的？」

　　「那高郵的兩個知事雖被罷了官，但不久後就到松江府來重新做官。我就是松江人吶，我們後來有些來往。他們和我提過，當初他們在高郵受到當地土豪勢力的脅迫，做了些不好的事，雖是無奈，但引出了民怨。加之有個初出茅廬的學生，幫助收集整理證據，一直驚動了國民政府，將他們罷了官。後來他們說起當年的這件事，還是覺得有點冤，認為整理材料的那個洋學生，才氣橫溢，將各種書面材料準備得天衣無縫，以至於讓他們受罰太重。好在有人出來擔保，他們就又被重新啟用。不過，他們自始自終，並沒有說這個學生有什麼錯，佩服之心，倒是溢於言表。

　　這次，你來狀告王鴻藻，看到你遞交的材料上也提到當年的這件事，我就想起他們曾說過，那個學生好像就姓崔。我叫人翻了一下

檔案，一查還真是你。像上次一樣，這份檢舉材料寫得有理有據，很精彩。我們省府馬上就會進行調查，並報告給國民政府，最後一定會處理好這個案子，也一定會讓你們高郵縣黨部滿意。」

「謝謝省長！」

「謝倒是不用謝，我只是想問，你是怎麼認識吳稚暉的？」

崔錫麟聽到這話一愣。他趕忙解釋說：「鈕省長千萬別誤會。我前幾天去拜見我的入黨介紹人居正先生，正巧吳委員也在，他問過我來南京的由頭，我就講了我正在等省裡關於此案的批復。他當時並未多問，我也未多講，因錫麟實在知道，這種事理應逐級上報，不可擅自越級。如果我做錯了，請省長批評。」

鈕永建哈哈哈地笑起來，說：「你不要害怕，我沒那個意思。吳稚暉雖年長我五六歲，但我們是至交。當年我們一起從江陰南菁書院惹禍，一起退學，又一起轉入上海正經書院讀書。後來他去了歐洲，我去了日本，最後又都回到南京來。昨天我們在一起開會，說到關於王鴻藻的案子，他說他跟你在一起吃過一頓飯，對你特別賞識，說你會是個有作為的人。其實，我也很看好你，你還這麼年輕，好好乾，一定會有前途的。」

「謝謝省長鼓勵！」

鈕永建省長點點頭，停頓了一下，又接著對崔錫麟說：「接下來，我想把你的工作重新調整調整，行不行啊？」

「是！省長，我謹遵省長之令。」

「很好！你就不要回高郵了，直接去鎮江黨部報到，我要你去先當一個副科長。作這樣的決定，有兩個原因，第一，你作為高郵縣黨部原籌備委員，現在只擔任秘書一職，有點委屈你，而鎮江那邊正缺人手，你正好可以過去幫忙。說到你們高郵縣黨部，我還想告訴你的是，讓吳垣去高郵，我是同意了的。在黨內，我和吳稚暉一樣，是極其贊成清黨的。所以派吳垣過去，也是基於這個目的，希望你能想得通。」

「沒問題，想得通的。」

「想得通就更好。還有第二個原因，高郵你就是想回，暫時也回不去。」

「省長，這是為什麼？」

159

「我們北伐軍上個月在徐州作戰失利，孫傳芳的直魯聯軍向南反撲，他們不但佔領了高郵和揚州，而且已經過了江，佔領了龍潭，長江已經被他們全線封鎖。」

「我們高郵黨部還有縣府的人及時撤走了嗎？」崔錫麟不安地問。

「他們已經撤離，眼下肯定已經渡過長江。他們現在的具體位置，我就不清楚了。戰事緊急，前線很需要人，你盡快趕過去。等打完仗，你再去高郵接家眷。」

「是！我會按省長的指示辦。還想問一下省長，到鎮江以後，我的具體任務是什麼？」

「龍潭的戰鬥打得非常激烈，第一軍的指揮官劉峙，已經前往鎮江指揮作戰。你們鎮江黨部現在的首要任務，就是做好支援劉峙的工作。至於你們高郵黨部控告的王、盧二人，要等高郵再次光復以後，我會立即派人調查。我這麼說，你放心嗎？」

「當然放心，謝謝省長為我們高郵操心！」

「戰場上很危險，到了鎮江要注意安全。除此之外，你有什麼問題沒有？」

崔錫麟站起來說：「沒有問題，我現在就到火車站去，趕最早的火車去鎮江。」

「很好！去吧。」

崔錫麟坐夜車，次日早晨天沒亮就到了鎮江。鎮江黨部現在已經改成第一軍的軍部，十分忙碌。他向門口的衛兵打聽黨部的人，衛兵說他們現在和政治部的人在一起辦公。於是他找到政治部，一進去就碰到一個熟人，蘇北老鄉，政治部的夏主任。

夏主任見到他很奇怪，問：「這不是高郵的小崔嗎？你從哪裡來？你們的徐縣長昨天就到了。」

崔錫麟解釋道：「我去南京辦公務，結果長江封鎖了，回不了高郵，省裡就讓我到鎮江黨部來工作。」

夏主任接過他遞上的省府信函，看了一眼說：「既然你現在是這邊黨部的副科長了，正好有件事要你幫忙。你們認識的何軍長在蔣主席下野之前就去了南京。現在的軍長是劉峙，他要派人去前方傳達軍令，但前方情況不明，一路上需要有當地人陪著。黨部的人都派到其它地方了。你們徐縣長說他可以去，但他對這一帶也不熟悉，既然你來了，就一起去吧，防止他聽不懂本地人說話。他們馬上就要出發，我們快一點到軍部去找他們，應該來得及。」

崔錫麟隨即跟夏主任來到軍部，一進門就見到徐朝光。徐縣長本來就是第一軍的副官長，對這裡很熟，自打從高郵撤退到鎮江，他

就跑到老部隊來了。他隨即帶崔錫麟去見劉軍長。進了裡間，徐縣長對著一個坐在行軍床上的人舉手敬禮，說：「報告劉軍長，這位是蘇北高郵人崔叔仙，原來是我們縣黨部的秘書，現在是鎮江黨部副科長，我想讓他陪我們一起到龍潭方向去。請軍長批准。」

劉峙在來鎮江的路上因車禍受了傷，頭上纏的繃帶還在滲血，表情痛苦，但一刻沒有停止指揮這場戰事。聽到徐縣長的報告，他點頭說：「好！稍等一下，等朱參議搞到汽車，你們三個一起去。」

不大一會功夫，中校朱參議進來報告說汽車搞到了。

劉軍長對三人下達命令：「你們必須在今天天黑以前，找到第二師的徐庭瑤副師長，把軍部的密信交給他。以防不測，你們各自都要記住軍令的內容，就是命令第一軍的第五團、第六團和第四十一團，立即退出他們所佔領的陣地，退到鐵道線一帶，誘敵深入。三十號上午十點前完成對孫敵的包圍併發起總攻。」

三人領命出門，院子里停放著一輛轎車，不知朱參議從哪兒弄到的。他會開車，上車發動引擎，駛出大門，拐彎上了馬路。

朱參議一邊開車，一邊向崔錫麟介紹自己。他叫朱國梁，河南鄲城人，因為聽不大懂鎮江話，費了很大勁才找到這輛車。駛出市區以前，經由崔錫麟提醒，他們順路停在了一家小吃店門前，進去買了兩籠菜包子當早餐。

現如今，人們要想將包子或其它熟食帶出店家，自然會用到外賣餐盒和塑料提袋。這些包裝材料那時候還沒有，可當年自然有當年的辦法。南方盛產竹，專做竹製品的手藝人，能用篾刀，沿著竹子的縱向，將竹子劈成一條條細細的、柔柔的竹篾，再用來編制各種竹藝製品，故此，人們稱其為篾匠。他們的作品之一，是一種半球形篾筐，被當時的吃食店廣泛使用。

只見店家取一大號篾筐，墊上一大張曬乾的荷葉，放入包子，蓋好荷葉，遞過來，他們拿上，返身上車。

到了車跟前，朱參議遞給崔錫麟一把手槍，說是前面不知是什麼狀況，也許用得著。

崔錫麟小心接過來，說：「我沒有學過怎麼用手槍。」

徐縣長雖在高郵當縣長，但那是臨時的，所以他一直都穿著軍裝，扎著皮帶，挎著手槍。他對崔錫麟說：「這還不簡單，先上車，我教你。」說著他們上了車，接著往前開。徐縣長吃完一個包子，接過槍來，對崔錫麟演示說：「這種手槍叫擼子，裡面有七顆子彈。你看，握緊上面這個，用力往後拉，拉到頭再松開，子彈就上膛了。這個是保險，按下它，對準敵人扣扳機就行。如果敵人離得遠一點，就這樣從這個缺口看到這個准星再到目標，三點連一線，一槍就能撂倒

161

他。為了防止走火，平時這個保險要關上。」說完就把手槍遞還給崔錫麟。

崔錫麟連夜趕到鎮江，接著又匆忙出發前往龍潭，真沒來得及細想，前面等著自己的會是什麼。等他接過槍，方才意識到，他們正在走進生死攸關的戰場，往前的一路上，到處都可能藏著危險。他的心跳開始加快，思緒有些亂，甚至想到：「汪嘉玉只知道我去了南京，不會想到我竟跑到龍潭大戰的前線來了。我要是在這裡送了命，他們以後該怎麼辦？」

越是胡思亂想，心裡就越發慌亂。此刻天色漸亮，遠處隱約傳來一陣隆隆炮聲。他的額頭上不禁冒出了一層冷汗。第一次上戰場，不害怕是不可能的。

他回頭看看那兩個人，只見他們若無其事地吃著包子。他心想，這大概就是所謂身經百戰之人，對剛才的炮聲根本就充耳不聞。

「叔仙吶！你怎麼不吃啊？」徐朝光發現崔錫麟低著頭髮愣，就把包子遞給他。

他從荷葉中拿出了一個來咬了一口，也不知道是什麼滋味。

徐朝光似乎看出他的緊張，問他：「你是不是有點怕？」

他誠實回答：「有一點。倒不是怕死，只是沒見過戰場是個什麼樣，心裡沒底。」

徐朝光聽聞一笑，剛要說些安撫的話，就聽邊上開車的朱國梁說：「小崔，你不需要緊張，有我們吶！再說了，你看我們現在先向南開，到了鐵路南面，再轉向西面湯山的方向去。我們的部隊是沿著鐵路線往北面打，所以，我們應該是在自己人的後面。等過了湯山，應該就能見到第二師的徐庭瑤副師長，我們的任務就完成了。那裡離長江邊還遠著吶。我在軍部時，看了地圖，湯山到龍潭，隔著二三十里地吶。」

崔錫麟稍微放下心來，吃了三個包子。然後他拿出手槍，心裡默念剛學的幾個使用步驟，抬起槍，試著瞄准。

徐朝光教他：「平時握槍練習的時候，食指要伸直，貼著槍，不要碰扳機，真要開槍射擊了，再扣扳機。得養成這個好習慣，要不然，容易走火傷人。」

鎮江和龍潭的直線距離大約有八十多里。如果沿著長江，一路向西，一小時多一點就能到。可他們選擇繞道，要多用一個半小時。按計劃，他們應當在中午前抵達湯山，從湯山往北再開十多分鐘就能找到徐庭瑤。他們都以為，傳達命令以後，返回鎮江吃晚飯，不會有問題。但是，想著是沒問題，而實際上，問題還是來了。

路途行駛剛剛過半時，公路上有個不大的坑，他們的汽車在坑

里墩了一下，隨即便聽見車頭裡面「丁零當啷」響起一陣金屬碰撞的聲音，車又接著顛簸了兩下，趴下不動彈了。三個人都下車，打開引擎蓋，一陣白煙，裹著熱氣，騰空而起，驚得圍在車頭的三人，同時一個踉蹌朝後退去。

完了！完了！車徹底壞了。朱參議倒沒耽誤，幾乎未加思索，拍了拍車說：「現在只能把它扔在這兒了。我們往前走吧，要是能遇見人，問問到龍潭還有多遠。」

當年的公路上，本來車就少，加上前面兩軍正在激戰，他們也能估計到，想搭便車是毫無希望的。三人只能邁開大步，繼續朝西疾走。

過了前面不遠的一個轉彎口，見到有幾個農人正在田間勞作。徐朝光對崔錫麟說：「叔仙，你去問問看，到龍潭還有多少里路程。」

崔錫麟忙跑過去問話，問清楚了，這裡到龍潭鎮還有五十里。按照軍隊正常行軍的速度，他們至少還要步行四、五個小時。加上中途的幾次休息時間，這一算，留給他們的時間不多了，加快腳步吧！

正值夏日炎炎，剛才在汽車裡，開著車窗，吹著風，倒還不怎麼熱。這會兒就不一樣了，在火熱的日頭下面快步走，人可就受罪了，不大一會，他們都開始大汗淋漓。崔錫麟那年26週歲，朱參議剛過30，他們雖感吃力，但都能堅持。可徐朝光走了一個小時以後就跟不上趟了。他年齡較大，腿上還受過傷，漸漸就落在了後面。

見前面兩個人幾次停下腳步等他，他知道這樣一定會延誤軍情，因此他說：「朱參議，叔仙，你們在前面走吧，別等我了。盡快趕到前線完成任務。你們放心，我隨後就到。」

朱國梁覺得也有道理，這樣既能趕快把命令送達，也能讓徐朝光慢點走，多歇一歇。

於是，他們找到路邊的一棵大樹，讓徐朝光坐下休息，另外兩人繼續上路。

朱參議和崔錫麟二人，除了在路邊的小店裡吃了一碗麵條，算是稍微坐了坐，其餘時間都在一刻不停地趕路。

大約走了有三、四個小時，眼前來到了湯山鎮。

鎮內到處都是兵，一問，是第七軍的部隊。他們找到軍部，見到軍長夏威。夏軍長和朱參議本來相識，朱參議說明任務，要到前面找第一軍的人。

夏軍長說：「我們也是幾小時前接到上峰命令，從佔領的陣地撤出，準備明日合圍敵軍。只知道第一軍在我們東面布防，離這裡大

約還有十里路不到。沒見著他們有撤退的動向，應該是沒有接到軍令。事不宜遲，我可以派幾個人護送你們馬上過去。」

朱國梁說：「謝了，護送就不用了。反正從這裡就能聽到槍聲，哪裡槍聲最響，就往哪走，很容易找到的。」

說完，他們二人離開湯山，再順著槍聲朝東北方向走。

又走了一段時間，正當離那槍炮聲越來越近的時候，怪事卻發生了。

不知為何，前面的槍聲忽然零落下來，最後竟然完全停止了。沒上過戰場的人也許不知道，在這戰場之上，由四處寂靜帶來的恐懼，和槍炮聲大作比起來，是有過之而無不及的。

朱參議停下腳，從腰中抽出槍，頂上子彈。他告訴崔錫麟：「你跟在我後面，留心觀察，只要我的槍聲一響，你扭頭就往後頭跑，明白嗎？」

崔錫麟點了下頭，學著朱參議，掏出手槍，緊隨其後。

還是沒有任何動靜。也不知又走了多遠，他們來到一個岔路口。左邊是個小土山，右邊一片樹林。朱國梁停下，略一思索，決定到山頂上去仔細觀察。

他們到了山頂往前看去，遠處有一座奇怪的建築，它高高的，圓圓的，最頂上飄著一面旗。一看到那面旗，崔錫麟不由得心中一驚。雖然離得遠，但不難看出那是一面北洋政府的五色旗。敵人就在眼前。

崔錫麟馬上告訴朱國梁：「那裡應該就是江邊的中國水泥廠，我以前坐船經過這裡時見過。證明前面就是長江，我們好像已經走過頭，走到我們部隊的前頭了。」

朱國梁聽罷，馬上把崔錫麟拉趴下，說：「如果那裡就是水泥廠，這附近就一定有重兵把守，因為孫傳芳的指揮所就設在水泥廠。我們要退回去，再往東邊去找我們的部隊。記住，我們慢慢向後退，不要有聲響，防止驚動敵人。」

崔錫麟點頭會意，慢慢抬起身，準備往回走。

就在這時，就聽到一聲：「站住！幹什麼的？」

喊聲打西邊來，他們扭頭看去，百步之外有一隊敵軍，端著槍，向他們跑過來。

164

趴在地上的朱參議立刻舉槍射擊，同時大喊一聲：「崔叔仙，快跑呀！」

出於本能，崔錫麟拔腿就跑。也就跑了十來步，他突然站住了，因為他意識到，他差點忘了自己也有武器，是能夠戰鬥的。回頭再一看，朱國梁剛站起來轉身起跑，一顆子彈飛過來，正打在他小腿上，只見他一個跟頭栽倒在地。

敵人也站起來往前衝，朱參議回手幾槍，又把他們打趴下了。他一回頭，見崔錫麟並沒有跑遠，急得大叫：「你怎麼還在這裡？快跑呀！完成任務要緊啊！」

崔錫麟沒往後跑，反而跑回到朱國梁身邊，他此時此刻倒反是既不恐懼，也不慌張。他臥倒在地，看一看手中握的槍，上子彈，按保險，開火。等打光所有七發子彈，架起朱國梁就往山下跑。

不知這算不算是槍林彈雨，反正不少子彈從頭頂、身邊掠過。崔錫麟心裡很清楚，只要挨著一顆子彈，一切都將結束。他一邊往前跑，一邊從心裡冒出一個念頭：「我今天要是大難不死，保住一條小命，今後就一定要好好活。一定！」

神奇的事發生了，他們居然跑到山下，鑽進樹林，身後的槍聲也停止了。很顯然，追兵並未跟上來。他們放慢腳步，崔錫麟問朱參議：「子彈有沒有再打到你？」

「沒有，你呢？」朱國梁忍著傷痛，也問道。

「沒有。」崔錫麟答。

「那是怎麼回事？你的血都流到我的袖口裡去了。」

「啊？是嗎？我沒感覺到啊。」

「我們都停下來包扎一下吧。」

崔錫麟站住，扶著朱國梁靠著樹幹坐下，脫下自己的外衣，用腳踩著用力一拉，撕成兩片，用一片將朱參議的腿傷扎緊，再來看自己的右手，就見虎口的一塊皮被掀起來，血還在往外流。崔錫麟看著納悶，怎麼受的傷？為什麼傷到這裡？

朱參議輕輕一笑，說：「快包起來吧，沒事，我見過好些人，第一次用槍都會傷到自己的手。剛才你開槍的時候，手握得太高，槍一退殼就削去一層手皮。你一下把子彈全都打出去了，那手上不流血才怪。不過，你還是挺不簡單的，第一次上戰場，就有這麼大膽量。

怪不得徐朝光誇你不是凡人。也謝謝你幫我撿回一條命！」

「不用謝！你我今天運氣好罷了。」

話音未落，又聽聞身邊一聲大喝：「別動！幹什麼的？」

沒等他們反應過來，樹林後閃出一隊軍人，將他們圍住，黑洞洞的一圈槍口，指向他們。

我這一代的人，對於 1927 年夏季在江蘇省句容縣龍潭鎮發生的這場戰役已經不熟悉了。這不奇怪，畢竟過了這麼多年，太多歷史事件都已經被深埋在歷史的長河之中。

龍潭之戰實為民國時期最為重要的歷史事件之一，也是整個北伐戰爭中規模最大、最為慘烈、最具決勝意義的一次大戰。孫傳芳孤注一擲，親自率領五省聯軍，渡江南下，曾一度佔領棲霞山麓，直逼南京城下。北伐軍在付出巨大傷亡後，終於取得了完全的勝利。這場混戰徹底摧毀了五省聯軍，也奠定了南京國民政府的統治基礎。與此同時，也造就了一批國軍的名將，如何應欽、李宗仁、白崇禧、胡宗南、劉峙等人。而我祖父的好友、後來的第六兵團司令長官、京滬杭警備司令部副司令李延年，就是當時率先攻入龍潭的第二師第五團的團長。他和我祖父第一次見面，就是在龍潭前線。

1927 年 8 月，因為國民黨寧漢分裂之政爭，蔣介石下野，加上共產黨的南昌起義，以致北伐軍軍心不穩，使得孫傳芳的部隊步步進逼。大敵當前，國民政府軍事委員會下達命令，將在長江以北作戰的北伐軍全部撤到長江南岸，據險固守。8 月 25 號夜，孫傳芳大軍突然渡江，向守軍陣地猛攻，龍潭等地失守。當時李延年的第五團尚在常州，半夜裡，第一軍軍部的參議何競武從無錫趕來，送來白崇禧的命令，李延年立即率部出發增援龍潭。

第五團沿著鐵道前進，於 27 號打到龍潭火車站，激戰兩小時後，收復龍潭，將孫軍趕往江邊。這時，第一軍的其它部隊陸續在東線擊潰孫軍，第七軍在西線業已將孫軍趕到棲霞山頂，其中一部已經打到龍潭附近的一座小山上，和第一軍遙相呼應。

29 號下午，李延年派出的偵察兵回來報告，說西面陣地上看起來是空的，第七軍的人好像撤走了。李延年一聽，心想這太奇怪了，我們正等著命令全線出擊，把敵人趕下江去，怎麼友軍反而撤走了呢？於是找來一個營副，要他帶著一個排的人，摸到那個小土山上看

看究竟。

這副營長走到樹林中時，排頭尖兵轉回來報告，說前面發現兩個人，坐在地上，一個穿軍裝，一個沒穿。他說兩個人好辦，先把他們圍起來再說。於是他們悄悄行動，突然衝出來，大喊一聲：「別動！幹什麼的？把手舉起來！」

崔錫麟和朱國梁也不含糊，立刻舉起手。心裡都在說：「剛才還說今天運氣好，這下完了！」

「哎！這不是朱參議嗎？你怎麼在這裡？」副營長認識朱國梁。

朱國梁並不認識他。問：「你們是哪部分的？」

「第一軍第五團的。你們怎麼啦？在哪裡受的傷？」

他們把舉著的手放了下來。朱參議說：「我們就是來找你們的。在前面的小山上遭遇敵軍，好在跑得快，把他們甩掉了。你們這是去哪裡？」

「我們就是要到那土山上去。我們李團長命令我們過去看看，如果第七軍的陣地上沒人，就叫我們守在那裡。」

朱參議說：「先別去了。你帶我們去見你們團長，我們帶來了劉軍長的命令，非常緊急。」

「那好，跟我來！」

他們走出樹林的另一邊，在一座小山後，見到了李延年。得知徐副師長在炮擊中受傷，已經運下去了。這裡是李延年負責聯絡第六團和第四十一團，正在等待進攻命令。朱參議傳達軍部命令，暫停進攻，所有第一軍的部隊，退出所佔領的陣地，誘敵深入，待明天一早，和其它的北伐軍部隊一起，包圍敵人，發動總攻。

任務完成了。部隊行動之前，朱參議被擔架抬走了。走前，他對李延年說：「這位是鎮江黨部的副科長，叫崔叔仙，請你照料好他。若不是有他在，我們就會誤大事了。」

李團長說：「放心吧！他就留在我們團部，等打完仗，我們會送他回鎮江的。」回頭一看崔錫麟的手，問：「你也傷到手了嗎？要緊不要緊？」

崔錫麟有點尷尬，忙說：「不礙事，不礙事，破了一點皮而已。」

5 崔錫麟一赴上海

孫傳芳最終徹底失敗了。他在 9 月 1 日渡江逃跑，北伐軍於 9 月 2 日重新佔領揚州。緊接著，高郵也被再次收復。

崔錫麟隨第五團回到高郵。他馬上去見父母報平安，然後回到草巷口家中。汪嘉玉和兩個女兒見到他回家，高興得不得了。兒子開元正在堂屋地上的竹匾里爬來爬去，近一個月沒見到的這個小寶貝，又長大了不少。

崔錫麟對妻子講了最近的經歷，把汪嘉玉嚇得不輕，上去給崔錫麟屁股上一巴掌，說道：「哎喲！你的膽子怎麼這麼大。要死了！下次不准這麼瞎來了！聽到嗟？」

崔錫麟只顧得笑，汪嘉玉見他憨笑不止，又說：「別笑了！快去‘海天池’洗把澡，晚上給你做好吃的。」

崔錫麟搖搖手說：「不要忙了，今晚不在家吃。我要在五柳園請李延年他們吃晚飯。」

汪嘉玉：「你怎麼就這麼不安穩！剛回···。」

崔錫麟打斷她：「我曉得，我曉得，就今天晚上一頓飯嘛，以後天天陪你吃。你還要跟我一起到鎮江去吃，多好！」

「好什麼呀！也是我命中注定，整天為你操心。」說著，她準備好他的換洗衣物，打發他去洗澡。

當晚，他在五柳園擺了一桌酒菜，招待李延年和他團部的幾個人。徐朝光也來了，他在第五團退出陣地的那一晚，也趕到龍潭。不過他沒有隨軍過江，而是繞道南京，停留了兩天才回高郵。

上校團長李延年，其實還是個二十出頭的大小伙子，比崔錫麟還小上三、四歲。他是山東人，生得是白白淨淨、文質彬彬，鼻子上架著一副金絲眼鏡，看上去活脫一副學生模樣。可他卻實在是黃埔一期步兵科出生，隨蔣介石東徵時便已嶄露頭角，乃北伐軍中的先鋒猛將。同時，他也是一員儒將，好詩文書畫。因此，他雖與崔錫麟相識不久，但聊得投機，互為欽佩，真的是相見恨晚。到了高郵，崔錫麟設宴以盡地主之誼，他欣然接受。

軍務在身，且次日即將開拔，按軍隊的紀律規定，所有官兵不

得飲酒。所以崔錫麟準備了茶水，點了一些高郵的知名菜餚，像是咸鴨蛋，蒲包肉，冷盤鴨，炒軟兜，炒黑魚片等。團部的人好些天沒好好吃飯了，這頓飯吃得就格外的香。

李團長吃飽後放下筷子，看著崔錫麟說：「叔仙兄，延年這裡有一事相問。」

崔錫麟也放下了筷子：「李團長請講。」

「我與叔仙兄相遇不過數日，但看得出，你是個既有才華，又有膽識的人。那天總攻之前，敵人的炮彈在團部周圍四處開花，我注意到你一點都沒有驚慌失措，怎麼樣？乾脆跟著我們一起繼續往北，我們團部就缺你這樣的文人。而且，前面就快到我的老家了，到時候，我請你吃魯菜。好不好？」

崔錫麟沒想到他會有這個提議，但是聽起來很有吸引力。 北伐軍如日中天，所向披靡，加入其中，是個很好的選擇。正在思索，那邊徐朝光搶先開口道：「哎！李團長，不要怪我阻攔你，我這裡也有個建議，就是請他崔叔仙還是在高郵再待一段時間。」

李延年覺得不理解，問徐朝光：「叔仙在高郵縣黨部連個委員都不是，他好歹到鎮江黨部還能掛個副科長的官銜。他若到我的部隊來，我請上峰授他一個秘書職位，至少也是個上尉軍官。水才往低處流，縣長何故強留崔叔仙於此？不錯，高郵是個人傑地靈的好地方，可是要有大發展，必須天高鳥飛，水闊魚躍。天地大了，機會才多。再說像崔兄這樣的人，才大心就大，你們高郵又能留他到幾時？他一定會遠走高飛的。」

徐朝光連忙解釋：「李團長說的沒有錯，我當然也會考慮他的前途。可是情況是這樣的，幾個月以前，我跟第一軍打到高郵，當時的何軍長命令我留下來，暫時當這個縣長，主要是為了能給他們黨部籌備處撐個腰。也因為我舊傷復發，何軍長讓我在高郵歇一歇，養養精神。那時候就說好了，等省裡任命的新縣長一到，我還回部隊去。沒想到吳垣一到高郵，仗著葉秀峰的勢力，不但排擠了原來籌備處的人，也沒把我這個丘八縣長放在眼裡。我前天去省府找鈕省長，要求回老部隊，鈕省長和何應欽商量後，決定調我到上海警備司令部去。高郵下一任的縣長，還是從第一軍派來，是個文化人，他就是政治部的秘書董光學。你們都知道，我一個帶兵打仗的老粗，不像你們喝過

墨水。眼看新舊縣長的交接工作就要開始，我想讓叔仙留下幫一幫
我。時間不會太長，也就是小半年吧。何應欽和鈕永建兩個人都同意
這麼辦，省裡面委任的狀子，我都拿到了，讓叔仙擔任縣府文牘員。
這只是個臨時的差事，他們讓我離開高郵時，把叔仙一起帶到上海，
到時候由警備司令部再行委任。讓叔仙到上海去，當然是想栽培他，
不會虧待他的。」

李延年有些失望地說：「唉！沒想到還有這麼一說。既然如
此，我便不好再多嘴，叔仙兄，你自己拿個主意吧。」

「先要多謝李團長抬愛！」崔錫麟拱手道：「如果徐縣長確有
此美意，省長和何軍長也有這個意思，我當然無條件遵從。其實這裡
的現狀，大家慢慢就看明白了，只要不是葉秀峰線上的人，想在高郵
有所發展，似乎不是件容易的事。就連當了黨部委員的夏傳益，也早
就心生去意。這些，徐縣長你是知道的。」

「這些我當然知道，要不我也不會想出這個主意來。叔仙啊！
你放心，別的優點不敢說，說話算話我還能做得到。不管怎樣，半年
以後，我去哪裡，就帶你到哪裡，絕不食言！」

崔錫麟說：「那我就放心了！至於和李團長，有句話叫山不轉
水轉。你們明天就要離開高郵，但不定哪天，你我又能聚首。」

李延年說：「好！真心希望還能再見到你。」

後來，在漢口、重慶、上海和鎮江等地，他們兩人又多次相
遇，頗有交情。

次日，送走了第五團的隊伍，崔錫麟便到縣府報道，正式成為
政府委任的行政官員。

十幾天後，縣府接到省府來的電報：「命，立即逮捕劣紳王鴻
藻。」徐朝光讓崔錫麟親自帶隊去抓人。崔錫麟馬上就帶著幾個政
警，直撲焦家巷。誰曾想功虧一簣，他們還是撲了個空。原來，當時
省府和各縣之間的電報往來尚未使用密碼本，都是明碼去，明碼回。
而電報局里收電報的人，恰恰也是王鴻藻的親信，他一見此電文，飛
奔至王家報信，然後才送電報至縣府。所以在崔錫麟等趕到焦家巷之
前，王鴻藻以最快速度，逃出了高郵，此後一直藏匿於上海租界之
內。

抗戰時期，日軍佔領高郵後，他又回鄉並投靠了日本人，又一

次在高郵橫行霸道，作威作福。

抗戰勝利後，崔錫麟回鄉，和汪菊生閒談中提到王鴻藻，引出下面的一段對話：

汪：「你可能還不知道，王鴻藻死了。是在新四軍打下高郵以後，把他抓住給槍斃了。」

崔：「這我倒沒料到，他會受到如此的嚴刑峻法。不過，藏在我心中多年的一樁心事，也算是有了一個了結。算是個好消息。」

汪：「還有一件事，可能是個壞消息。」

崔：「哦？還有什麼事？」

汪：「和他一起被逮捕的人裡頭，還有你的老師鐵橋和尚。他也被判了個死刑，斃了。」

崔：「這是什麼時候的事？為什麼？」

汪：「就去年的事。說來說去，還是他的個性害了他。你想想，他一直就是想怎麼來，就怎麼來，哪管得了三七二十一。日本人佔了高郵以後，他們的司令官叫林田，看他才高八斗，就喜歡到善因寺去找他，沒得多久，兩個人成了好朋友。那幾年在高郵，經常看到他跟日本人一起進進出出，日本人還讓他做了佛教協會的會長。新四軍一到，就抓了他們幾個大漢奸，審查了一陣子，說是鐵橋和尚賣國求榮，做了日本特務，所以才會殺他。當時，不是沒得人替他求情，但又有何用呢？還是被···。」

崔：「這更是出乎意料。他怎麼會這般糊塗呢？再怎麼說，日本人這條線不能碰。」

汪：「他不糊塗！他什麼時候糊塗過？他就是太過聰明，反被聰明誤己身。只可惜他空有滿腹才華，卻救不了自家性命，實在令人扼腕吶！」

崔：「這麼一想，人有才華未見得都是好事。若他平庸一世，說不定就能得以善終。」

說這番話的時候，崔錫麟心中多少有點自命不凡。比起鐵橋，自己可不會那樣糊塗，政治太凶險，能避則避，官場看風向，求明求清，方能長袖善舞，多錢善賈也。

豈不知，他以為他是站在岸邊，幾年之後卻發現，自身已然落入河中。

　　提前說起這些後話，是為了讓這個故事中的幾個人物有個最終的交代。讓我們把話頭拉回來，接著朝下講。

　　王鴻藻跑掉之後，又過了幾個月，交接工作完成。徐朝光辭了縣長職務，帶著崔錫麟去了上海。

　　他們按地址來到上海的龍華鎮。找到門牌號一看，這裡並沒有上海警備司令部的牌子。原來的上海警備司令部剛剛撤銷，在其原址之上，取而代之的上海最高軍事首腦機關，叫作淞滬衛戍司令部。司令長官白崇禧準備率軍西徵，所以司令部的事情便交予三十七師師長熊式輝辦理。

　　熊師長見了徐朝光和崔錫麟，表示司令部新近成立，正需要人手，當然歡迎他們調進來。只是眼下頭緒太多，正式任命可能還要再等上幾天，讓他們就在這裡先住下，也可以在上海玩一玩。等任命一到，立刻走馬上任。

　　徐朝光在上海待不住。半年前，何應欽要把他們兩人安排在上海，是和白崇禧打過招呼的。現在變成熊式輝當家，會不會生變？也沒法當著熊師長的面明著問。所以他決定再次到南京去，找何總參謀長瞭解情況。而崔錫麟則留在上海等消息，他也想利用這個空擋，去探訪包惠僧夫婦。

　　他的到訪，包惠僧和夏松雲都很高興，做了不少好吃的款待他。

　　他發現，這兩個人情緒都很好，不像去年見他們時那般的低落。這時，包惠僧在上海創辦了一份雜誌，叫《現代中國》，同時也為其它報社撰稿賣文。「不像是大富大貴，可住的房子很大，夫妻間也很和睦。」這是我爺爺的原話，他如此說，基於兩點，第一，他真心希望包惠僧能保持這樣的生活，而不是像他後來，再次攬到國共兩黨的政治中去，導致他的後半生，陷入了一種左右皆為難的尷尬境地。第二，他明明親眼看到包惠僧與夏松雲感情很好，怎料三年後，夫妻二人竟然勞燕分飛，一拍兩散。這是一件他從來都弄不明白，又深感惋惜的事。不管怎麼說，這次會面，包惠僧再一次影響了崔錫麟的命運。

　　那天用完餐後，他們仍坐在一處喝茶。這時，包惠僧很慎重地對崔錫麟說：「你能來淞滬衛戍司令部謀個職位，我們便可常來常

往。不過・・・。」

　　他停頓片時，接著說：「以我對上海的瞭解，你的才華在短期內可能無法發揮，我甚至擔心你小老弟會被埋沒。為什麼這樣說呢？因為我新近發現，要在當今上海闖出一片天地，有三種人最適合。一是軍隊帶兵之人，二是財力雄厚的商人，第三種人最為屬害，就是青紅幫。今日之上海，幫派的人可謂各界通吃。反之，如若你沒有他們撐腰，不管做什麼事情都會變得更加困難。所以崔老弟，我建議你在這方面多加留意，好好想一想，來上海淞滬衛戍司令部做個下層軍官，整天只做些雜事，那樣反倒有可能耽誤你的大好時光。說不定，還不比留在高郵縣府裡的機會多。其實我對上海軍界，尤其對桂軍瞭解不多，你自己要多考慮、多比較，然後再決定，免得走彎路。」

　　崔錫麟意識到，這句話實際上是在暗示，他這次來上海發展的時機可能並不成熟，需要仔細斟酌。他明白，包惠僧的話很可能是對的，因為他對上海的情況並不十分瞭解，之所以來到這裡，還是因為在高郵縣黨部遭受冷遇，希望能夠盡快跳出這種局面。現在看來，他似乎有點倉促行事了。但既然已經來了，難道要退回去嗎？好像也不太對。

　　想了好幾天，他心中還是沒有明確的上好對策。正在這時，徐朝光從南京返滬，他到南京的前一天，何應欽和白崇禧一起去了徐州，因此他此行並沒有見到何應欽。又過了兩天，淞滬衛戍司令部把他們的職位已經安排好，任命崔錫麟為中尉參謀。徐朝光認為中尉低了一些，問崔錫麟是否樂意接受。崔錫麟希望給他一天的時間考慮，為的是和包大哥再商量一下。其實在他心裡，他是趨向於接受這個任命的，假如他告訴包惠僧自己願意做個中尉軍官，包惠僧想必也會支持他的這個決定。

　　無巧不成書！

　　就在他要去見包惠僧的那天傍晚，還沒出門，就收到一份電報。電報來自高郵，發電報的人熊佩珩是崔錫麟的連襟，也就是汪嘉玉的姐姐汪嘉珍的丈夫。熊佩珩畢業於浙江大學，當時在高郵中學教書。他的電報很簡單，但及時的不能再及時了。電文大意是說：「新任董縣長乃大學同學，告知省府即將舉辦訓政所，培養縣長人才，望速回郵備考。機不可失，切切。」

　　崔錫麟收到電報後，便前往包宅請教意見。包惠僧指出電報過於簡略，建議他直接去省政府與省長面談，瞭解情況後再做決定。同時，包惠僧還表示，如果情況屬實，訓政所將是一個不錯的機會，比在上海做個中尉軍官要好得多。

　　崔錫麟覺得這個建議非常有道理，於是第二天就前往鎮江。當時，江蘇省府剛從南京遷到鎮江來。

6 江蘇訓政所

　　鈕永建省長還是非常忙，但聽說崔錫麟來了，還是抽了個空檔見他。

　　問清來意以後，他說：「抱歉啊叔仙！我現在要去開會，你明天去秘書處的議事科，找丘譽科長，我會讓他幫你解決所有問題。」

　　「那多謝省長！你看我明天一早就去找丘科長，行嗎？」

　　「行！我也喜歡雷厲風行，我今天就和他打好招呼。丘科長是廣東高等師範畢業的，這次他負責招生，有什麼不懂的，你就問他好了。」

　　次日，見到丘譽，他對崔錫麟說：「哦，你就是崔叔仙吶！聽說了你在龍潭前線的事。鈕省長對你的事很重視，叫我盡量幫助你。你的問題不難解決，省裡已經向各個縣里發了文件，這次省裡要辦的訓政所，全稱是江蘇省訓政人員養成所，學制一年，考試和辦學都在南京。凡是在國內外的大學已畢業，且在政府擔任委任官滿兩年以上者，都可以報名參加考試。不過，考試可不容易，這就是為何要求考生一定要有大學文憑的原因。應試科目包含了數學、歷史、地理、外語、政治學、經濟學、人文地理、法學通論、刑法概論、和民法概論等等，總共二十一門，都是各高等學校社會學的科目。三個月後開考，只取前九十二名。順利畢業的人，將到省內各縣擔任縣長職務。這便是關於這次考試章程的大致內容。不知你是否符合考生的條件。」

　　崔錫麟聽了，心裡快涼透了。自己既不是大學畢業，也沒有做滿兩年委任官的經歷。但是，既然已經走到這一步，絕不能輕言放棄。

　　「實話實說，丘科長，因為家境貧寒，我中學畢業之後，沒有機會去讀大學。雖然我加入國民黨好幾年了，但我們高郵縣27年才光復，之後又因為一些其它原因，我一直到龍潭戰役的時候，才開始做委任官。這些原因都屬無奈，不是因為我不夠努力。相反，我一直竭

174

盡所能為黨和國家盡力。所以，只要還有一線希望，我都要爭取參加這次考試，請省政府給我一次機會。如果我不能通過考試，那就說明我真的不夠資格。我要是能考上，我保證最後結業的時候，我的成績會在前十名以內，否則隨便省府怎麼處置，我絕無怨言。請丘科長考慮我的請求！」崔錫麟嘗試著做出最後的努力。

丘譽也不作態度，只說此事須得研究研究，才能答復他。

第二天，崔錫麟過來聽信，心中沒抱太大希望。

丘譽一見他，馬上說：「哎！崔叔仙，正要找你。你的事情，我問了省長的意見，他說根據你的表現，這次可以為你破例一次。如果你能回高郵讓你們縣長寫一個證明，證明你已經實際為黨國工作滿兩年的話，就讓你參加考試。只要你的考試成績在92名以內，我們就錄取。」

「那就太好了！謝謝丘科長！謝謝鈕省長！」崔錫麟喜出望外。

「你先別忙謝我們，還是仔細想想你自己的事。這可不是說說而已，那是硬碰硬的考試。報名的人不會少，如果你考不進前92名，還是不能被錄取。儘管省長賞識你，但這件事必須公事公辦，你明白嗎？」

「我明白！我明白！能讓我參加考試，我就已經是感謝不盡了。」崔錫麟心裡真的是很感激。

「簡章上列出的這些科目，你學過沒有？」丘譽不無擔憂地問。

「我仔細看過，除了中國歷史、世界近代史、還有英文我在中學學過，其它的都沒有。」他老老實實地回答。

「啊？這怎麼行呢！要在三個月的時間里學完這麼多課程，是完全不可能的事情。而且你還要和那麼多大學生一起競爭，是不是太難了一點啊？」丘譽沒有那麼看好此事。

「確實很難！老實說，我也不能保證自己就一定能考上。但既然省裡給了我這麼好的一個機會，我就一定會拼盡全力去學習。也希望我能夠考上，才不會辜負了省長和丘科長對我的照顧和幫助。」

「那行，你就抓緊時間復習。你可以到中央大學圖使館，按照簡章上的書單找到所有教材，考試範圍不會超出這二十一本書。留給你的時間不多，你肯定是要吃些辛苦啦！」

「請丘科長放心，我不怕吃苦。只是，如果我在學習的時候，遇到問題弄不通，可以過來向丘科長請教嗎？」

「當然可以！有問題，我們共同探討。隨時可以來找我。」

「謝謝！謝謝丘科長！」崔錫麟從省府出來，馬上返回上海淞

滬衛戍司令部。把鎮江的情況一五一十說於徐朝光聽了。他們一致認
為，參加考試更重要，一年以後就能當縣長，當然更有前途。於是他
們立刻和衛戍司令部商量這件事。因為崔錫麟尚未正式入職，衛戍司
令部立即批准了崔錫麟的請求，撤銷了淞滬衛戍司令部對他的任命。

　　崔錫麟馬不停蹄，立即回高郵，知會汪嘉玉，然後略作安頓、
收拾，便來到南京。

　　他在聚賢樓旅店住下。

　　之所以選擇在聚賢樓落腳，是因為它坐落在南京夫子廟的狀元
境，這裡因宋朝的兩代狀元秦熺及其子秦塤曾經住過而得名。他希望
討個好彩頭。

　　到中央大學圖書館走了一遭，書買齊了，扛到旅店。

　　二十一本書，擺在地板上，快和桌子一般高了。他算了一下，
總共有九十天的時間學習二十一本書，平均給每本書的時間，小於 4.3
天。其中難的要用時長一點，略容易的則短些。別的有可能不清楚，
有一件事情很明瞭，那就是這些書裡面的每一本，都夠他啃的。困難
好像超出了想象。

　　崔哥最近一次和姐姐在「微信」上聊天時，談到爺爺最大的優
點到底是什麼。姐說，那應該是他持續不間斷的勤奮和超常的進取
心。

　　我同意。

　　他的智商和情商固然高於常人，可他一生的努力程度也非一般
人可比。究其成因，或許來自於他的一個特質——永遠都不願意做一
個平凡的人。

　　聚賢樓里，就是個佐證。

　　即使祖父老了以後，每次提到那段日子，我仍能感受到他話語
中的自豪。

　　「那一年我住在聚賢樓里，身邊沒有其他人，只有我一個。我
把自己關在房間里，沒日沒夜地看書，每天最多只睡三四個小時，有
時候甚至通宵達旦。就像學微積分的那段時間，我整整三天都沒有閉
眼。也沒有時間做飯，就買了一大堆山芋堆在牆角，餓了就煮來吃。
整整三個月，山芋是我的唯一的食物，其它的什麼都沒有吃過。

　　最後報名參加考試的人，有一千多，但是招收名額只有九十二
個。要說多大的把握，我根本就沒有，我只是盡人事，聽天命罷了。
改天放榜了，我還考中了，考過關的九十二個人里，我名列第八十四
位。我以前上學的時候，考試不是第一就是第二，可這個第八十四
名，卻是我最高興的成績。當時的感覺，就好像有個‘天梯’立在面

前，我馬上開始做美夢，縣長美夢，各種向上爬的美夢，一直做到大夢醒過來的時候。」

他當縣長的夢並沒有立刻實現，所以才這樣說。

南京市復成橋的西首曾經設有一所蠶桑學校，後來停辦了。江蘇省訓政人員養成所就設在這裡，分為民政、財政、教育、建設等八個組。崔錫麟在財政組接受了一年的強化訓練，以小組第一名的成績順利畢業。

然而，當大家都興高采烈地等待著到各地成為縣長的時候，傳來了一個出乎意料的壞消息。需要強調的是，我祖父前半生的運氣不算差，但也不總是一帆風順，不幸的事情也曾經遇到過，只不過都被他奇跡般地化解了。

原來，省長鈕永建不僅辦了訓政人員養成所，屬於「文戲」，還辦了水陸教導團，屬於「武戲」。這兩個「戲碼」同時上演。此外，他在龍潭戰役前後，和桂系李宗仁、白崇禧的關係愈加緊密，這些都引起了最高層的警覺，有下屬打小報告稱鈕永建心存政治野心，正在江蘇培養自己的文武力量，意欲與中央政府對抗。

這件事引起了不小的動靜，最終鈕永建被撤職。訓政人員養成所的畢業生似乎成了鈕永建的餘黨，只是沒有人公開這麼說而已。而被鈕永建「培養」的這批人，自然需要安置，總不能一直留在南京。

過了數日，省民政廳長廖斌過來對學員訓話：「現在外面有些謠傳，說我們的鈕省長被撤了，我告訴你們，沒有那回事。他在江蘇的這幾年，時刻為我們奔波勞碌，尤其在本省治安、財政、教育、以及清黨各方面都是成績斐然，大家有目共睹嘛！但是他年事已高，已經六十多了，中央決定調他到行政院內政部去工作，是出於照顧他身體健康的目的，大家不要誤解。

在座的各位都是不可多得的人才，但你們畢竟年輕，缺乏政治經驗，所以，省政府決定將你們先派往各縣擔任科長，歷練一段時間，為承擔更重要的職責做準備。現在，我宣讀各位學員的委任。

‧‧‧

崔錫麟，江蘇省東海縣政府第一科科長。

‧‧‧」

第07章 三房一子 崔開元成長歲月

1 一家四口

《創世紀》2章24節說:「人要離開父母與妻子連合,二人成為一體。」 用現代社會學的說法,就是人一旦娶妻生子,建立起自己的家庭,這個家庭的存在和行動都將獨立於父母的家庭,同時其認知、態度、行為均實現自主。說穿了就是你自己的小家和以前父母的那個家分開了。即便是仍和父母一起生活,自己的小家才是嚴格意義上你家的概念,和爸媽的家有了區別。

話是這麼說沒錯,可那個被當今的人稱之為「原生態家庭」的那個「老家」,或者說是「以前的家」,在我們的身體和心中都留下了深深的印記,不可磨滅,致死方休。人間世代更迭,莫非如是。

崔哥「以前的家」有四口人。爸、媽、姐、我。姐姐7歲從太原回到家中,到我18歲離開高郵,我們一家四口完整地在一起生活,朝夕相處了將近15年。

我小時候,不知道有多少次,聽別的大人們講起我父母生了一男一女,他們總會說:「真好!不多不少。」的確,打撲克正好;打麻將正好;吃飯時每人各佔方桌一邊正好。

一切都正正正正好!

但非常遺憾,天底下沒有不散的宴席。

第一個離開的人是我。

先是我去揚州上學,並決定留在揚州,儘管爸媽頗有微詞。然後是姐姐出嫁,再後有我遠渡重洋,又有我回家奔喪。

父親逝世於1995年底。辦完喪事,母親告訴我,爸爸像爺爺一樣,也留下了自傳,寫了兩本,問我要不要看。

毫不猶豫,不看!

2007年,母親也去了天堂。姐姐說,媽和爸一樣,也留下了自傳,問我看不看。如果要看,可以把爺爺、爸爸、媽媽的自傳都帶走。你是崔家的男丁,理應交給你才對。

毫不猶豫,不要!

姐說為什麼呀？我都看啦，全都寫得非常好，你怎麼就不想看呢？

默然，無言以對，心情太複雜！

我曾經問過自己，為什麼會有這樣嚴重的抗拒和不安的感覺？十多年了，我一直沒有找到答案。直到我自己也老了，才似乎明白了其中的一部分原因。

應該是恐懼。

在我心理最底層，埋藏著一種深深的恐懼。怕啥？我想是怕在這些文字裡，突然看見一個和我畢生所認識的不一樣的人。換做是別者，那無所謂，跟我關係不太大。可他們不同，他們都是我的親人，血脈相連的親人，留給我固定、完整、清晰印像的親人。我怕我讀著讀著，忽然發現他們變得有些模糊，甚至有些陌生，那我該如何承受呢？

當我認清了這一點，便馬上開始自責。我實在是過於自私，自私到不管我的家人全部、真實的生命如何，我只願意接受他們的一部分，那個屬於我感知到的，幾乎沒有瑕疵，美好無比的一部分。潛意識中，我一直在心裡堅守著這份美好，摻不得半點雜質，任何不同因素的出現，只要足以造成哪怕是絲毫的改變，都令我害怕。

事情一旦想清楚，剩下的也就是心理障礙這個環節了。成功突破的唯一方法，就是勇敢地打開這些文字，讀下去。

一旦開讀，心結馬上解開。我讀的不僅僅是記憶里的至親，還是一個經歷過從降生到離世的完整生命。卻原來，我不是他們的全部，正如他們也不是我的全部一樣。對於這一點，儘管想得通，可坦白地說出來，實在叫人傷心。淚水打胸口湧出眼眶，根本沒法克制。

不好意思！我怎麼了？從理性分析，我的親人並不特別啊，都是人，普普通通的人。有這麼難理解嗎！

為了證明我能勝過自己，從今天開始，我將父親寫的自傳，摘錄部分於此。

不知是否屬於巧合，就在這一刻，我和我父親開始寫自傳的那一年，正好同歲。

這或許是另一個原因，上蒼讓我等待了這麼久，等我的理解力剛好和父親同步時，心意方才改變。

2 父親自傳 1

（始寫於 1988 年 3 月 9 日）

寫自傳應該是大人物、名人的事，照說我不夠資格。

哦，對了，我也寫過自傳，那是部隊在 51 年的鎮反和 54 年的肅反運動中，我作為被審查的對象，一遍又一遍地寫。而每一次都被認為「不老實」，要重新「徹底交代」。最後寫成的「自傳」，已經不是我的自傳了，父親佔一半我佔一半。那時我對自己深挖狠批，添油加醋，以致好像從哈哈鏡裡看到的，不像我，又是我，一個被扭曲了的我，渾身塗黑了的我。

也許是為了還我本來真面目，我有了寫自傳的念頭。

也許是為了把一個「資產階級知識分子」的一生坎坷路告訴後來人，作個借鑒。

也許是為了別的什麼目的。我自己也是模模糊糊，搞不清楚。其實我怕寫過去，我不願去觸動心靈深處的那些隱痛。當然，任何人一生中，不會完全是痛苦，也有歡樂，即使是短暫的歡樂。

寫這個東西給誰看呢？也不太清楚。可以這樣說吧，給我自己看，給看到的人看。

看到了的，會怎麼反應？嘆息？恥笑？贊賞？批判？我管不了許多。我只管一天寫一點，高興寫就寫一點，寫到哪裡算哪裡。文筆雖拙，但是真實，且不文藝，而是流水賬。

京杭大運河邊上的古城——高郵，城北新巷口，是二十年代裡高郵縣的鬧市區。從新巷口往東有一條巷子叫汪家巷。汪家雖說在走下坡路，但從擁有的房屋來看，仍是高郵一大家。

汪家二小姐學名汪嘉玉，在高郵城是數得上的漂亮姑娘。19 歲的那一年，一個房無一間，地無一壟的窮小學教員崔錫麟（因為他排行老三，號叔仙）竟然請人向汪家提親，當然遭到了姑娘幾位哥哥的反對。可是姑娘卻看中了 21 歲的窮教員。她說：「寧可討飯也要跟他一起捧討飯碗」。最後，姑娘和家裡鬧翻了，放棄了全部財產的繼承權，和崔叔仙結婚了，那是 1922 年。

這就是我的爸爸和媽媽。

爸爸媽媽結婚的第2年，生了我的大姐崔國英，隔2年又生了我的二姐崔國華。生活是很艱難的。

我父親弟兄3個，大伯崔伯仙生了兩個女兒，二伯崔仲仙那時還沒有結婚。崔家多麼希望有一個男孩子來傳宗接代啊。為此，我奶奶和母親曾經到廟里去燒過香、拜過佛。

母親又懷孕了。算命先生說這次肯定是一個男孩子。（懷二姐的時候，算命先生也肯定是一個男孩子）。母親懷孕期間生了一場病，本來隆起來的大肚子，又小下去了。全家人都在擔心。還好，在懷孕的第13個月，真的生了一個男孩子。三房唯一的男孩子，簡直如捧珍寶。來了一位親戚，不相信母親生的真是男孩，於是要打賭，把孩子的褲襠給他摸摸，要真是男孩子，一個蛋給一塊大洋。結果這位親戚高高興興地掏了兩塊大洋。

父親給這個孩子起名開元。不用說，這個孩子就是我。小時候算命先生也給我算過命，就憑懷胎13個月，就屬貴，甚至引經據典，說某朝某皇帝就是在娘肚子里懷了13個月。當然命金就要多付一點。

我生在丙寅年，屬虎。那時叫民國16年，可是按陽曆計算已經進入1927年的元月。所以我的虛歲比實足年齡大2歲。解放後都按實足年齡計算，我今年就是61歲。

五、六十年前的事，記憶已經淡薄，我高郵的童年，在記憶中，只留下一些零碎的片段。

聽我父親說，我的老家在湖西菱塘橋。祖父崔瑞亭是個自學成才的中醫，祖母吳氏。我的祖父母住在在高郵城土壩口，即現在新馬路和御碼頭之間的一條巷子。到現在我也不知道準確的地方在哪裡。

我記得比較清楚的是草巷口。

在草巷口，我家住的是我表哥汪乃生的房子。他家房子不少，我家住的是靠東朝西的三間。雖有院門通西邊乃生家的院子，可是平時各走各的大門。

汪乃生有瘋病。聽大人說，是因為想一個女人而得了「花瘋」，不犯病的時候跟好人一樣。他在後院裡種了不少花，有月季，也有白蘭花。他每天早上都要到後院去，一朵一朵的數，要是少了一朵，瘋勁就上來了。每逢這種時候，乃生的老婆，我們叫她大嫂子，就趕忙跑到東邊院裡來喊小姑奶奶，即我的母親。

　　我母親來到正在發瘋的乃生面前，把臉一板，用訓斥的口氣說：「乃生啊，你想找死啊，花是我摘的，你想幹什麼？」

　　說來奇怪，小姑奶奶一罵，乃生就安靜下來了，馬上陪著笑臉說：「沒事，沒事。」當時我想，這白蘭花一定天下最好最好的花了，要不然，為什麼一兩朵白蘭花就會引起乃生發瘋病呢？也許我現在之所以也弄幾盆花，也喜歡白蘭花，就和乃生的影響有關。

　　我開始能記事的時候，好像父親很少在家。（算起來我出生之後不久，他已從訓政人員養成所畢業，正代理東海縣縣長。）我和母親睡在東頭的房裡，兩個姐姐可能是睡在北邊的房裡。

　　床是一張老式的大床，靠床裡還有一排抽屜。那時一個銅板可以買用衣襟兜起來的，一大堆「陰殼」——篩選下來的、小的、甚至是空的花生。「陰殼」就放在床裡的抽屜裡。有時媽媽抓一把給我，我要剝半天，吃到嘴的是幾粒「瘦瘦」的花生米，那真是香的要命，有時候吃到糊了的小花生米，苦得很，也照吃。

　　清晨，我和母親睡在被窩裡，門外傳來叫賣聲：「麻團大餃子。」母親總是逗著我說：「好吃就跟人家跑啊？」

　　一串削了皮的荸薺，八、九、十來個，用小竹棍穿起來，下面大，往上越來越小。還有一種紫蘿蔔，扁形，比大的荸薺大不了多少，吃完了連嘴唇都是紫的。這些都是我連做夢也常夢到的珍品。

　　在草巷口頭上，大街上坐北朝南，有一家有名的醬園店，名叫連萬順。在我的印象中，不知為什麼，大姐國英總是背著我到連萬順去玩。當年可能是人小，看什麼都大。大街，大房子，連萬順的店堂也大，一盞汽油燈呼呼作響，在我看來無異於小太陽。連萬順裡靠西有一長溜櫃台，上面放著些罐子、盆子。有一個盆子裡，用醬油泡著茶乾，有整的，也有不少碎的。老闆有時候從盆子裡用手拈起一小塊茶乾，塞在姐姐背上的我的嘴裡，我簡直受寵若驚，那滋味至今猶在齒舌。連萬順還有跑馬燈，在我幼稚的眼中，那簡直是個神奇無比的世界。

　　我還記得連萬順店堂的中間，放著一口大缸，有一個人坐在缸邊的板凳上，用一個頭上有黃銅圓球的棍子，不停的在缸裡搗，缸裡滿是油，陣陣香味，那是真正的小磨麻油。這種落後的生產方式早已被淘汰了，但老年人都說，現在機器生產的麻油，比那種用手工製作

的麻油，香味差得遠了。

父親也回來過。

有一天早晨我醒來一看，床上多了一個人。我母親故作神秘地和我說：「開元吶，媽媽偷了一個和尚，你爸爸回來不要跟爸爸說啊。」

我不知道什麼叫「偷和尚」，隨口答應說：「好。」

爸爸猛地把蓋住頭的被子一掀，半欠起身來笑著說：「好啊，你媽媽偷和尚，你不告訴我是吧？」

爸爸什麼時候又走了，我不知道。

在草巷口，我也嘗到過寂寞無聊的滋味。

夏天，母親在房裡睡午覺，家裡不知為何，看不到一個人，只有我坐在大門口的台階上。那時候的草巷口不是一家連一家，對過就是一片菜園，知了一聲聲不斷地叫著，路上也不見一個人影，好像整個世界就只有我一個人。我拿一個銅板從台階旁邊的斜石板上往下滾，滾下去，拾起來，再滾下去，再拾起來，就這樣，滾過了一個炎熱的中午。

我還記得高郵的另一個地方叫南廒（可能是這個廒字，指收藏糧食的倉庫）。這是我大伯和奶奶住的地方，聽父母說過我曾過繼給大房。

在南廒，我曾經住過一段時間。

大伯家門前有一個照壁，門外有一條小河，河邊有大樹。過一道小橋，就是南門大街。大伯是經營六成行的——為糧食買賣做中介，從中拿一點銅錢。他曾經帶我到運河堤上去過，那裡是糧食集散地，河邊上停了不少糧船，河堤上能看到一家家糧行和用窩折堆得高高的糧食，人們忙忙碌碌，熱鬧非凡。

在大伯門口的皂莢樹上，有時可以抓到磕頭蟲子，翻過來，一彈跳，就正過來了。我還用過一個軟木塞子的玩具槍，裝黃豆在門口的樓上打鳥，儘管打出去的黃豆離鳥 8 丈遠，但我好像是一個真正的獵人，拿著一支真正的槍，連大伯喊我上街吃早茶（包子之類）都不感興趣。可是打了一陣，連一片鳥的羽毛都沒有打掉下來，於是又想去吃早茶了。當然，一哭就靈，大伯的女兒，我的堂姐姐又背著我，把我送到了一個有小樓的茶館。

　　在大伯家我是「慣寶寶」，想跟奶奶睡，就跟奶奶睡；想跟姐姐睡，就跟姐姐睡。有時候早上起床之前，我能從這個床上，被抱到那個床上，折騰好幾次，我想怎麼樣就怎麼樣，三房唯一的男孩子嘛！高郵話叫三房隔一個。（「隔」在高郵方言裡有合用、分攤的意思。作者注。）

　　我雖然受寵，但是生活上並沒有什麼特殊待遇，因為大伯家也窮。在我的記憶中，曾經在大伯家過年。三十晚上，要債的就上門了。大伯躲在房裡帳子後面，大媽媽關照我：「來人問大大，就說不在家。」

　　要債的臉總是陰沈沈的，坐在堂屋裡不肯走。這個才走，那個又來了。

　　有一位要債的先生問我：「你大大呢？」

　　我回答說：「我大媽媽不准說他在家。」

　　顯然這句話漏了餡，這位先生大發雷霆。大伯只好從房裡走出來打躬作揖，說了多少好話，才把這位先生送出大門。

　　大伯送客回到堂屋，和大媽媽相視大笑。我莫名其妙的看著他們，不知道他們笑什麼。

　　在高郵我上過私塾，背過百家姓、千字文、大學、中庸，也上過洋學堂。

　　不知為什麼，我還到過常州，弟弟開明就是在常州生的，那是1931年。

　　媽媽生弟弟不久，還睡在床上。大姐國英在堂屋裡掃地，給了我一個小瓶子，叫我到門口河邊弄點水來，可能是灑地用的。那瓶子最多只能裝一小匙水，難怪，她那時虛歲也只有9歲。

　　河邊上停著糞船，有一個木板碼頭伸向河裡。我走到木板頭上，用瓶子去裝水，木板離水面還有一段距離，偏巧這時候水面上飄來一顆黑豆，我想把這顆黑豆也裝進瓶裡。誰知一伸手，「撲通」，我掉下河了。河水雖不太深，但要淹沒我這個四歲的孩子是足足有餘的。

　　我感到水裡很亮，沒有害怕或其他感覺。

　　有人看見孩子落水了，呼救。我父親聽說我掉下河了，急急忙忙跑到河邊，正好我往上一冒頭，他一把抓住我頭上的小辮子，把我

撈了上來。

我是哭著回家的，身上還有糞船上的蛆在爬，難免要洗個澡換換衣服，這些已經不記得了，只記得，媽媽把正在吃的只能蓋住碗底的燉蛋拌炒米給我吃，味道當然好得很。

小時候吃的好東西，長大了以後再吃，總不如小時候的味道好。

我還到過川沙，這肯定是在常州之後，上海之前，因為在川沙，開明一點點大，上街時跑丟了，找了半天才找到。

在川沙我上小學。

父親是川沙縣政府的視察員，同學中有人的父親比我父親的官大，所以老欺負我。有一個大孩子叫我把嘴張開，他把玩的手槍紙「子彈」往我嘴裡打，打架又打不過他，所以我怕去上學，開始逃學了。

早上吃過早飯，我背上書包「上學」去了。在一座橋上，看河裡漁船用魚鷹抓魚。我感覺時間很長了，該是放學的時候了，就背著書包回家。媽媽見我問：「怎麼回來了？」

「放學了！」我理直氣壯地回答。

其實，我在河邊才消磨了一個多小時，離放學至少還有兩個鐘頭吶。

這下子闖了大禍了，母親不知從哪裡找來一塊木板，打手心，還罰跪，那天跪的時間可真不短。我也跪出經驗來了，先把屁股壓在這個腳後跟上，累了，再把屁股的重量移到那個腳後跟上，來回更換，總算堅持下來了。

已經是中午的時候了，縣長李冷經過我家，發現我跪在房門口，問清了情況，替我講情，我才獲釋。李冷還和我開玩笑說：「小崔呀，以後買個表，曉得時間就不會那麼早回來了。」

這就是我金色的童年，以父母為中心的童年，沒有優厚的物質生活，但也無憂無慮的童年，遙遠而難忘的童年啊！

假如在我還是一個兒童的時候，就知道我一生將走過一條什麼樣的道路，那我將改道而行。可惜人生的道路不能預知，走過的路，不能重走。

3 逃出川沙

　　崔錫麟從江蘇訓政人員養成所畢業後，和其他同學一樣，感到非常失望，費時費力地轉了一圈，最終又回到了原點。實際上，東海縣位於徐州的東北面，到那裡當科長，還不如留在高郵實惠。

　　失望也晚了，只有認命。

　　他隨即赴東海上任。沒多久，東海縣長離職，一時沒人願意來接任。於是乎，第一科的崔科長順位代理縣長。

　　他代理得不錯，不久就奉調改任常州視察員。這時候，崔錫麟把一家人都從高郵接到常州市居住，因此崔開元才有幸吃到那一小碗燉蛋拌炒米——他母親因為「坐月子」才吃的好東西。

　　在常州住了一年多，崔錫麟得知川沙縣缺一名視察員。由於那裡靠近上海，他便積極爭取並最終調到了川沙。期間，他再度代理縣長職務，不料卻因此惹上了麻煩。

　　川沙縣里有一宗土地所有權的訴訟官司，因為法院的判決被認為不公正而引發了民怨。崔錫麟聽聞後，不得不介入此事。他打電話找到審判推事，詢問案件的細節。推事開始想要敷衍過去，但代理縣長一再追問，推事只好吞吞吐吐地說出了實情。

　　原來，川沙縣里有戶人家姓周，本是南通人氏，因其父親給知縣當師爺而遷移到川沙，並在川沙購置了一些田地。民國後，老父回到南通，這裡的田地便交由兒子周文打理。

　　川沙緊靠上海，魚龍混雜，還是上海青幫三大亨之一杜月笙的老家。杜月笙有個徒兒，名叫芮慶榮，是杜月笙剛開始闖江湖時所依靠的「小八股」之一。芮慶榮是鐵匠出生，當年還在打鐵時，有個師哥，跟他有過命的交情，還拜了把子。仗著師弟是杜月笙的紅人，師哥不打鐵了，搖身變成一個買賣人，在川沙一代置地蓋房做生意。他看周文是個外鄉人，有心欺負他，要強佔周家的土地。周文一怒，告到法院，結果輸了官司，賠了錢還丟了地。聽聞之人，都覺得他太冤屈。

　　推事說，我也覺得是周家吃了虧，可是芮慶榮一插手，這事就難辦了。誰敢跟杜老闆的人叫板？小命還要不要啦？

　　崔錫麟問他收了人家什麼好處，他支吾半天，承認有一點。崔

錫麟明白了。

轉天，崔錫麟派人把周文找到縣府來見面，當面詢問此案細節。

周文一看就是個忠厚老實的人，他有一肚子委屈，卻不知道該怎麼辦。崔錫麟說如果你覺得冤，我可以幫你把官司打到省裡去。我不相信整個江蘇省都怕他一個杜月笙。

周文見縣長給自己撐腰，頓時精神抖擻，重新找律師，把案子告到了省裡。崔錫麟專門為這事到鎮江跑了一趟省法院。最終周文勝訴。

師哥跑來向芮慶榮訴苦告惡狀，說那個周文是縣長的朋友，仗勢欺人。只要這個縣長在，他以後在川沙就沒法混了。

雖然芮慶榮也不願真去惹一個縣長，可什麼都不做，江湖兄弟的情面上過不去。於是他找來手下人，讓他們到川沙去嚇唬嚇唬這個縣長，最好是把他趕走，也算是給他師兄一個交代。

這天夜裡，崔錫麟睡著不久，突然被一聲槍響驚醒。院子里住著政警，提起槍外出查看，卻沒發現任何人。第二天一早起來再看，他房間的窗戶玻璃上，赫然留有一個槍眼。

第二天的下半夜，槍聲再起，玻璃上出現了第二個彈孔。外面窗台上還留下一封信，上面寫著：「姓崔的，明日不走，第三個槍眼就不在窗戶上了。」

崔錫麟眉頭一皺，計上心頭。

什麼計？三十六計走為上。他立即跑了。

崔錫麟當日趕到省府去彙報。省府也無奈，遂委派他到泗陽縣去，還是當科長。泗陽縣離東海縣不遠，兜兜轉轉，他似乎又一次回到了原位。其實他的上升官道，就此開啟。

他一到泗陽就找縣長領差事。縣長讓坐，請喝茶，然後說：「你一個川沙縣長，跑到我們這偏僻的縣里當一個科長，著實太委屈，不管什麼差事讓你做，我都不好意思開口。不如這樣，你就做我們泗陽的特派員，專門和軍隊打交道。憑你江北才子的名氣，軍隊說不定會買你的賬。」

崔錫麟說：「只要是工作，什麼都行。多謝縣長信任！請問目前和軍隊的主要工作是什麼？」

「哦！住在本縣的是 25 路軍軍部，還有所屬的一個旅。有一筆款項，他們拖欠了有一年了，我們想要，但累次碰壁。聽說你和軍隊上層將領有聯繫，能不能試試把這筆錢討回來？我也是沒辦法，縣裡的財政吃緊得很。」

崔錫麟想了一下接著說：「我能理解財政方面的困難，哪個縣都一樣。不過我以為，和軍方打交道，來硬的肯定不奏效。最好是先和他們交朋友，然後再請他們幫忙，也許比較容易解決問題。縣長你看呢？」

縣長回答：「嗯！這個想法不錯。你就這麼辦，需要的開銷，縣裡來解決，只要數目不太大，都好辦。」

4 崔錫麟入軍界

崔錫麟私下裡調查研究了一番，這二十五路軍原屬西北軍，是馮玉祥的舊部。該軍在蔣馮大戰中失敗後，被蔣介石控制，但各級軍官包括總指揮梁冠英，暗地裡皆對蔣介石心懷不滿。該軍 32 師 96 旅的旅部就在縣府裡，少將旅長王修身是苦出生，因為刻苦勤奮，作戰英勇，從士兵一步一步晉升為旅長。別看比崔錫麟還小兩歲，他可是馮玉祥非常信任的部下，還當過馮玉祥的衛隊旅旅長。崔錫麟決定就從王修身下手，和他交朋友。

崔錫麟用的是笨辦法，請他吃飯，送他詩畫，並且直接相告自己有追款的任務在身，但也真心想交個朋友。錢你給也好，不給也罷，全都另說。這招有效果，王修身本身讀書不多，卻是一個好學習的人，特別願意結交文化人，尤其是這麼豪放爽快的文人。幾次接觸以後，那筆款項就順利結清了。

錢的事解決了，兩人之間的朋友交情卻沒有結束。王修身年少英雄，崔錫麟文採飛揚，相互間脾性相投並真誠以待，很快成為了真正的好友。

有一次，王修身提議說，在 25 路軍裡，有幾位志趣相投的軍官經常在一起聚會，他想介紹崔錫麟也加入進來，崔錫麟自然十分願意。

隔天到茶館雅座相會，崔錫麟作東，所以早早就到。隨後進來

了中將參議張鶴舫，河北良鄉人，保定軍校畢業；少將旅長王修身、河南項城人，行武出身；三十二師少將副師長戴藩周，安徽蒙城人，第十六混成旅隨營學校畢業；參謀處少將處長郝鵬舉，河南靈寶人，洛陽省立第四師範畢業；還有兩位留學蘇聯的少校秘書蕭伯岩和陶鑄。

最後進來的這一位，讓崔錫麟一愣，這不是第一軍的朱參議嗎？

朱國梁也立即認出他：「崔叔仙，是你呀？你怎麼跑到這兒來了？」

「我調到泗陽縣府來了。王旅長有心讓我認識你們幾位朋友，想不到你也在這裡。不在第一軍啦？」

「中原大戰之後，我遇見二十五路軍的梁總指揮，我和他是同鄉人，他硬是把我拉過來了。」

王旅長對崔錫麟說：「他現在是軍部的少將參議。你們倆是怎麼認識的？」

朱國梁解釋：「哦！我們兩個是在龍潭戰役的時候認識的。他那時候在鎮江黨部工作，我們奉命一起到陣地上去找李延年。那次我腿上還挨了一槍，幸虧有他崔叔仙捨命相救，要不然‧‧‧」

崔錫麟連忙打斷他的話：「哎呀！朱參議，區區小事，不足掛齒的！能再見面，說明我們有緣分，快坐下喝茶。大家看吶，這盤小花生是泗陽八集的特產，當年孔老夫子經過泗陽的時候吃過，大加贊賞，所以很出名。你們嘗嘗看。」

戴藩周說：「叔仙老弟還是心細，我們在這裡的時間比你長，反倒不知道這樣有名的東西。」

「哪裡哪裡，我從小嘴饞，在我外公家吃過八集小花生而已。」此話屬實不假。

從此，這個小茶樓好似一個俱樂部，一幫人常常在這裡相聚。

有一次，朱國梁提議說：「各位兄弟，最近我有個想法，說出來大家看看怎麼樣。我們都是軍人，唯有叔仙老弟是縣府的人，我們何不勸勸他辭了縣裡的公職，到我們二十五軍來算啦！既然大家志同道合，又都談得來，我們一起在二十五路軍裡攜手同進，共求發展，豈不更好？」

王修身一聽說：「好啊！好主意！像叔仙這樣的才子，到我們旅來，我舉雙手歡迎。」

崔錫麟馬上表態：「我非常願意，只要你們肯要我。」

王修身：「要，明天就來！」

朱國梁說：「王旅長別急呀！我去和梁總指揮說說，最好在軍部安排個職位。要是到你們 96 旅去，你真指望崔叔仙跟著你去打仗啊。他一個文人才子，帶不了兵的。」

王修身：「這倒是真的。那就安排在軍部，我沒意見！」

二十五路軍的總指揮梁冠英是河南人，陸軍大學特別班三期畢業，那年他 37 歲。當朱國梁和王修身都向他推薦一個叫崔叔仙的人時，他很高興就接受了，隨即讓崔叔仙從泗陽縣府辭職，盡快到軍部秘書處任少校秘書。

自此，崔錫麟正式從政界跨入了軍界。

崔叔仙是崔錫麟在軍隊中用的的名字，軍隊裡不太熟悉他的人，可能並不清楚他曾叫過崔錫麟。就像二十三師的戴藩周，在軍中人們多叫他戴介屏，其實他是名藩周，號介屏。

一眼看去，梁冠英就是個典型的北方漢子，直爽敦厚。他見新來的秘書崔叔仙工作極其認真，機靈又有才氣，很是賞識。

崔叔仙也頗喜歡自己的工作環境，交到不少新朋友。

時間一久，他發現了一件有趣的事，在同一個辦公室的同僚中，有一些竟然是共產黨人，像是蕭伯岩、陶鑄，還有總參議宣俠父。大家心知肚明，卻也相安無事。

一年的時間匆匆過去，崔叔仙又想著再挪動一下。按高郵人的說法：「樹挪死，人挪活。」

他向朱國梁透露了自己的想法，他想回到川沙去，那邊要他過去擔任保衛團的主任，仍舊是軍人。在這裡，大家都很關照他，但他畢竟不是帶兵打仗的材料，今後要有更大的發展，最好的去處乃是大上海。他的原話是：「想到上海那邊，搞點'新花樣'，搞點'大名堂'。但他不太確定怎麼和梁總指揮說這個事。

朱國梁答應說他來想辦法解決。

半個月後，梁冠英找來崔叔仙，問他：「聽說你想到川沙去，其實真正的目的是上海，對吧？」

崔叔仙回答：「是。」

梁總指揮說：「那就乾脆去上海呀！我同意你到川沙保衛團去，但在我們二十五路軍還是掛個名，擔任二十五路軍駐上海辦事處的中校處長。也就是在需要的時候，負責一些聯絡、採買等事務。這樣一來，我們可說是兩全齊美。好不好？」

「那可就太好太好了！謝謝總指揮栽培！謝謝總指揮成全！」他又敬禮又作揖，高興得不知如何是好。

5 洋河酒

不但心想事成，還升了軍銜，大夥伙要崔叔仙請客，他當然樂意，高高興地興地答應下來。

南出泗陽城二里地，有個新袁小鎮，那裡的羊肉宴出名。崔叔仙還想讓大家喝點酒，但不便張揚，就在離開部隊有點距離的新袁請客。

朋友都邀來了，十幾個人，坐了兩桌。每張桌子上，都擺著一壇洋河大曲酒。這種白酒，就產於江蘇泗陽的洋河鎮。

在崔哥小時候，高郵、揚州這一帶煙酒商店的貨架上，只陳列著兩三種白酒，洋河大曲是一定有的。另外還可以買到雙溝大曲，出自江蘇泗洪縣的雙溝鎮。再有就是各地自產自銷的廉價酒，像是在高郵最為多見的「二兩五」。

那時候，常聽大人們討論酒的優劣，有人說洋河好喝，有人更喜好雙溝。我嘗過，都不如汽水好喝。改革開放以後，經濟活躍，生活品質提高，洋河酒變得異常緊俏，甚至到了一瓶難求的程度。那幾年，要是誰有一批洋河酒在手，倒手就發財，市場中假洋河也就開始泛濫成災。人們這時發現，前些年都沒把洋河大曲當回事，卻不料現在想喝卻有點困難了。又過了一些年，能買到洋河酒了，但其價格不斷上漲，到今天已上升近百倍。

崔叔仙請客的時候，洋河大曲不貴，洋河鎮上的聚源湧酒坊有大量存貨，花一塊大洋就可以買一大壇。

當兵的要打仗，沒特殊情況不能多喝，否則會被關禁閉。每人倒上半碗意思意思，崔叔仙本人也是如此，何況他平時就不太好酒。

　　大家喝著酒，撕扯著羊肉，吃得很高興。王修身問崔叔仙，他到上海後打算怎麼發展。崔叔仙表示：「現在都說青紅幫名震天下，我想尋求加入這個幫會的機會。」他解釋道：「我以前在川沙就因為這個事情吃過虧，這次一定不能再犯同樣的錯誤。問題是我對幫會瞭解甚少，很想加入卻沒有門道。真是一籌莫展！」

　　王修身一聽大笑，道：「這有何難，遠在天邊，近在眼前！」

　　崔叔仙有點不信自己的耳朵：「啊？你是說你就是幫會的人？」

　　「不僅我是，介屏兄也是。他是‘通’字輩的，輩分高，讓他給你講一講。」

　　戴藩周說：「好！」他放下筷子，開始講解：「為了不耽誤大家的時間，我來簡明扼要地介紹一下。人們常說青紅幫，其實它不是一個單獨的幫派。青是青，紅是紅。紅就是洪幫，又叫洪門，就是以前的天地會。國父孫文，還有像黃興，陳炯明這些人，都是洪門中人。而青幫的前身是漕幫，上海的三巨頭，黃金榮，杜月笙，張嘯林都是青幫的。這三個人各有來歷。黃金榮年輕時就在在法租界做‘包打聽’，因為能幹，後來就當上了督察長，並在上海勢力坐大。為了擴大影響力，他對外宣稱自己是青幫大佬，還是‘大’字輩張仁奎老太爺的門生。其實呀，他沒有正式地擺過香堂。青紅兩幫的規矩有點怪，洪幫的規矩是‘許賴不許充’，青幫的規矩正好相反，叫‘許充不許賴’。也就是說，黃金榮只要守青幫規矩，冒充的也不管你，但你要是哪一天又否認自己是青幫的，就不合規矩了。不過，冒充不是個好辦法，一輩子都被人看成是個‘倥子’，也就是說幫會內部並不真正認可他。可黃金榮不一樣，他雖是‘倥子’，但還是能坐穩‘通’字輩大佬的交椅。這就要說到他跟蔣委員長的關係了。」

　　崔叔仙問：「他跟蔣委員長還有關係？」

　　「對，蔣委員長從日本回來後，曾經在上海交易所做投機生意，沒想到賠錢了，債主們整天追著他討債。後來有人給了他出了一個主意，讓他拜黃金榮為「老頭子」，這樣就可以擺平麻煩。於是，蔣委員長就成了黃金榮的「悟」字輩門生。麻煩自然就得到了妥善解決，而且黃金榮還送了蔣委員長 200 塊大洋，資助他到廣州去見孫中山。等北伐軍打回上海時，蔣委員長去看望黃金榮。黃金榮不敢再用

青幫中師徒間的稱呼，還把當年的門生帖子還給了蔣委員長。老蔣拿走了帖子，但送給黃金榮一塊懷錶。他常常拿這塊表出來炫耀，從此旁人就不敢再提他「佟子」的事了。

戴藩周停下來，吃了一塊羊肉，接著講：「辛亥革命以後，上海的青幫就是‘大’字輩當家，說的就是我的‘老頭子’張仁奎，又叫張鏡湖。雖然張嘯林也是‘通’字輩，但他不是張仁奎的門生。他拜的是杭州的‘大’字輩老頭子樊瑾丞。杜月笙是‘悟’字輩，輩分就低一點，他的老頭子叫陳世昌，也是張老太爺的弟子。杜月笙收的弟子就是‘覺’字輩，那就更低了。說的有點亂，簡單一點來說，現在上海按輩分排就是‘大’，‘通’，‘悟’，‘覺’。大概就是這麼個樣子。」

崔叔仙點點頭說：「基本上弄清楚了。那麼，我應該在軍隊裡拜師，還是到上海去拜師呢？」

戴藩周回答：「你既然要到上海去，當然是到上海去拜‘老頭子’比較好。在上海，我可以幫你找一個‘通’字輩的大佬出面，收下你為弟子，應該不會太費周章。」

「那太好了！謝謝戴副師長！可我還有一個問題，不知當講不當講啊？」

「哎！有什麼不當講的，但說無妨！」

「我是想，既然要到上海去拜師，何不直接去找張仁奎老太爺，請他收我為徒，豈不更好？」

「這‧‧‧，這個事呀，本來還可以試一試，只是現在很難，幾乎是不可能的。」

「此話怎講？」

「張老太爺的徒子徒孫已經是數不勝數，一般人他是不收的。你崔叔仙即便不能算一般人，但要進他的門也不容易。這件事說來話長，杜月笙在上海崛起，打下了上海灘的三分天下。自從他有了呼風喚雨的本事後，便暗中透過消息給幾位 ‘大’字輩的大佬，請他們慎重收徒。要是需要用錢，找他杜月笙就是了，但不要弄得隨便什麼人跑到上海來，杜老闆都要叫他們一聲 ‘爺叔’，未免尷尬。為了給杜老闆面子，張老太爺已經放話出來，說他不再收徒了。」

崔叔仙面帶失望地問：「真的是一點希望都沒有嗎？能想個什

麼辦法爭取一下嗎？」

　　戴藩周想了想，緩緩說道：「辦法總是有的，可以試試看，只要你不怕麻煩。」

　　「只要有一線希望，我都不怕麻煩！請告訴我該怎麼做。」

　　戴藩周說：「按青幫的規矩，拜師必須要有兩位同門弟兄介紹。我可以算一個，關鍵是另一個介紹人。這人倒是有一個，或許他肯幫忙。他以前是張宗昌的第十軍軍長，叫杜鳳舉。直魯聯軍戰敗後，第十軍被白崇禧收編，他現在就住在上海。杜軍長不但是張老太爺的心腹，還是他的山東老鄉。我可以寫一封信給杜軍長，探探他的路子。如果他肯幫忙，或許張老太爺會答應。老頭子收你做他的關門弟子也說不定，就看你的運氣如何了。」

　　於是戴藩周寫了一封信，把崔叔仙吹捧了一番，寄到上海。

　　就在等回信的當口，高郵來電報，崔瑞亭病亡。崔叔仙急忙趕回高郵料理父親的後事，按照老父生前願望，將他安葬在高郵湖邊，遙對菱塘橋。

6　崔錫麟二赴上海

　　喪事剛辦完，戴副師長的電報發到了高郵。打開一看，悲傷的心情一掃而空，戴藩周送來了好消息：「杜軍長囑崔叔仙速來滬，詳情面談。」

　　崔叔仙立即坐船到鎮江，轉乘火車抵達上海。常州都沒停，儘管他的老婆孩子都在那裡。

　　他到上海見過杜鳳舉軍長以後，方知自己是何等的幸運。

　　原來，杜鳳舉接到信後立即就去見他的師父。張仁奎見到戴藩周信上說，崔叔仙是個了不起的青年才俊、教會學校出身、高郵《新聲報》社長、江蘇訓政養成所的高材生、川沙保衛團主任，還是二十五路軍駐上海辦事處的中校處長，不免讓張老太爺眼前一亮。

　　這還不夠，上海前些時從澳洲來了一個作家，叫作布萊恩‧馬丁。這個外國人看到青幫在上海灘風頭十足，便想寫一本書，就叫《上海青幫》。整本書全都寫好了，就差一個重要環節遲遲不能完成，那就是還沒有看過幫主張仁奎的收徒儀式。用現在的話說，此書

寫成出版後，青幫和張老太爺就會走向世界了。趕早不如趕巧，張老太爺說：「也好，就收了這個小才子吧，這樣也好開一次香堂讓那位馬丁先生看看，總拖著這個外國人也不是個事。下不為例啊，這是最後一次，以後可別再叫我收徒弟了。」

杜軍長是熱心腸，把拜師儀式詳細地講給崔叔仙聽。

拜師禮分兩次，分別稱為「小香堂」和「大香堂」。「小香堂」很簡單，師父答應收徒後，弟子要送門生帖和禮物。門生帖怎麼寫，崔叔仙全然不知。杜軍長拿來一個紅紙帖，一字一句教崔叔仙寫下：

門生崔叔仙，三十二歲，江蘇省高郵縣人，承杜風翠軍長、戴介屏師長介紹，自願在張老太爺鏡公麾下為徒。終身聆訓，聽候驅使。

三代：曾祖崔福，祖崔陽春，父崔瑞亭。

門生崔叔仙叩呈

民國二十一年九月十五日

現在用互聯網搜「張仁奎」三字，「維基百科」顯示：

張仁奎（1865年1月—1944年12月），名錦湖，字仁奎，譜名鏡湖，山東省山亭人。近代中國上海租界青幫元魁，大字輩。中華民國陸軍上將，並獲北洋政府加封為傑威將軍。辛亥革命後，張錦湖出任江浙聯軍「前敵總指揮」，擊敗張勳辮子軍光復南京，迎接孫中山就任臨時大總統。1931年成立仁社，蔣介石、黃金榮、杜月笙、韓復榘、錢新之、陳光甫等三萬多人拜其為師，有民國教父和幫會元魁之稱。（「1931年成立仁社」有誤，後文有交代。）

祖父曾說過一個細節，當時杜軍長用了「麾下」二字很特別，因為張仁奎有上將軍銜。

7 大小香堂

　　第二天，杜軍長把崔叔仙帶到海格路的範園，這裡是張仁奎的住宅，一座三層洋樓。祖父曾形容這座樓寬敞明亮，氣派非凡。

　　杜軍長對崔叔仙說：「等會兒進去之後，不要緊張，問什麼話就回話，別的不要多說，我怎麼行禮，你跟著做就行。」

　　崔叔仙點頭說是。杜鳳舉示意崔叔仙去敲門。

　　一位下人打開門，沒有問話就直接說：「請到客廳，有人等。」杜軍長讓副官和衛兵守在門外，他和崔叔仙二人進門來到客廳。

　　客廳里有兩個人，一位是張老太爺的老門徒，叫羅鑫泉，是上海的一位牙科醫生，他今天做司儀。另一個是布萊恩·馬丁，那位洋人作家。

　　羅醫生收下了崔叔仙帶來的禮品，將其放在一旁，然後叫他們稍等，自己上樓稟報。不一會，張仁奎下樓來了。他年近七十，精神矍鑠，面帶微笑。羅醫生扶他在椅子上坐下，杜軍長邁前一步，跪了下來，崔叔仙見狀也趕緊跪在杜軍長的旁邊。杜軍長隨即向老太爺磕了三個頭，崔叔仙也跟著磕了三個。站起身來，杜鳳舉從崔叔仙手裡拿過門生帖，雙手舉著，遞給老太爺。

　　張仁奎接過來，開口道：「來來，看座。」

　　杜軍長回：「弟子不敢，還是站著吧！」

　　張仁奎又說：「坐吧，坐吧，你不坐，小崔也不敢坐不是？讓他坐下，我好問話。」

　　「是！」杜軍長示意崔叔仙和他一起坐在一旁的兩把椅子上。這時候羅司儀轉身離開，到佛堂去作準備。

　　張仁奎看著手中的紅帖子，隨口問道：「崔叔仙，你父親叫崔瑞亭，他還在高郵嗎？」

　　「他前些時過世了。」

　　「他生前是做什麼的？」

　　「他原在浙江為官，受安慶事變的牽連下了獄，後來在高郵給人號脈為生，算是個窮苦人。」

　　「那你是怎麼上的洋學堂啊？」

　　「受我外公資助才得以完成中學。」

　　「那你外公又是做什麼的呢？」

「他原來在北京看城門，庚子國變後，回到高郵養老。」

「哦？他叫什麼？」

「吳玉棠。」

「哦！吳玉棠是你外公啊！我剛當兵的時候在高郵住過，吳巡撫的事婦孺皆知啊，他可是大英雄！你現在家裡幾口人啊？」

「六口人，我們夫妻加四個孩子，兩男兩女。」

「好！聽說你還在辦報紙？」

「那是我在高郵工作的時候辦的，離開高郵後，大部分工作都交給朋友在做，偶爾過問一下而已。」

張仁奎又問了幾句崔叔仙在軍中的情況，崔叔仙一一作答。

這時，羅鑫泉走進來，衝張老太爺輕輕點了一下頭，張仁奎「嗯」了一聲，羅鑫泉說：「各位，那邊已經準備完畢，請移步。」

大家都來到佛堂，香案上供著如來佛像，兩邊點著蠟燭，正中間有個小香爐，正燃著香。張仁奎走到香案左邊站立，並不落坐。羅司儀喊出：「崔老弟向祖師爺行三跪九叩大禮！」

崔叔仙向如來佛像三跪九叩首。

羅：「崔老弟向師父行大禮！」

接著向張仁奎三跪九叩首。

羅：「向師兄杜大哥行一跪三叩禮！」

一跪三叩首。

杜：「向師兄羅大哥行禮！」

一跪三叩首。

入門儀式完畢。羅大哥帶崔叔仙上樓，拜見了師母。

下樓來，大家接著閒聊了一陣。澳洲人布萊恩全程觀看並拍了照片。這時，崔叔仙就可以稱張老太爺為師父了。

這就是「小香堂」的全部內容。「小香堂」過後，這「一腳里，一腳外」的入門新弟子須再等三年，考驗期滿，師父滿意後，就能擺「大香堂」，過後才成為師父的正式門生。

崔叔仙把汪嘉玉和四個孩子都接到上海來住。崔叔仙一個人的薪水，要在上海養活一大家人，並不算寬裕。好在全家人湊在一起，一個也不缺，日子很美好。

不久崔叔仙升上校，還配了副官和勤務兵，家裡的經濟狀況逐

197

漸改善。

自從拜了「老頭子」，崔叔仙立馬就能感覺到不一樣。人們對他尊敬有加，很多人更願意和他交朋友。沒過多久，他在上海就已經是高朋四處，玲瓏八面，江北才子的美名，不脛而走。他潛藏的交際能力終於撥雲見日，迎來了用武之地。

張老太爺又讓他到家中談話聊天，還囑咐他要常來。對這個最小的弟子，老太爺心裡喜歡，端午節這天又把崔叔仙叫到他家裡吃飯，還找了幾個文化界的弟子過來當陪客。席間高興之時，老太爺指著崔叔仙對大家說：「你們的這個小老弟，初到上海來，你們幾個都要替我多多關照他，聽見了嗎？」

哦！這小兄弟不簡單，老太爺竟然如此得意他！

在座的人中有一位上海報館《申報》的經理，名叫張竹平，也是「通」字輩。他和崔叔仙最談得來，他們常常在一起活動，還拜了把兄弟。除了他，此時的崔叔仙已經結拜了不少把兄弟了。

大約兩年後，張竹平找崔叔仙合伙做生意，一下子在上海創辦了三個報社和一個通訊社共四個新聞單位，分別是《時事新報》，《大陸報（英文版）》，《大晚報》，《申時電訊社》。四社分別聘了經理管理日常業務，在四社之上，設立了「四社總管理處」，坐落在上海市中心的愛多亞路。張竹平任總經理，崔叔仙辭了川沙保衛團的職務，在「四社總管理處」擔任總發行部主任。崔叔仙得到這一地位，非常高興，因為這些新聞機構的影響力是全國化，甚至是國際化的。初步達成他的「新花樣」和「大名堂」的願望。

1935年的春天，張仁奎要開大香堂，崔叔仙以及在他前面入門的幾個師兄已經等了好幾年，終於可以成為張師父正式的「通」字輩門生了。

大香堂非常隆重，隆重到超乎崔叔仙的想象。他在《我所知道的青紅幫》一文中寫到：

大約在開大香堂以前10天左右，張門下各省的徒弟和門生，都先後趕到上海來參加盛會。所有的門生和徒弟都給張師父送賀禮，一律送錢，視個人能力，不論多寡，多的有百元、千元者，少的有數元、數十元者。名為送禮，實是當作此次開大香堂的費用。張師父是

山東滕縣人，也是藤縣最大的地主，全藤縣的土地有十之五六系張師父的私產。

青幫組織的規章制度，均載在《青幫通草》。張門這次舉行的大香堂的儀式，據說是按照《通草》所規定的傳統儀式辦理的。青幫開大香堂，按傳統規定，應在市外寺廟中舉行，因為張師父年高七十以上，未去郊區寺廟，張師父住宅宏偉寬大，就在上海海格路範園張宅舉行了。這天來參加大香堂的門生徒弟有一百多人，多半是京滬附近徒眾（據聞張師父門生與徒弟在全國各地有二三千之眾），軍政界人數佔多數，如外省的蔣鼎文、韓復榘、陳銘樞、黃琪翔、孫桐萱等人便是委託同參弟兄代表送禮參加。杜鳳翠、戴介屏、王修身由我代表參加。南京韋作民、張競立，上海警備司令楊虎，黃金榮，陳佛生（又名陳世昌，杜月笙的師父），還有上海新聞界的張竹平、熊少豪、董顯光、汪英賓、鄭希陶、以及工商、金融界的季自求和一些資本家，都於晚八時前來範園集合。

大家跟著張老太爺進香堂，先進山門的老徒弟前面走，後進山門的門生，排在後面。正面一個香案，案上燃燭焚香，兩個司儀焚五束香，插在案下的香爐之中，叫做「五指抱頭香」意為幫中弟兄抱頭團結。

司儀：「請本命師張師父孝祖！」

張仁奎在祖師神位前三跪九叩。然後在香案左邊坐下。

司儀：「各位兄弟孝祖！」

堂下幾百人同時向祖師神位三跪九叩。然後，張仁奎移坐到香案正中。

司儀：「各位先進老大參師！新進弟兄陪拜！」

全體三跪九叩。立起身，先進老大分開站在師父兩旁。

司儀：「各位新入門的兄弟行拜師大禮！」

我和這幾個新弟子行三跪九叩首大禮。

司儀將香案下的「五指抱頭」提起來，讓新進上香的徒弟每人手中各持一支香，仍跪著，聽師父訓話。

張仁奎問：「你們是自願入幫，還是受人指使？」

下面回答：「自願入幫！」

「十大幫規，能遵守嗎？」

「自願遵守！誓死遵守！」

師父接著訓話：「師父領進門，交情在各人。青幫弟兄都要講義氣，互相幫助，有福同享，有難同當，有飯大家吃，有衣大家穿。」

訓話結束以後，跪著的人站起身來，走到案桌前，將本是案下的香插入案桌之上的小香爐之中，這是青幫暗號之一。

接著是新進弟兄謝恩，向老弟兄行禮。不知跪了多少次，磕了多少頭。老弟兄向師父道喜磕過頭以後，司儀焚燒紙扎的馬，宣佈大香堂禮畢。接著又上樓跪拜了師母。司儀說：「各位，時間不早了，師母為大家預備了元宵湯團，請大家入席、團圓！」

解散前，司儀宣佈：「明天正午，師父請各位弟兄來範圍吃團圓酒。飯後全體拍照片。後天晚上六點，由新受栽培的弟兄在新利查飯店向師父謝恩，各位老弟兄作陪。不另具請帖，務懇準時光臨！」

8 父親自傳 2

我們全家人都遷到了上海，那時我 8 歲。

起初我們家住在新閘路甌慶里。

這是一棟大雜院式的 3 層樓，住著幾家紗廠女工，在上海要算是最蹩腳的房子了。樓底層住著一個商人，有點錢，他家有一個比我小的男孩子。有一天我看到他在家裡玩洋錢，足有幾十塊，桌上有，地上也有。我們窮人家的孩子是連一塊銀元也摸不到的。

二樓住著一對年輕的夫婦，女的是個舞女，每天下午睡到很晚才起床，起來之後打扮打扮，一身漂亮旗袍，一雙高跟鞋，「的的篤篤」地走了。小夫妻常打架，從大人處旁聽得知，打架總是為了男的跟女的要錢。那時候舞女和妓女差不多。我家住在三樓，我們姐弟 4 個睡在閣樓上。

二樓還有個亭子間，住著一個姓楊的先生，二、三十歲，可能是在某個戲園子里混飯吃。我那時已經會吹口琴了，最拿手的是「燕雙飛，畫闌人靜晚風微 · · · 」。楊先生常叫我到他那裡去玩，在他房裡從來沒見過別的人，男人女人都沒有。他拉胡琴，我吹口琴合奏。他還教我彈琵琶，可是琵琶太大，我手指頭忙不過來。他又教我拉京胡，從「二黃原板」開始，還送了我一把舊京胡，於是我就天天拉。這件事可能聯繫著我的一生，因為到蘭州之後，二伯父從保定給

我帶了一把很好的京胡來，於是我從蘭州的中學拉到北京的大學，從大學又拉到行軍途中。我之所以被中南軍政大學選入文工團，京胡拉得好，不能不是一個原因。

我們還在上海王家沙住過很短時間，那是父親朋友的房子。王家沙都是西式洋房，住的大多是外國人，環境也安靜幽雅。

以後就搬到東浦石路103號，這是帶花園的3層樓洋房，也是父親朋友的產業。

我在蕭伯岩的弟弟蕭仲岩夫人辦的美華小學讀書。從東浦石路到美華所在的卡法路相當遠，每天步行。

因為我背過《大學》、《中庸》，所以一到美華就讀二年級下學期，幾個月後就升入三年級。語文、自然還好辦，算術、珠算不能從頭學，我因為沒有學開頭，所以中間就聽不懂，越不懂就越不感興趣。說來慚愧，從小學到初中到高中畢業，我的數學都很少及格。

可是從美華二年級開始學英語，直到後來，我的英語總是全班的尖子。作文也不錯，在高中，語文老師還到別的班上去背過我的作文，這是後來的事。

小學校有童子軍，全校是一個中隊，我是中隊長，很有些權威。有一天我弟弟開明和別的同學打架（我們姐弟四個都在美華讀過），我罰他們倆「立壁角」（面牆而立），開明站了5分鐘我就叫他走了，而那個同學卻站了二十多分鐘，因為他不是我弟弟。

美華要舉行演講比賽，我大概在五年級，老師給了我一篇演講稿，題目是《怎樣演講》，在全校比賽中我得了第一名，捧回家一個銀杯——真正的銀杯。在六年級那次講演比賽中我連獲冠軍，得了一個銀盾。這些東西（家裡還有單劍、雙劍）離開上海時無人過問，不知丟到哪裡去了。

學校裡還開過文娛會，我參加了兩個節目，一個是把頭髮扎成朝天辮子跳舞，就是以滑稽逗人一樂；還有一個是和另一個同學拳擊的節目，事先都排練好了，最後以我被一拳擊倒而告終。

還有一次演戲，話劇《表》。我演了一個傷兵，被日本兵追擊，一個小姑娘幫我躲在一個大草堆裡，日本兵來追問、威脅小姑娘，小姑娘始終不說我的藏身之處。日本兵走了，我從草堆裡鑽出來，為了表示對小姑娘的感謝，送她一塊掛錶。演這出話劇時，上海已是淪陷區。

怎麼也不會想到若干年後，我會以文藝工作為職業。

我小時候是很頑皮的。美華小學有鞦韆，我可以盪得和鞦韆上面的橫梁差不多高。有一天我正在鞦韆上玩，兩個姐姐從外面買來麵包（形狀像香蕉），叫我下來吃麵包，我叫他們扔給我，我一面盪鞦

韆，一面伸手去接，一不小心從高高的鞦韆上摔了下來，把下嘴唇都幾乎咬穿了，流了好多血。晚上回家，我還笑著讓媽媽看我的傷口。

　　兩個姐姐從小學畢業之後進了一個女子中學。有一次姐姐從同學那裡借了一雙冰鞋（4個輪子的那種），我先在家裡練，以後就穿著上學，又快又省勁。馬路上不准溜冰，有一天在離家不遠的地方，一個紅頭阿三（租界里的印度巡捕）騎著摩托車追我，我就穿著冰鞋跑，摩托車轉彎不靈活，而我看到他快追上我的時候，猛一轉身就往回跑，幾個回合，可能是這位紅頭阿三被我的捉弄激怒了，窮追不捨。我的堅持力量畢竟是有限的，眼看會被抓住，我一頭鑽進了一個裁縫鋪，結果，還是被抓住了。紅頭阿三問我是誰家的，拎著冰鞋把我送到了在東浦石路上的家。還好冰鞋沒有被沒收──我最怕這一招。媽媽也沒有打我，只是冰鞋被姐姐還給人家了。可能是小時候在馬路上練出來的功夫，以後我到蘭州穿冰刀滑冰，第一次就可以跑起來。

　　小時候也打過架，和弟弟打，也以我為大王領著一群孩子和另一群孩子用橡皮筋彈弓打。有一次打了開明我就跑，他在身後追我，我把通向花園的玻璃門關上了，他猛地一拳，竟然把那麼厚的玻璃門打碎了，小拳頭上流著血，媽媽還送他到醫院去檢查，怕有碎玻璃留在皮下，我挨的是什麼懲罰現在不記得了。

　　到了上海，家境有所好轉，但過得還是很簡樸的生活。爸爸吃螃蟹，我只能啃幾條腿。聽說最好的螃蟹是陽澄湖的大閘蟹，一塊錢買四隻。我曾經暗下決心，等我長大了有了錢，一定要買好多好多的螃蟹，吃個夠。

　　我還到馬路對面的當鋪去當過戒指。為了應急，媽媽、姐姐還去當過衣服，可見日子仍是很難的，可又要做面子，怕人家說窮。有時候我跟媽媽要錢（街頭的攤子上賣炒麵、油豆腐細粉要三、五分錢一碗），特別是我拿別的孩子能要到錢為理由，要媽媽給錢的時候，媽媽總是說：「你跟人家比呀，他家裡有成千上萬的家私呢。」

　　以後隨著父親工資的增加，生活逐漸好起來了。

9 出售「四社」

　　崔家的家境真正好起來，是從崔叔仙退出「四社」後辦實業開始。要說發達，那要等到仁社成立之後了。然而，我要先下個定義，祖父一生中曾經很富裕，但他的富裕有個特點，叫作「千金散盡還復來」，只用前四個字就更貼切了。

1984 年，崔哥到上海美領館辦簽證，住在衡山路永嘉新村的周奇家，他比我父親年長，是祖父當年的大管家周文的兒子。他給我講過一個小故事，可見爺爺散財的手筆有多大。

說的是在上海期間，崔家住在一棟洋樓里。爺爺當時也加入了洪幫，有個洪幫山主不知為何落了難，帶著家眷到上海租界躲避，找到爺爺幫忙。爺爺二話不說，馬上設宴款待。晚餐後，安排客人入房休息，上樓前，他對客人們說：「請放心，我會安排好一切。」

客人說了謝謝，就歇息下來，也沒多想。

次日清晨，客人起床洗漱完下樓，傭人已做好早餐，請他們吃早飯。他說：「不急，等我叔仙兄弟起來一起吃。」

傭人平靜地告訴他：「你們不必等了，崔經理一家昨天晚上就走了。」

「啊？」客人沒想到崔叔仙會離開，以為他會和他們一起用早餐，聊一聊接下來的安排。怎麼就這樣把他們扔在家裡不管？心中免不了疑惑。

傭人接著說：「崔處長走之前，給你留了一封信，就在這裡。」

他打開信一看，嚇一跳。崔家人確實走了，而且再也不回來了，這棟房子和房子裡的所有傢具、陳設、用品，連同兩名傭人，崔叔仙都送給他們了，不需要一分錢！

說實話，這個故事就是編成小說，也該歸於傳奇一類，我不太相信。

我後來回高郵時，問祖父這個故事是否屬實，他輕描淡寫地說：「嗯！記得是有這麼一回事。這個人叫劉芳雄，他後來幫了我很大的忙。送一棟房而已，合算的！」

我叫一個恨吶！只恨出生太晚。

扯遠了。這個劉芳雄，我在此書第十一章的第五節還會提到。現在回過頭來講祖父辦報的事。

崔叔仙擔任「四社」總發行主任以後，不但接觸了許多當時的上層軍政人物，同時也將觸角伸進了文化藝術界。他通過辦報和青紅幫會的活動，結識了張大千、徐悲鴻，劉海粟，豐子愷，潘潔茲等書畫界的朋友，當然和於右任，吳稚暉等人的往來也一直沒有斷過。這

期間，他還認識了也是蘇北來的戈公振，他剛從莫斯科歸國，崔叔仙邀請他擔任《時事新報》的編輯，兼社論特約主筆。

這個戈公振是一位左翼作家，他每發社論，無不嚴苛抨擊時政，對國民政府的不抵抗政策尤為態度激烈。張竹平以及崔叔仙本人，也都主張積極抗日。

蔣介石委派自己的把兄弟黃郛，到北平和日本人談判求和。「四社」的報紙都刊登消息並大罵黃郛。黃郛見到報紙上罵他是賣國賊，又惱又怒，忙不迭跑回南京，找到蔣介石哭訴，說他再也不想到北平去了。

壞了我的大事，這還得了！蔣介石下令封閉「四社」。手下接到命令，殺氣騰騰地奔到上海，但來了一看就灰溜溜地返回報告說：「委員長，這個‘四社’我們封不了，因為兩個頭目都是青幫‘通’字輩大佬，而且他們在租界裡，明的暗的都不好弄。」

要真是沒辦法弄，委員長就白當了。蔣介石讓杜月笙出馬。

杜月笙當然是左右為難，一邊是兩個爺叔，風頭正勁，不能得罪；一邊是黨國元首，不可違抗。

杜月笙想了又想，最後想得一個主意。他跑到南京，建議南京政府花錢消災，把「四社」買下來。蔣介石問他，如何讓張、崔二人同意出售「四社」，他一拍胸脯：「這個我有辦法！」

杜月笙親自來到愛多亞路的「四社」總部拜訪，見面就送大禮。送給張竹平一幅董其昌的山水畫，外加米萬鐘的一件條幅。送給崔叔仙兩件皮貨大衣，一件是紫貂，一件是銀狐。其中紫貂大衣尤為珍貴，可說是稀世珍寶。

東北有三寶，人參、貂皮、烏拉草。這裡的貂皮指的就是紫貂皮。即使到今天，紫貂皮仍然貴重，歷史上有好幾次，人們試圖人工養殖紫貂，都沒成功。平日見到的野生紫貂的皮毛並不是紫色，而是發紅色或棕色，腹部還多有雜色毛，其實屬於紫貂的亞種。真正的紫貂本該通體紫色，且無雜毛。只可惜，這種紫貂早就絕種，到了民國時期，只剩兩件純紫色的貂皮大衣傳世，都在東北張大帥的手上。

「九一八」以後，灰頭土臉的張學良引咎辭職，悄悄地來到上海避風頭，住在福煦路 181 號。這是杜月笙的房子，杜月笙不僅接待了正走霉運的張少帥，還費盡心機，幫張少帥戒掉了毒癮。張學良為

表感謝，將他僅有的兩件紫貂大衣中的一件送給了杜月笙。杜老闆為了擺平這次「四社」的交易，轉手贈給了崔叔仙。

這些東西都是稀罕物，杜老闆這番出手，不用問就知道必有大事。

果然，杜老闆說：「兩位爺叔！我就明說吧，財政部看中了你們的四社，想把它們買下來歸為國有。怕你們不願意賣，就讓我過來說情，還請爺叔賣我個情面。至於收購價格，請放心，我會和財政部那邊談妥，一定保證兩位滿意。不急的，請兩位爺叔考慮幾天，下禮拜我再來。」

杜月笙雖是他們的晚輩，但在上海，他已是個一言九鼎的人物。張竹平和崔叔仙都十分清楚，若不是顧及青幫中的輩分，杜老闆不需要這般小心謹慎，給足了他們面子。反過來想想，杜老闆自身的面子好像也不能違。

怎麼辦為好呢？二人商量一陣子也沒有結果。正在這時，傳來了壞消息，同樣批評政府不抵抗的《申報》董事長史量才，在滬杭公路上被槍殺。又過了兩天，他們「四社」所屬《時事新報》的編輯戈公振突然爆病而亡。顯然，這都是杜月笙在給他們施加壓力。好漢不吃眼前虧，他們只能同意將「四社」售出。

財政部送來六萬塊，同時派王鏤冰和崔唯吾二人接管了「四社」。

張竹平和崔叔仙什麼都沒了，「窮」得就剩下六萬塊錢了。沒辦法，就玩錢吧。

他們仍然合作，在江西中路買了一處辦公樓，開辦協豐礦行，向湖南響水口的錫礦等礦山投資，同時開辦上海木器公司，崔叔仙任經理。他們後來又成立了上海經濟合作社，投身金融業。

10 仁社

開「大香堂」的當天宣佈，新進門的弟兄要在新利查飯店舉行謝恩酒會。這個酒會的開銷仍在「大香堂」的禮金中支出，張老太爺讓崔叔仙去張羅。崔叔仙在飯店二樓設好一百二十個座位，晚宴是西餐配紅酒，一旁還有樂隊演奏，氣氛極好。坐在上首的張師父高興的

很。唯一遺憾的是被邀請的人中，楊虎和黃金榮沒有到場。張老太爺說：「他們跟我說過，因為公務在身，來不了。大家別等了，開席吧。」

席間，有幾個弟兄，包括張竹平和韋作民（「通」字輩，交通部次長）向老太爺提議說，師父的門徒中，有身份、有地位的人越來越多，為了讓軍政商文各界的高層弟子之間聯絡方便，互為協助，能不能考慮成立一個幫會內部高層的俱樂部，大家定期聚會，以此吸引全社會更多的名士加入。

酒宴過後，張仁奎把崔叔仙叫到一邊，對他說：「叔仙吶！你剛才就坐在我邊上，你幾個師兄說的那個俱樂部，你也聽見了吧？」

「是！師父！」

「我覺得不錯，是個好主意。你費點心，考慮一下怎麼弄，也可以和張竹平、韋作民他們商量商量。想好了，說給我聽聽，反正你隨時可以到家裡來。」

「是！師父！」

崔叔仙知道，大好的機會來了。他迅速行動，找張竹平，韋作民、蔣光堂（上海《大光報》經理）等幾人商討，寫了一個章程，交到張師父手裡。

張師父高興地說：「到底是年輕人，弄得還挺快，我眼神不好，你念給我聽聽就行。」

崔叔仙翻開章程，一條一條講給老太爺聽：

取師父名中的仁字，成立上海仁社俱樂部。

仁社的綱領：不分黨派，只重義氣。

社員可申請加入，但必須是張師父的徒弟門生，而且文官必須在薦任一級以上，武官將校。如非幫中弟兄，須先入張門為徒子徒孫，方可加入。

全社大會每年召開一次，在師父的家裡舉行，時間定在師父的生日那天。

張師父擔任社長，下設理事會，由師父指定一名理事長和九名理事，外加秘書一名，主持日常事務。

張仁奎很滿意，說：「好吧，我就當這個社長，叫楊虎去當理事長。理事嘛，你手裡有沒有個名單啊？」

「有的，按你的吩咐，我請教了張竹平、韋作民、還有蔣光堂，他們幫忙草擬了一份名單，都是全國你的徒弟中地位比較高的，請師父過目。」

張仁奎接過名單，戴上花鏡，隨手在名單上畫圈圈，他們是在上海的張竹平、蔣光堂、黃金榮、董顯光（《上海大陸報》經理）、莊鑄九（盛懷宣女婿，百樂門舞廳老闆）、陳佛生（即陳世昌，杜月笙的師父）六人，加上外地的韋作民、蔣鼎文（陝西省主席）、韓復榘（山東省主席）。不多不少，共九人。

他把名單圈好後遞給崔叔仙說：「叔仙吶！你在門中最小，就多吃點辛苦，做這個秘書吧。你去負責全國上下的聯絡，主持社裡的日常事務。有什麼難辦的事情，直接來找我。」

這正是崔叔仙最想要的結果。他是真心感謝老太爺這麼器重於他。他立刻成為仁社會員的中心，非但承上啓下，張老太爺那裡由他傳話，而且舉國之中，凡要入仁社的人，首先要聯絡他崔叔仙。一時間，「江北才子」的雅號被「老頭子的關門弟子」所代替，甚至到了一個地步，提起上海的「小爺叔」，你若不知道指的是誰，哎呀！你最好別在江湖上混啦！

仁社是在 1935 年 5 月由上海市社會局批准成立的。一經面世，沒人想到它會發展得如此迅速、如此的輝煌和強大。一時間，軍政要員、工商翹楚、藝術大家，無不趨之若鶩。這麼說吧，就連委員長蔣介石也沒耽擱，早早就成了仁社的一員。杜月笙和黃金榮看著眼饞，不但都加入仁社，也相繼祭出了他們自己的恆社和榮社，儘管也有影響力，但始終都沒能蓋過仁社的風頭。

崔叔仙可謂「一登龍門身百倍」，不但在青幫里混得是風生水起，還和幾個洪門把兄弟一舉開創了「五行山」，「新中山」和「麗華山」等山頭組織，成了洪幫山堂的老大。同時期，他也開始收徒。不過，他管徒弟叫「學生」，換個與時俱進的說法而已。不論青幫還是洪幫，師徒如父子，師父一句話，徒兒惟命是從。

他的能量膨脹到什麼程度，舉兩個例子便可說明。

首先是他的二哥崔仲仙的一家三口也從天津搬到上海來投靠

他。崔叔仙找他洪幫兄弟，上海公安局局長沈毓麟幫忙，將他的二哥安排在公安局的稽查處，當了個副處長。其時，崔伯仙一家仍在高郵居住，陪著年逾八十的老母，崔叔仙按月寄錢回家。這樣，整個大家庭都不必再像以前那樣艱辛度日了。

還有一件事發生在 1936 年 6 月。崔叔仙的老朋友，共產黨人蕭伯岩在上海從事地下活動時，因叛徒告密被捕，關在警備司令部。崔叔仙起先並不知道此事，他甚至都不知道蕭伯岩也在上海。

這天下午，有訪客來到上海福熙路仁社的辦公室，要見「小爺叔」。崔叔仙請進來一看，原來是洪門的一個弟兄，名叫蕭叔安，當初開「五行山」的時候，此人出了不少力。

崔叔仙讓副官泡了茶，請他在沙發上落座，然後說：「蕭老弟，哪陣風把你吹到這裡來了？前些時找過你，但沒找到。不曉得你跑哪裡去了。」

「看你說的，憑叔仙兄的門道，在上海哪有你找不到的人？不瞞你說，我最近這半年都不在上海，而是到蘇聯轉了一圈，剛回來不久。」

崔叔仙覺得奇怪：「蘇聯和國民政府的關係越來越不好，你怎麼會去哪裡？」

蕭叔安輕輕放下手中茶杯，站起來小聲說道：「豈止蘇聯，我還去了一趟陝北。」

崔叔仙聽到這話，心中明白一半了，但他不想點破，就說：「蕭老弟的生意看來越發做大了。東西南北路路通啊！來來來！請喝茶。敢問蕭老弟這次回上海發財，有什麼需要我幫忙的嗎？不要客氣。」

蕭叔安站起來說：「叔仙兄，小弟的確有一件事，別人辦不了，唯有請‘小爺叔’出面說句話才行。」

「老弟客氣了！坐坐坐！有何事體？說說看。」

「這，···」蕭叔安看了一眼辦公室開著的門。

崔叔仙起身，過去把門關上。回來說：「放心！但說無妨。」蕭叔安沈默了近一分鐘，然後緩緩開口道：「我有位親戚，以前在梁冠英手下做秘書的時候和你同過事，叫蕭伯岩，你記得這個人吧？」

「何止是‘記得’那麼簡單。我們那時都在二十五路軍當少校

秘書，是常相往來的好朋友啊。我到上海以後，聽說他也走了，不知他現在何處啊？」

「不太妙啊！他被抓了，關在淞滬警備司令部。」

「我早就知道他是蘇聯留學回來的共產黨。這次出事，也是因為這個吧？」

「具體是什麼原因還不清楚，但我想盡快把他保出來，不能讓他在裡面受罪，是不是啊？」

「那是自然。」

「可一旦進了警備司令部，就不好辦了。我也是迫不得已，只好冒昧登門，想請‘小爺叔’出面斡旋，或許還有些希望。」

「蕭老弟請放心，我不敢在這件事上打包票，但一定會盡我最大的努力去救他。老朋友落難，我不能不管不顧。」

「那太好了！拜託！拜託！」蕭叔安深鞠一躬。

然後，他們又談論一些閒話，蕭叔安就告辭了。

崔叔仙不敢耽擱，馬上打電話給警備司令楊虎，約他第二天到小東門的德興館吃上海本幫菜，同時也約了杜月笙一同赴宴。

因為上次收購「四社」的那件事，杜月笙覺得欠了崔叔仙等人一個大人情，等崔叔仙主持仁社日常事務後，他主動找「小爺叔」「敘舊」，還說要請崔叔仙吃飯。於是，崔叔仙正好趁這機會請他陪客，其實是希望他在旁邊幫忙說說話。

客人到齊，上菜：

杜月笙的最愛，草頭圈子、糟鉢頭。
楊虎的最愛，青魚禿肺、冰糖甲魚。
還有宋家姐妹也愛吃的蝦子大烏參。

吃到差不多時，崔叔仙將話轉入正題，請楊虎幫忙放了自己的老朋友。他解釋說：「那蕭伯岩是個文人，哪裡曉得那麼多的政治呀、主義的。怪就怪他到蘇聯留學，到了共產黨國家，自然就成了共產黨。別說他了，我們蔣委員長的大公子，不是也在蘇聯入了共產黨嗎？我在二十五軍時，每天都和蕭伯岩在一起，他曾是共產黨的事，誰都知道，沒人當回事。這次一定是哪裡有誤會，能不能請楊長官高

抬貴手，放他一馬？」

楊虎說：「我聽說了，是有這麼一個人被人檢舉了。抓了以後，他也承認在蘇聯加入了共產黨，其它的情況，我沒有過問。既然他是叔仙小老弟的朋友，我回去再詳細瞭解一下，看看是怎麼回事。」

杜月笙話不多，臨散席時對楊虎說：「我這位‘小爺叔’幫了我不少忙，倒沒有讓我為他辦過事。這次的事情，能幫就幫他一次吧！」

楊虎聽了笑起來說：「我倒要看看他是何方神聖，弄得你們兩個大佬為他說情。」

崔叔仙說：「他既不神，也不聖。朋友一場，不能袖手旁觀罷了。」說罷他遞給楊虎一個捲軸，接著又說：「素聞司令長官風雅，小弟手邊沒有什麼好東西，就這麼一個小玩意，據說是宮里流出來的，不成敬意，斗胆相獻，望司令長官不要推辭。」

楊虎客氣了一番就收下了。回去展開一看，不禁喊出聲來：「啊！這還了得！」

這是唐朝閻立本的《步輦圖》。寶物啊！

蕭伯岩被釋放了。崔叔仙去接的他，並為他在上海安排好住處，後來還將他的一大家人都接到上海來。

關於蕭伯岩後來的情況，爺爺沒說，我也沒問過。而蕭叔安的結局我是知道的，因為現在能見到很多關於他的文字資料。

那年年底，張學良和楊虎城在西安鬧「兵諫」。共產黨則呼籲停止內戰、聯合抗日，並派代表到南京談判。

這天報上登出國共談判破裂的消息。所配的大照片上有兩個人，一個是陳立夫，崔叔仙認得的，他是國民黨方面的代表。

另一個是共產黨的全權代表。哎？不看不知道，看了嚇一跳。

崔叔仙瞪大眼睛，心想這人太眼熟了，怎麼像是他？再看一遍，沒錯，可不就是他嗎？蕭叔安啊！

再往下仔細看，原來他的真名並不是蕭叔安。

他叫潘漢年。

第 08 章 全面抗戰 崔家人顛沛流離

1 小蔣歸國

1937 年 4 月 10 號下午，天氣不冷不熱。崔叔仙在仁社辦公室裡面閒坐著。因為沒什麼事情可做，就找來自己的司機，吩咐他說：「老劉，今天是星期六，開元不上學，麻煩你回去一趟，叫周文把開元和開明兩個孩子都帶過來玩玩，好吧？」

老劉回答說「好的，我馬上就去。」

老劉全名叫劉心遠，祖籍江西，仁社成立之初，經由蔣光堂介紹，成為崔叔仙的專職司機兼保鏢。這個人平日里很少說話，開車、修車的技術都很高明。他當過兵，會武術，辦事情也周到可靠，不管公事或是私事，崔叔仙都喜歡交給他辦，他也從沒讓老闆失望過。

從仁社所在的福熙路到東浦石路 103 號的崔家並不遠，也就是現在從延安路到長樂路的一段距離，但崔叔仙知道兩個兒子喜歡坐小汽車玩，所以才打發司機開車去接他們。

不一會兒，周文陪著兩個男孩子下車走進來。這年開元 10 歲，開明 5 歲。

崔叔仙抱起開明問：「坐小汽車好玩嗎？」

「好玩！」開明回答。

他接著帶著兒子們樓上樓下參觀了一番，然後指著桌上的電話對開元說：「你在這裡等著，要是電話鈴響了，你就接電話，敢不敢？」

開元說：「敢！可我應該說什麼呢？」

「你就拿起電話說：‘餵！這裡是仁社，你找哪一位？’記住了嗎？」

「嗯！」開元在電話旁守著，既興奮又緊張。

等了好久，電話仍沒動靜。看兒子著急，崔叔仙就跑到隔壁房間，拿起另一個電話，打給開元。開元聽到電話響，忙抓起聽筒，放在耳邊說：「餵！這裡是仁社，你找哪一位？」

崔叔仙在另一頭說：「我找崔開元。」

「我就是崔開元。你是爸爸呀，你在哪裡呀？」

「我就在你隔壁。好啦！現在你可以掛上電話了。」

開元剛掛上電話，父親還沒走回來，電話再次響起鈴聲。他抓起聽筒大聲說：「這裡是仁社，你找哪一位？」

對方說：「我是楊虎。崔叔仙在不在？」

崔開元說：「我爸爸在隔壁。」

崔叔仙正走進來，聽見開元小聲對他說：「爸爸，他說他是楊虎。」

崔叔仙一聽，趕緊上前接過電話說：「餵！我是崔叔仙。」

「叔仙呐！剛才好像是你家小孩子接的電話吧？」

「對不起！楊長官，今天孩子不上學，在這裡玩，失禮了！」

「哪裡哪裡！是你兒子嗎？很聰明啊！幾歲了？」

「十歲，頑皮得很。楊長官有什麼吩咐，請講！」

電話那頭的聲音變得鄭重：「噢！是有件事，非常重要，要和你面談。這樣吧，如果你現在手頭上沒有要緊的事情，就請馬上回到府上準備一下，我晚上會帶三個重要的人過來吃飯。這些人你都認識，見面就知道了。吃飯是次要的，隨便搞兩個菜就行。」

「好！我現在就回去準備。」崔叔仙說罷，就立刻讓老劉把他們全都送回家。

天一擦黑，門前駛來三輛轎車，衛兵和侍從官都留在車上，只有四個人前後走進崔家大門。這四位崔叔仙的確都認識，他們是楊虎、吳稚暉、陳立夫，還有一位是陳立夫的手下戴雨農，也就是戴笠。半年前，戴笠還在力行社時，崔叔仙和他打過交道，關係一般，不算很熟悉，但知道他是新近才併入了陳立夫的軍統局，任二處處長。（後來軍統一處分出，單獨組成中統局，二處的戴笠升任軍統副局長。）

這個軍統二處也就是特務處，牽涉到許多重大的秘密行動。他們這四位一起到來，說明什麼呢？崔叔仙想不明白，但是可以肯定，接下來要談的事情一定是非同小可。

崔家已經準備好飯菜，時間短，菜色簡單，除了「崔家獅子頭」，汪嘉玉還做了幾個素菜，外加一道魚湯。幾位客人品嘗之後，當然是交口稱贊。顯然是有緊迫的要務，大家很快就吃好了。傭人收了碗筷，抹乾淨桌子，上茶。

吳稚暉先開口：「大家都吃好了，那我們就開始談正事吧！叔仙，現在有一件異常重要的事情，需要你參與進來，和我們一同把它辦好。這是一件關係到我們國家的公事，也是關係到我們領袖的家事，所以必須嚴格保密。今天的談話內容，只限於我們在座的五個人知道，絕不能外傳，哪怕是家人也不可透露。有沒有問題？」

崔叔仙馬上回答：「保證沒問題！有什麼吩咐，學生一定竭盡全力。」

吳稚暉：「請陳局長來談一談具體的事情。」

陳立夫嘗了口茶，誇道：「好茶！喝得出來是今年的新茶。」

崔叔仙答：「確實是今年的明前茶，叫作'金壇雀舌'。」

陳立夫又說：「好！」這才放下茶杯，看著崔叔仙轉入正題：「是這樣，蔣先生的大公子現在還在蘇聯，你知道吧？」

崔叔仙：「我大概知道一些。他好像去了很久了。」

陳立夫：「是的，他是民國14年走的，算起來已有十多年了。」

吳稚暉：「十二年了。」

陳立夫：「對，十二年。但他馬上就要回來了。」

崔叔仙：「哦！去年年底的報紙上說他正式加入了共產黨，不知是否屬實。」

陳立夫：「他確實是一名蘇聯共產黨黨員。但他在蘇聯的日子也不好過，雖然他在報紙上說過不少反對他父親的話，但因為他是蔣先生的兒子，並不被共產黨信任。在列寧格勒的紅軍軍政大學畢業後，他沒能順利進入蘇聯紅軍，而是被送到西伯利亞的礦場做工。在那裡一待就是好幾年。現在他婚也結了，兒子也有了，就想著要回到中國來。幾年前蔣夫人和孔夫人就為此事努力過，但中蘇斷交後，兩國關係不好，蘇聯方面一直不同意放人。最近由於日本方面的軍事威脅，似乎使得中蘇關係快速解凍，兩國為了共同的利益，正在重新接觸，以圖聯合牽制日本人。國民政府委派顏惠慶、顧維鈞他們兩個和蘇方談判，小蔣歸國的事情也是一個議題。最後，蘇聯共產國際主席季米特洛夫終於同意了這個事情。這個月的6號，小蔣帶著妻兒已經到了海參崴。他發來電報，說他們將乘船回國，12號中午就能到上海。」

崔叔仙：「好哇！委員長父子可算是久別重逢，大好的事體呀！這裡面需要我做些什麼呢？」

吳稚暉嘆氣道：「唉！有道是世事難料呀。當年送小蔣到蘇聯留學，哪裡想得到會變成現在這個樣子啊！小蔣早就公開表示，反對老蔣分共，還宣佈斷絕同蔣先生的父子關係。所以蔣先生現在很難辦，一方面是思子心切。人嘛，舐犢之情，誰都難免。可另一方面，小蔣滯留蘇俄十二載，思想有可能已經赤化。回國後，二人何以相見，何以相處，都成了擺在蔣先生面前的大難題。到底見不見，何時何地見，怎麼個見法，他還在斟酌，畢竟他曾講過自己教子無方，可悲可嘆的話。今晚我們把這裡的事情定下來以後，我明天會去南京，當面勸說蔣先生和小蔣相認。」說完他示意陳立夫繼續說。

陳立夫：「我的想法是，建豐一到，還不能馬上去南京，需要先在上海住下來，再看蔣先生的意思如何，我們才能作下一步的安

排。為防止有人要秘密會見建豐，我們決定給他單獨安排一個住處。也就是說，他們一家人到了上海以後，建豐會被秘密接走。 送到一個安全可靠的地方，此處最好靠近蔣先生在東平路的‘愛廬’。我們大概看了一下，叔仙你的住處是最理想的選擇。讓建豐住在這裡，你看行不行？」他所說的建豐是蔣經國的字。

原來如此，崔叔仙聽明白了。他把各種可能出現的情況都迅速考慮了一下，然後說：「只有一個問題我沒有把握，就是小蔣的安全。茲事體大，我這裡副官和勤務兵加一起只有三四個人，假如有個什麼突然的變故，我的人手怕是不夠啊！」

陳立夫：「這個你不必擔心，戴處長的人就在附近，隨時可以增援。」

戴笠：「對！崔處長，這方面你大可放心，我負責這一次的具體行動。你要注意的是，不要表現出任何異常，一家人還要像平時一樣過日子，越平常越好。還有，12 號中午以前，我會過來接你去碼頭，我們一起去接建豐。」

崔叔仙：「好的，我一定會好好照顧小蔣的生活起居。他在這裡要住多久就住多久，沒有任何問題。」

吳稚暉：「那好！你們等我的消息。蔣先生那邊一旦有了決定，我會立刻通知你們。」

12 號一到，崔叔仙早早起床。吃完早飯，三個大點的孩子都上學去了，他對汪嘉玉說：「今天會有一個朋友到家裡來，可能要在我們家住一段時間，你叫他們把樓上的客人房打掃乾淨，菜要做得清淡，但要考究點，他可是個貴客。另外，不要讓開明哭鬧，盡量讓客人安靜休息。」

汪嘉玉笑道：「放心吧！不會讓你掉面子的。」

11 點不到，戴笠來敲門，請崔叔仙上車，一路往江邊開去。到了客船碼頭，時間還早，他們一起來到客運站辦公室內休息等待。正在這時，一個身著少校軍服的年輕人快步走到戴笠面前，附在其耳邊小聲說了幾句話，戴笠聽後面色凝重，站起身來，低著頭在屋內來回走了幾圈，然後站定，對來者說：「叔逸，你立刻去準備快艇，我們不能在這裡冒險，還是直接去水面上把他截走，才能保證萬無一失。」

「是！處座，我馬上辦！」這位叫叔逸的年輕人快步離去。崔叔仙後來和他熟悉以後，得知他叫沈醉，字叔逸。

戴笠轉過臉對崔叔仙說：「崔處長，現在就請移步，準備上快艇。我們剛剛得到情報，共黨方面也打算把我們的客人接走，碼頭上已經極其不安全，所以我們要趕在他們前面，直接上船把人帶走，免

得節外生枝。」

等快艇開到，他們迅速登艇，還沒坐穩，就聽戴笠急促地說：「快出發！我已經看見客輪了，快！」

小快艇馬達轟鳴，迅速衝出去，正對著迎面開來的輪船。等來到船邊，命令其停航，戴笠親自帶人登上輪船。不大一會兒，他就找到了蔣經國，大致說明情況後，小蔣平靜地跟著來到快艇上。他們立刻飛駛而去，沿江來到了杜月笙的私家碼頭上岸，再乘車進市區，直接開到崔家。

進了家門，戴笠對蔣經國說：「建豐，這位是仁社的秘書，也是二十五軍的上校處長崔叔仙。因為一些突發的原因，我們只好上船把你接到叔仙的府上，請你暫時住在這裡。崔夫人很會操持，你就在此地安心休息。前兩天，蔣大使從莫斯科發電報給委員長，說你們即將回國，孔夫人和蔣夫人都很高興，早就安排好在碼頭接你們，現在你的夫人和孩子已經被接到蔣夫人在東平路的別墅裡。他們離這裡很近，過兩條街就到，如果你想見他們，我可以安排他們過來，至於你何時能和委員長或是蔣夫人見面，我還在等待南京的命令。你一路辛苦，早點歇息。我先告辭，但我會留人在樓下值班，如果有需要，他們可以立刻找到我，我馬上過來。」

蔣經國說：「我理解你們的安排，只是辛苦雨農兄！」送走戴笠，他又對崔叔仙說：「也有勞叔仙兄，在你府上打擾，還望海涵吶！」

崔叔仙說：「不會打擾我們的。你能到寒舍來，是我們的榮幸！還請建豐兄不要見外，有什麼需要的，儘管說，我一定盡力。」

蔣經國忙說：「好好！請叔仙兄不要客氣，叫我小弟就行。」

「那好，我虛長八歲，就叫你老弟吧。我下去叫人送茶進來，建豐老弟先歇息片刻，等晚飯好了，再下樓吃飯。」

「好的！」

晚飯桌上，汪嘉玉擺上了一盤糖醋魚，一盤蠶豆瓣酥，一盤皮蛋涼拌豆腐，還有一盤煮乾絲，一盤炒韭黃，外加砂鍋雞湯。

崔叔仙上樓請客人到餐廳用餐，入座後，他一一介紹了家人的名字，告訴幾個孩子，客人叫尼古拉，你們都叫他尼叔。

家裡來客人吃飯，全家人早就司空見慣、習以為常了。可今天的客人和以往的那些達官貴人相比，大有不同。只見他年紀輕輕，也就是二十多歲，皮膚略黑，顯然在戶外曬了不少的太陽，眼睛總是像微笑的樣子，嘴角卻又透著剛毅。席間，他並不拘束，喝起黃酒來，很是豪放。他尤其喜歡吃魚頭，他一個一個地問四個孩子：「魚頭能給我吃嗎？」，見他們都點頭，他就伸手把魚頭夾到自己碗裡，有滋

有味地吃起來。

見他吃得如此香，孩子們都看著他笑。小蔣放下筷子，笑著對汪嘉玉說：「崔夫人，我在俄國住了十幾年，沒想到今天剛回來，就吃到這麼好吃的菜，這頓飯實在是叫我終身難忘啊！」

汪嘉玉笑著說：「啊喲！他尼叔呀，叔仙叫我做得清淡一些，所以真沒有特意做什麼好東西，都是我們平時吃的菜，你要是歡喜吃什麼，就告訴我，我來給你做。」

小尼叔指著魚頭說：「這就是最好的東西，有它就足夠。」

汪嘉玉：「那還不好辦，明天請你吃大雜燴--山藥燴魚頭，再來個豆腐魚頭湯，都是我們高郵的家常菜。好不好？」

「好的！多謝嫂子！」

蔣經國在東浦石路 103 號住了整一個星期。4 月 18 號離開上海去杭州，在那裡終於和蔣介石相見。

這件事，從歷史角度去看，標誌著國民黨小蔣時代最早的開端。

但是，沒有任何史學家知道，老蔣和小蔣兩代人之間的心結，到底是怎麼解開的。

這是一個秘密。

我只知道，一個關鍵的神秘人物，在那個不平常的一個星期裡的某個夜裡，秘密出現在東浦石路 103 號的崔家宅子里。蔣經國和來人在樓上的房間里密談了一個多小時。然後，一切便歸於雲淡風輕，花好月圓。

那麼，這個神秘人是誰呢？我真不知道，因為祖父說他發過誓，絕不洩露天機。知道這件事情底細的寥寥數人，也都和祖父一樣，把這個秘密靜悄悄地帶走了。世上再無一人知曉。

蔣經國晚年，在台灣當總統時，曾經跟人說過一段話：「當年，我從蘇聯歸來，臨時住在一個朋友家中，這家的女主人問我愛吃什麼，我怕她麻煩，隨意就說愛吃這碗裡的魚頭，哪知後來，她竟每天為我做魚頭宴，頓頓不同樣，全都是人間美味。後來又到過他們家幾次，每次都讓人大飽口福。我現在之所以愛吃魚頭，其實都是在尋找一段久遠的回憶罷了。」

上世紀七十年代末，原國軍十五兵團司令王修身將軍在美國訪問期間，到佐治亞州賽凡那市看望吳國禎，見到了也在賽凡那居住的二姑媽崔國華。王將軍聽我二姑媽說崔叔仙還在大陸被管制，心中非常掛慮。他返回台灣後，隨即找到小蔣幫忙。小蔣秘密聯繫了大陸的統戰部門，後由統戰部行文報至國務院，當時的國務院副總理趙紫陽在文件上批示，責成上海市統戰部和江蘇省統戰部，對崔錫麟「反革

命」一案立即平反，並退還被沒收的一切財產。

祖父只知道他的平反是因為趙紫陽的批示，卻不曉得這個批示的來歷。直到二姑媽從美國回來看他，他才知道了這幕後的實情，一時不勝感慨。

2 淞滬會戰

我們從小就有了一種概念，我們腳下的星球，是人類美麗的家園。您要是仔細想想就會發現，這個家園有時並不美麗，甚至連太太平平的時候都不多。二十世紀三十年代的上海更是如此。單說發生在這裡的上海淞滬抗戰，就前後打過兩次。第一次是 1932 年的「一二八」抗戰；第二次是 1937 年的「八一三」抗戰，也就是人們通常說的「淞滬會戰」。

還記得 1971 年是崔哥一家住在高郵鄉下的第二年，我們搬進了新蓋的草房。我們的新家有三間房，堂屋在正中間，東面一間的前面拖出半間砌了鍋灶，後面為我和姐姐支了兩張小床，西面是爸媽的房間。

當時的農民家庭還很貧困，周圍大多數的人家的大門是從來不上鎖的。倒不是因為治安好到「夜不閉戶」，而是戶裡什麼都沒有。

可在這一年，公社竟然奢侈了一把，為全體農民的每家每戶，全都安裝了有線廣播，還免費。

父親到公社領回一個七寸的紙盆喇叭，我焦急地等待了好幾天，公社廣播員才到家裡來安裝。他踩著凳子，把喇叭固定在堂屋裡靠近爸媽房門的木柱子上。喇叭背面有兩個電極，一個連在從外面拉進來的一根細鉛絲上，另一個也接上一段鉛絲，鉛絲的另一端，插在柱子底部的土中。

他說：「好了！」

我：「好了？怎麼沒有聲音呢？」

他一邊收拾他的工具，一邊說：「到水缸裡舀點水，澆在這裡。」他指了指剛才插在土裡的鉛絲。

不是開玩笑吧？我將信將疑地往那裡澆了滿滿一瓢水。

真是神奇，三秒鐘後，喇叭響了。

「八一三，日寇在上海打了仗，江南國土遭淪亡。」高亢明亮的女聲。

太熟悉了，我都會唱。廢話！誰不會？

這是現代京劇《沙家浜》里沙奶奶的唱段。在那個年代，人們

聽這一類樣板戲怕是耳朵都聽出繭子來了。它的作者其實就是我們高郵人汪曾祺，但在當時，我並不知道《沙家浜》的作者是誰，想唱就只管唱，連「八一三」是什麼也懶得管。

後來學歷史，才知道「八一三」就是中日之間的「淞滬會戰」，是中國全面抗戰中的第一場大型會戰，也是整個抗日戰爭中，規模最大，戰鬥最為慘烈的一次大戰。此戰歷時三個月，以中國軍隊撤出，日軍佔領上海而結束。然而，不能因此就認為中國是完全失敗的一方，因為在此戰役裡，中國軍民同仇敵愾，前赴後繼，不但殲滅日軍 9.8 萬人，也粉碎了日寇「三月亡華」的狂妄叫囂。從長遠的意義看，國人的國家民族意識，正是從此覺醒。上海市民在戰時對前線的奮力支援，以及民族救亡運動的空前高漲，都充分地說明瞭這一點。

中國軍隊的反應速度之快，也出乎意料。

8 月 13 日的那天，小規模的戰鬥首先在虹口打響。真正的全面戰爭其實是從 14 日開始的。16 日傍晚，32 師師長王修身和副師長戴藩周帶著一名秘書和兩個衛士已經到達上海，驅車前往崔家。

崔叔仙一見他們很吃驚，問：「你們也是調來打仗的嗎？怎麼這麼快？你們的部隊呢？」

王修身說：「我們趕來找你，是有事情要和你商量。但是我們肚子餓了，能不能先搞點吃的，我們邊吃邊談，吃完還要趕回去指揮作戰。」

崔叔仙聽聞，趕緊讓汪嘉玉把剛做好的晚餐端到客廳，他陪客人先吃。家裡其他人的晚飯，重新做。

王師長一邊喝酒吃飯，一邊告訴崔叔仙：「我們 32 師已經開到大場前線，和日軍打上了。馮玉祥和顧祝同在南翔坐鎮指揮，部隊中不少是以前西北軍的老人，作戰士氣很高。可是我們 32 師太缺乏外交能力，儘管開戰後的這幾天，上海人民向戰鬥部隊捐助了大批財富和軍用物資，而我們師沒有拿到任何捐贈。叔仙老弟目前在上海有了地位，並和高層也有聯繫，所以本師想聘你為少將參議，兼任 32 師駐上海辦事處處長。你的首要任務，就是盡快在上海幫我們搞一些捐贈物資，用來充實本師的戰鬥力。我會給你增派一名秘書，兩名副官和四名衛士。讓他們在這裡幫你的忙。你覺得如何？」

崔叔仙馬上回答：「那還能如何，保家衛國，義不容辭！」

王師長高興地說：「太好了！我就知道你不會推辭。介屏，你看看具體還需要做些什麼。」

戴藩周說：「首先需要在上海市區租一處房子辦公，如果捐贈的物資運來了，還需要一處庫房，另外就是要用卡車把物資運到前線

去。」

崔叔仙說：「租房子就不必了，你們看我現在住的是三層樓房，三樓全空著。我可以在客廳辦公，你給我的官兵可以住在三樓。樓後面有一大片草坪，能放在外面的物資就堆在草坪上，不能露天放的，可以放在樓下的地下室里。把辦事處設在我家，明天就能開始辦公。」

王修身：「那也好，這樣就不必花時間去找房子，關鍵就是要快。」說完，王師長帶著一名衛士回防地，留下戴副師長幾個人在上海多待一天，觀察事情的進展。

送走王修身，崔叔仙問戴副師長：「什麼樣的物資是你們最為需要的？」

戴藩周：「本師的軍餉，武器彈藥和服裝都由軍政部和後勤部發，倒沒什麼大問題。只是食品、交通工具、通訊器材、藥品和醫藥器材這些東西都很缺乏，最好能多搞一點。還有就是棉背心，前方也很需要，雖說現在是夏季，但有時夜裡挺涼，士兵需要保暖。叔仙，捐贈物資怎麼弄，能弄多少，你心裡有沒有底？」

「上海工業發達，你說的這些東西，上海應該都有。至於能搞到多少還不好說。反正我會盡最大努力，能搞多少，就搞多少。多多益善，是吧？」

「那是！物資不會嫌多，就怕不夠。你是不是已經知道怎麼搞法了？」

「對！我有三條搞捐贈的路子。」

「哦？哪三條？」

「第一條路就是上個月剛成立的上海各界抗敵後援會，其主持人是黃炎培、杜月笙，還有錢新之，他們都是我的朋友。第二條路是洪幫的五行山，我是成員之一，也能弄到他們的捐獻。第三是青幫的仁社，這個組織在全國都有很大的勢力，我是仁社秘書，和本社大多數社員有深交，他們一定會捐獻財物的。但是交情歸交情，公事還要公辦。請師部發給我一枚公章，用來發公函和收取物資。」

「行！沒問題。魏秘書，你明日一早就到街上去把這個公章刻好。就刻‘陸軍三十二師司令部駐上海市辦事處’，刻好後，立即交給崔處長。」

魏秘書：「是！」

次日早晨，崔叔仙到海格路去見自己的「老頭子」張仁奎。張府他隨時都能去，無須事前通報。

張仁奎正在吃早飯，豆漿油條。見崔叔仙來，問：「叔仙來啦？今天怎麼這麼早啊？一定還沒吃早飯吧？來！坐下一起吃吧！」

崔叔仙拱手道：「謝謝老師！我在家吃過了。」

張仁奎：「噢！一大早的來找我，有事情吧？講吧！」

崔叔仙：「是這樣的老師，我們的三十二師已經開到崑山一帶和日本人開戰。上海市的‘後援會’從上個月開始就收到不少軍用物資，支援前線。可是本師還沒有收到任何東西。所以我們的王師長昨天來找我，想讓我在上海活動活動，為本師搞到一些捐助。接下來，在和有關方面聯絡以前，我想請老師預先打一個招呼，請他們多多幫忙。」

張仁奎：「嗯，好！好！這是當前最要緊的事情了，我一定支持你。不過你打算先去找哪個方面去談這個事情？」

崔叔仙：「我打算今天先去後援會，然後去找仁社理事長楊虎，明天看看能不能再去找黃金榮和杜月笙幫忙。同時，我會多發一些公函給上海工商界的大佬們，請他們慷慨解囊。老師覺得如何？」

「好啊！你的想法很好。我會馬上給他們打電話，你直接去找他們就行。」

「那就太好了！謝謝老師！」

「哎！不用說謝字，保衛國家嘛，我應當出力的。我現在老了，還是要靠你們年輕人出去跑腿。辛苦你了！」

「不辛苦！學生現在就去辦。」

「去吧！有事情，還是記得來找我。」

「學生謹記！再會老師！」

離開了張仁奎的「範園」，崔叔仙徑直來到後援會。這天是黃炎培老先生在管事。崔叔仙早就和黃老相識，當年住在川沙時，就是租住在黃老的老宅，後來在辦報的時候也常打交道。黃老瞭解了崔叔仙的來意，二話沒說，揮起大筆，撥給陸軍三十二師小轎車一部、大卡車兩部、汽油一千加侖、軍用收發報機四部，另加一批電線和藥品。

初戰告捷，崔叔仙滿臉喜悅地回家見戴副師長，請他立即回師部向王修身師長彙報，並找三位司機回來把車和物資運到前線去。

戴藩周沒想到辦事處的效率這麼高，笑得嘴都合不攏，連忙往回趕。

當晚十一點鐘剛過，兩位副官，四位衛兵帶著三個司機，回到辦事處。

吃了汪嘉玉做的夜宵，物資啟程運往前線。因為是第一批抗日物資，崔叔仙決定親自隨車前往。張副官想阻攔他，說是前方非常危險，可他堅持要到第一線去看看。張副官只能服從命令。

走到半道，忽然聽到頭上有飛機的轟鳴聲，張副官連忙讓大家

下車，關掉車燈，跑到路邊的田野裡臥倒隱蔽。敵機投下照明彈，想找到轟炸目標，但並沒發現他們，轉了一圈後飛走了。

　　他們繼續前行，來到三十二師的司令部。說是司令部，其實是在地上挖了一個地溝，用樹木在上面加了一個蓋，再用土覆蓋，叫做蓋溝地堡。裡面不大，能容下十多人。聽說上海的物資運到，王師長和參謀長李慕喬兩人拿著手電筒，鑽出地堡來查看，王修身高興地說：「叔仙兄，你一天就搞來這麼多東西！就是後勤部也不會給我們這些的啊。你立大功了。來，我們給你敬禮。」說罷，在場的軍人一字排開，按師長口令，齊刷刷地給崔叔仙敬了一個軍禮。

　　回到上海，崔叔仙繼續動腦筋，找捐贈。洪門的五行山主徐逸民答應募集五千頂鋼盔，士兵跑鞋一萬雙；楊虎允諾募集罐頭食品和士兵棉背心各一萬只。

　　交通銀行董事長錢新之，是張仁奎的把兄弟，就住在張仁奎的隔壁，張老太爺吩咐崔叔仙去他那裡領捐贈物資，一共領到卡車兩部、汽油兩千加侖、軍用電台五部，電線藥品若干，外加鋼盔兩千頂。

　　隨後，崔叔仙的辦事處又陸續收到更多的物資，家中裡裡外外都堆滿了，每天用卡車往前線運送。崔叔仙自己也根本沒想到，他們能收集到如此大量的抗戰物資，直到淞滬會戰接近尾聲。

　　這天押車的張副官回到辦事處，告訴崔叔仙，部隊經過苦戰，傷亡損耗太大，已經收縮到南翔附近，正打算往南京方向撤退。王師長囑咐崔處長，再搞一批物資到前線，就停止募捐。

　　崔叔仙又一次去找杜月笙，杜老闆讓他的管家帶著崔叔仙去倉庫提了一輛摩托車、汽油兩千加侖、罐頭食品一萬個。

　　崔叔仙又一次跟著車隊，帶著所有的副官和衛兵，將最後一批物資運到了南翔前線。在師部的地堡裡，王修身請他喝酒，他們席地而坐，就著肉罐頭和白麵饅頭，邊吃邊聊。

　　王修身：「叔仙吶！我們師在這裡和日寇浴血奮戰，已經堅持了近三十個晝夜。傷亡實在是太大。我們接到命令，準備撤退，所以你這次在上海的任務已經完成，我正在申請上峰給你的嘉獎令。同時，本師駐上海市辦事處的全體同仁都要立即撤回師部，跟我們一起到南京郊區去休整。你是跟我們一起走還是留在上海，你自己做決定。」

　　崔叔仙：「我還是先留在上海觀察一下，看形勢發展再說。好不好？」

　　王修身：「也行！但你要多加小心，日軍企圖包圍上海，並且切斷上海租界和外面的聯繫。日本人來了以後一定不會好，尤其是你

這樣的抗日名人，十分的危險。上海眼看守不住了，我覺得南京也夠嗆。上海南京失守後，我們下一站會到武漢去，你把上海的事情安排好以後，就來找我吧。」

崔叔仙：「好的，我們到時候見。」

崔叔仙和王師長談話的同時，王師長、戴副師長和李參謀長還在指揮部隊作戰。電話里不斷有團營長們報告戰況，有的報告某某連長犧牲了；有的報告前方電話線炸斷了，請求派人去修復；有的要增派擔架運送傷員；還有的要求向火線補充彈藥。

王修身：「前線太危險，叔仙兄，我派人即刻送你回去。」

崔叔仙：「我不忙回去。你們都不怕危險，為什麼我就怕？我還要待一天，跟你們並肩作戰，明天晚上再走。而且我也不要你送，我自己帶的司機就在外邊的地堡里，正和張副官他們幾個在一起。你正是用人之際，師部的人，我都還給你，好跟你一起撤退。」

祖父曾經講過一個笑話，就發生在這次的火線之行。他說那天夜裡因為喝了一點酒，儘管炮彈橫飛，他仍舊睡得很香。第二天早上，他要上大號，王師長派了副官和勤務兵送他出地堡，來到一棵大樹下解決。正當間，來了敵機轟炸，他從沒想到炸彈開花時竟有這麼大動靜，振得大地在腳下抖動，心臟在胸中抖動。嚇得他趕緊拎著褲子奔回地堡。等了一陣子，飛機飛走了，他再次跑到大樹跟前，想完成未了之事。誰知又有一排炮彈飛過來，這炮彈可比龍潭戰役時聽到的響得多，他不敢再留在外面，拼命跑回地堡。王修身笑他說：「你連一個大號都上不完，怎麼和我們並肩作戰？還是不要逞強了，快回去吧！」

他在前線又停留了一天，次日夜，司機劉心遠開車把他載回上海。

3 危難遇紅顏

上海淪陷前夕，戴笠打電話給崔叔仙，建議他帶著一家人盡快轉移到大後方去。根據已知的情報，日軍正和法租界交涉，要求對方交出抗日分子。法國雖然不同意，但不知還能撐多久。

但是，因為仁社的事務以及自己的幾處生意，崔叔仙還不能馬上走，他只是把家搬到西浦石路，自己平時就住在仁社辦公室，偶爾在深夜裡潛回家看看家人。

形勢急轉直下，日本人已經半公開地闖進租界，使用綁票的方式搜捕抗日軍事人員。崔叔仙知道他作為國軍少將，一定會成為日軍

的目標，因此他特別的小心謹慎。

小心不一定能免災，擔心的事情最終還是發生了。

這天下午他乘車從外面回辦公室，車開到後院，司機老劉下車，打開後座的車門，低聲說：「處長，情況不對！剛才進來時，路邊上站著幾個人，非常可疑。恐怕是衝著你來的。」

他立刻緊張地問：「怎麼回事？你是怎麼看出來他們不對勁的？」

老劉說：「雖然他們穿著便衣，但一眼就可以看出來他們都是軍人。我在軍界混過幾年，騙不了我。而且我剛才在後視鏡里觀察，看到他們往我們大門裡張望，鬼鬼祟祟的，不正常啊。」

儘管有了心理準備，到了這個時候還是有些慌張，他問道：「你確定嗎？現在該怎麼辦？」

老劉看了一眼大門，外面很安靜。只見他從腰間拔出手槍，子彈推上膛，拎在手上說：「現在樓里人多，他們不敢硬闖。等天黑，我們再衝出去。」

他們上得二樓，透過窗簾的隙縫向下觀察，人行道上有四個人站著不動，偶爾抬眼看看他們的窗戶。遠處街邊還有幾個人，也形跡可疑。崔叔仙頓時覺得脊背發涼，忙走到辦公桌前，打開抽屜，拿出在龍潭小山上用過的那把手槍，放在口袋里，坐在辦公桌前等待著夕陽落下。

天黑了，樓里的人差不多都已離開，老劉說：「處長，現在可以走了。」

崔叔仙問：「我們出去後，他們跟蹤我們怎麼辦？」

老劉：「我們開車往公共租界方向去，如果能在路上甩掉他們，你可以先藏在我家裡，然後再說。」

他們的車一出大門不久，就發現有一輛車跟在他們後面，轉了幾個圈都沒甩掉。老劉把車開進一條背街，對崔叔仙說：「沒別的辦法了。他們還沒拐過來，你在前面下車，左邊有堵牆，不高，你可以順著樹爬進院子，再從前面公寓樓的正門走到另一條街上。我繼續一直往前開，把他們引走。」

「那怎麼行？你太危險了！」崔叔仙沒想到他會落入這般險境。

老劉平靜地說：「不要緊啦！他們是衝你來的，不會對我感興趣的。等我叫你開門，你就下車，用最快的速度翻過牆。聽明白我的意思嗎？」

「明白了。」

「好好！情況緊急，我們別的就不多說了，前面我左拐進那個

弄堂，你就準備跳車。」

說著，老劉猛地一打方向盤，車子一頭扎進了里弄，「你看見左邊的那棵樹嗎？」他大聲問崔叔仙。

「看見了，就在牆邊。」

老劉一個急剎車，喊：「那好，現在開門，跳車！」

崔叔仙打開車門跳下，發瘋似的往那棵樹奔去。同時，老劉迅速打倒檔，車子又猛然向後退去。等退到弄堂口，後面的車堵住了退路。

老劉向前看，已不見崔叔仙的身影，他臉上划過一絲笑意，往前開出弄堂的另一頭，揚長而去。

老劉後事如何，崔叔仙一直都不知道，儘管他們後來又再次碰面，然而到那時，早就物是人非，徒有嘆息了。

再說崔叔仙登上花壇，抓著樹杈就翻上牆頭，刻不容緩，縱身一躍，跳進院裡。一著地，「啊！」他的右腳崴了，人倒在地上，疼痛難忍，但不敢再發出聲音。他躺在那裡屏住呼吸，豎起耳朵聽院外，好像沒有動靜。他嘗試著站起來，右腳卻不能挨地，打算扒著牆翻出去，無奈腳疼得用不上勁，只好再度坐在地上，作了一次深呼吸，想起老劉說過，從公寓的正門出去，是另一條街道。他環顧四周，想找到公寓門的位置。

這一看嚇了他一大跳，院子的角落有個石桌，離他大約有五、六米遠，桌邊有一個人，面朝他坐著，一動不動地僵在那裡。

他定定神再看，在路燈的微光下，這好像是一個瘦小的女人。他知道自己剛才的舉動一定把她也嚇得不輕。他把身體往後挪了挪，向她那邊揮一揮手，只見她慢慢站起來，向他這邊走過來，輕聲問：「你是啥人啊？你怎麼啦？」

崔叔仙回答：「對不起！讓你受驚嚇了，剛才日本人追我，我只好翻牆躲到這邊來。請問大門在哪裡？我馬上離開。」

她指指小樓房的門，說：「從這個門進去，穿過走廊，就是通到街上的大門。」

崔叔仙點頭致謝，堅持著站起來，向那扇門走去。剛走一步，就又倒在了地上。他身後的女人走近他，試圖伸手攙扶他，燈光下才看清，這是個苗條的年輕姑娘。他說：「噢！這位小姐，我的腳扭傷了，你要是能幫我，就替我找一根棍子什麼的，我可以自己走的。」

她說：「嗯！好！我去找找看。」說罷她進門上樓，不一會兒折返，手裡拿著一根竹棍。可在她一腳剛踩在地，一腳還在最後一階樓梯的時候，只是下意識地看了他一眼，便突然站住不動了。

冷風之中的這個男子，三十多歲，身著考究的白襯衫和深色西

裝，打著藍白條領帶，大概是因為疼痛，他面色顯得有些蒼白，但不掩其英俊之氣。他一手扶著牆，站在門前的燈下，仰著臉等她下來。她一見此情景，心底立刻滑過了一絲異樣，竟好像也是疼痛。她並沒有多想，這到底是個什麼感覺，因為她進一步發現，眼前的這個人，似乎很面熟。

「哎！你，你不是・・・？你是崔處長呀！怎麼會是你？」

崔叔仙有點糊塗，這位年輕女士分明很陌生，她怎麼說出自己的姓來？於是他問：「對不起！我好像不記得你？你為何認得我？」

女士：「你怎麼不記得啦？我們見過面，你還請我吃過夜宵。」

崔叔仙更糊塗了：「你是・・・？」

「我是顏淑貞啊！記得吧？」

「噢！是你？」他一下想起來了，她是上海著名的黃梅戲女伶，「七歲紅」顏淑貞。他的把兄弟，交通部次長韋作民的太太是戲迷，認顏淑貞做了乾女兒。連她的名字都是韋作民讓她改的，為的是和自己女兒排行一個淑字。韋作民夫婦動身去昆明以前，叫上崔叔仙一起到蘭心大劇院，為這位「七歲紅」捧場。散戲後，崔叔仙在劇院邊上的店裡請客吃夜宵。怎奈當時顏淑貞臉上依然帶著妝容，他從未見過她的真面目，所以今天就沒能認出她來。

這回讓顏淑貞看見了自己的狼狽相，他有點尷尬，正想多作解釋，顏淑貞已經走到他跟前，拉起他的一隻手，搭在她肩上。

「這個・・・，不用，我可以走，有根棍子就行啦！」

「崔處長，別說了，我們上樓！」

「真的不用・・・！」崔叔仙還在堅持。

「你為什麼這麼客氣呢？又不是別人，你先上去，到我房裡歇著，我去幫你找人。你不是說日本人在抓你嗎？如果他們還在附近怎麼辦？」

聽她這麼說，崔叔仙覺得有道理，就不再多言，搭著她的肩膀上樓，進入了她的房間。

唉！一念之差，一段柔情，一道傷痕，一聲嘆息。

顏淑貞住在三樓的拐角處，她扶著崔叔仙跨進了門，反手把門插上，側耳聽一聽外面，沒有動靜，隨即攙著他來到臥室，讓他在自己的床上斜躺下。問：「怎麼樣？還是很疼吧？我幫你把鞋脫下來看看傷到哪裡了，好吧？」說著就要俯身去解他的皮鞋帶。

「不行，不行！還是我自己來。」崔叔仙不好意思讓她脫鞋，自己用手撐著坐起來，解開鞋帶，這時他的腳已經開始腫起，他用左手試圖把鞋脫掉，可是太緊，又疼，不禁「噢！」了一聲。

顏淑貞說聲：「還是我來吧！」然後兩手將鞋帶完全松開，再輕輕將鞋褪去，脫下襪子，看到他的腳脖子又紅又腫，耽心地問：「好像不輕，不知道有沒有傷到筋骨，怎麼辦才好呀？」

「應該沒有大礙。顏小姐，謝謝你！這樣吧，我就不客氣了，請你幫我一個忙。」崔叔仙掏出記事本，撕下一頁寫上地址，繼續說：「到這個地址去找一位徐逸民醫生，請他有空過來一趟，我的傷是件小事，主要是和他商量，怎麼把我從這裡弄出去。」

顏淑貞說：「好的！徐大夫我以前也見過，我現在就去。你躺著別動，好好歇著，我會快去快回。」

「謝謝了！顏小姐，這樣麻煩你，真是不好意思！」

「不要謝！一點也不麻煩！不過，留你一個人在這裡，不要緊吧？」

「不要緊。你路上小心！」

「嗯！」顏淑貞隨即離開，鎖上門，去找徐逸民。關於徐逸民，我們前面提到過，他是上海著名的外科醫生，崔叔仙洪門裡的幫友，還是拜把子兄弟，是崔叔仙最親近的幾位朋友之一。張竹平和韋作民他們幾位好友都不在上海，所以崔叔仙就找徐逸民過來商量對策。

不出一個鐘頭，徐逸民乘轎車來到，顏淑貞領他上樓。

徐逸民見到坐在床邊的崔叔仙，忙問說：「這是怎麼回事？」

崔叔仙答：「我們一直擔心的事，到底是發生了。今天有幾個人圍上了仁社，我們開車衝出來。走到這邊時，老劉讓我下車，他好把人引走。我從外面翻牆跳下來的時候，腳崴了，要不是遇到顏小姐，還真不知道該怎麼辦才好。」

「讓我來看一下你的傷。你的腳動一動看。」徐逸民又彎下腰，輕輕按壓他腫起的腳踝，接著說：「很疼吧？還好，只是韌帶扭傷而已，很快就會好的。日本人抓人都抓到租界裡了，如果有個閃失，後果不堪設想。你還是盡快離開上海吧。你府上家人的事情就交給我們，你放心走就是了。」

崔叔仙點頭說：「那好！請安排我到武漢去，我今天剛接到電報，三十二師已經快到那裡了。走以前我需要先找一個臨時的住處，最好是個既隱蔽，又方便和外面聯絡的地方。」

徐逸民：「好，我來安排。現在太晚了一點，我看你還是先留在這裡，等我找到地方，就過來接你。淑貞，讓叔仙在你這裡藏個兩三天，沒問題吧？」

顏淑貞：「沒問題，沒問題！就請崔處長用這間房，我還有個房間，只要他不嫌委屈就行。」

徐逸民：「那就拜託淑貞，請你照顧叔仙幾天。從明天開始，可以給他作熱敷、消腫，每天換一副膏藥，貼在腳上。貼個幾天，應該就能走路了。他需要盡快能走，趕快離開上海，否則太過危險。」他把一盒膏藥遞給她，又轉臉問崔叔仙：「你還需要什麼？」

崔叔仙：「我想送一封信給家裡，把我現在的情況告訴他們。」

徐逸民：「你現在就寫，我去辦。」

崔叔仙馬上寫好信，大意是，日本人正在搜捕我，我暫時不能回家，過幾天再和你們聯繫，望多加小心。

徐逸民帶著信走了。

顏淑貞打來溫水讓他洗臉洗腳，這時候，他的腳已經腫得好似一個大饅頭，顏色也由紅轉紫，看著挺嚇人的。

顏淑貞將他腳上的水輕輕擦拭乾淨，貼上徐逸民留下的膏藥，問他：「我沒弄疼你吧？現在好些嗎？」

「好多了，不像剛開始那樣疼，只是不能動，一動就疼。」

「那就千萬別動。你在這裡歇一歇，我去做晚飯。你想吃什麼？」

「別忙了，我不餓！」

「哪有不餓就不吃飯的事情？既來之則安之嘛！你一般吃什麼晚飯？」

「那就簡單一點。有稀飯就可以。」

「好！聽你的，就做稀飯，再蒸一鍋花卷。」

「也好！只要不太費事。」

「不費事的！」

她在客廳一角的廚房裡忙活一陣子，端出熱騰騰的稀飯、花卷、外加一盤炒鹹菜。飯菜都擺好後，崔叔仙扶著牆壁，慢慢挪到客廳桌前。顏淑貞一見，連忙過來扶他坐下。

崔叔仙：「我們就見過一次，韋作民又不在上海，我這樣打擾你，真是太麻煩你了！」

顏淑貞：「哎呀！不打擾，也不麻煩。你是我乾爹乾媽的好兄弟，不算外人。再說了，你今天遇到危險，又受了傷，要是放在平時，我就是求你來，怕是也請不到的呀。難得有這樣的機會，算是你給我面子。來吧！別光顧著說客氣話，吃飯吧！」

稀飯就花卷，本來再平常不過，可為什麼這麼可口呢？「這是什麼米？真好吃！」他問。

「這是我家鄉今年出的米。剛打下來，我媽媽就帶到上海來了。」她微笑著說。

「哦！那你母親現在還在上海嗎？」

「沒有，她到我這裡住了兩三天就回江西了。」

「噢！顏小姐是江西人。怎麼到上海來的呢？」

「我們家在江西婺源縣的江灣鎮。我父母都在一個徽劇戲班裡唱戲。我七歲那年，我媽的一個師妹把我帶到上海來，從此開始學黃梅戲，一直唱到現在。」

「我知道你現在很有名氣。要成為當紅的台柱子，一定要吃很多苦吧？

「學戲當然不輕鬆，但我還好，一路跟著師父學，沒有受太多多苦。倒反是我家鄉那些沒有出來的孩子，現在過得就苦得多了。你大概不會明白，我們鄉下人的苦日子是個什麼樣。我聽乾爹說過，你是蘇北才子，又是當官，又是辦報紙什麼的，還說你會寫詩作畫，好像還會說英文。我猜你一定生在富貴人家。」

「還真不是！我也是窮苦人家出身。我父親是個醫生，但他生前就雙眼失明多年，家裡很窮的。多虧有我外公相助，我才能讀完中學。如今能在上海灘混碗飯吃，除了運氣稍微好一點，主要還是要靠朋友幫忙，比如像你乾爹。」

「你太謙遜了吧？誰不知道，你是個抗戰英雄呢？報上還看到你的像片，說你因為抗戰有功，蔣總裁還接見你了，沒錯吧？」

「是，沒錯。可是又怎麼樣呢？現在不是一樣要躲起來，一樣要逃跑嗎？」

顏淑貞抬頭看看崔叔仙，笑笑說：「躲和逃跑都不一定是壞事。就像現在，你若不躲在我這裡，不是吃不到好吃的稀飯和花卷嗎？」她笑起來，雙眼彎彎的。

他這時才認真打量起顏淑貞。她最多二十歲，並非一眼看去就是大美人，似乎長相普通。但當仔細觀看時，不難發現她有著別具一格的美貌。

她瘦小的臉龐上，眼睛不太大，但眼神溫柔和順；鼻子不高，但挺刮端正；微笑時上嘴唇微微張開，隱約露著一排潔白的小米牙；個頭雖小，骨架也小，但卻不失豐滿。用高郵話說就是：「屬烏龜的女子，肉長在骨頭裡。」這種身型便顯得更加的玲瓏曼妙。概括一句話，小巧精緻而奈人尋味。和汪嘉玉結婚後，還從來沒有另一個女人讓他這樣留心注意過。

顏淑貞見他手拿花卷看著自己發愣，問道：「怎麼啦？怎麼不吃啦？我是不是說錯話了？」

崔叔仙趕忙擺手說：「不是，不是！你怎麼能說錯話。我是想說，你比我年輕許多，還要照顧我，真是太感謝你了！」

顏淑貞又抬眼看向他，想說什麼，剛一張嘴，又把話吞了回去，什麼也沒說，只是把盛菜的盤子往他面前又推了推。

他在顏淑貞的閨房裡總共滯留了三天。顏淑貞所在的戲班子老闆剛離開上海前往武漢，她現在既無演出也不需去排練。韋作民先回昆明安排家眷，然後去重慶，所以囑咐她等重慶的住處安頓好，發來電報後，她再去往重慶不遲。因此她每天都待在家裡，陪著崔叔仙一日三餐，喝茶聊天，要不就望著窗外的天空一同發呆。

這種安靜舒適、輕鬆悠閒的日子，在崔叔仙以往的經歷里從未有過。

這日上午 10 點，大門外開來一輛大卡車，「噗呲」一聲停在公寓門前。車上跳下五、六個工人模樣的男人，領頭的帶著一頂鴨舌帽，指揮其他幾個人，從車上卸下一個看似很沈重的大木箱，抬著進了公寓，沿著樓梯直上三樓。十五分鐘後，他們抬著「空」箱子返回車上，鳴笛一聲，揚長而去。

卡車在馬路上兜兜轉轉幾個來回，最後轉到了靜安寺路，拐進一條弄堂，駛入新新百貨公司的後門。關上後門以後，還是那幾位工人，把大木箱抬下車，弄上貨運電梯，直上頂樓。

當時的上海，有四家大型百貨公司，新新公司為其一。這裡的總經理名叫肖宗俊，洪門中人。他此刻就在頂樓等候，旁邊站著徐逸民。

大木箱被撬開蓋子，鑽出一人，不用猜，不會是旁人，一定是崔叔仙，他和肖宗俊也是把兄弟。

肖宗俊領著徐逸民和崔叔仙走進一扇門。這裡是一個儲物間，放著無線播音電台的一些設備和雜物。穿過這些物件，走到最裡面，還有一扇鎖著的門，肖經理用鑰匙打開鎖，推門，原來這裡別有洞天。裡面有一張床，一張寫字檯加一張藤椅，寫字檯上有一部電話。再往里，是盥洗室。

肖宗俊說道：「叔仙老弟，這是我的一個密室，以備不時之需，現在正好給你用。地方小了一些，你將就一點，反正也不長住。」

徐逸民：「這裡還真是個藏人的好地方。叔仙，我們已經商量好了，這次就由肖經理來安排你離開上海以前的一切事情。」

肖宗俊：「你有任何需要，打這個電話找我，我馬上就去辦。平日三餐我會派人送進來。門從外面反鎖，不會被發現裡面有人。」

崔叔仙：「多謝肖經理相助！」

徐逸民：「你的鬍子可是長出來啦。也難怪，淑貞那裡根本沒有男人用的東西。這樣也好，你就索性不要刮臉了，開始蓄須，有助

於改變容貌。我已經和杜老闆講好，他負責把你送出上海。至於怎麼個送法，他還在想，一旦有了辦法，他會直接跟你聯絡。」

崔叔仙：「讓各位兄弟費心勞神，真的是感恩不盡！」

肖宗俊：「情況特殊，叔仙別再跟我們客氣。你還有什麼需要？」

崔叔仙：「有兩件事，我想現在就辦。一是派人到顏小姐那裡看一眼，確定她一切平安。不管怎麼說，千萬不能連累她。第二個事情，要請徐大夫到我家裡跑一趟，讓我太太帶些換洗的衣服過來。另外，我們三十二師和我聯絡的電報是發到家裡的，如果有電報，也帶給我。」

徐逸民：「好，這兩件事，我現在就去辦。」

新新公司生意興隆，頂樓的無線播音台也是熱鬧非凡。儘管人來人往，可誰都不會想到，崔叔仙就在此藏身，而且，一藏就是一個多月，沒有走漏一絲風聲。

徐逸民見到汪嘉玉，把她帶到新新公司的小屋去見崔叔仙。汪嘉玉帶來了他的衣物，包括那件杜老闆送他的紫貂皮大衣，另外還有一封王修身的電報，上面只有幾個字：「請到漢口見面。修。」

汪嘉玉見崔叔仙一瘸一拐的走路，忙問是怎麼了。崔叔仙說他的腳崴了一下。汪嘉玉說：「啊喲！腳怎麼崴了？快脫下襪子，我看看！」

崔叔仙：「不用了，都快好了。」

「坐下！」她命令道。

崔叔仙只好坐在床上。汪嘉玉沒等他動手，上前脫掉他右腳的鞋襪。崔叔仙的腳已經消腫不少，但是青紫色還沒褪去。汪嘉玉看得眼淚都飛出來了，說：「怎麼弄的？這怎麼好呢？你什麼時候才能讓我省心啊？」

徐逸民：「嘉玉啊！不要太擔心！他的腳已經無大礙啦。最多再來一兩個禮拜就會痊癒的，放心吧！」

汪嘉玉輕輕地將他的襪子、鞋穿好，說：「有徐大夫管他，我就放心了。不過，整天這麼躲躲藏藏的也不是個事情啊，怎麼弄為好呢？」

崔叔仙揚一揚手中的電報紙，說：「不要怕！你看這不是來電報了嘛！我會盡快到漢口去，和王師長會合。看看會在漢口待多久，等最後落實在哪裡落腳，我就安排你們過來。現在各方面都還很亂，定法不是法，我會根據具體情況再通知你們。如果有什麼問題，可以讓周文去找徐大夫，也可以到這裡來找肖經理。他們都是我的把兄弟，一定會盡力幫助的。」

230

汪嘉玉：「家裡你就放心吧。倒是你啦，現在外面亂七八糟的，你要多加小心！」

崔叔仙：「好啦！你不必擔心，我會把所有事情安排好，很快我們就能再見的。」

等他的鬍鬚長出半寸來長的時候，杜月笙的管家來告訴他，杜老闆已經安排好了，他將在一月一號新年元旦的那一天，乘英國太古公司的客船到香港，再由廣州經鐵路去漢口。具體離開上海的方法是，元旦的前一天，崔叔仙化妝成一名傷員，頭和臉都用紗布裹起來，用擔架抬上救護車開到碼頭，然後立即抬上船，關在一間客艙裡。第二天，其他旅客才登船，等船到了香港，人就安全了。管家還說：「杜老闆只能把你送到香港，下面的路就靠『小爺叔』自己了。為了更加妥當，杜老闆還關照，要找一個姑娘一起走，她要化妝成一個護士模樣，跟『傷員』一起登船。在船上，『傷員』一定要躺著不能動，有什麼需要，就讓這位『護士』小姐幫忙。這個姑娘你們要是有合適的人選，那是最好。要是沒有也不要緊，杜老闆可以找。你們商量一下，要快，我明天晚上來聽消息，五天後就是元旦，著手準備吧。」

當晚，徐逸民和肖宗俊過來商討此事。大家都認為，杜老闆的這個撤離計劃做得好，天衣無縫。至於「護士」人選，崔叔仙說可以讓他的大女兒崔國英來裝扮就行。徐逸民說：「你家國英只有15歲，裝一個護士，還是太小了一點。況且，她在家也能幫媽媽照顧弟弟妹妹，還是讓她和你家其他人一起離開上海為好。韋作民已經到重慶，拍來電報，讓顏淑貞也到重慶去，乾脆就讓她和你一起走。如何？」

崔叔仙：「好是好，只怕一旦出了危險，我不好向韋作民交代。」

徐逸民：「我不認為有任何危險。杜月笙辦事一向牢靠，他為這件事，前前後後準備了近一個月，沒有把握，他是不會讓你走的。我馬上去找淑貞談這件事。」

崔叔仙沒有再多說。老實講，能再次見到顏淑貞，是一件讓他感到愉悅的事情。

就這樣，在1937年的最後一天，顏淑貞和崔叔仙，在新新公司的密室中又見面了。崔叔仙臉上蒙著紗布，穿著病號服，被抬著下樓。顏淑貞一副護士裝扮緊跟其後，他們全都坐上車，一路開到客運碼頭。英國的客船正在裝載給養，順勢就將「傷員」和「護士」一起運上船來。船長將他們引到最高層的一間客艙，關上門，讓他們靜待次日起航。

這時，他們可以暫時放鬆下來。顏淑貞在他耳邊說：「你知道

我剛才看到啥人了？」

「啥人吶？」

「就是那天，到我家用大箱子抬走你的那些人，他們就在碼頭上做事。你看，是不是他們？」

崔叔仙把眼前的紗布扒開一條縫，透過舷窗，朝她手指的方向看去。

他見碼頭上有不少人在勞作。其中一人，摘下鴨舌帽，捋捋頭髮，順勢抬頭向他們這邊看了一眼，又接著乾活。崔叔仙說：「對！就是他們。他們應該是杜月笙的手下，在碼頭乾活是為了掩護我們。杜老闆做事，總是這麼細緻周到。」

顏淑貞：「叔仙，你這一個月都住在新新公司的樓上嗎？」

「是啊。」崔叔仙這才留神，她稱呼他時，已經改口。

「那可真有意思。我其實常常到新新去買東西，不曉得你就在那裡，害得我天天為你擔心，也搞不清他們把你弄到啥地方去了。」

崔叔仙：「我當時就請徐逸民去看你，他沒去嘛？」

顏淑貞：「他是來過，可是我又不好問你在啥地方，關我什麼事呢？」

崔叔仙：「怎麼不關你的事呢？現在不就是你的事嗎？徐逸民找你的時候，你不怕危險嗎？」

顏淑貞：「有危險我也不怕！」

「要說起來，那天遇見你只是個巧合，現在又讓你為我上了這個船，真不曉得如何感謝你才好。」

「我不要你謝。我願意，總可以吧？」

「那不行！一定要謝的。等到了香港，我給你買禮物。你想想需要什麼，想好了就告訴我。」

顏淑貞笑著側過臉說：「你要送東西給我嗎？好得很啊。到香港以後，我再告訴你我想要什麼。叔仙，到時候別小氣呀！」

崔叔仙知道她在說笑，便開玩笑說：「不會的，跟啥人小氣，也不能跟顏小姐小氣，你可是我的救命恩人。」

天色漸暗，艙外還是靜悄悄的。顏淑貞從提包里拿出花卷遞給崔叔仙，說：「餓了吧？冷的，也吃一個吧。估計明天開船後，就可以買到吃的了。」

他接過花卷，啃一口：「嗯！好吃，冷的也好吃。」

「你要喜歡，以後就多吃一點吧。」她把「多」字的聲音略微拖長了一點點，意味深長。

正吃著花卷，她忽然從床沿跳起來，撲到窗口喊道：「叔仙，快來看吶！下雪啦！」

真的，片片雪花正從窗前飄過，而且越下越大，越下越濃。他回到椅子上坐下，望向趴在窗前的她。這年輕的背影看著有些柔弱，但在這雪花紛飛的冬日里，又顯得溫暖如春。

他的心動了一下，隨即搖了搖頭，強迫自己把飛起的心緒收回來。他把目光移開，輕輕嘆了一口氣。

顏淑貞盯著雪花看了很長時間，他問：「看了這麼久還沒看夠，就這麼好看嗎？」

「嗯。」她含糊地回答。

他說：「時間不早了，休息吧！你在床上睡，我在椅子上對付一夜就好。」

她回過頭來說：「那不好，還是你睡床，我坐椅子，因為你是‘傷員’，我是‘護士’啊。別忘了，這裡還是上海，不要讓人看出破綻來。」

他沒再堅持。夜裡醒來，看著她坐在床邊的椅子上，雙手伏在床尾，埋頭沈睡，就下床輕輕推醒她，小聲說：「夜很深了，不會有人來，你到床上睡吧，我已經睡好了。」

她迷迷糊糊地答應說：「好吧！」

她爬上床，翻過身，然後拍拍身後的床面說：「叔仙，你在這裡睡。」說完又進入夢鄉。他看看她猶豫了一下，還是回到椅子上坐下，但他再也沒有睡著。

天亮了，船上的水手開始工作，碼頭上也重新喧騰起來。旅客們陸續登船，倉外的腳步聲此起彼伏，等倉門外安靜下來，崔叔仙說：「要開船了。」

顏淑貞問他：「你怎麼曉得的？」

他：「剛才的汽笛拉了一個長聲：‘嘟--’，就是告訴其他的船我要起錨離港，請大家留意。」

她：「我還是第一次聽說，船拉汽笛是在講話。你怎麼連這個都知道？」

他：「我老家高郵就在運河邊，整天都能聽到船的汽笛，聽得多了，自然就曉得一點。」

她：「我還是很小的時候，跟我父母去過高郵。真想有機會再到你的老家看看。你願意帶我去嗎？」

他：「當然願意啦！可現在不行，那裡被日本人佔了。等我到了漢口，如果形勢穩定下來，就打算讓我的老母親離開高郵，到我那裡去住。」

她：「你不打算去重慶嗎？要在漢口長住嗎？」

他：「現在還不知道。我大概會和三十二師的司令部待在一

起。就看我們能不能守住武漢了。」

她：「武漢要是守不住的話，你們就會到重慶來嗎？」

他：「大概會是這樣。」

她小聲說：「那怎麼辦？我希望武漢守得住，但又想讓你快點到重慶。」

他：「啊？什麼？」

她：「沒什麼，我隨口一說。」

在海上航行兩日後，他們的船抵達香港。顏淑貞說他從未來過廣東一帶，想在香港和廣州玩幾天。崔叔仙都答應她，帶著她在香港、九龍觀光，品粵式美食。在商店裡，崔叔仙問顏淑貞到底要什麼禮物，她總說還沒想好。她倒是給崔叔仙買了不同顏色的西服領帶。她拿著領帶在他胸前比劃著，說：「這條好看。」或是說：「這條最配你。」

崔叔仙說：「不用買，到漢口就開始穿軍裝，用不上的。」

她說：「一定要買，就是讓你系著，永遠都忘不了我。」

他說：「不系領帶，也不會忘的。」

她並不回答，買了領帶，塞給他。

隨後，他們又到廣州停留了兩天。看著顏淑貞沒有要走的意思，他只好說：「淑貞啊，真該陪你再多玩幾天，但是軍情不能耽誤，我怕再延遲，去漢口的路有可能就不通了。我們明天就走，行嗎？」

顏淑貞聽完，慢慢地點點頭說：「行！」眼淚隨即流了出來。

崔叔仙一看慌神了：「怎麼啦你？別哭啊！」

「別管我，你走吧，現在就走，反正也留不住你。」她一邊哭，一邊轉過身。

崔叔仙當然明白她的心思，但他無法安慰她，只能好言相勸，勸了好一陣，她才止住眼淚，跟他到火車站去買票。

廣州的鐵路異常忙碌，他們在人堆裡擠了半天，才買到第二天早上的票。只是太早了，從他們住的沙面到火車站沒有早班車，怕錯過時間，他們決定今晚就在火車站附近找個旅店住下。崔叔仙被顏小姐的眼淚弄得有些進退失據，沒有仔細想周到就住下了。

晚上，顏淑貞說想喝酒，於是，他們就在附近的飯館點了一些酒菜，她喝的有點微醉，回到旅館房間後，她在自己的床上躺下睡了。

房間裡原本有兩張床。在街上溜達了一天之後，他也感到疲倦了。於是他用熱水泡了腳，然後在另一張床上休息。他回想起今天在街上的情景，感覺自己對顏小姐有所虧欠，但是他卻想不出有什麼周

全的解決辦法。就這樣，他不知不覺地就坐著睡著了。

他不知睡著了有多久，忽然被一陣噪雜聲驚醒。仔細聽，是屋外傳來人的喊叫聲。低頭看了一眼手錶，正好是夜裡一點鐘，不該如此熱鬧啊？再一聽，壞了！遇到打劫的了。哎呀！今天太大意了！就不該住在這種小旅館裡。現在怎麼辦？

說時遲那時快，不容他多想，房門就被踹開了。呼啦啦闖進幾條大漢，為首的一個握著一把德國造毛瑟手槍，黑洞洞的槍口直接就抵在他的腦門上。顏淑貞也醒了，坐起身，愣在那裡。

崔叔仙強行讓自己鎮靜下來，看看來人，看看嚇傻的顏小姐，又看看枕頭，那下面藏著他的錢包和手槍，但槍裡只有五粒子彈，現在站在屋內的強人，至少有五個，不知外面是否還有望風的，打起來，勝算不大。他便開口道：「各位朋友，有話好說，有話好說。這槍不是鬧著玩的，別走火了。」他想先穩住對方，再想辦法。

「少說廢話，把錢交出來。」大漢凶神惡煞，但聽口音，他們並不是當地人，而且是為了錢財而來。不要命就好辦，崔叔仙心裡有了一點底。

他慢慢地提起雙手，抱拳在胸前施禮，微笑著說：「各位好漢朋友，聽口音，你們也是北邊來的。生逢亂世，不得已撈點外快，我能理解，也願意盡力相幫。不過我們能不能不要動刀槍，不要見血，好言商量，好不好？」

大漢冷笑一聲，問：「你說的好言商量是怎麼個商量法？」

崔叔仙說：「我們這麼辦可好？我把所有的錢都給你，有法幣，還有美金。我保證毫無保留，全拿出來，算我犒勞朋友們。但是也請各位幫我一個忙。」

「什麼忙？說說看。」

「錢你們留下，我的人給我留下，不准傷害！」

正說著，一個強人把顏淑貞拎起來，喊著：「二哥！不能留下她，帶回去給你做壓寨夫人，怎麼樣？」

瘦小的顏淑貞站在強人之中，瑟瑟發抖，不知所措，眼裡流著委屈的淚，看著崔叔仙。

崔叔仙忙對那頭目說：「別亂來，我給你們拿錢。」說著慢慢伸手到枕下，拿出錢包，同時，擼下手腕上的金表，一並遞過去。那人接過表，打開錢包，取出一沓錢，把空錢包扔回到床上。

「錢還真不少！我就收下了。」大漢把槍插在腰帶上，將表和鈔票揣進衣袋。

崔叔仙小心問：「錢你收了，我太太···？」

大漢手一揮說：「老子在江湖上行走，向來為的是替天行道，

只取不義之財，劫色的勾當從來不做，免得壞我江湖名聲。」他指著那個向顏淑貞動手的傢伙，接著說：「他是嚇唬你的！怕你不肯破財消災。既然你夠意思，我們就不打擾了。後會有期！」說完，他們就要退出房間。

就在這時，最後出門的一個小個子強人，順手牽羊，從床腳拿起那件皮大衣就走。崔叔仙見狀，立刻高聲喊道：「哎！朋友，這件大衣還請你給我留下。」

就這一聲喊，這伙人又全部折返屋內，那頭目斜眼看看崔叔仙說：「還別說，你這人有點意思啊！這麼多的錢都給了，一件大衣卻捨不得。我說夥計啊！好像你的膽子也太大了。怎麼的？不把我們弟兄放在眼裡呀？」說著就用手去摸槍把。

崔叔仙拱手說：「在下當然不敢得罪各位朋友，只是這件大衣乃是一位朋友慷慨相贈，你拿走了，我明天不能禦寒不說，日後見到朋友不好交代對不對？都是在江湖上混的人，請你也給我多少留點情面。拜託！」

「哎？不就是一件衣服嗎？值得你這麼不要命？」說著他接過大衣，翻開看，接著自言自語：「這是什麼皮？從來沒見過。」

「慢著！」突然一聲斷喝，強人中一個清瘦的老頭，一步跨上前，搶過大衣來到燈下查看。

大漢丈二和尚摸不著頭腦，問：「怎麼啦，當家的？」

原來這位才是大當家的，只見他查看了整個皮大衣的毛，慢慢抬起頭，一臉恐懼地說：「壞了！壞了！這是純色的紫貂皮大衣，絕世珍品啊！」

大漢更糊塗了：「為啥壞了呢？既然是什麼絕世珍品，帶走就是了。明天賣到當鋪去，不是又發一筆橫財嗎？」

當家的連忙又是搖頭又是擺手，說：「老二你有所不知啊，像這樣一根雜毛都沒有的紫貂大衣，全江湖上下只有兩件，一件歸東北張少帥所有；另外還有一件，是在，是在 • • • 。」

大漢著急問：「哎呀！老大，你快說呀！到底在哪兒啊？」

「本來是在上海的杜老闆那兒，可聽江湖上傳聞，杜老闆把他的紫貂大衣送給了一個人。」

大漢一聽杜老闆的名號，馬上慌了神，問道：「啊？那杜老闆到底送給誰了呢？」

當家的也顧不得回答，立刻轉向崔叔仙，挺直腰桿，抬起雙手到胸前，兩個食指彎曲，其餘手指伸直。這手勢，是幫中絕密暗號，叫做「三六九」，口中念道：「今朝香堂我來趕。老大何人？」

崔叔仙也做相同手勢答：「安清不分遠於近。行船過此地。」

236

這句黑話印證自己青幫的身份。

當家的緊接著將自己的兩袖向內捲起，抱拳再問：「頭頂幾個字？」這是在問輩分。

崔叔仙：「頭頂十九世，腳踩二十一世，身背二十世。」報出「通」字輩分。接著問：「請問老大燒哪爐香？」

當家的：「頭頂二十一爐香，手提二十二爐香，腳踩二十三爐香。」原來是個「覺」字輩。又問：「師爺可有門檻？」這是問師門。

崔叔仙：「不敢佔祖師爺靈光。」在說我是擺過香堂的。

當家的：「貴地何地？貴前人幫頭上下？」

崔叔仙：「與鄔家師同住上海。子在家不能言父，徒出外不敢言師。鄔家師是江淮泗幫，張師父上錦下湖。」

當家的：「這麼說，師爺真的是‘小爺叔’了？」

大漢：「啊？你就是大名鼎鼎的‘小爺叔’？」

崔叔仙：「沒錯，正是鄔人。看來你們也不是‘佟子’，我就明說吧，這件大衣確實是杜老闆的饋贈，你看能不能給我留下呀？」

大漢還在愣神，不知該說什麼。旁邊當家的再也顧不得顏面了，衝著大漢喊道：「老二，闖禍啦！闖大禍啦！今天這事兒，按著幫規，可是‘三刀六洞’的死罪呀！還不跪下？求‘小爺叔’饒一條小命吧。」

大漢一聽，「撲通」跪在地板上，趕緊將剛才搶的手錶和鈔票全掏出來，雙手舉起說：「小輩有眼無珠，衝撞了你老人家。小輩該死，求您老高抬貴手，收下這些，就當我們今天沒來過這兒。」見崔叔仙半天沒接，他趕緊起身，把表和錢放回床上。又接著跪在顏淑貞面前說：「剛才實在是驚嚇了夫人。您大人不記小人過，就饒了我們這回吧？」

顏淑貞一臉茫然，根本就沒法弄清，這一會下地一會上天的都是怎麼一回事。再看看那個順手拿大衣的傢伙，把大衣接過來，正悄聲挪步，輕輕把大衣又放回原處。

崔叔仙把顏淑貞拉到自己身後，從床上拿起那一疊錢，對當家的說：「表我就收下了，明天趕路還用得著。這些錢你還拿著，算我請幾位朋友喝酒。咱們不打不相識，今天走到一起，也是我們有緣分。今晚的事，我們出了這個門就都不要再提了，就當它沒有發生過，我們後會有期！」

大漢：「使不得，使不得！我們豈敢讓您老破費，理應我們孝敬您才對！」

崔叔仙：「哪裡話，就當交個朋友。再說，現在兵荒馬亂的，

大家都不容易，我身邊就這幾個小錢，幫不了多大的忙，你儘管收下就是。日後要是能再見面，我再好好犒勞大家。」

大漢回頭看看大當家的。當家的說：「師爺的話不可違，咱只有先拿著了。今天師爺能饒我們不死，還賞了我們，還不趕快謝恩？」說完深鞠一躬。

大漢趕緊跟著鞠躬行禮，然後帶著他的人退出了房間。

崔叔仙立刻用房間里的桌子把門頂上，回身走到床邊，從枕頭底下抽出手槍，拿在手中，一抬頭，看到顏淑貞此時正坐在床邊，仍舊渾身顫抖。他不免心生愛憐，走過去，用左手撫在她的肩上，說：「不要緊的，別怕！他們不會再來了。」

顏淑貞猛地站起來，撲到他的懷中，無聲地抽泣。

他用手輕拍她的後背，安慰說：「都怪我今天考慮不周。你放心，我一定會把你安全地送到重慶的。」

不說還罷，一聽這話她哭得更很了，哇哇地哭，止不住。他一看這是真的傷了心，和剛才的驚嚇好像沒多大關係。

「淑貞吶！怎麼啦？有什麼委屈的事，告訴我，我一定幫你。」

她仰起臉，看著他的眼睛說：「你真的願意幫我嗎？」

「當然願意！你說吧，要我做什麼？再難我都會盡力而為。」

「在我看是一點也不難，在你也難也不難，就看你怎麼想了。」

「那你倒是說呀！不說我怎麼知道呢？」

「還看不出來嗎？我就是不想離開你！求你不要叫我離開，就讓我跟你在一起好嗎？叔仙。」她急切地注視著他的眼睛，彷彿要從那裡馬上得到一個答案。

「哎！人非草木，孰能無情啊！我當然是明白一點你的心意的。可是，你是這樣年青，名氣還這麼響，而我是有家室的人。假如我什麼都不管不顧，讓你跟我在一起，那不是太對你不起，太過委屈你嗎？」

顏淑貞聽了他的這番話，似乎找到一線希望，問道：「你是說你願意？只是怕我委屈是嗎？那我告訴你，只要能和你在一起，別的我都不在乎，也一點都不會覺得委屈。」

崔叔仙不知道該怎麼回答，他扶顏淑貞到床前，說：「我一時也說不清楚。你剛受到驚嚇，現在先別想得太多。來！躺下再休息片刻，等到時候，我叫醒你。」

顏淑貞自知，不可能立刻就得到他肯定的一個答復，只好一邊垂淚，一邊躺下，但她還是拉著他的手不放，他便坐在床邊，說：

「睡吧！」

她依偎著這個讓她無比傾心的男人，慢慢進入了夢鄉。他抽出手，替她蓋上毯子，再認真地看著她沈睡中的面容，雖留著淚痕，但一臉安詳，嘴角動了動，好像生出一絲笑意。

他心中很明白，這樣一位好女人，自己當然喜歡。可這一步要是跨出去，就沒法收回來了，而隨之而來的將會是多大的風浪，以及這個風浪會對自己的家庭造成什麼樣的打擊，並不難以預料。可是他又怎麼能忍心拒絕這樣一位對自己有情、有義、又有恩的嬌小女人呢？

該怎麼辦呢？唉！他真是一點頭緒也沒有。

4 漢口

崔叔仙吸取了在廣州的教訓，等他們一到漢口，首先去找「方首」。

湖北一帶的幫派以「袍哥」為主，是洪幫的天下。為了便於各山堂之間的聯絡，從清代開始，洪幫就在各大城市的交通要道上設立「碼頭」，對內稱「方首」，即一方之首的意思。晚清以前，每個山堂「方首」的詳細情況都要通報給全國洪門的各個山堂。後來，洪門沒有了全國性的組織，彼此聯絡也不像以前那樣廣，只有大致一個省之內的山堂還有聯繫，也大多知道全省各地「方首」之所在。如果是外省來的洪門弟兄，需要尋找「方首」的時候，必須四處找茶館酒肆，進去擺暗號，對暗語。哪怕因找不到「方首」而失望，卻不許四處亂問，否則有幫內的家法伺候。

崔叔仙帶著顏淑貞走出火車站以後，四處看了一圈，發現這裡茶館、酒館不老少。其中一家酒館的幌子上寫有「酒肉飯菜、紅茶綠茶」的字樣，看著好像是個「碼頭」，於是徑直走過去。

到了酒館門前，他略一停頓，先抬右腳邁過門檻，暗號開始。

門內的一位堂倌見他們進門，忙來招呼：「先生來啦？幾位？」

「兩位。」

「這邊請！」堂倌把他們帶到靠裡面的桌子坐下。

崔叔仙指著對面的凳子讓顏淑貞坐，自己落座以後，用兩手分開撲在桌邊，開口道：「堂倌，請泡茶！」

「先生您要什麼茶？」

「紅茶。」

「好的！紅茶兩碗。」

　　不一會兒，兩碗茶送來了，顏淑貞打開茶碗蓋一看便納了悶，這兩人一來一往，明明喊的是紅茶！可端上來的怎麼不是紅茶而是綠茶呢？她一臉懵懂，崔叔仙見狀，伸手示意她不要言語。

　　剛才的那個堂倌又來了，手拿一雙筷子放在崔叔仙的右手邊，崔叔仙拿起筷子，移到茶碗的左邊，打開碗蓋，仰面放在筷子的左邊

　　堂倌問：「兩位吃點什麼？」

　　崔叔仙答：「要吃糧。」暗語開始。

　　「先生哪裡來？」

　　「從山裡來。」

　　「先生到哪裡去？」

　　「從水路回家。」

　　「您哥子府上哪裡？」注意！他的稱呼變了，這同時表明，他是這個「方首」的「紅旗老五」。

　　「家在堂頭鄉下。」崔叔仙前後說出了山堂四柱的「山、堂、香（鄉）、水。」

　　「哥哥尊姓大名？昆仲幾人吶？」不但問姓名，也問對方在幫中山堂的地位。

　　「兄弟姓崔名叔仙。長房老二。」

　　堂倌一聽，立即彎腰鞠躬：「哎吆！原來是大哥。」

　　「哎呀！五哥！不敢當！請問哪裡去解手？」連這也都是暗語。

　　「我帶你去便所。這邊請！」這裡的便所聽起來是廁所，其實是指方便講話的場所，每個「碼頭方首」都設有這樣的一個密室。

　　進了密室，就可以明著講話了。崔叔仙說自己從上海來，剛下火車，要找三十二師的部隊，請「方首」幫忙。堂倌說，你們既然剛到，那就先吃飯，然後找個地方住下來。崔叔仙問住在哪裡合適，堂倌說，不遠處有個太平飯店，不但豪華體面，而且飯店的經理姓陸，也是洪門兄弟。你若是住在那裡，陸經理就能幫您找到您要找的人。飯後，我可以讓我們的「執法老幺」親自帶你們過去。崔叔仙說，那好，就住太平飯店。

　　回到座位，也無需點菜，酒館堂倌自動端上兩菜一湯，外加一壺酒和一些米飯。他們吃完，喊堂倌結賬，堂倌說：「記賬了。」

　　他們站起身往外走，門口有個年輕人輕聲跟他們說：「請跟我來！」，然後在前面引路。穿過幾條街，拐了幾個彎，前面就到太平飯店。年輕人示意他們在大堂等候，他去找人。不大一會的功夫，他領著一個人下樓，朝崔叔仙走過來。

　　崔叔仙一看此人眼熟得很，以前一定見過，只是一時想不起來

是何時何地。可對方卻認得他，老遠就喊：「叔仙老弟！哪陣風把你給吹來了？還記得吧？我是陸梓樵啊！」

這時，崔叔仙想起來了，此人來過上海，不但是洪門中人，還加入了仁社。當時只知道他在武漢開飯店，不想今天在這裡碰上面了。他立刻回話：「哎呀！當然記得，我要到老兄的寶地來打擾啦。日本人在上海找我的麻煩，只好到漢口來找我的老部隊。還要勞動陸兄的大駕，幫我問問，我們三十二師的司令部駐紮在哪裡。我只知道，他們就在漢口附近。」

陸經理說：「那沒任何問題，談不上打擾。上次在上海，我不知欠下你老弟多少人情。這次來，就在我們太平飯店住下，一切吃住用度全免，也讓我盡一盡地主之宜。」不等崔叔仙講話，他指著樓梯接著說：「來來來！樓上請，樓上有專門留著的空房間，你們要一間還是兩間？」

崔叔仙心說已經到了武漢，即將聯絡到王修身師長，應該不會再發生像廣州那樣的事，兩間房更適宜。他剛想說兩間，顏淑貞搶先說：「一間就行。」崔叔仙也不好當面多說，只好點頭同意。陸經理是個精明人，也不多問，見他點了頭，就將他們帶到樓上的一個套房。

陸經理說：「他們馬上會送茶水上來。你們車馬勞頓，先歇一歇，我這就去警察局去打聽三十二師司令部在哪裡。一有消息，馬上回來告訴你。」

陸經理走後，顏淑貞不想談剛才只要一個房間的事，故意岔開話題，問他說：「找到洪幫的弟兄幫忙真是好。可是，人家請我們吃飯不要錢，現在住飯店也不要錢，多不好意思呀！可你做啥不說點客氣話呢？哪怕說聲謝謝也好啊！你不會是忘了吧？」

他回答：「不能言謝。這是洪門中的規矩，不得違抗。」

一個小時後，陸梓樵回來了，身後跟著一個軍官。他一進門就對崔叔仙說：「叔仙老弟，我給你帶來一位你的老朋友。」

崔叔仙定睛一看，來的是張功甫，以前在二十五路軍指揮部的老同事，和他還有些交情。原來，此人現在是三十二師駐武漢辦事處處長。張功甫說：「王修身師長知道你要到漢口來的消息，問了我好幾次你到了沒有，今天終於見到你，王師長一定很高興。不過，現在三十二師各旅都在老河口休整，王師長也在那裡。你可以先和王師長通個電話。」

陸經理說：「就用這個房間里的電話就能掛出去。」

張功甫立即拿起電話，讓總機接通了老河口的師部。王修身一聽到崔叔仙的聲音，十分高興，聽崔叔仙大致講了從上海到漢口來一

路上的情況後，他說：「不管怎麼說，最後平安到了就好，我一直在等你吶，這裡有一大堆事情，沒你不行！」

崔叔仙說：「那好！我馬上過去和你會面。」

王師長：「也別那麼急。明天你先歇一天。後天吧，後天我讓張處長送你到老河口來。」

崔叔仙說也好，他也確實需要點時間，安排顏小姐去重慶的事。

顏小姐不肯聽從他的安排。她說她不想去重慶了，並且發電報告訴韋作民，她已決定留在漢口。後來通過陸梓樵的幫助，她找到了以前戲班的班主，準備就在漢口的戲院登台唱戲。這樣一來，崔叔仙也就再沒有勸她離開過，二人仍舊同住一室。時間一久，明擺著會是個什麼結果。

有不明白的嗎？不要緊，等你長大了，自然就明白啦！

再說崔叔仙到了老河口，見到王修身。王師長當晚在老河口的一個酒家設「魚皮宴」，為他接風。第二天，三十二師一萬多官兵全體集合，歡迎崔叔仙歸來，以感謝他在上海為前線招募物資的功勞，並請他站上一個大方桌，向全體官兵訓話。他大致講了一些大道理，比如日寇吞沒中華的野心不死，我們必須精誠團結，忠勇抗敵，不怕犧牲，為國盡忠，還我大好山河。台下不斷掌聲雷動。

在師部住了三天後，王師長陪崔叔仙前往漢口，說是去會幾位客人。崔叔仙問是誰，他故作神秘地笑笑說：「現在不告訴你，到了就知道了。他們幾位聽說你在上海對我們三十二師的幫助很大，就想見見你。」

到漢口的當天中午，王修身請客吃飯。除了崔叔仙，還有第二集團軍總司令孫連仲，第二十六軍軍長肖之楚，還有其他一些高階軍官在座。王師長把崔叔仙介紹給各位，沒忘記又是對自己的朋友鼓吹一番。大家在一起喝酒聊天，特別高興。酒席散去，各自回程，崔叔仙只當是又一次普通的宴會而已，也沒多想什麼。然而兩天後，王修身又來找他說：「前天的午飯，他們是要當面見你一次，好對你多一點瞭解。見面後，他們非常賞識你，想請你來同時擔任我們第三十二師、第二十六軍、第二集團軍這三支部隊的少將參議。我們這三個單位在漢口都有辦事處，但是這三個辦事處的處長都是耍槍桿子的出身，不像你是耍筆桿子的那麼懂得外交，所以還是由你來代表我們三支部隊，和國府、軍政、後勤等部門進行聯絡，治領軍事物資。至於報酬，你可以在三個部門領三個少將的餉銀。有關外交宴客或是禮尚往來的所有開銷，就在相應的辦事處實報實銷。三個辦事處都聽你的命令，你可另外租一處房子，作為你的住處和辦公地點。另外再給你

配一部轎車，一個副官和兩個衛兵。你考慮一下，是否接受這樣的安排。」

這還需要考慮嗎？他當即表示願意接受，除了當場感謝老朋友王師長的熱心舉薦外，等拿到三十二師少將參議、二十六軍少將參議和第二集團軍少將參議的聘書後，又專門跑到孫連仲、肖之處、王修身的司令部去謝聘，並表示一定不辜負幾位長官的厚愛，更多更快地搞到部隊需要的物資。從此，他就在武漢各地忙得是團團轉。

在漢口軍政機關轉移到重慶以前，他在武漢總共工作了十個月。源源不斷地為部隊送去了大批軍用物資，包括軍棉衣，軍鞋，鋼盔，食品，通訊和醫療器材等等。和上海相比，他在武漢募集到的物資數量更多。

我曾問他，你都是用什麼方法弄到這麼多東西？他得意地笑著說：「首先要動腦筋。我做的第一件事，就是在武漢開創了一個新的洪幫山堂，叫‘皕（bi）華山’，吸引武漢當地的各界名人大佬參加。這樣就可以廣交朋友，再請朋友相助。還有就是因為我們的部隊也爭氣，第二集團軍開到前線，在台兒莊大戰中打了大勝仗，這就讓我出去活動的時候更加有面子，辦事也就順利的多。」他舉例子說，有一次在重慶，他聽說宋慶齡和何香凝在王家花園搞支援前線的工作，他拿著第二集團軍的介紹信找去了，宋慶齡一看是第二集團軍的人，當即表示，對打過勝仗的第二集團軍，一定會大力支持。她和何香凝商量後對他說，三天以後，開卡車來領棉背心兩萬五千件。

在漢口期間，還有一件事對崔叔仙日後的事業產生了很大的影響。他們的「皕華山」在武漢不斷發展壯大，崔叔仙作為山堂內八堂之文堂的坐堂大哥，和同山堂的一位弟兄，也是福建省省長的陳儀成為好友，並受其委派，擔任福建省政府專員，與國府各部門洽辦省府工作，同時兼任福建省銀行經理。

我一直搞不明白祖父是怎麼做到的。他好似生出三頭六臂，在這麼多不同的職務和身份間，自如地穿梭轉換而不會顧此失彼。當時的人已經流行遞名片，到底是他的名片很大還是印刷的字體很小？否則，如何才能把他眾多的的身份印在一張名片上，並且說清楚？我只聽他講過，他對自己銀行經理的頭銜最看重，所以被印在了第一排顯著的位置。

再來看上海這邊。

要過年了，留在上海的一家人，第一次過了一個沒有父親在家的年節。崔叔仙雖不在上海，可家裡的生活一如既往，崔叔仙留給汪嘉玉的錢，夠他們幾個在上海再過上幾個年，也不會有問題。

唯一讓汪嘉玉難以放心的，還是丈夫在漢口的安全。兵荒馬亂之際，平安是最為寶貴的，萬萬不能有任何閃失，哪怕是孩子說錯一句話，也會讓人心慌。

年初一的清晨，兩個男孩子剛剛睜開眼，還沒下床，汪嘉玉手拿一張黃草紙，走到兄弟倆的床前，在他們的嘴上，都用草紙擦了一擦。

崔開元問：「媽媽，做啥要用擦屁股的紙擦嘴呀？」

媽媽回答：「不要問了，我們高郵人在大年初一，都要給小孩子擦的。」

崔開元又問：「那做啥姐姐不用擦？」

兩個姐姐笑得肚子疼。說：「因為你們小才這樣擦的，今天你們要是亂說話，就全當是放個屁。我們長大了，不會瞎說，就不用了。」

這個笑話是我上小學時，父親講給我們聽的。你說這應當歸類於高郵人的智慧，還是幽默呢？

5 重慶

崔叔仙是在 1938 年的 10 月隨第二集團軍的辦事處，一起轉移到重慶的。後來，三個駐漢口辦事處全都轉成駐重慶辦事處，日常工作照舊進行。

剛到重慶時，他住在韋作民的家。韋作民把太太留在昆明，自己一人住在棗子嵐埡。家裡有房子三間，顧了個老媽子洗衣燒飯。

顏淑貞還是和崔叔仙住在一起，韋作民勸崔叔仙說：「淑貞一直對你痴心不改，你不能不給她一個交代，等下個月我太太來重慶，就安排你們喝交杯酒，也算是我們正式把乾女兒交給你。」

崔叔仙說：「我豈是對她無情無義，可讓她嫁到我們家來，怕她不會有好日子過。」

韋作民：「我也知道嘉玉妹妹性子烈。但她還遠在上海，即使以後也到重慶來，大可以在外面單獨置一處房產讓淑貞住。這樣的話，兩邊全都相安無事，也是說不定的。事已至此，你有更好的辦法嗎？」

崔叔仙想想，沒有！真沒有好方法！一直到韋太太來到重慶，他還是沒有頭緒。像這樣讓他猶豫不決的事，有生以來還是第一次遇到。

部隊辦事處在重慶打鐵街為他租了兩間房，作為他的辦公室。可初到重慶，人地兩生，勸募物資的工作不像在漢口那樣來得順利。

同時，在和國府和軍政後勤各方面打交道的時候發現，他們這支馮玉祥的老部隊，不是總裁嫡系，軍用補給總是既少且慢，心裡不平也沒有用，他只能潛心等待一個破局的機會。

這個機會，一直到第二年的五月，才終於出現。

日軍的飛機一直在不斷地轟炸重慶。住在市區越來越不安全。因此，崔叔仙和韋作民便在重慶郊外租了一處房子，地處南溫泉的盧家花園。崔叔仙大部分時間都住在那裡，而韋作民一般到週末才過來躲飛機。

房子很大，也很漂亮，四周有山有水，風景秀麗。剛搬過來的第一天很平靜，顏淑貞讓崔叔仙帶著她在住處的四周觀光一番。他們的房子建在一個山腳下，顏淑貞想到小山上去看一看，不想走到半山腰，迎面一道鐵門擋道。上不去，他們只好返回。

第二天早上天剛亮，防空警報響了。他們在城裡住時，一有警報，都知道哪裡有防空洞。可是這郊外的防空洞在哪呀？還沒來得及問清楚，飛機就要來了。他們出門先向右拐，沿著山腳找了一陣，沒有找到，只好掉頭往反方向去尋。這次找對方向了，這邊有一個防空洞，洞口停放著一頂藤轎子，證明裡面有人。推門而入，見裡面有好幾個人坐在地上。他讓顏淑貞先進去，自己再跨進門，裡面就不太有回旋的餘地了。他正要關門，忽見外面又跑來一個女人帶著三個孩子，也想進來，顯然空間不夠。崔叔仙走出去，讓三個孩子進去，再把那位媽媽推進去，防空洞的鐵門就關不嚴了，崔叔仙只能站在外頭，用手攏著門。飛機由遠而近，漸漸就快到頭頂了。這時，坐在最裡面的一個人說話了：「來，我們站起來，騰出地方，讓他進來吧。」他們站起身，空間增加了一些，於是崔叔仙也擠進來，把門關上。飛機在山後扔了幾顆炸彈後就飛走了。崔叔仙和顏淑貞首先離開防空洞回家。

到了星期天，飛機又來空襲，這次韋作民也在，他說：「別找防空洞了，到對面田裡的那片小樹林里躲一下就行啦。」

崔叔仙問為什麼，韋作民說等一會再解釋。就這樣，韋作民夫婦、崔叔仙和顏淑貞、加上兩個衛兵，共六個人，一起來到田地另一邊的樹林中。這時，韋作民才把崔叔仙拉到一邊，小聲說：「你看到我們住處邊上的小山嗎？山上有座大宅子，原來是國府主席林森的官邸，現在讓給了孔院長。日本人似乎得到了情報，大概知道孔院長住在這一帶，所以才會派飛機過來轟炸，但又不知道確切的地點，所以並沒有具體目標。但他們不會往田間樹林里扔炸彈的，因此我才說躲在這裡最安全。」他口中的孔院長，崔叔仙是知道的，他就是國府當下的行政院長兼財政部長孔祥熙。難怪那日上山的路被封，原來上面

住著這樣一位大人物。

崔叔仙開始動起了他的小心思。他問韋作民：「你跟孔院長熟不熟？」

韋作民：「還挺熟的，我們交通部歸孔院長管，我們又都是美國留學生，所以常有來往。」

「哦！難怪你連他住在這裡的秘密都知道。」

「倒不是因為這個原因。在山上大宅子里，還住著我的一個美國同學，國府原駐古巴大使凌冰。他剛剛從古巴卸任，沒處去，孔院長就讓他也過來住。前兩天，凌冰過來找我，說是孔院長覺得，他們山腳下的防空洞太小，讓我幫他們擴大一點，所以，我找了交通部的工程處，昨天就給他們弄好了，自然就知道是誰在山上住了。其實那上面還有蔣委員長的房子，他有時也過來住。」

「哦！原來如此。大前天，我和淑貞去鑽那個防空洞，那裡的確是小了些，差一點就擠不進去。照你這麼說，那天孔院長應該也在那裡面吧？」

「應該在，那是專門為他修的防空洞。你沒看到他嗎？那天。」

「凌大使以前在上海見過一次，我認得他的，那天他好像不在。孔院長倒是沒見過，而且那天洞裡面的光線不太好，加上我又沒在意。是我疏忽大意了，應該抓住機會認識孔院長，好為我們部隊多爭取一些好處，免得我們都像是後娘養的，要什麼沒什麼。」

韋作民笑起來說：「看你說的，你有這麼可憐？不過無妨，你不就是想認識孔院長嗎？好辦，下次空襲，我陪你到他的防空洞里去，順便就可以把你介紹給他。」

「那可要謝謝作民兄再次幫忙！」

「不用謝！我只負責介紹，你怎樣才能為你們部隊爭取利益，我就不懂了，還得靠你自己的這個三寸不爛之舌啊。」

後來想起來覺得可笑，到了週末，崔叔仙幾乎是盼著空襲警報快點響起來。

星期六下午，警報拉響，崔叔仙讓兩個衛兵帶著韋太太和顏淑貞仍舊到小樹林去，自己和韋作民來到山下的防空洞。還是同樣的那一頂藤轎子，依然停放在防空洞門前。崔叔仙走進防空洞後發現，洞裡面的空間比上次大出不少，還增加了照明，亮堂許多。靠裡面牆壁，有幾張藤椅子，都坐著人。仔細一看，其中一位就是凌大使，他也是仁社社員。他邊上坐的這位，五十幾歲的年紀，白白胖胖，文質彬彬，戴著著一副眼鏡。雖沒見過面，但報上看到他的照片不止一次兩次了，他就是孔祥熙。

韋作民一進來就行禮說：「孔院長，凌大使，你們好！」

孔祥熙見到是他，說：「哦！韋次長，還沒謝謝你把這裡弄得這麼好。」

韋作民：「不用謝！小事一件。我來介紹一下，這位是我的朋友，福建省銀行行長，崔···。」他指著崔叔仙，準備介紹他。

凌冰搶著說：「孔院長，這位是崔叔仙，我在上海見過他。叔仙老弟，這位就是我們行政院的孔院長。」

崔叔仙：「孔院長好！凌大使好！」

孔祥熙：「你好！其實我們也不是第一次見，對吧？」

崔叔仙：「請院長恕我上次無禮，居然沒有認出院長。」他一邊說著，一邊掏出自己的名片，雙手捧著遞給孔祥熙。

孔祥熙接過名片，調整坐姿，讓燈光照在名片上，饒有興致地讀：「崔叔仙，福建省銀行經理，福建省府專員，陸軍第二集團軍少將參議，第二十六軍少將參議，第三十二師少將參議。」他把目光從名片上移開，看著崔叔仙問：「你做銀行，還搞軍隊嗎？」

崔叔仙回答：「自抗日開始，我就擔任部隊的對外工作。但是目前，銀行是我的主要工作。」

韋作民：「院長，叔仙在上海八一三抗戰中，積極為部隊募捐物資，勞苦功高，還因此受到總裁接見吶。」

孔祥熙對這個話題很感興趣，問了一些當時上海各界支援前線的情況。他們聊了一陣子，警報解除了。

他們都走出防空洞。孔祥熙坐上轎子，看著站在一邊的幾個人說：「我知道你們都不是閒人，平時都很忙。但今天是星期六，是不是可以放鬆一下，一起上山頂我那裡坐坐，我請你們喝茶，好不好哇？」

大家都高興地說好。他們沿著小徑爬上山，來到山頂的住宅。這是一座大房子，房後有一處大露台，他們都在露台上的椅子坐下，這裡能夠看得很遠，山下的農舍和田地盡收眼底，春天的樹木和莊稼，一片綠色，生機勃勃。看著這樣的美景，能讓人暫時忘記戰爭，甚至忘記了他們剛才還在防空洞里躲轟炸。

侍從沏好茶，端上桌。孔祥熙、凌冰、韋作民、崔叔仙四人圍著桌子坐下。孔祥熙招呼大家：「來！看看這茶的口味如何。喝吧！」

仔細看這茶，葉子細細長長，色澤綠中泛黃。嘗一口，味清淡，喝後口中留香。崔叔仙問：「請問院長，這是什麼茶呀？我還是第一次見到。」

孔祥熙：「看來你到重慶以後，一直忙得很，沒功夫品茶。這

個茶叫霧鐘，是四川有名的蒙頂茶的一種。宋代有一句詩這樣誇它說：'舊譜最稱蒙頂味，露芽雲液勝醍醐'。而且，它歷史久遠，'自唐進貢入天府'，一直到清代，它都是貢品。怎麼樣？喜歡嗎？」

崔叔仙：「非常喜歡！謝謝院長！到重慶來以後，人地生疏，工作上的確不順利，也就沒有沈下心來仔細品一品四川的好茶。今天不但喝到了，還學到不少東西，看來我的運氣真的是好。」

孔祥熙：「你們喜歡就好。今天我們就不談工作了，工作上的事情以後談，大家現在換個心情，就在這裡品茶、看風景、好好休息休息。」

凌冰馬上附和：「對！就該換換腦筋。」他喝了口茶接著說：「在上海，叔仙老弟就是有名的'江北才子'，看著眼下的好茶美景，你給我們作首詩如何？」

崔叔仙連忙擺手，說：「不可！不可！當著孔院長，我怎敢造次，院長可是孔聖人的嫡傳。再說，我是在美國人的教會學校讀了中學而已，國學的底子太薄，寫不出好詩的！」

韋作民：「叔仙，我看你的詩寫得很好，就別客氣了。」

孔祥熙：「叔仙吶，不必拘謹，隨便說幾句，不論好壞，讓大家調劑一下心情就好。」

他也確實不敢作詩，這不是他的強項，他很清楚這一點，但孔院長這麼一說，崔叔仙不好再推辭。他想了一想，說：「孔院長，我確實不會作詩。如果可以的話，我可以說個我家鄉的故事，倒是對應眼前的景色。不知道行不行？」

孔祥熙：「行！我們聽一個故事也很好，講吧！」

於是他講了以下的故事：

我的老家在蘇北的古城高郵，一個美麗的水鄉，只可惜現在是日佔區。

相傳在清代的高郵城裡，有這麼一個秀才，他才思敏捷，尤其善於寫詩和對對聯，常常與人拼詩詞，拼對對子，而且每次都能贏，從沒輸過，因此就難免自大狂傲、目中無人。

有一天，他和一幫朋友過江到鎮江遊玩。來到金山之頂，眺望青山綠水，心情甚好，詩性大發，隨口成章。眾人交相稱贊。他又乘興和朋友比賽對聯，自然拔得頭籌。他一時得意忘形，竟然口出狂言說：「天下之大，竟然找不到一個能跟我對對聯的好對手。可悲！可嘆吶！」

旁邊的朋友都吹捧他說：「那是自然啊，沒有人能夠勝過你，

你的對聯是天下第一呀！」

　　他聽了別提有多得意了，說：「天下不敢說，可是在高郵沒有對手，到鎮江來，總該見到一個對手吧？可是你在哪裡？在哪裡呢？」大家一陣哄笑。

　　就在這時，邊上有個人發話：「我說這位公子，你是不是把話說得太滿了一點？」

　　這位秀才一聽這話，隨即循聲看去，原來講話的是一位樵夫，打了一大捆柴，正坐在樹蔭下歇腳。只見他一身短打，膀大腰圓，臉黑須長，手持破草帽扇著風，一臉汗水還在往下淌。秀才轉身向著樵夫發問：「你是說我說話太滿？難道說你也會對對聯？你要是會的話，我出個上聯，看看你能不能對得上來。」

　　樵夫掀起衣襟擦把汗，說：「我一個粗人，怎麼能對得上你大才子的對子呀！不過，你看我只是個砍柴的，我就隨便說一個跟我們的這個生計有關的句子，你要是不嫌棄，就對個下聯，可好？」

　　秀才根本看不起一個砍柴的人，心想他能有什麼高深的對子，於是說：「好！我就聽聽你的上聯有多高明。」

　　樵夫說：「那你可聽好，我說了。」他一指身邊的那捆柴禾，口中說：「此木為柴，‧‧‧。」

　　秀才一聽，心想果然遇到一個粗人，沒有等樵夫說完，就搖搖頭說：「別鬧了！這也叫對子？我不想欺負你一個樵夫，你也不要攪擾我的興致。」

　　樵夫說：「有道是大道至簡，你若是能對上我的對子，那才叫雅興。」

　　秀才不屑地說：「我要是對你的對子，豈不是降低我的身份嗎？」

　　樵夫說：「你這麼說，一定是對不上來。」

　　秀才笑道：「這個還能對不上來！我要是隨口一句對上了，你可別怪我不客氣。你聽好了，你的上聯是‘此木為柴’，我就對‘大力是夯’。你記住了，對對聯可不是有把力氣就行的。」他想教訓一下這個樵夫。他話一說完，扭頭要走。

　　樵夫見他話中帶刺，也不急，只是不緊不慢地在他身後說：「公子！別急著走啊！我的上聯還沒說完吶。」

　　秀才站住腳，轉回身來說：「那你說完吧，我保證給你對上。」

　　「山山出！」

　　樵夫就說了這三個字，說完扛起柴禾就下山去了。留下秀才站在原地一動不動，呆若木雞，然後開始嘴裡念叨：「他說的是山山

出？此木為柴山山出？此木為柴山山出，大力是夯···？不對！天呀！這上聯太絕了，我用什麼對才好呢？」他絞盡腦汁，還是對不上。

從此，秀才再也不敢自誇了，他整天就想著這個樵夫給他出的這個難題，想了多年也沒想出來，以致他心內鬱結，一病不起。眼看著自己命不久矣，回想一生，感嘆自己以前過於驕傲，以至於留下這麼大的一個未解難題，讓自己羞愧難當、抱憾終身。於是他掙扎著從床上爬起來，讓人攙著來到高郵古刹善因寺贖罪祈福，在佛祖面前又講起這件憾事。當時在這善因寺裡，恰巧新近來了一位高僧，法號鐵橋。鐵橋和尚見他心思沉重，便問緣由，他坦誠相告：「幾年前，我遇到一個難題，自己才疏學淺，一直未能找到答案，以至終日惶惶，茶飯不思，結果是疾病纏身，怕是不久於人世了。恨只恨自己當年是年少輕狂，在那鎮江金山之上自吹自擂，口吐妄言。結果，一個路邊的樵夫看不過，給我出了一個上聯讓我對，這就是我說的難題。」

鐵橋和尚合掌說：「阿彌陀佛！施主能看破自己以前的輕狂，也算是得道的一種，可喜可賀！就不知是個什麼樣的對聯，竟如此之難。施主不妨說出來一聽啊。」

秀才喘了一口氣，嘆息一聲說：「他的上聯說的是：此木為柴山山出。」

鐵橋和尚說：「此木為柴山山出，嗯！真是個好上聯。不過，貧僧也許能對上來。」

秀才一聽，可不得了，馬上請教說：「請師父快快賜教！若得下聯，不才便死亦不足惜。」

鐵橋和尚笑眯眯地說：「阿彌陀佛！施主不妨隨我來。」鐵橋和尚把秀才帶到大殿之外，手指遠處的景象，問他：「施主，在這黃昏之中，你都看到些什麼？」

秀才說：「天上有霞光，地上有禾苗。」

鐵橋又問：「天地之間何物？」

秀才回答：「我來的路上，見到天地之間本來有農人勞作，可是現在看不到他們，他們都收工回家了。你看這四處炊煙裊裊，他們大概正在家裡做晚飯吧？」

鐵橋說：「我佛慈悲！自從你眼中有了天地，也有了天地間勞苦的人，那這個下聯已經在你心中了，就差施主在我善因寺的這麼舉目一觀，答案立見分曉。」

秀才還是不明就裡，再問和尚，鐵橋再無多言，閉目合掌，口中念念有詞，秀才卻是聽不懂。無奈之下，他只能回味剛才的對話，想弄明白鐵橋和尚話裡的意思。

韋作民聽到這裡，急著說：「重點應該是那句，'舉目一觀'，對吧？」

崔叔仙：「對！秀才就是回頭再一次舉目觀看，突然就知道答案了。他不但把下聯工整地對出來，並且回家就吃了三碗飯，很快病就好了。這故事不知真假，但是鐵橋和尚確有其人。我小時候住在外公家，善因寺就在隔壁，我常去找鐵橋玩，還跟他學過畫。」

韋作民：「說了半天，下聯究竟是什麼，你也沒說呀？」

孔祥熙：「韋次長，他已經說了下聯，就在那座寺廟旁邊的景色里。」看韋作民還在疑惑，接著說：「其實，我們眼前的景色也一樣啊。你們看現在也是黃昏，天地之間是不是也有裊裊炊煙，冉冉升起啊？」然後對崔叔仙說：「雖然這種拆字聯不屬於很難的對聯，但是要讓字與字之間、上聯下聯之間還保持意思連貫，那就難得了。而且整個故事，被你講得是有聲有色，蠻有意思的。看來我以後也要叫你'江北才子'啦。」

崔叔仙：「我要是敢稱什麼'才子'，不就和那個秀才一樣了嗎？其實這個故事，是我太太講給我聽的。當然，她講的比較簡單，我只是略微做了一點加工，說出來博各位一笑罷了。其實我還真的問過鐵橋和尚，是不是有這回事。他說他記不清了，但他說這樣的對子有何難，他能對出好多個下聯來。可我怎麼想，還是想不出第二個來，就會一個答案，還是我太太告訴我的。」

孔祥熙立刻想到下聯，不愧是孔子後代，耶魯的高才。凌冰和韋作民也想到了答案，但都用了一個晚上的時間。等他們再一次在山腳防空洞里相遇的時候，公佈了謎底：

此木為柴山山出；因火成煙夕夕多。

一個星期以後的周日下午，孔祥熙派他的副官到盧家花園來傳話，請崔經理到山上孔公館談話。崔叔仙心裡猜想，上次在山上講了一個故事，這次再上去一定不是那麼簡單了。

他被帶到山上孔院長官邸的客廳，不一會，孔祥熙走進來，笑著說：「崔叔仙，請隨意坐吧！」他們都在沙發上就座，孔院長接著說：「今天凌大使又到城裡去了，我一時沒什麼事，就想找你來聊聊天。怎麼樣？沒有妨礙你的事情吧？」

崔叔仙站起來說：「我沒有事的，院長有什麼指示，請吩

咐！」

孔祥熙：「不是什麼指示。就是隨便聊聊，來！坐下談，不必拘禮，我們已經是老熟人了嘛！」

崔叔仙坐下說：「是！院長。」

孔祥熙：「你今年有多大歲數了？家裡還有什麼人？」

「我今年三十八歲。太太和四個孩子還在上海，不過近期他們也會到重慶來的，我正在安排他們的行程。韋次長建議他們繞道越南，再到昆明，這樣比較安全一些。」

「那上次和你在一起的那個姑娘又是誰呀？」

「你是說顏小姐？她是韋次長的乾女兒，韋次長托我在照顧她。她，她‥‥‥。」

孔祥熙見他吞吞吐吐，也就明白了一點，說：「哦！是這樣。那你是高郵人，怎麼弄到西北軍去了呢？」

「我從江蘇省訓政人員養成所畢業後，輾轉去泗陽縣府任職，正好當時的二十五路軍住在泗陽，因為工作上的聯繫，跟他們成了朋友，後來就在軍部擔任少校秘書，再後來他們派我到上海去，做上海辦事處的處長。在上海工作時，事情不是很多，就和朋友一起辦了報社，也涉足一些礦業和信用社。八一三抗戰時，我因為仁社秘書的身份，認識不少社會名流，所以在為部隊勸捐物資的時候，就做得比較順手。也是這個原因，我們撤退到漢口以後，第二集團軍孫連仲總司令，第二十六軍肖之楚軍長，還有三十二師的王修身師長，都請我擔任這三個部隊的參議，負責對外聯絡的工作。」

「這三個部隊，近來情況如何？」孔祥熙問。

「這些部隊在上海周邊，以及後來的台兒莊的戰鬥中，都打得很英勇，可以說是前赴後繼，不怕犧牲。但是部隊的傷亡和損失也非常大，急需休整補充。可我們是原來西北軍的老部隊，一直被軍政和後勤部門所歧視，部隊的官兵上上下下都有情緒，怕是會影響戰鬥力啊。」

「這三個部隊加在一起，有二十幾萬人吧？」

「對，一共有二十六萬多人。」

「嗯，我知道這都是馮玉祥的老班底，一向很能打仗的。這樣吧，等孫總司令、肖軍長，還有王師長來重慶的話，你引他們來見我，我想跟他們談談。」

「好的，院長。」

他們又聊了一些部隊的事情。大約一小時後，崔叔仙告辭回到盧家花園。他一到家，立刻寫好三封信，讓各部隊的駐重慶辦事處，交給孫、肖、王三位將軍，把見到孔祥熙的情況，分別相告，並請他

們盡快到重慶來，面見孔院長。

王修身第二天就到了，一兩天後，孫連仲、肖之處也都趕到重慶來，崔叔仙分別帶他們去見孔祥熙。孔見到他們很高興，和他們談了部隊的現狀。孔說崔參議說了你們的情況以後，我已經和蔣先生談過，蔣先生也答應會對三個部隊一視同仁。我也找過軍政部和後勤部，讓他們一定多多幫助這些部隊。最後，孔祥熙要求這三支部隊，今後都要把戰報交給他看。

這樣，三支部隊在此後的兵員增補、武器給養的分配上已能趕上或者說是接近那些黃埔系的部隊。崔叔仙不但心願達成，而且因為每周都去孔公館轉送部隊的戰報，便常常有機會和孔祥熙見面，互相越發熟悉。有空閒的時候，孔院長也常請他過去，有時喝茶，有時便飯，也聊閒話。

有一天晚上，孔祥熙把崔叔仙叫過去吃晚餐，邊吃邊談。不成想，他們聊著聊著，就不再是閒話了。

孔祥熙問：「叔仙啊，你吃好了嗎？」

崔叔仙答：「吃好了，謝謝孔院長！」

孔祥熙：「你要是吃好了，我倒有件事問問你。」說著，他放下筷子，打量著崔叔仙。

「是，院長。您請吩咐！」

孔祥熙：「最近國府組織了一個行政院易貨委員會，主要目的是用我們的貨物和蘇聯那邊換武器，尤其是換他們的飛機。這些東西對於我們和日本作戰，非常之重要。我會兼任這個委員會的委員長，秘書長我讓凌冰來當，他來代表我常駐委員會辦公。你也知道他做外交官很多年了，讓他和俄國人去談判很合適，但他對國內的情況可以說是一竅不通。並且，除了公路局等等部門，易貨委員會還需要和四川、甘肅、新疆的各地袍哥有不少交道要打。這方面，他就不太靈了。所以他請我給他物色一個得力助手，幫助他和蘇聯方面談判，同時要處理一些有關國內的事情。凌冰提到你，我看你也確實適合這個位置。你怎麼想啊？」

「孔院長是要我講真心話嗎？」

孔祥熙：「有什麼想法都可以說，不要緊，都講出來好了！」

「我剛接手福建銀行的工作不久，就這樣離開，怕不好向陳省長交代。而且說實話，我以前根本不懂銀行的事情，前段時間，弄了不少書在看，越看越喜歡，現在我真的很喜歡銀行的工作，真心希望

能在銀行一直做下去。所以說，院長你看能不能派其他人到易貨委員會去‧‧‧？」

孔祥熙：「你的這些想法，我多少還是瞭解一點的，知道你一心想搞銀行，我也不想讓你把這個金飯碗給砸了。你說過你今年三十‧‧‧？」

「三十八。」

孔祥熙：「才三十八嘛，還怕以後沒時間搞你的銀行？我答應你，以後一定讓你去搞銀行。但你要先到易貨委員會去當總務組長，行政院會給你一個‘簡任一級’的官職。從此你就是行政院的人了。這樣安排滿意嗎？」

崔叔仙一聽，這可是平步青雲、更上層樓！他站起來鞠躬，說：「滿意，滿意！謝謝孔院長栽培！」

孔祥熙：「哈哈哈！這樣就好！你明天就到行政院去報到。以後，你們所有需要我批閱的文件，都由你來交給我。好好乾，你現在是跟我做事，其它工作就要先放一放了。好吧？」

崔叔仙：「是！請孔院長放心，我一定努力為國效力！」

崔叔仙去見陳儀，請辭福建省府專員和銀行經理的職務。第一次未准。再請，並說明是孔院長的安排，陳儀雖不情願，但也只好同意。

崔叔仙在行政院的易貨委員會工作了三個月，頗有成績，和蘇聯換來不少軍事物資，單飛機就有幾十架。

他們和蘇聯人打交道的主要對象，是當時蘇聯駐重慶的外交官，叫馬力克，這個人也因為在重慶時的易貨工作進展順利，被蘇聯提升為駐日本大使，後來還當上蘇聯外交部的副部長。

三個月後，孔祥熙開始兼任農民銀行董事長，他兌現諾言，委派崔叔仙為總行專員、董事會秘書，專門處理董事長的文字工作。農民銀行的總理事長是蔣介石，許多文件需要蔣總裁親自過目，因此，崔叔仙也常見到蔣介石。

一段時間後，蔣介石找崔叔仙談話，表揚他的工作成績。然後，總裁對他說：「崔叔仙，我打算重新調整一下你的工作。你原是西北軍出身，所以我派你到蘭州去，兼任農民銀行分行經理，管理甘、陝、寧、青四省的銀行業務。農民銀行是我在 33 年親自建立的，

現在我把這個全國最大的分行交給你，你去了之後好好做，有什麼問題，就來重慶找我。」

崔叔仙領命離開重慶，前往甘肅蘭州赴任。在此之前，汪嘉玉已經帶著孩子們來到重慶，這會兒全家人也都一起搬到蘭州生活。

6 恩怨軍統

汪嘉玉來到重慶後，崔叔仙不想讓她看見顏淑貞，於是為顏淑貞另外找了個住所。但這樣能解決問題嗎？顯然不可能！在上海法租界居住期間，汪嘉玉已經通過報紙得知丈夫另有新歡，因此才會匆忙離開上海，一路風塵僕僕地趕到重慶來。

一見到丈夫，汪嘉玉立刻發難問罪。崔叔仙也知道自己理虧，但是事已至此，他也不知道該怎麼辦。情況越來越嚴重，夫妻之間每天爭吵，有時吵得很厲害，崔叔仙乾脆就跑到顏淑貞那裡去住，汪嘉玉這下更生氣了，要找律師到法院去告狀。幾個朋友，包括楊虎夫婦，還有剛到重慶不久的漢口市長吳國楨夫婦等，都勸她息事寧人，不要影響崔叔仙的大好前途。他們還出了個主意，把顏淑貞找來家裡打麻將，用溫情來感動她，或許能讓她主動離開。

麻將打了好幾次，不但沒有任何效果，汪嘉玉反而更加受不了了。因為在麻將桌上，顏淑貞透露她已有了身孕。她大概也想用溫情來感化汪嘉玉，達到能留在崔家的目的。

這下可要了命了！汪嘉玉不想活了，她要以死相抗。幾個孩子嚇得要命，天天守在母親身邊，防止出大事。

看到事情已經鬧到這種無法收拾的地步，有一個人終於忍不住了。她叫俞淑恆，是軍統老闆戴笠的秘書，也是戴笠的情人。此人年輕漂亮，畢業於中央政治大學的外語系，後來進了軍統的培訓班。在重慶時，她是汪嘉玉的好朋友之一，別看她貌似天真爛漫，但講出來的言語，一點也不天真。

她說：「嘉玉嫂子，你是真的要死呢，還是想嚇唬嚇唬崔經理？」她這樣問是因為看見桌子上有一些被剪成碎片的金戒指，很顯然，這是為吞金自盡而準備的。

汪嘉玉說：「崔叔仙要是留著姓顏的那個女人，我就一定去

死。我像這樣活著比死了還要難受！」

「那你恨這個姓顏的女人嗎？」

「恨！恨死了！天下怎麼有這麼壞的女人呢？」

「她活，你就死；她死，你才能活。我說的對吧？」

「對的，巴不得她去死！」

「此話當真？」

「當真！」

「那好！我來處理吧。」

「你是說・・・？」

「小菜一碟！我去找個人把她做掉就是啦！」

汪嘉玉一聽「做掉」二字，大吃一驚。愣了一陣，不知道怎麼回答。俞淑恆低聲說：「你猶豫什麼？要徹底解決這個麻煩，這是最省事的了。」

汪嘉玉想了一想，心一橫，咬著牙說：「行！誰叫他們把我逼到絕境呢！你說吧，怎麼辦？」

「好辦，我找個人來見你，你給他一根‘條子’，他就能把事情辦了。」

接下來，俞淑恆找到一個軍統的特務，讓他到南溫泉的盧家花園跑一趟崔宅，去取金條。這個人來了，汪嘉玉給了他兩根金條，說這是請他辦事的酬勞，要辦的具體事情，聽俞淑恆的吩咐。他說無論什麼事情，都包在他身上，然後就拿著金條回來見俞淑恆復命。

俞淑恆說：「這兩根金條，你自己留著花。不過你要給我辦件事。」

「您說，什麼事？我一定辦好！」

「我要你去做掉一個人。」

「那容易。你就告訴我你想做掉誰吧。」

「‘七歲紅’顏淑貞。」

這個人雖然年紀輕輕，但在軍統已經混了一些時日，他知道「七歲紅」是誰，也知道她和崔叔仙的關係，心想這事情不那麼簡單，崔叔仙不是他能輕易得罪的。可是，俞淑恆就能得罪嗎？也不行！他想想說：「俞小姐，這兩根金條我先留著，事情若是辦不好，我會退給你。」

「你說什麼？你想退我也不要。這個事情必須要辦好！」 俞淑恆的臉色和語氣都變了。

「是！」他不敢多嘴，先應下這個差事，過後直接去找崔叔仙。

他把兩根金條放到崔叔仙的面前，將幾個女人之間的事和盤托出，還說那顏小姐是崔經理的人，自己不能做對不起崔經理的事。但俞淑恆他也惹不起，還望崔經理想一個兩全其美的辦法。

崔叔仙聽聞，大驚失色！站起身，在辦公室里來回走動好幾圈，最後停下說：「謝謝你過來把這個事情告訴我！這樣，金條你都留著，也算我對你的謝意。至於顏小姐的事，你就別管了，我會很快處理好的。」

近來家裡一直是雞犬不寧，他的心情糟透了。現在弄得兩邊都要出人命，這可如何是好？

他立刻回家，推開房門，見汪嘉玉躺在床上，桌子上攤著當年成婚的那天晚上，他給汪嘉玉寫的那幅字，上面壓著結婚前，汪嘉玉在高郵「一人巷」外向他討的信物，也就是那個玉鎮紙。他拿起鎮紙，看著一臉憔悴的妻子，心裡滿是愧疚。

汪嘉玉見他走進來一直不言語，便坐起身，平靜地說：「叔仙吶！你怎麼不說話？我不跟你吵了，我求求你，看在四個孩子的份上，你還是回來住吧！」

崔叔仙說：「唉！嘉玉，是我對不起你！全都怪我沒有處理好。我答應你，我一定把淑貞送走。可你不能要她的命啊，這本不是她的錯。你假如真的殺了人，你想想看，以後的日子你還怎麼過？」

汪嘉玉一聽，先是一愣神，隨即便放聲大哭，說：「我現在就過不下去啦！自從前天見了那個當兵的，我就整天心驚肉跳的，吃飯吃不下，睡覺也睡不著，就怕他真的要了她的命。可是，我又想讓她死。她不死，就是我死，我哪裡顧得上那麼多呢？」

崔叔仙上前一把抱住妻子說：「哎呀！不要再說死呀什麼的啦！我這幾天就去買飛機票，把她送到香港去。以後我們就當是從來沒有過這檔子事，好嗎？不要再哭了！以後我會像以前一樣，好好跟你過日子。如果我再犯錯誤，你就拿這幅字給我看，我一定信守諾言，如若不然，讓上帝來懲罰我。」

汪嘉玉的淚水仍在流，她沒有說什麼，摟著丈夫的脖子不鬆手。

關於這些事情，祖父當然不會跟我說。我是斷斷續續地從父親、叔叔、還有兩個姑媽那裡聽來的。那年，他們的父親把顏淑貞送到香港後，在很長的一段時間，他們再也沒有聽到有關顏淑貞的消息，全家人也一直都避免談及這個話題。但是，這件事給四個子女心裡留下的傷痕，從未平復過，以至於他們四人在這一點上，到老都不能原諒父親，儘管他們也知道，這是一位對子女極其寬容和慈愛的好父親。

還好，以後他們的父親，仍然是好父親，而且再沒有重蹈覆轍。

多年以後的 2005 年，叔叔崔開明到美國他兒子家小住。我們那時候還在佛羅里達開工廠，從奧蘭多驅車七百多公里至亞特蘭大去看他，約好在一家日本料理店碰面，順便吃午飯。在座的還有二姑媽以及堂哥和幾位表姐。吃飯的時候，我故作神秘地問：「姑媽！叔叔！當年在抗戰的時候，你們家是住在重慶南溫泉吧？好像是一個叫盧家花園的地方。」

姑媽和叔叔都覺得驚奇，問我是怎麼知道的。

我說：「我也是偶然間在網上看到了一個故事，好像和戴笠有關。」

叔叔問我到底是怎麼回事。

我從口袋裡掏出一份事先打印好的文章交給姑媽，它取自於我在網上看到的一本書中的一小段，書名叫《特工王戴笠》，作者是楊者聖。其中第八章第十三節的標題叫「螃蟹八隻腳」，其內容和祖父崔錫麟有關。此段文字也摘錄如下：

．．．。

抗戰以後，華南、華東、華北、東北的半壁江山相繼淪入敵手，許多幫會勢力的頭面人物無法立足，紛紛流入重慶、成都等內地的大城市。這些人在地面上是不甘寂寞的。流入內地不久，就紛紛再立山門，拉幫結寨，重新活躍起來。由於這些秘密社會組織不受軍統控制，這就難免在政治上要產生一些使戴笠為難的問題，使戴笠顧此

失彼，窮於應付。有幾件事是當時戴笠深以為憾的。

一是楊揆一出逃事件。1939年，汪精衛從河內到達上海開始「組府」活動，原湖北省政府秘書長楊揆一因有投汪之意，從而在重慶受到軍統特務的注意。楊揆一自知獨力難以跳出戴笠的手掌心，就利用上海青幫「仁社」會員和漢口「太華山」洪門弟兄的關係，找到時任行政院簡任組長、財政部中國農民銀行董事長秘書、第二集團軍少將參議崔錫麟，偽稱要去昆明長住，避開日機在重慶空襲轟炸，請崔幫助搞一張機票。崔錫麟應約找到洪門「太華山」同參弟兄、交通部技監韋作民設法，韋通過其得意門生、重慶稽查處處長陶一珊，辦妥種種手續，輾轉購得兩張機票，由崔與楊同機到達昆明，結果楊揆一從昆明溜到河內，經香港到達上海，與汪合流。崔回到重慶，即由戴笠一面派大批特務監視在住地南溫泉鎮盧家花園，一面報請軍法執行總監何成浚出拘捕證逮捕。後因韋作民通知第二集團軍總司令孫連仲力保，戴笠經過微查，也確認是江湖幫會關係，方才同意解除對崔的監視。

二是‧‧‧。
（網絡原文請參見
http://www.weilishi.org/zhuanjiwenxue/d/daili-tegongwang/index.html）

姑媽和叔叔看了都發笑，說：「這都是什麼時候的陳年往事了，居然還有人記得。」
叔叔對姑媽說：「好像真的有這麼一回事情。我那時才七八歲大，發現家裡人都緊張了好幾天。後來一直不明白，楊揆一要到昆明，爸爸在重慶那麼忙，為什麼也要跟他一起去？沒有必要啊，幫他買一張票，讓他自己走不就行了嗎？」
姑媽說：「這事我記得很清楚。那一年我們爸爸媽媽為了那個唱戲的顏淑貞鬧得不可開交。吳國禎勸和不成，結果是俞淑恆提出來一個狠招，要對那個女的下手。爸爸這下真的害怕了，只能把她送到香港去了。第二集團軍司令孫連仲的家眷，當時住在昆明盧漢的家

裡，爸爸去香港要經過雲南，所以孫長官就讓爸爸到昆明去見一見盧
漢，替他表示謝意。正好，說送一個女人怕太難聽，就對外人說，要
到昆明去替孫連仲辦事。楊揆一在湖北和吳國禎共過事，又都是仁社
的老人，他本來是想請吳國禎幫他的忙，結果吳國禎說正好崔叔仙也
要到昆明，就托爸爸買飛機票時多買一張，所以他們才會一起動身。
其實飛機票買了不是兩張，而是三張，另外那一張是給顏淑貞的。爸
爸到了昆明，和盧漢還有孫夫人見過面後，立即就帶著那個女的去香
港了，哪裡清楚他楊揆一的真正目的是投南京呀？這個楊揆一也不簡
單，他在日本的時候，和蔣介石是同學，也是汪精衛的老朋友，所以
他一到南京，就當上了軍政部長，後來好像還是湖北省長。這就不得
了啦，戴笠就要逮捕崔叔仙。要不是孫連仲親自跑到重慶去跟老蔣說
明情況，還不知道戴笠會怎麼樣呢。不過後來聽說，老蔣把戴笠罵得
也夠嗆，因為他剛剛接見了爸爸，並委派爸爸去蘭州，軍統這一鬧，
老蔣大概是很沒面子。」

　　叔叔說：「哦！怪不得。那我們四九年到香港以後，怎麼沒聽
說過這個姓顏的人呢？」

　　姑媽：「從那次一鬧，媽媽落下病根，我們都不能提這件事，
大家都像是徹底忘了。其實怎麼忘得了？你們兩個男孩子還公開要媽
媽離婚，說是你們來養媽媽。我和大姐都被你們嚇死啦！」

　　叔叔：「後來顏淑貞生下兒子還是女兒？他們靠什麼生活
呢？」

　　姑媽：「爸爸當時什麼也沒說。我七二年到薩凡納以後，吳國
禎才告訴我，爸爸當時在香港就給這個女人買了住宅，後來她生了一
個兒子。爸爸一直是通過吳國禎來接濟她們娘兒倆。」

　　我問：「那麼說，我還有奶奶和叔叔在香港？這位奶奶還活著
嗎？」

　　姑媽：「吳國禎生前她還在，後來就不知道了，因為吳國禎自
己都去世二十多年了，哪裡還知道這個女人的情況呢？當時我只知
道，她一直都是單身，沒有再嫁。她的兒子沒有跟媽媽姓顏，而是姓
崔，在香港做醫生，應該過得不錯的。唉！也是，他們現在怎麼樣了
呢？唉———！」

　　從姑媽的一聲長嘆之中，我品出很多複雜的意味。

我曾想象過，假如顏淑貞和崔叔仙的情事，只是一本言情小說中的情節，不知讀者作何感受。是譴責多一點呢，還是同情多一點？

7 父親自傳 3

1939年夏天，我們離開生活了5年的上海。取道香港、越南、雲貴，去四川重慶。為進越南，還辦了出國護照。

母親，一個30多歲的婦女，帶著從7歲到16歲的4個孩子，在戰亂年代，途經國外，跋涉千里，真是很不容易，這需要多大的決心和勇氣呀！

這勇氣來自一家人團聚的願望，也來自父親有了另一個女人的傳聞。正巧管家周文當時回南通奔喪，不在上海，可母親不願意等，匆忙出發。

第一次坐海船。一聲桅笛，船開了。

我們在甲板上憑欄遠眺，第一次看到海，那麼大，高興極了。可是出了吳淞口不久，風浪漸大，船開始有規律地搖晃起來。我開始暈船，感到頭昏，想吐。只好下倉，睡在鋪位上，仍想吐，不想吃飯。

在海上航行了2天，快到香港了。船上不知是誰說的，這個海域可能會遇到日本軍艦，也可能遇到海盜，船上的人都有些緊張。

離開上海前，媽媽把一些首飾變賣了作為路費，還有一些首飾縫在月經帶里戴在身上。因為怕遇上海盜，媽媽把一些現金放在我身上，估計海盜不會搜孩子的身。其實，如果真遇到海盜，這些辦法都沒用。

好在是一場虛驚，船平安到香港，並沒有遇到任何意外，只是香港當局的緝私警察上船檢查，引起了一陣混亂。我看到一個警察在廁所里打開一個手電筒的後蓋，往裡面塞鈔票，可見船上肯定有私貨，而且有人行賄了。

船在香港停留幾小時後，繼續開船。幾天後終於到達了越南的海防。船上的人上岸了，亂擠亂叫，標準的難民模樣。

越南當時是法國的領地，海關檢查官全都是法國人，穿著制服，耀武揚威。

「這箱子是誰的？」法國人講著半生不熟的中國話。

「我的。」媽媽陪著笑臉說。

「打開！」

鎖才打開，法國人把箱子拎起來一倒，衣物滿地都是。他看一

眼，又去檢查另一個，同樣也是一倒。哪裡還顧得上整理，東西往箱子里一塞，鎖上，提起來就跑。

在海防的碼頭坐三輪車去旅社，馬路兩邊的大樹連成一條長長的綠色頂蓋。樹根很特別，都長得奇形怪狀，高出地面一兩尺。海防臨海，氣候炎熱，但風景非常美。

旅社很髒，院子里長了許多芭蕉，晚上能看到不少壁虎在牆上爬。吃的是空心菜，越南話叫「蒙」。

第二天，媽媽和姐姐們從街上回來，心有餘悸地告訴我和弟弟，他們在街上遇到一個男人，手裡拿著一把匕首，對著媽媽吼叫，也聽不懂他說什麼。他們趕快跑回來了，這是大白天發生的事。

我和弟弟出去到海邊玩，走在馬路上，每走幾步，就能看到地上一灘灘像血的東西。原來越南人習慣嚼檳榔，吐出來的渣子都是血紅血紅的。

二姐不知聽哪個大人說的，四川沒有魚。我和弟弟在海邊捉到一些小魚，準備帶到四川去放養，可這些小魚一離開海水，肚子就大，馬上就死，帶不成了。其實四川有的是魚，只是沒有海。

在海防停留了二、三天，上火車去昆明。路上有看不完的香蕉樹，也有芭蕉，據說芭蕉不能吃。車里悶熱得很，我想喝水，媽媽只帶了一暖瓶熱水，她用暖瓶蓋倒了一口給我。

火車經河口，到老街。過了老街就是我們中國的領土了，不過要改乘汽車到昆明。

到昆明以後，我們暫住在韋作民家，在這裡我認識了韋伯伯的大女婿茅以元，他是茅以升的弟弟。印象最深的是，他有一支手槍，可以換上小槍管，打小子彈，一槍一個麻雀。韋家的四姑娘叫淑瑛，後來我們曾經在重慶江北靜觀場天津志達中學同學，同路往返於幾十里山路間。韋家還有一條狼狗——松井，我又愛它又怕它。

想不到十年後，茅以元和韋淑瑛都到了香港。茅以元的妻子淑婉留在上海，以元卻和淑瑛同居了。幾年以後，茅以元病故。

前幾年，淑瑛還到上海來看過她姐姐淑婉，真有戲劇性。

昆明經貴陽到重慶的公路是出名的險路，經過很多大山。盤山道上轉半天還看到來路就在山腳下。坡陡，彎多，事故頻出。有一個險段叫：「吊死崖」，汽車開過去後，停下來讓我們下車「參觀」一下，路邊懸崖幾十丈深，底下還可見一些汽車的殘骸。

路不好，車更不好，上坡上不去，熄火了，用三角木墊上輪子，重發動，衝上幾公尺，又熄火了，再重來．．．。那時汽油緊張，我們所乘的汽車是燒木炭的

一路上同「車」共濟，開明由全車的大人輪流抱著，大家說說

262

笑笑，倒不感覺旅途的艱苦。

汽車經過黃角樓大瀑布，全車人都下來看瀑布。可惜我們小孩子欣賞水平不高，並不感到什麼特別，大、高、響，如此而已。

重慶到了，旅程結束了。可是另一種不平靜的生活又開始了。我和兩個姐姐在化龍橋復旦中學住讀，我讀初一。家住在大梁子山王廟5號。除了在軍隊工作，父親已在福建省銀行當經理。

父親確實又有了一個女人，「七歲紅」顏淑貞。母親是容不得父親討小老婆的，父母開始吵架了。父親有時住在顏淑貞那裡，回來之後兩人吵得更凶。父親曾企圖用軟的一套，讓母親讓步，星期六我從復旦中學回到家，看到顏淑貞在樓上和媽媽一起打麻將。母親的想法，是要以情感動顏淑貞，讓他離開崔叔仙，但事態的發展並不如人意。

看到媽媽哭，我們幾個孩子也只有哭。有一次我哭著對媽媽說：「媽媽！跟他離婚！我就是要飯也能養活你！」

媽媽在傷心的時候，經常重復這幾句話：「我嫁到你崔家，過的什麼日子？冬天敲開冰洗尿布，把孩子一個一個拉扯大。你今天得發了，不要我了，辦不到！」

有時母親絕食，臥床不起。

有些朋友來勸媽媽說，多為孩子們想一想。媽媽也說：「假如不看在四個孩子的份上，我早就去死了。這種日子有什麼過頭？崔叔仙這個沒良心的...！」

媽媽也請過律師，登報準備和崔叔仙打官司。哎！有什麼用？

畢竟還是孩子，在學校里就忘了家裡的煩惱了。

重慶警報頻繁，日本飛機經常來轟炸。高竿上掛2個球，警報聲起伏不斷，就是緊急警報，趕快鑽防空洞。有時候在防空洞里要待上一天，有時一天要鑽幾次防空洞。

重慶發生過防空洞擠死、悶死好多人的大隧道慘案，據說有整條街的人都死在洞里了。其實那天，日本飛機並未來轟炸，事故是由於防空洞無人管理，秩序混亂，時間一長，人們互相擁擠，大門出不去，有的被踩死了，有的悶死了。

復旦中學也被炸了，這大概是1939年的秋天，我入學還不久。

復旦的星期天，是男女生分別輪流回家的。那個星期天該是女生回家，兩個姐姐回家了，給我留了一角錢。上午我到化龍橋買了一根甘蔗，還有幾塊糖，邊吃邊往學校走。半路上，走到中央日報社的防空洞附近，警報響了，不久拉起了緊急警報，我就在中央日報防空洞前停下來，繼續吃我的甘蔗。忽然一條蛇從豆角田裡鑽了出來，我

用石頭把蛇打死，正準備剝蛇皮，日本飛機來了，嗡嗡聲由遠而近。我數了一下第一批十多架，第二批又從另一個方向來了，我正在數，突然看到飛機上灑下來幾個小東西，在陽光下閃閃發亮。我一看，知道大事不好，拼命往防空洞裡跑。剛進防空洞，好像有一陣風，把我從洞口推到了洞的深處。轟隆隆一陣響，防空洞在搖動，洞裡的燈立時全滅了。人們驚叫著，孩子們哭起來。

小山後就是復旦中學。警報解除後，我回到學校一看，幾棟教室被炸了。那時的炸彈威力小，一般二、三百磅，很少聽說上千磅的炸彈。有些教室的屋頂被掀掉，有的倒掉一個角。我的教室沒被炸，桌子板凳都還好好的，只是落滿了木屑和石灰。我打開自己的書桌，發現我的英漢大詞典，從上海帶來的集郵簿，還有其它一些書籍，已被「捷足」者洗劫而去。學校裡看不見一個人，我拾了幾塊炸彈皮，開始往家走。

從重慶市的邊緣化龍橋，到市中心的山王廟，要走2個多小時。

到家了，家裡只剩勤務兵張連奎一個人。他一見我，立刻說：「哎呀！大少爺，你們復旦中學被炸了，你知道嗎？」

我說：「知道，我就是從那裡走回來的。家裡人都到哪裡去了？怎麼都不在呢？」

他說：「你爸爸、媽媽、姐姐都坐一輛小車到復旦中學去了。他們一聽說復旦中學被炸，想到只有你一個人在學校，平時你又皮得很，拉警報時你也不一定會進防空洞，肯定是凶多吉少，所以他們都趕到學校去了。」

天黑了，家人才回來，見我在家，張連奎做的晚飯也早吃過了，這才鬆了一口氣。

雖然是一場虛驚，可從此以後，我膽子變小了。有一天，和姐姐一起回家的路上，姐姐讓我去理髮店理髮，頭髮剛理了一半，空襲警報響了，我站起來就要走，去找防空洞，姐姐和理髮員都說，沒關係，等緊急警報再走也不遲，正好把頭髮理完。我怎麼也不乾，第二天又去理了那半個頭。

次年春，復旦中學搬到了木洞東溫泉，我和姐姐們仍在復旦就學。東溫泉很荒僻，沒有多少人家，有些山上有野豬，還有人說聽到過虎嘯。有些山洞還沒有人敢進去過，據說深不可測，傳說紛紜。有一個大的山洞叫古佛洞，有幾間房子那麼大，裡面住著和尚。就在洞裡還開有一個小飯店，我在洞裡吃過酸辣豆腐，至今記憶猶新。

開學不久，男宿舍和教室間相隔的一條河，因為下大雨，山洪暴發，河上的小橋淹沒了。水流很急，過河是有危險的，我準備晚上

就不回宿舍了，姐姐拿了枕頭被子，把書桌一拼，讓我睡在教室里。誰知教導主任來了，不讓睡教室，我年少氣盛，和他吵了起來，說你們不能不管學生的死活。教導主任感到面子下不來，叫我賠禮認錯，否則要開除我的學籍。我認為在過河有危險的情況下，住在教室沒有錯。結果第二天布告貼出來了，我還是被開除了，儘管有很多同學替我抱不平。

張連奎來接我回家，為了到木洞趕船，半夜就起身了，一路上我總害怕，不知會從哪裡跳出一隻野獸來，好在他帶著德國造的毛瑟槍。山野一團團的磷火，綠色的，好像懸浮在空氣里，飄飄然，不斷地變化著形態，這就是傳說中的鬼火。此刻我的心情，難免也滿是委屈和淒慘。

回到家裡，爸爸媽媽並沒有責怪我，也沒有去找學校。不幾天，仲仙二伯把我接到敘府他家去住了一段時間。他家的房子只有兩小間，二伯和二媽住一間，另外一間住著一對落難的夫妻，非親非故的，也和二伯住在一起。我臨時在二伯房裡搭了一張床。

敘府的晚上有人穿街走巷的賣擔擔麵，面里放一些芽菜，加很多辣椒面，乾拌，邊吃邊吸氣，因為辣的關係。可味道真是香，以後我好像就沒吃過這麼好吃的麵條了。

從夏天開始我在天津志達中學讀了兩學期初二，和章淑瑛同學。每天下了船還要走山路。四川的山路啊，真是上天梯！難怪李白要說蜀道難。俗話也說：「看到屋，走到哭。」這山看到那山，看著不遠，但是要爬半天。

志達中學是私人辦的，沒有錢。伙食艱難的時候，我們吃過糠。上街吃一碗豆花就是大大的改善生活了。買一碗辣椒醬，拌飯吃，能吃好幾天。可是好奇怪，收割過的水田裡，太陽一曬，黃鱔在裡面直翻直滾，成團成球，硬是沒人吃。

為躲轟炸，很多達官巨富都疏散到鄉間。我家也搬到南溫泉，住在山腳下花灘溪邊上，山上是蔣介石和孔祥熙的別墅。南溫泉真是個天然成趣、有山有水的好地方。山腳下有一個游泳池，溫水，直冒熱氣。在南溫泉也躲警報，大多是往野外跑。偶爾可以看到，中日雙方空軍的飛機進行空戰的場面。

從花灘溪又搬到了一座長滿松樹的小山坡上，三間草房，是當地袍哥的產業。這位袍哥則住在南溫泉鎮上。章作民家住的也是他的房子。這位老先生胖胖的，姓盧，大概有50多歲，有個女兒，短頭髮，老是男孩子打扮，常到家裡來找姐姐們玩。幾年後才聽父親說，盧家曾想招我做女婿。

離小山坡約一里路遠，有個銀行宿舍，顏淑貞就住在那裡。在

我家小山坡上可以望到山下通往銀行宿舍的一條小路。媽媽像得了神經病似的，有時在山坡上一站就是半天，看著那條小路。

有一天，家裡來了一個穿軍裝的小伙子，皮帶上挎著左輪手槍，以前他好像也來過，我沒太在意。但這次我聽到他和母親在隔壁房裡談話，母親讓她暗殺顏淑貞，先付給他兩根金條，答應事成之後再給他兩根。當兵的滿口答應：「包在我身上！」可是一天一天過去了，這個軍人再也沒有露過面。

經過母親的干涉和朋友們的勸說，父親在調蘭州之前，將顏淑貞送到了香港。從此，母親的臉上才逐漸又有了笑容。

不記得是為什麼，我們全家人曾經從外地一起回過重慶。那天到了海棠溪渡口，已是暮色蒼蒼。對岸的重慶剛遭飛機轟炸，日本人使用了燃燒彈，重慶城一片大火。站在海棠溪看對岸，燃燒的房梁立柱，通紅透亮。那真是一片慘象，不知多少老百姓又遭了殃。

8 楊虎講故事

當崔家還沒去蘭州，尚且住在重慶的時候，家裡便隔三差五地有牌局，他們戲稱為「方城之戰」。經常來打牌的，有韋作民、楊虎、吳國禎、陶一珊、張樹聲等人和他們的太太，有時還有一些其他的朋友。

張樹聲原是西北軍馮玉祥的老將，當過騎兵第一師的師長，北洋陸軍中將。他還是青幫「大」字輩大佬，比崔叔仙和韋作民都長一輩。

吳國禎到重慶後轉任重慶市長，後來因為「重慶大隧道慘案」被免職，也就有空常來崔家打麻將。

陶一珊是重慶衛戍司令部的稽查處長，也是韋作民的大徒弟。

楊虎還是掛著上海警備司令的頭銜，但他人在重慶，住在上清寺的範莊，也就是範紹增的住宅。他身邊除了一個年輕的副官，再無一兵一卒，是個徹底的光桿司令。他更是清閒，終日無事可做，便經常到崔家來，不是吃飯，就是打牌，也或者閒坐聊天。有一天，他談到以前在廣州時的一些往事：

「蔣介石以前在上海見過宋美齡，立即被她吸引而甚是傾心。後來在廣州期間，蔣介石向孫先生提起過他的心思，孫先生和孫夫人答應幫忙，於是請宋美齡到廣州來玩。老蔣就是那個時候開始追宋美

齡的。那還是民國十一年的時候了，當時我在廣州大元帥府做副官，寢室里住著我和蔣介石兩個人，蔣介石也是副官。我們不但同為副官，又都在青幫，而且我們兩個還是正兒八經換過帖子的把兄弟，有八拜之交。我們那時候都沒有帶家眷，經常會去逛船妓。廣州當地管船妓叫‘鹹水面’。有一天，老蔣又到珠江去吃‘鹹水面’，但又怕中山先生知道，出門前就把蚊帳放下，床前再放一雙鞋，看起來好像正在睡覺。好巧不巧，那晚中山先生真就派人來找他，我只好替他打掩護，說他身體不舒服，已經睡下了。後來是我替他去把事情辦了的。當年我一直真誠對待他老蔣，可他卻不夠義氣，跟我耍手段。抗戰一開始，他就聽信戴雨農的話，非說我有二心，就不給我實權，當這麼個光桿司令，只能領一份中將的薪水，日子越過越苦。他老蔣還騙我說，等抗戰勝利了，還讓我回上海當警備司令。誰信啊！又是手段。我跟你說，他一輩子都不講信義，總有一天，他會失敗的。」

他倒都說對了。蔣介石回到南京，的確沒有讓他當上海的警備司令。短短三年後，蔣介石也敗北去了台灣。

楊虎還說過一個有關蔣介石的秘聞。這就是不同的人對蔣介石的稱呼也不一樣，而每種稱呼都有來頭。

第一種是「總司令」、「委員長」、「委座」、「總裁」。這是一般人的對他的稱呼。

第二種是「校長」。黃埔系出身的將領，以及其他一些他的嫡系下屬，在公眾面前仍稱他為「委座」或者「總裁」，在單獨接見時，他們一般都會稱他為「校長」。這已不是什麼秘密了。

第三種是「先生」，這就有名堂了。那是蔣介石被孫中山任命為黃埔軍校校長以後，他的衛隊人員和隨從開始多起來。他身邊的人，他不可能都認識，但又要防止外人混入。於是，他想了一個方法，命令他周圍的人，一律稱他為蔣先生，以此來辨別內外之人，因為外人是不可能稱他為先生的。這個秘密，當時只有他的貼身衛隊和身邊的副官知道，後來跟他比較親近的人也都習慣稱他為蔣先生。

還有一天，他又談到蔣總裁。說大家都知道，他老蔣是靠著黃埔軍校起家。其實一開始，中山先生只是叫老蔣籌備黃埔，並無意讓他當這個校長。黃埔的校長早有人選，那是人家許崇智。結果老蔣聽說不讓他當校長，一氣之下，甩手不乾回老家去了。當時在廣州懂點

軍事的人不多，中山先生覺得蔣介石跑了有點可惜，於是派許崇智親自跑了一趟浙江奉化，把他給請回來，這才讓他坐上校長的位置。可他即使當了校長，仍然不能算是黃埔軍校的老大，因為除了中山先生會親自過問軍校的事情外，黨代表廖仲愷也還在他之上。

但是再後來，他的好運氣可以說得上是接二又連三。

先是中山先生到北京去見張作霖，沒能回廣東。汪精衛跑回廣州，借老蔣的力量排擠出胡漢民，然後是廖仲愷遇刺，接著是「中山艦事件」。他是逐漸越過了黨內的幾位大佬，才拿到軍隊的實權，並且是靠著蘇聯人鮑羅廷的支持，方能跟黨內的唯一對手，也就是汪精衛來分庭抗禮。直至日本人打進來，他才可以說是完全掌握了最高權力。

當然，楊虎當時不止就講了這幾個事，而我聽祖父提到的，也就這些。別的我不敢亂說，否則真的就是吹牛了。

9 蘭州

1941 年的夏天，崔叔仙到蘭州上任。他現在是中、中、交、農四大銀行聯合管理處蘭州分處委員，農民銀行總行業務專員，兼任蘭州分行經理，管理著四個省銀行的業務，他的事業達到頂峰，可謂風光無限、如日中天。

這年的夏秋之際，汪嘉玉帶著四個孩子，坐汽車離開重慶，到蘭州去。這一路風景名勝不斷，他們一邊觀光，一邊前行。在翻越秦嶺時，天空出現日全食，恰好他們的車正行至秦嶺最高峰的太白山頂。這一幕，給十四歲的崔開元留下極深的記憶，後來，他不止一次地講過這段經歷。他說那時的天空突然暗下來，成群的烏鴉飛回樹林，準備過夜，等天漸漸亮起來，烏鴉又「呱呱」叫著飛走了。

在蘭州，他們住在曹家廳 18 號。這裡是崔公館，有六間房，崔開元的父母住在連著客廳的正房，四個姐弟每人都有自己的臥房。

崔開元在蘭州中學讀初中二年級。學校在蘭州東門外，很遠。初中不能住讀，中午必須回家吃飯。崔叔仙就到當鋪，給他買了一輛舊腳踏車，很破。

我父親曾引用侯寶林的相聲中的一段話來形容他的車：「除了鈴鐺不響，其它哪兒都響。」可騎著腳踏車上學，在當時戰爭的艱苦環境中，算得上是件奢侈的事了。這麼說吧，整個學校就兩個學生有

腳踏車，另外一位名叫朱求定，是第八戰區司令長官、陸軍上將朱紹良的兒子。

家中依舊是人來人往，門庭若市。以前的故友貴客，如居正、吳稚暉、於右任、鈕永建等人，也紛紛前來蘭州探訪崔叔仙。他熱情地招待他們，但不會讓他們空手離開，一定請他們留下墨寶。

居正寫了一首詩，崔開元後來只記得最後兩句：「行來嘗遍蘭州味，特別崔家獅子頭。」於佑任寫了草書「同心同德」，一式兩份，分別留給開元、開明兩「世兄」。吳稚暉給全家六人每人寫了一幅小篆，對開元和開明也稱「世兄」，將崔叔仙嚇一跳，不停地說：「這怎麼得了啊？」

吳稚暉的字，被裱成條幅，一直掛在家裡，後來汪嘉玉將它們帶到香港，再後來由小姑媽帶到美國賽凡納，一直高掛在她家裡客廳的牆上。

張大千的敦煌之行，前後都在蘭州停留。一開始，他就住在崔家，後來才搬到西果園住，但還是經常到崔家作客。他每次都要求汪嘉玉做她拿手的「崔家獅子頭」。為表謝意，張大千送給崔家幾幅畫，其中就包括前文提到被拍賣的那幅《番女醉舞》。張大千一生畫作無數，但像這樣的人物畫並不多，所以格外貴重。他離開蘭州時，還送給崔叔仙一個小木盒，裡面大約有十幾枚書畫印章，都是他在蘭州期間蒐集的一些名貴印章料，並請當時最為著名的金石大家方介堪刻成印章。其中一個白玉橢圓形印章，刻有「謹慎」二字。直到現在，姐姐小佳畫畫時仍在使用。

還有兩個印章很特別，爺爺說是「龍骨」。當年甘肅大地震，山崩地裂，現出一副「龍」的骨架化石。當地的軍閥鄧寶珊，是張大千的親家，他得到「龍骨」化石後，當禮物送給了大千。大千得此寶物，請方介堪刻成印章，除自己留用外，其餘的送給了朋友，包括崔叔仙。後來人們發現，用這種章料刮成粉末外用，能治金創，甚至有人內服，治好了許多疑難雜症。一傳十，十傳百，一時間人們都想得到此物來治百病，可是，傳世的「龍骨」本來就稀少，一段時間以後，它就完全在市場絕跡了。張大千自己的「龍骨」印章，被帶到台灣，據說在台北故宮還能見到。我沒去過台北，無法證實。

現在很少有人知道這種印章材料，就是當年，張大千得到「龍骨」的時候，也不清楚這到底是什麼動物的化石。爺爺的財產，都被

歲月的風雨打散了，留下不多的幾樣東西可作紀念，上述幾枚印章就在其中。多年來，我一直在搜尋和「龍骨」印章有關的資料，但只能發現一些零星的只字片語，還大多和張大千有關。也就是說，我到目前為止，還沒有找到真正瞭解「龍骨」的人。我還在繼續找。

戴笠到蘭州，也常到家裡來吃飯。這位軍統的戴局長，生性多疑，平生從不在朋友家中用餐，在崔家吃算是例外。

蔣經國和蔣緯國也來過蘭州，住在勵志社。崔叔仙在家設宴請他們吃飯。席間，蔣經國問，他們明天想到郊外的興隆山一游，崔經理願不願意帶上全家人一起前往？崔叔仙當然願意。

第二天一早，他們都去了興隆山。蔣緯國看著還在讀小學的崔開明，對他說：「你太小了，我背你上去吧？」崔叔仙一聽說：「不行，不行！怎麼能讓你背他？開元可以背的。」

蔣緯國說：「沒事，我來背吧。」邊說邊蹲下，讓開明爬上他的背。開明挺高興地爬上去，被他一直背到山頂。

而蔣經國一路上都被崔開元和兩個姐姐圍著，問東問西。蔣大公子倒也沒架子，和幾個年輕人一路談笑風生，興高采烈。

這時候，大姐國英在甘肅學院讀大學；二姐國華在蘭州女子中學讀高中三年級；崔開元已經是甘肅學院附屬中學的高中一年級學生了。

崔開元已經開始住校。甘肅學院附中在費家營，住校的生活很是艱苦，幾乎每頓飯都是小米湯、饅頭、炒土豆、或者炒白菜。學校門口有賣鍋盔的，五分錢能買巴掌大的一角，當然只有富人的孩子才有錢買來吃。

費家營尚未通電力，用的是「油葫蘆」，其實是一種用菜油加上一根布捻子做成的燈。晚自習時點上它照明，煙氣熏人。崔開元從此常咳嗽，後來又偷偷學會抽煙，咳得就更加厲害。到晚年，他受盡了肺氣腫的折磨。

等到放假回到家裡，不但可以天天改善伙食，而且蘭州有電，只是電力不足，燈光昏暗。

爸媽為了晚上打牌，要換上「輕磅炮子」，這是一種進口美國的、使用 110 伏電壓的電燈泡，接在 220 伏的燈頭上，能夠增加亮度。等夜裡用電的人少了以後，再換 220 伏的燈泡，否則一晚要燒壞

好幾個燈泡，牌也打不順當。

朱求定的姐姐叫朱兆蘭，就在農民銀行工作，崔叔仙因此結識了朱紹良夫婦，他們也經常來打牌。眾人皆知，朱司令長官懼內，儘管他是甘肅省主席，一直號召全省戒毒，但朱夫人自己就抽鴉片，也不想戒。只要是他們到家裡來，到處都能聞見鴉片的特殊氣味。

崔開元上高二的那年暑假住在家裡。有一天晚上，朱紹良在崔家吃飯時喝了不少酒，有點醉了。他解開皮帶，把配槍隨手掛在衣帽架上，但臨走時忘了拿，到客散了崔叔仙才發現。第二天，他讓崔開元騎上那輛破車，到朱求定家去把東西還給朱司令長官。

崔開元把皮帶和手槍揣在書包裡，飛身上車就走。經過一處山腳，前面有一片水，其上有座橋。他在橋上停下，支好車，拿出那支槍來瞧瞧。

這是一支左輪，打開轉輪一看，裡面只有一粒子彈，底火上有個洞，原來是臭彈。

他右手握槍，舉平，扣扳機，不響。再連扣五下，還是不響。正在這時候，有個老農牽著一頭牛從橋上經過，見一個半大小伙子在玩槍，就停下腳步觀看。看他扣扳機槍卻不響，就問：「怎麼打不響？你有沒有炮子啊？」

崔開元說：「有是有，但是打不響。」

農人說：「你能讓我玩玩嗎？就一小會兒。」

少年想都沒想，就將手中的槍遞給他看。他拿著槍在手中掂量一番，說了一句：「這東西貴重啊，說不定能值一條老牛的錢吶。」說完把槍遞回給崔開元就走了。崔開元後來回憶時說：「想想我當時有多糊塗，人家跟我要槍，我真就給他了。」

當時他可沒想到這麼多，就一顆子彈還打不響，有點掃興，就把槍塞進書包，騎上腳踏車繼續往前行。

到了朱公館，見到朱紹良，歸還了他的東西。朱求定說既然來了，就留下玩吧。於是兩人去打乒乓球。時間很快過去，到了吃中午飯的時間，崔開元自然留下吃飯。

等來到餐廳坐下，朱家人都在。這時，崔開元發現進來坐下的一個女孩子眼熟，想起來在學校的排球比賽時，她就在球場邊上為崔開元他們隊喝彩助威。原來她是朱求定的妹妹，叫朱兆英。

　　這是個直率潑辣的姑娘。吃飯的時候，她說她有一條狼狗，問崔開元想不想看。他當然想看，半年前，他父親的朋友，軍統的程一鳴曾經送給他一條半大的小狼狗，可是這條狗已被訓過，不認新主人，沒幾天就跑掉，令他傷心不已。現在一聽朱兆英有狼狗，他馬上來了精神，快快把飯吃完。朱小姐把他帶到樓上她的房間，見到這條德國黑背狼犬。他和狗玩了一陣後就要告辭，不想朱小姐突然問：「崔開元，看你這麼喜歡狗，我可以送一條給你。」

　　崔開元以為她開玩笑，就說：「那不行，我有過一條小狗，但是養不家，跑掉了。更別說你的狗都這麼大了。」

　　朱小姐：「我不是說這條狗。我可以幫你找一條剛出生的小狼狗。」

　　崔開元一聽可高興了：「真的嗎？那好呀！怎樣才能讓小狗只認我，不會跟別人跑？」

　　朱小姐：「那還不好辦！你把你貼身的衣服脫下來給我，我拿它到狗籠子裡墊上，小狗一出生就能聞到你的味道，以後就只認你一個主人，終身不變。」

　　崔開元：「是嗎？衣服什麼時候給你？」

　　朱小姐：「現在！」

　　「啊？」崔開元有點尷尬，怎麼能在一個小姐的閨房裡脫衣服。

　　朱兆英一副挑戰的神情望向他，重復說：「現在就脫！」見崔開元紅著臉，四面張望，便又笑著溫柔地說道：「崔開元，你怕什麼，你打球的時候，我們都看你脫過，還怕羞呀。好吧好吧！我轉過身，你把襯衣脫下來，好了吧？」說罷她便轉過身去。

　　崔開元迅速脫掉外衣和襯衣，再把外衣趕緊穿上，說：「好了。」

　　朱小姐接過他的衣服，放在臉前輕輕聞聞說：「嗯！挺好聞，小狗會記得一輩子的。」

　　又過了一個多月，她在學校告訴他，現在可以到她家來取小狗了。

　　崔開元到了朱公館，看到一條小狼狗，它名叫 CATCH，因為那件襯衣的緣故，小狗一見他就高興地搖尾巴，直往他懷裡鑽。他急著

要把狗抱回家，可是朱小姐卻說：「怎麼這麼急著走。我都送給你狼狗了，你要答應我一個要求。」

「什麼要求？」

「明天陪我到白塔山去玩。」

原來就這麼簡單。「行！」崔開元答道。

次日下午，一輛軍用吉普，越過中山橋，把兩人送到白塔山下，他們開始爬山，勤務兵和司機都跟在後面的不遠處。他們到達山頂後，坐在岩石上俯瞰山下的黃河，美不勝收。

朱小姐忽然問道：「崔開元，我早就想和你成為好朋友，可你好像老是回避我。為什麼？」

「沒有！我沒有！」

「還說沒有？為了討好你，我主動送你狗，還約你來爬山。可你都不怎麼理我，也不說話。」

崔開元忙解釋：「這裡的景色很漂亮，看得我都忘了講話了。」其實在他這個年齡段，還是什麼都不懂的糊塗少年，整天就知道瞎玩，哪裡注意過姑娘是怎麼想的。

可是朱小姐早熟，她可是一心喜歡這個在球場上一跳老高的英俊少年。看他對自己不夠熱情，就問：「你是不是在蘭州聽到一些不好的傳聞？把我們五姐妹都說得一塌糊塗的。」

「沒——有！」他說了假話，其實一到蘭州，就聽說朱司令長官的五個女兒既漂亮又風流，似乎名聲不太好。因為是說假話，他回答得就有些猶豫。

朱小姐：「沒有是不可能的！外面傳得厲害，說我們怎樣怎樣，不過你別信就是了。那是因為當初，蔣總裁派我父親到西北來，是為了掌握這裡的軍權，所以就得罪了一些當地的軍閥。他們又沒有實力相抗，只能造謠說我們的壞話。你要是聽到，千萬別當真。」

「好！」他答應著，可心裡除了感激她送他狼狗以外，並沒有想別的，以至於後來在兩人的相處過程中，朱小姐多次以言語試探他，他並未動心。

千萬別以為他對所有的姑娘都不會動心，只是還沒有遇到對的人，而且時候也沒到，剛上高中的他，滿腦子想的還是怎麼玩。爬山上樹、游泳抓魚、騎馬打獵，什麼都玩。

　　那條小狗很快長大，因為叫CATCH，所以中文叫開清，居然和開元、開明排行。學校放假時，崔叔仙帶家人三次去青海、寧夏旅行，崔開元都帶著它。

　　青海和寧夏之行，分別是受省主席馬步芳和馬鴻逵之邀。二馬都設宴款待。他們前後有三次到過青海的塔爾寺，看酥油燈，看曬佛，也見到當時只有七八歲的活佛班禪。因為班禪送他們出寺時，和他們一一握手告別，結果一家人走過之地的塵土，都被外面的佛教信徒用手捧走了。

　　崔開元剛進入高三那年，學校號召學生參加青年軍。十多歲的大小伙子，根本沒有仔細想，別人能去，自己也能去，於是隨口就報了名。回家輕描談寫地一說，爸爸媽媽的臉都嚇白了，緊張得要命。當兵就要打仗，打仗會死人，臨到自己兒子上戰場，那還是捨不得。正不知如何躲過恐懼的時候，家裡的老朋友，譚伯伯和譚伯母剛好來吃晚飯。閒聊時，說到這件煩心事，譚伯伯出了個主意，崔叔仙和汪嘉玉頓時都說好。

　　譚伯伯名叫譚輔烈，也是高郵人。其實他比崔叔仙還小一歲，但他是黃埔一期畢業，時任騎兵第十師師長，中將軍銜，所以為表尊敬，崔叔仙讓孩子們稱他們夫婦為譚伯伯、譚伯母。他們的女兒叫譚心潔，在女子中學和崔國華同學。

　　譚伯伯見汪嘉玉為大兒子的性命擔憂，就用他標準的高郵話對汪嘉玉說：「嘉玉啊！這個事情有什麼難辦的嘢？叫他跟我走，到西安我那塊住段時間，等徵兵的人走了，再回來把高中上掉，然後還要上大學。當兵不當兵，以後再說。實在不行，非要當兵的話，就到我那塊當就是啦。」

　　譚伯伯需要經常往返於西安和蘭州之間，在西安也有住處。崔開元在西安譚家住了有將近三個月。譚伯伯、譚伯母對他關懷備至，就像是對待自己的孩子。不知為什麼，譚心潔也回到西安，住在家裡。

　　譚伯伯在軍中資格很老，北伐的時候就是團長，可是一直不為蔣介石重用。平日里頗為清閒自在，早上起來練練書法，下午有時間的話，叫崔開元拉京胡，他能唱上一段。

　　崔開元不希望每天都閒著，譚伯母問他想乾點什麼，他說想學

外文，於是，譚伯母幫他聯繫了一個教會學校去補習英語。

等他後來回到蘭州，媽媽問他喜不喜歡人家心潔，他才知道，譚家也想讓他做女婿。雖說譚小姐各方面都不差，但他還是沒有感覺。

崔叔仙對孩子真是很上心，也很寬厚。他到哪裡都喜歡帶著孩子，對孩子的要求也會盡量滿足。因此，崔開元在父親的幫助下，能夠到美國傳教士的家裡學英文，到法國傳教士家裡去學法文。他愛拉京胡，父親找來一位曾為梅蘭芳拉過琴的琴師，到家裡來上課指導。另外，崔叔仙還親自教崔開元古詩詞，為其一生的寫作能力，打下了基礎。

崔開元和崔開明兄弟兩人都很頑皮，不知闖了多少禍。有一次，他們爬上曹家廳18號院子的大門樓，準備朝下跳，結果剛爬上去，整個門樓都被壓垮了。還有一次，崔叔仙剛買了一輛嶄新的美國轎車，停放在院子里。崔開元趁爸爸睡午覺的時候，找到了車鑰匙，偷偷開上街，不想他技術欠佳，剛出大門一拐彎就撞上了一輛驢車，左邊車燈碎了。看見這輛新車被他弄壞了，嚇得他趕緊開回去，仍然停放在原處。奇怪的是，爸爸並沒有問過此事。他以為，大概是爸爸太忙，車又不止一輛，或許爸爸根本就沒發現車壞了。

老年時的祖父說，我怎麼沒發現？我當然知道是他乾的好事。我不罵他是因為在四個孩子裡面，開元享我的福最少，受我的牽連最多，現在想想，好在我當時沒罵他。

這句話有兩層含義，一是崔開元從高一開始就不在家住，一個人在外頭吃了不少苦，不像在家裡那樣安定、優渥；二是當年他從父親那裡接過多少恩惠，日後就要接受多少磨難。人都沒有先知先覺的本事，這父子倆當然也不例外。

10 少年之煩惱

崔開元因為報了名參軍卻不辭而別，因此他從西安回到蘭州後，沒有回到原來的學校，而是轉到天水中學把高中畢業以前的最後一個學期學完。

在天水中學，他有個同班同學是他的好朋友，叫施明義。施明

義的父親是天水農民銀行的經理，而崔開元就在他們銀行的樓上住宿。樓下的一個會議室裡擺了一張乒乓球桌，放學後，他和施明義常來打球。崔開元的運動神經發達，不管什麼體育項目，很難在同學中遇到對手，然而施明義也不簡單，球技跟他難分伯仲，他們玩得就更加起勁。

崔開元的西安行，讓他缺了不少功課，施明義成績非常棒，是班上的尖子，正好能幫助崔開元補課。他們一般都在崔開元的住處學習，學完還可以打打球什麼的。這一天，施明義在放學後對崔開元說：「今天到我家去吧。學習以後，就在我家玩一會。我爸媽讓我喊你過去吃飯。」

崔開元一聽有飯吃，那當然好啊！走吧！

天水城不算大，施家住在離學校不遠的一條背街上，單門獨院。崔開元一進大門，就看見一個姑娘，正在做作業。這姑娘他見過，而且在上學的路上見到過很多次。她身材苗條，五官清秀，留著短髮，總穿著一身素色的旗袍。在天水這個小縣城裡，似她這樣的漂亮女孩子，就顯得格外出眾，頗為引人注目。沒想到，她竟是施明義的妹妹，叫施明鐘，也在天水中學，讀高中一年級。

後來，施家父母經常請崔開元到家裡來吃飯，崔開元和施明鐘自然也就有了更多的接觸。有一天，施明鐘說：「崔開元，我哥哥說你會吹口琴，我也想學，你教我好嗎？」

崔開元說：「好，沒問題。你有口琴嗎？」

「現在還沒有。你要是肯教我，我就跟我媽媽要錢，去買一個來。」

他心裡可高興了，終於有了正當理由可以常來見她。

施家是蘇州人，施家兄妹平時在學校里講蘭州話，到家後就變成蘇州話，崔開元都能聽懂，和施家人相處融洽。

可是有一天，施明義無意間告訴崔開元，他妹妹已經訂了婚，未婚夫叫王清泉，也在農民銀行工作，不過是在外地，很少回天水。

崔開元一聽，心都涼透了，再不敢有任何痴心妄想。平生第一次被異性深深吸引，卻不能作任何努力，確實挺讓人傷心。

很快，高中畢業了，再沒有理由留在天水，崔開元買了開往蘭州的汽車票，準備回家。臨行前一天，他去施家辭行，當然也想和施

明鐘告別。

　　吃完晚飯，他離開施家。真奇怪，別人都送他到大門口，包括施明義揮手告別後也回去了，唯獨施明鐘繼續陪他往前走，但默不作聲。一直走到銀行宿舍樓前，她忽然拉起他的手，往他的手心裡塞了一個小紙條，然後扭頭就回去了。

　　天已黑，他趕緊跑到住所，開燈，打開紙條，只見其上寫有：「明早六點，中山公園青年林。」

　　他衣服都不脫就在床上躺下，心裡說早點睡就能早點起，別睡過了時間。可是他怎麼也睡不著。

　　「明天會是什麼樣的情況？假如···，我該怎麼辦？」他反復思索，不覺已是早晨4點了。他知道自己是沒法睡了，索性爬起來，刷牙洗臉，推門而出。

　　他來到中山公園的門前時，這裡還沒有人。他在大門口站了一會，就往西邊的青年林那邊去，站在林子邊上等候。

　　天漸漸大亮，周圍活動的人也開始多起來，已經七點半了，還沒見施明鐘的身影。

　　他心想，她會不會不來了呢？不會的，她一定會來的。莫非她遇到什麼事情被困住了嗎？他心裡七上八下，胡思亂想。但不管怎麼樣，他要等下去，哪怕等到天黑。

　　大約又過了半鐘頭，在小路的盡頭，出現了一個熟悉的身影，對！正是她，施明鐘。

　　她向他走過來，到了他身邊卻沒有停下腳步，而是從他身邊穿過，向林子的深處走去。

　　他趕緊跟上去，走在她的身後。

　　青年林是前幾年剛栽種的一片林子，這裡全都是槐樹，樹還未長高，但開滿了一串串白色的花。

　　他在她的身後說：「原來現在正是槐花開放的時候，怪不得讓我到這裡來。你怎麼就知道花開了呢？」

　　施明鐘停下腳步，轉過身，看了一眼崔開元，就扭過頭去，還是不說話。

　　他也不知道接下來還能說什麼。

　　四周出奇的安靜。少男少女在槐樹林里相對站立，沈默無言。

槐花香氣迷人。

「我本來不想來的。」她突然開口了。「可又怕你會一直等下去。」

「為什麼？」

「因為我不該來。」

「是你讓我來的，怎麼・・・？」

「我知道，我是說我就不該讓你在這裡等我。」她拿出手絹，擦了一下眼角。

「為什麼？」

她不馬上回答，慢慢轉過身，雙眼掛著淚看著少年，就這樣看著有好長時間，然後才說：「你怎麼才來呀？你怎麼不早點來呀？」

「你說什麼？我早就來了。我一夜沒睡，老早就到這裡來等你！我等了很長時間啦！」他有點糊塗了。

「我是說你怎麼不早點到天水來，你怎麼不早點到我家來呢？你知道我有多喜歡你嗎？你知道我的心有多疼嗎？」她邊哭邊說。

他的眼淚也開始往外流，說：「我也喜歡你呀！可是施明義說你已經和王清泉訂婚了。我・・・。」

「求你別說了！和他的婚事又不是我願意的，都是我父母的決定，我不敢反抗，況且現在說什麼都太晚了。」她說到這裡，擦乾眼淚，手指著前面的小山坡說：「走到這個山坡下面，我就要回去了。我不能出來時間太長，怕家裡知道我到這裡見你。」

到了山坡腳下，她忽然笑著伸出手說：「崔開元，我們要分手了，來握個手吧！」

他有點機械地伸出手。她握住他的手，左右搖擺了幾下，就丟開，猛然轉身，快步跑向公園大門的方向，一直沒有回過頭。

少年的初戀，還沒開始，就結束了。

從這天起，原本這個整天無憂無慮、沒有煩惱、就知道瘋玩的大男孩，終於知道心中苦楚是個什麼滋味了。

在他日後的生命中，不論在何地居住，總能見到滿樹的槐花。

槐花香，沁人肺腑。

崔開元回到蘭州，二姐看出來他有些失魂落魄，問他怎麼了，

他說沒什麼，正在考慮上大學的事。

崔叔仙已經事先安排好四個孩子大學的專業。他想讓大女兒國英學經濟，二女兒國華學英文，大兒子開元學林業，小兒子學醫。看得出來，他希望孩子們都能學一門技術，以後靠技術吃飯。

他反復叮囑四個孩子不要碰政治，也不要管是這個主義好還是那個主義好。

除了我父親崔開元，我的兩個姑媽還有叔叔都按他們父親的意向選取了大學專業。

由朋友幫忙，崔開元被教育廳保送到設在陝西武功的西北大學學習林業。但他是四個孩子中最不聽話的那一個，他偏要報考甘肅學院的法律系。問他為什麼，他回答說那些個美國總統都是學法律的出身。崔叔仙也沒有堅持己見，由他考去。

結果，甘肅學院法律系考試放榜的那天，崔開元跑去一看，自己還考中了，名列最後一名。因為在名單結束的地方，要畫一個紅色的勾，所以當時對錄取的最後一個考生，戲稱為坐「紅椅子」。

父親後來常說，這個「紅椅子」坐錯了，如果那次沒考上法律系，而是到西北大學去學林業，他的這一輩子有可能會順利得多。

甘肅學院開學不幾天，崔開元收到施明義的來信，信中除了問候，主要講了兩件事。

他考取了浙江大學，學習工程。

妹妹施明鐘要他代為問好。她要結婚了，婚期定在今年八月十五號。

他抬頭看了一下日曆，竟然就是今天。他開始想象著施明鐘在婚禮上的模樣，心裡是五味雜陳。

她的婚禮應該很熱鬧；她應該披著白色的婚紗；她的臉上應該掛著笑容；前來祝賀的賓客肯定很多；也一定會放鞭炮。

鞭炮聲響起來了，崔開元彷彿真能聽見。他心想怎麼出現了幻覺，隨即放下信，放眼望向窗外。

他這一看著實吃了一驚。

窗外的街道上，人們確實在放鞭炮，而且不是一處在放，是到處都在放。還有人手拿銅盆，一面敲打，一面興奮地滿街跑。

發生什麼事了？人們都在幹什麼？

　　他放下手中的信，走出房門，想到門外一探究竟。就在經過客廳的時候，只見大門「吭當」一聲被撞開，他弟弟崔開明帶著滿頭汗闖進家來，雙手在頭頂上不停地揮舞，大聲喊道：「勝利啦！我們勝利啦！日本投降啦！」

第 09 章 北平求學 朝陽院舊夢如煙

1 崔錫麟三赴上海

崔哥曾在上世紀的八十年代，多次到過上海市的烏魯木齊南路。數次是因公出差到訪，還有幾次是去美國領事館申請簽證。在我的印象里，這裡的街道整潔、安靜，兩旁的建築有明顯的歲月痕跡，但十分考究，我很喜歡那裡。要說原因，主要還是聽爺爺說過，抗戰後他回到上海，就住在那條街道上。

烏魯木齊路以前叫巨福路，在法租界里。日據時期改名為迪化路，1954 年才改成現在的名字。

崔叔仙於 1945 年 9 月 10 日抵達上海，就住在迪化南路，門牌號：145。

作為抗戰勝利後的第一批接收大員，他受命參與上海金融業和報業的接收，同時著手籌備在江蘇省建立農民銀行分行以及各下屬支行。

汪嘉玉、崔國華、崔開明，還有周文一家，都跟他一起回滬，而崔開元和他大姐崔國英仍然留在蘭州。

崔開元想在甘肅學院法律系把第一學期讀完，再考慮換一個大學。崔國英沒有走，是因為她剛結婚。他的丈夫叫蔡亞東，畢業於山東大學，是第八戰區軍法處的中將副處長兼法官，當時還在蘭州辦公。

留在蘭州，沒有一同南遷的，還有崔開元的二伯崔仲仙。在淞滬戰役後，他們部分警察被編進軍隊，並隨軍撤到重慶。後來他三弟崔叔仙調到蘭州時，他從軍隊辭職，也跟到蘭州去了。

一開始，崔叔仙讓他在一個警察分局當局長。當了一年多，恰逢政府提倡新生活運動，大力禁煙禁賭。朱紹良派憲兵出去抓賭，逮著不少賭徒，全都關進警察局。崔仲仙所在的分局里，也送來幾個人犯關押候審。這犯人一到，全局的人都不淡定了。為啥？太巧了，其中一個犯人就是他們的崔局長。這可怎麼辦？

還能怎麼辦？放了唄！放歸放，局長他是沒臉再當了，只能辭

職回家不乾了。

　　三龍問：「二哥不想在警察局混了也好。但今後作何打算？」

　　二龍：「我想改行做生意。」

　　三龍：「最想做什麼生意？」

　　二龍：「我想了一下，現在電影院是個時髦生意，我想在蘭州開個電影院。」

　　三龍：「好！那就電影院吧。」

　　崔仲仙的電影院在蘭州的市中心開張了，生意興隆，他捨不得放棄，自然就留在了蘭州沒有走。

　　而崔開元並不想在蘭州久留。來年暑假，他飛去上海，立刻考慮選擇新學校，便不再回蘭州了。南京的中央大學是他的首選，因為國華正在中央大學外語系就讀，他還是想和二姐在一個學校。

　　同樣是放暑假，二姐也從南京回到上海家中。

　　這次回來，崔開元發現家裡的環境和以前不太一樣，似乎安靜了一些，迎來送往的事還有，但沒有過去那麼頻繁，爸爸陪家人的時間也更多一些。在閒聊中，他向二姐表達了這種感受，並說：「其實我更喜歡家裡是這個樣子，這樣媽媽能過得更安靜、更快樂。」

　　崔國華說：「你說得對！我也覺得這樣很好。但你知道為什麼會這樣嗎？並不是爸爸有意要過成這個樣子。實際上，他是在走下坡路。這麼說吧，屬於他的那個時代已經結束了。」

　　「哦？為什麼這樣講？」

　　「你已經一年不在家了，所以你不清楚現在家裡的情況。抗戰勝利以前，爸爸的運氣好像就用光了。首先是他的老頭子張仁奎已經過世，上海的青幫群龍無首，勢力也就削弱了不少。蔣總裁為了給美國人留個好印象，也不想跟青紅幫走得那麼近。去年杜老闆回到上海，想當市長，蔣總裁不同意，連副市長都不讓他當，還說他是社會黑勢力的代表。爸爸在抗戰時期是有功勞，但他的功勞哪有杜月笙的大呢。因此說上海的幫會已經物是人非，今非昔比了。此外，孔院長又辭職了，要搬到美國去住。作為孔祥熙的舊部，他在農民銀行的職務還是總行專員，但不大可能再上升。現在，他正打算到鎮江去，當他的鎮江分行經理。」

　　「那媽媽也會跟他到鎮江去嗎？」

「她是會去，不過這個房子還會留著，他們會兩邊住住。不在上海的時候，家就留給周文打理。跟你說這些，是讓你心裡有個數，別擔心就是了。」

「我不擔心！其實我這次回來以後，家裡的生活條件可是比以往任何時候都好。住得寬敞，汽車更好，吃的好東西更多。你看開明比我早回來一年，現在他樣樣都比我在行，哪種巧克力好吃，還是他告訴我的。」

「他和你一樣，對吃可在行啦！」

不僅是吃在行，他還知道，從蘭州帶過來的法幣，比上海敵偽的票子值錢得多，可以買好多好東西。」

「看來他和大姐學了一點經濟學啊。」

「哈哈！」他們姐弟兩人都笑起來。

國華忽然收住笑，問：「哎！開元呐，我們離開蘭州之前，請過一個算命先生到家裡來算過命，你記得嗎？」

崔開元想一想，搖頭。

國華接著說：「那陣子你大概不在家。當時這個算命的很有名，號稱‘西北第一算’。我記得他好像姓劉，是朱紹良的太太找來的。媽媽讓他給我們每個人都算了。」

「算得怎麼樣？」

「別的記不清了，只記得那天他說，爸爸晚年會有牢獄之災。淨瞎說！你看看爸爸會是個要坐牢的人嗎？」

「他是怎麼算出來的呢？」

「啊喲！是根據爸爸的名字算的。」

「爸爸的名字怎麼啦？」

國華：「那天，先是算八字。算命先生說爸爸的八字是終身富貴，但晚年有一劫難，好在這個劫難不是躲不過。媽媽問他怎麼躲，他說如果爸爸不去上海，或許能躲得過去。爸爸不相信，隨口說，我才不信生辰八字什麼的。換個方法，你要還是能算出同樣的結果，就算你靈。算命的問，先生要換什麼方法？爸爸說要測字。」

國華說著，隨手取過一張紙，在上面寫下「崔叔仙」三個字，推到她弟弟眼前，笑著說：「你自己看。能看出來嗎？」

崔開元顛過來倒過去看了半天，搖搖頭說：「看不出來。」

國華接著說：「算命先生一看是這三個字，就不肯算了。最後爸爸說，你只要說出來，不管是什麼，算金都加倍。算命的想想說也

好！我就說了。你看，這第一個字是‘崔’，‘山佳’也。‘山’中有‘佳’，先生本是嘯天虎，虎落平陽，則不佳。第二個字是‘叔’，分開就是‘上又小’，說的是再一次去上海運勢會變小。第三個字就不太好了，說出來怕得罪你。爸爸說，不要緊，說吧。他說‘仙’字是一人山邊立，還是不能離開山。而且，‘仙’字的山若是拿出中間的一豎，橫過來放下，就是一個‘口’字，再把邊上的‘人’放進‘口’，那就非常不妙了，分明是說先生離開山區，回到平原，會有牢獄之難呀！爸爸問他為何說是到晚年要坐牢。他說，伯、仲、叔分別代表少年、中年和晚年，既然是一個‘叔’字，看來就是晚年了。」

崔開元說：「這人還真能胡謅。爸爸雖然對不起媽媽，但他是個好人，輕錢財，重名聲，既不貪污，又不得罪人，還交了那麼多朋友，怎麼會坐牢？算命的哪有什麼道理可言，都是些騙人的把戲。」

姐弟兩人聊天，聊過就忘了。

2 回鄉接奶奶

鎮江市中山路東德馨里 5 號，前面有個花園，後面是一座兩層樓房。崔叔仙將來在鎮江辦公時，會住在這裡。

他的母親今年八十九歲，按高郵人的規矩，「做九不做十」，虛歲八十九的生日，就要當作九十大壽來慶祝。想想看，九十大壽是多大的福氣！當時的人能活到這個歲數，可是一件不得了的事，人們一定會為此大操大辦。

這時候，他的老母親還在高郵，與大龍住在一起。他已經有近十年沒有回過高郵去見母親和大哥一家了。正好孩子們放假回家，他決定帶一家人回一趟老家，為母親辦壽宴，讓老人家高興高興。

要回高郵，不但汪嘉玉高興，國華、開元、開明也很興奮，打電話給大姐國英，約她盡快到上海來相聚，一起回家鄉給奶奶過大壽。國英在電話中說一定等著她，她立刻去買飛機票。

沒想到，不但國英回來了，大姐夫蔡亞東陪大姐一起到了上海，也要去給奶奶祝壽。國英悄悄告訴媽媽，丈夫跟來其實是不放心，因為她懷孕了。

又一件喜事。

他們一行加上周文一家，乘坐三輛轎車，從上海出發，先到鎮

284

江，在東德馨里休息一晚，次日乘輪渡過江，經瓜洲到揚州。揚州支行經理康正鑄，已在新勝街的菜根香酒家備好午餐，熱情招待。

吃在揚州，名不虛傳。飯後，康經理找來熱水，讓眾人洗臉，接著喝茶敘談。日頭偏西，眾人才上車起行，經過江都、邵伯，到了露筋，崔叔仙讓停下車，大家都去看看大運河風光。在運河堤上，開明問：「這地方為什麼叫這麼個怪名字？露筋？」

汪嘉玉說：「我小時候就聽人說過，古時候這地方一到夜裡就有一種大蚊子飛出來，厲害得不得了。一天晚上，有一對母子逃難經過這裡，在路旁的廟裡過夜，兒子發現有大蚊子咬人，為了讓媽媽能睡好覺，就坐在廟門口，讓蚊子咬他，就不去咬他媽媽了。第二天天亮，媽媽起來一看，蚊子把兒子咬得筋骨都露了出來。人們為了紀念這個孝子，就把這塊叫露筋了。」

開明說：「不會是真的吧？蚊子吸血，又不啃肉，怎麼會露出筋骨來？」

他爸爸說：「這都是傳說啦，古時候這裡是什麼樣子，誰也不知道。我還聽過另外一種說法，說是有姑嫂二人逃難到此，嫂嫂找到一戶人家去借宿。小姑子為了貞潔，不肯夜宿陌生人的家中，就在荒野草叢中過夜，不想大蚊子把她的血都吸乾，露出筋骨。從此，此地就叫露筋。這裡好像從唐朝就開始叫這個名字了。明朝的時候，有個山西人薛宣，是個大文人，也是河東學派的始祖，他經過此地的時候，聽到這個故事，還寫了一首四句詩，挺有名，叫‘高郵露筋廟’」

崔開元問：「爸爸還記得這首詩嗎？」

崔叔仙：「小時候在菱塘學的，我想想看啊。」他回憶了一下，想起來啦：

> 高郵女子志何堅，假宿寧論性命全。
> 甘向荒陂死蚊喙，此生元不愧蒼天。

露筋一過，高郵就不遠了，也就半小時不到，汽車便開到高郵城的南門大街。

找個稍寬敞的地方，停下三輛車，眾人下車步行，手裡不是提著行李箱，就是抱著帶給奶奶和大伯一家人的禮物。南門街的人都跑出來看熱鬧，望著這群陌生人，跨過小橋，往崔伯仙家而去，便紛紛議論。有一兩個眼尖的，認出這是當年的小崔老師，十多年在外頭，

看來是發了。等崔老師敲開他大哥的家門，衝著老媽媽跪下的時候，圍觀的人們已經把小院圍得水洩不通。有人大聲喊：「大龍啊！你家兄弟做的什麼買賣？發大財了吧？」

還有的鄰人也喊著說：「大龍，你要請客啦！不要忘了請我們喝酒！」

崔伯仙笑得合不攏嘴，連連說：「好，好，喝酒！喝酒！」

崔開元剛一跨進大門，大媽媽一眼就看到了他，三步並作兩步，一把就把他攬在懷裡，嘴裡說著：「這是開元吶！乖乖啊！你怎麼長這麼大了？信上說你都上大學了，真是太快啦！你怎麼都成了個大人了呢？」

大媽媽臉上的熱淚，提醒了他，他是過繼給大伯大媽的兒子。

鄰人街坊好半天才散去。

老奶奶年近九十，腦子、眼睛、耳朵、胳膊腿都管用，她見大龍已把院子大門關攏，便轉過身，一雙小腳挪動步子，在桌旁的高背椅子上坐下，抄起一根將近一米來長的旱煙袋，看著自己的小兒子。崔叔仙馬上上前給母親裝上旱煙絲。當年，只要三龍在家，這都是他的活。裝煙絲是有技術的，壓得太多太緊，煙會滅；太鬆軟，抽起來沒勁道。應該是底部很虛，中間略松，頂部壓實。他取出火柴，劃著火送到煙袋鍋上，奶奶吸上兩口，吐出白色的煙霧，臉上現出掩不住的愉悅、愜意。

這時分，崔叔仙開始一一介紹回來探親的人。每介紹一人，老太太就給一塊銀元，唯獨兩個孫子是兩塊。蔡亞東上前給老奶奶行禮，崔叔仙介紹：「媽！這位是你孫女國英的姑爺，姓蔡，山東人。」

奶奶從桌上拿起一塊「孫小頭」遞過來，蔡亞東雙手接過來，說：「謝謝奶奶！」

崔叔仙覺得有趣，說：「媽！你怎麼就給一塊錢？他可是個大官，比我的官大！」

奶奶：「哎！怎麼不早說，來！再來一個！」

蔡亞東又接過來，弄得崔開元他們姐弟四個大笑不止。

崔叔仙把他大哥拉到廂房，商量為媽媽祝壽的事。他說：「大哥，我這次回家沒有跟縣府講，想悄悄地把媽媽的大壽給辦了。哦！

二哥忙他的生意，走不開，讓我把他的壽禮帶過來。其他人都跟我回來了，你看怎麼個安排法？」

大龍說：「你們能家來就很好了，媽媽高興得不得了。既然你不想驚動縣里的人，那就依你。家裡小，住不下這麼多人，況且，你大女婿又是個大官，總不能讓他住在家裡，太寒酸啦！你們還是去住縣府的招待所吧，那裡乾淨，能吃能住。」

崔叔仙：「也好，就讓孩子們都到招待所住去。我和嘉玉住在家裡，陪媽媽幾天。還有，你看這個壽宴在哪裡辦為好？」

「我們這邊人加起來，小毛孩不算，媽媽、我們兩個、女兒女婿，一共七個人。你們一共來了十五個人。」大龍扳指而算：「總共就是二十二個人。你打算請多少人？」

三龍：「夏傳益一家都不在高郵。除了汪菊生他們汪家的幾個人，也就是七八個我以前的同事和老朋友。沒有別人了。」

「那就算四十個人吧。雖然你不想聲張，緊隔壁鄰居還是要請的。儘管你寄來的錢足夠我們開銷，但是大事小情，周圍鄰居還是幫了不少忙。你是有身份的人，你跟他們打個招呼，也算是表示一下子。」

「好吧。這樣一算就清楚了，大概幾桌人？」

「六桌可能就夠，再怎麼樣也不會超過八桌。就在招待所辦，那裡的大師傅姓吳，是我們家親戚，輩份跟我們一樣。他的手藝很好，尤其是炒軟兜最有名，別的廚子都炒不出他的味道。」

「那好，就這麼辦。我們這趟回來，全部費用由我來，但在高郵，我已經生疏了不少，具體的事情，還是大哥來操辦，好嗎？」

「當然是我來跑腿，你一路這麼辛苦，好好在家歇一歇，也好陪媽媽多說說話。你看你，一走就是十年。人一輩子有幾個十年啊？」

「說實話，大哥！我確實是心中有愧。這麼多年我和二哥在外面到處亂跑，讓你們一直在照顧老娘，不曉得怎麼感謝才好。」

大龍馬上說：「哎！這是什麼話？我是老大，理應服侍上人。而且你們兩個在外面闖世界，我們在家不但有面子，還有裡子。我們全家人的吃穿用度全都靠你。我們應該謝你才對呀！」

正在談話間，院子後面突然傳來一個好似輪胎爆裂的聲響，崔

叔仙覺得像槍聲。過了一會，汪嘉玉進來告訴他：「開明闖禍了。你出來看看吧！」

他聽說開明闖禍，聯想起剛才的槍聲，心想大事不好，呼啦站起來就要往外走。汪嘉玉說：「哎！叔仙，不要虛！」

「虛」在高郵話裡有慌張、草率、匆忙、急躁、不夠周全的眾多含義。她叫住丈夫，接著說：「開明跟開元在後院裡打死一隻‘黃仙子’。」

「黃仙子」，或叫「黃尖子」，就是黃鼠狼。

原來，開明在大人們忙著講話的時候，一個人溜到後院去了。後院很大，但疏於管理，有一段圍牆倒塌了，磚頭瓦礫堆在一邊。他穿過倒塌的牆，發現後面有一條小河溝，河裡有小魚在游。嗯！明天叫哥哥做個魚鈎，來釣魚。他往回走，想把這個發現告訴哥哥。正在這時，就見不遠處有個什麼東西在動，仔細一瞧，是個和貓一樣大的動物，它的身體比貓長，嘴部也比貓尖，正在遠處望著他。他聽說過這個東西，應該就是人們常提到的黃鼠狼。

他立即返回屋內，找到哥哥，趴在他耳邊小聲問：「哥，你帶槍了嗎？」

崔開元點點頭問：「帶了。你要幹什麼？」

「我在後面看到一隻黃鼠狼，怎麼樣？打不打？

崔開元在重慶時見過黃鼠狼。他說：「走，看看去！」

趁著沒有人注意，他們悄悄溜到後院，來到斷牆處，四處張望，卻什麼也沒找到。過了一會，崔開元說：「大概是跑掉了。走吧，回去吧！」

崔開明有點失望，他在往回走的時候，不甘心地回頭又看了一眼，頓時大喜，停下腳對哥哥說：「哎！來了，它又來了。快把槍給我！」

崔開元回頭順著崔開明的手指，的確看到一隻黃鼠狼，從磚頭堆裡鑽出來，站在那裡不動。他從腰裡抽出手槍遞給崔開明。

這是一支蘇聯產的 TT-33 型手槍，裝 8 發 7.62 毫米手槍彈。崔開元離開蘭州的時候，朱兆英送的那條狼狗開清帶不走，就送給了在蘭州農民銀行工作的茅以元。茅以元則送給他這支手槍作為交換。他拿到槍後，找了個荒地試打了幾槍，感覺還不錯，因為口徑比他自

己的勃朗寧小、重量輕，這次旅行就把它帶在身上。看到崔開明一臉興奮，也沒多想就把槍交給他。

崔開明接過槍來，拉動槍機上膛。哥哥在一邊叮囑：「你當心啊！這槍沒有保險，一扣就響。」

崔開明舉槍瞄准。哥哥又說：「兩個手握住槍，除了右手食指動，別的盡量不動，瞄准就開槍。」

話還沒說完，槍就響了。這個中學生好像有點天賦，只一槍就打中，只見那只黃鼠狼原地跳起來，摔在地上不動了。

兩個人興奮地跑過去查看戰利品。他們不知道已經闖禍了！

聽見槍響，周圍的人都跑出來看出了什麼事，正好看到兄弟倆站在死去的黃鼠狼旁，崔開明把手槍還給哥哥，哥哥放回腰裡的槍套裡。看到來了不少人，他們丟下黃鼠狼的屍體，悄悄地回到屋裡。

過了一會，有人拍大門，崔伯仙的大女兒崔國珍跑去開門，只見幾個人跨進院門，為首的一位，手裡提著那個剛被槍殺的「黃仙子」。

大媽一看，忙上前問道：「朱二爺，這是怎麼回事？」

朱二爺回答：「怎麼回事？事情大了！」說罷他徑直走到崔開元的面前，問道：「是不是你們開的槍？」

崔開元看看弟弟，說：「是我們開的槍。怎麼啦？有問題嗎？」

朱二爺回頭問大媽：「大龍家的，他們是什麼人？」

「這是我家三爺的兩個兒子，剛從外頭回來，又不懂我們高郵的規矩‧‧‧。」

朱二爺打斷她的話：「不管他是哪個，打死黃大仙還得了啊！我們祖祖輩輩供著的大仙，還要靠它來保佑我們，怎麼就開槍打死了呢？大龍家的！你看這事情怎麼了斷？」

旁邊的幾個人也喊：「一定要賠我們！要賠我們才行！」

大媽打躬作揖賠禮說：「我給你們賠禮了！這樣吧，他們剛剛回來，等我們忙定了，我叫大龍請幾位吃飯。到哪塊吃，全由朱二爺來定。好不好？」

這邊汪嘉玉看見來了人，知道是自己兒子惹的是非，問大兒子說：「開元吶！是你嗎？怎麼一進門，屁股還沒坐熱就跑去玩槍

呀？」

崔開明：「媽！不是哥哥開的槍，是我。」

汪嘉玉說：「你們也太皮了！我去找你爸爸來。」

大龍和三龍出了廂房，來在院裡。大龍說：「各位稍安勿躁。朱二爺，有什麼事找我就行。他們才來，哪塊曉得這是黃大仙？我們過後再說，先讓他們安心休息，好吧？」

朱二爺：「不能過後再說，我們現在就商量一個賠償的方法。等你家客人走掉了，我們又不曉得到哪塊去找他們。」

崔叔仙見狀，走上前行禮說道：「這位朱二爺，初次見面，還請多多包涵。小孩子家不懂事，冒犯了大仙，我這裡賠罪了！」說完他又了鞠一躬，接著說：「既然二爺想現在就賠償，那就現在賠。敢問朱二爺，怎麼個賠法能讓大家滿意呢？」

朱二爺看看跟著他的人問：「你們說怎麼賠？」

大家說：「你朱二爺看哪樣子賠，就哪樣子賠。」

朱二爺：「既然如此，我就開個口。這樣，你們家出錢蓋一個大仙廟，把這只黃大仙就埋在廟里，讓它來保佑我們南門街的平安。另外，再辦十桌酒席，算是給這邊的老鄰居賠禮。如果你們答應了，這個事就可以讓它了結。」

崔叔仙笑笑說：「謝謝朱二爺寬厚仁慈、高抬貴手！我們一定照辦！」又對他大哥說：「看來我們剛才講的不能算數，只好多辦幾桌酒了。再有勞你想想看，酒席在哪裡辦為好。」

他大哥回答：「好吧。不要怪孩子，不知不罪！不要掃了他們的興致。」

崔叔仙點點頭，轉過臉對朱二爺說：「等我們準備好，即刻去請朱二爺和各位街坊。抱歉，抱歉！得罪，得罪！」

送走了朱二爺一行，他轉過頭教訓兩個兒子說：「你們一來就惹禍！把槍收好，不要再讓我聽到槍響啦，聽到沒有？高郵是個小地方，別玩得太過份，我十年才回一趟高郵，你們讓我安穩一點行不行？真是的！」

兩個男孩子自知理虧，點頭應承。

蔡亞東聽不懂高郵話，只好問妻子到底發生了什麼。崔國英翻譯給他聽，他對崔開明說：「你行啊！一槍就把高郵給打翻天啦！」

　　沒辦法！高郵的說法叫定法不是法，計劃改變。崔開明一槍把六桌酒席打成二十桌。崔叔仙和他大哥一商量，兩個酒席一次辦，乾脆就在街旁露天辦壽宴，讓大家一起來為老母過大壽。

　　這一番鬧騰，在高郵就成了不小的新聞，自然就讓縣府知道了。新四軍去年攻下高郵以後，在高郵建立了政權，但幾個月以後，黃伯濤的二十五師便佔領高郵，共產黨的人就往北撤退了。這是高郵歷史上的一件大事，被後人稱之為「北撤」行動。共產黨走後來了新縣長，名叫張冠球。他是跟著二十五師過來的，原先他們老張家是高郵湖西的一個大地主。

　　張縣長不知從何知曉，高郵一下回來兩個大人物，他一大清早就趕到招待所去拜訪。聽說崔叔仙不在，就問崔家大女婿在不在。蔡亞東知道瞞不住，就公開了身份，陪張縣長他們幾個縣府的人一起步行去崔伯仙家。

　　街坊鄰居看到縣長在崔叔仙面前不停地點頭哈腰拍馬屁，也搞不清是為何，反正是有好戲看。

　　張縣長和崔叔仙、蔡亞東寒暄過後，就問看熱鬧的人：「那天，因為黃大仙的事，帶頭索要賠償的是哪一位？」

　　有人回說：「那是朱二爺。」

　　縣長說：「朱二爺在不在？找個人去請他來見我！」

　　馬上有人飛快跑去把朱二爺找來了。

　　縣長問：「你就是朱二爺？可認得我嗎？」

　　朱二爺：「回縣長話，小的認得。」

　　張縣長：「認得就好。我再問你，可認得他們兩位？」他伸平手掌，指著崔叔仙和他的女婿。

　　朱二爺搖搖頭說：「不太認得，只聽說是大龍家的兄弟，在外面發了財，回家探親的。」

　　張縣長冷笑一聲說：「哼哼！你就知道發財。我告訴你，他們是國軍的高官。這麼說吧，前些時打下高郵的二十五師師長黃伯濤中將，聽說過吧？」

　　朱二爺已經不淡定了，點點頭。

　　張縣長：「這兩位和黃將軍不相上下，這下子懂了吧？你們好大的膽子，敢來要挾他們，我看你們是受共匪蠱惑太久，赤化了是不

是？」

朱二爺一聽「赤化」二字，馬上腿軟，說著就要下跪，被蔡亞東一把拉住，對他說：「不要緊，別害怕，站著說話就行。」

「都怪我有眼不識泰山，還請饒我這一回。」朱二爺還有邊上的幾個人，都嚇得不輕。

高郵這地方不似別處，日本人打敗了，共產黨殺過一批漢奸。共產黨撤退了，還鄉團也大開殺戒，殺了一批共產黨。共產黨打游擊，又殺了一批縣府的人。你來我往，死人無數。這個張縣長是個狠人，殺共黨毫不手軟，跟共黨沾點瓜葛的，都叫你小命難保，更別說是「赤化」。他們當然害怕，臉色都變了。

崔叔仙覺得沒必要弄成這樣，對張縣長說：「縣長先生，沒什麼大不了的事情。我家小孩子淘氣，打死了他們供的黃大仙，我請大家吃個飯、賠個禮，本是應當的事情，不必大驚小怪。朱二爺你回去吧，沒有事的，啊！」

張縣長：「今天是看在崔經理的面子上饒你一回。下不為例啊！」

隨後，張縣長進家裡和崔叔仙等聊天。他強烈建議崔叔仙把一家人接到上海或是鎮江去，雖有整編二十五師的一個旅駐紮在高郵境內，但不知能堅持多久，共產黨隨時會打回來。時局動蕩，高郵太不安全，還是先離開為最妙。要是共產黨再回來，你們母子想見面就難啦！

崔叔仙覺得縣長說的不無道理，於是就跟大哥商量。

大龍想想說：「本來你在川沙的時候就說要接我們過去，媽媽捨不得高郵才沒走成。你在重慶的時候又說過一次，她還是不肯走。這兩年高郵也確實不怎麼太平，亂得很，死起人來，都是一批一批的，嚇死人了。我們離開高郵跟你到外頭去見見世面當然好，就怕老娘還是跟以前一樣不同意。」

崔叔仙說：「好辦吶！我去問媽媽就是了。其實我在來的路上就想到了，你們若是搬到鎮江來，我回上海的時候，正好給我看著家，兩全其美，不是嗎？」

弟兄兩個來找媽媽，問她願不願意走。

說實話，老太太事先並沒想到，她的生日能讓家裡這麼熱鬧。

她在高郵生長快九十年了，第一次如此風光，別提多有面子、多高興了。到這時才發覺自己的小兒子原來這麼有出息，連縣長來了，都要賠笑臉的。所以聽說要把她和大龍一家都帶到小兒子家去過，老太太也就不再反對了。她眼看著大龍一家辛辛苦苦地在高郵過了大半輩子，能讓他們也出去享福，老太太情願放棄對故鄉故土的留戀。所以，就這麼決定，我們搬！

隔了兩天，等太陽偏西，在南門大街的街邊，崔家擺了二十桌酒席。縣府政要、親朋好友、街坊鄰里都按時到場，總共來了近兩百人，大家一同為崔家老太太慶祝九十大壽。人們在露天搖著芭蕉扇，一邊吃喝，一邊暢談，熱鬧非凡。

酒席在入夜後就散了。酒足飯飽的客人各回各家，只有汪菊生和汪嘉珍兩家人沒走，他們回到大龍家坐了下來。

分別多年，這些至親老友，需要好好一訴衷腸。

他們先聽崔叔仙把他離開高郵以後的這十多年里的經歷大致介紹了一遍。

汪菊生感嘆：「早就覺得叔仙聰明，有志向，可我是真沒想道，你能當這麼大的官。還為我們國家做了這麼多的事情。真是佩服你呀，叔仙！」

崔叔仙還是要謙虛一下，畢竟都是少年時代的朋友：「哪裡哪裡！我不算什麼的。」

汪菊生：「你過謙了。高郵雖小，報紙還是有的，我們沒少在報上看到你的消息，一直為你高興吶。」

汪嘉珍附和說：「這是真話，二哥生前還說過，他不如小妹那麼慧眼識英雄，當年還不贊成你和嘉玉的婚事。嘉玉呀，你的眼光也確實是好！」

汪嘉玉笑笑說：「不要看他崔叔仙現在風光，你知道我跟著他吃了多少苦嗎？數都數不清！說到二哥，你們不要怪我。二哥過世的時候，日本人正在上海到處抓叔仙，他只能東躲西藏的，我們沒法回高郵。現在想起來，心裡頭還是難過。」

汪菊生：「我父親的事，小姑姑不要往心裡去。戰亂之中，身不由己。再說，那時候叔仙能躲過日本人的追捕，順利到達武漢，已經很不容易了。」

汪嘉玉：「前幾天聽張縣長說，我們汪家的景況不如以前了，到底是怎麼回事？你們究竟過得怎麼樣？」

「藥店都在開著，但生意大不如前。主要是···。唉！」汪菊生欲言又止。

她姐姐小聲說道：「日本人來了之後，生意就不大好做了。抗戰勝利了，我們中國的軍隊打到高郵，也跟汪家要錢要糧，不給是不行的。軍隊派船把家裡的家俬呀、存貨呀什麼的全搬走了。說是光朝船上搬，就用了七天七夜。是真的吧？菊生。」

汪菊生點點頭說：「真的，全都搬空了。」

崔叔仙：「現在生活上有沒有問題？」

汪菊生：「生活上沒問題。藥店還在做著生意，我還在做眼科醫生，日子是過得去的。唯一有點不放心的，是我那兒子曾祺。他從西南聯大出來，嘗試了幾份工作，好像都不稱心。前兩天接到他的信，說想到上海這邊來看看有沒有好一點的機會，我也搞不清他的具體想法。叔仙，上海的情況你比我瞭解，你看這個事情他做得對不對？」

崔叔仙：「離開昆明到上海來只有好處，沒有壞處。西南聯大的那些教授可能是名氣太大，盡教學生一些所謂的進步思想，弄得學生都不好好上課，總是跟在他們後面瞎起哄，反對政府。這麼大一個國家的政治，不是單靠幾個學生頭腦一熱就能做得好的。到上海來挺好，讓他來找我，我會根據他的喜好把他的工作安排妥當。你放心吧！」

崔叔仙過於主觀了。他並不清楚，汪曾祺兩年前就不是學生了，而且也沒有參加過那些學生運動。只因為當時的新聞把西南聯大的教授和學生的學運炒得沸沸揚揚，所以他才認定，汪曾祺也一定參與其中。這個錯誤的判斷，導致後來汪曾祺到上海來見他的時候，心中的確產生了一絲不快，甚至沒有接受崔叔仙要幫他找工作的好意。不過，這也促使汪曾祺離開上海，走上了別樣的人生之路，並最終成為一代文豪。

有人曾撰文說，汪曾祺就因為這件事，從此不再與崔叔仙來往。這是誤傳，幾十年後，汪曾祺回到高郵，曾登門拜訪他的小姑爹崔叔仙。二人互贈墨寶，並相約共進早餐。縣里的領導請吃飯，汪曾祺全都推掉了，卻在「五柳園」的早茶桌上，和崔叔仙相談甚歡。說起當年的事情，全都忍俊不禁，笑聲延綿。這是上個世紀八十年代初的事情。

　　崔叔仙在母親的大壽順利結束後，就帶著一家人先行回鎮江，派周文到上海留守，他們在鎮江等待老母親和大哥。大龍一家則立刻著手處理搬家的事。一個多月後，崔叔仙派車來接，在高郵的一家老小全都搬到鎮江來，住進東德馨里。這時候，大龍的大女兒崔國珍已嫁給一位趙先生；小女兒崔國娣則嫁給了一位吳先生。趙先生和吳先生皆在鎮江的銀行謀到職位，皆大歡喜。

　　過了一段時間，汪菊生也到鎮江來，還是做眼科大夫，任職於省立醫院，是院長周復康幫的忙。

　　汪嘉玉離開高郵前，也勸說姐姐姐夫到鎮江或是上海去，省得留在高郵不安生，但姐夫不願意。

　　汪嘉玉的姐夫前文提到過，崔錫麟第一次赴滬期間，就是他從高郵發來電報將其喚回，從而改變了他日後的命運。

　　崔叔仙的連襟名叫熊佩珩，字楚仲，是高郵中學的化學老師。

　　你可能會疑惑，當年因為崔叔仙是個教師，汪家人便不同意他和汪嘉玉的婚事，而姐姐汪嘉珍也嫁給一個教師，怎麼就沒有問題呢？

　　還真沒問題！因為這熊家可不是一般人，那是高郵城裡的大財主，妥妥的一個名門望族。

　　熊楚仲的父親名叫熊勉齋，年輕時留學日本學習司法，歸國後在浙江高等法院任職，一開始是刑事法庭的推事，後來擔任檢察長。1923 年，浙江省立第一師範兩百多名學生集體砒霜中毒致死案，舉國轟動，主審推事就是熊勉齋。推事即現今的法官一職。

　　熊楚仲也是個全才，他在浙江大學數學系畢業後，先在泰州教書，不管是數學，化學、物理，英文，樣樣都能教。高郵中學建立高中部的時候他回到高郵，在高郵中學教授化學，直到退休。

　　高郵文人陳其昌在其《煙柳依依》一文中，曾這樣描寫他：

　　···化學老師熊楚仲每每上課，只帶書（不看），沒有備課筆記，第一句話便是：「上一節課講到什麼地方呢？」有學生提醒，熊老師便侃侃而談、諄諄教誨，課就是這樣「流淌」出來的。

　　從這段文字可以看出，大師級的熊老師，既特立獨行，又追求

舒適。高郵中學的化學課堂便是他的舒適區。因此，當汪嘉玉勸他離開高郵時，他婉言謝絕了。

汪嘉玉雖然不想勉強他，但是還是對姐姐說：「姐夫不想挪動，我就不再勸你們了，你家韻秋和小劉要是願意的話，就到鎮江來吧？」

熊韻秋是汪嘉珍和熊楚仲的大女兒，剛和小劉成婚。汪嘉珍回去和他們商量過後，這對小夫妻來到鎮江找小姨。他們最後決定也留在鎮江生活。

因為奶奶、大龍一家，加上熊韻秋夫婦都住在鎮江，崔叔仙和汪嘉玉也就經常在鎮江住，上海反而住得不多。有必要時過去住一段時間就又回到鎮江來。

崔家人每到吃飯時，都是由崔叔仙親自上樓把奶奶攙扶下來，老太太不動筷子，誰也不許動。哪怕是像錢大鈞、吳國禎、劉峙、湯恩伯、李延年這樣的軍政高官來家裡吃飯，也不例外。

兩年後，奶奶忽然說，一輩子沒在老二家住過，想到蘭州住一段時間。崔叔仙怕這一路山高路遠，老太太吃不消，可他老母親說：「你怕我死在路上啊？不會的，我過去住個一年兩年的就回來。你就放心吧！」

崔家老太太，當年吳巡撫家的千金，晚清進士崔瑞亭的結髮之妻，崔哥的曾祖母，後在蘭州離世，享年 93 歲。

不要以為我不知道曾祖母的名字。她一生只有姓，無名。

3 金山寺

在暑假結束之前，崔開元一直留在鎮江，等著開學的時間一到，就與他的二姐一同前往南京中央大學就讀。

鎮江作為江蘇省的省會城市，各方面建設得都不錯。而且，這裡還有很多名勝古蹟，足夠他們玩的。

這天，爸爸去上海了，崔開元帶著崔開明開車去金山寺玩。他們偶然走進廟裡一個房間，見牆上掛滿了名人書畫，其中竟然能找到他們父親的兩幅工筆花鳥圖。兄弟兩個說說笑笑，離開金山準備回家。剛出金山寺不遠，路邊有條河，崔開明心血來潮，叫他哥停車，

他要去游泳。崔開元走到河邊，看到河水不是太乾淨，認為應該繼續往前開，要是能找到水清一些的河再下水。崔開明說你看我這一頭汗，太熱，游吧！

那就游吧。兩人脫去上衣，跳進河裡游了好一陣才爬上岸，上車繼續往家開。

對於兩個頑皮的大男孩來說，河裡游這麼一下，小事一樁，反正每天都要想方設法到處玩，根本沒把金山邊上的小河放在心上。但是，一個星期後，兩人都病了。

他們先是感覺渾身無力，不想吃東西，過了兩天同時開始發燒，雙雙躺在床上動彈不得。這可把汪嘉玉愁壞了，原本兩個活蹦亂跳、上天入地的淘氣包，全像是霜打過的茄子，連說話的力氣都沒有了。

這是什麼病？以前沒見過。請來醫生看了半天，同樣一籌莫展。汪嘉玉只好把丈夫叫回家想辦法。

崔叔仙心急火燎，急忙從上海趕回家，見兩個兒子癱在病榻之上，有氣無力的模樣，心都快化掉了。不敢耽誤，他抓起電話，要了省立醫院，直接找院長周復康，焦急地說：「周院長，你現在有沒有空？我的兩個兒子都病得很重，請你親自過來一趟好嗎？哦！好好！我立即派車去接你。」

周院長沒有耽擱，立刻就動身來到東德馨里。看了一陣，這兩個病人的症狀完全一樣，這就太奇怪了。他馬上想到可能是食物中毒，問他們兩個最近幾天都一起吃了什麼？汪嘉玉說我們一家人都在一起吃飯，其他人沒有任何問題呀！那就在他們單獨吃的食品裡面找。一問，他們前兩天下午肚子餓了，吃了廚房裡的美國肉罐頭。再問吃了幾個罐頭？答說就吃了一罐。那趕緊的，把家裡所有的美國罐頭都拿到醫院去化驗。

化驗結果出來了，人家美國人做的各種罐頭全都好得很，什麼問題也沒有。晚上，周院長又到家裡來，和崔叔仙、汪嘉玉坐在客廳的沙發上，繼續討論該怎麼醫治這兩個人。把他們過去一個星期所吃過的東西全都列在紙上，沒有可疑之處。能想的似乎都想到了，仍然沒有答案。周院長是留美醫學博士，醫術當然沒問題，但找不到病因，沒法下藥啊！

　　周院長鄒著眉頭在思索，自言自語：「不對，我一定漏掉了什麼。」

　　過了好一陣，他對汪嘉玉說：「可能我們遺漏了一些重要的事情。現在也沒有別的辦法，還是再去和他們兩個仔細談談，看看到底忘了什麼。」

　　事到如今，只好再作一次努力，總不能眼看著兩個兒子的病情日益嚴重，再不及時醫治，小命不保啊！

　　他們又來到崔開元的房間，汪嘉玉坐在床邊，看著好幾天沒吃東西的大兒子，臉瘦了一圈，心疼不已。她用手帕擦了眼淚，輕聲問：「開元吶！你有力氣說話嗎？我就想再問你一次，這幾天你帶開明都到哪裡去玩過？做過什麼？吃過什麼？喝過什麼？」

　　崔開元有氣無力地說：「我能想到的，都說過了。就是到焦山、金山、北固山玩過。在金山寺裡看到爸爸的畫，開明說這是我爸爸畫的，有個老和尚就請我們喝茶，還說他叫演濟。」

　　汪嘉玉：「難道是茶水有問題？」

　　崔叔仙：「這個不大會。這位演濟和尚，就是太滄法師，是金山寺的住持，與我是多年的朋友了。他做事極其認真，不會出什麼問題。」

　　周院長：「還是仔細一點為好。開元，你們喝他的茶了嗎？喝了多少？」

　　崔開元：「那天在去金山以前，我們都在家裡喝了不少汽水，所以我沒喝，開明好像喝了一杯。」

　　周院長：「那就不是茶水的問題。你們從金山出來，還到過什麼地方？仔細想想還接觸過什麼？」

　　崔開元：「沒有，我們從金山直接就開車回家了，路上什麼也沒吃。因為游過泳，褲子濕濕的，趕緊回家換衣服。」

　　周院長：「你們游泳了嗎？在哪裡游的？」

　　崔開元：「金山邊上的河裡。」

　　周院長：「離金山有多遠？」

　　崔開元：「從大門出來，右邊有個小橋，我們就在橋邊下的水。」

　　周院長對崔叔仙說：「我先回去，明天一早我讓人到金山邊上

去取水，化驗一下再說。一有結果，我馬上打電話通知你們。不要太擔心，儘管他們不吃飯，但他們年輕，抵抗力強，加上靜脈注射葡萄糖，能讓他們維持住。如果河水也沒有問題，我再來排查別的原因，總之我一定會治好他們的。放心！」

崔叔仙：「有周院長，我們不擔心。有勞院長了！」

周院長：「治病救人乃醫生之責，不用客氣！」

第二天早上起來，爸爸媽媽就在家裡等電話，等到上午十點多，電話終於來了。周院長在電話那頭沒說話就先笑：「哈哈！崔經理啊！找到啦！病因找到啦！」

崔叔仙心中大石頭落下一半，問：「噢！太好了！是什麼病？」

周院長：「是血吸蟲，他們游泳的那條河裡面，被血吸蟲污染了。他們是感染了血吸蟲病啊。」

崔叔仙：「周院長，血吸蟲能治嗎？好不好治療呀？」

周院長：「這也是我急著打電話給你的原因。治療血吸蟲病的藥，我們鎮江沒有，據我所知上海有，是德國進口的藥，叫銻劑，是一種肌肉注射的針劑。你趕快想辦法到上海去弄藥。一個療程是 25 天，打完了就會痊癒。」

崔叔仙：「謝謝周院長，我就不多說了啊，馬上去弄藥。藥一到手，馬上找你。」

周院長：「好，沒問題！」

崔叔仙放下電話，對汪嘉玉說：「你去告訴他們兩個，他們得的是血吸蟲，我找到藥就給他們打針，很快就能好。」

汪嘉玉趕緊往樓上跑。崔叔仙拿起電話，掛到上海家中，周文接的電話。崔叔仙讓他立刻去找徐逸民，請他盡快找全進口的銻劑，治療兩個兒子的血吸蟲病。

周文很快就把銻劑拿到手，乘坐夜裡的火車，一大早就趕到鎮江。周復康馬上安排護士到家裡來給兩個人打針。

一周後，兩個男孩子就有了明顯好轉，一個月後，就完全好了。

血吸蟲病是徹底治癒了，但事情還沒完。當時對待血吸蟲病，唯一的藥物就是銻劑。這德國進口的銻劑確實管用，體內血吸蟲被完

全消滅，然而這種藥也帶毒性，極易引發肌肉感染。

崔開元和崔開明的屁股在打完針後，都發炎化膿了。接著治療感染的屁股，又花了半個月的時間。等到能上學，中央大學早在一個月前就開學了，讓崔開元明年再來。

這可怎麼弄？要耽誤半年時間，好像說不過去。崔叔仙對兒子說，實在想馬上入學，還有個辦法。他的把兄弟夏勤，是北平朝陽大學的校長，可以找他通融，看能否到朝陽大學去讀法律系。

夏勤是蘇北泰州人，早年留學日本學法律。他不但是著名的朝陽大學校長，同時也是當時最高法院的院長。在重慶的時候，他當司法部次長，因為同樣來自蘇北，和崔叔仙頗有私交。

聽說老朋友的兒子想到朝陽來，夏勤滿口答應：「沒問題！來吧！既然在蘭州讀過一年法律系，過來讀二年級好了！這一個月落下的課，我找人幫他補上。」

崔叔仙感嘆，泰州人比高郵人還要爽快！不要再延誤，趕緊飛北平吧。

他當天就打電話到北平，安排好了一切。北平交通銀行經理鄭大男接到崔開元飛機到達時間的電報，會按時去接機，然後把他送到農民銀行副經理劉洗庸的家裡。劉是四川人，崔叔仙的「學生」之一。今後在北平，崔開元一切用度，都到北平農民銀行支取。

第二天上午，司機開車送他到達南京機場。第一件事，先去買票。

儘管安排的很周密，但沒想到南京飛北平的機票賣完了，一個星期以內都沒有。下個星期有嗎？說不准！

這就難辦了，著急也沒用，改乘火車吧。火車是慢一點，可有個三天五天的也一定能到。走！到火車站去。

他拎著行李往外走。還沒出大門，就見迎面走來三個人，其中一位他認識，正是蔣總裁的大公子蔣經國。

蔣經國老遠見到他就喊他：「崔開元是吧？上次在上海我到你們家去沒見到你。你這是去哪裡？」

崔開元：「噢！蔣大哥，你好！我準備到北平去上大學，可是沒有買到機票，只好到火車站去看看。」

蔣經國：「去哪個大學？怎麼現在才去？不是早開學了嗎？」

崔開元：「去朝陽大學。就是因為遲了，才急著趕過去。我在暑假的時候病了一場，耽誤了開學。」

蔣經國：「噢！原來如此！是應該著急。這樣吧，你跟我來，看看能不能想辦法把你弄到北平去。學習不能耽誤。」

崔開元回轉身，跟他們返回售票處。蔣經國的秘書進去談了一會，出來彙報說：「處長，確實沒有座位了。最近幾天都沒有。」

蔣經國：「真的是這樣啊。」他回頭看看崔開元。

崔開元：「蔣大哥，不要緊，我可以坐火車的。」

蔣經國：「你不要坐火車，就坐飛機好了。」

崔開元沒明白這是什麼意思。就見蔣大公子回頭對跟著他的另一個人說：「何市長，這樣好不好？你先留下，把座位讓給我的這位小朋友，行嗎？」

北平市長何思源聽到這話，沒有絲毫猶豫，馬上回答：「沒有問題！我再想辦法。」

蔣經國：「謝謝何市長！開元，跟我走吧！」

崔開元：「謝謝蔣大哥！謝謝何市長！但是何市長怎麼去北平呢？」

蔣經國哈哈笑道：「你還擔心他？他有的是辦法。」

何思源也笑著說：「沒事，我有辦法的。再見！」

到了北平，他們一起下飛機，蔣緯國已在那裡等候，他和崔開元閒談了兩句，就把蔣經國接走了。這時，交通銀行的鄭經理才敢上前來，他對崔開元說：「沒想到你和蔣家的兩個公子還有這麼好的交情。剛才看你們在講話，我就沒打擾你們。」

鄭經理先帶他去市區找個飯館吃了晚飯，才送他到崇文門內的抽屜衚衕，劉洗庸一家就住在這個衚衕里。

4 北平飛雪

劉洗庸是一位年輕人，幾年前，崔叔仙安排他到北平工作。他和太太都是四川綿竹人氏。他們有個未滿週歲女兒，還在吃奶。

劉大嫂四川鄉音不改，非常爽快。她告訴崔開元：「你父親說你大病初愈，需要調理身體，所以讓你住在我們家。我們可高興了，

就等你來呢！你要是需要什麼就跟你劉大哥講，跟我講也行。喜歡吃什麼，我給你做，千萬不要客氣啊！」

劉大哥說：「你安心住在家裡，銀行的車可以給你用。你會開吧？」

「會開，就是不要耽誤你們辦公。」

「不會的，銀行有好幾部車呢。」

「那好，等過一段時間，我還是搬到學校去住，那樣可以節約不少時間。」

「好，到時再聽聽崔經理的意見。他說一，我不會說二。」

崔開元到朝陽大學報到，領了教科書，一有時間就跑到圖書館，自學補課，也沒讓夏校長請任何老師。一段時間後，也就跟上了課程進度。

與此同時，他和老師同學逐漸熟識，馬上交了一幫朋友。朋友大多是法律系的，他們經常在一起打籃球、排球、乒乓球，或是一起玩樂器。大家合得來有一個根本的原因，他們都來自非富即貴的家庭，背景相似，愛好也相似。

法律系里還有另外一類學生，這些人也能讀法律系是因為參加了國防部保密局或是中統。保密局就是以前的軍統，中統後來也改成了黨通局。這些「特務」學生帶著槍，在校園中橫行霸道。據傳聞說，他們甚至抓捕進步學生到他們的宿舍，或審問，或拷打。但是這些人不敢惹崔開元的一幫弟兄。雙方各自看不慣，但又都不好惹。只要對方不主動找麻煩，他們也就井水不犯河水，各成一黨，互不來往。

崔開元也沒時間管閒事，不為別的，只因一場戀愛很快就發生了。

有天吃飯的時候，劉大嫂對劉大哥說：「國璋好像有好幾個禮拜沒來了。」

劉大哥：「燕京學習忙。她忙完了，自然會來。」

崔開元問道：「國璋是誰？是劉大哥的兄弟嗎？這麼屬害，能考上燕京大學。」

劉大哥：「不是啦！她是我四川綿竹的同鄉，沾點遠親，常到家裡來玩。她不是男的，是個姑娘，在燕京數學系讀書，是個高材生。她比你大兩歲，明年就畢業啦。」

他聽了也沒太在意這個人。在他的印象里，學數學的人應該很古板，沒什麼趣味的。

隨之而來的星期天上午，他在房間里看書，忽然聽見正在院子

里晾衣服的劉大嫂的聲音：「國璋來啦，快進來坐！」

他此時就在窗前，看到窗外的走廊里一個姑娘經過，離他不到三尺遠。

這是個漂亮姑娘，臉上笑盈盈，穿著一身棉布旗袍，看著成熟、溫和、莊重，美得樸實大方。

劉大嫂隨後喊：「開元，出來！給你介紹客人。」

他立即走到客廳。姑娘一見他就站起來，大概是沒想到還有個陌生人在家。

劉大嫂：「開元，來！這就是我跟你說過的劉國璋。國璋，這個小伙子姓崔，上海來的，在朝陽大學讀法律。他父親是洗庸的老師。」

崔開元說：「你好！」

劉國璋也說：「你好！」並伸出右手。崔開元連忙也伸手過去和她握手。她接著說：「我聽說朝陽大學的法律系不怎麼容易進去。是真的嗎？」

崔開元：「還好吧，哪裡有燕京難進。」

劉大嫂：「你們就互相恭維吧！誰都不簡單。」

大家都笑。

此後的每個星期天，她都會來劉家，很快就和崔開元變得熟悉了。同是大學生，自然聊得來，有時也一起外出逛街，沒過多久，他們相互間就都生出了愛意。有一天，在劉家吃完午飯後，劉國璋說美國電影《魂斷藍橋》正在放映，問大家要不要一起去看，劉大哥說有事去不了，劉大嫂要看孩子也不能去，就對崔開元和劉國璋說：「你們去看好了，記得早點回來吃晚飯。國璋，天氣冷，你還要一個人回海淀，不能搞得太晚。」

「好！」「好！」

想不到《魂斷藍橋》竟是如此一出悲劇，劉國璋哭得稀裡嘩啦，崔開元也流淚，但怕她發覺，悄悄用手抹了。

電影散場，他們走出影院，天上開始飄起雪花。劉國璋看到下雪，立刻高興起來，儘管她的雙眼還濕潤著，卻笑著用手去接飄落的雪。見他不開口說話，就說：「崔開元，你在想什麼？你掉到電影里了吧？」

「那倒沒有。不過這部電影拍得真好。'Waterloo Bridge' 翻成 '魂斷藍橋' 也很巧妙。」

「對！總比 '滑鐵盧大橋' 來的有詩意。好是好，就是後半部

的情節太悲慘了一點。」

「對，瑪拉不應該死的，為什麼不想點其他的辦法呢？兩個相戀的人，經歷那麼多苦難，到頭來，什麼也沒有得到，雙方都失去了他們最寶貴的人。」

「我也認為瑪拉不應該這樣輕易地結束生命。但是也可以這麼想，她是因為身份的懸殊，明知自己不可能和心上人有好結果，才毅然赴死。而且她並沒有失去一切，雖然她不能嫁給自己心愛的人，但也得到過愛，也幸福過。她得到是羅伊的心，對於一個女人來說，這是何等寶貴，就是面臨死亡，心裡也會有一份滿足的。」

她說完這話，臉上的笑意不見了，彷彿是陷入了沈思。

崔開元不太理解她話中的含義，當時他還不明白，這話里有多少苦澀的味道。他看劉國璋低著頭，靜靜地在雪中行走，就問道：「到電車站了，上去嗎？」

劉國璋這才抬起頭看看他，臉上重現笑容，說：「你想坐電車還是走回去？我都行。」

「既然你喜歡下雪，就在雪裡面走走吧，兩站路而已。」

劉國璋笑得更開心，他們在風雪中，並肩漫步。不知什麼時候，劉國璋小聲問：「你冷嗎？開元。」

崔開元反問：「和你在一起，會冷嗎？」

劉國璋站住腳愣了一下，隨即羞澀的低下頭，緊跑兩步，趕上他，抱住了他的手臂。他轉臉看她，只見她的臉頰緋紅，楚楚動人。

他們繼續朝前走，手輓著手。

潔白飛雪，飄飄灑灑。不，雪花分明是在漫天起舞。

北平的冬季啊，怎能讓人不回想？又怎能讓人不感傷？

劉大哥和劉大嫂可不傻，他們是過來人，給他們打開院門的那一剎那，就已看出這兩個年輕人在隱藏什麼。吃飯時再一觀察，完了！他們一定是陷入愛河無疑。這可如何是好？

當天晚飯後，劉大嫂對劉國璋說：「下著雪，就別幫著收拾了，趕快回學校去吧。開元去送送。」

崔開元把劉國璋送出大門，等她的身影消散在夜色中，回到院裡，關上門，走進屋內。一反常態，只見劉大哥在收拾碗筷，劉大嫂卻安靜地坐在桌邊，氣氛有些不太正常。

沈默了一會，劉大嫂輕聲說：「來！開元，坐下來，我想跟你談談。」

崔開元坐下說：「好哇！請講！」

「開元，你父親、母親把你交給我們照顧，我們就當盡心盡力才是，你說對不對？都不是外人，我就想問你一個問題。」劉大嫂說完看看一邊的劉大哥，劉大哥趕快低頭，認真洗碗。

崔開元心想，這是怎麼了？還挺嚴肅的。他說：「劉大嫂要問什麼，我一定老老實實回答。」

「哎呦！沒那麼嚴重的。就是‧‧‧，就是‧‧‧，你們兩個是不是好上了？我是說你和國璋。」

崔開元沒想到，他們事先說好要保密，怎麼這麼快就露餡了，哪裡出了差錯？

事已至此，瞞也瞞不住，從實招吧：「是的，我很喜歡她，她說她也喜歡我。所以，我們以後會是戀人關係了。希望不會給大哥大嫂帶來不便。」

劉大嫂笑了笑，說道：「不會給我們帶來任何不便，倒是對你，我們該說的就一定要跟你說。」她稍微停頓了半分鐘，在心裡組織詞彙。「怎麼說呢？有些話應該早點跟你說的。現在的這個結果怕是對你們兩個人都很不利呀！」

崔開元不解地問：「為什麼會對我們不利呢？你快把我說糊塗了。我們在一起相處得非常愉快啊！」

劉大嫂嘆了一口長氣，緩緩說：「就是看你們很愉快，我才要說啊！開元，國璋的父親只是綿竹的一個小職員，她在燕京讀書的學費是怎麼來的，你知道嗎？她一直要到東四給一個師長家的孩子補習功課才能賺夠。而你的父親是銀行經理，你們兩家的門第差距可不是一般的大。她還比你大兩歲。讓她嫁到你們崔家去，你的父母一定不會答應。到那時你該怎麼辦？又叫國璋怎麼辦？」

崔開元：「我還以為是什麼事。劉大嫂可能不太瞭解我，我是絕對不會因為家庭反對就和我喜歡的人分開。你們不必擔心，只要她的爸爸媽媽能接受我就行。」

劉大嫂這回嘆的氣比剛才還長：「哎！問題就是這個呀！你不聽你父母的意見，可能不會影響你什麼，可她不行，她是已經有婚約

305

的人。她的未婚夫叫潘世愓，在台灣的高雄水泥廠做工程師。她本應該在今年畢業後，就要到台灣去結婚的。可現在你們在談戀愛，哎吼！這怎麼得了？」

劉大嫂的話無疑是晴天霹靂！崔開元忽然覺得自己怎麼這樣命苦，這第二段情，竟然跟第一段如此相似，又是一場叫人心酸的戀愛。

他沈默不語。劉大嫂難過地低下頭不看他。劉大哥此時，已經不知去向。

他當夜自然是沒有睡好，想來想去，儘管艱難，還是做了決定。

第二天，他跟劉大哥說要搬到朝陽大學的北院宿舍去住。劉大哥問是因為劉國璋才要搬走嗎？

他說也不完全是這個原因，住在學校更方便一些。

劉大哥說：「你實在是要走，我當然攔不住。記得經常過來玩，讓你大嫂給你做好吃的。還有，要是衣服髒了，被子要拆洗的話，就拿到家裡來，也讓你嫂子幫你弄。」

崔開元：「不用大嫂幫我洗衣服什麼的。學校那邊有人專門做這些事情，給一點錢就行。」

劉洗庸：「那也要常回來玩。」

崔開元：「我會的。」

劉洗庸：「還有件事，我不得不問，假如劉國璋來了問起你，我怎麼回答她好呢？」

於是，崔開元給劉國璋留了一封短信，大概是說，我們在一起相處得很愉快，但如果繼續交往下去的話，只能給你平添煩惱。所以我們還是做普通朋友吧。祝願你畢業後去台灣生活幸福。如果可能的話，到台灣後請給我來信，報個平安就好。

做完這些，他當然是萬分失落。只好安慰自己，天涯何處無芳草，大丈夫何患無妻。只要是個男人，就當拿得起放得下，為愛人斬斷情絲，把苦痛留給自己，幸福贈予他人。

5 朝陽門外

崔開元在朝陽大學時的主要朋友有趙宗烈、戴崇和、陳萬齡、還有俞傑。其中，俞傑和他住在一個宿舍。

俞傑的父親名叫俞建章，是英國留學歸國的地質學博士，也是南京雞鳴寺地質研究所的所長，和大地質學家李四光有莫逆之交。

俞傑的女朋友叫李本昭，也在朝陽讀書，但不在法律系。她的父親李捷，是當時的河北省建設廳長，也是一位學者。他還有另一個身份，就是共產黨的地下黨員。俞傑曾悄悄地告訴崔開元，共產黨的大人物董必武的電台，就藏在他女朋友家，因為董必武和他未來的岳父是摯友。後來驗證，俞傑沒有吹牛，共產黨在 1949 年取得政權以後，李捷便當上了中央地質部的副部長。

這裡提到的這一乾朋友，差不多都是一個德行。他們不愁吃穿、不愁學費、也不愁學習，整天想的大多是吃喝玩樂。但凡是他們看不上的教授講課，就蹺課，聚在一起玩，什麼打球、溜冰、游泳，要不就是滿北京城找好吃的。到了考試之前，他們再一頭扎進圖書館，不分白畫黑夜，惡補功課。還別說，到頭來這幾位的成績也都不算差，玩到畢業，混個文憑，屬於輕輕鬆松的一件事。他們又不愁以後找不到工作，他們的未來，家裡人早就安排好了。

從劉洗庸家搬出來，住進朝陽大學的宿舍後，崔開元跟這幫沒心沒肺的朋友們混在一起的時間就更多了。都說朋友是治療情傷最好的良藥，這話似乎不假，他和朋友在一起的時候，確實能暫時忘卻心酸。可他也發現想要完全忘掉劉國璋，是一件非常困難的事。

立志做個高尚的人，還要拿出男人風度是要付代價的。因為失戀是一件令人難受的事，真的很難受。

能得安慰的是，整個事情並不複雜，似乎一封短信就把問題給解決了。

算了吧！真這麼簡單就好了。不對，事情要是如此簡單，故事講起來，就會缺少一些戲劇化的回轉曲折，聽的人也會覺得沒勁不是嗎？

對不起！這樣講像是我正在消費我父親的舊日傷痛似的。其實並非我不地道，故事真的是這樣發生的，絕非由我杜撰而來。

「不過，請一定不要忘了，這是發生在當時那個年代，以及當時的那個年輕不懂事的我身上的故事。」

上面這句話，是父親在講他這段故事的時候，反復強調的。他大概是怕有人會誤解他，或是她。

這個「她」，還是那個「她」，劉國璋。怎麼一回事呢？請聽我往下講。

　　這天，崔開元接到一封信，信封上雖然沒有寫寄信人的地址，但從這工整、娟秀的字體應該能看出寫信的人是誰。他打開信，果然是劉國璋寫來的。

　　在這封信中，她這樣寫道：

　　「崔開元，你好！

　　我沒能等到去了台灣再給你寫信，很抱歉！我想現在就寫，希望你不會怪我。

　　那天晚上我們分手後，我就一直在等待，等著下一個週末的到來。其實這樣的等待是很甜蜜的，因為我是為了一個我所喜歡的人而等。實際上，有你做我的好朋友，我生命里的每分每秒都變得那麼快樂。甚至有些不可思議，感覺上，我們好像已經相互認識了好多好多年，但可惜我們卻是剛剛相遇，在一起相處的時間，又是好短好短，以至於我，根本還沒有機會向你傾訴我的心聲，你就從洗庸大哥那裡搬走了。我沒想到，我等到的竟然是你的不辭而別。

　　命運真是這麼殘酷嗎？

　　我經過再三的思考，還是認為這樣的結局既不公正也不合理。所以，請考慮一下，如果你和我一樣，認為我們之間的感情應該有更多的發展機會，就請到燕大來找我吧。我記得跟你說過，我住在未名湖畔的‘姊妹樓’。

　　我會等著你。

　　劉國璋
　　1946 年 12 月 25 日 」

　　崔開元接到信後，其實根本沒有多想，因為他知道想也想不明白。最容易的辦法，莫如按照自己心裡最真實的願望去做。

　　也許他的應對並不正確，但他畢竟太年輕，這時候距離他的二十歲生日還有好幾天吶。

　　你可能不知道，連我在內的崔家幾代男丁，在情感方面，成熟得都不夠早，甚至有些遲緩、愚鈍。千萬別指望我們在二十歲的時

候，就能成為情感專家。真實的狀況是，要到若干年後，我們才會對當年無心而犯的錯誤，幡然醒悟，後悔不已。這個問題，不但呈現家族化，且有逐漸嚴重的趨勢。

崔開元當時的真實感覺很簡單，就是希望能盡快見到劉國璋。

星期天一早，他就來到在海淀的燕京大學。燕京的校園環境果然不一般，開闊優美、典雅精緻。

未名湖邊，花木掩映之中，坐落著那棟「姊妹樓」。他在門口站住時，正好有一位女學生走出來，他驅前問道：「麻煩你！我來找數學系的劉國璋，能請你叫她一下嗎？」

「可以，你稍等一下。她就在二樓，我去叫她。」

「好，謝謝！」

不到兩分鐘，劉國璋出來了，一臉笑容招呼他說：「哎！崔開元，你來啦。對不起啊！星期天也讓你睡不成懶覺。從你們學校到這裡不近吧？」

崔開元沒想到，她的情緒似乎沒有什麼改變，一如既往的平靜溫和。這不是他設想的見面形式。他不知道該說什麼好：「是，哦！不是，‧‧‧。」

劉國璋看他窘態畢現，笑得更燦爛了。她走上前去，輓住他的左臂，說：「走吧，今天陽光真好，我帶你去轉轉吧？」

「好！」

未名湖入冬之後就結冰了，時間還早，溜冰的人們還沒來到。

他們沿著湖岸往前走，過橋來到湖心島。島上沒人，石舫靜靜地立在小島的南邊。

崔開元：「哎？這個石舫為什麼這麼矮？」

劉國璋：「噢，這個石舫上面本來有木結構的部分，第二次鴉片戰爭的時候，英法聯軍火燒圓明園，把這個石舫也燒了，就剩下石頭的底座沒被燒掉。」

崔開元：「未名湖以前是圓明園的一部分嗎？」

「那倒不是，緊靠著圓明園而已。這個湖以前是和珅的私家花園，並沒有名字。司徒雷登來到學校後，想給它命名，大家左想一個，右想一個，但沒一個能貼切地表現湖水的美麗，於是錢穆先生提議，就叫它‘未名湖’吧。」

「不就是無名湖嗎？」

「其實就是沒名字的湖。」

他們過橋回到岸邊，看到有四個石碑立在岸邊。崔開元仔細看，原來是四句詩：

畫舫平臨蘋岸闊，飛樓俯瞰柳蔭多。

夾鏡光澄風四面，垂虹影界水中央。

崔開元問：「這首詩是和珅為這個石舫寫的嗎？」

劉國璋答：「不是，也不知道是什麼人，把這些石碑從圓明園搬到這裡的。不過，這石碑是不是很配這個石舫？很多人在這裡辦過婚禮，其中不乏名人巨匠，像是冰心和吳文藻。」

崔開元：「詩是好詩，但冰心他們在這裡辦婚禮，讀到這四句詩，會不會讓人想到鏡花水月，或是夢幻泡影這些詞語？」

劉國璋把眼光從湖的冰面上收回來，扭頭看著崔開元，仍然微笑著說：「你會這樣理解這首詩嗎？我希望你是一個樂觀的人，不該對愛情和婚姻失去信心。這麼說吧，在我眼裡，這個石舫恰恰是在告訴你，當你面對情感的時候，眼睛能看清的不一定是事物的全部，就像石舫，看著是條船，其實不是船；看著它很矮，其實它最美好的那一部分已經融化在一場火焰之中。」

崔開元沒太明白她的意思，用調侃的口氣問道：「So what？（那又怎樣？）」

劉國璋回答道：「So, you need to seek the truth with your heart, not just your eyes or ears. （所以，你需要用心去尋找真相，而不是只憑眼睛或耳朵。）」

崔開元：「What you just said is a bit difficult to understand, but you may be right. （你說的有點難懂，但你可能是對的。）」

劉國璋：「崔開元，你倒是不喜歡爭辯啊？」

崔開元：「不爭辯不是個好品質嗎？」

劉國璋：「有時候是好品質，但現在不是。我需要知道你的真實想法。」

崔開元：「老實講，我哪有什麼想法！我也就是隨便評價了這首詩罷了。其實，我在重慶的時候，還真見過冰心。當時，她的《關於女人》剛發表。」

劉國璋：「你是說：‘你說一兩句安慰的話，她也許就把舊恨

新愁，全付汪洋大海，否則她只有在你的面前或背後，掉下一兩滴可憐無告的眼淚。'？」

崔開元：「想不到，你都能背她的句子。我也很喜歡她的文學作品。要說起來，冰心和她丈夫一直都是恩愛夫妻。去年吳文藻到日本去當公使，冰心不是也跟到日本去了嗎？」

劉國璋：「對，一兩個月前，報上還登了新聞，說的是冰心在日本過四十六歲生日，不少人跑去慶祝。你說，她是個和日本人有仇的人，怎麼就能在日本待下去呢？她或許並不喜歡住在日本，也或許更不喜歡在日本過生日。但她為了愛，可以什麼都不在乎。」

他沒能理解，她提出了這一串的問題背後的用意。他忽然想起來什麼，說：「唉，這個星期三就是我的生日，你要不提過生日的話，我可能又忘了。」

劉國璋：「星期三？星期三不是元旦嗎？你是在元旦那天出生的嗎？」

崔開元：「也不是啦，我是 1927 年的 1 月初出生的。到底是幾號，也沒人知道。」

劉國璋：「那怎麼可能？問你媽媽不就知道了嗎？」

崔開元：「她生下我，一見是個男孩子，大概是高興得昏頭了，等想起我的出生日期時，已經過去半個月了。沒人說得清那天是幾號。」

劉國璋：「那你爸爸呢？他也不記得嗎？」

崔開元：「那段時間，他正在為迎接北伐軍做準備，我都生下好幾天了，他才回高郵，他也忘了問是幾號。那時候在我們老家，人們大多還在使用舊曆，對於新年元旦並不重視，也就沒人記得我是一月幾號生的。所以我這麼多年來，也沒過過幾回正兒八經的生日，大家總在忙。」

劉國璋：「哎吆！可憐小弟呀，沒想到你們這些大富大貴的人家，是這樣過日子的。我們雖是小門小戶，但每年過生日，那一定要隆重舉行，馬虎不得的吆。這樣吧，這次我來幫你過。你說，你想去哪裡？想怎麼過？我都陪你。」

崔開元：「我到北京時間不長，去的地方也不多，就去過頤和園和故宮。你想到哪裡去玩？我陪你呀。」

劉國璋：「又不是我過生日。不過你既然問了，我就說個地方，看你想去不想去。」

崔開元：「行！你說去哪裡？」

劉國璋：「太廟。」

崔開元：「好啊！可以去沾點皇家的貴氣。在哪裡？遠嗎？」

劉國璋：「不遠，就在天安門的旁邊，和平公園裡。」

崔開元：「那好，元旦那天上午九點，我到你們學校大門口來接你。」

劉國璋：「好！好！我等你。」

這一刻的崔開元，把離開劉洗庸家，搬到朝陽大學來住的原因，全都拋到了腦後。無論如何，和前段時間苦惱的心情相比，這樣的結果至少讓他的內心恢復了不少的平靜和快樂。

他們原以為會在元旦那天再碰面，沒料到在 12 月 30 號就再次遇見了。那天是北平多所大學的學生上街遊行，抗議美軍駐北平海軍陸戰隊士兵皮爾遜強姦北京大學女學生沈崇的事件。罷課抗議的高校以清華、北大、燕京、輔仁、朝陽等大學的學生為主，人數超過五千人。

崔開元和他的要好同學都想參加遊行，哪知道朝陽大學校方上鎖關閉了大門，不准學生外出。這怎麼能攔得住這幫毛頭小伙子，他們紛紛翻牆而出，並趕到沙灘的北大廣場集合。他們到達的時間略晚，北大、燕京的學生已經出發了，所以他們跟著遊行隊伍的末尾，沿著東皇城根大街、東華門大街、王府井大街，來到協和醫院。當時，北平軍調處設在協和東院，美軍軍官就在此地辦公。

學生高呼反美口號，一些知名教授還發表演講，眾人慷慨激昂。

遊行結束後，大家正要散去，忽然有後面的同學喊：「崔開元，有人找你。」

他一回頭，見是劉國璋找來了。她笑眯眯地說：「崔開元，我看到你們朝陽的人，就問他們法律系的人在哪裡，還真找到你了。在北大集合時我就找你了，結果一直也沒看到你們學校的人。」

崔開元：「我們來得遲。學校大門關上了，等了一陣才翻牆出來的。沒想到你會來，我以為你們數學系的人不關心這些事呢。」

劉國璋：「這麼大的事，怎能不關心！再說，我就猜到你會來。」她見崔開元身邊還有一幫同學，就拉住他的胳膊，把他拽到一

邊問：「你餓了嗎？」

崔開元：「那還用說！從早上到現在什麼東西也沒吃，餓得不得了。」

劉國璋：「那就找個地方吃晚飯吧？」

崔開元：「是該吃飯了。但是我們幾個已經說好到'東來順'吃涮羊肉，你就跟我們一起去吧。」

劉國璋有點不好意思，問：「那樣好嗎？」

崔開元：「有什麼不好的，他們都是我的要好朋友，來吧！你早晚也要認識他們的，我來介紹。」說著，他就帶劉國璋過來見他的朋友們。互相介紹後，他們一起往「東來順」去。

吃完了晚飯，劉國璋和大家告別，又叮囑道：「崔開元，別忘了後天我們要到太廟去。還有，來的時候別太急，慢點開車，啊？」

她一走，崔開元所有的朋友都在感嘆劉國璋有出色的美貌，也有高雅的氣質。

崔開元想想說，她是四川人，四川出美女嘛！大家紛紛贊同，真是名不虛傳呀！

1947年的元旦，北平下著小雪，天寒地凍。崔開元開車到燕京校園的時候，劉國璋已經在大門外等候了。他們在和平公園停下車，往公園裡面走，沒走幾步，崔開元突然說：「哎呀，照相機忘在車里了。你在這裡等一下，我回去拿。」

劉國璋：「好，你去吧。」

他來到車里，拿起他的「萊卡IIIC」相機就往回返。還沒到跟前，就見劉國璋站在前方，靜靜地等他。他立定，打開相機，扳上膠卷，舉到眼前，在取景框里顯出劉國璋的全身，在她回頭看時，按下了快門。這是他給她拍的第一張照片。

他們在太廟和公園裡遊覽了半天，又相互拍了不少照片。往外走的時候，她問：「這個月的22號就是農曆新年，你會在哪裡過年？」

崔開元：「我們學校18號放假，我會在第二天走，到鎮江過年。你呢？」

劉國璋：「我們17號就放假，你是乘飛機還是火車？我去送你。」

崔開元：「別送了吧！我乘飛機，機場蠻遠的，來回也不方便。」

劉國璋：「沒事的，我想要送你。」

崔開元：「那好吧。你在哪裡過年？」

劉國璋：「就在北平。我還有家教要上課，另外我還有一個學期就畢業了，等畢業以後再回家。」

崔開元這時忽然記起劉大嫂曾說過，她畢業後要到台灣去結婚，於是追問：「你畢業後就回家嗎？不去別的地方？」

劉國璋聽他這麼問，先是愣了一下，然後仰起臉，彷彿開玩笑：「你是說去鎮江嗎？」

崔開元：「我說的是台灣。」

劉國璋收起笑容，沈默不語。崔開元想，可能自己不該提台灣的事，何必影響當前的氣氛呢？

於是他說：「對不起！我們還是說點別的吧。我這次回家過年，你想要我帶什麼禮物給你？」

劉國璋臉上笑容再現，說：「沒想到，你還知道問我要什麼禮物。只要你能想到我，我就很高興了。什麼禮物都行，能做紀念就好。」

到了鎮江以後，他對媽媽說：「媽媽，幫我一個忙，我要送朋友一件禮物，你那裡有什麼好東西可以給我的？」

汪嘉玉一聽，沒好氣地說：「你送人禮物，怎麼跟我要？我欠你的還是該你的呀？」

「不是，因為是個女的，我不知道送什麼，才來問你的。」

汪嘉玉這下來了興趣，馬上問：「是個女的呀！誰呀？你的女朋友呀？」

「算是吧。」

「怎麼算是呢？有照片嗎？我看看。」

照片真有，和平公園拍的第一張照片。

汪嘉玉接過照片端詳了片刻，說：「長得倒是蠻漂亮的。多大年紀了？」

「哎呀！媽，八字沒一撇吶，以後再告訴你。先給我一件東西吧！」

「好，好！你到我房裡來，我的東西你挑就是了。看中什麼就拿走。」

他隨汪嘉玉來到臥室，媽媽拿出首飾盒子，打開給他看。她又挑出幾件來，對兒子說：「既然是送人家姑娘的東西，舊的就拿不出手了。這幾件是新的，我從來沒有用過，你看行不行？」

他在這幾件首飾中，選中一枚小巧的戒指，上面鑲著一粒小小的紅寶石，看著可愛，就說：「這個戒指挺好看，給我吧？」

「給你嚛！」

他帶著這枚戒指回到北平，急切地和劉國璋見面。

他們兩人來到頤和園的昆明湖畔，他把那枚戒指送給她。她馬上戴在手上，看了半天，高興地說：「真是太漂亮啦！」說完，就將手舉在臉前道：「給我在這裡拍一張照片吧！」

這張照片，成為崔開元一生中所拍照片中最得意的一張，也跟著他很多年，哪怕是參軍後，經歷了無數次艱苦的行軍，其他東西都扔光了，但這張照片他一直都留著，直到···。直到何時，我們以後再表。

時間對於相戀著的年輕人來說，過得飛快。轉眼春天就要過去了，燕京的畢業季即將來臨。

這天他們相邀來到中山公園玩。往回走時，劉國璋說：「我想到前門外的‘瑞蚨祥’去買一塊衣料，你能陪我一起去嗎？」

崔開元：「可以。不過要抓緊時間，我今天下午四點半有一場排球賽要打。」

劉國璋也沒說什麼，他們就往前門去。

在「瑞蚨祥」里，劉國璋左看看，右看看，終於選了一塊稱心的料子。他心裡有點急，因為時間不多了。

這一天，他居然沒有想到為她付衣料的錢，這讓他到老想起來都還後悔不已。

出了「瑞蚨祥」，他加快步伐正要往學校趕，劉國璋又拉住他說：「崔開元，我餓了，找點東西吃吧，然後我再跟你一起回朝陽。」

崔開元覺得好奇怪，一向善解人意，隨和順從的她，今天是怎麼啦？我明明說了要回去參加球賽，她平時不會這樣啊？但他沒有往

深里想，隨口就說：「不行！我們必須立刻就回朝陽。如果不能準時現身，我的朋友都會怪我的。」

劉國璋馬上回答：「那好，走吧！」說了要走，可她的臉色就變了。很明顯，她生氣了。

他們交往快一年了，劉國璋生氣還是第一次。崔開元想不通，以前他的任何要求，她都能愉快地滿足他，今天為何就不講道理了呢？

也不容多想，他們急匆匆地回到朝陽，她說不想去看球賽，他就把她一個人扔在宿舍，自己立刻就跑到球場上去了。

球賽結束，他們輸了。崔開元披上衣服就要回宿舍，俞傑說：「你急什麼？找個地方喝點酒唄？」

他說：「你們去吧，我就不去了，劉國璋在宿舍等我吶。」停頓一下又接著說：「也不知道為什麼，她好像生氣了。」

俞傑拍拍他的肩說：「那可麻煩了。快去吧！」看著他轉身要走，又叫住他說：「哎！崔開元，你們就在宿舍慢慢聊吧，我今天晚上就不回宿舍了，我到安定門那邊找李本昭去，她爸爸媽媽都到上海去了。」說完，他們一幫人就朝學校外走，崔開元趕緊回到宿舍。

他推開門，見劉國璋倒在床上睡著了。開門聲把她從睡夢中驚醒。她慢慢坐起來，揉揉眼睛，問：「結束啦？贏了沒有？」

「沒贏。還不是因為你不高興，我也沒興致繼續打下去。」

「活該。輸了才好。」

看她仍然不高興，他有點忍不住，提高嗓門問道：「劉國璋，你怎麼回事？我又沒惹你，你今天非要和我吵一架才高興嗎？」

她也不示弱，站起來，狠狠地說：「別以為我不敢跟你吵，吵就吵好了，我又不是不會吵架。」

他在桌邊坐下說：「好，這是你親口說的，我倒要看看你吵架是什麼樣子。俞傑今晚不回來住，就你和我，吵吧！」

劉國璋沈靜了有一分鐘，然後她走到窗戶前面，背對著他說：「誰跟你吵呀，一個沒長大的孩子。」說著，她順手推開窗戶。

她本來只是想打開窗透透氣，不曾想，窗台上有一盆蘭花，是李本昭帶來放在那的。窗戶一推，花盆就應聲掉落到窗外的地上，「咣當」一聲摔碎了。

劉國璋嚇了一跳，馬上伸頭看，問：「誰的花呀？是你的嗎？我不知道那裡有花盆，不是故意的啊！」

崔開元知道她已經不想接著生氣了，但還是裝作不開心的樣子，並不回答她，而是在桌子上的一張紙上，開始寫起來：

> 是誰， 推開了那扇窗戶，
> 讓芬芳的氣息，流進我的心扉？
> 是誰， 摧殘了那破土生長的小苗，
> 讓那無聲的痛楚，繚繞於我的心田？
> 是你， 抑或是我，
> 在迷惘的春天里，失落了自己。
> 讓這世界，無情地擺弄著我們的命運，
> 讓我們隨波逐流，在紛繁的塵世中疲憊。
> 我不知道，
> 那是誰的窗，那是誰的花，那是誰的苗。
> 我只知道，那是我的心，
> 那是我的青春年華。
> ‧‧‧‧‧‧‧。

看他不停地寫，她便湊過來看。一看是一首詩，就拿起來準備讀，可剛念了幾句就停住了。

他以為開個玩笑，氣氛該緩和了，於是抬頭觀察她的表情。

不敢相信，他看到的居然是淚流滿面的劉國璋。驚詫之下，他忙問：「怎麼啦？怎麼還哭了？」

這一問更不得了，劉國璋一下撲在他身上，放聲大哭，眼淚止不住地流，點點滴滴打在他的臉上，讓他茫然無措。

「對不起！對不起！請你原諒！請你原諒我！」她重復說著這些話，胸脯起伏著，把他摟得更緊，好像怕他會憑空消失一般。

過了一會，她好像平復了一些，他才接著問：「你今天到底怎麼啦？有什麼不高興的事情嗎？你可以告訴我，說不定我可以幫你的。」

沈默了良久她才站起來走到窗前，慢聲說道：「你這個孩子真

是有點傻！你要是能幫我，我還會這麼傷心嗎？」

「你這話是什麼意思？我怎麼越聽越糊塗呢？你講得明白一些好嗎？」

「崔開元，這世界上的有些話是不能說明白的，一旦說出口，可能就成了我的罪過了。我絕不情願一輩子去擔當這樣的罪過，你懂嗎？」

「你不說出來，我怎麼能懂？這是個邏輯問題。你可是學數學的，知道邏輯是怎麼定義的吧？」

「學數學的怎麼比得上學法律的更懂邏輯！算啦，不要再說邏輯了好嗎？」

「好啊，隨便說什麼，就是別說數學。你知道的，我的數學永遠都不及格。」

看他嬉皮笑臉地開玩笑，她也破涕為笑，回轉頭來說：「我的命運啊！北平這麼大，怎麼偏偏就讓我遇到你了呢！」

雨過天晴。

他說：「好啦！別不高興了，坐下來喝口茶吧。我打了半天球，早就渴了。」

「對不起呀！我把這事給忘了，我去給你泡茶。喝了茶，該去吃飯了。」

「時間還早，不急，喝完茶再去不遲的。」

晚飯後，他們繼續在桌前聊天喝茶。

聊著聊著，她突然問：「你剛才好像說俞傑今晚不回來啦？」

「對，他去找他女朋友了，就是你上次見到過的那個李本昭。」

「哦！他一夜都不回來嗎？」

「對，不回來。」

「那我可以留在這裡過夜嗎？」她問得極其自然，倒是把崔開元嚇一跳，他長這麼大，從沒遇到過這樣的問題。

「啊？你是說，你就住在這裡？今天晚上？」

「對！」她語調平靜，眼睛微笑著，一邊說，一邊用手輕輕撩了一下耳邊的髮梢，然後問：「怎麼？你害怕嗎？」

「害怕，倒，倒不至於，只是沒想過這個，這個問題。」他有

點慌張。

「好啦！別害怕！我不是那個意思啦。我只是想跟你待在一起，待一整夜。我怕有一天會忘了你是什麼樣子，所以我想清晰地記住你，一輩子都不會忘記。你會是我這一生中最愛的人，儘管，‧‧‧。」

「儘管什麼？」

「哎！不講那麼多了，講得多，無補於事啊。還不如做點實際的事，你給我留一句話吧。」說著，她掏出一塊手帕，展開攤在桌上說：「就寫在這上面。」

他從上衣口袋裡掏出鋼筆，擰開蓋，問：「寫什麼好呢？」

「寫什麼都好，像是在天願作比翼鳥啦什麼的。」

他想了一下，提筆寫道：「但願人長久，千里共嬋娟。」後面又加了一個「崔」字。

那一夜，淅瀝瀝的小雨，一刻也沒停。

暑假到來，崔開元要坐飛機經上海去鎮江，已經畢業的劉國璋在北平多留了幾天，為的是送他上飛機。臨行當日的早晨天快亮時，崔開元被人輕輕喚醒，睜眼一看是劉國璋。原來，昨天夜裡他睡著以後，劉國璋悄悄地來了，在他的床邊默默坐了一夜。在去機場的路上，她非常平靜，所說的話也無非是路上小心之類，完全不像女朋友，倒像是家裡的姐姐。

上飛機前，他說：「劉國璋，我走了。你多保重！」他強忍著，不讓眼淚滑出眼眶。

劉國璋向前跨了一步，但馬上又止住步伐，抬起手揮揮手中的手帕。一個字也沒說出口。

飛機起飛，他從舷窗往回看，她還站在原地不動。她的身影逐漸變小，看不清她的臉上是不是掛著淚珠。

後有一詩為證：

一別音容四十年，懷人佳節倍蒼然。
春風秋雨朝陽院，夕照晨輝海淀天。
燭淚未乾絲未盡，時光難在恨難填。
家家都有相思夢，兩岸同心望月圓。

此乃父親六十歲那年寫的一首詩。當年我看到這首詩也就一讀而過，居然沒有問過他，詩里這位四十年沒見的故人到底是誰。

一直到捧起父親的自傳，才知其中之奧密。父親在寫到這段情感的末了，是這樣責備自己的：

我們就是這樣相逢、相愛，而又是這樣離別的。在鎮江，接到過她的一封信，說她已在高雄結婚了。信的最後說，她一到台灣就病了。我一直不知道她生了什麼病，也不知道她是否還在人間。回顧和她戀愛的一年，假如說是因我太年輕不懂得珍惜，未免輕描淡寫，太寬容自己了。對於她，我表現的是一個經理家大少爺對待愛情的輕率。至少是輕率，又豈止是輕率。不是她拋棄了我，而是我有負於她。我竟一次也沒問過她的心願，也沒邀請她跟我回家見家人。在機場的那天，如果我請她和我一同到鎮江去，她未必就不會給我最後的機會，我也許就不會與她分離。可我什麼也沒做，直到失去她才覺苦痛。真可謂「人到死時夢方醒，回頭一路盡雲煙！」

秋季開學，他回到朝陽。一進宿舍，俞傑和李本昭都在，原來他們整個暑假都在北平，哪兒也沒去。

李本昭躺在俞傑的床上，臉色蒼白，似乎病了。他問怎麼啦，李本昭說沒事，就是不太舒服。

晚飯後，俞傑送走女朋友回來，仍然心事重重，坐臥不安。崔開元看出有問題，問他：「你好像不正常。出什麼事啦？」

俞傑嘆氣說：「哎！我遇到麻煩了，還真沒了主意，也不知道該怎麼辦。」

崔開元：「這倒是稀罕啊！什麼事能讓你發愁的？你不是總說你有辦法應付任何困難嗎？」

俞傑：「這次不一樣。」

崔開元：「怎麼就不一樣呢？」

俞傑：「這一次···，這一次是因為···，因為李本昭。」

崔開元：「她怎麼啦？病得重嗎？」

320

俞傑：「她呀？她要是真的病了還好辦些。她得的不是病。她···，她懷孕了。」

「啊？」崔開元毫無思想準備。問：「誰的？你的？」

俞傑：「廢話！當然是我的。」

崔開元：「怎麼回事，你也太大意了吧！」

俞傑：「我也沒想到啊！就一次，就···。哎！還不是因為你和劉國璋那次嗎，為了讓你和她在這裡幽會，我才跑到李本昭家去住的。」

崔開元：「呵呵！你還賴上我了。這不能怪我吧，我和劉國璋在這裡待了一夜，也沒闖禍啊。你怎麼就做壞事呢！」

俞傑：「也是，當然是我犯錯誤啦。」

崔開元：「也別盡想著後悔了，想想怎麼辦吧。」

俞傑：「辦法倒是想了，李本昭聽人說，喝紅花泡酒可以打胎，今天就弄來喝了，結果她喝下去難受，說是像喝醉酒的感覺。我也怕喝出事來，就不敢讓她再喝了。」

崔開元：「你們不能這麼亂來，喝那種東西，小心喝出人命。還是應該聽醫生的。」

俞傑：「還沒結婚，怎麼陪她去看醫生啊。再說也不能讓她爸媽知道啊，要不非把我倆給罵死不可。」

二人沈默了片刻，崔開元說：「我看這事啊，別無他路，只剩一個辦法。」

俞傑：「什麼辦法？」

崔開元：「你不如把李本昭懷孕的事，直接告訴她媽媽，然後，立刻結婚。孩子生下來不就行了嗎。她媽媽有可能會罵你們一下，但罵過以後一定是支持你們結婚。只要婚一結，一切就都是順理成章的事情了。你想想看，這是不是一個好辦法？」

俞傑低頭想了一陣，說：「只能這樣啦。罵就只好聽她罵吧。」

崔開元：「也可能不會罵。你都成了他們的女婿了，還罵你幹什麼嘛。」

俞傑被他一說，心裡的大石頭還真就放下了。想想也是的，把婚給結了，剩下的事，也沒什麼大不了的。

　　過了幾天，俞傑笑嘻嘻地跑來告訴崔開元：「你猜怎麼樣，我跟李本昭媽媽講了，她居然一句也沒罵我，馬上和我商量辦婚禮的事情。」

　　「真的呀！那你們什麼時候結婚呢？」

　　「兩個星期以後。到時候你們都要過來喝酒。」

　　「那還要說嗎！我們一定去。哎！你們一結婚，住哪啊？」

　　「畢業以前，我們會住在我老丈人家。畢業以後就再說了。」

　　婚禮的當天，俞傑一早就離開宿舍，搬到李家去住了。

6 張思之

　　隔了幾天，崔開元的宿舍又來了一個新室友，他叫張思之。

　　張思之能進入朝陽大學法律系，靠的可不是有錢有勢的爹，他爹只是一個普通的中醫。他靠的是自己的本事。

　　他們兩人住在一個宿舍，聊得機會多。漸漸熟悉之後，崔開元瞭解到，張思之和自己同歲，是河南鄭州人，16歲那年，高中還沒讀完，就報名參加了青年軍，並隨中國遠征軍出國作戰。抗戰勝利後，他離開部隊，到四川繼續讀高中，後來，又轉到西安的一個教會學校，完成了高中學業。今年考了朝陽大學的法律系，因為成績很好，加上立有軍功，終於被朝陽大學錄取。一開學，他因故遲了兩天，不想宿舍已經滿員，他只好先住在附近的旅店裡，等俞傑搬出去後，學校才通知他搬過來。

　　按說張思之不是資產階級家庭出生，還比崔開元低兩個年級，不像是一路人，可是他們不但住在一起，還是同齡人，加上張思之有參軍打仗的經歷，是個抗日英雄，那就不得不讓崔開元欽佩了。很快，崔開元就把張思之帶進了他們幾個好朋友的圈子。其他幾位一聽這位是遠征軍出生，那是肅然起敬，也就不拿他當外人。

　　張思之也喜歡運動，也進了學校的排球隊。

　　這幫人還是照常玩。當然啦，順便也學習。一年的時間就這麼飛快地在校園中逝去。

　　他們這伙人，誰也沒察覺到一個秘密，他們的新朋友張思之其實是個共產黨。

第 10 章 國大代表 近黃昏日暮西山

1 黃金換國代

崔開元上一次回家還是 1947 年在鎮江過農曆年。還記得嗎？他跟媽媽要了一個戒指的那一回。

那次他在家只待了十多天，卻發現父親特別忙碌，年初三清早起來就要出門。

汪嘉玉問崔叔仙：「你忙什麼呀？今個才初三嘢。」

崔叔仙回答：「我有大事。」

汪嘉玉：「什麼事這麼大？」

崔叔仙一邊推門，一邊說：「國大代表。」

崔開元：「爸爸，你是要競選國大代表嗎？」

崔叔仙：「對呀，我要當高郵縣的國大代表。」

汪嘉玉：「你要到高郵去呀？」

崔叔仙：「現在還不到高郵，先到南京。」他在門外說完，就把門關上，司機已經在大門外等候。

他說的國大代表，就是國民代表大會代表。

現在上網搜「國民大會」這個詞條，結果顯示：

「在《中華民國憲法》原文中，國民大會由國民大會代表（簡稱國大代表、國代）組成，其最重要職權為選舉中華民國總統與中華民國副總統，相當於當時美國的總統選舉人團或蘇聯的最高蘇維埃。」

說白了，就是先選出國大代表，再由這些國代們選舉出中華民國的總統和副總統。

國大代表的身份可謂至關重要。各路政要都竭盡全力，想要奪得這個寶貴的身份。崔叔仙也不例外，儘管他多次警告過四個兒女莫碰政治，但他自己卻深陷其中，不可自拔。他這次去南京的目的，就是要去找他的恩師，前江蘇省長鈕永建。自他從江蘇訓政人員養成所畢業以後，鈕永建就離開江蘇省府，到行政院任職。在抗戰期間，鈕永建每年都會陪著吳稚暉一起到蘭州來避暑，崔家是必然的住處。抗戰勝利以後，崔叔仙又見過他幾次，但每次都是在開會，只能匆匆忙忙說上幾句話。近來，鈕老被任命為江蘇省國代候選人資格審查委員

會的委員長。

　　按規定，只要不是中央指定的候選人，就要到原籍縣黨部遞交申請，然後逐級上報審核，省裡批准後再報中央。崔叔仙就屬於此類情形，他需要到高郵縣去申請。估計高郵的申請人不止他一個，因此他想得到鈕永建的支持，而且速度要快，一旦鈕老答應了其他人，就不好辦了。

　　行政院還沒上班，他借拜年的名頭，提著禮品去往鈕家私宅。

　　崔叔仙登門拜年，鈕永建非常高興。已經很久沒有好好交談了，他請崔叔仙坐下喝茶，一起回憶這些年的經歷。然後，鈕永建問道：「叔仙啊，你從鎮江到我這裡來，除了拜年，是不是還有其它什麼事情？」

　　「老師，我主要是來拜年的。既然鈕老問起來，我就斗胆提一件事情，我有意到我的故鄉高郵去申請國大代表候選人，如果鈕老沒有意見的話，那就有希望了。」

　　「很好哇！省裡沒有問題的，我會支持你。不過在高郵當地的黨團提名，還有普選投票，我可就鞭長莫及，沒辦法幫你啦。你們高郵縣人才輩出，候選人可能不少，即使省裡和中央都通過，最後還是要仰仗選票數量領先，才能當選。」

　　崔叔仙笑笑說：「老師，你在中央的時間很長了，底下的事情可能不太清楚。現在的縣裡面可不像從前啦，黨團提名靠的是運作，選票也基本是靠金錢買賣。有道是鈔票就是選票，這個我現在很在行。這樣說起來不太好聽，但我不這麼乾的話，哪怕選民最想選我，我也絕對選不上。」

　　鈕永建苦笑一下說：「是呀，現在是有錢能使鬼推磨，錢能通神嘛。行啊！只要你能當上高郵的候選人，等我到鎮江省府開會的時候，幫你決定候選人的資格。還有，你最好能名列候選人的第一名，因為按中央的內部規定，凡各縣推舉的第一候選人，將由省府負責保證，一定要讓此人當選。」

　　崔叔仙：「那真是太好了。我一定盡全力把高郵縣的事情辦好。」

　　鈕永建最後還說：「省裡面沒問題，你等著我就是了。但是，這次國大選舉，蔣先生指定由陳立夫總負責，你最好能事先得到陳立夫的同意，把握就更大了。」

　　崔叔仙和陳立夫打過不少交道，算是一位老熟人，但他不是陳立夫「CC系」的正式成員。如果陳立夫早已物色好一個高郵的國代候選人，他就會白忙活一場。

　　看來，必須先要來他個投石問路？

324

　　瞭解內情的人都知道，陳立夫住在南京的常府街，和他同住一宅的，還有他的胞兄陳果夫。陳果夫是當時的農民銀行董事長，作為農民銀行總行的業務專員和分行經理，崔叔仙常常和陳果夫見面，也頗有交情。他決定通過陳果夫這層關係，去試探陳立夫的心意。

　　競選國代只是個人的政治活動，本來不需要請示董事長，但他還是寫了一份報告面呈陳果夫。他這樣做的目的是要表示對本行上司的尊重，也希望得到董事長的支持，從而走通陳立夫的路子。

　　陳果夫是多聰明的人，一眼掃過他的書面報告，馬上就明白了。他提筆在報告上批了幾個字，微微笑著遞給崔叔仙。

　　崔叔仙雙手接過來一看，立時心花怒放。

　　這幾個字很簡單，是：「可以，看立夫。果。正月初六。」

　　他抬頭說：「多謝董事長！你看我初八那天下午五點去常府街拜訪秘書長可好？」他空出兩天的時間，好讓陳果夫和他弟弟通一通氣。

　　「可以。立夫他在家。」

　　「那我就告辭。還請董事長有空的時候，向秘書長提一提我的事。」

　　「我會的。」

　　他到常府街的陳宅，帶禮物並不適宜，空著手去反而比較好。到了門口，警衛對他說秘書長在等你，立刻接見。

　　他走進們，客廳只有陳立夫一個人在。簡短寒暄後，他遞上了有陳果夫批示的報告。陳立夫拿起看了，還給他說：「很好！你在高郵競選很合適的。本來葉秀峰找過我，他推薦他的妻弟吳旦平到高郵競選。吳旦平我還是瞭解一點的，依我看，還是你去競選比較好一些。」

　　吳旦平就是吳垣，以前高郵成立縣黨部的時候，就和崔叔仙有了過節，現在又成了對手。崔叔仙不想舊事重提，只是說：「我們省裡的黨政方面的負責人會給我充分支持的。」

　　「很好！中央提名由我來負責。」就這麼簡單，陳立夫果然是個乾脆果斷的政治人物。

　　要知道，葉秀峰可是陳立夫的老同學、老朋友，也是「CC 系」的頭號人物。這種情況下，他仍舊能得到陳立夫的認可，有些意外，但不管怎麼說，陳家兩兄弟的這條路，看來是走對了。

　　接下來就該面對高郵縣的黨團提名了，這反倒是有難度的事，他已離開家鄉十餘年，對高郵各方面的人事都不熟悉了，怎樣才能讓高郵的黨團負責人也買他的帳呢？他反復思量後，決定採用從上往下壓的方法。

　　江蘇省府設在鎮江，而他是省農行經理兼鎮江錢業公會的理事長。省府的官員，像是省主席王懋功、民政廳長兼省選舉事務所監督沈鵬、省黨部主任委員汪寶萱、省三青團主席徐銓、省議會的冷議長和劉秘書長，都和他來往密切，並且都通過他得到了銀行的貸款。這些人恰恰就是省國代候選人資格審查委員會的委員。儘管與這些人很熟，但還是有必要再加一把勁，務必把他們徹底放倒。

　　對這些人和對中央的人一樣，用錢賄賂是不適宜的，送些厚禮沒問題。用進口煙酒加高級衣料上供，再設美酒佳餚宴請，火候不大不小，正合適。他如願以償，拿到了所有想要的東西。

　　他現在胸有成竹，可以到高郵去了。

　　高郵已經建立了農民銀行，他此次就在高郵農行下榻。省行經理駕到，下面的人自然是百般地奉承，殷勤接待。高郵的行長要設宴款待，可他沒空，他自己要開宴會，為要見到兩位高郵的地方官。

　　高郵縣黨部的張錦石書記長到了，他遞上汪寶萱的信。高郵三青團書記夏美馴到了，他遞上徐銓的信。這兩位看到省裡的頂頭上司所寫的親筆介紹信函，不敢怠慢，又收了高級布料和煙酒，外加一個裝了錢的大信封，他們便滿口答應幫忙，第二天就寫好候選人提名評語，交給崔叔仙帶到省裡去面投。

　　崔叔仙還是不敢馬虎，將來投票還要依靠高郵的這些「土地老爺」。第二天，他吩咐高郵農行的行長，就在行內大擺魚翅宴，除了縣府和縣黨團負責人，還邀請了縣里的參議會、農會、工會、商會，以及縣教育會的頭面人物。吃得好便說得好，歡宴之際，甚至有人振臂呼喊：「堅決擁護崔經理競選！為桑梓增光！為高郵造福！」

　　這就妥了，高郵的第一步順利解決。

　　回到鎮江，他把從高郵帶回的黨團提名以及評語文件，分別送交省黨部和省三青團部，再由他們加上省級評語，呈江蘇省國大代表候選人資格審查委員會。

　　鈕永建從南京來了，崔叔仙親自到火車站迎接。鈕永建到鎮江後，住在他的侄子鈕長耀家。

　　鈕長耀是江蘇省黨部委員兼省府社會處處長，是崔叔仙的好友，他的兒子還認崔叔仙做了乾爹。鈕長耀和他太太俞成椿最後也都當上了國大代表。

　　崔叔仙在家擺酒席，邀來一乾審查委員會的委員，共同為鈕老接風。

　　幾天後，鈕老主持召開江蘇省國代候選人資格評審會。討論高郵的候選人時，首先是汪寶萱發言：「我們黨團的提名人是崔叔仙。」

王懋功說：「高郵國代候選人里，只有崔叔仙夠資格。」

其他各位委員也都表示贊成。

這時，鈕永建才開口道：「在座的各位應該都知道，崔叔仙是我的學生，為了避嫌疑，我不好先開口。既然大家都支持，我完全附議。我提議將崔叔仙列為高郵縣國大代表的第一候選人。同意的請舉手。」

全部舉手通過。

那時候，江蘇省有六十一個縣，每縣都有不下十個候選人提名，單省裡的評審會就開了三天才完事。鈕老開完會要返南京，崔叔仙又設送別宴，感謝恩師的提攜。

馬不停蹄，崔叔仙接著到上海、南京去「燒香」。他先後拜訪了居正、吳稚暉、谷正綱、邵力子、張厲生等能說上話的老朋友，拜託他們在全國選舉事務所，以及國民黨中常會上為他的提名進言，確保他的名字最終能被圈定。

還是崔叔仙下的功夫最足，經過三個月的不懈努力，他終於取得了高郵國代第一候選人的資格。中央隨後發佈了全國各地候選人名單，就等選民投票選舉了。

關於這次選舉投票，祖父在他的一篇叫做《賄選偽國大代表的一幕》的文章中，有一段精彩的描繪：

在中央發表全國各地候選人名單以後，全國選舉總事務所公告，定於 1947 年 11 月 21 日至 23 日普選，我想如競選不能獲勝，那就丟人了，就會失掉社會地位。於是我下決心使盡一切手段，以取得勝利。高郵縣國大代表名單上，我雖列為第一名，省府主席王懋功、民政廳長沈鵬，雖把高郵縣長張冠球招來鎮江，面囑他必須幫助崔叔仙當選國大代表，否則追究責任。我想這還不是保險成功的辦法，必須動之以利，方能穩操勝券。我便於 1947 年 11 月 10 日回到高郵，利用「鬼推磨」的方法進行賄選，我找張縣長秘密談判。我不能直接送錢給縣長，就託詞說：「已蒙縣長慷允協助競選，我很感謝，可是普選時，本縣共有十位區長要為我出力，我不能不給他們送點禮，請他們做有效的助選。」談判結果，我出與一百兩黃金等價的鈔票，請縣長送給 10 位區長，給哪一位區長送多少，由縣長作主處理，我不與各區長見面。這明是給區長送禮，實際是給縣長行賄。我的要求是：在普選前夕，我把鈔票交給縣長，由縣長交給我四十萬張選票（這個數字佔全部選票的三分之二），讓我自己圈選我自己，然後由他於普選前夕封入十個區的投票櫃內，用省府封條封櫃，保證我當選。我同張縣長言明，在普選前 3 日，我將親來縣府，一手交鈔票，一手換取選

327

票。張縣長見有利可圖，便半推半就地答允我的要求。11 月 19 日深夜，我到縣府，當面交給張縣長百兩黃金等價的鈔票，換取到四十萬張選票，裝了一大麻袋。選票取來放在高郵縣農民銀行內，我發動行內近二十名職員，花了一天兩夜的時間，在每張選票上把崔叔仙的名字圈上一圈，算是選民的圈定。這種做法，是明目張膽的行賄舞弊，按當時的法律，也是犯罪行為，但有誰會跟有錢有勢的人做對。在蔣家王朝的這次普選中，這種行賄舞弊的行為很普遍，絕不是我一個。

我在高郵農行裡把取來的選票圈好後，再裝入麻袋，放進汽車，於普選前夕（11 月 20 日）深夜送交張縣長。我親眼看見縣長把我圈好的選票，分放入 10 個區的投票櫃內，加上蓋有省府大印的封條，派人把加封的投票櫃分別送到各區公所，於次日再做一些形式投票。此時，崔叔仙當選國大代表的「合法」得票數已保險地封入十個投票櫃內了。這就是當時的所謂民主。

等我把圈好的選票封入票櫃送走以後，這位張縣長又節外生枝地對我說：「高郵縣農會會長吳增育為了競選國大代表，花了二十兩黃金，請崔行長補貼他的損失，否則他將派人到各區，將封好的票櫃砸爛。」我明知這是敲竹槓，但事到如今，只好答應賠償。當夜到銀行寫條子借支二十兩黃金等價的鈔票，送交張縣長。

果然有錢能使鬼推磨，普選的第二天（11 月 22 日）各區票櫃送到縣政府大堂，開櫃唱票，計票如儀，崔叔仙得票最多，當選為本屆國大代表。不久便收到省選舉事務所發給我的當選證書。

2 選總統

全國的國大代表人選塵埃落定，國代們就要進京履行職責，參加四月初舉行的第一屆國民大會，選出中華民國的正副總統。

崔叔仙三月底就到大會報到，住在中央飯店裡，汪嘉玉也跟著來了。剛住下，顧希平就來找他聊天。

顧希平也是蘇北人，黃埔一期生。崔叔仙在龍潭戰役時便認識他，當時他已是上校團長。如果他沒有中途去法國留學，那麼他現在在軍隊中的地位應該很高。從法國回國後，他曾在《中國日報》社擔任社長，並和崔叔仙有過不少交往，成為了好朋友。他於 1946 年被調往第一戰區政治部擔任中將主任，不久後又被任命為中央執行委員兼江蘇省民政廳長，住在鎮江，和崔叔仙又走到了一處。

顧希平是陸軍總司令顧祝同的堂弟，在總裁侍從室也有朋友，知道很多小道消息。既然和崔叔仙是知心朋友，那就知無不言，言無

不盡。

他說現在最大的新聞，便是蔣介石要退出總統競選。難怪崔叔仙一來報到，大會尚未正式開始，就見與會代表們三五成團，帶著一副詭異的表情在「咬耳朵」。原來出了這麼大的事！原定於 3 月份召開的關於總統選舉問題的臨時中央會議被叫停，崔叔仙心裡還納悶了一陣子，不知是何原因。這一說，就全明白了。

原來，通過國民大會選出總統、成立民主政府，是美國人的建議。蔣介石做好了當選總統的準備，讓陳立夫預備好擁護他的各地國大代表。不曾想，就在臨時中央會議召開之前，美國駐華大使司徒雷登造訪蔣介石，說美國總統杜魯門的意思，是選出一位有學問、有名望的文人總統。蔣先生專門掌握軍權就行，最好不要參選總統。現在有不少中國的窮人都擁護共產黨，就是因為國民黨政府的腐敗太嚴重。華盛頓主張，趁這次總統大選的機會，把國民黨的政治好好整治一番。

司徒雷登還帶給蔣介石一些美國的報紙，表示說，美國的輿論界全都贊成胡適博士當中國的總統。另外，杜魯門總統正在安排推進援華法案。司徒雷登的意思是，你自己衡量得失，看著辦吧。

蔣先生當然聽得懂，他沒有翻臉，當即表明，既然這是美國方面的意見，自己欣然接受，並說他會盡快找胡博士勸駕，也請大使先生找胡博士談談，鼓勵他站出來競選總統，為國家盡力，不要推辭。

天真的司徒雷登能有幾兩花花腸子，他以為輕鬆幾句話，就達到了目的，便高高興興地回去了。

他不知道的是，他剛離開，蔣介石便大發雷霆，抓起電話打給陳立夫，讓他通知下去，臨時中央會議不開了。老蔣摞下電話就發狠話說，美國人想捧一個親美人士當中國行憲後的第一屆總統，乃是司馬昭之心，他們就是想要進一步控制中國。只要我還在，就絕不會讓這種事發生！

再說司徒雷登找到胡適，跟他也說了同樣的話。胡適說需要時間考慮一下，便立即去找朋友們商量。也不知是哪位朋友，一句話就點醒了他：「時至今日，中華民國的大總統能讓你胡適當嗎！小心你會吊在老虎尾巴上搖，我看你還是留著這條老命玩玩吧！」

第二天，蔣先生請胡適博士到「勵志社」談心，很謙虛地表示請胡適出山競選總統，他保證胡適能當選。胡適聽了朋友的忠告，不再抱有幻想，堅決地謝絕蔣總裁。儘管蔣總統一再試圖說服他，胡適最終也沒有答應。

轉過頭來，宋美齡拜託哥哥宋子文帶話給司徒雷登。她表示蔣先生經過八年抗戰，已經精疲力竭。現在國共軍事衝突加劇，又遇到

國內經濟財政困難，蔣先生不僅不想當總統，而且打算放棄軍權，出國休養一段時間。胡適確實是最好的總統人選，但胡博士自己不願意參選。事已至此，華府方面還有什麼計劃，請司徒雷登大使詳細指示。

司徒雷登聽了這話，一下就著急了。蔣先生不當總統倒沒什麼關係，但軍隊不能沒有他。除了他，沒有第二個人能夠控制住軍權，更別說還要與共產黨作戰了。

沒別的辦法，司徒雷登馬上表態，蔣先生總統可以做，軍權也不能丟，因為只有蔣先生能夠統領國民黨的軍事力量，來應付共產黨。至於財政和軍事物資問題，也不必太擔心，我已電請華盛頓支援。宋先生，請轉告蔣先生，不要灰心，打起精神來。華府正在研究援華法案，很快就會有實質上的進展。

戰勝了美國大使以後，蔣介石在中央全會上堅決表示，自己不願當首屆總統。這還是做給美國人看的，他暗地裡留了一手，宣佈在此次會上暫不決定總統、副總統的人選問題，留待下次中常會上討論。

這些都是顧希平從侍從室聽說的，應該不是空穴來風。

等到 4 月 5 日，《中央日報》刊登要聞：「美國援華法案」成立。第二天，在《中央日報》的頭版，又登出新聞，標題是：「中常會決定推蔣總裁競選總統。民青兩黨，胡適、莫德惠等咸擁護蔣主席出任艱巨。」

到這一刻，這場大鬥法才算結束，接下來就是投票環節了。總統候選人不會只有蔣介石一個吧？當然不是，否則怎麼像是一場民主選舉呢。

報上登出新聞，還有一位大佬要競選總統大位。誰呢？崔叔仙往下一看，不敢相信嘢，居然是他的老前輩、老朋友居正。

他有點想不通，居老已經七十多歲了，怎麼也會蹚這趟渾水。早在 1929 年，他因策動反蔣，被蔣介石關押三年才獲釋，現在要出來和蔣主席競爭，人們會怎麼想呢？不行，還是要去當面問清楚。

他來到司法院找居正，居正說我知道你為何而來。你一定是為了報上的新聞來的，對吧？崔叔仙點頭稱是。居老接著告訴他，自己從來沒有想過要競選，要選也絕對競不過蔣先生。是那天湖北的國大代表們聚會，他也去了。這幫人瞎起哄，要擁護他當總統。他說你們別開玩笑，傳出去不好。不想第二天報紙上登出他要競選總統的消息。這一下可把居正老先生嚇得不輕，生怕蔣總裁產生誤會。他立即去找蔣先生解釋說，這是同鄉國代們開玩笑。蔣先生說：「居院長不必解釋，也不要推辭，我看你出來競選很好。你不來我也要去找你勸

330

駕，我還會去找吳稚暉，讓他也來競選。我國初行憲政，要實行真正的民主，如果只有我蔣中正一人，我和誰競選呢？這還叫民主選舉嗎？既然他們擁護你競選，而且又見了報紙，那就不要推辭，正式宣佈競選大總統吧。」

居正對崔叔仙說：「這樣我就不好再說什麼，只能配合演一齣戲吧。」

崔叔仙馬上表態說：「居院長參選的話，我的神聖一票一定投給你。」

這天晚上，顧希平請崔叔仙、汪嘉玉、還有在中央大學讀書的崔國華吃飯。地點定在中央飯店附近的「小四川」，大家都在重慶待過，吃川菜很內行。一邊吃著，一邊繼續聽顧希平講小道消息：「過兩天就要正式開選了，蔣先生還是擔心司徒雷登會在南京干擾大選，就讓宋子文邀請他到廣州和海南島遊覽，並讓他多玩幾天再回來。」宋子文當時任國民政府廣州行轅主任。

果然在次日看到報載新聞：「應宋子文邀請，司徒雷登今飛廣州。」顧希平的消息還是挺可靠的。

4月19日投票，蔣介石當選中華民國總統，他共計得到2403張選票，居正得269票。崔叔仙沒有食言，他確實選的是居正。就為這，他差一點點就闖下大禍。

三天後，顧希平晚上來找他，告訴他剛發生的事。

當天下午顧希平到中央組織部開會，陳立夫主持會議。會上，國民大會主席團主席、黨通局局長葉秀峰向陳立夫告狀說：「崔叔仙未曾圈選總裁，而是選了居正。‧‧‧。」

投票時，顧希平就坐在崔叔仙的旁邊，看到他選的是居正，心想這個崔叔仙的文人味道，多多少少還沒退乾淨，但他嘴上也沒說什麼，反正又不會影響結果，還衝崔叔仙笑笑。哪知道，葉秀峰竟然會把這件事拿到台面上說。這話要是傳到蔣總裁的耳朵裡，不定會是怎樣的結局。不行，要給老朋友擋一擋風頭。

顧希平不僅有顧祝同當靠山，自身的資格也是夠老的，他可沒把黨通局放在眼裡。沒等葉秀峰把話說完，他就插話說：「哎！葉局長，你的情報顯然不對呀。投票的時候，我就坐在崔叔仙的左邊，明明看到他圈選了蔣總裁的名字。他圈好了以後，還拿給我看了，他並沒有圈選居正。陳部長，這個我可以作證的。」

陳立夫表態：「蔣先生是中國農民銀行的理事長，叔仙做了多年的分行行長，他一向是擁護總裁的。抗日階段，蔣先生每次去蘭州

都召見了叔仙。前幾天，總裁宴請國大代表，不但安排叔仙和他同桌，還特意讓叔仙坐在他的對面。總裁那天還和他談了不少業務問題。我對叔仙是瞭解的，他是不會不選總裁的。」

葉秀峰碰了軟釘子，不好再多說，心裡卻記下了這筆帳。

3 選副總統

民國的總統選舉宛如大戲一場。選副總統更是好戲連台，鬧了個天翻地覆。

副總統候選人共有六位：孫科、於右任、李宗仁、程潛、徐傅霖、莫德惠。他們中間，莫德惠屬於社會賢達，其他五位都是國民黨的中央委員。

國大代表普選剛一結束，各個副總統的競選團隊，就迅速展開行動，分頭找當選的國代們，或拉票，或買票賣票。

崔叔仙國代普選成功，證書還沒到手的時候，就開始有人陸續來訪，尋求支持。

老相識張鶴舫從北平來找他。此人以前在二十五路軍任高級參議時，崔叔仙是軍部秘書，二人的官階雖有差距，但脾氣相投，私下裡能講一些知心話。現在他是北平行轅二處處長，並擔任李宗仁的高級謀士，也是助選團負責人。

軍中的老朋友相見，不用太多客套，沏上一杯茶，有事說事，直截了當。

崔叔仙不等他開口便問：「料想張將軍此番無別意，定是為李先生拉票而來，對不對？」

張鶴舫一笑，說：「還是那個‘小才子’崔叔仙，沒人比你更聰明啊。」

「那你先說說看，這一票你打算怎麼個拉法？先告訴你，我的這一票可是花了一百多兩黃金才弄到手的。」

張鶴舫知道他是開玩笑，說：「這就是為什麼，我第一站就跑來找你。別的人，用錢或者是官位就能拉票。但你是既不缺錢，也不想當官，否則，也不會放著行政院的官不做，一心只搞你的銀行啦。」

「你說得太對了。請轉告李先生，我的一票，既不要官，也不賣錢，保證投給李先生，只求交朋友。願與兄台一起，參加李先生的內層組織，共同把國家治理好。」他哪裡是不要官，分明是不要小官要大官。

都是聰明人，張鶴舫心中當然有數。他回答：「李先生讓我跟你說，他要和崔經理做個知心朋友，一道為我們國家做一番大事業。將來一切國家大事，我們都可以參加謀劃。這是李先生親口講的。」

「那就太好了！我們一言為定，你就放心吧。今天就在我家住下，好好休息休息。」

「叔仙老弟一向講信用，我當然放心。我們助選團有一百多人，正分頭到各地拉票。我今晚必須趕到南京去，李主任最近也要來南京，他家在南京大方巷，我也住在那裡。等我把你的情況同他講一講，再約個時間，請你和李主任單獨詳談。他讓我來找你，可不僅僅是為了你的一票，他說你是個社會活動家，認識的國大代表多，希望你能為他拉拉票，也請你對於競選方面提一些建議。」

「沒有問題。」

「那我就告辭，我們南京再見。」

幾天後，他接到張鶴舫的電話，說李宗仁主任已到南京，請他盡快到南京大方巷來見面。

第二天一早，他便驅車去南京，直接來到大方巷。張鶴舫出來迎接，領他進入客廳。見他來到，李宗仁從一堆人中站起來，熱情握手，招呼他坐下，回頭又和助選團的人分頭談話。過了十幾分鐘，李宗仁走到他身邊說：「崔經理第一次來，我們要好好談談。現在這裡人多，亂哄哄的不好談話。請崔經理晚上六點到我家來吃個便飯。我們到時候再細談。」

他遂離去，張鶴舫送他出門時叮囑：「你這是第一次和李主任見面，一定要準時來。」

「我會準時來。我們晚上再見！」

「晚上你過來就行了，我今晚還有其他的事，就不陪你們了。」

他說好，未多問。

晚上六點整，他準時准點出現在大方巷。這時候，助選團的人都不在，李家一片安靜。李宗仁請他到餐廳坐下，然後叫來自己的夫人郭德潔，介紹他們見面。

就他們三個人吃飯，並無其他的客人。

他以為會寒暄一下，但是沒有。李宗仁第一句話就是：「聽鶴舫說，你同馮玉祥先生的舊部熟人很多，還說你在抗日階段，對孫連仲、蕭之楚、王新民（即王修身）三支部隊提供了很多的幫助。你在社會上認識不少人，你的一票，我不但需要你幫忙，還想請你幫我再拉一些票。你看行不行啊？」

「請李主任放心，我一定會盡心盡力。」

333

他們隨後又談了不少有關政治、軍事、經濟方面的話題，李宗仁很有興致，越談越開心。

崔叔仙最後說道：「我覺得，我們國家目前的情況讓人不大放心，可說是政治腐敗，民不聊生。希望李主任當選以後，能幫蔣先生整頓國是，拯民於水火。」

「你說得沒錯。但是除了政治和經濟，更為重要的是國共戰爭，這才是當前的重中之重。也許你還不清楚，現在這個問題很嚴重。」李宗仁口氣很凝重，讓崔叔仙意識到，國民黨的軍隊在戰場上遇到了大麻煩。

晚飯結束後他起身告辭。臨別時，李宗仁說：「崔經理，我這裡你要常來，任何時間都行，用不著和鶴舫打招呼，直接來就是了。」

在整個南京的會議期間，他是大方巷的常客。他對其助選的建議，李宗仁盡都採納。

當然，過來找他拉票或幫忙的，不止一個兩個。其中有一位叫樓同蓀，是 1928 年他在江蘇訓政人員養成所讀書時的教育長，現在他是立法院的秘書長，也是立法院長孫科的手下大將。

對蔣介石來說，李宗仁手上有軍隊，能夠和他抗衡，是他最為忌憚的對手。所以，在六個候選人里，他最不願意看到李宗仁當選。孫科則是他此次一心想要扶植的副總統人選。

樓同蓀到中央飯店找崔叔仙拉票，崔叔仙雖然口頭應承下來，但是沒有兌現。對於其他拉票者，他也是如此。

在六個副總統候選人中，有五個設立了宴客場所，款待國大代表們。只有民社黨的徐甫霖沒有安排宴會，因為他知道自己不會當選，並且確實沒有能力負擔巨額的競選經費。

所有的國大代表，只要身上別著國大代表的紅綢子標籤，就能任意到這五個招待處去吃喝，有的人甚至在一頓飯里連吃幾家，還評出宴會的好壞等次，說是孫科的宴會最好，李宗仁、程潛的次之，於右任、和莫德惠的酒菜最差。也能理解，於右任、莫德惠二人一向有廉明之美稱，大概是身無長物，招待的宴席就要遜色一些。

中央飯店的經理江正卿也是國大代表，他是崔叔仙在上海仁社的老弟兄、老朋友。他告訴崔叔仙：「很多國大代表「一女二嫁」，甚至是「一女多嫁」，為的是多拿「聘禮」，拿了助選團的禮物，每家都答應給票，其實票投給誰，心裡早有定案。孫科是蔣總裁支持的

人選，有人不太敢收他的禮，其他候選人送的禮當然全收。」

　　吃酒席的機會雖多，崔叔仙只出席了蔣總裁在「勵志社」辦的西餐宴會。副總統候選人的招待處，一個也不去。只約一些老相識，弄個二、三人的小聚會，說些知己私話，互通消息。這些消息又都及時地反饋給了大方巷。

　　投票選舉前夕，蔣介石曾找李宗仁談話。當晚崔叔仙到大方巷吃晚飯，張鶴舫也在，李宗仁說蔣總裁先還很婉轉，後來就變成了逼迫。

　　蔣介石說：「華盛頓的意見是中國的總統和副總統都由文人來當，軍人不要出來競選。我已決定不參加競選，我希望你也不要參加。我個人認為，由孫科做副總統更加合適一點。」

　　李宗仁說他並未正面回答，而是說：「中國的主權不能侵犯，美國方面不該干涉我們國家的內政，還請總裁當機立斷。至於宗仁競選還是不競選，本來無關輕重，誰能選上副總統，沒人有把握，還是交給國民大會的代表們決定吧。千萬不可讓各方產生誤會，說我黨不團結，鬧分裂，那樣會對當前的戰局非常之不利。」

　　4 月 23 日上午九點，正式投票選舉副總統。國大代表總數是三千零四十五人，但實際出席投票的只有二千六百四十八人。投票剛結束，崔叔仙看到一批廣東代表，都是孫科的人，在樓上集會，說是南京某報紙登載了反對孫科的新聞，他們要去砸報館。這幫人說著說著，真的就一窩蜂跑出去，把那家報館砸爛了以後，才返回會場繼續開會。

　　次日公佈投票結果，李宗仁得票最高，754 票，其次是孫科，程潛第三。無人超過法定的半數。

　　24 日復選，重新在李宗仁、孫科、程潛三人中投票。大會堂內，張鶴舫四處游走，不停找人拉票。他見到崔叔仙，在他耳邊說：「今天是緊要關頭，要看苗頭。如果今天還選不出來，你就在今晚六點到大方巷去，我們好商量對策。」

　　正說著，忽然有一卷一卷的傳單從樓上扔下來。崔叔仙撿起一些來看，是孫科和李宗仁助選團的互相攻擊。孫科被轟是受獨裁扶植，危害民主；李宗仁被罵通共，連競選口號都和「共匪」的相仿。坐在主席台中央的是國大秘書長，也是蘇北人的洪蘭友，他怕底下人

鬧出事來，就連忙站起來大聲喊：「肅靜！大家肅靜！時間已到，請各位代表入座，馬上發票選舉。」

第二次投票，還是沒人過半數，儘管李宗仁的票數仍舊領先。

晚上到李家的，除張鶴舫、崔叔仙外，還有幾個助選團的核心成員，他們邊吃飯邊討論。

張鶴舫問：「你們各位離開會場前，都聽到什麼消息沒有？」

有的說，總裁找到於右任、徐傅霖、莫德惠，讓他們全都支持孫科。

還有的說，孫科買票的價格水漲船高，據說已經高到上千兩黃金，這對李主任不利。言下之意，這個價位的確是太高，怕是大大超出了李宗仁所能承受的範圍。

李宗仁說：「前兩次我的票數都最高，蔣先生一定會加大力度阻止我當選。各位看有沒有什麼好主意，盡量減少蔣先生對我們不利的行動。」

崔叔仙說：「我來以前，聽到侍從室傳出的消息，蔣先生也找過程潛，勸他說前兩次投票他都是第三名，估計是選不上了，命他退出選舉，將他的五六百票，悉數交給孫科。我以前和程主任打過一些交道，就跑去問他有沒有受命棄選這回事。正好一幫記者也在追問同樣的問題。程主任說，沒有這回事，純屬謠傳。任何人都無權命令我放棄選舉。我不好多問，不知實情如何。」

張鶴舫說：「這個情況我們已經掌握，程潛的確已經放棄參選，消息很可靠。我還聽說老蔣要派特務跟蹤監視李主任，甚至還想綁架我們的助選人員。情況不好，第三次投票，孫科有了程潛的票，一定會超過李主任。所以才請各位來，商量一個萬全的對策。」

大家沈默了一陣。

崔叔仙見沒人說話，便小聲說：「我說說我的想法吧。現在程主任一退出，就只剩下李主任和孫院長兩個候選人了。如果真是這樣，倒是有個辦法可以一試，就不知效果怎麼樣。」

李宗仁：「哦，什麼好辦法？你請講！」

崔叔仙如此這般地說出自己的想法，大家再東拼一句西湊一句，修改潤色。好！就按這個方法辦。

張鶴舫隨即去中央飯店，和全體助選團開會，佈置任務。

第二天是 25 號，崔叔仙一早來到會場，前腳剛進門，鎮江的國代，《鎮江日報》經理倉明叔一把拉住他說：「崔經理，你看大家都在說，李宗仁和程潛都宣佈退出副總統選舉，這下亂套啦，大會怕是開不成了。只剩下孫科一個候選人，讓他和誰去競選呢？」

他聽罷掃一眼會場，果真不假，代表們這邊一小堆，那邊一小堆，情緒緊張，或低語，或高聲，不停地議論。中央飯店的江經理走過來對他說：「昨晚上，李宗仁的助選團在我們中央飯店的孔雀廳里開了一整夜的會。今天上午沒有看見李主任的人，一個也沒有，好像真的是失蹤了。」

這時有代表大聲問洪蘭友：「李、程二人為何放棄競選？他們如果放棄，我們就放棄我們的選票。」

另外一位代表接著說：「聽說李主任失蹤了，還說他跑去投共了。真的假的？」

洪蘭友說：「大家不要輕信謠言。請安靜一下，我這裡有李代表宏毅等三百多人提出的臨時動議。今天我們先行休會，明天，也就是 26 號，繼續選舉。同意這個會議動議的代表請舉手。」

大家都同意，哪還有更好的辦法呢，先散了唄。

崔叔仙看看手錶，才上午 10 點，想想也沒什麼事情可做，就出了會場去找顧希平。到南京後，顧希平住在玄武門他弟弟顧新盤的家裡。

崔叔仙一見到顧希平就問：「今天早上，怎麼沒在大會上看到你？」

顧希平：「我一早就讓我弟弟到侍從室那邊去打聽消息，他回來說李宗仁不但退選，人也不見了，據猜測是回北平了。反正是選不成，我也就沒到會上去。本想打電話告訴你，約你到這來聊天，不想電話打到中央飯店，江正卿說你已經走了。你現在來得正好，我讓新盤再去聽消息，應該馬上就回來。你先喝杯茶。」顧希平請他坐在客廳，讓傭人去泡茶。

茶剛喝了幾口，顧新盤便回到家中，見崔叔仙在，知道他是哥哥的至交，無須避諱，立刻開口道：「壞啦！壞啦！李宗仁真要造反啦，而且要聯共造反。據他們的內部消息說，有人聽到風聲，李宗仁不是去北平，而是去了安徽找他的嫡系李品仙。總裁聽到這個消息，

非常有顧慮，因為李品仙距共軍很近，一旦李品仙部與共軍合作，立刻就會威脅南京政府。所以總裁派出六個中常委，分頭去勸說孫、李要以黨國利益為重，停止互相攻擊。最新的消息是，國民大會主席團已經決定，請李、孫、程三人繼續參加競選。明天一早就會見報。」

崔叔仙：「找到李宗仁主任在哪裡了嗎？」

顧新盤：「這個不是很清楚，光知道是白崇禧和張群去找的李宗仁。」

顧希平：「那就一定能找到。白崇禧當然清楚李宗仁在什麼地方。」

顧新盤：「無論如何，今明兩天還是休會。28 號第三次投票。」

崔叔仙：「哎呀！在南京真是搞得頭痛，我現在就回鎮江，過兩天再過來。希平你要不要跟我一起走？」

顧希平說：「我就不回去了。顧祝同讓我今晚去吃飯，明天還要再去侍從室看看。希望南京的事情能早點結束，大家早點回家。我的頭也疼。」

崔叔仙當時就告別顧家，直接回鎮江家中待了兩天，27 號晚回到南京中央飯店。

27 號的《中央日報》頭條新聞是：「程、李、孫不堅持放棄，總裁聞悉表示歡慰。」另一重大新聞的標題是：「李宗仁接受蔣總裁勸告，重新參加競選。」

28 號早上 8 點，崔叔仙就來到國民大會會場。李宗仁夫婦站在會堂門口，熱情歡迎步入會堂的代表們。見崔叔仙走過來，不像對待其他人那樣拱手拜票，只是微笑著向他伸出手，握了一下，什麼也沒說。崔叔仙小聲問：「鶴舫在裡頭？」

李宗仁：「在裡頭。」

崔叔仙隨即跨進會堂，找到張鶴舫，問：「沒有問題吧？」

「按說沒問題，但我們還是不能鬆動，要把準備工作做到最好，保證萬無一失。你在這裡聽到任何新消息，請馬上通知我。」

「好！」崔叔仙答應以後，就在椅子上坐下來。一回頭，看到顧希平來了，他站起來招手，讓他在身邊坐下。

顧希平一坐下，就在他耳邊小聲說：「這兩天你不在南京，大

概還不知道吧？蔣總裁怕李宗仁搞兵變，也怕副總統選舉半途而廢，讓華盛頓認為我們無能，因此蔣總裁當面勸李，請他繼續競選，並保證助他當選。我以前一直認為副總統非孫科莫屬，沒想到李宗仁來了一個以退為進，徹底失蹤了，實在是好手段，行情一下子就變了。我敢肯定，這次選舉，李宗仁一定贏。大會閉幕在即。」

崔叔仙聽得直點頭，其實這些內幕他已知曉，故而安坐會場，等待發選票。這次投票還是李宗仁領先，但仍然未過半數。

經過蔣介石和陳立夫多方努力，終於在 29 號第四次投票後，李宗仁成功當選為中華民國的副總統。

1947 年 5 月 1 日，中華民國首屆國民大會閉幕。或者說，一場大戲謝幕。

崔叔仙離開南京前到大方巷告辭，李宗仁再一次向他表示感謝。爾後張鶴舫將他送到大門外。崔叔仙上車後搖下車窗，搖搖手說：「鶴舫兄，我們後會有期！」

張鶴舫回答：「不會太久的。崔家獅子頭，還沒吃夠吶。」

「隨時恭候！」

關於國大代表以及總統、副總統選舉的其它細節，遠不止以上這麼多，我只是挑選出其中一些較為有趣的段落放在這裡，希望不會讓讀者感到太過枯燥。只怕還是說多了，喜歡的人還罷了，若有人覺得索然無味，只好請你原諒！

我曾問過祖父，蔣介石當時是最高領袖，對你也不錯，幾千名國大代表，還想到讓你和他坐一張桌子吃飯，不容易呀。但你好像總是和他作對，這是為什麼呢？

他回答：「首先一點，當年我在上海剛剛立住腳，正在搞新聞事業，蔣因為我們的報紙上發表了一些對他不利的真話，就利用手中權力，強行收購我們的‘四社’，這是標準的獨裁作風，和我追求的民主思想是背道而馳、相去甚遠的。更重要的是在選舉的時候，我想用我的神聖選票，選出一個能和他抗衡的人來，這樣就有可能限制他的獨裁，讓真正的民主世界早點到來。」

我的祖父從童年時期就懷有民主理想，並一直為之而奮鬥。但不得不承認，他所採用的某些手段並不符合民主標準，這或許是實行民主制度時面臨的許多難題之一。此外，他參選的動機也不完全出於

美好理想，取得更高的政治資本應該是他最重要的目標。

這次在南京，他的收穫頗豐，但遺憾的是，這個政權已經開始衰落，即便他積累了足夠的政治資本，也難以在短暫的時間內將其轉化為政治利益。畢竟，一場巨變即將到來，當時的南京城，離「鍾山風雨起蒼黃，天翻地覆慨而慷。」僅剩下區區的兩年時間了。

4 再訪包大哥

崔叔仙大年初三去找鈕永建時，沒有讓司機送他去南京，而是到了火車站就讓司機回家過節，而他登上了開往南京的列車。他正在車廂過道上尋找自己的座位，就聽身後有人叫他：「叔仙！」

他回頭一看，原來是他的老朋友夏傳益。他高興地問：「是你呀！傳益。這也太巧了！」

「是呀！都多少年沒見了。你好嗎？你這是去哪裡？」

「我現在住在鎮江，到南京去辦事。你呢？現在怎麼樣？」

「我在南京，還和包大哥住在一起。哎！說來話長，這樣吧，我邊上的位置空著，你就坐在這裡，我們慢慢聊。」

於是，他們坐在一起，各自介紹了這些年的經歷，一直聊到火車抵達南京。

他和夏傳益上一次見面，還是他父親去世的那年，他從泗陽回高郵辦理喪事。隨後他趕赴上海去見杜軍長，並馬上去拜見張師父。等 「小香堂」的事情辦妥了，他立即就去拜訪包惠僧夫婦，卻發現包家人已經不在原地址居住，不知往何處去了。不久後，聽說夏家也離開了高郵，同樣沒人知道他們的去向。

抗戰時期，聽說包惠僧也住在重慶，他曾派人去找過，但當時到處都很亂，一時沒有找到。後來他去了蘭州，他們就又一次錯過了相遇的機會。

直到在火車上偶遇夏傳益，他才瞭解內情。

原來，崔叔仙那次在上海和包惠僧夫婦分別以後，包惠僧遇到了人生困境，不但經濟陷入困態，他和夏松雲的婚姻也出現危機，沒過多久，他們夫婦便正式分手了。

為了擺脫貧困和失意，包惠僧托朋友轉告蔣介石，他想在政府謀個職位。蔣介石沒有拒絕，讓他擔任軍事委員會秘書兼中央軍校的教官，仍然掛中將軍銜。雖然和夏松雲已經離婚，他還是安排夏傳益在他身邊工作，他去哪裡，就把夏傳益帶到哪裡。

抗戰前，他離開軍界，轉任內政部參事。最近他剛剛調任內政

部人口局局長，夏傳益也在人口局任職。

火車到了南京，夏傳益邀請崔叔仙跟他回家，但崔叔仙正忙著競選的事，一時去不了。於是夏傳益說：「你這麼忙，我就不打擾你，等你有時間可以到人口局來找我們。也可以晚上就到家裡來，我們和包大哥一家都住在南京老城南常樂路 57 號。隨時歡迎你來。」

崔叔仙那一陣非常忙碌，一直忙到第一屆國民大會閉幕的前一天，才有空去了一趟人口局，希望在回鎮江以前和老朋友見一面。

到了人口局一問，包惠僧和夏傳益都在樓上開會。他寫了一個紙條讓人送進會場，告訴包惠僧自己前來拜訪。

不一會，包惠僧也寫了一個紙條送出來，上面說：「叔仙老弟，我正在主持會議，走不開，請明天到常樂路見面。」

第二天，崔叔仙到大方巷告別了李宗仁，掉頭就去了常樂路 57 號，這是一座很大且考究的住宅。他敲開大門，有傭人告訴他，包家和夏家的人一個也不在，這讓他倍感意外。

他只好離開南京，回鎮江去了。後來他一直都沒有這兩家人的音訊。

1982 年，我祖父到南京參加江蘇省政協會議，遇到了一個老朋友，這位朋友知道一些包惠僧後來的事。

崔叔仙在南京常樂路沒有見到包惠僧，其時包惠僧已經打算離開南京政府，並很快帶著全家人去了澳門定居。他在澳門期間還是過得不如意，總在考慮新的出路。1949 年中共建政，他立刻給周恩來發了電報，希望能回大陸生活，共產黨同意他回北京，擔任內務部參事，並給予他很高的待遇。但他在文革中受了不少罪，右腿都被打斷了，所幸留住了性命。1979 年，他在北京逝世，享年 85 歲。

夏傳益一家則不知所終。

5 二姑遠嫁

1948 年夏末，崔叔仙和汪嘉玉再次去上海小住。

他們到達迪化南路 145 號時，天已經黑了。小轎車一直開到後院停穩，周文和他兒子周奇都在後院迎接。周奇這時已經在銀行上班。

傭人們把行李提回屋，他們直接到餐廳用晚餐。幾天前，周文就知道他們要來上海，事先準備好了飲食。旅行之後，崔叔仙和汪嘉玉都不喜歡吃得太複雜，今晚也是如此，桌上只有稀飯、蒸花卷、小魚燒鹹菜，外加一碟醬菜。大師傅老張過來問崔經理、崔太太明天想

吃點啥，汪嘉玉說：「天熱，還是素一點好，不必太講究，什麼都行，都是家裡人，不要太費事就好。過兩天，等他們曉得崔叔仙回了上海，一定都會到家裡來做客的，到那時候，又要辛苦張師傅了。」

在蘭州的時候，家裡的大師傅姓陳，是四川人，從重慶帶過去的。搬來上海前，這位大師傅跟崔叔仙說，他和妻子怕適應不了大上海的生活，想留在蘭州做點小買賣。崔叔仙不想強求，便讓他留在了蘭州。

到上海後，家裡缺個大廚，杜月笙便推薦了張師傅。這位張師傅是揚州人，自幼在上海學徒，手藝很好，雖不善言辭，人卻忠厚實在。他聽汪嘉玉如此說，倒有些不好意思，忙說道：「不辛苦，不辛苦。我就是做這個的，一點都不辛苦。」

飯後，周文讓傭人撤了碗碟，端上應時的「黃山貢菊」茶，再把其他下人支開，站在桌邊說：「崔經理、崔太太，有個事情，我覺得應該跟你們講一聲。本來想在電話上講的，但曉得你們快要來了，就等了幾天。」

汪嘉玉問道：「是外面的事還是家裡的事？」要是公事，她沒必要在場。

周文說：「要算起來，應該是家裡的事。」

崔叔仙：「說來聽聽看吶，怎麼個事體？」

周文：「是這樣，二小姐上個星期一從南京回來了。」

崔叔仙一愣，隨即問了一連串問題：「她怎麼回來了？中央大學開學沒多長時間啊？她到上海來有什麼事情嗎？今天晚上跑哪去了？怎麼沒見她人呀？」

周文停頓了一下，回答：「她說她暫時休學，到上海是工作來了。」

崔叔仙和汪嘉玉都很驚訝：「休學？還工作？為什麼？」崔國華剛從中央大學畢業，還想留在學校繼續選修一門英語口語課程。她剛從鎮江去南京沒幾天，怎麼就跑到上海來了呢？

周文說：「說來話長。二小姐到了南京中大上課，他們學校請了吳國禎市長去講課。課後要用餐了，吳市長見到二小姐也在，就喊她同去。吃飯的時候，談到了二小姐正在學英文口語，二小姐請吳市長幫忙找一個美國留學生來輔導她和她的幾個同學。吳市長就找了他的校友，剛從美國學成回來不久的小黃給二小姐他們輔導英語。」

崔叔仙一聽便說：「這很好啊。可我還是不明白，她在南京好好的，跑到上海來做什麼？」

周文回答：「小黃在蔣大公子的辦公室做英文秘書，蔣公子要到上海來工作，小黃老師也跟著來了，二小姐的學習眼看就要中斷。蔣公子得知這個情況以後，就讓二小姐也到上海來給他幫忙，這樣就可以一邊工作，一邊學習。」

汪嘉玉嘆氣道：「我們家的這些孩子，都是想乾嘛就乾嘛，也不和人商量一下子。」

崔叔仙說：「也行，反正都畢業了，她和蔣公子本來就熟悉，到上海工作也不錯。我聽說了，蔣總裁派小蔣到上海來整頓經濟，沒想到說來就來了。上海最近太亂，也確實需要管一管。周管家，就這些嗎？」

周文見這樣問，有些猶豫地說：「差不多就這些了。哦！二小姐說今天晚上有個宴會，晚點回家。她還說叫你們別等她，明天再向你們請安。」

崔叔仙：「那好吧！你們也辛苦了。早些休息吧。」

周文站著沒動，崔叔仙便問道：「還有事嗎？」

周文：「還有···，還有就是，我不知道該不該說。」

崔叔仙：「直說吧，不會怪你的。」

周文思考了一下，然後緩慢說道：「二小姐這次來上海以後，我像以前一樣，準備好了車接送她。可是每回我派車送她出去，卻沒有一次讓我派車去接她回家的。」

我的二姑媽崔國華在我父親姐弟四人中，是最會享福，也是最具富家子女生活作派的。她一個「中大校花」，回家沒車接，那是絕不可能的。

汪嘉玉當然知道自己女兒習性，便問道：「那她都是怎麼回來的？總不會去坐電車吧。」

周文：「當然沒有坐電車。每次都有人送她回家。」

汪嘉玉：「哪一個啊？男的女的？」

周文：「是個男的。我有一回在門口遇到了，看到小車開到家門口，車門打開以後，二小姐下了車。我往裡看了一眼，裡面坐著的人，好像是蔣大公子。我覺得應該告訴你們才是。」

這一聽，崔叔仙和汪嘉玉都像是被人拍了一巴掌，心中擔心的事情，真得說來就來，而且還挺嚴重。

當時崔叔仙也不多言，打發周管家去休息，他和汪嘉玉上樓來到臥室，坐在沙發上，仔細討論這件事。

汪嘉玉：「叔仙吶！事情好像不對勁噢。上次開元上北平的時候，你就說過這話。還記得吧？」

「對。那次開元在南京飛機場遇到他，他把何市長的票給了我們孩子，堂堂的北平市長就這麼給留在南京了。怎麼想也不正常，當時就覺得奇怪，也覺得欠了他的一個大人情。現在看來，這個人情好像不太好還。」

「那怎麼辦呢？這種事情不能拖，越拖越不好辦，你趕快想個對策才行啊！」

「是蠻棘手的。這件事要好好處理，否則很難收場。」他想了一下接著對汪嘉玉說：「等孩子回來，你跟她好好談談，先弄清楚她的想法，再看怎麼解決為好。」

「好，我來找她談。」

「也別太著急了，明天再說吧。明天我要去見吳市長，正好也問問他曉不曉得一點內情。」

「行哎。」

次日早晨，吃早餐時就見著崔國華了。

今年二十有三的崔國華的確有福，她的長相，結合了她爸媽所有的優點，不論相貌還是氣質，都無可挑剔。看著亭亭玉立的女兒，崔叔仙夫婦不難想象，她會遇見怎樣的麻煩。他們忽然都有些後悔，如果早些做個防備，大概不至於落到這樣一個被動的局面。

上午，崔叔仙去市府找吳國禎。汪嘉玉抽空把女兒叫到房裡談心。

崔國華說了一些前後的情況。

原來，她和幾個要好朋友正在進行美式英語的口語訓練，並通過吳市長幫忙找到小黃老師來輔導。小黃和她們挺玩得來，不但教她們英語，也請她們吃飯，還單獨請過崔國華。後來是蔣經國讓小黃請她去見面，並一起吃了飯。吃飯時，蔣公子建議她一起到上海去，在他的辦公室兼差，她就答應了。

汪嘉玉問：「蔣公子送你回家是怎麼回事？」

崔國華：「我說了周管家可以派車接我，他總說順便，就把我帶回來啦。就這麼簡單，你們怎麼如臨大敵一樣？是不是想歪了？」

汪嘉玉：「哪塊是我們想歪了，這個事情恐怕不簡單。以前我沒告訴你，兩年前他到上海的那次，到我們家玩，你還記得吧？」

崔國華：「記得呀，那時候剛放暑假，我在家啊。」

汪嘉玉：「就那次暑假結束以後，開元到南京飛機場去，準備到北平朝陽大學去報道，結果沒得票賣。正好巧了，他遇到了蔣經國。就是這位蔣大公子，硬是把北平市長何思源的飛機票給了開元，何市長反倒沒走成。司機回來一說，我們都覺得蹊蹺，他蔣大公子怎麼這樣辦事呢？」

「還有這回事，真沒有想到。他乾嘛對我們家的人這麼客氣呢？」

「說的就是這話啦，所以我們才擔心。你就沒有發覺什麼嗎？比如，他可曾跟你說過什麼？」

「那倒沒有。不過現在想想，我也覺得他對我好像太關心了那麼一點點。」她抬手比劃了一下。

汪嘉玉長嘆一口氣，說：「他要真的有什麼想法，怎麼辦呢？你說愁人不愁人啊？」

崔國華：「不用愁，我有數的。放心吧，媽！」

汪嘉玉怎能不愁呢。

崔叔仙下午回到家裡。晚飯後，見沒人在跟前，汪嘉玉就問丈夫是否見到吳市長，聽沒聽到什麼風聲。

崔叔仙說：「風聲倒沒有聽到。不過和吳市長聊過，他聽說了這個情況以後，也覺得有些不合情理。他還說我們家的丫頭出落得太漂亮，讓人有點想法也不奇怪。」

「但那是蔣公子嘢，這怎麼可以呢？他就是沒有老婆，我也不會把女兒···。」

「這個我當然曉得。不但我曉得，吳國禎也曉得。他也勸我寧可信其有，不可信其無。早點做準備，免得尷尬下不來台。」

「這麼大的女孩子了，追求的小伙子一大堆，她就是不上心。你也不管管，就知道慣著她。」

「你還說我，你忘了你那時候，還不是跟她一模一樣。」

「我那時候是在等個像樣子的人。她可不同，南京、上海、還有鎮江這麼多人裡頭，就沒有一個中意的？只要能看中一個，嫁掉不就沒麻煩了嗎？」

「吳市長倒是說了一樣的話，他說讓她盡快結婚，許為上策。」

「我今天問過了，她根本沒得男朋友，跟哪個結婚去呀？」

「我跟吳市長也談到了這個問題。他問我們家國華喜歡什麼樣的人，我說，她以前在我們面前說過，看不慣有錢有勢的人家，大概是在大學里接受了什麼新思想。我這麼一講啊，你曉得他跟我說什麼？」

「什麼？」

「他說，那個小黃就很好啊！」

「哪個小黃？」

「就那個英文老師，幫國華她們學英文的那個人。」

「哦！就是給蔣公子當秘書的那個人啊。他沒有結過婚嗎？多大啦？人好不好？生得醜不醜？」

「吳市長這樣說，我當然要問清楚啦。這個小黃長得不醜，是香港人，比國華大四歲，從美國留學回來沒有幾年，也沒老婆。而且，最近吳市長經常和他們在一起辦公。他覺得啊，這個小黃很喜歡我們家國華。」

「是嗎？那他可曉得小黃的爸爸媽媽在香港是幹什麼的嗎？」

「他不太清楚具體情況，只知道是個普通人家，不過人很聰明，也肯用功，要不然，也不會是美國普林斯頓大學的高材生。你想，如果他沒什麼本事，小蔣也不會用他，對不對？」

「這倒是不假。」

「現在就這樣辦。你明天看到國華，問問她小黃怎麼樣。如果她不反對，就好辦了。」

「行。」

次日，汪嘉玉逮著機會就把崔國華拉到房間里，直接就問：「那個小黃能當你男朋友嗎？」

崔國華笑著問道：「你怎麼知道他在追我？我沒跟你們說過

呀。」

「他在追你？怎麼不告訴媽媽？」

「哎呀！追我的人多了去了，乾嘛這個人就要告訴你呀？」

「你還有心思耍嘴皮。快告訴我，既然他追求你，你呢？覺得他怎麼樣？喜歡不喜歡？」

「媽呀！我怎麼會喜歡他呢？才認識他沒幾天嘛。」

「不管啦，你就想想他人怎麼樣吧，是不是個好人。」

「非要我說的話，嗯，沒那麼喜歡，但也不討厭，是個好朋友而已。不過我的好幾個同學都暗暗喜歡他，說他又有才又有貌的，我還覺得奇怪，他的才是有一點，但怎麼沒看出來他的貌在哪裡呢？你為什麼問起他？」

「吳市長說小黃是個好小伙子，除了家庭普通一點，別的和你都挺般配的。你就不能跟他先交個朋友嗎？我是說男朋友。」

「拿他當男朋友還談不上，我沒這個感覺。」

「那你就多留留心，看看有沒有感覺。還有，你可以把他請到家裡來吃飯，就說你爸爸媽媽要感謝他幫你學習。他到這塊一來，我們就可以替你掌個眼了。」

崔國華：「這不難，叫他到家裡來吃飯是給他面子，他一定會來的，只要你們不要嫌他太醜就行。」

「行！你去叫他來。我來看看他到底怎麼樣。普什麼頓的留學生。」

「普林斯頓啦！」

「不管什麼頓，我請他吃一頓就是了。」

「哈哈！吃一頓！哈哈哈！我走了。」崔國華嬉笑著，出去了。

這邊汪嘉玉在沙發上坐下，自言自語道：「沒一個讓人省心的。也不對，老大國英就沒叫大人煩過神，一直安安穩穩的。就是幾年看不到她，也不知道她在蘭州過得怎樣。該讓她回一趟家了。」

崔國華第二天見到小黃，說父母要宴請他，以示感謝，小黃喜出望外，說今天就去。崔國華說還是明天吧，讓家裡準備一下。

第二天，崔叔仙和汪嘉玉就見到了小黃。

這是個長得白白淨淨的年輕人，一看就是那種傳統家庭裡長大

的孩子，知書達理，說話也有分寸，很是討人喜歡。

問到他在香港家人的情況，他回答說他還有兩個姐姐，都在香港嫁人了。爸爸在政府做小職員，媽媽在家料理家務。他的家境不太寬裕，但父母一直讓他讀最好的英文學校。從美國大學畢業以後，他立即回到香港，可在香港一時找不到合適的工作，聽同學建議，他來上海普林斯頓同學會去找吳市長。吳市長介紹他去蔣經國那裡做事，又推薦他給崔國華她們幾個女孩子補習英語口語。

汪嘉玉問：「那你們家裡供你上大學，不容易吧？」

小黃：「是的，我父親薪水不高，媽媽有一陣子要到一個蛋糕房去做事，她都是半夜就起來去工作，非常辛苦。」

汪嘉玉：「你在美國讀書也是他們給錢嗎？」

小黃：「走之前，他們塞給我一些錢，後來我主要是靠獎學金和在學校做事情掙一點學費，就沒有讓他們寄過錢。他們本來就不容易，年齡又漸漸大了，身體也不是太好。我現在的心願，當然也是我的責任，就是想讓他們不要再那麼辛苦。」

崔國華從沒聽他講過他的家事，現在聽起來還挺讓人心酸。這樣出生的人，她以前沒有接觸過，這才是靠自己奮鬥出來的人，不像周圍熟悉的朋友，全都來自非富即貴的家庭。小黃和他們一比，真是不一樣，是挺特別的一個人。

這時候，蔣經國在上海「打虎」打得正熱鬧，報上的新聞說蔣經國已經在上海抓了六十多只「虎」，可是通貨膨脹的問題還是愈演愈烈。到十月份，「只打老虎，不拍蒼蠅」的蔣公子突然停了手，外人都不知道發生了什麼。吳市長悄悄告訴崔叔仙，小蔣遇到了麻煩，打「虎」打不下去了。原來是打著打著，就打到了「四大家族」的勢力上，馬上就遇到了空前的阻力。聽小道消息說，是老蔣親自下的命令，讓小蔣快收手。這幾天小蔣跑到南京去見老蔣，不知什麼時候回來。

崔叔仙一聽，機會來了，趕快行動！

他找來小黃，問他跟自己二女兒做朋友好幾個月了，對崔國華什麼態度。

小黃一看是要他表態呀！鼓起一口勇氣，迸出四個字：「非她不娶！」

崔叔仙說：「要的就是這句話。我回去會和我女兒談，如果她同意，你們能不能盡快結婚？」

「任何時候！」還是四個字。

晚上他們夫妻把女兒找來，劈頭就問：「國華，小黃說他這輩子非你不娶。現在我們來問你，你願意嫁給他，還是不願意？時間滿緊的，你要盡快給一個回答。」

「乾嘛這麼急匆匆的？我還沒想好要不要嫁給他。再給我們一些時間不好嗎？」

崔叔仙：「你說的時間是一年還是一個月？還是一天？」

「那我怎麼知道？你別逼我好不好？」

「小磨子啊！」崔叔仙叫出她的小名，這小名已經好多年沒有人叫了，她不免一愣。她父親接著說：「不是我要成心逼你嫁人。我，你媽媽也捨不得你走。可是現在的情況特殊，加上你也確實到了結婚的年齡。再說，我們看小黃不是蠻好嗎？家庭背景是差了一點，可你又不跟他家裡人過一輩子。結過婚，去趟香港住個半年就回來，我來安排你們未來的生活，不用你們操心的。」

「真的不能再等了嗎？」

「不能等了。等報紙上風言風語出來，那就晚啦。乘現在小蔣不在上海，你們也閒著沒事做，把婚禮辦了吧。辦了就不頭疼了。」

不出幾天，報紙上登出啓示：

珠聯璧合，桂馥蘭馨。

留美才子黃耀庭，和上海名媛崔國華，茲承吳市長國禎先生介紹並證婚，謹詹於民國三十七年十一月一日晚七時，假座外灘沙遜大廈酒店舉行盛大結婚典禮。敬治茗點，恭請大駕光臨。恕不另柬，特此公告。

黃崔兩家諸親鞠躬

到了這一天晚間，婚禮現場熱鬧非凡，來了好多人，把酒店大廳快擠爆了。

崔叔仙其實還是給要好的朋友，以及社會名流都送了請柬，其中也包括了蔣經國。

　　蔣公子已回上海，那天派人送了花藍，擺在現場，而他自己並未在崔國華的婚禮上現身。

　　11 月 1 號的那天中午剛過，他便黯然離開上海。他在上海搞得轟轟烈烈的「打虎」行動，以失敗而告終。一直要到國民黨撤退至台灣以後，他才在政治上再度翻身，並最終執掌大權。

　　這裡我想插一句。我們到美國以後，遇見過很多從台灣來的人，其中有不少成為了我們的好朋友。每次交談時，但凡提到蔣經國，絕大多數的台灣人都對他有較好的印象。其中，不乏有人認為，台灣現今在民主政治、社會進步、和經濟成長各方面的成就，都應首先歸功於小蔣總統。

　　北平，婚禮的幾天前，崔開元接到通知，讓他去見一下校長。他立即來到校長夏勤的辦公室。

　　夏校長見他到了，就問道：「崔開元同學，你在朝陽覺得如何呀？我和你的父親是老朋友了，你怎麼從來都不過來找我呀？」

　　崔開元站著回答：「學校一切都很好，我也沒什麼事情要麻煩校長的。」

　　「你不來，我只好找你啦！坐吧！」

　　崔開元在邊上的一個單人沙發上坐下，問道：「校長找我過來，是有什麼事情吧？」

　　「確實有事，還是件喜事。你的二姐馬上要結婚了。婚禮定在下個月 1 號。嗯，還剩幾天時間。你爸媽想讓你回一趟上海參加婚禮，又怕你不敢請假，所以你爸爸的電話就打到我這裡來了。他說你一年都沒回家，是這樣嗎？」

　　「對，去年寒假和今年暑假都沒回去。主要是幾個同學約好，都不回去，一起在北平玩。不過我姐姐結婚，我還是很想回去的。」

　　「那就回去吧！我准你一個星期的假。不過，功課不能不管，你帶上書，一路上抓緊時間自學吧。一個星期後，要準時回校上課。」

　　「好的！校長。」

　　他立即去機場，買了最早飛上海的機票。婚禮前一天下午到家。幾乎是同時，大姐崔國英也回來了。大姐這次是一個人回來的，

350

大姐夫因西北戰事吃緊，無法同行。

非常不幸，他們的兒子出生後不到一年就因病夭折了。

媽媽把崔國英和崔開元叫到一邊，大概說明了崔國華倉卒舉行婚禮的緣由。結婚典禮在即，還有不少的瑣事要辦，大家也都顧不上多交談，轉過頭就去忙碌了。

按高郵習俗，結婚當天是清晨迎親，可前一天夜裡，需要找一個童男子，陪新郎官在新房的婚床上睡上一覺，高郵人稱之為「壓床」。崔國華聽媽媽說要找個朋友家的小男孩子睡她的新床，急眼了，說小孩子睡髒了被褥，我還怎麼睡呀？汪嘉玉說，那沒辦法，高郵的規矩不能違，「壓床」這個程序不能少。崔國華實在沒辦法，只好問，如果一定要「壓床」，新娘子家裡兄弟可不可以「壓」？汪嘉玉說可以呀，於是，「壓床」的任務就交給小弟弟崔開明來完成。

婚禮的次日，崔家老小連同新郎新娘，一起到鎮江。大家回去見奶奶和大伯一家人。

當時，沒人意識到，這次在鎮江的全家大團聚，意義有多重大。之所以這樣說，是因為大家在鎮江見面幾天後，奶奶即將去蘭州，大姐要回新疆，崔國華要跟小黃去香港，崔開元要回北平，崔叔仙也將在年底，帶著汪嘉玉和崔開明到香港去。從此，他們再也沒見過奶奶，而崔開元也沒想到，當他再一次見到兩個姐姐時，二三十年都過去了。

生活在那個世代的人，無論出生背景好壞，其實都不太幸運。崔哥後來老是聽到父親說：「離合悲歡皆往事，酸甜苦辣即人生。」

從上海去鎮江的路上，崔國英和她父親談起了國共內戰的話題。她告訴她爸爸：「亞東幾個月以前到廣州開會，是一個叫做『西北聯防』的會議。在會上，他遇到了新疆警備總司令陶峙岳。亞東和陶將軍在河西警備司令部共過事，這次在廣州，陶將軍有意請亞東到新疆去，胡宗南也同意了。我來上海的同一天，亞東已經到新疆迪化了。我在鎮江停留兩三天後，會直接去新疆。陶司令認為西北的命運應該和東北差不多，國軍最終都守不住，所以才讓亞東到新疆去。亞東走前，讓我勸一下爸爸，盡早做好準備，防止共產黨打到家門口，想走卻走不掉。」

崔叔仙聽著，不無擔心地說：「真的會到那個局面嗎？最近廣

播和報紙不是說國軍在各大戰場都大勝共軍嗎？」

崔國英：「一開始我也相信廣播是真的。可是亞東問我，共軍本來只在陝北待著，現在怎麼全國到處都是戰場呢？明明就是國軍節節敗退，共軍節節勝利。他還告訴我，根據他們的內部情報，整個東北已經全部失守，華北的情況也不容樂觀。他私下裡說，國民黨怕是無力回天了。我也覺得爸爸還是離開這個是非之地為好。你的好些老朋友不是已經行動了嗎？要麼去台灣、香港，要麼去海外。反正總比被堵在這裡強。」

崔叔仙說：「我不曉得情況已經這麼嚴重了。」

「爸爸，準備好退路，總沒壞處。」

「對！你說得沒錯，我會好好考慮的。」

到了鎮江，大龍一見三弟就告訴他，昨天家裡接到電話，是某個副官打來的，說有幾個軍隊的長官要來拜訪，大龍說崔叔仙明天才回來，於是副官留下話，請崔經理一到鎮江就打電話過去。

崔叔仙問長官叫什麼名字。大龍說：「姓李，叫李延年。」

崔叔仙告訴他哥哥說：「那是第二兵團的司令長官，徐州剿總副司令，我的老朋友。」

他馬上把電話打過去，找到李延年。李延年說，他和湯恩伯都在鎮江，想到你府上來拜訪。他馬上說，不敢不敢，我今晚就在寒捨恭候大駕。

晚上，李延年和湯恩伯一起來赴晚宴。崔叔仙和湯恩伯以前雖見過面，但不是很熟悉。

李延年解釋說：「我和湯司令長官在鎮江碰頭，再去南京領命。我會被委任為京滬杭總司令部的副司令，湯將軍就是我的總司令。」

湯恩伯說：「我聽人說，要在京滬杭一帶駐軍，有你崔經理幫忙，事半功倍。以後還望崔經理多支持。」

崔叔仙：「湯總司令過獎。有什麼事情需要我來辦的話，直接吩咐就是了，我跟吉甫老弟不是外人，湯總司令也請不要見外。」

酒過三巡後，崔叔仙把話題轉到了當前的局勢上來。他說：「湯總司令，既然你來當我們京滬杭警備司令部的長官，我就想問個問題，不知湯總司令方便不方便說？」

「沒有什麼不方便的。和叔仙老弟什麼都能說。問吧！」

「聽說東北那邊的戰況不太妙，是真的嗎？」

「確實不好。」

「那我們在京滬杭一帶會不會也要和共軍打起來呀？這一旦打起來，我們應該做點什麼防備，想請教你們這些帶兵的將軍。」

「這個問題是你叔仙老弟多慮了。總裁這次調我和吉甫進京，就是下了決心要死守南京、上海一線。這些城市不能讓共產黨佔了。我上任後，會拉起防線，而且此防線一定是固若金湯。加上還有長江天險，共軍打不到長江南邊來。」

崔叔仙聽他這樣說，懸著的心又放下了一些。他收住這敏感話題，繼續殷勤招待客人。

湯恩伯一行人酒足飯飽，起身離開餐廳，來到客廳瀏覽牆上的字畫。湯恩伯在一幅鄭板橋的中堂畫前駐足，越看越喜歡，口中不禁念出畫上的題詩：「蠅頭小楷太均停，長恐工書損性靈。急限採箋三百幅，宮中新制錦圍屏。嗯！畫得好！詩也妙得很！崔經理家裡的好東西真不少啊。怎麼樣？能不能勻一點給我啊？」

崔叔仙毫不猶豫，指著牆上的多幅字畫說：「湯總司令喜歡的話，都拿走。」

湯恩伯：「哎呀！叔仙老弟，你也太慷慨了。都說君子不奪人所好。我已經不算君子了，哪好意思全要。一件就行，一件就行啊。」

「那你就挑一幅吧。」

「那我就不客氣了，就要這幅鄭板橋，如何？」

「不用客氣。家裡的小東西能入湯總司令的法眼，著實榮幸。」崔叔仙說著就伸手拿起牆角的叉棍，從牆上取下中堂畫，交給傭人，讓找塊布給湯將軍包起來帶走。

6 木頭

第二天上午，汪嘉玉看崔國英、崔國華、崔開元三個人沒什麼要緊的事，就問他們說：「你們現在要是有時間，我可以帶你們去一趟江邊，讓你們看一個房子。想不想去？」

看媽媽興致勃勃，他們三個就都說好。問是誰的房，媽媽說是她自己的。崔開明說：「你們走了，我在家也沒意思，就跟你們一起去吧。哥！我開車，你坐在邊上，再教教我。媽媽平時不讓我學開車。」

崔開元說：「好！走吧。」

崔開明這年剛上高中不久。有哥哥在一邊壯膽，他駕著車出家門，往江邊方向開去。

車開進一條寂靜寬闊的街道，在一處嶄新的宅院前停下。大家下車來到大門口，崔開明過去按門鈴，門裡傳來腳步聲，伴隨一句：「來啦！來啦！」

大門打開，崔開元一看，原來是大伯父家的小女兒，自己的堂姐崔國娣。

崔國娣一看這姐弟四人都來了，高興地招呼說：「曉得你們都要回來看奶奶，早就等著你們啦！新娘子也來了？你們把新郎官撩到哪塊去了？」

崔國華：「車坐不下，就讓他留在家裡了。」

汪嘉玉：「都進去吧！」

崔國娣：「外頭冷，快進來！」

大家都走進大門，崔國娣把門關上。他們穿過帶有假山的前院，再穿過一排平房中間的通道，來到後面的一棟三層洋樓的底層客廳。

大姐國英問：「媽媽！這房子真是你的嗎？好漂亮啊！」

崔開明：「真是媽媽蓋的房子。哦！後頭還有花園，更漂亮呢。」

崔國華：「媽媽，這裡比家裡住的房子更大、更漂亮。怎麼都空在這裡，你們不搬過來嗎？」

汪嘉玉：「我們不搬過來住。我蓋這個房子，是為了有一天，你們哪一個要是想到鎮江來過，就可以住在這塊。你們四個全來住都夠了。就是不曉得你們歡喜不歡喜？」

兩個姐姐異口同聲說：「歡喜！當然歡喜！就為這個房子，也要搬到鎮江來。」

汪嘉玉：「那我是巴不得的啊！可是我看你們也就是嘴上說說

354

吧，就是你們想來，我兩個女婿也要肯來才行吆！」

大家說說笑笑，把房子裡外都參觀一遍。

崔開元這時問：「媽！這個房子要花不少錢吧？全是你出的，爸爸沒給錢嗎？我們都不在家，開明過兩年也要去讀大學，你怎麼想起來蓋這個房子的？」

汪嘉玉：「我沒用你爸爸一分錢，全是我自己出錢蓋的。連房契上，也只有我一個人的名字。你們是不是覺得奇怪，你媽媽哪塊來的這麼多私房錢是嗎？我來講給你們聽，這房子到底是怎麼來的。」

汪嘉玉開始講述此事的來龍去脈。原來有這麼一個故事。

這年元旦前夕，崔叔仙和太太也在上海住過一段時間。崔叔仙每日到銀行上班，要不就是四處會客。汪嘉玉不想跟他到外面亂跑，便約幾個熟悉的太太們，在迪化南路家中搓麻將。楊虎的大太太田淑君本來是汪嘉玉的牌友，可田淑君跟著楊虎回到上海後，熱心於她在中統的事業，還當上了上海的議員，有時候太忙，牌局都來不了。不要緊，楊虎有六個太太，再叫一個過來就是，總不能因為「三缺一」而掃了崔太太的牌興。於是，楊家五姨太成華就來替補。這成華本是軍統出身，嫁給楊虎後，軍統的事就不太過問了。她剛和幾位崔家的「牌搭子」混熟，卻因楊虎要到檢察院上任，成華也要跟到南京去。臨走前，她又介紹了她的一個閨中密友，進入崔家的牌局。

新來的這一位名叫胡德珍。

軍統素有「三毛一戴」之說，說的是戴笠、毛人鳳、毛萬里、毛森這四大軍統巨梟。因為這四人都是浙江江山人，故又稱作「江山幫」。

胡德珍就是毛森的太太。

1938 年，毛森受命統領軍統的浙江情報站，秘密前往日軍佔領之下的杭州。去杭州以前，他要求戴局長派給他一位助手，這人必須既聰慧幹練，又要穩當可靠。戴笠讓他在軍統內部盡情挑選，可他別人都不要，只看中了浙江特訓班的一名漂亮女學員胡德珍。戴笠說她還是個學員，缺乏經驗。毛森卻認為她是一個做特工的好材料，對杭州的情況也比較瞭解，至於經驗，可以在工作中慢慢積累。於是，戴笠就安排胡德珍偽裝成毛森太太，一同到杭州去潛伏。

毛森的眼光一點都不錯，胡德珍的確成了她的得力助手，他們

355

在杭州的行動非常成功。毛森其時剛和前妻離婚，便有意假戲真做，索性就娶了胡德珍為真正的太太。按理這是一件不可能的事情，因為軍統內部有一條鐵律，全體軍統人員在抗戰時期不得結婚，如有違抗，軍法從事。毛森先向胡德珍求婚，胡允之，毛森便向戴笠提出，結婚更有利於潛伏。戴笠居然為他破了一次例，不但同意他們結婚，還送了五百塊錢作賀禮。

毛森在日佔區兩次被捕，經受住了日本人的酷刑，後都逃脫。按軍統的規矩，一旦有被捕人員出獄，必須經過一段嚴格的審查鑒別期，唯有毛森例外。每次出獄，戴局長都立即委任他以要職，並馬上開始新的行動。很顯然，毛森不但功勳卓著，忠誠的程度也從沒讓戴老闆懷疑過。對極度疑心的戴笠而言，毛森是個特例。

毛森和胡德珍在浙江、上海一帶的抗日活動一直都是緊鑼密鼓，捷報頻傳。可有個情況，事先誰也沒料到。

原本毛森以商人的身份出現在杭州，只是為了掩人耳目。他經商做生意就是做做樣子，沒怎麼太上心。哪知不經意間，生意越做越好，越做越大。糊裡糊塗地，毛森居然發了大財。杭州、上海的許多老闆都爭著跟他做買賣，都說毛老闆大氣、講信用，也不計較得失。你想想看，這位老闆做生意不是為了錢，誰會拒絕這樣的買賣？

到抗戰結束時，他自己都說不清楚，他的商業版圖到底有多大。這時候他也沒心思管這些，湯恩伯這時已經進駐上海，戴局長推薦他去上海警備司令部做了二處處長。他隨後就破了「棉紗大王」榮德生的綁架案，更加是名聲大噪。以前的那些生意，原來就沒在乎過，現在更是無所謂，全都扔了吧。人各有志，他毛森就不是一個為錢而生的人。

轉眼又過了兩年，無論毛森還是胡德珍早把商場的事忘乾淨了。毛處長已經晉升為中將，胡德珍也就沒必要再出去舞刀弄槍的，便回歸家室，一心只做毛太太，天天享著清福。

一天，楊家五姨太打電話找她，問她想不想認識崔叔仙的太太汪嘉玉，崔家的牌局最近「缺一條腿」。

早聽說崔叔仙在上海玩得轉，汪嘉玉也在太太圈子里享有美名，能去崔家打麻將，太有面子啦。胡德珍馬上說：「好哇！我去。告訴我時間地址。」

　　從此，胡德珍「支起」了崔家麻將桌的「第四條腿」，而且，和汪嘉玉熟悉後，他們互相對脾氣，打了幾次牌就成了密友。

　　轉眼要過年了，這天八圈麻將打完，汪嘉玉和幾位牌友說，他們要回鎮江過年，可能要到夏天過後才會再來上海。姐妹幾個到時候再聚吧，要是等不及，就到鎮江來玩。大家有點依依不捨，但只好暫且分別。胡德珍離開崔宅後上了車，突然想起什麼，立刻又折返。她對汪嘉玉說：「嘉玉姐，我有一件事情想跟你商量。」

　　汪嘉玉：「有什麼事要我做，儘管說。」

　　「是這樣，昨天有個人來找我們家毛森，說我們幾年前運過一批木料，存在鎮江江邊的一個碼頭上。這批東西現在還在那裡堆放著，希望我們派人提走。他這一說，老毛想起來好像是有這麼一回事。他那時候買了一批木頭，從水路運到鎮江，準備再由陸路分散到幾個城市賣掉。結果日本一投降，戴局長立刻招老毛回軍統做事，他當時走得急，生意的尾巴都是我哥哥幫忙處理掉的。可這批貨讓我們徹底忘在鎮江了。老毛哪裡有閒心管這個，就請這個碼頭的老闆看著辦，把貨處理掉就行，拿回多少錢無所謂。誰知道這個老闆膽小，不敢做主。想請老毛派個人去處理。老毛實在太忙，就讓我找個合適的人去辦。你說巧不巧？你正好要去鎮江，就請你去幫我這個忙，把這些木頭弄走行嗎？」

　　「哎呀！德珍啊，我可不會弄這些。別給你做賠了生意啊。」

　　「你別擔心。這生意我們本來就不想做。你要是願意，就給我一根條子，那些木頭就都是你的了，你想怎麼弄就怎麼弄。你們在鎮江住，找個當地的人幫你料理一下，應該不大費事的。我們來寫個字據，就算把這批貨過戶給你。」

　　「真的可以這麼弄嗎？」

　　「可以！可以！你出一根條子就能了結我一椿麻煩事，你可能吃點虧，請你多擔待。下次來上海，我請你吃飯。好不好嘛？」

　　汪嘉玉是個厚道人，對方請辦事，不好推脫。一根金條似乎說不過去，硬塞給胡德珍兩根。簽字畫押，一筆買賣成交，胡德珍高興離去。

　　晚上崔叔仙回家，汪嘉玉把事情說給他聽，崔叔仙笑說：「有你這樣的買賣人嗎？不看貨就交錢，也不知道買一堆木頭幹什麼？」

汪嘉玉回答：「不是幫朋友忙嘛！大不了兩根條子撂下水，就當打麻將輸掉了好啦。你還別管，我自己去辦。讓你看看我們汪家人怎麼做生意。」

到了鎮江，汪嘉玉這天得閒，叫上大哥崔伯仙，讓司機送他們到江邊碼頭去看貨。老闆見到她就說，毛太太打過電話來，說這批貨已經轉給崔太太了，我正在等你過來安排，你怎麼吩咐，我就怎麼辦，只要趕快把貨物處理掉就好，我們還要接著做生意。

汪嘉玉說，還是先帶我們去看看貨吧，老闆就上車，帶他們到貨場去。

到了地頭下車，老闆用手朝前一指說：「崔太太，這就是你的貨。」

汪嘉玉往前一看，頓時目瞪口呆，問：「這些都是嗎？」

「都是。全都在這裡，一根也不少。」

只見在長江岸邊，堆著粗大的原木，層層疊疊，摞得小山一樣高。汪嘉玉心中叫苦不迭。胡德珍啊胡德珍，你怎麼沒跟我說清楚？這麼多木頭，叫我怎麼辦呀？

大龍看她一臉愁雲，就對老闆說：「謝謝你帶我們過來！我們再看一看。你先忙，我們會盡快過來結賬，把貨提走。」

老闆聽了舒心一笑就回去了。

這邊大龍小聲說：「弟妹呀，你發財啦！」

「發財？我都愁死了，把這些木頭都弄走，要費多大的事啊？」

「哎喲餵！弟妹，你知道這些是什麼木頭嗎？這是上等的杉木啊。」

「杉木怎麼啦？還是太多啊！」

「哎！你是不知道，這些杉木是蓋房子的首選好材料。現在市面上就缺建築木材，有錢都買不到。這麼值錢的東西，你一下子就買了這麼多，想不發財都難啦。」

汪嘉玉將信將疑，回家就跟崔叔仙一五一十講了這事，商場上的事，丈夫到底比她有數得多。

崔叔仙聽完，分析給她聽：「眼下這時候，木材確實是緊俏貨，杉木就更搶手。毛森現在是大紅人，他不可能再去做這筆生意，

但老堆在那裡總不是事。毛森讓鎮江這邊處理，儘管貨場也曉得木料值錢，但到嘴的肥肉他也不敢往下吞。毛森是誰？他的名聲在外，號稱軍統的‘毛骨森森’，是個殺人如麻的角色。現在貨到了你手上，自然還是沒人敢動這些木頭。你就放心賣掉它，再把存儲費用的賬一結，就完事了。不會吃虧的。放心吧！實在不會，叫大哥幫忙，他做這種買賣比我有經驗。哦，還有一個人也可以幫你。」

「是哪一個？」

「吳長余。他在銀行就是做資產回收的，經常辦理一些資產轉讓的業務。讓他給你出出主意看。」吳長余，高郵人，崔伯仙的小女兒崔國娣的丈夫。

既是家裡人就好辦。一起再跑一趟江邊就是了。

吳長余不負所望，看了一眼木頭山，就對汪嘉玉說：「三媽，我已經大概有數了。給我幾天時間想辦法，看看這批貨怎麼出手為最好。」

「好吧，不著急，想到辦法告訴我一聲就是了。」

三天一過，吳長余帶了一名建築師來見汪嘉玉。要和她談價格，買下那些木料。

汪嘉玉不等他提出買價，先問他：「你想要這批貨？」

「想要！還請崔太太出讓給我。我感激不盡！」

「如果我賣給你，你打算怎麼處理？」

「我是在美國學的建築。本來打算在鎮江建幾棟美式的庭院，可是買不到木料。吳先生告訴我你這裡有一批木材，過來一看，這麼多木材，只要賣掉一部分，就可以建好幾處宅子了。」

汪嘉玉心裡盤算一下，對建築師說：「你看這樣行不行？這批木頭都歸你，我不跟你要錢，木頭你怎麼弄我也不管，你就答應我兩件事。第一件事，你趕快把木頭從這裡提走，把欠貨場的費用結清。第二件事，請你把要建的房子畫一幅圖，讓我看看，要是滿意的話，就按圖給我蓋一個房子，就算是你付給我的木料款。不管剩下多少，都歸你，你還能蓋出什麼東西來都跟我無關。怎麼樣？」

建築師大喜過望，第二天就把圖紙送過來，讓汪嘉玉過目。汪嘉玉看後問：「圖上看還不醜。只是哪裡有好地基來蓋房子呢？」

「你要是喜歡，我有塊地基可以送給你，就在省府路往江邊走

的路頭上。」

「你還蠻實在的呀！這房子比我想的要大、要好看。行啊！就這麼定。我請我大哥崔伯仙跟你把合同簽下來，你就趕緊動工吧。房子要蓋好，千萬不能偷工減料啊。」

「我哪敢對你崔太太做手腳？我保證讓崔太太滿意。」

崔伯仙：「弟妹放心，我親自監工。按照合同，等房子成功交付，這筆買賣才算完。」

汪嘉玉本不想太費心，了去一件心思就好，沒太當回事。

幾個月後，房子建成了，大家跑去一看，啊！一片驚艷。

這就是今天汪嘉玉帶家人來看的房子。房子建好後，種上些花花草草，置辦些必要的傢具，接上電燈電話，全部就緒，就等人搬進來。

可是誰搬來呢？除了請崔國娣夫婦，帶著他們的孩子們，住在前面的平房裡，算是幫忙看房子，其它的房間都還沒有主人。

汪嘉玉對孩子們說：「因為這是我的房子，我決定把它留給你們。你們哪一個要是回鎮江來住，我就把這樓上的一層給你。開元吶！你什麼時候娶了‘馬馬’，就住在這塊。」高郵話的「馬馬」屬於兒語一類，也就是「老婆」的意思。她又對兩個女兒說：「你們回來也一樣，一家一層，互不干擾。」

崔開明：「不對呀，媽媽！他們一個人一層，我住哪裡呀？」

崔開元：「對呀！這棟樓少一層哎。」

汪嘉玉：「真是沒良心的孩子。你們四個，總要有一個跟我住一起吧？不要媽媽啦？」

大家都開心大笑

八十年代初，他們四姐弟再次重逢在高郵，坐在一起笑談往事。當回憶起這一天的情景時，一開始大家都在笑，可不知怎麼的，頃刻就是汪洋，傷心淚滔滔。

7 香港避難

崔叔仙認識的人中，陸續離開大陸的人已不在少數。有朋友勸

360

他一起走，但他一時很難決定，還想再觀望一陣，因為實在是難以預料，今後的形勢會如何變化。

他沒有動，還有另外一個原因，農民銀行的總經理李叔明生病了，要到美國去看病，走前請崔叔仙代理總經理之職。受人之托，每天要處理的公務也著實不少。這種狀況下，就更不好一走了之了。他只好住在上海，安心操持銀行業務，別的想法先放下再說。

直到有一天，事態突然出現變化，因為湯恩伯又找來了。

湯總司令這次來，是請他幫一個忙，他有幾個親戚要從浙江金華來上海，希望銀行能派一輛車去接一接。

對於崔叔仙來說，這區區小事不難辦到，滿口答應下來。

他隨後問：「幾個人？」

答曰：「4 個。」

「派一輛車去夠不夠？」

「夠啦。」

第二天，他讓上海分行開小車的司機小李到金華跑一趟，接了人送到湯總司令處。

小李幾天後回來交差，說：「崔經理，我回來了。」

他問：「哦！是小李回來啦？辛苦辛苦！讓你接的人都送到湯總司令官那裡了嗎？一路還順利吧？」

「順利，順利！就是半路上，湯太太有點頭疼，在杭州繞到一家醫院開了一點藥，吃了藥就好了。總共四個人，都送到警備司令部，見到湯總司令，我才走的。別的沒啥事。」

「你是說，頭疼的是湯總司令的太太？」

「是。」

「車上還有什麼人？」

「還有兩個年紀大的和一個小姑娘。聽他們幾個講，好像是要去日本。」

「我知道了，你回去休息吧。」

「好的，崔經理。你要是沒有別的吩咐，我就去把車洗了，然後回家。明早來上班。」

「去吧。」他當下雖不露聲色，心裡卻開始分析，小李所說的，不得不讓人疑心，可到底是哪裡不對，也說不上來，反正這裡面

有名堂。

又過了兩天，蔣經國到上海辦事，晚上開宴會，座上實除像於右任、崔叔仙這些老朋友外，還有新上任的行政院長孫科、外交部長吳鐵城、社會部長谷俊山等多人。

席間，谷俊山說起一件事，讓崔叔仙很吃驚。他說湯恩伯根本沒有信心守住上海、南京一線。據可靠消息，他正派親信去日本活動，準備把家眷秘密送到日本去。仗還沒有開打，主帥就在安排退路，準備開溜，那我們丟掉京滬防線，應該只是時間的問題，別指望他們啦！

崔叔仙這下開始心慌了。他回到鎮江家中，和汪嘉玉商量，是不是該做撤離準備。就在他猶猶豫豫之時，王修身的來訪，終於讓他下了決心。

王修身現在已是 106 軍的軍長，他的部隊在江邊布防，利用一個晚間來崔家探望。自從崔叔仙離開蘭州以後，這是他們第一次重逢，並不善酒的崔叔仙還是陪王軍長喝了好幾杯。敘完家常，王修身端起酒杯一飲而盡，對崔叔仙說：「我這次來，一是看望老兄，二是為了和你說一件事。」

崔叔仙：「新民，有什麼事你就說吧。你軍務繁忙，還要抽空到我這裡來，一定是有重要的事吧？」

王軍長：「我就是來勸你馬上走！越快越好！」

崔叔仙：「哦？你的意思是說，共軍就要打過江了？國軍這麼多部隊也守不住長江天險嗎？」

王軍長：「別人可能不清楚，可我這個軍長再清楚不過。戰場風雲萬變，萬一被困住，後悔莫及。不瞞你說，我的家眷已經送到香港去了，你們最好也要盡可能快點動身。情況非常不妙啊！」

崔叔仙：「新民，你這麼一說，我有數了。明天我就寫辭呈，辭去我在政府和軍隊的所有職務。爭取十天之內就到香港去。你看這樣妥當嗎？」

王軍長：「十天、二十天應該還行，但絕不要拖後。」

叔仙：「我橫豎是要走了，誰都攔不住的。你的家眷都安置在香港什麼地方？需要我做些什麼？」

王軍長：「我的副官陪他們到了香港，安頓好了才回來。生活

上沒什麼大問題，只是走前很倉促，他們沒跟我碰上面。我想寫封信，請你帶到那邊。得空時去看看就行。我怕他們在那邊人生地不熟，有你在那裡，我就放心多了。」

崔叔仙：「沒問題，你放心好了。你自己做什麼打算呢？」

王軍長：「哎！帶兵打仗，身不由己呀，打到哪裡算哪裡吧。估計長江失守以後，我們會往南撤。最差最差的結局，就是我們退到福建去，那裡離台灣近。你知道老蔣為什麼讓桂永清接替陳誠的海軍司令嗎？」

崔叔仙：「不是說陳誠身體有恙，需要到台灣療養嗎？」

王軍長：「其實是老蔣派他到過去主持政務，為老蔣退到台灣打前站去啦。」

崔叔仙：「原來如此。看來我還真是大意了，對這些情況竟然一無所知。謝謝新民的提醒！要不就誤事了。」

夜幕中，崔叔仙將王修身送到門外，他們自此告別，後來再也沒有見過面。

十天後，崔叔仙起身赴港，跟著他的，只有汪嘉玉和崔開明二人。

他的母親和二哥一家這時候被困在蘭州出不來；大女兒崔國英在新疆陪著丈夫，不想走；二女兒崔國華已在香港；大兒子所在的北平市，已然被共產黨的東北野戰軍團團圍住，鳥都別想飛出來。

大哥崔伯仙一家倒是都在鎮江，可是也沒法走，這是為什麼呢？

大龍自打從高郵搬到鎮江居住，吃穿不愁，眼界大開。也不知道什麼時候開始，居然有了新的嗜好，抽上了鴉片。他三弟發現後，也曾勸阻過，但無甚效果。漸漸的，不但他自己抽，二個女婿也跟著染上了大煙癮。一來二去，這幾位的健康是每況愈下，等崔叔仙來找大哥商量逃難的事情時，崔伯仙已經虛弱得下不來床了。

沒有辦法，崔叔仙只能先把大哥和他的兩個女婿都送去戒毒。這一大家人也就這樣留在了鎮江。

8 北平被圍困

　　崔國華在婚禮結束後，從鎮江出發，經廣州到了香港。而崔開元也在同一天離開家，回到北平。夏校長關照他帶著教科書自學課程，他沒聽。帶書旅行不方便也就罷了，回家就幾天，玩還玩不過來，哪有時間看書？現在回來了，找朋友一問，功課缺得並不多，於是他把自己關在宿舍里，惡補一天一夜就都趕上了。接下來幹什麼？玩唄！

　　不久後的一天，校內布告欄上張貼告示，宣佈即將針對四年級的同學舉行畢業考試。大家開始議論，這到底是怎麼回事？不是明年才畢業嗎？現在就考的話，是要我們提前畢業嗎？

　　他的一幫老友個個都樂得如此，少學半年，照樣拿畢業文憑，好買賣呀？可是，有些同學在暗地裡說開了：「聽說共產黨快要打到北平了，所以就要提前考試，提前畢業。有的教授準備離開北平，怕等兵臨城下之時，想走就太遲了。」

　　還真有不少人寧肯不要畢業證，也不在北平等下去，他們立即收拾行囊，各自回家去了。跑了的不只是學生，也有教師。教學開始失常，有的課乾脆就停掉不開了。

　　崔開元本來並不著急走，學了好幾年，當然還是拿個畢業證書為最好，反正也沒啥事，在哪裡玩都是玩，沒有區別。可玩著玩著，問題來了。

　　自從他來到北平讀書，身上就沒帶多少錢，平時按月到北平農民銀行去提兩口袋白麵。一袋給學校算學費，留下一袋自己零花。現在這樣說起來會讓人費解，可當時就是這麼乾的。糧食，尤其是麵粉，在北平是硬通貨，比錢幣好使多了。錢會貶值，麵粉卻不斷漲價，而且有時想高價買進都找不到貨源。麵粉也比黃金方便，金條要拿到銀行兌換，麵粉只要拿到學校食堂立馬變現。有時候需要找個老媽子來洗衣服、收拾屋子什麼的，比起給錢，收到麵粉會讓她更加高興。

　　這天他又去銀行拿麵粉，本是弄慣了的事，他人一到，自然有人把麵粉裝到他的車上，至於這麵粉是怎麼來的，誰付錢，他一概不知。當然，他也懶得問。可今天不一樣，他一走進銀行大門，平時給他扛麵粉袋子的人走過來打招呼，讓他稍等，查經理馬上就下來。說完就上樓去稟報。

　　查經理下樓，找了一個沒人的屋子，把他請進去，然後說：「開元吶，北平現在是什麼情況你大概知道一點吧？」

　　「聽說了一點，好像共產黨的軍隊就要打過來了。不知道實際情況到底是怎麼個樣子。」

　　「千真萬確！你父親給你的麵粉運到半路就卡住了，進不了北

平。你是不是和你父親商量一下，看需不需要馬上回去，或是有什麼更加妥當的辦法。」

「我現在不能回去，馬上就畢業考試了。」

「什麼時候考？考幾天？」

「下個禮拜開始考，有個幾天就完了。」

「那你趕緊去把飛機票先訂下來，拿到畢業證馬上走。不對，不要等畢業證了，請夏校長幫你寄到鎮江。」

「好的，我一考完就回去。但是我的麵粉用完了，買飛機票的錢不夠，沒有麵粉怎麼辦？」

「這樣吧，我給你支四十塊大洋。你先花著，若不夠，走前再來找我。」

「那應該夠了，也就十天半個月而已，不需要太多錢。謝謝查經理！你怎麼辦？共軍來了你不怕呀？」

「怕也沒用。反正我是走不掉的，希望共軍不會把我們怎麼樣，管他是誰來，都需要銀行不是？」

「說的也是。」

他剛想轉身離去，查經理又叫住他說：「保險起見，你最好還是和家裡說一聲你的打算。你是現在就走，還是等考過試，最好和你父母通過氣再決定，這樣我也安點心。」

桌上有電話，查經理幫他要通了鎮江家中，汪嘉玉接的電話，一聽是大兒子的電話，馬上就說：「開元呐！你怎麼樣？好不好呀？聽說北平那邊要打仗，真的假的？還是趕快回家吧，省得我覺都睡不好。」

崔開元在這頭說：「媽媽，不要擔心啦！沒事的。我就要考試了，考完了再回去，沒問題的。爸爸在不在家？」

「你爸爸最近在上海。我也不曉得該怎麼辦，你還是打電話到上海他的辦公室吧，他也許曉得北平那邊的情況。」

「他不在家就算啦。反正我很快就會回來的。你們都放心好了。」

「行，你自己多小心就是了。」

「我會小心的。再見，媽！」

掛了電話，見查經理臉上表情輕鬆許多，他便告辭，去買了飛機票，然後回學校去了。

一個星期後，又一張布告貼出來，畢業考試延期兩周舉行。真是麻煩，飛機票白買了，想換成延後兩周的票，沒戲，幾個月內的機票均已售罄，只能辦理退票。退就退吧，他轉身來到輪船公司買到一張日期合適的船票。船走得慢，只要能回家，慢就慢點吧，也沒其它

的辦法了。

又白等了兩個星期，考試再次延期。到底什麼時候考，什麼時候畢業，誰都不清楚。這時再到輪船公司一看，這裡已經關門閉戶，停止營業了。

他回到宿舍，有點垂頭喪氣。張思之看出來了，問是怎麼回事，他告知實情。張思之說：「我說呢，今天怎麼不見你人影，原來你也想跑。崔開元，你知道嗎？你現在是白費力氣，北平被解放軍包圍得水洩不通，哪裡還走得出去。你聽，這是炮聲，以我的經驗，這炮就在城外。」

「啊？這是大炮的響聲啊！我以為打雷呢。」

「哪有冬天打雷的，這可是榴彈炮的聲音，說明有大批野戰部隊來了。你走不掉的，還是安心留下來吧。」

「那共軍要是打到學校來，你可要帶著我一起跑，你上過戰場，有經驗。」

「放心吧，我不會丟下你。」

第二天，仍舊能聽得見郊外的隆隆炮聲。

人被困在北平，學校也不上課了，什麼事都沒有，百無聊賴。

下午，他拿了一個籃球，想去練習投籃，打發一點時間。跑去一看，俞傑、戴崇和、陳萬齡已經聚在球場上，都是閒得發慌，不知該乾些什麼。

玩了一陣子，俞傑接過一個球，拿在手上不動，然後把球放在地上，一屁股坐在球上說：「老玩這個沒意思。我們出去玩吧？」

「好啊！去哪裡？」

「對，去哪裡呢？城裡到處人心惶惶，沒有什麼地方好去啦。」

他們你看看我，我看看你，都不知道該去何處散心。

俞傑低頭想了一會，忽然抬頭說：「我想起一個地方了，別處生意可能不做了，但我可以保證，這地方一定照常開門迎客。」

「到底是什麼地方？」這三位催他快說。

俞傑的嘴角掠過一絲笑，說道：「我說的這個地方鼎鼎有名，就是八大衚衕。」

陳萬齡一聽是八大衚衕，嚇了一跳：「你是說逛妓院啊！那地方怎麼能去，你亂說的吧？」

崔開元：「陳萬齡，八大衚衕可能不像我們想得那樣。我父親說過，他到北平來的時候，北平的朋友曾經帶他去過，還說讓我有機會也去八大衚衕看看。我還是有點怕，從來沒去過。」

俞傑：「怕什麼怕？戴崇和你去過嗎？」

戴崇和：「去過一次。」

俞傑：「我也去過一次。怎麼樣？我們四個一起去，敢不敢？」

陳萬齡：「我和崔開元一樣，不太敢去。」

戴崇和：「你們兩個是南方人，不知道這邊的情況。其實去一趟八大衚衕，和到茶館喝茶沒有太大區別。走吧！去看看就知道了。」

既然朋友這樣說，那就沒什麼可怕的，去就去唄。崔開元說：「我回宿舍把球放下，然後開車過來，你們坐我的車一起走。」

大家都說好。

他披上衣服，拿著球往宿舍方向去，拐過兩個彎，前面就能看見宿舍的樓頂。這時，前面迎頭走來四個人，走近一看，中間的人是張思之，正要問：「張思之，你這是去‧‧‧？」話沒說完，張思之抬起雙手，這時他才看清，張思之的兩只手腕被一根麻繩綁著，邊上兩個人架著他，還有一人走在後面，手裡握著槍。

他問：「什麼意思？張思之，他們這是抓你嗎？」

他們在崔開元面前站住。張思之邊上的兩人，崔開元見過其中一個，他也是朝陽的學生，因為有顆鑲金的門牙，所以外號「大金牙」，他跟保密局的那幫人是一伙的。只見他撩起大衣的衣襟，亮出腰上的槍，開口道：「崔開元，大路朝天，我們各走一邊，我們今天可是公乾，你最好不要管閒事。」

「你抓他算什麼公乾？而且這也不是閒事，他可是抗日功臣，還是我的朋友，怎麼能讓你們捆著走。」

「我知道，他是你的朋友不假，可今天沒辦法，我們一定要抓。」

崔開元迅速想了一下對策，他們三個，我就一人，真打起來，估計打不過，看來得用點心計。他沈默了幾秒鐘，側過身，讓他們從身邊走過。然後他把手中的球扔在路邊，轉過身跟了上去。等兩個彎

拐過來，見前面球場上，他的三個朋友正在等他，他在後面高聲喊道：「俞傑、戴崇和、陳萬齡，你們快點過來幫忙，他們是來抓張思之的，給我攔住他們！把人搶回來！」

那三位也不含糊，馬上聚攏過來，攔住他們的去路。

「大金牙」一看又來了三個，有些慌神，掏出手槍喊：「別亂來！別亂來！張思之是共產黨。你們別跟這兒攪和，要不然我就不客氣了。」

看他掏出槍，俞傑說：「我說小兄弟，就你那支破槍，也好意思往外掏，看看我們用的都是什麼級別的。來吧！都拿出來讓他見識見識。」

話音一落，四支手槍同時指了過來。

崔開元在後面說：「你說張思之是共產黨，我和他住在一間宿舍都不知道，你們怎麼知道的？你們一定是看他不順眼，找藉口要害他是不是？」

「不是！不是呀！他真的是共產黨。要是不信，你們就去保密局問一問好了。」

崔開元：「那不行！張思之你們帶不走。我們四個打你們三個，綽綽有餘。」

張思之笑嘻嘻地對「大金牙」說：「我來告訴你吧，他們的槍不是點三八也是九毫米的。你的這把槍多大口徑？點二二的吧？這種槍，我們在戰場上看到都不會撿，它打不死人的。」

對方被說得一下矮半截，見自己落在下風，只好收起槍，留下張思之走了。走前還說：「崔開元，還有你俞傑，算你們狠，有本事就不要走，我們馬上就回來。」

崔開元：「你是誰呀？你叫我們不走我們就不走嗎？我們還要到前門去玩呢，你要是去搬救兵的話，就到前門去找我們好了。難道我們還會怕你？」

這邊，他們趕緊給張思之解開繩索，問他要緊不。張思之說不要緊，不過真的要謝謝你們救我，要是抓進保密局，一定是凶多吉少。

崔開元問他：「我們準備出去玩，我現在就去開車。你跟我們一起出去吧，省得我們不在跟前，他們再來欺負你。還說你是共產

黨，莫名其妙。你去不去呀？」

　　張思之問：「去。不過，你們要到前門哪裡去玩？」

　　「八大衚衕。」

　　張思之說：「好，到了前門大街，你們自己玩吧，我要去看一個親戚。」

　　「行。」

　　防止那幫人回頭找麻煩，他們五人一起回去擠上汽車，一路開出學校，來到前門外停下車，他們往衚衕裡去，張思之則繼續往前走，去找「親戚」。

　　這四人來到朱家衚衕 45 號立住腳，抬眼一看，青磚樓牆上刻著「臨春樓」三個大字。邊上還有四個小字寫著「二等茶室」。

　　俞傑說：「這裡我來過，就進這家吧。」

　　崔開元用手指著牆說：「這不是寫著二等嗎？我們即便不來個特等，至少應該來個一等什麼的才對吧？」

　　俞傑：「你又外行了不是。八大衚衕的妓院分為三等，一等叫‘清吟班’，二等叫‘茶室’，三等叫‘下處’，第四等往下就沒名字了，也就是所謂的那些‘窯子’啊、‘暗門’啊什麼的。這第一等‘清吟班’里的姑娘仗著有些才氣，清高的不得了，沒有‘茶室’的姑娘那麼熱情，所以像我們這樣的人，到這二等妓院最合適。走，跟我進！」

　　他們一腳跨進了大門，馬上有一位約莫三十多歲的美貌女性迎上來，她笑吟吟地說：「四位先生，歡迎到我們臨春樓來，裡面請！」說著把他們讓到客廳，請他們落座，就轉身離開。

　　俞傑介紹說：「剛才這位叫‘老鴇’，馬上要登場的叫‘大茶壺’。」

　　話音一落，一個五十上下的男人從裡間走出來，向他們打了一躬說：「給各位請安！」接著他提高嗓門喊：「打簾子啦！」

　　這時，年輕的妓女一個接著一個，從簾子里走出，每出來一個，「大茶壺」就報一個名字，無非「柳綠、花紅」一類。客人看中哪一位姑娘，叫到她的名字，她就過來，在選她的客人邊上坐下，沒選中的，仍回到裡間去。

　　俞傑、戴崇和、陳萬齡都陸續點了姑娘，崔開元還是不好意

思，眼看十幾個妓女都過完了，他只能紅著臉，用手指了一下最後的一位，算是選中了她，她也立刻在他身邊坐下來。

接下來就是上茶、瓜子、糖果。姑娘們畢恭畢敬，幫他們倒茶、剝糖果，陪他們聊天。崔開元注意到，俞傑此時已經把他的姑娘用手臂攬在懷中，這個姑娘好像也認識他，可見俞傑來過不止一次。

看到俞傑如此大膽，崔開元也鼓起勇氣，看了看他身邊這位姑娘的容貌。她不會超過二十歲，眉清目秀，略施粉黛。見他看向自己，馬上露出笑臉，問：「你怎麼不愛講話？以前沒來過吧？」

「是沒來過。第一次來，謝謝你來招呼我！」

「哎呀！你還真客氣。不用謝的，我倒要謝你點我吶。」見他又陷入沈默，接著問：「看你好像不是北平人，是來讀書的還是做生意？」

「我們都是朝陽大學的學生。現在停課了，我們沒事做，就到這裡來玩。」

「那你是哪裡人？」

「我是江蘇高郵人。高郵你聽過吧？」

「高郵我當然知道，我的老家也在蘇北。我本來是興化人，小時候家裡姐妹多，養不起，就把我賣到揚州的妓院裡，後來才到北平來。」

這樣交談了一陣子，突然院子裡傳來一陣騷動。那位老鴇快步走進來對幾位姑娘說：「快快！出來一下。有幾個國軍的傷兵闖進來了，還舉著槍，嚇死人了，說要聽姑娘們唱個小曲才肯走。」

姑娘們看了看她們的客人問：「能讓我們先出去一下嗎？」

他們四人點頭說好，並跟她們一起來到前院。院子裡站著五六個軍人，大門外還有幾個，都是傷員。只聽他們七嘴八舌在那喊：「老子在前方賣命，快叫幾個漂亮的娘兒們出來慰勞我們，給老子唱一個！」

十幾個姑娘這時已經站成兩行，領頭的姑娘說道：「各位軍爺！我們就給你們唱一個小曲，說好了啊！唱完你們就走，我們還要做生意。千萬不要為難我們。謝啦！」

說完就開唱：

小小洞房燈明亮，手扶欄桿細端詳，
象牙床掛紅羅帳，珊瑚雙枕繡鴛鴦。
鴛鴦戲水水翻浪，水上人影一雙雙，
春來楊柳千條線，情絲長繞有情郎。

這是一首周旋的歌，流行過一陣。崔開元心想，難怪這「茶室」屬於二等妓院，這些妓女明顯沒有受過歌唱訓練，只會扯著嗓子喊。

這些當兵的倒是好糊弄，唱完了，他們就滿意地退出了大門。

他們四人又在妓院坐了大約半個小時，覺得差不多了，於是他們站起身，準備走。當然要付錢，付多少錢不知道，還是看俞傑怎麼弄。

只見俞傑掏出四塊錢放在桌上的一個空盤子里。

崔開元小聲問：「四塊夠嗎？」

俞傑：「錢隨你放多少。像今天這樣，四塊算比較多了。」

於是剩下的三人也都各自放了四塊錢。四個姑娘挽著他們的手臂，一直把他們送到大門外才回去。

俞傑問：「感覺怎麼樣？好玩嗎？」

崔開元和陳萬齡都說：「蠻好玩的。以後要是有機會還可以再來。」

天色已近黃昏，這四個人往前門大街走，一邊還餘興未了，爭論誰的姑娘最漂亮。

快到停車的地方，他們發現有一些軍人站在他們的車旁。戴崇和笑著說：「這些人應該和剛才那些傷兵是一伙的吧？怎麼荷槍實彈的，一副劍拔弩張的模樣。」

正在說笑，就見一名上尉軍官走上前來喊：「站住！不許動！」

他們四個下意識地立刻拔槍以對。喊：「不要誤會，我們只是學生。」

軍官：「一點都不誤會，找的就是你們。」正說著，後面一人露出腦袋，原來還是「大金牙」。

「大金牙」「嘿嘿」一笑，背在後面的手慢慢伸出來，手中握

著一把「M3」衝鋒槍。他得意地說：「崔開元、俞傑，想不到吧？我不在保密局混了，我們現在是‘華北剿總’的人。傅作義司令可是野戰出身，管不了你們都是誰的兒子。請吧！到我們司令部走一趟。你們若不把張思之交出來，一個也別想活著出來。」

他用手一指，對那些士兵說：「下他們的槍！都帶走！」

當兵的人多，七手八腳就把他們的槍給繳了。邊上有輛大卡車，他們被推著往前走，看來要被扔到卡車上去。

俞傑說：「情況不妙！你們誰認識傅作義？」

戴崇和：「和山西晉軍還真沒打過交道。」

崔開元：「我也沒見過他。」

陳萬齡：「那怎麼辦？沒人知道我們都進去了，誰來救我們呢？」

崔開元回過身對上尉軍官說：「等等！你抓我們好沒道理呀！我們沒幹什麼呀！」

軍官說：「沒幹什麼？他們奉命去抓共產黨張思之，是不是你們把人給搶走了？現在懷疑你們也是共產黨，除非你們交代出張思之人在何處。」

陳萬齡：「張思之跑哪去了，我們又不知道。你應該去抓他呀？你根本不知道我們是誰就來抓人，太不講道理了吧？」

軍官嘴一咧，大聲說：「我知道你們幾個的爹都有點來頭，可我不吃那一套。我是帶兵打仗的，只認我們的司令長官。除非你能證明你是傅作義的兒子，我就立馬讓你走人。你要是不姓傅，就別廢話！」

陳萬齡：「你不講理！」

軍官：「老子從來不講理，只聽命令，上峰叫我抓誰我就抓誰，天王老子來了也一樣照抓不誤。」

這四人被這樣一說，都愣在那不知如何是好。當兵的不管那麼多，把他們一個接一個推上卡車。崔開元是最後一個，既然到這步田地，也不好硬碰硬，好漢不吃眼前虧，到了「華北剿總」司令部再想辦法吧。他手扶著車廂板，抬起右腳爬上卡車。

也就在這節骨眼，只見一輛黑色福特車在他們邊上經過，突然在不遠處停了下來。車上下來一個穿著中校軍服的人，走過來問：

「怎麼回事？」

上尉兩腿一並敬禮說：「報告處長，我們在抓共黨份子。這伙人剛剛從我們手上搶了一個共黨，還放他跑了。」

中校：「你們等一下。」

上尉：「是！」

中校走回到小車旁，對車裡的人說了幾句話，然後折回，向著卡車上問：「你們誰叫崔開元？」

崔開元舉手：「我。」

「下來！」

「幹什麼？我不下去！」他心裡沒底，不想離開朋友。

「下來吧！有人找你。是你的老熟人！來！」中校不停招手叫他過去。

「都說是熟人了，那就下去看看吧。或許能救我們也說不定。」陳萬齡這樣勸他，余傑和戴崇和也點頭。

於是他很不情願地爬下卡車，跟著中校走到福特車旁。他彎下腰，想從車窗看看裡面是誰要見他，可是隔著玻璃還有一層白紗，只能看見車內的後排，有一個女人模糊的輪廓。這時，中校已經繞到車的另一邊，打開後排車門，示意他坐進去。他也管不了那麼多了，只能鑽進車裡去。

他剛進去，車門就被中校「砰」地一聲關上了。他抬起頭定睛一看，哎！還真認識。這是好幾年都沒見的老朋友，他不禁脫口而出：「朱兆英！怎麼是你？你怎麼也在北平？」

朱兆英回答：「怎麼？許你來北平，我就不能來嗎？」

「不是，現在北平亂得很，你到這來幹什麼呢？」

「我大學畢業後，就到國防部去了。這次是作為特派員，跟著鄭介民次長到北平來的，主要是為了對付共產黨。現在我正要趕到空軍機場去，回南京辦事。沒想到，在這裡碰到了。說說吧，你們幾個又在搞什麼名堂？那幾個又都是誰家的公子哥？」

「俞傑是俞院長的兒子；陳萬齡是四川劉文輝的外甥；戴崇和是原來軍統戴局長的‧‧‧。」

朱小姐揮手打斷他說：「行了，行了，別說了！就知道你們是閒得難受，到處闖禍。但是再怎麼鬧，也別和共產黨沾邊呀？說你搶

走一個共產黨？」

「哪裡呀？張思之根本不是共產黨，他是遠徵軍里的軍官，在緬甸前線還負過傷，又和我住在一個宿舍。那幾個人就是想欺負他，我不能不管吧？」

「這個姓張的人現在何處？」

「我不知道，我們帶他到前門大街以後，他就自己走了。」

「不是走了，是跑了。你不會真和共黨有關係吧？」

「我說我是共產黨你信嗎？」

朱小姐冷笑一聲說：「就你們這些人，共產黨才不會要呢。真要是加入共黨，你說你們都能幹些什麼？接著闖禍嗎？不是我說你們，是不是玩得有點過頭？共產黨你們也敢搶呀？要不是我偏巧路過碰上了，真的抓進去，你說你受得了嗎？崔開元吶！你怎麼長不大呢？哎！算了，不說了。我著急趕路，以後再見吧！」

崔開元以為她就這麼走了，他們還在當兵的手裡，那可如何是好？便急著說：「哎！你不能走哇？要讓他們還我們的槍、放了我們，你才能走。要不我不下車。」

朱兆英忍不住發笑：「哈哈！你現在曉得找我了是不是？當年在蘭州我對你如何？可你倒好，離開前連個招呼也不打，弄得我都不知道你跑哪去了。我也是，今生今世怎麼就遇見你這個冤家呀！」

說完，她搖下窗，招手讓中校過來，中校趕緊跑來問：「特派員，有什麼吩咐？」

朱小姐用眼掃了一下卡車上的三個人，對中校說：「李處長，這四個人我都認識，不是共產黨。放了吧！」

中校吃一驚：「放了？這不好吧？這要是傳出去，對特派員不利呀。」

「李處長，你的這些手下真夠糊塗。」朱小姐變了臉色。「也不搞清他們的背景就敢抓呀，還下了他們的槍。」

「他們學校的同學跟我說了，他們都是有錢人家的孩子。但再有錢，也不能通共啊？再說，現在需要把他們帶回去審一審，看到底把那個姓張的共黨分子藏哪兒了。」

「我說李大處長，你怎麼也跟著犯糊塗呢？這幾個人可不是你說的有錢人那麼簡單。你不但要放他們走，我還奉勸你忘了今天的

事，否則上峰知道了，你可沒有好果子吃。」她是想嚇唬中校，好讓他閉嘴。「我也是替你著想，我們就要南撤了，真把他們弄進去你打算怎麼處理？要麼留給共產黨，要麼槍斃了。這麼跟你說吧，別說是毛人鳳不敢殺他們，就是戴老闆今天活過來也不能把他們怎麼樣。你一直待在軍隊，這裡邊的事情不瞭解，也不能怪你，總之聽我的沒壞處。你不至於非要我掉頭回你們司令部，讓鄭次長親自跟你解釋吧？還是你掛電話去問一下毛局長？」

中校被她的幾句話噎得差點倒不過氣，連忙說：「我聽特派員的。其實我也看出來他們不像共黨分子。你放心到空軍去，我立刻放人。」

朱小姐心細，說：「那你就別送了，跟他們一起回去吧，還要準備撤退的事情。我和他再聊幾句話。」

中校一揮手，喊：「讓他們下車，他們的槍都還給他們。我們回去。」

「大金牙」立刻傻眼，問：「把他們都放了？費半天事才抓到。」

中校怒喝：「你閉嘴。成事不足，敗事有餘。以後機靈一點，別再給我惹麻煩。」

「大金牙」被罵得一愣一愣的，原地轉了幾個圈，想想還是跟著跑了。這邊俞傑他們走到車前張望，崔開元下車關上門，轉身給了俞傑車鑰匙，說：「你們先到車上去，我馬上來。」

他俯下身透過車窗對朱小姐說：「謝謝你！」

朱小姐忽然有些靦腆地一笑，溫柔地說道：「不用你謝我！崔開元，以後有機會，一定要到國防部來找我，我會等你的！再見！」

崔開元轉身要走，只聽車里又飄出一句：「記住以後老實點啊！」

福特車絕塵而去。

他們四人也都回到學校，天已經完全黑了

崔哥的父親自那天以後，再也沒見過朱小姐，因為有救命之恩，他倒是常常想起這個女孩子。她應該也到了台灣，至於她後來的事，再不曾聽人說起過。對於經歷過那個時代的人來說，許多人和事都好似一陣煙雲掠過，漸漸地，彷彿成了幻覺，回想起來，怎麼那麼

不真實，難免讓人懷疑，這些故事真的發生過嗎？

也不是沒有例外的時候。

有些過往，偶爾也會從記憶的深處跳出來，不怕歲月流轉，始終宛如昨日一般的清晰。

80 年代初曾有一件大事，家喻戶曉，那就是開庭審判「林彪、四人幫反革命集團」的成員。當時中央電視台轉播了一些法庭實況，剛巧我回高郵休探親假，陪父母一起看電視新聞。爸爸半躺在床上，聚精會神。我和媽媽討論說：「這審判就像小孩子過家家，形式主義。」

媽媽說：「對，我也覺得是。你看江青多會說，連法官也說不過她。」

爸爸還是躺在那裡不動，只是平平淡淡地說了一句話：「坐在法官席位上的人裡面，有兩個我認識。他們是我的大學同學。」

我驚訝地問：「是嗎？哪兩個？」

他的語調還是很平靜，指著電視頻幕說：「這個俞傑是一個，還有一個，剛才在鏡頭前晃了一下，他叫張思之。」

第 11 章 時代洪流 崔開元脫胎換骨

1 華北大學

北平市被解放軍圍困至 1949 年 1 月,傅作義將軍請鄧寶珊出城和解放軍談判。鄧寶珊就是抗戰時期,在蘭州贈送龍骨章料給張大千的人。他作為傅作義的全權代表,和共產黨軍隊達成協定,簽署了《關於北平和平解決問題的協議書》。

從 1 月 22 日開始,傅作義的部隊出城接受改編。2 月 3 日,解放軍舉行入城式,北平市民在圍困中提心弔膽地過了近兩個月,終於松下一口氣。

解放軍是從永定門進的城,崔開元反正閒著無事,就上大街去看熱鬧。俞傑、李本昭、趙宗烈、戴崇和、陳萬齡也都去了。

解放軍戰士威武雄壯,排著整齊的隊伍,浩浩蕩蕩地從他們身邊經過。路邊有很多市民舉著小旗,打著標語,歡迎解放軍進城。看到不少人歡騰雀躍的模樣,這些大學生有點莫名其妙,共產黨來了真的那麼好嗎?至於如此激動嗎?

他們從永定門直接去了李本昭家。李本昭和俞傑剛結婚,她邀請大家過去,好好商量一下今後的打算。

崔開元說:「不管是誰接管北平,朝陽大學還是朝陽大學,我要等拿到畢業文憑以後再回鎮江。」

陳萬齡說:「我也一樣,回四川。」

李本昭站起來說:「你們先別忙,能不能聽聽我的意見?」

大家說好啊。

李本昭:「我問大家一個問題。我們是不是很幸運?」見每個人都搖頭,她接著說:「我要告訴各位,我們實在是太幸運啦!我們正在面臨一個偉大時代的開端,這也是我們每個人的機遇。以前我們誰都沒有明確的人生目標,現在有了,我們可以跟著共產黨走,把實現共產主義,當作我們的人生目標。多偉大!多崇高!想想都讓人激動。」

崔開元:「聽你這麼說,你要參加共產黨?」

俞傑：「參加共產黨可沒那麼容易，但我和本昭已經決定要參加革命。」

崔開元第一次聽到「參加革命」這個詞彙，很生疏，而且是出自俞傑的口，又覺得有些滑稽。他問俞傑：「你說要參加革命是什麼意思？怎麼參加法？」

俞傑：「解放軍說他們是革命的軍隊，參加革命就是參加解放軍。」

趙宗烈笑起來說：「哦！你說參加就參加啊，人家要你嗎？」

俞傑看看李本昭，說：「聽本昭她爸爸，哦！我的岳父說了，解放軍進城以前，就已經想到我們這些大學生啦，說是要號召我們加入吶！怎麼加入我也不清楚，我可以請我岳父再去問問。」

崔開元回到學校。一進宿舍，見張思之回來了。他問：「張思之，你到底跑哪去了？你知道我們幾個差點被抓嗎？他們說你確實是共產黨，真的假的？你不是遠徵軍的嗎？怎麼成了共產黨了？」

張思之從床邊站起來，向崔開元伸出手說：「來，崔開元，我們先握個手。我以前不便說，但現在可以告訴你，我真是共產黨。今天我過來就是專門找你來了。看你不在，都等半天啦。你們那天從特務手裡解救我，我要來謝謝你們。同時我也想來勸你們幾句。」

「你也要勸我們參加革命吧？」

「正是，怎麼？還有誰勸過你們？」

「俞傑和李本昭。他們說參加解放軍就是參加革命，對不對？」

「也對，也不完全對。參加解放軍當然算參加革命。還有一些其它的革命工作也可以參加。比如像我，已經接到軍管會的命令，準備參加對北平法院的接收。我知道你們幾個同學平時總在一起玩，對以後也沒有什麼具體打算。我想勸你們，不如就此參加革命。共產黨、解放軍一定會很快解放全中國，我們年輕一代大學生參加革命工作，無疑是目前最有前途的一件事。你們去參軍也好，想留在北平新法院工作也行。反正，千萬不要錯過這個大好機會。」

張思之接著又耐心向他講解了共產黨的理想、觀念，他聽了似懂非懂，糊裡糊塗。送走了張思之，他還是不知道應該怎麼辦。

過了兩天，他們幾個人都跑到北大，去聽共產黨的大官郭沫若

演講。演講內容他們基本沒聽進去，但得到一個信息，共產黨熱烈歡迎大學生參加革命，眼下最好的方式，就是報考共產黨辦的華北大學。演講結束後，不少大學生都很動心，包括崔開元的朋友們，可他仍然沒有主意。叫他猶豫的因素之一，是他父親的來信。

崔叔仙在信中說，他們已在香港安頓下來。他本想在香港建立一家商業銀行，可惜港府沒有批准。後來，他開辦了三個實業，分別是經營西藥的大通商行，買賣黃金的鎰隆號交易所分號，還有一家叫人人制衣廠，生產服裝。他想讓兒子大學畢業後盡快到香港來幫他做生意。

崔開元當然想回家和家人團聚，可他又覺得經商無趣。

就在他猶豫不決的時候，學校宣佈，所有四年級的學生，如果參加革命，就提前畢業，全部發放朝陽大學畢業證書。

陳萬齡還是準備回四川。俞傑、李本昭、趙宗烈、戴崇和等都決定要報考華北大學，他們拉著崔開元一起去考，崔開元也跟著去了。考場很近，就設在朝陽大學的校園裡。

他們全都被錄取了。

崔開元參加了革命，雖然是個稀裡糊塗的行為，卻也是一個不折不扣的轉折，一個徹底改變他命運的大轉折。當時，他們所有人都沒有察覺，自己剛剛越過了一道人生的分水嶺。

華北大學開在北平鼓樓棉花衚衕的一座大院裡。這裡聚集了好幾百名剛被錄取的大學生。他們要做的第一件事是分班學習政治，當然是為了改造思想。崔開元第一次學到，什麼是腐朽的封建資本主義，什麼是光輝燦爛的共產主義，什麼叫階級仇，什麼叫民族恨，萬惡的舊中國有多黑暗，紅彤彤的新社會有多光明。總之，他們明白了許許多多從來就沒有聽說過的一大堆革命道理。

課間，唱歌跳舞。唱的是《沒有共產黨就沒有新中國》，跳舞的樂曲是《跟著共產黨走》。這些歌曲對這些參加革命不久的大學生來說，新穎明快，政治鮮明，朝氣蓬勃，怎會讓人不熱愛？

校領導說，為了進行革命化的階級教育，全校學生都要到長安大劇院去觀看由華北大學文工團演出的話劇《白毛女》。崔開元那天坐在二樓，當演出進行過半的時候，有些同學開始哭泣。隨著劇情的發展，哭的人越來越多，甚至有人失聲痛哭。他有些奇怪，沒覺得這

個劇好到那裡去，這些哇哇大哭的人是真的感動，還是要表明自己的無產階級立場？再看看他身邊的朋友，一個都沒哭。他小聲問俞傑：「你說他們這是真傷心，還是為了做樣子？」

俞傑在他耳邊說：「至少有一半都是裝的，想當積極分子吶。你看校長都沒哭。」

「你是說我們的校長？哪一個？」

「就我們前面，坐在第一排的那個人，穿大衣的那個。」俞傑悄悄用手指。

順著手指，看見此人穿著一件帶狐皮翻領的土黃色大衣，端坐著，很平靜。他聽教師在課堂上說過，華北大學的校長是個不得了的大人物，叫吳玉章，是共產黨里著名的「五老」之一。可惜只能看到他的背影。

演出快結束前，吳校長就離開了。等劇終散了場，崔開元問幾個朋友要不要去東來順吃一頓，能有誰不想去？儘管學校想盡辦法，要給這些大學生搞好伙食，可這幫人哪那麼容易伺候，早就厭倦了食堂的那些組茶淡飯。他們經常跑到街上花錢下館子，因為參加革命時都是帶著錢進來的。

校領導知道嗎？知道。喜歡嗎？當然不喜歡。但是要改造這批知識分子，不能劈頭蓋臉地來硬的，需要耐心和策略。

等這些學生帶來的錢花得差不多了，學校便搬出了北平，遷到了河北省的正定縣城。到這裡聚集的學生就更多，不下好幾千人，據說還不是全部，他們只是其中的幾個分部。

崔開元所在的分部佔用了一個當地的天主教堂，是個很漂亮、寬敞的建築。這時候，大學生們已經像軍隊一樣編成連隊。他的朋友們都被分開，偶爾才能見面。

沒有教室，更沒有桌子板凳，每個學生都發了一個叫「馬扎子」的小凳子，可以開合，便於攜帶。有時坐在教堂內上課，來了大人物，大家就到大操場上去聽課。

伙食越來越差。崔開元縱然難甘清苦，但從北平農民銀行查經理那裡支的錢，早已經用完。食堂的飯菜再不好也要吃，總比餓肚子強些。

一天，他看見同連的幾個人往校部走，說是去拿入團申請表

格，他問入什麼團，他們回答是新民主主義青年團。他不太清楚什麼是新民主主義，但是別人去拿表格，他也跟著去拿了一份，填好交上去了。聽說只有先進分子才能入團，他估計自己入不了，也就把這事扔到了腦後。

2 南下工作團

到了6月，華北大學開動員大會，這回看到了吳校長的正臉。吳玉章坐在主席台上講話，號召大學生報名參軍，參加中國人民解放軍南下工作團。俞傑和李本昭沒有報名，雙雙被調回北平工作。崔開元、趙宗烈、戴崇和都參了軍，三人分配到不同的團，崔開元在二團。他穿上灰布軍裝，戴著「南下工作團」的胸章，腰桿挺得筆直。俞傑和李本昭在回北平前，找幾位朋友告別。這是他們最後一次下館子，大家都沒錢，崔開元摘下手上的戒指，交給飯館掌櫃，讓他看著辦，隨便上什麼吃的都行。這頓飯後，他們成了徹底的「無產者」，也和俞傑、李本昭在此分別。

沒過多久，二團的一部分人拿到新發的軍裝，這回改成了土黃色，胸章也變成了「中國人民解放軍」。崔開元拿到了新軍裝，可有人沒有拿到，他也沒有弄清楚究竟是為什麼。這些穿上新軍裝的人，單獨編成團，並很快就離開正定，隨部隊開拔向南行進。
他開始嘗到什麼叫行軍的艱苦。

因為綁腿打得不熟練，沒走出兩里地就松開了，停下來重新綁，然後再快跑跟上隊伍，要是掉了隊可不是一般的麻煩。原來的皮鞋不許穿了，換成了布鞋，但不跟腳，腳上走得全是水泡。身上還要背著背包，細細的背包帶勒在肩膀上，時間一久，像是要陷進皮肉，疼痛難忍。最難熬的還要數飢餓，行軍途中，有時吃南瓜小米湯，有時吃水煮紅薯乾，有時什麼吃的都沒有，空著肚子睡上一覺，第二天繼續往前走。

部隊到了山東德州，飢餓的情況有好轉。雖然不再餓肚子，但吃的還是很差。軍糧略充足時，也就是用行軍鍋煮的小米粥加冬瓜，鍋蓋一打開，上面一層的小米是生的，底下一層是糊的，中間一層沒問題，但不是每頓都有幸能吃到中間層。

德州盛產西瓜，德州扒雞也馳名中國。在德州休整了有近一個月，這些東西崔開元只能看上兩眼，完全買不起。他們大學生一參軍就是排級幹部，每月發給生活費四角錢。有一次他想用這四毛錢去買一條牙膏，走進商店裡一看，別說牙膏了，這點錢基本上是什麼也買不了，當時的經濟瀕臨崩潰，通貨膨脹，物價天天見漲。

西瓜、扒雞什麼的放在從前，他不會在乎，又不是什麼高級東西，可現在卻變得高不可攀了。嘴饞可以忍一忍，不刷牙可是令人難受不堪，過了蠻長的時間才算適應。

經過這段時間的政治學習，他的思想轉變很大，逐漸認識到，以前的資產階級生活方式和作風是多麼的不體面，甚至是何其醜惡。他一心要以工農幹部戰士為榜樣，學習他們的無產階級思想本質和艱苦奮鬥的生活作風。

有好消息。在離開德州的前幾天，崔開元得到通知，他被光榮批准加入青年團。他既驚訝又喜悅，這說明他對自身的改造已經見到成效，他得到了共產黨的信任，得到了軍隊的肯定，真是一個值得高興的進步。

按規定新入團的人需要經過三個月的預備期，可那時候部隊剛剛建立青年團組織，缺人，上級就把他的預備期取消，讓他直接擔任支部委員，這讓他的心情更加振奮，工作更加積極賣力。

連隊要選出一人當通信員，大家推舉崔開元。部隊又開始向南開進。一開始乘火車，是那種悶罐子車廂，裡面擠滿人，正是初夏的季節，悶熱不透風，也沒有水喝。

坐火車雖然口乾喉嚨痛，但好歹不用徒步行軍。到了第二天早晨，鐵路被國軍炸壞了，他們只能下車步行。

一整天的行軍結束，部隊找個村莊宿營，一個班住進一戶人家，在大門邊寫上一個「X連X班」，就算營房。大家走得筋疲力盡，放下背包，在地上放一堆麥草，鑽進去就能睡，如果炊事班不喊吃飯，一覺就能睡到第二天的起床號響起。

他事先不知道，當通信員會格外辛苦。當大家一住進老鄉家裡，就可以暫時休息下來，通信員卻不行。一進宿營地，崔開元必須馬上到團部彙報本連的宿營地點，並領回團部的命令。例行公事，每天如此。最要命的是，沒人知道團部在哪裡宿營，必須自己去找，有

時離得不遠，回來正好趕上吃晚飯。可有時找不到也不能回去，一定要完成任務。所以經常是等他回到連隊，向連長報告情況以後沒多久，就聽見了起床號聲。

部隊行進的一路上，常聽到前方傳來一些槍炮聲，那是前面開路的戰鬥部隊遭遇了小股敵軍，或是土匪的侵擾。大學生們沒有發武器，但有野戰部隊的保護，又走在隊伍的中間，反倒很安全。

他們就這樣時而坐火車，時而長途行軍，漸漸地，離武漢很近了。

這天到了開飯時間，半天聽不到炊事班的動靜，跑去一看，炊事員都在睡覺。把他們搖醒一問才知，糧食徹底告罄，沒有任何東西可以吃，他們失業了。

次日起行，大家都餓得發昏，就這樣又走了一天，行軍速度明顯慢了下來。團長命令停止前進，就地集合。所有人列隊聽團長政委講話。團長說：「我知道，同志們都在餓肚子。這裡剛解放，很多地方的黨組織還沒建立起來，我們搞不到足夠的糧食，僅有一些小米，還要留給傷病員。所以辛苦大家，再堅持一兩天，到了漢口，我請大家吃雞。據說武漢三鎮裡的雞多的不得了，怎麼吃都吃不完，到時候你們敞開肚皮吃吧，管夠。」政委說：「同志們，我們是革命的隊伍，既然是革命者，就不怕困難。我們連死都不怕，還怕餓肚子嗎？」

大家回答：「不怕！堅決不怕！」

政委：「這就對了。我們一定會戰勝所有困難，完成黨交給我們的光榮任務。來！大家跟我一起唱《八路軍進行曲》。向前、向前、向前。預備起！」

哎！果真有效果，每個人都有了勁頭，一邊唱歌一邊大步前進。崔開元後來說起這一天，總認為政委的動員是起了一點作用，但團長說的那個謊話，才是每個人加快步伐的最大動力。其實武漢市裡哪有那麼多的雞，就是有，前方部隊打下武漢以後，怕是早被吃光了。

到了漢口，他們團住進漢口煙草公司。這是一棟西式樓房，乾淨，明亮，還有浴缸和衝水馬桶。崔開元一進來，先是感到陌生，但很快，那種已然忘卻的記憶再度回歸。他脫了衣服，舒服地洗了個熱

水澡。因為通信員辛苦，除連長指導員以外，還剩一張床鋪，大家就留給他睡。

他是半夜開始發燒的。

他得的什麼病，沒人說得清，反正是倒在床上起不來了。有人說他像是在「打擺子」，但找不到醫生，只能硬扛。他每天下午開始發燒，一陣冷一陣熱，持續了一個星期，才慢慢地好轉。

這天中午，他了下床，扶著牆去廁所。

走到半道，忽然聽到一聲：「崔開元！」

條件反射，他立刻站住腳喊道：「到！」

「你看你什麼樣子，還像個解放軍嗎？」

他往邊上一看，說話的是團長，正和政委在一個屋子裡吃飯，看他經過，就叫住他。再看看自己，頭髮亂蓬蓬，沒戴軍帽，軍衣沒扣扣子，腳上趿拉著鞋，實在是一副狼狽相。他趕忙立正，整理軍容。

「別動！過來！」

他想，壞了，一定是要挨批評了。

「坐下！吃！」團長遞過來一雙筷子。

他乖乖坐下和團長政委一起吃飯。因為要管理這些知識分子，團首長都是師級幹部，伙食也是師級幹部的標準。得知崔開元病了，團長讓他每天都到這裡來吃。他不敢不去，吃了兩天，他的病就全好了。

10月的一天，全體南工團員都到中山公園聽四野首長演講。林彪、羅榮桓、劉亞樓、陶鑄都講了話，林彪講的時間最長，至少有兩個小時。他講著講著就把軍帽摘了摔在桌上，過一會又把外衣脫了，只穿一件白襯衫。他講了很多，但崔開元只記得兩句話，一句是：「沒有你們知識分子的加入，我們的革命不可能取得最後的勝利。」還有一句是：「革命需要你們大學生上山下鄉。」

崔開元不明白「上山下鄉」是什麼意思。回去問連長，連長說，南下工作團裡經過鍛鍊和考驗的團員，會被批准分配進野戰部隊，和連隊官兵一起生活，並肩作戰。

幾乎沒人猶豫，紛紛打報告、寫申請，積極要求「上山下鄉」。

　　崔開元的申請很快被批准，名字上了光榮榜，他要去第四野戰軍十四兵團 41 軍塔山英雄團報到。趙宗烈則跟著十五兵團去了廣州。這時候，戴崇和分配進哪個部隊，他們就不知道了。

　　崔開元和趙宗烈在武漢大學開會時見過一面，趙宗烈告訴崔開元：「我們離開北平以後，你父親和你失去聯繫。他的信都寄到天津我父親那裡，我到漢口以後和家裡聯繫上了，這裡有轉給你的幾封信，現在交給你。我要去廣州，以後就沒辦法給你轉信了。哦！對了，你父親還給你寄了一大筆錢，根本沒法寄到部隊來，我父親就用這筆錢，替你買了啓新公司的股票，全在你的名下。我知道那玩意沒有用，但我父親一定讓我告訴你，我就跟你說一聲。」

　　他聽了直想笑，股票有什麼用？財富有什麼用？這些資產階級的一套東西，聽著都可恨。他把父親的信全都交給了領導，而且表示決不為金錢所動，要做一個堅定的無產階級革命戰士。

3 塔山英雄團

　　塔山英雄團指的是原東北野戰軍第四縱隊十二師三十二團，該團在著名的塔山阻擊戰中功勳卓著，因而獲此英雄稱號。

　　崔開元不但進了英雄團，所屬連隊又叫作鋼八連，是英雄中的英雄。鋼八連連長姓胡，指導員姓李。聽說胡連長是個膠東老八路，雖然不識字，但渾身是膽，只要有攻堅戰鬥，胡連長都要爭著做尖刀連。他戰功彪炳，是全團最有名的連長。在一次和日軍的戰鬥中，他負傷被擄後，被日軍槍斃了。可到了夜裡，他又醒過來，發現自己沒死，就這麼在地上爬，一直爬回了部隊。

　　第一次見胡連長是在團部，團長讓各連連長到團部來接大學生。胡連長一到就罵罵咧咧，說我一個鋼八連是專管打仗的，要個白麵書生做個球呀，不要！說完就要往回走。

　　「立定！」團長髮出口令，「向後轉！向前五步走！」

　　胡連長立刻轉身，正步走到團長跟前。團長接著說：「這是野司總部的命令。給你們連一個大學生，到你們連去當文化教員，也在文化方面協助你這個連長。這些大學生可是林總從北平帶出來的，林總都當寶貝疙瘩，你還敢不要？全軍馬上就要開展學習運動，學習毛

主席寫的《新民主主義論》，每個戰士都要學，要是有人弄不懂，你這個連長就別當了。文化教員是幹什麼的，你應該知道吧？」

「是！團長，知道。」

「知道就好。大學生還要不要？」

「要！要！呵呵！」

「不要跟我嬉皮笑臉的。我告訴你，崔開元到你們連，你給我上點心，好好保護，要是有個閃失，你別來找我，直接去師政治部領罪吧。」

「是！」胡連長便把崔開元接到八連，和全連人見了面。接下來的日子，崔開元開始給大家上課，講解毛主席的文章，他也教戰士們唱革命歌曲，同時那些文盲兵，包括連長在內，都來掃盲班學習文化。

大家都誇崔教員有水平。

來到戰鬥部隊沒多久，第四十一軍拔營繼續向南進攻。不久後，他們團就歸屬第十二兵團，參加衡寶戰役。

自從加入野戰部隊，崔開元還是有些擔心害怕的。在這之前，他怎麼也不會想到，自己會成為一個野戰連隊裡的一員，命令一下或是軍號一響，便要去衝鋒陷陣。回憶起當年報名參加青年軍去抗日的那段往事，爸媽想盡辦法不讓他去打仗，但躲過了初一躲不過十五，上戰場似乎是他繞不過去的宿命。

二十二歲的年輕人，懵懵懂懂地走到這個地步，並非是自己刻意的安排，但也沒有什麼可後悔的，依舊是稀裡糊塗，走一步算一步。

說來也怪，部隊一路向南打，八連卻一直沒有打過一場像樣的仗，只是是不停地行軍。崔開元現在不但要背背包，肩上還要扛著步槍，好在經過半年多的磨練，已經能適應。到了宿營地，他還學老兵的樣子，為老鄉家挑水，掃院子。當然，他一開始根本不會挑水，從河邊挑到老鄉家的水缸前，兩個桶的水已灑掉一半。多挑幾次，掌握了要領，尤其是步伐上的訣竅，也就容易多了。

衡寶戰役的首戰是在花橋地區開打，八連終於有了戰鬥任務。他們這次又是突擊隊，是正面進攻部隊裡的尖刀連，要第一個往上衝。

386

這一天是 1949 年的 10 月 1 號，遠在北平的毛澤東，將要在當日登上天安門，宣佈中華人民共和國的成立。但是在湖南的花橋陣地前，人們還不知道這一天將會變成國慶日。他們只知道，清晨的衝鋒號一響，他們就要和對面白崇禧的軍隊展開廝殺。據傳這些桂系的兵打仗也很猛，所以今天大伙一起衝出去，說不准還能活下來多少。崔開元緊張得小腿開始痙攣。可看看連長、指導員，再看看連裡的戰士們，發現大家全都很安靜，各人都在做著自己的事，不緊不慢，臉上也沒有明顯的緊張，甚至很難看出他們是什麼心情。

天還沒亮，團長過來了，說了一些鼓勵的話，像是什麼好鋼用在刀刃上，現在到了你們鋼八連露臉的時候了，讓兄弟兵團的人看看，我們塔山英雄團是怎麼打仗的。

戰士們還是沒有特別的表情，有些戰士開始檢查槍械、彈藥。團長離開八連前問崔開元：「小崔，第一次打仗就是尖刀連，怕不怕？」

他遲疑了一下，輕聲說：「還好，不太怕，連長讓我跟在他後頭。」

團長顯然不太滿意，回過頭大聲問：「大家怕不怕？」

他沒想到，全連人異口同聲，響亮地回了一句：「不怕！」

他好像也被感染，心跳逐漸平復。

七點整，天上突然升起三顆信號彈。胡連長抬頭看了一下，隨即轉過臉，低聲對司號員說了一句：「吹衝鋒號」。隨著嘹亮的軍號聲，戰士們快速躍出戰壕，貓著腰向前奔跑。全連人都奔出去以後，連長指導員帶著崔開元也一道往前衝。沒跑幾步，驚醒過來的敵軍開始炮擊，炮彈在衝鋒的路上炸開，有人應聲倒地。胡連長這時候回過頭對崔開元說：「你去團部報告，我們八連衝鋒時遇到敵人炮擊，請團長指示。」

他說聲：「是！」就立即回頭去找團部。子彈在頭頂飛，炮彈還在身邊爆炸，他根本搞不清這些槍彈炮彈距離自己有多遠，他只記得張思之說過，在戰場上遇到打炮，不要慌亂，要往彈坑裡跳，因為很少有兩顆炮彈落在同一個點上，而且彈坑也是很好的掩體，能避免被飛起的彈片和石塊所傷。所以他用盡全力飛快奔跑，從一個彈坑，跑到另一個彈坑。等到了團部，他的軍帽軍服都被汗水濕透了。

　　一見團長，他馬上報告：「報告團長，我們八連胡連長命令我來報告。」

　　看著他大口喘氣，團長並不著急，慢條斯理地說：「你先喘口氣再說。好，你們連長叫你來報告什麼呀？」

　　「他說，他說，哦！他叫我報告團長，我們連在衝鋒的時候遇到炮擊，請團長指示。」

　　團長臉上露出笑意說：「知道了，我沒有什麼指示，敵人開炮又不是什麼新鮮事。你找個地方坐下休息吧。」

　　「不是團長！我們連長還等我回去傳達團長的命令。我不需要休息，可以現在就回去。」

　　「我沒時間跟你細說，你就留在團部，哪裡都別去。」

　　「是！團長。」他弄不清這是怎麼回事，但看到團長在忙碌地指揮戰鬥，他不敢多嘴，只好找個角落坐在地上。這時，又有人喊報告，進來的人他認識，也是北平來的大學生，只見來人遞給團參謀長一個信封，參謀長接過來看了一眼，就讓他坐在崔開元旁邊休息。不大一會，他們身邊就坐了六七個人，都是大學生。他們互相看看，終於明白了，他們這個時候被派到團部送信，只是為了保住他們這些大學生的性命。

　　戰鬥結束後，團長才讓他們幾個學生兵離開團部歸隊。政委告訴他們，上級把大學生派到野戰軍裡來，是為了讓他們見識見識戰爭的模樣，但不能讓沒有訓練過的學生們真去打衝鋒，野司首長捨不得，將來還要重用這些知識分子，所以早就有命令，大學生兵來之不易，既要經受考驗，也要盡量保護。因此一遇大戰、惡戰，各部隊就都想方設法把他們往後送，避免其傷亡。

　　崔開元找到八連的時候，連裡正在吃晚飯，連長看到他回來，也沒說什麼，示意他去打飯吃。他說：「連長，我找到團部以後，團長讓我留在那了。」

　　連長吃著飯，小聲說：「知道了，沒事兒。吃吧。」
他注意到，大家的臉上除了疲憊還是沒有其它表情，都很平靜地吃著饅頭。他走過去抓起一個饅頭就咬了一口，發現不像往常不夠吃，饅頭筐裡還剩了許多，就問炊事員：「怎麼做了這麼多呀，今天？」
炊事員嘆口氣說：「哎！哪裡是做得多？是吃的人少了才對啊。」

他一時不太明白，但忽然就意識到他話裡的意思。他把嘴裡吃的饅頭咽下去後，輕聲問到：「傷亡不小嗎？」

「可不是嗎？只剩一半人了。指導員、一排長也都沒啦。」

他愣在那裡，一點胃口都沒有了。

指導員是被炮彈炸死的。連裡後來就沒有指導員，一直到攻下衡陽城以後，上級才派來了新的指導員，也姓李。部隊減員嚴重，於是一些地方部隊就被編入野戰軍，新來的李指導員就是地方部隊來的，他是湖南本地人，家在農村，離衡陽不遠。

戰鬥越激烈，就需要越長的休整時間。部隊在衡陽就休整了一個多月。指導員的妻子帶著孩子到駐地看望，連隊找了個住處，臨時讓指導員一家住著。上級知道，部隊再次開拔後，他們夫妻的再見之日，將會遙遙無期，也就希望他們一家人在一起多待上一陣子。

就在全團快要結束修整，再次上路的前夕，出了大事。

李指導員四歲的女兒失蹤了。

前一天晚上下大雨。晚飯後，指導員和妻子回房休息，女兒貪玩，等大人吃完了，她才想起來吃飯，所以她爸媽就把她留在伙房，讓她吃過飯自己回來。就在軍營裡，本沒有什麼可擔心的，可偏偏就出了意外。兩口子半天都沒見孩子回來，就去找她。伙房炊事員說她吃過飯自己回去了，可軍營裡上上下下找遍了，也不見個人影。指導員妻子開始哭泣，全連的人都出去找，大家認為一個小孩子不會走太遠，也許是不經意間在營房附近迷路了。

可到第二天還是沒找著，漸漸地一股不祥的氣氛開始籠罩營房。團部派人到八連來調查，分頭和幹部戰士單獨談話，搜尋小孩子失蹤的線索。

三查兩查的，查到一個線索。當晚在營房門口站崗的哨兵回憶說，那天晚飯後，雨還沒停，胡連長一個人走出過營區，說是去查崗，大概外出半個小時便回來了。再問那天夜裡的流動哨，有沒有看到過胡連長，放流動哨的士兵說他放哨時內急，跑到一棵樹後大解，等他站起來時看到胡連長從河邊方嚮往營房走，因為怕連長罵，就沒做聲。

那就到河邊看看吧。一看不得了，指導員的女兒就在那條河裡，早已溺斃。

團部的人，大概能猜到事情起因，立刻帶人到連部，先下槍再捆人，勒令胡連長從實招來。

這胡連長打起仗來雖勇猛，但頭腦還是簡單，沒審多久就招供了。那天晚上，他看到小孩子從伙房出來時，四下里正好沒人，就哄騙她出去給她買糖吃，小姑娘信以為真，任由他抱起來，藏在雨衣里帶出了軍營，來到河邊把孩子害死了。

他好好的一個一連之長，為何會犯下如此令人髮指的罪惡呢？原來，這個李指導員也是個老資格，來到八連後，根本沒把胡連長放在眼裡。不但很快和連長產生了矛盾，甚至不顧這個英雄連長的面子，當著全連人的面指出他的缺點錯誤，讓胡連長根本下不來台。胡連長心中義憤難平，恰巧那晚見到孩子一人獨行，頓起惡念，想以此來報復指導員。不料他打仗很內行，犯案卻不高明。可嘆他一失足成千古恨，不但害死了無辜孩子，也把自己的一條命給搭進去了。一個從槍林彈雨中闖出來的戰鬥英雄，無數次和死神擦肩而過，最後的結局，竟然會是被自己的部隊，當眾宣判死刑，立即執行。

槍斃胡連長是在一個下午，全團集合開審判大會。政委念完判決書，兩個戰士提起槍，快步走到胡連長跟前，推著他走到會場邊，把他摁在地上跪著，隨手摘掉他的胸章和帽徽。後面又上來一個士兵，推上子彈就要開槍。就聽胡連長大喊一聲：「團長，慢著！我有話說。」

團長伸出手示意行刑的士兵住手，說：「有什麼話快說！可別說你也怕死。」

胡連長頭一昂，大聲說：「哼！我姓胡的什麼時候怕過死！殺人償命，我認。只求團長一件事，看在我軍功在身，別打我的頭，給我留個全乎。到了地府，好和我爹媽相認。」

團長：「就依你。執行吧！」

胡連長嘴裡大喊：「二十年後，老子又･･･。」

「乓！」一聲槍響了。

崔開元的心臟狂跳不止。這樣近距離看見人被槍斃，而且死的人還是自己熟悉的連長，他受到的心理衝擊和精神壓力之強烈，可想而知。

胡連長比崔開元只年長幾個月，死時也就二十三歲。

390

新來的連長上任，第一件事當然是全連集合，和大家見面。他說的第一句話是：「崔開元在嗎？」

「到！報告連長，我就是。」

「你馬上到團部去，有你的調令。」

「是！」

4 中南軍政大學

由江西南昌向南百里，有一片山區，山裡有個地方叫望城崗。抗戰勝利後，國立中正大學遷址於此。如今中正大學被共產黨接收，在原校址上建立起中南軍政大學第四分校，即刻在解放軍中招收學員。能到中南軍大來學習的，至少是軍隊裡連級以上的幹部。

軍大成立了文工團，崔開元被選中，遂從作戰部隊調到文工團，當歌舞分隊合唱班班長，兼任合唱指揮。他還是青年團的宣傳委員，負責辦黑板報。後來文工團排練話劇《周子山》，他在劇中飾演男主角馬志紅，反應很好。

又過年了，文工團員們在年初一被大卡車拉到南昌市省府大院去拜年。院子裡擺放兩個大桌，上面有很多倒滿酒的杯子，省政府主席邵式平致歡迎辭畢，開始敬酒，不分男女，一人一杯，不喝不行。崔開元也被逼著喝了一杯，然後大家扭秧歌，打腰鼓，唱歌跳舞，直到天快黑了才回到住處。

多麼愉快的一天呀！

他後來一直把這一天銘記於心。如此難忘的原因，不僅僅是因為一個快樂的節日，更重要的是，這一天是一個分水嶺，把他的軍隊生涯分成了兩段。前一段的時間較短，簡單、順利，後一段則較為漫長。

現在開始講他後一段的故事。

年初二，文工團全體團員開了一次大會。指導員，同時也是黨支部書記，發表了講話：「同志們，我們文工團即將開展批評與自我批評運動，這是我軍一貫的優良傳統。從今天起，我們文工團的每一位團員都要積極向本黨小組長彙報思想，或者直接找我本人也可以。無論你有什麼想法，都要老老實實地說出來。只有這樣，才能成為一

個對黨忠誠的革命軍人。此外，每到星期六的下午，各分隊都要召開思想彙報會，有意見的，有需要向黨說心裡話的，都可以講出來。同志們，我在這裡要強調一點，那就是要有組織原則，絕不能犯自由主義。毛主席早已指出，自由主義有十幾種。」

他從桌上擺的一摞小冊子里拿出一本翻開，繼續說：「這第一種，就是不作原則上的爭論，一團和氣。我們文工團就是這種情況。第二種，當面不說，背後亂說；開會不說，會後亂說。心目中沒有集體生活的原則，只有自由放任。第三種，事不關己，高高掛起；明知不對，少說為佳；明哲保身，但求無過。我今天就先說這前三種。待會把毛主席的這篇文章發給大家，詳細的內容，我們每個人要認真學習，好好思想。毛主席在這篇《反對自由主義》里給我們指明瞭方向，我們怎麼辦？很簡單，毛主席怎樣說，我們就怎樣做，這樣就不會犯錯誤。要反對自由主義，最好的方法，就是批評與自我批評，這也是我們黨和軍隊一項有力的武器，我們依靠它在黨的正確領導下，把我們的隊伍建設得越來越強大。否則我們怎麼能用小米加步槍打敗蔣家王朝的八百萬軍隊呢？今天我們也要依靠它來打敗我們靈魂深處的敵人。同志們，和看得見的敵人比，靈魂深處的敵人更需要消滅。靈魂深處誰看得最清？你自己嘛！所以，批評與自我批評一定要以自我批評為主，批評別人為輔，這樣才有利於團結，有利於工作，也就更有利於革命。」

崔開元捧著小冊子回到宿舍，翻開一看，文章並不長，很快就能仔仔細細地讀上兩遍，心中豁然開朗。難怪共產黨是先進的政黨，在毛主席的帶領下，革命者的思想境界是如此高尚純潔。面臨這樣的一群特殊的人組成的軍隊，蔣介石豈有不敗的道理。

文章結尾的兩段寫得最好，他都記在心中，倒背如流：

我們要用馬克思主義的積極精神，克服消極的自由主義。一個共產黨員，應該是襟懷坦白，忠實，積極，以革命利益為第一生命，以個人利益服從革命利益；無論何時何地，堅持正確的原則，同一切不正確的思想和行為作不疲倦的鬥爭，用以鞏固黨的集體生活，鞏固黨和群眾的聯繫；關心黨和群眾比關心個人為重，關心他人比關心自己為重。這樣才算得一個共產黨員。

一切忠誠、坦白、積極、正直的共產黨員團結起來，反對一部分人的自由主義的傾向，使他們改變到正確的方面來。這是思想戰線的任務之一。

這裡說的好像是共產黨員的事，他還不是黨員，但正在積極爭取入黨。入黨申請他都交過好幾份了，黨小組長也找他談過話，說想要入黨的同志，一定要以一個黨員的高標準來嚴格要求自己，克服自身的缺點，爭取早日通過組織的審查和考驗，就能成為一名光榮的共產黨員。

新思想一旦形成，就應該付諸於行動。第二天，黨小組長找他談心，他唯恐自己對黨不夠誠實，便把他內心深處有過的不好的想法，全部掏出來，並且盡量更深刻地反省，自己還有什麼地方是離黨的要求存在差距的。

每一次談過話，黨小組長總是說：「崔開元同志，你把心裡的話跟黨說，是一件好事情。只有這樣，才能充分認識自己的不足，才能有所進步。」

得到上級肯定，他很高興，工作更加賣力，只要有革命任務，那就夜以繼日，廢寢忘食。只有拼命乾，共產主義才能早日實現嘛。

可是奇了怪了，一到月底，團里開總結會，每次被表揚的人裡面總沒有他，而被不點名批評的，怎麼都像是在說自己呢？他一開始以為是自己多心，可是次數一多，感覺就不對勁了。於是他找指導員彙報思想說：「上級讓我們把自己的缺點和不足都講出來，我講出來了，怎麼就會挨批評？在分隊民主會上，有些人只講自己的長處，不提短處，結果倒是被點名表揚。還有人明顯是在批評和自我批評運動里打擊別人，抬高自己。這種同志不但不挨批，還成了入黨發展對象。這些都讓我想不通，也蠻苦惱的。」

指導員的話說得語重心長：「崔開元同志，不管怎麼說，你能向黨組織交心，向黨組織靠攏，都是很好的表現。你的文化水平高，業務能力強，這是大家公認的。但你也要想到，你反映的你的缺點，像是個人英雄主義，自高自大這些毛病，也確實存在對不對？好了！既然你認識到缺點和不足，上級把它提出來，一是為了幫助你進步，二是要讓同志們有個借鑒，這樣才對革命有利呀。你不要有思想包

袱，更不能批評不得，鬧小資產階級情緒。你現在應該做的是相信黨、相信上級，也要相信群眾的眼睛是雪亮的。我們不會放過和不良思想的鬥爭，也絕不願意冤枉一個好同志。而且，從我們黨的歷史來看，共產黨員被批評是常有的事。你知道一個黨員面對批評，最正確的態度是什麼嗎？」

「不知道。」

「叫作言者無罪，聞者足戒，有則改之，無則加勉。 這才是一個共產主義者的博大胸懷。」

指導員名叫江俊峰，也是年輕人，但他參加革命好多年了，思想覺悟就是不一樣。經他這麼一分析，崔開元不但沒了情緒，反倒為自己的心胸狹隘深深自責。

沒過一個月，又發生了一件事。江指導員去廣州出差，帶回崔叔仙給崔開元的一封信和一塊手錶。

原來，崔叔仙思子心切，又不知大兒子身在何處，就在香港買了一塊歐米茄手錶，並修書一封，一起寄到趙宗烈的父親處，請他轉交崔開元。趙父將信和表寄給了在廣州的趙宗烈。趙宗烈根本不知道崔開元的地址，又不能拿著一封香港來信和進口表不彙報，最後只能上交給廣州軍區。江指導員在廣州軍區聽聞有崔開元的東西，就給捎回來了。

還跟以往一樣，信和表都上交給領導審查，過後好幾天都沒什麼動靜。可是，月底的會上，他又被點名批評,還需要公開檢討。這次的罪名可不輕：和反動的剝削階級舊家庭界限不清，對資產階級思想的改造不夠徹底。

他必須寫檢查書。

儘管委屈，他還是寫好檢查書，交給黨小組長看，黨小組長說檢查不深刻。又寫了一遍，黨小組長還是不滿意。最後檢查書在黨支部總算通過了，可這份檢查書，他自己都不忍心看。這哪裡還像是說自己？完全就是個「四不像」。

雖然手錶事件暫時過關，崔開元的心情卻跌到谷底。他完全沒有預料到，他的家庭出身會給他帶來這麼多麻煩，以前一些順理成章的事情，現在都變成了甩都甩不掉的污點。他已經搞不清，怎樣才能證明自己對待革命事業是忠誠的，同時還要做一個正直誠實的革命

者。

矛盾的情緒無法排解。他在星期天的自由活動時間，從學校後門走出來散心，來到後山坡上的高處，舉目眺望。

純淨的天空，沒有一絲雲彩，藍天下是起伏的山巒。正值滿山的杜鵑花盛開。紅、百、粉色的花朵，各成一片，又交錯相連，把遠近的山坡全都染成了彩色的花海。江西大山的美麗，又一次衝擊著他的心靈。這種令人驚嘆的視覺盛宴，只在他眼前停留了一霎那就飛走了，留下的是一個奇怪的念頭，好像眼前的景色既虛幻又遙遠，和自己毫無關聯。於是他就地躺下，閉上眼，默默在心裡念著：「我必須和資產階級情調決裂。我必須和過去的世界告別。我必須證明自己是個可以改造好的知識分子。」他感到有些疲倦，不知不覺地就睡著了。

也不知睡了多久，有個聲音在呼喚他：「崔開元，崔開元，你怎麼睡在草地上？會著涼的。」

他醒了，見身邊站著一個人。仔細一看，原來是李雪紅。

李雪紅是個剛過二十歲的姑娘，東北人，在文工團的話劇分隊當演員。別看她年齡比崔開元小上三四歲，可她參軍四年多了，還是文工團的青年團支部書記。

李雪紅問：「你為什麼會在這裡睡著了？」

「我到後山來散步，忽然有點困，就睡著了。」

「是昨夜沒睡好吧？」

「還行。你怎麼也到這裡來呢？」

「我看花兒都開了，就想摘幾朵回去。」

「哦！那我先回去了。你慢慢摘吧。」

「等等！崔開元，你先別走。我正想找你談談。」

「你想要談什麼？」

「其實我就想問問你，你是不是在鬧情緒？我看你整天都是一副不太高興的樣子。」

聽她這樣說，他覺得好笑，問到：「李雪紅，要是你也遇到和我一樣的事情，你會高興嗎？」

「你可能是很委屈，但是你不能鬧情緒，那樣對你更沒好處。」

聽她的話語，流露出一些同情和關切，作為團支部書記，似乎

395

有點不尋常。

李雪紅的關心雖意外，但還是讓他感到一絲溫暖。他說：「李雪紅，謝謝你能跟我講這些話！我沒有鬧情緒，只是有點想不通，不知道怎樣才是好的革命者。你是我們的支部書記，參加革命也比我早好多年，能不能請你推心置腹地告訴我，到底是什麼地方，我做得不對。」

李雪紅慢慢收起笑容，思索片刻，開口道：「崔開元，如果以團支書的身份，我真沒有什麼跟你說的。可是我們作為文工團的同志，我想以一個朋友的身份，勸你幾句。行嗎？」

「你就直說好了，只要是你的真實想法。」

「那好，我就不客氣了。崔開元，你的出身不好，這不假。有什麼辦法呢？出身又不是你可以選擇的。在這一點上，你不需要多想、你應該想的是你的家庭給你造成的影響。」

「這還用想嗎？像我這樣出生的人，在革命隊伍里簡直就是個異類，或者可以稱為一個特殊分子。所以我才會苦惱啊！」

「我剛才說的家庭影響，指得是你的家庭對你本身性格上已經產生的影響。這種影響可能你自己都沒有察覺。我知道你的家庭曾經有權有勢，你們家的生活也一定很闊氣，甚至有可能是過著人上人的日子。」

「人上人倒不至於，憂慮不多就是了。」

「只是憂慮不多？我問你，你從小到大愁過吃穿嗎？愁過學費嗎？看過多少人的臉色？你想做的事，做不成有幾次？你想要的東西，得不到有幾次？」

「這···，我又沒仔細統計過。」

「這還要統計嗎？你臉上都寫著吶。」

「我臉上怎麼啦？我的臉很正常啊。」

「我不能說的太明白，有的事情可以意會不可言傳。總之一句話，不要太清高，多尊重上級和同志。還有，政治理論沒有錯，可在運用時，要具體情況具體對待，尤其是在比較複雜的環境里，不要犯小資產階級幼稚病。崔開元，我就說這些，也可能說得不對，只是你無論如何都要盡快成熟起來。我說的是成熟，記住了嗎？希望在今後的日子里，我剛才講的對你會有幫助。」

崔開元確實不太明白，他說：「你好像在說我不成熟。能不能請你舉一個具體的例子，好讓我明白什麼是小資產階級的幼稚病。」

「太多例子了。就說你和大家相處吧，你有沒有認真想過？要想避免別人認為你自高自大，你必須從心裡真正地尊重和敬佩每個人。還有對上級領導也要有發自內心的敬畏。很顯然，你也不太在

意。前天晚上演《李闖王》，牛金星是張瑞演的，怎麼換成你了？」

「哦！那是因為張瑞演了一半病得屬害，沒法演下去，我就自告奮勇去演牛金星，我的宋獻策就讓王新華頂上了。我看團長在那急得直跳腳，為了不影響整個演出我才說我可以演。後來的效果很好啊，你不是也聽到下面一個勁地鼓掌嗎？」

「我當然聽到鼓掌啦。可你就沒意識到什麼地方不對嗎？」

「沒有啊。只是有點奇怪，我救了場，牛金星也演得不錯，結果演出結束以後，團長只表揚了張洞華，誇他扶梯子扶得很認真。」

「你是覺得奇怪，怎麼團長沒表揚你？」

「對呀，他一個字也沒提我。」

「還是要說你幼稚，張瑞演了多少場牛金星也沒有掌聲，你從來就沒排練過，上去就演，結果掌聲不斷，這讓上級怎麼辦才好呢？更何況張瑞也是從東北軍大來的，你知道嗎？」

「不知道，可是‧‧‧。」

「我知道你想說什麼。別的話我也不好多說，總之人不可太張揚，要給別人留餘地。鋒芒外露的話，早早晚晚，吃虧的是你自己。所以我才會說，你要成熟起來，越快越好。我們黨一貫的方針是出身不由己，道路可選擇。你要有點革命的樂觀主義精神，不要垂頭喪氣。」

這次談話，對崔開元的觸動不小。雖不完全懂，但他開始思考李雪紅的話，並且在看待周遭的人和事時，有了更多的角度。時間久了，他慢慢就理解了其中奧妙，從而受益匪淺。

在後來的鎮反運動、三反五反、肅反運動里，他照例成為重點審查對象，天天小組會，三天一大會，要他交代，要他寫回憶材料。審查了好幾個月，運動結束，他的檔案里是怎麼結論的，他從來都不清楚。但是正因為李雪紅的善意提醒，他在交代家庭問題和歷史問題時，就不像當初那樣天真幼稚。他會認真思考，什麼話能說，什麼話不能說。比如和蔣經國一起坐飛機去北平的事，就不能說，說出來就完了。他著重批判了自己在上中學的時候，為抗日報名參加青年軍而不是八路軍和新四軍。還有就是參加了蘭州中學生的排球賽，為資產階級打過球。經他上綱上線把自己一頓狠批，整他的人也就滿意了。

1952年底，文工團解散，大多數團員將調往北京，併入總政治部文工團。能到總政去當然好，誰都想去，不過名額有限制。最後，那些平日和領導關係好的，尤其是原來東北軍大過來的老人，大多去

了北京。留下的人除了崔開元是業務尖子,其他的都是文化較低,不能勝任文藝工作的人。

當然掃興,不過他有思想準備。

還有件怪事。本來有規定,文工團内部的男女同志,嚴禁談戀愛,所以崔開元都二十五歲了,也沒法找女朋友,儘管有女同志暗送秋波,還有的寫過小紙條表白,他都不敢違反規定。可是文工團解散的當天,忽然就冒出一對一對的人來,就連指導員還有各分隊長,也早就在本團物色好對象。他們暗地裡談戀愛很久了,現在一公開,馬上就能安排結婚的事。

有位學校的領導年齡較大,長得醜些,也娶了文工團的一位女同志。一開始大家很驚訝,不能理解這位女同志怎麼能看上這個領導。很快,這位女士就入黨提乾了,讓大家羨慕不已。

到這份上,崔開元可以說基本理解了李雪紅的話,真想對她說聲謝謝,因為此前此後,再沒有第二個人跟他說過類似的話。但這時候,李雪紅已經調到總政文工團去了。後來他調到防空軍文化部後,曾在北京見過李雪紅兩三次,可時過境遷,再說什麼反倒多餘。

1974 年崔哥正在高郵中學讀初中,當年八一電影製片廠拍了一部電影,叫《閃閃的紅星》,紅極一時,大人孩子都愛看。電影的主角叫潘冬子,扮演冬子媽的演員就是這位李雪紅。

5 崔錫麟四赴上海

崔叔仙到香港的幾個月後,蔣總裁即從浙江飛抵台灣,後來在 1949 年底回過大陸,部署和共產黨軍隊的最後戰事。他於 12 月 10 日正式敗退台北,隨即投入到緊張的事務中,比如反攻大陸,比如防禦解放軍攻台,再比如他想改組國民黨和國民政府。他實在是太忙,說他是廢寢忘食都不為過。等他緩過神來,開始關心台灣的經濟發展時,已經到了下一年的年中。某天他突然想起一個人,也就是以前農民銀行的專員崔叔仙。便問國大秘書長洪蘭友,崔某人現在何處?洪蘭友是知道底細的,便說崔叔仙在去年年初就辭去所有公職,到香港做生意去了。

總裁發話說:「洪秘書長,請你跟崔叔仙聯繫一下,讓他速來

台灣，我有重要的事情要交給他辦。」

洪蘭友立即寫了一封信寄給崔叔仙，信中介紹了台灣當下的經濟狀況，並說蔣總裁親自召喚，將會委以要職。信封里還有一張入台通行證，崔叔仙全家人都可以到台灣來。

過了幾天，收到立法委員徐銓的信，其中內容和洪蘭友的信相仿。這說明蔣總統已經不止同一個人講過這件事，看來是情真意切。而且事情還挺急，似乎拖延不得。

總統這般相邀，不能不說誘惑力巨大。他考慮了兩天，決定赴台。他馬上和公司的股東們開會，商議他離開香港以後公司的管理問題。把這些忙完，差不多就可以去台灣了。

不知是趕巧，還是命運作弄，就在這關鍵時刻，有人到訪，幾日之內，所有的事情全都來了個急轉彎，讓他踏上了一條始料未及的不歸路。

來的是他的老朋友蔣光堂和徐逸民，崔叔仙相當高興，馬上請到家裡，設宴款待。崔叔仙在飯後問：「兩位兄台到港，所為何事？要不要我幫什麼忙？雖然我在香港的根基還不深，但這一年多來，也認識了不少本地的朋友。」

蔣光堂：「我們到香港來就是專程拜訪你崔老弟的。

崔叔仙：「哦？那一定有重要的事情，否則不會會勞動你們二位的大駕。有什麼吩咐？我洗耳恭聽。」

徐逸民：「當年我送你去香港，今天到香港來找你，還能是什麼原因呢？」

崔叔仙：「莫非兩位兄長是來叫我回上海不成？」

蔣光堂：「一點都不錯！我們就是來請你回去的。」

崔叔仙著實吃驚，忙問：「到底是怎麼回事？請你們詳細說說看。」

徐逸民：「解放軍佔領上海後的新聞，你也看到了嗎？」

崔叔仙：「看到了，看到了，還看到照片。簡直令人嘆為觀止，我看到解放軍佔領上海以後，寧肯睡在馬路邊，也不擾民。這種軍隊我們當然打不過。」

徐逸民笑起來說：「哈哈！叔仙，現在已經不是我們和他們的關係啦。你可能還不知道，光堂兄多少年前就是共產黨啦。他現在是

上海市政府的參事，是人民政府派我們來找你的。」

　　崔叔仙：「哎呀！真沒看出來你也是共產黨。那麼共產黨來找我做什麼？」

　　蔣光堂：「是陳毅市長和潘漢年副市長共同研究決定，派我們到香港來，邀請一些當初逃港的資本家，回上海興辦工商業，協助政府恢復上海的經濟。我們手裡有一份要找的幾十個人的名單，你可以先看一下。你是我們要找的第一位，如果你肯回去，做個好榜樣，對其他人的勸說就會比較容易一些。」他說完，遞給崔叔仙一份名單。崔叔仙接過來仔細看，名單挺長，他基本都認識。他說：「這些人裡面，有金融業的，有報業的，有搞實業的，還有些是醫生和工程師。這批人對上海市面的確有影響力。但我還是不太明白，報上說上海的戰時經濟已經基本恢復，我們回去還能做些什麼呢？」

　　蔣光堂：「上海的通貨膨脹確實已經控制住了，經濟的方方面面也都在逐漸復蘇，這還遠遠不夠。儘管新政府做出了很大努力，黨中央也在全力支援上海這個國際化大都市，可一些深層次的經濟問題仍然比較嚴重。另外，當前一些上海的工商業者們，對新政府缺少瞭解和信任，也造成了一些市場上的困難。叔仙吶！你在我們上海的資歷很老，不但涉獵金融、新聞出版和商業，還和許多工商巨子們交道匪淺。潘漢年同志非常瞭解你在上海灘的影響力，極力向陳毅市長推薦你。所以陳市長在我臨來香港前囑咐我，一定要動之以情，曉之以理，盡最大力量，務必請動你回上海。你在上海原來的住宅已經騰空，市政府出錢修繕一新，就等著它的老主人再次搬進來。其他各方面的待遇，都由人民政府負責，保證不讓你失望。

　　崔叔仙：「想不到新政府這麼看重於我，不免讓我受寵若驚。我曾在國軍中任職，還是國大代表，我這樣的人共產黨也要？這也太離奇了吧？」

　　蔣光堂：「不離奇，一點都不離奇！就知道你們會這樣想，毛澤東和朱德去年四月份就發佈了《中國人民解放軍布告》，也就是人們常說的《約法八章》。我給你帶來了，我來念給你聽。約法第五章，凡屬國民黨中央、省、市、縣各級政府的大小官員，國大代表，立法、監察委員，參議員，警察人員，區鎮鄉保甲人員，凡不持槍抵抗、不陰謀破壞者，人民解放軍和人民政府一律不加俘虜，不加逮

捕，不加侮辱。」他隨手把幾本小冊子交到崔叔仙手上，接著說：
「這些都送給你，你慢慢看。」

徐逸民：「叔仙老弟，我還不瞭解你？你雖在國民政府和軍隊裡做了很多年，但你廣交朋友，手上也沒有血債，共產黨當然歡迎你過去共襄盛舉。自新中國第一屆政協會議開始，有不少原來的國民黨人都參加了新政府。我在上海有親身經歷，我作證，這裡面不會有問題，你就放心好啦。」

蔣光堂：「叔仙不但沒有血債，三十年代在上海，還營救過共產黨員出獄。這是潘漢年副市長親口說的，陳毅市長當即表示，我們首先要謝謝崔叔仙才對。」

崔叔仙表示茲事體大，還需容他考慮幾天，現在還沒法做最後的表態。蔣光堂說那沒問題，反正也需要時間和其他人接觸。他們相約一周以後再來聽信。

接下來，崔叔仙的大腦開始轉動，究竟是去台北還是回上海，一時不能定奪。在香港並沒有什麼至交親朋可以商量，回去問汪嘉玉，汪嘉玉說隨便是去台灣還是去上海都行，只要別待在香港就好。崔叔仙明白，她這樣想，只是為了避免他和顏淑貞的舊情復發、死灰復燃而已。

就在他徬徨猶豫之際，共產黨的一個動作，立馬讓他失去了選擇的機會。

《大公報》在頭版刊出新聞，報道了蔣光堂一行專程來港，訪問上海逃港的工商業大佬，共產黨邀請他們回上海，恢復戰時經濟。還列有一串名單，第一個就是崔叔仙。新聞裡稱，名單上的人大多已表示他們有回歸意向。

崔叔仙看罷露出一陣苦笑，這條要命的新聞，絕不會是隨意為之，一看就是潘漢年的手筆。心裡說，潘漢年吶潘漢年，你這是斷我後路啊！

他馬上去找蔣光堂和徐逸民，問他們報上的新聞是怎麼回事。他們兩個也覺得蹊蹺，不知是誰走漏了風聲。

徐逸民這時勸崔叔仙：「既然是這個情況，也就沒必要再猶豫了，我看你不如破釜沈舟，馬上回上海。叔仙，你五十歲還不到，去了台灣那個小地方，又能搞出什麼名堂？更何況你還不算老蔣的嫡

系，我真怕你到時候悔之晚矣！」

第二天，他接到一個電話。打電話的是劉芳雄，這人是他早年在上海時的洪幫弟兄，現在任保密局香港站的站長。劉芳雄在電話上說，黨通局的葉秀峰已經簽發了通緝令，只要崔叔仙一到台灣，立即逮捕。按照《懲治叛亂條例》，通匪是要殺頭的。

這種後果，崔叔仙想到過，只是沒想到來的這麼快。忙問：「既然是黨通局發的通緝令，你們保密局如何得到消息？」

劉芳雄解釋說：「不知道你怎麼得罪了葉秀峰，他是想置你於死地。他們通知保密局，是因為黨通局那邊有計劃，抓住你後，會聯合保密局，把你交給軍事法庭審判，那你絕不會有好下場，還是趕快想對策吧。關鍵是既要抓緊時間，還要行動隱秘。如果發現你要跑，他們很有可能會到香港來綁架你。叔仙，你千萬要小心應對，多多珍重！」說完這話，他那邊就把電話掛了。

崔叔仙一面心驚肉跳，一面慶幸當年的慷慨饋贈竟能換得一次生機。他立刻出發到酒店再去找蔣光堂和徐逸民，把眼下的危機告訴他倆。兩位朋友都勸他不要再猶豫，立刻動身回大陸。

他思考了一下說：「好吧，我決定回上海。但是要快！」

蔣光堂說：「沒問題，今晚就走。到了那邊一下船就安全了。」

徐逸民：「對，宜早不宜遲，免得夜長夢多。」

崔叔仙：「今晚走太急了點。我要把公司的事交代一下，還要在《大公報》上登一個啓示。明天晚上走應該來得及，這裡畢竟是香港，黨通局還不敢直接亂來。」

徐逸民：「叔仙想登個啓示，是要和台灣那邊有個交代吧？」

崔叔仙：「還是徐大夫瞭解我。我加入國民黨二十多年了，不能這麼不明不白地走。我要登報說明，我不會背叛黨國，選擇回上海，純屬被逼無奈，完全出於性命安危的考量。要怪就怪你台灣出爾反爾，不仁不義在先，怪不得我崔某人無情。」

蔣光堂：「可以理解。那我們一言為定，就明晚走。我立刻去安排，你也多加小心。」

就這樣，崔叔仙告別在港的家人，第二天晚上潛出香港。慎重起見，徐逸民陪崔叔仙同行，一路經廣東赴滬。蔣光堂在香港又停留了一陣，繼續勸說其他人。後來，那份名單上絕大多數的人都陸續回到上海。這些人，也包括崔叔仙，的確為上海的經濟恢復和發展，起到了不可忽略的作用。比如，崔叔仙為銀行業和報業的復蘇出了不少力，也勸說他的老朋友們認清形勢，積極配合新政府的工作。上海市政府還因此通報嘉獎過他。

等上海經濟情況基本穩定以後，崔叔仙就把主要精力放在實業上。最讓他傾心的是上海大光醫療公司。當時的上海只有這一家能生產醫用 X 光機。他是這裡的大股東，就在大光公司出任副經理。

崔叔仙離開香港後不久，汪嘉玉就出現了失眠症，一點也睡不著，人馬上就顯消瘦，萎靡不振。崔國華看媽媽病情不斷加重，知道這是父親又一次離開家所致，於是就和媽媽商量說：「媽媽要是不放心爸爸一個人在上海，不如你也過去住，病有可能自然會好。」汪嘉玉想了一想說：「也好，我實在不能忍受你爸爸不在我身邊的日子。只是小華才幾個月大，我走了，誰幫你照顧她呢？」

小華是崔國華的第一個孩子，這年春天剛出生，這時還不到一歲。這個小外孫女的確讓汪嘉玉難捨難分。

崔國華說：「媽，小華就快會走路了，我一個人帶她不會有問題的，你就放心走吧，我每隔一段時間就寄一張她的照片給你。有機會我們一起到上海去看你們。」

汪嘉玉只顧擦淚，崔國華接著說：「媽，我現在帶著孩子，小黃又生著病，我們都不能送你到上海去。那邊剛剛打過仗，不知道現在是個什麼樣子，讓你一個人走，我又覺得不妥，怎麼辦呢？」

崔開明這時候不知從哪兒冒出來，他已經聽到姐姐和媽媽的對話，插嘴說：「我啊！我送媽媽。」

崔開明到香港以後，進入一間英文學校叫作華仁書院。一開始用英文上課讓他有些吃力，好在年紀小，語言適應力強，加上有姐夫「開小灶」輔導，英文程度很快就趕上了當地的孩子。高中畢業後，他又順利考進了香港大學的建築系，第一個學期還沒結束。

崔國華：「你剛上港大，這學期的期末考試就快開始，現在走不合適吧？」

崔開明：「有什麼問題？到了上海我就回來，考試能趕上。再說，我發現我並不喜歡學建築，正在考慮換個專業。所以就是來不及考試也沒關係，大不了從頭開始。」

汪嘉玉：「要死了，你又要換什麼專業呀？」

崔開明：「爸爸以前就說過想讓我當醫生，我現在也有點想學醫了。」

崔國華：「算了吧！就你還當醫生？自己都管不了，還能給別人看病？」

崔開明：「不管啦！你就說我送媽媽去上海行不行吧。」

崔國華：「到了廣州要換火車，所有的行李你一個人扛，陪著媽媽一步不能離開，行不行？」

崔開明：「肯定行！我都十八歲了，別再當我是個小孩子。」

崔國華看看媽媽，再看看弟弟，覺得也只能這樣，沒有更好的辦法了。

於是，崔開明護送母親離開香港，一路到上海找到了父親。把母親送到家，他就該趕回去考試。但當他在回香港的路上，走到深圳中英街的時候，正好是 1951 年的元旦。他驚愕地發現，就在當天的幾個小時以前，邊界被中英雙方同時關閉，他被關在中國一方，香港再也回不去了。

崔開明為了代替自己送媽媽回上海而一去不返，命運隨之巨變。這件事從此就成了崔國華的一塊心病，一直內疚到老。

崔開明沒覺得有啥大不了的，跟父母在一起也不錯。只是一個十八歲的大小伙子，總該乾點啥。

乾點啥好呢？

說起來也巧，就在十多天以前，中央軍委政治部向全國青年發出軍醫大學和公安大學的招生辦法。那個年月的上海小青年做什麼最時髦？當解放軍啊！崔開明立刻動心，想要報考上海軍醫大學。當兵光榮，還能滿足學醫的願望，好事成雙。崔叔仙也希望他學醫，就同意了。

崔開明從小開始就上好學校，學習成績非常棒，又在香港的頂尖高中和大學裡讀過書，所以軍醫大的入學考試對他來說不難。他被高分錄取，正式開始學醫。

到了這年夏季，上海軍醫大學改名為第二軍醫大學。

6 三反、五反

中南軍大改成了第二十三步兵學校。

鎮反運動尚未結束，部隊裡又開始搞三反、五反運動。本來，三反是針對黨政機關人員的，五反是針對私營工商業者的。按理說，和崔開元沒什麼關係，但他還是逃不過被審查的命運，照例要寫材料、交代問題。一遍又一遍，沒完沒了。

根據他寫的交代材料，學校派人到上海、重慶、蘭州、鎮江等地外調覈實。這可要了命了，要是查出什麼和自己所交代的對不上，麻煩就大了，他心裡真有點不安。

文工團解散後，剩下的人組成了一個業餘文工隊，他在文工隊的樂隊當指揮，兼任文藝創作輔導員。當時的運動對象，必須一邊工作，一遍接受審查，叫作運動工作兩不誤。說起來是業餘文工隊，但

所有的隊員都沒有其它任務。隊長讓他在寫交代材料的空閒，再寫一部話劇劇本，用於宣傳隊在本校的演出。於是他利用休息時間，寫成一部話劇《台灣之夜》。那些時日，每天他能睡上兩三個鐘頭就不錯了。

也不知道是工作任務太重，還是挨整影響心情，他的身體健康出了狀況，失眠、盜汗、越來越虛弱。到衛生所拿點藥吃，也不見效果。

就在他的情緒跌入谷底時，神奇的事發生了。

那也是一個失眠後的早晨，疲憊不堪的崔開元到伙房打早飯。剛進門，就遇到學校的政治部主任盛殿邦剛吃完早飯，正往外走。他迎面看見崔開元，馬上說：「哎，小崔，吃完飯到政治部來一下。」

「是！」他立刻回答，心想不知道哪份交代材料又出了問題，很可能又要挨訓。於是他加了一句：「盛主任，讓我交代的東西我都講完了。實在是想不起來別的啦。」

盛殿邦先是一愣，隨即笑起來：「哈哈！你先吃飯，先吃飯，啊！具體的事情，我們馬上再聊。」

「是！」崔開元心裡還是免不了七上八下，匆匆吃完早飯，就往政治部走。

在門外站定，他喊了一聲：「報告！」

盛殿邦的聲音傳出來：「進來吧！小崔。」

他推門進去，發現屋內除了盛主任，還有學校政委潘壽才和幹部處處長李煥章。這些大官平時都見不到，他們在學校大會上做過報告，崔開元才得以認出他們來。

盛主任率先打招呼：「小崔呀，你看這是什麼？」說著，他從抽屜裡拿出一塊手錶放在桌上。崔開元認出那是父親從香港寄給他的那塊瑞士歐米茄。

他馬上立正，說：「報告首長，這是我父親寄給我的手錶。是我們指導員從廣州帶回來的，我立刻就上交了。我們文工團的領導都知道這個事，我當時就做了自我批評，是我和舊家庭沒有徹底決裂，但此後我和家裡再也沒有任何瓜葛。請首長審查，我說的句句都是實話。」

「好啦，崔開元同志。」政委潘壽才操著濃重的河南口音說：

「你請坐吧，聽我說幾句。」等崔開元在對面的椅子坐下後，他接著說道：「你的情況，剛才盛主任都跟我講了。你前段時間受審查的時間不短，也許有一點委屈。可以理解嘛，你是個大學生，參加革命的時間也不算長，有點情緒是正常的。」

這一說讓他更急了，站起來說：「報告政委，我不委屈，也沒有鬧情緒。」

潘壽才伸手示意他坐下，說：「你要是不覺得委屈就更好。我來告訴你，紅軍時期，我們四方面軍渡黃河作戰失利了，回到延安，那也是小會批大會鬥的，我當時也想不通，可那樣就不革命啦？這點委屈都受不了，怎麼做個革命者？更別說要排除萬難，去爭取勝利啦。你看，經過鎮反、三反、五反運動，我們的黨完成了對知識分子的改造，肅清了從舊社會留下的餘毒，鞏固了黨的執政地位，也保衛了我們的勝利果實。對於一個真正的無產階級革命者來說，這些是革命的首要任務。至於個人得失，要盡量看得淡一些，要充分相信我們黨是偉大正確的政黨，不可能讓一個好同志長期受委屈，即使感到不愉快，也要把它看成是一種考驗。能夠經受考驗才是好同志，才能承擔更多的革命任務。我說的這些，你同意嗎？」

他仍想解釋：「同意是同意，可我並沒有不愉快，我對運動是理解的，我也確實是在剝削階級家庭長大的，所以我歡迎首長和同志們多多幫助我，讓我提高思想認識，堅決和我的家庭劃清界限。」

盛主任：「那倒不必啦。小崔呀，你的問題本來是由文工團的黨支部負責審查的。前段時間文工團解散，一批人又調到北京去，這就耽誤了一些時間。最近我們政治部派人出去外調，才瞭解到一些新情況。你大概還不知道，你的父母現在都在上海。」

「啊？他們在上海？」他確實吃驚，完全沒想到。

盛主任：「是這樣，你父親響應政府號召，於五零年底就回到上海，為上海市經濟工作的恢復立了大功。同時他還協助上海公安局，抓獲了幾名抗戰時期投靠汪偽的漏網漢奸。他可不是反革命，而是一個有功之臣，連陳毅同志和潘漢年同志都表彰過他。還有，你母親和你弟弟也回到上海快兩年了。你弟弟也參軍了，他在第二軍醫大學讀書，已經加入青年團，組織上對他的評價很不錯。還有，你以為你的姐姐崔國英可能在台灣。錯了，她還在新疆。她的丈夫蔡亞東同

志跟隨陶峙岳參加了酒泉起義,他們都加入了解放軍的行列,成為我軍的高級指揮員。你姐姐現在在新疆八一鋼鐵廠當財務處副處長,兼任總賬會計,也在為黨工作。這塊手錶是文工團解散前轉到我這裡的。經過學校黨委研究決定,手錶現在還給你,你可以正常使用,沒有任何問題。你父母、你姐姐和你弟弟的地址也都交給你,你們可以通信,沒必要再經過上級過目。崔開元同志,對你的審查結束了,你是一位能力強,工作認真負責的好同志,也經受住了組織上對你的考驗。」

聽到這裡,他的眼淚再也收不住了,全身顫抖,根本控制不住。

大家沈默了一會,潘政委才說:「崔開元同志,黨相信你,群眾也相信你,你要放下包袱,輕裝上陣,到新的工作崗位去,繼續努力奮鬥。」

他擦了眼淚,問:「新的崗位?」

潘政委看了一下手錶說:「對!你有新的任務。我們還有個會要開,咱們就先談到這裡。李處長會給你交代新工作。」

李煥章:「走吧,小崔。」

「是!」他敬禮後轉身出門,來到幹部處,他的情緒已經平復,心情愉悅。

李處長指著靠牆的長凳說:「坐吧。」

「我不累,請李處長指示。」他真是感到身體變得輕鬆,充滿活力,原先那些不舒服的感覺,已經煙消雲散。

李處長開始宣讀任命:「中國人民解放軍第二十三步兵學校政治部決定,任命崔開元同志為文化補習學校的業務指導員,級別由正排級晉升為正連級。」讀完,抬眼看著他。他馬上明白該做什麼,立正敬禮,高聲說:「堅決服從命令,保證完成任務!」說完轉身要走。

「等等!你要到哪裡去?」

「去文化補習學校啊。」

「回來。這個文化補習學校還沒開始吶,正在籌備當中。這段時間,你先參加我們的五反'打虎隊'。你對上海比較熟悉,所以派你和王殿璽同志到上海外調。調查瞭解我們學校的兩個'老虎'和台

灣的關係。」

「是！保證完成任務！」

他們在上海待了一個多月，根據各種已知的線索，尋訪了幾十個知情的人，最後下結論，這兩個「老虎」均跟台灣沒有關係。後來這兩個人都有不錯的結局，一個被保送到清華大學讀書，一個入黨提乾，調到別的部隊去了。

崔開元明知父母就住在迪化南路的老宅子里，好多次經過那裡，遠遠看著熟悉的院牆和大門，一次也沒有進去過。上級是讓他到上海來工作，並沒有說他可以回家，自然要克服私心，一切以工作為重。

回到部隊，果然受到嘉獎，領導表揚他三過家門而不入，革命意志堅定。

他對各項工作就更加積極，除業務指導員的正常工作以外，他還兼任了一個初中班的文化教員。學生都是野戰部隊的營連級幹部，有發展前途才送到這裡來補習文化，畢業後就要擔任更高的職務。

初中班嘛，第一課就要講怎麼寫作文。根據學生的特點，他在課堂上講解解放海南島的戰鬥。他仔細備課，還畫了一幅進軍海南島的地圖，用他在文工團學到的表演技巧，繪聲繪色地講了一課，並要求學生寫一篇聽課體會。作業交上來，學生反映非常好，紛紛評論崔老師的課講得實在好。這些作文和真正的初中學生寫的完全不一樣，他們全都有著豐富的生活經驗，思路也異常開闊，只是詞語不太通順，錯別字也挺多，批改作業就成了苦差事。雖然辛苦，也不失趣味，有一些學生就是在解放海南島時，帶著部隊登陸的前線指揮員，他們寫的作文，當然引人入勝。

因為現在是連級幹部，發給他的蚊帳，襯衣什麼的都和排以下幹部有了區別。伙食等級也有提高，可以吃「中灶」了。

有時他會恍惚一下，心想這可能就是所謂的否極泰來，雨過天晴。那時候還沒有過山車，他真不知道怎麼形容這峰巒起伏的命運。

7 防空學校

學校又改名了，改成防空學校，對外稱 4020 部隊，歸防空軍

政治部管轄。學校的新校長王智濤不但是個老革命，早年還在蘇聯學習過軍事，並在莫斯科中山大學當過軍事教員。回國後在中央蘇區的紅軍學校當教員，也是共產國際派來的軍事顧問李德的俄語翻譯。

王校長就是不一樣，他於 1952 年的 9 月一上任，就對望城崗的校址很不滿意，嫌這裡離市區太遠、電力不足，附近沒有機場、和南昌之間的木橋不能通過重型卡車，對學校的工作和發展造成了不小的限制。他和中南軍區的首長，像林彪、羅榮桓、鄧子恢、蕭克這些人都很熟，便提出了遷校的要求。軍區馬上同意，防空學校便遷往湖北的漢口。

軍區很大方，下撥舊幣 123 億元，在漢口市郊的趙家條建造新的防校。工程很大，需要耗時近一年的時間。王校長不想等，他帶著學校的一部分人，先行搬到漢口市區，在勝利街辦公。這裡原來是中南軍區藝術學校的營區。

王智濤將軍帶著手下視察勝利街營區的時候，發現老部隊留下了一個很漂亮的大禮堂，禮堂的舞台有過天橋，不但燈光齊全，大幕還是電動的。

校長背著手站在那裡盯著舞台看了好一陣，自言自語：「這個舞台扔在這不用怪可惜的，要是有個文工隊就好了。」

一旁陪著他的副校長姚知一說：「有啊，我們學校以前有個業餘文工隊。雖然解散了，可人員沒有流失，都在學校內部消化了。他們演過一個話劇叫《台灣之夜》，蠻有意思，王校長想看的話，可以把他們都調過來。」

「好哇！請你立刻把他們弄過來。文工隊還是要搞，我們的文化生活全都要豐富起來才行。」

「好的，我馬上辦。」

冬季來臨前，文工隊的原班人馬在漢口集中，熟門熟路，也不需要多排練，第三天晚上就登台，演出話劇《台灣之夜》。校長去看了，很喜歡，問這出戲是誰編的。姚副校長介紹說：「編劇是我們學校的崔開元同志。他當時是文工隊的文藝創作輔導員，所以是他寫的劇本，也是他導演的。」

「這個崔開元現在幹什麼？」

「他現在是文化補習學校的指導員，還兼任教員。他是北京朝

陽大學畢業的，相當有才華，是我們最好的幾個教員之一。」

王校長把崔開元找來談了一次話，就去找李煥章科長說：「我想把文工隊留在漢口。你去安排人員的調動，也記得和教育科的李克明說一聲，請他放崔開元走，我想調他到政治部當文藝教導員，專門管我們的宣傳隊。」

李科長問：「為什麼不直接讓他當宣傳隊的隊長或指導員？」

「我們學校不但要搞文工隊，週末舞會也要搞起來。小崔挺有想法，我想把這些文藝方面的事情都交給他來管。毛主席早在延安就提出，要建設我們的‘文化軍隊’，是要和拿槍的軍隊並列的，文藝工作是我們‘革命機器’的一部分，所以文藝工作一定要搞好。」

崔開元從此不再教課，專心從事文藝創作、文工隊的排練、演出、組織交際舞會以及各項有關文藝方面的事情。他的幹部級別隨之提升至副營級。

後來才知道，大概是在蘇聯受到熏陶，王智濤將軍不但是個舞迷，對各項文藝活動都十分上心。他也和崔開元討論過，對《台灣之夜》提出不少修改建議，使這部話劇更受歡迎，不但武漢各部隊文工團都在演，後來防空軍政治部文工團也在北京舉行了公演，一時引起過不小的轟動。

大約一年後，防空軍政治部向蘇軍學習，要在各部隊營區建立軍人俱樂部，首先在北京舉辦俱樂部主任學習班，培養骨幹。崔開元也被選中到北京學習班學習。臨行，黨總支書記對他說：「到北京以後，向領導上說明，你是入黨發展對象，結束時，請學習班寫個鑑定回來，我們就把相關手續辦了，解決你的入黨問題。」

他按照指示辦理，以為很快就能入黨，非常高興。

學習班還是在北京的棉花衚衕，四年前他就是從這裡走出來開始南下的。這裡的院落還跟以前一樣，沒有什麼變化，但他早已不是參加革命初期的那個青澀幼稚的大學生了，心中感慨萬千。

學習班的主要內容是學習蘇聯辦俱樂部的經驗，同時也學習文學藝術。有一天，防空軍文化部的畢革飛部長到學習班來講課，講怎麼讀中國的四大名著。這是崔開元第一次見到他。

課後，畢部長讓大家討論。他問了一個問題：「在座的都是知識分子出身，《紅樓》都看過吧？你們說說看，紅樓夢裡面誰的詩詞

寫得最好？有些什麼特點？」

　　每個人必須發言。輪到崔開元，他說：「剛才幾位同志說的我都同意。應該是林黛玉、史湘雲、薛寶釵的詩寫得最好。而我認為林黛玉的詩最有特點。」

　　畢部長：「那你就著重談談她的特點吧。」

　　「是！我認為林黛玉寫詩的最大的特點就是哀傷。但她的哀傷還有點不一樣。她雖出生在富貴之家，生性清高矜持。但父母早逝，她很小就到賈府寄居，過得是寄人籬下的生活，在賈府這樣充滿勢利的複雜環境里，她又不得不小心戒備，用孤高之氣抵御凡塵，進而守住自己心靈的純淨。因此她的詩，時而淒涼悲切，時而敏感孤傲，有時又過於冷酷。比如說，她的 '寒塘渡鶴影，冷月葬詩魂。' 沒有一種極端的悲哀個性，寫不出這樣冰冷的詩句。」

　　畢部長：「說得很好，還有嗎？」

　　崔開元：「還有就是我發現了林黛玉的一個秘密。」

　　畢部長：「哦？是書上寫的什麼秘密嗎？」

　　崔開元：「書上沒有明著寫出來。林黛玉是生在揚州，長在揚州，13歲才來到賈府。她寫的那些詩詞，只有用我們的家鄉話來念，才更押韻，也更好聽。」

　　「你也是揚州人嗎？」畢部長問他。

　　「不是，我是江蘇高郵人，那裡離揚州不遠，方言也大致接近。我很小就離開了家鄉，但我的母親一直講高郵話，所以我才注意到這一點。」

　　「這倒是蠻有趣的。你能舉個例子讓我們聽一聽嗎？」畢部長饒有興致。

　　「還是在中學的時候讀的《紅樓夢》，快忘光了。只記她的一首詩叫《代別離·秋窗風雨夕》，是這樣寫的：

　　　　秋花慘淡秋草黃，耿耿秋燈秋夜長。
　　　　已覺秋窗秋不盡，那堪風雨助淒涼！
　　　　助秋風雨來何速？驚破秋窗秋夢綠。
　　　　抱得秋情不忍眠，自向秋屏移淚燭。

大家看，這首詩的前四句讀著沒問題。後四句應該是‘速’字韻呀，怎麼跟著的是個‘綠’呢？一點也不押韻，難道是林黛玉寫錯了？不會的，她可是大觀園裡最有才氣的了，不會犯這麼低級的錯誤。其實，在我們蘇北話裡，‘速’念‘SAO’，‘綠’念‘LAO’，‘燭’念‘ZAO’。這樣聽起來，是不是就押韻啦」

大家拍手稱奇。畢部長問：「你叫什麼名字？」

「報告部長，我叫崔開元。」

「崔開元，我好像在哪裡聽過這個名字。你是從哪個部隊來的？」

「報告！我是 4020 部隊的。就是漢口高級防空學校。」

「哦！你就是《台灣之夜》的編劇呀？嗯，好。」畢革飛沒再說什麼。

學習班很短，兩個月後就結束了。崔開元回到漢口，為建立俱樂部做準備。

學習班帶回來的鑒定書很亮麗，總支委員開始討論崔開元何時成為預備黨員的議題。就在這個節骨眼上，一紙調令飛來，把他調到了軍委防空軍政治部文化部，當畢部長的文化助理員。這次入黨的機會就錯過了。

進防空軍文化部的那年，他 27 歲。

8 父親自傳 4

防空軍政治部在北京鼓樓北鑼鼓巷。因為剛來報道，宿舍還沒安排好，就讓我暫時住在棉花衕衕俱樂部學習班的宿舍里。辦公室也還沒有我的座位，畢部長把自己辦公室的鑰匙交給我說：「你就用我的辦公室吧，先寫一篇文章，題目就叫《防空軍的俱樂部工作》，你好好想一想，我們防空軍應該怎麼樣開展俱樂部的工作。」

這是我到防空軍文化部以後接受的第一個任務，自然是又快又賣力地寫這篇東西。我記得開頭是這樣寫的：「防空軍的俱樂部工作，必須以中心工作為中心，以政治任務為任務。」而後從國際形勢，談到備戰。也談到俱樂部的工作要加強陣地宣傳，能讓戰士們在陣地上看到敵人的猙獰面目，聽見敵人戰爭的叫囂。最後分析了怎樣才能培養戰士們的全面素質。

大概只用了 2 天時間，文章就寫成了，全體助理員在部長辦公

室聽我讀了這篇文章。讀完之後,畢部長只說了一句話:「你是一個真正的大學生。」

政治部吳建初主任批示,整個政治部的各部都要學習這篇文章的寫法。同時把文章推薦刊載到總政治部的文化工作手冊和防空軍雜誌上,署名是防空軍文化部集體討論,袁春發、崔開元整理。袁春發是另一個助理員,他和此文沒有任何關係,但這在當時是常有的事,沒人會介意,一切聽領導安排。

也許是我太敏感,覺得政治部的同志看我的目光好像都帶著敬佩。青年部的一個助理員劉建勳,叫我寫幾個毛筆字,明明不怎麼樣,他也對旁邊的人說:「不但能寫文章,書法也是又好又快。」

可惜好景不長。

有一天,劉建勳通知我開團支部會。畢部長也在,問:「開支部會?我怎麼不知道?」

崔開元馬上回答:「不是黨支部會,是團支部會。我還不是黨員。」

畢部長小聲說:「你不是黨員啊?我以為我們文化部所有的人都是黨員呢。」

這樣尷尬的誤會,我一生中遇到過很多次。

宿舍安排好了,住在家屬樓的二樓,同一樓還住著一戶人家,是防空軍的副政委谷景生。他參加過「一二九」學生運動,當過二野十五軍的軍政委,戰爭年代,他的左臂負傷落下了殘疾。他的夫人名叫範稱秀,也是當過八路軍的老資格。他們當時有四個孩子,最小的還抱在手上,名叫小寧。因為常見面,谷景生副政委家裡有好吃的時候,常常喊我去吃飯,和他們一家人都很熟悉。

(作者注:這個叫小寧的孩子,就是現在的巨商谷望寧。她後來嫁給了北京市委書記李雪峰的兒子李曉雪。李曉雪的妹夫是薄熙來。薄熙來和李曉雪的妹妹離婚後又娶了谷望寧的妹妹,也就是前些年名譟一時的那個谷開來。)

不是黨員的助理員,身價一落千丈。本來在軍委機關,不論職務高低,大家都是助理員,平起平坐,沒有高低之分。現在不一樣

了，黨員助理員表面上還是客客氣氣，可是一種居高臨下的態度，就不大遮掩了。

　　好在畢部長再也沒有提過此事，但凡大事小事，他都愛帶著我，可能他看重我的寫作能力，並沒有流露任何輕視的態度，有時也叫我去他家裡吃飯。

　　（作者注：畢革飛是山西高平人，1939 年加入薄一波領導的抗日決死隊，當過志願軍 60 軍的宣傳科長，中國曲協理事，中國作家協會會員。著有《畢革飛快板詩選》等。）

第 12 章 苦中有喜 谷將軍熱心牽線

1 上海見父母

宣傳部的王部長和文化部的畢部長相約，一起出差廣州和福州。王部長帶的助理員叫朱欣，畢部長帶的照例是崔開元。去廣州要在上海停留，畢部長到上海的第二天，要和老朋友見面，吩咐崔開元說：「你就別跟著了，回家吧。我知道你很多年都沒回過家，趁這次機會，你可以在家住兩天。還有，對你父母說，我們三個人明天晚上想去拜訪他們，如果可以的話，你就打個電話告訴我。記得要簡單，不要費事。這是命令，不得有誤。」

「是！」

深秋的午後，馬路兩邊的樹葉在飄落，空氣里瀰漫著和他兒時一樣的味道，這味道擁著他向前走，踏向歸家之路。

上一回和父母見面，還是回家參加二姐婚禮的那次，一晃六年過去，父母還是從前的樣子嗎？想到此，腳步邁得更快。

部隊招待所門外是四川北路。他徒步走到虹口公園找電車。他本來就對這一帶不很熟，加上公共交通的線路也和過去不同，他就在路邊找人詢問他該乘哪一路車。先遇到兩個漂亮的年輕姑娘，他上前問：「同志，請問到迪化南路坐什麼車？」

姑娘們停止了交談，上下打量了他一下，見他穿著舊軍裝，說著普通話，就不待見他，衝他擺擺手，讓他離遠一些。

沒想到解放這麼多年了，她們居然還是這副德行。他剛想發火，旁邊一位老人對他說：「你是要到迪化南路去呀？迪化南路現在叫烏魯木齊南路了。你跟我走吧，我跟你坐一路車，到站了我告訴你下車。」

上車又下車以後，周圍的環境就全記起來了。他轉身往前走，沒多遠就到了家門口，伸手按門鈴。

開門的是一位婦人，他以前沒見過，就說：「我以為會是周管家，他不在這裡了嗎？」

「你是說周文管家呀？他前不久回南通老家了。你找他有事嗎？」

「哦！不找他，我找我父母。我姓崔，這裡是我家。」

婦人愣在那片刻，終於想明白了，問：「啊？你是，你是少爺

415

呀？啊喲！快快！快進來！」她說罷快速跑回屋，大喊：「崔太太，不得了啦！少爺回來了。」

「少爺回來了？我兒子回來了？哪個兒子啊？」媽媽的聲音從屋內傳出，隨即就見媽媽快步走了出來。她一見兒子就站住了，好像不認識，愣愣的，什麼話也不說，雙手開始輕微地顫抖，慢慢抬起，伸向兒子，半天才迸出一句：「開，開，開元吶！怎麼會是你呀？」

這邊崔開元已經奔上前去，母子二人抱在一起，哭成一團。

剛才開門的是家裡的幫傭李媽，她見狀也在一旁落淚，過了一會，她勸住這對母子的哭泣，一起進屋坐下來。汪嘉玉緩過神來就問：「開元呀，你不是在北京嗎？到上海來怎麼不事先跟我們講一聲呢？」

「我們的部長在出發前才告訴我，再寫信也來不及了。再說我是今天一早才知道，我被批准回家住兩天，馬上就跑回來了。」

「啊？只能住兩天呀？這怎麼好呢？你爸爸還在‘大光’上班，我打電話叫他回家。」她說完就去打電話。

崔叔仙聽說大兒子到家，放下電話就往回跑，到了家門口，也不等司機下車開門，自己打開車門就下了車，幾步便進了家門。

見到一身軍裝的崔開元，他雖不像汪嘉玉那般激動，可欣喜之情，也是按耐不住。

他首先問：「開元，你到上海來是辦公事，還是辦私事？」

「我陪兩個部長到廣州和福州出差，在上海轉車。部長也要在上海辦事情，就准我的假，讓我回來住兩天。兩天之後我們就出發到杭州去。然後再去廣州和福州。」

崔叔仙想想說：「你們的兩個部長到上海來，能不能請他們到家裡來吃一次飯？也好拜託人家大首長多多提攜你呀。」

「爸爸，我們是人民的軍隊，在部隊講官兵平等，不興說提攜二字。那都是以前舊社會的一套，反動派才這麼說。」

「啊呀！我忘了這碼事了。那你們怎麼說？」

「我們講為人民服務。同志間講互相幫助。」

「哦！不管怎樣，能請得動他們到家裡來嗎？」

「不用請，他們讓我轉達，明天晚上他們想到家裡來看望你們，你們要是同意，我就打電話到招待所，請他們明天到家裡來吃晚飯。」

「同意，同意！熱烈歡迎！」

「但是有命令，不得費事，只能準備簡單的晚飯。」

「你說的簡單晚飯是什麼樣的飯？」汪嘉玉不解的問道。

「比如饅頭稀飯，或者是南瓜蒸飯，窩窩頭什麼的。反正不能

416

做菜，一個主食就好。不能違反，否則我要吃批評的。」

「哎呀！這怎麼好？你說的這些我們不會做呀？李媽是崇明人，你會蒸饅頭嗎？」汪嘉玉急著問身旁的李媽。

李媽搖搖頭。

崔叔仙：「先別急，讓我想想，既要讓他們吃好，還不能違反命令。我再想想，會有辦法的。」

這種事情，崔叔仙是高手中的高手了，他當然能想出一個精妙的辦法來。

次日晚，天快黑時，畢部長、王部長、朱欣三人按時赴約。畢部長還特意帶來了一些禮物。進門寒暄後，就坐下吃晚飯。崔叔仙說：「兩位部長，朱同志，你們今日願意賞光來到寒捨，我們家真的是蓬蓽生輝，讓我們感到無上榮光。小兒同我講，晚飯只能做一樣主食，這叫我們有點為難，首長們遠道而來，我當盛宴款待才是，無奈有命令在先，我不敢違抗，就做一道主食吧。來來，給客人上飯！畢部長，王部長，請不用客氣，品種只有一樣，但我們做了很多，保證都能吃飽。」

晚飯端上來，畢部長接過來就先嘗了一口，驚訝地問：「我以前從來沒吃過這麼好吃的飯。這是什麼飯？」

崔叔仙得意地笑笑說：「這個在我們老家高郵就叫作菜飯。來來，請請，大家都動筷子。」

王部長和朱欣也說好吃。問是怎麼做的。

崔叔仙說：「這是用今年的大米摻了一點糯米悶出來的米飯。米下鍋前，先用油煸香青菜，再加一些蝦米和火腿丁，調好味就行了。很簡單的，絕不違反命令。」

這話把兩個部長都說得笑起來。他們每人吃了兩大碗，朱欣一個人就吃了四碗，直到肚子撐不下了才罷休。

吃完飯請客人坐著喝茶，品龍井。

畢部長說：「崔經理，你的情況我大致瞭解過。你雖然當過國民黨的官，還在反動派的軍隊裡做過事，但你也曾幫過我們共產黨的忙。抗戰期間，你為國家出過力，立過功。我們來登門拜訪，給你添了麻煩，弄了一頓這麼好吃的菜飯給我們。真的是要謝謝你呀！」

崔叔仙擺手說：「不用謝！又不是什麼好東西。這麼招待貴客，讓我們很不好意思。知道你們是為人民服務的首長，只能做些粗茶淡飯的，也不知你們吃飽沒有。」

畢部長：「吃得很好。崔經理，現在工作上還順利吧？聽說你把財產都捐給國家了，有這樣的覺悟不容易，可喜可賀！」

崔叔仙假裝謙虛：「哪裡哪裡，主要是回到祖國懷抱以後，受

到黨的社會主義教育，才認識到過去的那些財產，都是靠剝削人民得到的。現在政府開展社會主義改造運動，搞公私合營，我就響應政府號召，乾脆把它們全都還給人民。從此我就不再是資方代表了。比如我們的大光公司，現在是歸國家所有，我其它的生意也都是如此。而我吶，現在也是一名國家職員，拿著國家給的薪水，相當的光榮啊！」

王部長說：「崔經理以前是開明資本家，現如今更是愛國人士。我們為崔開元同志有這樣一位好父親而高興！」

「部長過獎了。說實話，我的思想認識還有待提高。小兒在首長身旁工作，也希望首長們多多・・・幫助他。多謝多謝！拜託拜託！」

客人道謝，辭去。崔開元在家又待了一天後，四人便再次上火車，往杭州去。

按規定，軍隊的文件袋上只要印有「絕密」二字，就不能帶著乘坐普通列車。而他們隨身攜帶的所有文件，屬於軍委一級，極少不帶這兩個字的。所以，崔開元和朱欣作為助理員，必須帶著手槍，提著文件箱，陪首長旅行。只要上了火車，整節車廂都必須清空，確保軍委文件不至洩密。為了避免混亂，他們每到一處，助理員就事先和鐵道公安和列車段聯繫，對方有責任撥給他們四人一個完整的車廂。大多數時候，鐵道部門為了方便，都給他們另掛一節軟臥車廂，以求萬無一失。

因此，他們的旅行，相當安全、舒適。

2 西湖龍井

在杭州沒有工作任務，就是玩。一行四人遊覽西湖。

逛西湖，是王部長提出來的，他是湖北安陸縣人。西湖邊靈隱寺的方丈很有名，叫大悲法師，是他的同鄉。因此在遊覽完「西湖十景」後，他們便來到西湖北端的靈隱寺造訪。

那時的靈隱寺正在修繕，到處搭著腳手架，工人們在忙碌。他們在正門的天王殿外站立，王部長讓朱欣去找大悲法師。

崔開元發現一個怪事，問畢部長：「這不是靈隱寺嗎？為什麼大門樓上寫的卻是雲林禪寺呢？這裡有兩座廟嗎？」

畢部長說：「這裡就是靈隱寺一座廟。關於靈隱寺有個傳說，不知是真是假。說有一天啊，康熙到靈隱寺來拜佛，老和尚請皇帝題

寫寺名，也就是‘靈隱寺’三個字。康熙剛喝了酒，心裡高興，便吩咐拿筆來，揮筆就寫。哪成想，他喝得有點多，一下筆就把靈字上頭的雨字頭寫得太大了，下面還有太多筆畫就寫不下了。這多尷尬？又不能讓皇帝重寫是吧？這老和尚很是聰明，用雲字代替靈字，就請皇帝題寫雲林禪寺四字。你們看，這靈和雲兩個字帶雨字頭，可雲字底部的筆劃就簡單多了。就這樣，老和尚巧妙地化解了皇帝的敗筆，還做了這麼一塊匾掛在這兒。從此呀，這裡也叫雲林禪寺了。」

話音剛落，朱欣出來說：「王部長，找到大悲法師了，他請兩位部長進去喝茶。」

門口站著一位年輕僧人，領著四人朝後院走。到了聯燈閣前，小和尚做了個手勢請他們進去，就離開了。大悲法師站起身，請他們入座，和王部長聊了一些關於家鄉的話，開始上茶。

方丈自己並不喝茶，所以只上來四杯茶。多大的杯子呢？也就是和最小的那種小酒杯一般大。畢部長和王部長捧起小茶盅輕輕抿一口。朱欣和崔開元走了半天道，口渴得不行，心想這和尚也太小氣，請喝茶就端來這麼一點，他們端起小茶盅送到嘴邊，一仰脖子，一口就喝完了。上茶的小和尚鞠躬行禮後退出，不大一會功夫，他又送來了四杯茶。這次不一樣了，放在王部長和畢部長面前的，仍舊是小茶盅，給朱欣和崔開元換成了帶蓋子的大茶杯。

他剛要再次退出房間，朱欣端著大茶杯問他：「請問你一下，這是什麼茶？」

「回施主，這是最上等的龍井茶，採摘於龍井村的獅峰山。」

崔開元也曾聽說過，杭州的西湖龍井茶，以獅峰號為最上乘。沒想到今天不但喝到這麼好的茶，還是這麼大一杯，夠大方。

兩位部長喝完了兩盅茶就告辭方丈，往回走。路上崔開元好奇地問：「畢部長，王部長，怎麼沒有讓他給你們也換成大茶杯呢？就兩小酒盅的茶也不解渴呀？」

畢部長笑了，說：「你們真是兩個大外行。第一道茶，我們喝的都是上等的龍井茶，也就是他說的獅峰龍井。那位小和尚見你們兩個一飲而盡，就知道你們年輕人是只為瞭解渴，不是品茶之人。所以第二道茶來的時候，給你們換了大茶杯，讓你們喝個夠。給我們的那一小杯，才是方丈最好的茶。」

崔開元：「還有比獅峰號更好的龍井茶嗎？」

畢部長：「有的，叫作野茶。就是自然生長的野茶樹，也是龍井，不過非常難得。我曾聽人說過，靈隱寺里有半棵野龍井，這棵茶樹的一半被雷劈死了，另一半，每年春天，能夠摘幾片小芽就不錯了。平時一般人根本喝不到，今天我算沾了王部長的光。」

朱欣：「這野龍井好在哪裡？」

王部長：「我覺得區別不太大，大概味道更濃一些。主要還是物以稀為貴，平時見不著，才覺得好。」

崔開元心裡想：「畢部長真不簡單，雖然只上過初中，學識卻很淵博。難怪他能當上文化部的部長。」

到這時，他好像開始意識到一件事，畢部長總帶著他，並非全是要依靠他的筆頭子，看起來倒更像是要愛護和培養他。應該沒錯。

畢革飛在 1955 年獲大校軍銜，本來很快就能晉升少將，可惜不久後他患肝癌去世了。

別看畢部長和王部長只是師級幹部，但代表著軍委。所以他們四人到了廣州軍區，葉劍英和譚政會見了他們。在福州，他們又見到了葉飛。

這些名號在解放軍中全都如雷貫耳。

3 飯店偶遇

崔開元也曾單獨外出工作過，有時代表文化部到基層檢查工作，有時則是下連隊體驗生活。

最難忘的一次是去蘭州。他不僅見到了二伯一家，還在東嶽廟邊上的大街上，看到一家飯館，迎著街面的招牌上，寫著「崔家獅子頭」幾個大字，他很好奇，便走進去點了一份。一嘗，還真是當初家裡的味道。這就更奇怪了，問服務員道：「這家飯館是誰開的？我能見一見他嗎？」

「好咧！解放軍同志您稍候。」

少頃，一個大師傅模樣的人掀開門簾走出來。他見來的是個軍人，連忙鞠躬行禮，問：「這位解放軍同志，您有何吩咐？」

這人是西北口音，看著好像面熟，仔細再一看，這不是當年家

裡的勤務兵嗎？問道：「你是三十二師的張連奎吧？你不認識我啦？我是崔開元啊。」

「崔開・・・，開元，你是大少爺啊？啊呀！真的是認不出來了。我說是哪個解放軍要找我，原來是你。好久都沒有見過你了，你好嗎？崔處長，還有你們家裡人都好嗎？」

「都好，都好。現在不叫什麼少爺啦，叫我崔開元吧。你怎麼會在這裡開飯館？」

「這飯館是幾年前我和陳師傅一起合開的。哦！陳師傅就是你們家在蘭州時的大師傅。他在後頭，我去叫他。」

他跑到後廚，把老陳叫出來。老陳一看，來的是以前主人家的大少爺，連忙鞠躬行禮。

張連奎介紹說：「我當兵前就是這裡人。四九年的時候，我們在福建吃了敗仗。我們 106 軍的一些人投誠以後，我就回來了，沒再留在部隊。我當了一輩子兵，沒啥手藝，年紀也大了，也不知道該乾點啥。正好遇到你二伯，他說我在你們家學到不少做飯的本事，正好陳師傅也在蘭州，就建議我們倆合起來開個飯館看看。這不，還借給我們本錢，我們就靠著賣這個「崔家獅子頭」，一年不到就把錢還上了。我不但娶了媳婦，我們兩家還都蓋了房子。我們剛剛公私合營，這個飯館啊，已經是公家的啦，可各人家裡的房子還歸我們，也就知足了。」

陳師傅也說：「你二伯和你父親一樣，都是好人吶！」

告別了張連奎和陳師傅，他又轉到中山公園去看了看。那片槐樹林還是老樣子，只是樹幹高大了許多。

他到甘肅的連隊體驗生活，是為了編一本叫《連隊文藝》的小冊子。畢部長把審稿、印刷、還有分發的工作都交給他一人去完成。文化部出了一本《防空軍畫報》，所有的文字部分由他撰寫。這還不算，畢部長有時過於忙碌，遇到稿約沒時間寫，就讓崔開元代筆，稿費寄到就和他平分。辦公室的人有條老規矩，助理員們但凡拿到稿費，就必須請客吃光。

有一次，崔開元請客來到東來順吃涮羊肉，正吃的時候，有個人過來拍他的肩問：「崔開元吧？」

他抬頭一看，是張思之。他於 1950 年的 7 月，從人民大學畢

業，現在是北京法院的法官。他說：「崔開元，你的好朋友俞傑跟李本昭也都在法院工作。我們常常說起你來，大家以前做學生的時候，擁有好多有趣的時光。」

「那都是哪年的事了？」

「沒有多少年，不就五六年而已嗎？」張思之有點不解。

「只有五六年嗎？」他嘴上說著，心裡想：「怎麼就覺得是很久以前的事呢？」

4 牢獄之災

崔叔仙被捕入獄，發生在 1955 年的夏季，事前毫無徵兆。

這是一個星期四的早晨，他上班有點晚。一進公司大門，見院子里有輛公安局的吉普車停在那兒，感覺很奇怪。進了辦公室，秘書說：「崔經理，公安局的同志在等你。」

他看到來了三名警察，其中一位他認識，是上海公安局社會處二室的主任田雲樵。當年從香港回來後，蔣光堂陪他到公安局報到時，就是田主任接待的他。還記得那天田主任對他說：「你是回來靠攏人民的，是愛國行動。一切罪責罪行，既往不咎。」

他上前問：「田主任來了？是我們大光公司出了什麼事嗎？」

田雲樵不回答，臉上也沒表情，遞給他一張紙說：「崔經理，請你過目。」

他接過來一看，不由得倒吸一口涼氣。就見這白紙之上，赫然印著「上海市公安局逮捕通知」幾個大黑字。再往下看，就是自己的名字：

崔叔仙，又名崔錫麟，因犯反革命罪、勾結內奸集團罪，經上海市人民檢察院批准，於 1955 年 7 月 21 日上午 8 時執行逮捕，依法羈押於上海市第一看守所。

檢察長：王範

真叫五雷轟頂，崔叔仙從沒想到會有這一天，他根本不知道該

怎麼應對，只是低頭再仔細看這逮捕證，一點也不錯，要抓的人就是他。

「田主任，怎麼回事？搞錯了吧？」

田雲樵還是面無表情，緩緩從他手裡抽出逮捕通知，折疊好放進一個信封，然後說：「崔經理，我在執行任務，請你配合。我們現在就送你去看守所，這個逮捕通知，我會派人送到你家裡，你家人可以給你送一些衣物過來。請上車。」

「你還沒說為什麼抓我？我不走。」

「崔經理，別讓我為難，這個通知上面已經說得很清楚是反革命罪。還有疑問的話，可以在法庭上說。」田主任向兩個警察使眼色，那兩個上來就要用手推他。周圍還有好些公司的人在看著，他明白這時候反抗毫無用處，只能徒增羞辱，還不如先到看守所再說。

第二天下午，汪嘉玉被批准前往看守所探望丈夫，並給他帶來換洗衣物。令他沒想到的是，汪嘉玉既不哀哭，也不慌亂，平平靜靜地來見他。

他告訴汪嘉玉說：「我沒有做過壞事。我會把事情搞清楚的。你一個人要多保重，不要怕。」

汪嘉玉回答：「我不怕，自從算命的說你的晚年有牢獄之災，我就在心裡準備好了這一天。我也不太擔心你，這點事不會把你怎麼樣的。」

汪嘉玉走後，他在腦子裡一直盤算著怎麼脫身。當初來勸他回滬的蔣光堂，這時候已去世，他便要求見上海市委副書記，副市長潘漢年。

過了有一兩個星期，潘漢年那裡始終沒消息，法院的判決書倒是先來了。

他還是犯有反革命罪，被判處有期徒刑十年。

人生總共有幾個十年？十年里的每一天又該怎麼度過？十年後他將是個六十三歲的老人，那會是個什麼景象？不敢想，他一點都不敢想。

他仍舊向看守所提出要見潘漢年，實在不行，就讓他見一下徐逸民大夫。他一再表明自己沒有罪，這是一起冤案。

看守所的領導人蠻客氣，但愛莫能助。根據規定，判決書一髮

423

出，犯人就要移押至監獄服刑，至於別的，他們無從知曉。

囚車從鬧市區經過，從大名路上了長治路，過了橋再往前就是長陽路。崔叔仙看到馬路兩旁新栽種的懸鈴木，心裡明白了，他此行的目的地是「提籃橋」，遠東第一大監獄。

隨著一道一道的鐵門在身後關閉，他才清醒地意識到，深陷牢獄的命運已經無法改變。

他到 「提籃橋」 的第一天就開始絕食。

要讓他向命運低頭，不可能！最多不就是個死嗎？他要用生命換來一次講道理的機會。

第一天是同牢房的犯人勸，第二天是管教員來勸，第三天是監管隊長來勸，他什麼話也不說，就是不吃飯。到第五天，他餓得頭昏，便躺在床上昏睡，又熬過一天。

一個星期後，他終於看到了一絲絲絕食的果效。這次來的人，自稱叫毛榮光，是監獄的副典獄長。

崔叔仙總算開口說話了：「請問，正典獄長叫什麼？」

「是武中奇同志。」

「哦！請他來！」他小聲說完，就合上眼睛，再也不搭理毛榮光。

兩天以後，武中奇出現在牢房。

他坐起來，開始講述：「武先生，我是在 1949 年，由上海市政府參事蔣光堂先生，奉陳毅和潘漢年兩位首長的命令，到香港把我請回上海的。當時我是看了毛主席的《約法八章》，上海方面也給了我既往不咎的承諾，我才同意回來的。為的是回到新中國，回到人民懷抱，為上海的經濟建設出一份綿薄之力。我是受到政府嘉獎的愛國人士啊。我還把我的所有產業也都捐給了政府，當了一名光榮的政府職員。我還是工會會員，不是資本家，更不是反革命。你們不但冤枉我，還不讓我申訴，是不是太沒道理啦？」

他說完這些話就停下來，想看看武中奇怎麼回答他。

武中奇只說了一句：「對不起！我沒法回答你的問題。」

崔叔仙沒想到他是這個態度，不免有點憤怒，問：「你身為監獄的最高長官，你都回答不了，我還能找哪一個去申訴呢？」

武中奇不緊不慢地回答：「你沒必要申訴。一切都已成定局，

無法改變。」

「那你來幹什麼？我可以告訴你，不讓我申訴，我就絕食到底。」他再次閉上雙眼。

「崔叔仙，我今天來，不是聽你申訴的，也不是來勸你吃飯的。你想想看，這麼大的監獄，關著上萬的犯人，要是哪個犯人不吃飯都要典獄長親自過問的話，我忙得過來嗎？」他說著還笑了。

哎？從武中奇口氣里似乎聽出了一些友善。

他睜開眼睛，欠起身問：「那你來這裡是・・・？」

「我是來請你的。我們首長要見你。」

「你們首長？哪一個？在哪裡？」

「他在我的辦公室。你去了就知道了。快十天沒吃了，食堂給你預備了稀飯，你要吃一點才能走得動，才好去見我們首長，並且表達你所謂的申訴。」

他看看武中奇不像是開玩笑，也不像是緩兵之計，於是點頭同意。

他端過管教員遞給他的稀飯，幾秒鐘就喝完，然後說：「我先相信你，要是你們騙我，我就繼續・・・。」

「好啦！沒騙你。走吧！」武中奇扭頭走出牢房，身後有兩名管教員陪著崔叔仙走出監管區，來到前面的辦公區。在一間辦公室門外，武中奇示意兩名管教員在門外等，他帶崔叔仙推門而入。

室內沙發上坐著的兩個人一下站起來，其中一位走上前，直接就問：「崔處長，還記得我嗎？」

「這是誰呀？現在還喊我處長。」他心裡想著，就拿眼看他，端詳了一陣，覺得這人有點眼熟，可又想不起是誰。

見他猶豫，對方又說：「日本人佔領上海的時候，你一跳車，我就把車開走了。那輛福特就砸在我手裡，沒法還你呀。」

他想起來了，這是以前在上海時，他的司機兼保鏢劉心遠。他萬分不解地問道：「老劉，你是老劉啊！這麼多年你都在哪裡呀？怎麼不來找我？你救過我的命，還沒謝過你吶。」

武中奇在一旁給整懵了，問：「李部長，他怎麼會叫你老劉？」

崔叔仙這才明白，眼前的這個老劉就是那位要見他的首長。他

一下就愣在那裡，不知說什麼好。

李部長對武中奇說：「當年我從江西到上海來做地下工作，用的是化名，叫了好幾年的劉心遠。他是上海的名人，也是抗日將領。組織上安排我給他開車，掩護身份。後來日本人想抓他，他逃出了上海，我也轉移到根據地去了。」

李部長轉過臉說：「崔叔仙，你請坐下，聽我說幾句話。」

崔叔仙乖乖坐下，說：「首長請講。」

李部長又問武中奇：「有沒有吃點什麼？」

武中奇：「按你吩咐的，請他喝了一碗稀飯。」

李部長：「嗯，好！大家都坐吧。」他接著對崔叔仙說：「我一直在北京工作，昨天到上海來，聽說了你的情況。我把你的卷宗拿來翻了一下，知道你一定有很多的想法要說出來。我說得對嗎？」

「對呀，這完全是個冤案啊！」

「對於你的案子是否冤案的問題，我沒有發言權。不但我沒有這個權利，就是把陳毅老總請回來，他也無權過問。我這樣講，不知道你明不明白。」

「啊？」他沒想到會是這樣。「為什麼？」他還是忍不住發問。

李部長低頭沈默，然後說：「有些話我不能說，有些事我也不清楚，因為超出了我的權限範圍。但我不妨告訴你一件事，潘漢年也被逮捕了。」

這確實是個驚人的消息。「他犯錯誤了嗎？嚴重嗎？」

「具體情況沒有公佈，只知道是中央最高層的決定，可能牽扯到一些高等級的機密，我們都不方便問。所以，你的情況是牽連在饒漱石、潘漢年、揚帆的內奸集團案子上。上海也好，北京也好，沒有任何人能聽你的申訴。即便申訴，也無法審理。這在我們的法律上，是特別再特別的案例。因為這個案件級別很高，上海法院無權介入，他們的判決並非根據你和這個專案的關係，而是認定在 1949 年，你初到香港的時候，為國民黨的兵團司令王修身送過信。關於這件事，你寫過材料，還有你的簽名，你不否認吧？」

「確有其事。為這就要做十年牢？」

「對，十年牢是輕的。過去我們殺了多少美蔣特務反革命，你

是知道的。沒要你的命，是看在你當年對我黨有所幫助，還是抗日功臣。功過相抵，才有了目前的結果。我今天抽空到這裡來，就是想送你幾句話：服從判決，安心服刑，愛護身體，重新做人。如果你能接受這四句話，我就能答應你，在我的權限之內，給你提供一些生活上的幫助，並保證在十年後讓你順利出獄，回歸正常的生活，我能做的就這些。我時間有限，今天下午就回北京，希望你盡快考慮我說的話。」

他不用考慮，已經再明白不過，此時還不認命，就不是一般的傻了。他站起來說：「謝謝首長！現在明白了，我無話可說，一定會認真服刑。我這就回牢間去，就不耽誤首長的時間了。」 他鞠躬行禮。

見他轉身要走，李部長趕緊叫他：「崔叔仙，你還有什麼要求嗎？」

「沒了。」他隨口說完，又覺得不對，就轉過身說：「有一個，不知能不能辦到？」

李部長：「你說了我才知道能不能辦。」

「我想見一見我的太太，把她的生活安排一下。你應該知道，她一個人沒法生活。我要在這裡關十年，她沒有任何收入，不能這樣扔下她不管。我有罪，她沒有是吧？」

李部長看看武中奇，武中奇說：「這個可以安排。」

李部長：「好吧，就這麼辦。崔叔仙，武中奇同志以前是我的老部下，我已經和他商量好，在不違法，不違反規定的前提下，請他給你一些必要的照顧。你也要盡快適應這裡的生活，保持一個良好的心態，保持一個健康的身體。可能的話，再做一些力所能及的勞動。好不好？」

「好好！謝謝！」

第二天，武中奇告訴崔叔仙，監獄研究決定，讓他到監獄內部的畫室去服刑。

畫室不像普通牢房，這裡的犯人以前的職業各有不同，但都擅長書畫。晚間，他們每人住一個單間，白天除了政治學習以外，就在一起寫字作畫。一日三餐，也是從辦公人員的食堂供應，伙食標準要高於普通犯人。

　　一個星期後，崔叔仙被安排去探訪室。他知道一定是汪嘉玉來了。

　　果然是她。發現她的眼睛紅腫，知道是哭過，可他假裝沒看見，直接就說起他的安排：「嘉玉，我被判了十年，知道了吧？有個以前認識的人，跟我說了一些內幕，我的案子是沒有別的辦法，只有在這裡把十年的時間熬過去。你不要擔心，我只要每天寫字畫畫就行，一點也不辛苦。倒是你以後怎麼辦，仔細想過嗎？」

　　「我沒事。早年的時候，你一直不著家，我一個人帶孩子過日子，從來沒有大問題。」

　　「那時候都年輕，現在你多大了？再說，沒有收入，你在上海根本過不下去。總不能再給人洗衣裳來活命吧？你還是去找哪個孩子去吧。」

　　「靠洗衣裳活命也不是什麼了不得的事，需要的話，照樣洗。當然了，跟孩子過也行。你說我現在跟哪一個過最合適？」

　　「我考慮過，國英子在新疆，那裡太偏遠，蔡亞東還生著病，國英一邊上班，一邊還要照顧他，你去了不好。國華在香港住在婆家，先不說你去不了，能去你也不會去。開元那裡也不保險，他在軍委工作，我被判刑坐牢這件事，不可能對他沒得影響，那種機要的部門，怕是不會長久留他。鎮反的時候他就遇到不小的麻煩，這次蕭反運動他會怎麼樣，就更不好說了。想來想去，只有開明那塊還算安穩一些。他是學醫的，就是不在部隊當軍醫，隨他跑到任何地方做一個醫生，總是有碗飯吃。你就到太原去找他吧，跟著小兒子一起過，互相都有個照應。」

　　「好吧，就這麼說吧。」

　　「給幾個孩子的信，我已經寫好了，你要是同意我的安排，今天就可以到郵局把信都寄出去。」

　　「好！我馬上就去郵局。你還需要什麼？下次給你帶過來。」

　　「別的不需要什麼，就帶些我平時畫畫用的那些毛筆，印章什麼的給我就行了。」

　　「好！那我現在去寄信。」她接過信，站起來就要走。

　　「嘉玉呀！」他叫住她說：「要是有空，順便到照相館去拍個照吧。我想留你一張照片。」

　　汪嘉玉用眼看著丈夫一小會，臉上慢慢露出笑容，什麼也沒說便轉身離去。

　　望著汪嘉玉離去的背影，他心裡想：「她的笑容真的就像冬天的陽光一樣，能溫暖和安慰失意的人。我現在雖然失去自由，但好在

428

還能見到她。」

他萬萬沒想到，今天的會面，其實是他們二人生命中最後的訣別。

幾天後，管教員告訴崔叔仙，汪嘉玉過來送東西，但他八月份的探視機會已用完，不能見面，所以只能讓她留下東西回去了。

崔開明接到信後，立即趕到上海來，把汪嘉玉接到了太原。也是因為受父親的影響，崔開明不久便從軍隊轉業，分配到山西醫學院做教師，同時在附屬醫院做外科醫生。

汪嘉玉於1904年的農曆5月9日出生在高郵，1964年5月24日晨離世，享年整六十歲。

她去世一年多後，崔叔仙方才走出監獄。

這是後話，當時的崔叔仙並沒想到今生今世，他和妻子再無相見之日。他打開汪嘉玉送來的布包，裡面除了書畫用具外，還有一張她剛拍的照片。儘管她已五十出頭，但依然美麗。他拿著照片端詳了一陣子才放下，想到這一生的命運起伏，很想吟誦一首詩詞來抒發心懷，可小時候背的那些詩詞都快忘光了，想了半天才想起一首辛棄疾的《鷓鴣天·送人》

> 唱徹陽關淚未乾，功名餘事且加餐。
> 浮天水送無窮樹，帶雨雲埋一半山。
> 今古恨，幾千般，只應離合是悲歡？
> 江頭未是風波惡，別有人間行路難！

5 肅反運動

軍委機關肅反運動動員大會的第二天，崔開元接受了一個光榮任務。當時在北京開辦了一個有關防空軍建設的展覽會，新上任的防空軍司令員楊成武想請毛主席去視察，便安排文化部寫一封邀請函。

畢部長指派崔開元來寫。他寫好後，畢部長看了很滿意。送給楊司令過目，楊成武也說寫得好，讓他直接送到中央辦公廳去，面呈楊尚昆主任。

中央辦公廳在中南海裡面，他說從沒去過，楊成武便打了個電話，找來保衛部的助理員劉晶，叫他給崔開元帶路。

他們乘坐楊成武的車，一路來到中南海正門。警衛人員已經知

道他們會來，檢查過證件就放行。他們進去後拐了幾個彎，繞到「居仁堂」的後邊，停在一座樓前。秘書帶他們去見楊尚昆。楊主任接過信說，這封信會按程序辦理，主席若是去的話，會提前通知防空軍。

任務完成就往回開，路上劉晶對崔開元說：「你真不簡單呀！還能給毛主席寫信。」

防空軍算是挺有面子的，毛主席還真去看了展覽。楊成武當然是非常高興啦，崔開元似乎又立了一功。

評定軍銜開始了，崔開元被報了個大尉，這在軍委機關裡是很低的軍銜了，但對他來說，眼下這種平靜安穩的日子已是難得，其它的東西都不重要。

就在這時，他收到了父親的信，驚訝地得知父親已經被捕判刑。他必須把這封信交出去，向領導彙報真相。

不用猜就知道結果如何，他很快就進了學習班，成為肅反運動的重點審查對象。他沒覺得有多冤枉，無可奈何的事情，父親成了反革命，不整你整誰？

他們的學習班裡還有兩個審查對象。一個是朱欣，他已經調到楊成武身邊做秘書，可還是因為出身有問題而難逃厄運。另一個就搞笑了，他是攝影助理員，毛主席到防空軍來看展覽，他被派去拍照。「七里咔嚓」拍了一堆照片，回來把照片一洗出來，頓時傻眼，每張照片上毛主席的牙齒都發黑，看著好像缺牙，怎麼看都奇怪，沒有一張照片能用。到底是什麼原因，他也搞不清楚，反正是犯了這麼大的錯誤，也沒啥說的，自己主動要求進學習班接受審查。

整人的小組長不是別人，就是保衛部的劉晶。他的出身也不怎麼樣，家裡的成分被劃成富裕中農。眼看自己不如人家貧農出身的人根正苗紅，就只能在運動來臨時，拼命表現，一蹦老高，要證明自己立場如何堅定、旗幟如何鮮明。第一次小組會上，他就馬上翻臉，指著崔開元的鼻子說：「父親既然如此反動，兒子就好不到哪兒去。你說，在那樣的反動家庭生活，你還說你沒有加入國民黨，也沒有加入三青團，這是為什麼？這太不正常了。你必須向人民交代清楚。在這場偉大的肅反運動中，我們就是要讓你這類人，徹底暴露你們本來的反動面目。」

照例，小組會、大組會連軸轉，一堆表格填完再寫交代材料，

折騰了一個月後宣佈，朱欣和崔開元二人停止工作，由外調組的成員對他們所交代的材料進行實地調查覈實，等待結論。

這一等就是六個月。在這期間軍銜評定結束，大家都穿上新軍裝，戴著軍銜，個個都神氣活現。只有朱欣和崔開元兩個人還穿著舊軍裝，顯得灰溜溜的。領導發了話，他們因為個人歷史問題尚無定論，暫緩授銜。

終於等到對他的外調結束的一天。上級通知他到組織部去領取運動結論。他心中忐忑，不知結果如何，但比起等待中的滋味，不如立刻見分曉來的痛快，因此他立刻就去了組織部。

接待他的王助理員一臉笑容，請他坐。好像問題不很嚴重。

王助理員開口問：「崔開元同志，在等待審查的這段時間，你六個月沒有工作任務，每天是怎麼打發的？」

「這段時間我看了不少書。我們畢部長喜歡世界名著，所以我們部裡弄了兩個大書櫥，裝滿了書。我基本上全都看過了。另外還去參加了防空軍的乒乓球賽。」

「拿了第幾名？」

「不行，拿了個第二。」

「第二名就很難得呀。來吧，看看吧！」王助理員說著，從桌上放著的一個文件袋里拿出厚厚的一摞紙，擺在崔開元的面前。

他有些不安地接過紙來，只見第一頁上寫著：

「中國人民解放軍防空軍政治部對崔開元同志在肅反運動中的審查結論。該同志與父親及舊同學之間，只有經濟聯繫，沒有政治上的聯繫。取消對該同志的政治嫌疑。立即恢復工作，並補授予中尉軍銜。」

當他看見「政治嫌疑」四個字的時候，心裡還是「咯噔」了一下，沒想到已經到了政治嫌疑的嚴重地步，怪不得不讓他工作呢。好在嫌疑取消，還補了軍銜。中尉軍銜過低，但強過什麼都沒有，也算是個挺不錯的結局。謝天謝地吧！

再翻看其它的材料，有的是外調的往來信函，有的是談話記錄，還有很多當事人寫的證明材料，其中就包括當年朝陽大學地下黨

支部的範書記。他自己寫的交代材料里提到了俞傑、趙宗烈、戴崇和、陳萬齡等，這些人也都寫了證明材料。最有意思的是一份談話記錄，是來自一個正在服刑的前朝陽大學的軍統特務，他叫裘克紹。再仔細一看，這不是那個「大金牙」嗎？原來他的名字叫裘克紹呀？當時沒把他當回事，沒在意他姓甚名誰。有一點很耐人尋味，「大金牙」只說了崔開元怎麼劫走了張思之，卻並沒有提及崔開元後來又怎麼被朱兆英所救。這讓他少了一些麻煩，而且所有人提供的材料里，都沒有提及任何不利於他的東西，這讓他心生感激。同時也要謝謝共產黨花費這麼多的人力物力，做了這麼多的工作，終於還他一個清白，讓他能再次抬起頭來做人。

　　肅反運動，他暫時過關了。那個劉晶卻出事了。

6　姻緣

　　　劉晶授了少校軍銜，穿上新軍服照鏡子，看著肩膀上金燦燦的肩章，他有點飄飄然起來。

　　　太得意便忘了形。

　　　裝備部新來的小李，是個女大學生，既年輕又漂亮。他展開了追求。

　　　費了半天勁寫好情書，發出去卻沒動靜。再寫，還是石沈大海。

　　　他按耐不住，竟然跑到小李的住處去當面問她：「我給你的信收到了嗎？」

　　　「收到了。」

　　　「為什麼不回信？我都給你寫了好幾封了。」

　　　「對不起！我剛到部隊工作，現在還不想考慮個人問題。」

　　　「小李呀，你不想考慮，你可以等。我都三十了，等不了啦。不行，你必須馬上回答我。」

　　　聽他口氣還挺硬，她的火氣便不打一處出，也就板起臉來說：「哎！你等得了等不了，都是你的事，跟我有關係嗎？」

　　　他也提高嗓門：「怎麼沒關係呢？我想跟你搞對象嘛。」

　　　她滿臉都是鄙視，說：「快別說了！你跟我···。我都不知

道說什麼好，就你這熊樣，就你寫的那些破信，還想跟我搞對象？別惡心了！你有多遠滾多遠。要是再提這事，別怪我不客氣。滾！」

劉晶碰了一鼻子灰，還被罵得狗血淋頭，耷拉著腦袋回到宿舍。回想剛才的對話，越想越生氣，操起酒瓶就灌。這一斤酒下肚可就壞了事，一肚子窩囊氣被酒精的作用催發，立刻是怒從心頭起，惡向膽邊生，抓起配槍就回到小李的住處，用力推門推不開，便轉到敞開的窗戶外，看見床上放下來的蚊帳罩著床沿，他拔出槍來，朝小李的床上「噠、噠、噠···」一連開了八槍。蚊帳上彈孔累累。

槍聲划破夜空，立刻驚動了警衛戰士，他們迅速趕往槍響的方向。等他們來到宿舍院門時正碰見劉晶，見他手裡提著手槍，搖搖晃晃地往外走。問他怎麼回事，他也不答話。警衛拿過槍來，一摸槍管還燙手，說明就是他開的槍，便把他摁在地上。保衛部長也趕到現場，見是自己的下屬，便問他：「劉晶，是你開的槍嗎？出什麼事了？你喝醉了嗎？清醒一點，回答我。」

劉晶看到自己的上級來了，努力站直了說：「報告部長，小李仗著是個大學生，她瞧不起我，居然還敢罵我。我，我剛才把她給斃了。」

「啊？你把誰斃了？好大的膽子。來人！把他捆起來，先關起來再說。」保衛部長又問身邊人：「他說的這個小李住哪一間？」

有人帶他過去查看，卻見門上落了一把鎖。原來劉晶醉眼朦朧，根本沒看見有鎖，這才跑到窗口去開的槍。小李臨時有事外出，躲過了一劫。

這件事鬧大了，全軍通報，還把楊成武氣得一整天都不吃飯，逮到誰罵誰。

劉晶被送上軍事法庭。最後宣判，開除黨籍、開除軍籍、判刑十年、刑滿遣送丹東原籍。

小李也要求離開防空軍裝備部，她後來調到哪裡去了，沒人知道。過了一段時間，有傳聞說，那個女大學生小李，是中央某某首長的千金。難怪她不好惹，原來如此啊。

這事之後，崔開元有一天碰到谷景生，他立正敬禮。

谷景生停下腳，對他說：「小崔呀，星期六就是國慶節了，我愛人會做點好吃的，你過來吃午飯。」

「是！」

到了十月一號的中午，他去了谷景生的家。範承秀已經把飯菜都做好了，招呼他說：「小崔，過來坐吧，我們馬上開飯。」

沒有其他外人，谷家一家大人小孩外加崔開元，開始吃午飯。

範承秀：「小崔，你別客氣呀。我十四歲就參加八路軍了，做飯不太在行，也不知道合不合你口味。」

崔開元：「範主任做的菜非常好吃。」

範承秀：「是嗎？那就多吃點。」

崔開元：「是！」

谷景生：「小崔呀，今天叫你來吃飯，一是慶祝國慶，還有就是祝賀你順利通過肅反運動的審查，恢復了工作。都是好事情呀！」

「是！謝謝谷副政委！」

「謝我幹什麼呀？要謝謝黨，謝謝同志們給了你一個正確的結論。你在停職期間的表現也相當好嘛，說明你相信組織不會放過一個壞人，也絕不會冤枉一個好人。對吧？」

「對！谷副政委。只要不是惡意中傷、侮辱人格，我都能理解，當然也知道組織上會給我一個公正的結論。」

「那就好啊。聽說有人在審查過程中說了一些過頭的話，你也別往心裡去，只要心中坦蕩，就經得起風浪，說就讓他說去好了。再說，個別人借運動來打擊別人，抬高自己，也得到了應有的懲罰。比如那個劉晶，雙開加坐牢，他一定是後悔不已，只可惜一切都不可輓回了。」

「那個人的膽子也太大了，對象搞不成就動槍，確實太過分。」

「是呀！簡直是無法無天。不過這件事也暴露了我們的一些問題。楊司令員也找我談過，他說我們在抓緊軍隊建設的同時，不能忽略思想教育，也要關心你們這些未婚的同志，幫助你們解決個人問題。看來真是我們犯了官僚主義，把這麼重要的事給疏忽了。小崔，你今年多大？」

「虛歲二十九。」

「我看你沒對象吧？」

「沒有。在軍委機關裡的女同志本來就少，即使有，就我這種

434

家庭出生，誰能看上我呀？所以一直沒機會。」

「這是我的工作沒做到家。有錯誤就改正，沒有機會就要創造機會。近日你們文化部就會新派去一位女同志，當婦女助理員。報到我手上的人選有好幾位，我看中的這位，是我們防空軍文工團的話劇演員。她在報告上說，她是高小畢業，因為參軍早，就沒有繼續讀書。她現在二十一歲了，想補習中學課程，這是好事，應該支持。可她們文工團四處演出，居無定所，影響她學習，所以她就申請調出文工團。我看她和你挺合適，如果把她調到文化部，正好請你輔導她學習。等你們相互熟悉以後，要是雙方都不反對，我就來當你們的月老紅娘。你看怎麼樣？」

「我去過文工團幾次，和話劇團也打過交道，谷副政委說的這位女同志，不知道是哪一位。」

「哈哈！我知道你在想什麼。你不想想，話劇演員能不好看嗎？」

「那倒是的。我其實就想知道她叫什麼。」

「她姓韓，叫韓什麼我記不清了。好像叫韓什麼新。」

崔哥告訴你，她叫韓向新。
我怎麼知道？
我媽的名字，我會不知道？

第13章 命運多舛 張如惠情定開封

1 恩如惠

恩召那日在天津碼頭的台階上站立了很久，吳玉棠所乘的船逐漸遠去，在運河前面的拐彎之處看不見了，他才收回視線。

他低下頭，注視著腳下湍急的河水，心中料想吳玉棠此次回到高郵老家，今生恐難再見到他，不免令人傷懷。同時也很感激，由於吳玉棠力薦，他頂替吳玉棠做了門吏。

正想著心事，河面吹來一陣早春的風，覺得挺冷，再抬頭看天，好像要下雨，還是趕緊回北京去吧。

數月後，恩召的妻子懷胎足月，生下了他們的第二個女兒。

他們夫婦當然還想要個兒子。可是奇怪了，好幾年過去了，別說兒子了，這肚子里什麼動靜也沒有。他們開始尋醫問藥，又折騰了三四年，終於再次懷上孩子。雖然這次還是生了個女孩，但因為來的不易，也就不管男女，夫妻倆都很高興，給她取名叫恩如惠。她和她的兩個姐姐分別相差了十歲和八歲，全家人都格外地疼她。

恩家的祖先並非真的姓恩。本是遊牧民族的旗人，在漫長的年代中素有只稱名不舉姓的規矩。等到入關下馬，過上安定的城鎮生活，沒有姓就不方便了。於是各家各戶便從自己長輩的名字裡取出一個字來，作為自家的姓氏。想必恩召的某位祖先的名字中就有這個恩字，所以他們從此姓恩。

漢族人也有恩姓，但不是一家人。其實在旗人里，即使都姓恩，也不一定是一家。例如，徐錫麟開槍打死的那個安徽巡撫恩銘是鑲白旗人，而恩召卻是正黃旗人，他們兩家沒有任何關係。

自己的祖先到底叫什麼，恩召不知道，他只知道他的祖宗是一員武將，跟著八旗兵打進北京後，就在德勝門內安了家。老祖宗應當是得到了不少封賞，最起碼過了這麼多年，恩召還能分到三間瓦房。

旗地早就沒了，但只要房子還在，就有一個家。恩召領著一份不錯的俸祿，妻子在家照顧著三個孩子，雖不是富貴有加，但一家人有這樣安穩的日子過著，算得上是知足常樂。

然而，人生總有意想不到，命運也總愛作弄人。

恩如惠屬狗，她出生的第二年是辛亥年。辛亥年里，大清國發生了驚天動地的武昌起義，滿清宣統皇帝隨即退位。這標誌著滿清入關後，共計 268 年的旗人皇權就此終結。

從中華民國開始，旗人被稱為滿族人。

2 排滿

崔哥曾在揚州市生活了十多年。揚州城有一段刻骨銘心的恐怖記憶。儘管已過去幾百年，許多當地人只要提起此事，仍會感到毛骨悚然、膽戰心驚。這就是南明時期，清軍攻佔揚州後慘絕人寰的大屠城事件。

當時的揚州居民有多少被殺，正史上沒有確切記載，但王秀楚所著《揚州十日》里說有八十多萬。揚州民間流傳下來的說法是，揚州城裡除了一戶姓賈的和一戶姓馬的兩家人以外，所有城內居民被殺得是一個也不剩。

即使到了今天，在揚州的老城區里，你仍然可以找到那場屠殺遺留下的痕跡。

首先，老揚州話里有個成語，叫做「賈家馬家」。如若言談話語中說某人有點「賈家馬家」的，也就是在說此人裝模作樣，又或者是虛情假意。追溯其來源，據說是因為當時的賈馬兩姓人家就是靠著偽裝和哄騙，躲過了清兵的屠刀。因此日後最正宗的揚州本地人只剩下他們兩家人，這個成語也就又含有一點趾高氣揚的意思。

蔣家橋附近有一條巷子叫「螺絲結頂」，外地人定會覺得這名字夠古怪，沒法從字面去解釋它的含義。當地老人都知道，這地方以前叫左衛街，清兵把這裡變成了揚州最大的屠宰場，漢人被帶到這裡殺掉後，屍體擺得有房頂那麼高。從此「擺屍及頂」就成了這裡的地名。直到現代，人們覺得這個地名實在是太過於恐怖，才借用諧音字來代替。

揚州城破後的血雨腥風慘烈到了何等地步，由上述例子可窺一斑。揚州人在這場大屠殺中的悲慘遭遇，《揚州十日》一書有較為詳細的記錄。

　　《揚州十日》、《嘉定三屠紀略》等書籍的存世，能讓後人瞭解明末清初這段黑暗歷史。但正是因為這些書籍太有名，往往會給人一個錯誤的印象，好像清兵只在這些城市製造了屠城慘案，其他城市似乎幸免於難。如果你真的這麼想，那就太天真了。

　　明朝末年，滿清軍隊在征服關內漢族政權的戰事中，幾乎每攻克一座城池，都會伴隨不同程度的大屠殺，漢人都被殺光的城鎮村莊，不計其數。到底殺了多少，根本沒法計算。歷史上的兩次人口統計，大概能說明一點問題。

　　崇禎年間全國人口統計數為 6000 萬，到了清初，這個數字下降到 1000 萬。銳減的 5000 萬人口裡，有少數是正常死亡以及喪命於戰爭所帶來的次生災害，而很大一部分則是被旗人活生生地直接殺掉的。

　　在那個冷兵器時代，殺一個人都費勁，要殺掉幾千萬人，絕非易事，旗人竟然做到了。史書中把旗人描繪得強大彪悍，而漢人卻是懦弱無比。鬼頭刀下引頸受死，怎麼就這麼窩囊？

　　當時的八旗兵的確是既強橫又嗜血，可是大開殺戒的這一代旗人沒有想到，未來的某一天，他們的子孫後代，將要替他們的罪惡埋單。因為有一顆種子被深深地埋進漢人的血脈，這顆仇恨的種子，在漢人的血管裡流轉了兩百多年之久，終於還是發了芽。

　　武昌首義功成，順理成章，屠殺滿人的復仇行動隨即就開始了。

　　大部分革命黨人在起義前，早就熟讀《揚州十日》等一類書籍，他們對於滿人的痛恨更是深入骨髓。你聽聽他們的革命綱領就能明白，「驅除韃虜」，是被放在「恢復中華」之前。似乎認定，只有先驅除韃虜，而後才能恢復中華。現在革命取得勝利，最先想到的可不就是高舉民族主義的旗幟，殺光城中的這些「韃虜」嗎？

　　隨著每座城市被光復，全國南北各地發生了不少滿族人被殺得一個不剩的屠滿行動。直到袁世凱在北京當上大總統，北洋政府才下令制止了這場全國範圍內的大屠殺。

　　殺滿雖然停止，可對滿人的歧視遠未結束。

　　一開始，恩召回家告訴妻子說：「如惠娘，你知道這外頭亂哄哄的為啥嗎？皇帝退位啦。現在不叫大清朝了，叫民國。」

「那你還能為朝廷當差嗎？」

「民國沒有朝廷，他們叫政府。我們的差事不變，繼續當著。政府頒布了《優待皇室條件》，說是皇帝只退位，還在宮裡過日子，宮裡的大臣侍衛也繼續留用。我們禁衛軍變成了民國陸軍，糧餉還和以前一樣。」

可是沒過多久，壞消息來了。

民國政府希望政權能夠平穩過渡，最好不要出現什麼大混亂。然而，事實並非如此。隨著滿族人的特權被取消，皇城牆被拆除，原本只能旗人居住的區域，現在搬進越來越多的漢人。漢人不僅嚴重歧視滿族人，而且報紙或街頭議論中也充斥著排滿的情緒。這股來自民間的壓力促使政府改變了態度。

原禁衛軍被解散，其官兵的薪俸停發。像恩召這樣的滿族人家，甲糧早已斷絕，現在又沒有薪水，完全失去了經濟來源，立刻就陷入了赤貧的境地。

能做小買賣嗎？不行，滿族人無法獲得營業執照。能找到工作嗎？也不行，沒有人願意雇傭滿族人。一時間，過去高人一等的滿洲八旗子弟，都失去了生計，只能到粥廠去領取救濟粥才不至於餓死。

貧困潦倒，惶惶不可終日總不是長久之計，恩召也像一些聰明的滿族人那樣，想方設法，擺脫令人痛苦的滿族人身份。

恩召對妻子說：「我想好了，要想全家人能活命，唯一的辦法就是冒充漢族人。這樣，你馬上就把你的頭髮改成漢族女人的樣式，到漢人那裡去買幾件舊衣服來，旗人的衣服都扔了。還有，我們不能再姓恩了，換個漢人的姓，最好讓人一聽就是漢人。你說姓啥好？」

「隔壁剛搬來的張家是個好人家。咱去求求人家，認我們家也姓張，這樣看起來，我們不就成了姓張的一大家人了嗎？」

於是，夫妻二人便去求鄰居幫忙。這戶張姓人家還真是心善，願意協助，從此恩召改叫張召，恩如惠也就變成了張如惠。周圍原先的鄰人紛紛搬走，各家自謀生路而去，不出一年，張召一家人便悄無聲息地融進了漢族人的世界。

就在斷了俸祿之前，妻子又一次懷孕了，第四個孩子將要出生，張召肩膀上扛著家庭重擔，不得不馬上出去找工作。他最先在西直門外的農事試驗場找到工作，可那裡除了能掙到一個人的口糧外，

並沒有工錢可以拿回家。後來在朋友的幫助下，他進了溥利呢革公司做搬運工，終於能領到一份微薄的薪水。

溥利呢革公司在德勝門外的清河，張召半夜就要起來，步行二十里去上班，乾一天活，累得半死還要再走回家。每天如此，睡眠和休息的時間顯然是不夠的。他們幾個工友一合計，大伙湊錢在清河鎮租了一間破屋，儘管漏風又漏雨，可好歹不用每天往返於北京和清河之間，也就能在夜裡睡上個完整覺。

孩子出生，是個男孩。隔壁張家的男孩子是寶字排行，張召就給孩子取名張寶善。終於有了兒子，該高興吧？可張召夫妻都高興不起來，多個孩子多張嘴，家裡的負擔就更重了。

張如惠的大姐這時已經虛歲十三了，正好辟才衚衕的第一女工廠招收童工，她便報名到那裡做了一名織布女工。等她母親出了月子，也到這家廠裡工作，只留下張如惠的二姐在家裡照看兩個年幼的妹妹和弟弟。

一大家人的日子還是非常之艱難。

3 上海電報局

這天，張召收到了吳玉棠從高郵寫來的信。信中說，估計作為滿族人的老友，目前一定過得不容易，是否需要他提供一些幫助？

他琢磨了幾天才提筆回信，把他家裡困頓的生活現狀實情相告，請吳玉棠在有機會的時候，幫助他找一份好一點的工作。哪裡都行，只要收入高一些，能養活一家老小就好。

吳玉棠收到張召的回信後，立感焦慮萬分，老朋友一家果真遭了難，必須趕緊想辦法援救。

吳玉棠在北京的老相識大多已作鳥獸散，在北京當地已經是無計可施。張召不是說哪裡都行嗎？那就在北京之外動腦筋，搜索一切可能的辦法。

最終他想到一人，這位是他的親侄子，在江蘇省電政管理局給局長袁長坤當秘書。嗯！就找他，看能不能幫張召安排一個工作。

當時的江蘇電政管理局設在上海。沒多久他侄子從上海回高郵過年，給他拜年的時候，他問他侄子說：「我當年在北京的時候有個

忘年交，名叫張召。他今年應當是三十多歲，也是個讀書人。因為是滿族，在北京找不到像樣子的工作，一家好幾口的日子過得很艱難，我就想幫他一把。現在民國了，沒有我說話的份。所以想請你看看，在外面是不是有辦法幫他謀一個職位，收入比他現在做的苦力高一些就好。」

他侄子說：「二伯！我長這麼大，從來都是求您幫助我，您讓我辦事，這還是頭一次。而且這也不是什麼難事，我一定盡全力辦好。等過兩天回到上海安排妥當了，馬上就給您消息。二伯請放心！沒有問題！」

大約十來天後，吳玉棠接到他侄子的信，說是在江蘇電政管理局下屬的上海電報局找到一個職位，可以讓張召即刻到上海外灘 8 號來報到。

吳玉棠趕緊寫信給張召，讓他馬上到上海去聯繫他的侄子。

張召接到信，一天都沒耽擱，立即上火車，由京山線到天津轉津浦線，到浦口下車，過長江輪渡到達南京下關火車站，再經滬寧鐵路抵達上海。

當時的上海火車站還在麥根路，第一次來上海的張召當然搞不清東南西北。

大街上有中國巡警，也有租界的巡捕，他們挺熱心地指路說：「你看到前面的樓房了嗎？就在那裡向右拐，看到會樂里就左拐上四馬路，跑到北四川路的時候再問人，電報局就在附近了。」-

他順著指引向前走，過了幾條街，就能看到會樂里了，可是在會樂里附近轉了半天也沒有找到四馬路。只好再問路人四馬路怎麼走。

路人問：「你要去哪裡？」

「我要去電報局。那邊的巡警告訴我從四馬路到北四川路再到外灘，不知對不對？」

「對！你現在就在四馬路。四馬路就是福州路，往前一直跑，到了北四川路的時候，就能看到電報局的大樓了。」

原來福州路又叫四馬路，上海人管走路叫跑路，不是真的讓你跑。

他用了一個多小時，終於「跑」到電報局，順利見到吳玉棠的

侄子。他被帶到報務科，科長為他安排了一個師傅姓高，讓他跟著學習收發電報。

作為當時的高科技，電報的工作原理，張召一竅不通，一切都要從頭學起。到底怎麼學，有多困難，他心裡也沒底，所以相當的緊張。高師傅看出來了，安慰他說：「我以前跟你一樣，不知道電報是個啥東西。到這裡學了一個月不到，就能上手，三個月後就很熟練了。不過你要好好學，好好練習，什麼時候你可以發報了，就開始拿發報員的薪水，能收報以後，就再加一些，等完全熟練了，薪水就會更高。我們上海電報局現在總共有三百多個職員，其中有一半的人都是做報務的，大家不僅要憑本事吃飯，平時工作也很辛苦，三班倒不說，收發報的工作既費體力又費腦，注意力必須非常集中，假如搞錯一個字，或是漏聽一個電碼，那都是不可彌補的錯誤。要是出錯太多，就只能捲鋪蓋走人了。你不用害怕就是了，我會認真地教會你所有的技術，只要你能吃得了這個苦，堅持下來，就一定能學會。」

「謝謝高師傅！我不怕吃苦，我也會好好向您學習。假如哪裡做得不夠，萬望高師傅賜教。拜託！拜託！」

「別客氣！我現在手上還有幾份電報要發，你坐在這裡別作聲，看著就行，等我空下來就教你。」

張召點點頭。

高師傅戴上耳機，打開電報機，攤開一份電文，伸出右手，握住電鍵，開始發報。張召只能看到高師傅的手在高速抖動，不大一會，就開始發第二份、第三份電文。他們的這個班次到下午三點結束，高師傅下了班才開始教學。

電報局的樓上有一個小房間，是專門用於新手上課和練習的地方。他們二人來到這裡，在一張桌子前坐下。桌上有一台電報機，對面牆上貼著一張巨大的摩爾斯電碼表。

高師傅問：「張召，你認得這些個英文字母還有洋數碼嗎？」

「認得的。」張召是在北京的旗人貴族學堂里讀得書，這些英文字母和阿拉伯數字他都學過。

「那就容易了！你看這個表上，每個字母或者數字的右邊都有這些點和橫，這些點我們叫它‘滴’，這些橫我們叫它‘答’。用不同的‘滴’和‘答’組合起來，就代表不同的字母和數字。現在全世

界都在通用一個美國人發明的組合方法，這個人叫摩爾斯，因此這種方法就叫摩爾斯電碼。這樣講，你能明白嗎？」

「能明白，請繼續講。」

「好！再來看這個電報機。它其實應該叫收發報機，因為它既能發報也能收報。它後面的這個地方插著一根電線，這根電線連著外面的電報線路。一條電報線可以同時走八路電報。聽說美國人的電報線可以同時走幾十路，也不知他們是怎麼弄的。」

「因為這台電報機是讓我學習用的，所以沒有接到電報線上，對嗎？」張召問。

「對！前面的這個孔是插電報按鍵的，也叫電鍵，就是這個東西，現在我把它插上。一按這個圓圓的東西，它就會響，不過要帶上耳機才能聽到。來，你先試試看。」

張召把耳機戴上，一按電鍵，右耳上的耳機里發出「嘟--」的一聲，很悅耳，很神奇。

高師傅接著說：「這個電鍵連著兩根電線，它們不通電，但你一按就通了，所以會響。這兩根電線分別連著這上下兩塊銅的電極，它們離得很近，看著像是合在一起的，其實在上下之間離著有一張薄紙一樣的距離，輕輕一按就碰上了。按的時間短就是'滴'聲，對應摩爾斯電碼的點，稍微按的長一點，就是'答'聲，對應那一橫。一個'答'的長度大約是'滴'的三倍。明白嗎？」

見張召點頭，他接著說：「你第一步就是要把摩爾斯電碼表背下來，再練習手上的功夫，幾天下來，就可以試著發報了。」

「我還有一件事不明白，這個表上只有英文字母，而我們電報局肯定是要發漢文的電報，怎麼辦呢？」

「這好辦，我們有專職的譯報員，他們負責把漢字翻成數字，我們不管它是什麼內容，照著這些數字發出去就行。收報也同樣，記下數字，交給他們再翻成漢字就可以了。」

「哦，原來是這樣。收報、發報、譯報，哪樣最難？」

「要做到既快又准，哪個都不容易。要是比上手的快慢，譯報容易一些，發報次之，收報最需要時間來練習，因為不管對方是什麼手速，也不管對方發報有什麼手病，你都要能聽懂並且要準確無誤地記錄下來，這就要花時間練習才能適應下來。」

「那我爭取能盡快記得這個摩爾斯電碼表，對吧？」

「不忙，我們先去找經理，請他給你安排到我們的集體宿舍住下來，然後再練習。反正我也住在那裡，有什麼不懂的，我隨時教你。」

張召便在電報局里安頓下來，隨即開始刻苦地學習和訓練。高師傅本身是個業務能手，技術既全面又高明，也樂於助人。張召從小讀書，腦子好用，很快就學會了收發報的技術，再加上他工作勤奮，他的工資從最初的每月六個大洋，漲到十六個，再漲到二十五個，七八個月以後，因為收發報水平已經趕上上海電報局里的一流水準，而且還常常加班，他的月工資最多的時候能拿到近百元。他真是感到非常快樂，只要想到把掙來的錢帶回北京去的情景，心中總是樂開了花。

直到第二年的夏天，離開家一年半的張召，終於有了一次休假的機會。他帶上所有攢下來的錢，上火車返家。

4 禍不單行

張召歸心似箭，分別了這麼久的時間，就要見到妻子和孩子們，可想而知他的心情有多激動。

還是原路返回，上海到浦口，再經天津轉車到北京。火車到北京站的時候，天已擦黑。北京火車站在正陽門，要回德勝門家中需要穿過整個內城，走回去怕是太晚了，所以他就叫了一輛洋車，談好價，先付錢，再上車。

車夫是個中年男子，拉車很賣力，一路小跑就上了街道，不大一會兒，就看見他在流汗，不停地用搭在肩上的汗巾擦臉。張召知道，洋車夫很辛苦，他們起早貪黑，風裡來雨裡去，收入卻不高。每天干完活，等交了「車份兒」錢，剩下的才是自個兒的「嚼谷」。兩三年前，張召沒法子的時候也想過去拉洋車，可是找了一個車夫街坊一問，就打消了念頭。洋車是日本人發明的，買不起，要向車廠租賃。每天有一半的時間都要為「車份兒」拉車，剩下的滿打滿算，能掙到六十個銅子兒就算很高了。可他們一家六口人吃飯，六十個銅錢一天也只是勉勉強強剛好夠，萬一哪天出不了車，全家就要餓肚子。

況且，張召從小就沒有吃過那種苦，就是拉也不一定拉得過別的車夫。後來他才去溥利呢革公司做苦力，每月能帶回家大約五六塊銀元，雖然還是不寬裕，但女兒做童工還能掙到兩個銀元，加在一起才能馬馬虎虎地養活這個家。

他到上海前，和妻子商量，他會在上海攢下錢再回北京。在這之前，生活有困難的時候，就去借一點，等他回到家就能還上。

眼看著辛苦奔跑著的車夫，想到若不是吳玉棠幫他在上海謀到這麼好的職位，現在他的境地，恐怕不比這個車夫好到哪兒去。想到此，一股同情心湧出，開口對前面的車夫說：「我說您哪，甭跑這麼快，天熱，慢點拉不要緊，我就是回家，沒啥急事兒。」

車夫頭也不回地回答：「熱怕啥，拉洋車不跑還掙什麼錢。謝謝您吶！您坐穩了，馬上就到您府上。」

大概是因為坐車人的關心，車夫心中愉快，他腳下的步子邁得更歡快了。

真是個實誠的人，他想。

到了家門前，天都全黑了，只見自家的門窗都敞開著，屋裡點著一盞油燈。

他下了洋車，快步跨進家門，就見妻子和四個孩子都在吃晚飯。爹突然回家，家裡人都很興奮，妻子看著歡喜雀躍的孩子們，臉上露出了久違的笑容。大女兒最懂事，拉開弟弟妹妹，對父親說：「爹，還沒吃飯吧？我去給你盛一碗粥。」

張召在桌邊坐下，端起粥，用筷子一攪，這哪是粥啊，幾乎看不見小米，全是水呀。他心疼地對妻子說：「這一年多來，讓你們受苦了。」

妻子一聽眼淚就流下來，她放下碗，用衣襟拭淚。

一碗粥喝下肚，用不了兩分鐘。飯後，夫婦二人來到裡屋，坐在床邊。妻子說：「你在上海這一年多，我們的日子確實不好過，寶善老是生病。為了給他看病，我只得去借錢，好在人家知道你在上海有份好差事，要不誰敢借給我？你回來就好，先別管我們怎麼樣，得把欠的債先還清了再說。」

「你總共借了多少？」

「借了不少，總共有···，有二十幾塊銀元。能還上嗎？」

「能，能還上。不但能還上，剩下的還有八百・・・。來，我讓你看看我一共帶回來多少錢。」

「好！在哪兒呢？」

「就在包袱里。」

「包袱？什麼包袱，沒看見你有包袱啊？」

「不就是那個藍包袱嗎？我就帶回來一個包袱啊，你放哪兒啦？」

「他爹，你不是開玩笑吧？沒見你帶包袱回來呀。」

「沒看見？怎麼可能？啊？難不成・・・？」張召瞪大眼睛，張開嘴，愣在那裡一動不動。

妻子見他臉色刷白，忙問：「怎麼啦？到底怎麼啦？你別嚇我！」

「啊！」張召忽然大叫一聲，扭頭就往外跑，妻子跟著他跑到了門外的大街上，就見丈夫發了瘋一般拼命往南飛奔。街上已經沒有多少行人，丈夫在前面跑，妻子在後頭追，跑出去好遠，妻子高聲喊他：「他爹呀，等等我，我跑不動了！」

丈夫停下腳步，轉身回頭，雙手一下握住妻子的手，嘴唇哆嗦著，半天才說出一句完整的話：「錢，我的錢，車，車，我把錢忘了，我把放銀元的包袱忘在洋車上了。」

「啊？那是多少錢啊？」

「一百個大洋我卷一筒，一共卷了八筒，還有五十個沒卷，在路上花了幾個，還剩，還剩・・・，哎呀，記不得啦。我闖禍啦，闖下大禍啦！」一個大男人，竟站在空無一人的街中央嚎啕大哭起來。

妻子說：「你別哭啊！哭不頂用的，還是想想辦法吧。興許錢還在車上，車夫也不知道，等看著了，說不准他能還回來。」

夫妻倆走到正陽門，在火車站附近沒有見到剛才拉洋車的人，問別的車夫，沒人知道此事。

此後的十來天里，張召每天天一亮就往正陽門去，希望碰到那個車夫。在火車站門外轉悠、逗留久了，就有巡警來問他在這兒乾嘛，他就把丟錢的事說了。巡警說：「那你只能認倒霉了。為啥？你知道咱北京有多少拉洋車的嗎？在冊的就有五萬多，還有不少沒登記的，加起來也不知有多少，你到哪兒去找他？你想想，他要是心善，

發現了您落下的錢，想還給您，也不會等到現在還不露面是吧？再者說了，這要是個十塊八塊的，興許能找到您家還給你。八百多塊呀！他心地就是再好，也扛不住這麼多錢作怪呀。你算算看，他就是不吃不喝拉上十年車，也掙不來這麼多對吧？我看他八成是拿著這筆錢，不知道躲到哪兒去了，您就別再浪費時間了。」

被巡警這麼一勸，萬般無奈的張召，算是徹底死了心，只好拖著沈重的腳步回到家中。這會兒，他感到全身都疲憊不堪，便和衣在炕上躺下了。這一躺事小，他可就再也沒能起來。

他病了，病得厲害，先發燒咳嗽，後吐血。大夫說是肺癆，沒得治了。

三個月後，張召撒手人寰，死不瞑目。

妻子把房子賣掉，才給丈夫買了棺木下葬。還清債務後還剩下一點點錢，他們租了一處小房子住。

就在生活越來越艱難的時候，張召的妻子也病倒在床。來的還是那個大夫，還是那個說法，肺癆，沒治了，準備後事吧。

那一年，父親母親一下子全都過世的時候，張如惠四歲半，她弟弟才兩歲。家裡年齡最大的是她的大姐，也不過是個剛過十五的大孩子，她到工廠去上班，一邊乾活，一邊止不住地哭泣。

女工們的工頭叫「那摩溫」，大姐的「那摩溫」是個瘦高的女人，她平日里很凶，誰要是敢偷懶耍滑，被她逮著，一定會被罵死。大姐很怕她，見她過來，趕緊擦乾眼淚，埋頭乾活，生怕被她發現自己哭過了。

「那摩溫」在她身後站定，半天不說話。這讓她越發害怕，不知會發生什麼。

「吃飯的時候，來找我。」「那摩溫」冷冷地丟下這句話，轉身走了。

大姐也搞不清是禍是福，反正要按「那摩溫」說的做，於是在工休用餐的時間，她去找「那摩溫」。

「那摩溫」就是英文里 NUMBER ONE 的音譯，原意是「第一號」，也就是指工人里排在第一位的人。她們沒有專門的崗位，除了監督其他工人以外，哪個工作崗位需要人，她們就要立刻頂上去。這是一個工作能力強，經驗豐富的群體，但也是女工中的一員，她們吃

飯的時候，並沒有專門的地方，和工人們一起在機器旁找個空地趕快吃，吃完還有一堆活要乾。

在車間的一個角落，找到了「那摩溫」，她怯生生地上前問道：「您找我？」

「對。吃了沒？」

「還沒。」她沒吃。

「是沒得吃吧？」「那摩溫」說著，掰了一半手中的老玉米面窩頭，遞過來說：「吃吧！」

她想說什麼卻又不敢說，機械地伸出手接過窩頭說：「我帶回去給我妹和我弟吃。」

「哎！這是怎麼弄的這是？你家裡的事情我都聽說了，爹媽都走了，你和你妹妹兩個是養不活家裡那兩個小的的。我給你出個主意吧，好不好？」

「嗯！」

「西城有個龍爪槐衚衕，裡面有一座大廟叫龍泉寺。你聽說過嗎？」

「嗯！」

「龍泉寺最近開辦了孤兒院，你可以把你的妹妹和弟弟送到那裡去。聽說那個孤兒院裡有將近一百個小孩子，都是沒有爹媽的孤兒。你可能捨不得，可他們到了那裡就有飯吃，總比沒人管餓死要強吧？」

「真的嗎？他們會養小孩子嗎？」

「那裡的出家人，輪流照管孩子，當然就能養活他們。你先把他們送過去，要是還不放心，得空去看看不就行啦？怎麼著都比你現在整天哭要好。活人不能被尿憋死，總得想個辦法才行。」

大姐聽從了「那摩溫」的勸告，把如惠和寶善小姐弟倆送進了龍泉寺的孤兒院。大姐和二姐都去看過他們幾次，發現兩個小的在孤兒院生活得挺不錯，還都長胖了一些。

兩個姐姐這才放下心。

5 香山慈幼院

1920 年，當過中華民國總理的湖南人熊希齡，於北京香山的靜宜園開辦了慈善私立學校，名叫香山慈幼院，從北京當地多所孤兒院招收學生。十歲的張如惠和八歲的張寶善都考上了，他們雙雙轉到香山慈幼院來讀小學。

張如惠高小畢業時，有的同學升入中學，有的進了職業學校，她和一批畢業生選擇直接進入本校辦的師範學校。她喜歡當教師。

香山慈幼院規模很大，熊希齡參照國外的辦學經驗，在這裡設有幼稚園、小學、中學、師範等職業學校，甚至還有大學部。因為是慈善性質的非盈利機構，所以辦學資金的來源，一直都是學校的頭等大事。

學校剛辦起來的那幾年，熊希齡通過自己在社會上的影響力，從政府和實業家那裡募集的款項，足夠學校的各項開支。當時的香山慈幼院的規格和標準很高，甚至超越了曾被認為是業內最好的美國教會學校。

但是，就在張如惠開始讀師範的第一年里，香山慈幼院的男生部發生了火災，一次就燒掉幾百間房屋。正好又逢軍閥混戰，募款變得困難，學校的資金忽然就成了問題。為了把學校繼續辦下去，把這一千多名不幸的孤兒，培養成對社會有用的人才，熊希齡想到了一個方法，就是和外國教會聯合辦學。張如惠的師範學校，就和美國人辦的慕貞女校合併，教學還留在香山靜宜園，教師由美國基督教衛理公會派遣。

張如惠她們這批女學生，在這個師範學校一共學習了六年。因為這實際是一個基督教教會學校，她們除了學文化，包括音樂繪畫，還要學習英文和聖經。畢業前，幾乎所有的學生都自願接受洗禮，成為了基督教徒，張如惠也在其中。

張如惠成績優異，也在教會積極服事。她師範一畢業，就到慕貞女校做小學教師，主要是教英文、音樂、繪畫。

在這之前，上了兩年中學的張寶善告訴姐姐們，他不想繼續讀書，而是要和幾個好朋友一起走江湖，四處去流浪。反正他們是一幫子十五六歲的大小伙子，到了一個地方能找到工作就停留一陣，覺得不舒心的時候，抬腳就走，再到下一個去處找飯轍。年紀輕又有把力氣，走遍天下也餓不死。這是他自己說的，姐姐們都將信將疑，只知

道江湖險惡，沒聽說這麼好混的。可是這樣的半大小子，根本不聽勸，鐵了心地要出去闖蕩。三個姐姐都沒辦法留住他，只好由著他的性子來，常常都不知道他在哪，都幹些什麼。他有時也回北京，每次和張如惠在學校里碰個面，就又沒了蹤影。

到了 1931 年，慕貞女校被政府接收了。學校的美國傳教士都相繼離去，當了幾年代理校長的國人高鳳山因為籌款困難便辭了職。緊接著，小學部就停辦了。張如惠是從香山慈幼院畢業的師範生，到別處去求職，應該不難，於是她去找校長要求辭職。新上任的校長名叫鄭乃清，他對張如惠說：「小學部解散了，你作為教師要求辭職，也是為學校著想，我謝謝你的好意。但是你先不要太著急，我有一個想法要跟你談一談。我實在不想辜負了教師們和幾位前任校長的努力付出。停辦的高小，我想把它再恢復起來。目前最大的問題就是學校的資金跟不上，我們應該到美國費城的衛理公會去一趟，詳細地介紹一下我們現在的情況，爭取請他們仍像當年一樣，再一次資助我們重建小學。」

「鄭校長準備什麼時候去美國？」

「與其是讓我這個校長去見美國人，還不如另派兩個人去更合適。這兩個人中的一個就是你，另外，我打算安排孫玉英和你一起去。」

「哎呀校長啊！這麼大的事情我們兩個能辦好嗎？」

「如果這件事符合神的心意，祂會成全的。我們除了不住地禱告，就是派你們到那裡去，把你們怎樣從一個無家可歸的孤兒變成了教師的經歷，如實地告訴他們，他們自然能明白，教育對中國人有多重要，尤其是對你們這樣沒有父母的女孩子。我也會寫一封信讓你們帶上，信里主要介紹我們學校的困難，以及我們關於募款的請求。至於結果怎麼樣，我不知道，你們也不要有什麼心理負擔，在費城的幾個比較大的教會演講完就回來，前前後後，大概三個月夠了。你們倆的英文學得都不錯，到了那邊，有時間的話也可以在費城附近玩一玩，到時間回來就行。哦，你們要等到明年年初再走，這之前，我會和美國方面先聯繫好，爭取能找到當地的華人，為你們在美國期間提供一些必要的幫助。你們兩個女孩子第一次到國外，可能會遇到不少困難，害怕嗎？」

「說實話，有點害怕。我從來就沒出過北京，而且我們在學校跟美國教師學了英文，用英文做一些簡單的交流還可以，但要到教會去演講，我心裡可沒底。」

「這些你不要擔心，對一些具體的事宜，我們還會和對方做進一步協商，盡量把能想到的問題都事先安排妥當。目前我只想知道，你願意不願意去？」

「我願意。」

6 費城

來年春天，張如惠和孫玉英兩人先坐火車到廣州，再到香港乘泛美航空的飛機，飛到美國西海岸的舊金山，過了美國海關，經鐵路向東，抵達賓夕法尼亞州的費城。衛理公會的幾間基督教會已經為她們安排好一切，火車一到站，就看到站台上有幾個東方人，他們中有一人舉著一個牌子，上面寫著：「迎接張如惠、孫玉英姊妹」。

她倆下車和這些人見面，互相介紹以後就走出車站。來接站的人都是當地的留學生，也是教會的會友。孫玉英被其中一位女學生接走，而張如惠則跟著另一個女學生回了家。

負責接待張如惠的女學生叫程美芙，她住在一個不太大的公寓里，只有一間睡房，程美芙讓張如惠睡在她的床上，她自己打地鋪。張如惠不好意思這樣麻煩她，就說自己可以睡地鋪，床還是留給主人，可程美芙不肯。

剛才在車站舉牌子的小伙子叫韓冠瀛，當時正在和程美芙談戀愛，他住在另一個公寓里，離她們的住處隔著兩個街區的距離。

韓冠瀛建議張如惠，白天要是困了，盡量不要睡覺，這樣夜裡才能睡著，時差才能盡快倒過來。兩天以後就是主日，張如惠還要登台演講。

張如惠問：「不知道有沒有人可以為我們的講話做翻譯。我們只學了一些很基礎的英文，怕是講不好，美國人要是理解不了，那就耽誤正事兒了。」

程美芙：「你太謙虛了。不過你們要真的需要，我們都可以幫忙，冠瀛的英文尤其好，就讓他來翻譯。」

韓冠瀛：「沒問題！」

每到星期天，張如惠和孫玉英都會到一間教會去，在主日崇拜以後，她們分別演講十分鐘左右。下個星期再去另一間教會。大多數時間，韓冠瀛為她們當翻譯，有時別的留學生也來幫忙。

對於台下的美國聽眾來說，從遙遠東方古國來的信息，真的很新奇，也令人感動，尤其是兩位姊妹本來是無依無靠的孤兒，就因為進入了慈善學校，成為了有文化、有知識的教師，生動地闡明瞭恢復慈善學校的重要意義。既然中國的慈善小學遇到資金困難，大家便紛紛慷慨解囊，捐獻善款，無論是富有還是貧窮，捐錢的熱情都很高。兩個月後，募得的錢款就超過了當初的所求所想。眾人無不稱頌主的恩典奇妙。

每周星期三晚上，這些當地的華人便聚集一處，查經、唱詩、做見證。張如惠和孫玉英當然也參加其中。

有一次輪到韓冠瀛講他信基督教的經歷，他提到大概在四十多年前，英國傳教士戴存義，就在他的家鄉傳教並建立了很多教會，他的家人們和村裡很多人，都成為了基督徒。

戴存義的父親，就是享有盛名的英國傳教士、中國內地會的創始人戴德生。戴德生和戴存義在他家鄉影響甚廣，他們都有學醫的經歷，戴存義還是倫敦大學的醫學博士。韓冠瀛為了追隨他們的腳蹤，也立志成為一名醫生。他現在還在讀大學本科，醫學博士是他來美國求學的目標。

他接著講了一個故事，戴存義夫婦十年前去雲南傳教，半路上遇到劫匪，以為他們是富有的洋人，就把他們給綁了，勒索贖金。靠神的保守，身無分文的戴存義在土匪窩里待了一個多月，每天除了向神祈禱，就是給土匪傳福音，最後竟神奇地說服了綁匪放他們脫身。

張如惠說：「以前聽說過內地會，也知道戴德生很偉大，但不知道他的兒子也在中國傳教，還遇到過這樣的危險。」

韓冠瀛：「為了讓更多的中國人能聽到主的福音，戴德生的一家人都在中國傳教，他們為我們中國人真的是奉獻了一切所有，又何止是遇到綁架的危險。我有一本戴存義用英文寫的《戴德生傳》，你要是還沒看過的話，可以拿去看。」

張如惠：「沒看過。我們來這裡的任務基本上算是完成了，打

算提前回去，來不及看了，就請你再講講戴德生。」

韓冠瀛：「他的感人事跡非常多，數不勝數，一時半會講不完。我印象比較深的是他 21 歲就到中國來傳福音，73 歲時在湖南去世。當初他首先在上海登陸，為了讓中國人願意聽他宣講基督的福音，他改穿中國的服裝，留了長辮子，學說漢語，並用中國話傳教。他不但使成千上萬的中國人信了基督，得到新的生命，也建立醫院和學校。學校不是一間兩間，而是一百多間。你以為他很有錢嗎？不是的，內地會剛成立的時候，他只有區區十個英鎊，但他禱告神，求神供應。在寧波的時候，他負責每天給七十多個窮人供應早餐。有一次，他發現買了當天的食物以後，手裡一文錢也不剩了，怎麼辦呢？求神幫助，神聽了他的禱告，當天就有人送來一張支票，一下就又有了兩百多元。他說過一句話，讓我非常感動。這句話是：‘我若有千磅英金，中國可以全數支取；我若有千條性命，絕對不留下一條不給中國。’」

說到這兒，講述的和聽的人都開始沈默，眼裡充滿淚水。

孫玉英用手帕擦了淚，說：「戴德生全家人都把自己全然獻給神，也獻給中國人。我應該到戴德生或者他兒子辦的學校去做教師，不知能不能辦到。」

韓冠瀛：「這應該不是難事。我們那裡有好多學校都是他們建立的，總有一個需要聘用教師，你回去試一下就知道了。」

張如惠：「你的家鄉在哪裡？」

韓冠瀛：「我的老家在河南省的伊川縣，但我父親現在是河南省的參議員，住在開封。在開封四周的農村裡，屬於戴氏父子創建的教會和學校就更多了。可以讓我父親幫你們安排學校的工作。但河南和北京比起來，生活恐怕會艱苦得多。你們捨得離開北京到河南去生活嗎？」

張如惠：「既然戴德生和他兒子能從英國去河南，我們離開北京就不算什麼了。我覺得神就是借著今天的談話，呼召我們去加入河南的福音事工。我很想去，孫玉英你真想去嗎？」

孫玉英：「真想去！」

7 開封南關小學

張如惠和孫玉英完成了在美國的使命，順利回到北京。她們隨即就辭掉慕貞女校的工作，前往開封。在省參議院找到韓冠瀛的父親，議員韓德純。

韓議員看了兒子寫的信，明白這兩位年輕女教師的心願，很是感動，當即表示願意提供幫助。

一開始，張如惠她們都表示要到最艱苦的農村去做教師，韓議員勸說道：「不說美國了，就是和北京比，河南農村的生活狀況之艱苦，也是你們難以想象的。你們的心志是很好，但不要太急，先在開封安頓下來，有什麼困難還可以來找我。至於到鄉村去，以後慢慢再考慮。」

他說得有道理，兩個剛出校門不久的姑娘，就按韓議員的意思，都在開封住下了。

她們很快就分別在兩個不同的小學校找到了教師的工作。因為韓議員還是內地會教會的長老，她們也就跟著到這間教會去崇拜和服事，他們的教會設在開封紙坊街。

聘用張如惠的學校是內地會的南關高級小學。

她去學校報到，在大門口問校長在哪裡，有人指著一間房子讓她去那裡找。她來到門外問：「請問校長在嗎？」

「在，在！請進來吧！」

她進了門，見一個年輕人從課桌前站起身走過來，好像他的腿有毛病，走路有點瘸。她馬上說：「我叫張如惠，是韓議員讓我來的。」

「知道知道，來，過來坐。我這就燒點水給你沏茶。」

「校長別客氣，我不喝茶。」

「不喝茶，開水還是要喝的。你先坐！」

張如惠在凳子上坐下，不一會校長端過來一個茶缸，放在她身邊的桌子上，說：「剛燒好，小心燙。張教員，歡迎你到我們學校來工作。聽說你以前在北京教書，到我們這兒來怕是要受委屈了。」

「不會的，在哪裡教書都一樣。一點都不委屈。」

「那就太好了。我們這裡很缺教員，尤其是能教音樂和繪畫的

教員。你來以後，就由你來教四、五、六年級的音樂和畫畫課。我們學校不大，加上你，一共也只有五個教師。等他們下了課就介紹你和大家認識，以後我們就要在一起共事了。」

「好，謝謝校長！」

「別太客氣。我沒上過師範，以後還要向你這個正規的教員多學習。還有，也別叫我校長，叫我名字就行。」

「那敢問校長・・・？」

「哦！我叫韓冠如，衣冠的冠，如就是你名字裡的如字，一樣。」

「韓冠如？嗯？怎麼這麼巧？他該不會是・・・。」張如惠想到此，就忙問：「韓校長和韓議員・・・？」

韓冠如笑道：「對，那是家父。」

「那韓冠瀛是你的哥哥還是弟弟？」

「冠瀛是我的弟弟。聽我父親說，你在美國見過他？」

「對，就是聽他講起這裡的情況，我們才決定要到河南來的。我認為這是神對我的呼召。」

「你能這樣事奉神，真的不容易。你初來河南，要是有什麼不習慣的，就跟我說。要是不能跟我說的，還可以到教會找人幫忙。」

「你也去紙坊街的教會嗎？」

「對。」

「我好像沒有在教會見過韓校長。」

「最近幾個星期太忙，就沒有去教會。上一個教師辭職以後，我要代她教課、批改作業什麼的。你一來就救了我啦，下個主日我們就能在教會見。」

「哦！難怪。我還以為在教會見到韓校長卻不認識呢。」

「要真是那樣也不奇怪，我們教會人很多，像我這樣的人，你遇到了也不會注意的。」

張如惠心裡暗暗在說：「才不是呢，像你這樣英俊的小伙子，誰看到都會記住的。」

後來在學校工作久了，通過學校其他的同事，她瞭解到，韓議員是伊川縣里的大財主，他早年去日本留學時加入了同盟會，因為回國較晚，只在家鄉當過幾任縣長，後來才到開封任省議員。

韓校長在開封中學畢業後，考上了上海的復旦大學。到上海不久，他就加入了共產黨，很快就被抓了，關在監獄裡。上海警備司令部給他用了大刑，逼他說出同黨，可他寧死不屈，就是不交代。後來，家裡人終於花錢把他贖出監牢的時候，他幾乎就快被打死了。在開封的醫院裡躺了快一年，他才能下地行走，直到現在他的腿傷還沒有完全好。

張如惠知道了這些，馬上對自己的校長生出敬佩之情。她買來毛線，編織了一雙毛線襪送給韓校長，讓他在冬季能更好地禦寒，幫助腿傷的恢復。

冬去春來，張如惠和韓冠如越來越熟悉，只要有機會在一起交流，他們總能找到共同感興趣的話題，關係也就越發親近。韓冠如的腿傷完全康復，他說那雙毛線襪起到了決定作用。

端午節那天，韓冠如找到張如惠說：「過端午了，你一個外鄉人，在這裡沒親沒故的，今晚就到我家來吃飯吧？我父親常常問起你吶。」

正好想著應該去謝謝韓議員的幫助，她就答應下來，下午放了學，就和韓冠如一起回了家。

韓議員的家在大黃家衖衕，距離吉鴻昌將軍的府邸不遠。房子挺大，卻只有三個人住，韓議員夫婦加韓冠如，一個傭人也沒有雇。韓冠如的母親做了一鍋白麵饅頭，炒幾個菜，算是過節加待客了。張如惠第一次到校長家做客，還是很拘謹，吃飽以後，稍微和老兩口聊了一會兒，就告辭了。韓夫人見她要走，想輓留她再坐一會兒，她推說還要改作業，需早點回去，韓夫人便讓兒子送她。

他們一路聊天，不覺就到了她的住處。張如惠說：「今天很高興，謝謝你們一家人！我到了，你請回吧！」

「你先進去，我再走。」

「你先走，我再進去。」

「我想看著你進去才放心。」

「我想看著你轉身走才能安心。」

「為什麼你不進去？」

「為什麼你不走？」

「走了就看不見你了。」

「‧‧‧。明天到學校不就又見到了嗎？」她的聲音明顯低下去。

「可是‧‧‧。」

「本來可以到屋裡再坐會兒的，可是孫玉英今天晚上不在家。」她的聲音還是很低。

「哦！那就算啦，等下次方便的時候吧。」他聲音又高得奇怪，說完他轉身要走。

「等等，‧‧‧，還是，‧‧‧，進來吧！」她小聲說出這句話，就打開門進了屋。韓冠如在門口只遲疑片刻，馬上就笑著也跨進門。

他們在第二年的秋天結婚，夏季來臨的時候，他們的第一個孩子出生了，是女兒。韓冠如讓父親給孩子起個名字。韓德純想了一下說，就叫可訓吧，將來可以被訓練成合神心意的人。

張如惠不怎麼滿意這個名字，跟丈夫說我們生的是女兒，叫可訓聽起來像是一個男孩子。

韓冠如說：「這你就不懂了，在我們老韓家，我是冠字輩，下一代就是可字輩。按理說只有男孩子才按輩份排行，父親給我們的女兒取名可訓，那是重視她，把她當男孩子看待，這在我們家裡還是頭一次啊。你要是不喜歡叫她可訓，等將來上了學，再取新名字就是了。現在先這樣吧，別掃了老人家的興致。」

她是那樣地深愛著丈夫，韓冠如既然這樣說，她聽話就是。兩年後，她又懷孕了，肚子還沒看出來，爺爺就給胎兒起好了名字，大孩子改叫大訓，小的生出來不管男女，叫小訓得了，就這麼簡單。

張如惠一聽就皺眉頭，好在房間里沒別人。韓冠如見狀，笑呵呵地從背後摟著她說：「好啦，好啦，我知道你想什麼，看在我的面子上，暫時就這樣，好嗎？」

張如惠笑著轉過身，開玩笑說：「咱爹不是有大學問嗎？你看他的那些線裝書，多少啊？樓上都快堆不下了，怎麼就不能給我的孩子想一個好聽的名字呢？隨便什麼花呀草的，也比大訓小訓好聽。」

韓冠如收住笑，一本正緊地說：「其實我認為，爹取的名字蠻大氣的，比花花草草強多了。我們的女兒說不定不是一般人，叫韓大訓多神氣啊，聽起來像是一位女將軍。」

「那小訓呢？小訓怎麼辦，怎麼聽也不神氣，你怎麼說？你就知道護著你爹。我們再有第三個、第四個孩子的話，還能叫什麼訓？啊？」

韓冠如語塞，只好耍賴皮說：「你屬狗，我屬雞。俗話說雞不和狗鬥，我不跟你鬥嘴，行了吧？」

這話說得張如惠又笑出來，沒好氣地上前推了丈夫一把。韓冠如馬上說：「哎呀！小心一點。你正懷著身孕，要是有個閃失，我可吃罪不起。」他上前扶著妻子坐在床沿，接著說：「如惠，還有一件事要告訴你，父親議員的職位即將屆滿，他不打算繼續在參議院留任，他說年紀大了，打算告老還鄉。」

「那麼說，他想回伊川老家？」

「對，我也是剛剛知道這事。爹問我們是想留在開封，還是跟他一起回鄉。我就說過來跟你商量一下，你看怎樣好？」

張如惠想都不用想，張口就說：「隨你的心意，你去哪，我就去哪。還記得路得怎麼說的嗎？ ‘你往哪裡去，我也往哪裡去；你在哪裡住宿，我也在哪裡住宿；你的國就是我的國，’下面一句該你說。」

平時，他們常常這樣來背誦聖經，《路得記》里路得說的這一段話是大家非常熟悉的經文，沒想到，他居然沒對答上來。只見他站在那裡發愣，好像有什麼心事。

「 ‘你的神就是我的神。’呀，你忘了嗎？」

「我・・・。不是，你・・・。」

「怎麼啦？有什麼話要說嗎？有話就直說啊，乾嘛還吞吞吐吐的？像是做了什麼虧心事似的。」

「沒有，沒有，我也沒有什麼話要說，我只是・・・。」

「行啦，瞧你，諒你也不敢。你還是好好想想，我們應該是留還是走，我都聽你的。」

「哎！」

這天以後，他們照常在學校上下班，張如惠的肚子也一天天大起來，韓冠如沒再提起去留之事，張如惠覺得奇怪，問了他幾次，他總說再想想。以前從沒覺得他是個猶豫不決的人，這是為什麼？再一轉念，去也好，留也好，反正都跟他走。既然無所謂，她也沒再追

458

問。直到韓德純夫婦把行李都收拾好了，行將動身以前，韓冠如還是下不了決心。

就在這節骨眼上，「七七事變」爆發，中日軍隊在河南的鄰省河北全面開戰，北平和天津陷落敵手，戰爭的陰雲離河南的天空已是近在咫尺。

有一天，張如惠偶然間聽到公公和丈夫的對話，丈夫好像是說：「太傷腦筋了，回去確實是比較安全，可是這家裡的日子又該怎麼過呢？」

公公的聲音：「那怎麼辦？日本人打河南必先打開封，覆巢之下，安有完卵呼？你們不能當兒戲。再說了，醜媳婦早晚要見公婆，你總不能一輩子都不回邢嶺吧？走吧，該怎麼樣就怎麼樣・・・。」

這話傳到耳朵里，她沒明白是什麼意思，但別人講話，本不該在背後聽，於是她匆匆走開，沒在心裡多想。

過了兩天，韓冠如對妻子說：「我前前後後都想過了，可能回老家是上策。打起仗來，鄉下還是安全一點。你說呢？」

「好啊，走就是了，有這麼難決定嗎？我這就收拾東西，和爹媽一起走。爹媽什麼時候動身？」

「五天以後。可是如惠，我想說的是，鄉下和你想的不一樣，你到了老家，不管遇到什麼事，都能耐著性子住下去嗎？」

「你也太小看我了，你當我是大家小姐出身啊？我可是在孤兒院長大的，什麼苦是我不能受的？你能住下去，我就能。」

「那好，你這樣說，我就放心一些了。還記得那天你讓我背《路得記》的經文嗎？我當時不是不會背，我是在想前一句是什麼。前一句是『請不要逼我回去，不跟從你。』」

「不錯，路得是那樣說的。不說了，我去收拾。」

「可是，・・・。」

「別可是啦，你趕快想想學校的事情怎麼辦吧。我們一走，學校裡要有人頂上才行，要不怎麼能放心走呢？」

「你說得對，我馬上就到教育局去談這件事。」

「你等一下，我想問問，我們回去都帶些什麼？我好收拾。」

「把大訓帶上就行。穿的衣服可以帶上，其它的東西，能扔就扔了吧。家裡什麼都有，一樣也不缺。」

他們是農曆新年的前幾天離開的開封。幾個月後，日本軍隊就佔領了開封，開封城被日軍炸得滿目瘡痍，沒能逃走的居民更是慘遭侵略者的蹂躪，枉死的中國人不計其數。

8 邢嶺

從開封上火車往西行，過了鄭州就到洛陽。他們下火車改乘汽車，向南開六十里就是伊川縣。一家人在伊川城裡吃了午飯，繼續向東南方向步行。大訓這時候還只有兩歲多，走不了遠道，韓冠如在出伊川城以前雇了一頭小毛驢，把她放在驢背上，由趕驢的人牽著往前走。

河南的驢有個怪脾氣，無論走的是什麼道，它一定是挨著路邊走。如果是平地還好，要是走在山坡上，大訓可就害怕得哭起來，再也不肯坐在驢背上。她爸爸只好把她扛在肩上。

往前走不到十里地，便是白沙鎮。穿過白沙，再往南走不到兩里，前方的大地像是猛然隆起一個台階，順著彎曲的小道上了這個大台階，地勢又趨於平緩，在不遠處向右一拐，人就進了村。這個村落就是韓冠如的老家邢嶺。

村口的右邊是小學校，左邊是一片開闊的平地，連著一個戲台。一條街道貫穿東西，兩邊是住家的院門。村裡大約住著幾十戶的人家。

他們一行人出現在村口的時候，就有放羊的少年認出他們來，扔下還在吃草的羊兒，飛奔進村，在村中間左邊的一戶院子門前停下，手抓門框，把頭伸進去大喊：「大爺爺、大奶奶！二爺爺、二奶奶、還有二伯他們回來啦！」

門裡立刻有幾個人跑出來迎，張如惠和她女兒是第一次到邢嶺，出來迎接的人都不由自主地拿眼看她們。韓德純就對大家說：「這是冠如在開封娶的媳婦，這孩子叫大訓。」

韓冠如在張如惠身邊介紹著說：「這是我的伯父、伯母，我們跟著下一輩叫大爺爺、大奶奶。這是三爺爺，這是四娘，這是五娘。這是我姐姐的兩個兒子，一個叫侯經華，一個叫侯緯華。」

介紹了半天，張如惠一個沒記住，只記得經華和緯華這兩個名

字，只因為聽起來比大訓和小訓強太多。

大家互相打了招呼，就進了大門。這是一個三進的院子，最前面住著韓冠如的伯父一家，中間是四弟、五弟的房子。韓冠如和父母親一起住在最裡面靠南的院中。張如惠注意到，從朝北的大門進來，能一直走到最裡面的南屋，同時，每一家的小院落又各有一個偏門，通到西邊的小巷。

在南屋，韓德純夫婦住在東廂房，西邊的屋子事先已被整理好，留給韓冠如一家住。

大家這天都走了挺遠的路，終於到家裡歇下來。韓冠如問：「如惠，累不累？」

「還好，不太累。大訓困了，我給她鋪床，讓她睡一下，然後你告訴我廚房在哪裡，我去準備晚飯。」

「不用了，今天剛到，你就別忙了。四娘，就是我四弟的媳婦他們幾個女眷早就有安排，你不用管啦，先歇著吧。等明天我帶你出去轉一轉，這村子叫邢嶺，可姓邢的人家沒有姓韓的多，單我祖父就有十一個孫子，我在其中排行老二，這就是為什麼剛才有人叫你二娘。」

「是嗎？你們這十一個兄弟都住在村裡嗎？不對，韓冠瀛就在美國。他是老幾？」

「他是老五。」

「那不對呀，剛才不是見到五娘了嗎？怎麼又出來一個老五？」她自言自語。

「你說什麼？」韓冠如沒聽到她說什麼。

「沒什麼，就是家裡的人太多，不太好記。」

「不要緊，過幾天熟悉了，自然就都記住了。」

「你說過你姐姐去世了，怎麼她的兩個兒子會住在這裡呢？」

「姐姐師範畢業後就嫁給了高河的財主侯九照，是爹娘從小就給她訂的親。後來姐姐病死了，侯九照又娶了一房，孩子的兩個姑媽怕孩子受罪，就把經華和緯華接到邢嶺來養。」

「也就是說，經華、緯華的姑媽也生活在邢嶺？」

「對，他們嫁給了我三叔的兩個兒子。」

「真夠複雜的。」

461

「也是，一下子想弄明白並不容易。來日方長，你總有一天能弄明白。」

天黑掌燈，全家人聚起來吃晚飯。這時候，張如惠發現，桌子對面坐著一位年輕的女人，當她偶然抬起頭來時，能看見她的五官很清秀，但有一些瘦弱。她的腿上坐著一個四五歲大的女孩子。其他的人剛才都見過了，唯獨她們倆還沒被介紹過。於是她問道：「這位是・・・？」

公公婆婆都抬起頭來看著韓冠如。

「這孩子叫滌華。她嘛，你就叫她滌華娘好了。」韓冠如介紹說。

張如惠好奇，就接著問：「滌華是哪兩個字？」

韓冠如：「洗滌的滌，鉛華的華。」

張如惠：「這麼好聽的名字，誰起的？」

「也是爹起的。」

「哦。」她沒再問什麼，心裡嘀咕：「給自己的親孫女起名大訓，給外人倒想了這麼動聽的名字，真是想不通。」

韓冠如問：「大訓還在睡嗎？要不要叫她起來吃飯？」

她回答：「算了吧，這兩天沒睡好，就讓她睡吧。明早起來再吃，不要緊的。」

晚飯後，他們回到西間，張如惠問丈夫：「你說我可以繼續教書，是在村口的小學校嗎？」

「北京的師範學校畢業生，在邢嶺當教員就過於大材小用了，最起碼也要到白沙街的完小去才像個樣子。不著急，下個月你就要生了，還是等小訓斷了奶以後再說吧。倒是我自己，得想想該乾點什麼。」說完，他出去打來了熱水讓妻子洗腳。

山村的夜，一片安寧，偶爾能聽到北風從高高的屋頂刮過。張如惠的心也很平靜，在丈夫身邊很快就進入夢鄉，彷彿是瞬間之後，就聽見了雞叫。

天還未大亮，院子里傳來動靜。張如惠在被窩里伸了一個懶腰，坐起來。韓冠如也醒了，對妻子說：「天冷，再睡會兒吧。」

「不睡了，好像大家都起來了，我可不想做個懶媳婦。不對，是懶二娘。」

穿好衣服，來到院子里，她想看看哪裡可以洗臉漱口。四周看了一圈也沒找到，就想返回屋問丈夫。就在這時，邊上有一個門裡走出一個人，她定睛一看，是昨晚見過的滌華娘。當時被韓冠如一打岔就忘了問她到底是誰，便笑著打招呼：「早啊！在哪裡燒熱水啊？我沒找到地方。」

對方站住腳，頭低著，用手指了一下門裡說：「俺燒好了。」就不再說話。

張如惠接著問：「我該叫你什麼？」

「俺，・・・，他們都叫俺二娘。」

張如惠聽了有點奇怪，心裡說：「不是叫我二娘嗎？怎麼又出來個二娘？」轉念一想：「也不奇怪，昨天不就遇到了一個五娘嗎？而老五明明在費城準備和程美芙結婚了。看來這個家族里的相互關係比想像中更複雜。」為了弄清此二娘和彼二娘的區別，她問道：「你是冠如的姐姐還是妹妹？」

滌華娘搖頭。

「冠如姐姐的孩子叫經華、緯華；你的孩子叫滌華；你又不是他的姐姐妹妹；那滌華的爹是哪一個？」張如惠已經完全糊塗了。

正在這時，韓冠如也穿好衣服，來到院子里。

滌華娘的嘴裡說出一個字，但聲音低得幾乎聽不見，從嘴形可以看出，她說的是：「他。」

張如惠：「你是說他嗎？他又是誰？」

韓冠如：「如惠，別問了，你進來，我告訴你。」

這時，滌華娘抬起頭，用手指著張如惠的身後，輕聲說：「他就是滌華她爹。」

張如惠轉過頭看，除了韓冠如，身後也沒別人，她真是徹底地暈頭轉向了。

「冠如，我還是不知道滌華是誰的女兒。」

韓冠如避開她的眼睛，慢慢低下頭說：「我的，滌華是我，我，的女兒。」

他的聲音也不高，但每一個字她都能聽得見，聽得清清楚楚。可不知為什麼，她完全聽不懂，根本不能理解這話是什麼意思。她腦子里想的是，什麼地方可能出了差錯，把這個差錯找出來，理順了就

能明白一切。

於是，她平靜地問：「你說什麼，冠如？我可能聽錯了，你再說一遍好嗎？滌華是誰的女兒？」

韓冠如的臉已經是一陣白，一陣紅，結結巴巴地說：「如惠啊，你，你千萬別，別生氣，你讓我慢，慢慢告訴你。滌華她娘，你先回去，我和她有話說。」

滌華娘順從地低著頭走到中院去了。韓冠如上前拉起張如惠的手，將她領回屋，然後「撲通」一聲跪在妻子面前說：「如惠，請你原諒！求你原諒我！我在遇到你以前在家裡結過婚，是父親打小就安排好的童養媳，滌華就是我的女兒。我知道我不該瞞著你，但我不敢說啊！我太愛你了，真的不想失去你呀！」

平地驚雷，晴空霹靂。

張如惠坐著不說話，她用了很長的時間才明白過來，她剛剛聽到的到底是怎麼一回事。她的身體開始顫抖，抬起手指著韓冠如說：「你，你說的都是真的？你不是騙我的？你結過婚，你還有孩子，你還跟我結婚，還跟我生下大訓，還有‧‧‧。」她低頭看著隆起的肚子，一時竟不知該說什麼。

韓冠如更加害怕，趕緊說：「如惠，對不起！這一切都是真的，我沒騙你。不對，是我騙了你。我有罪！你想罵就罵，想打你就打，都是我的錯。你不要這樣，你倒是說話啊？看在大訓、小訓的份上，你就說些什麼吧，啊？」

一切都聽明白了，還需要說什麼嗎？

她忽然發現自己居然沒有哭，一滴淚水也沒有，只覺得頭暈，順勢就在床上躺下，閉上了眼睛。

韓冠如在床前站了一陣子，呼喚她，她不理會，正在不知所措之時，大訓醒了，韓冠如連忙把她抱起來，穿好衣服，帶她出了屋，回頭看看張如惠，她像是睡著了，就輕輕關上門離開了。

韓冠如領著孩子出來就見到了他父親，韓德純問兒子：「都知道了？」

他點了點頭，舒了一口氣。這一刻，他感到好像有些釋放了，因為懸在心裡的難題一直不敢說出口，讓他很難受。現在說出來了，又有了新的問題，張如惠一言不發，更讓他擔心。

張如惠就這麼躺了快兩天，不吃也不喝。到了第三天傍晚，韓冠如進來看她時，她才從床上坐起來說：「冠如，我餓了，你去幫我看看有沒有饅頭什麼的。」

「有有！我這就去。想吃東西就好，快把我愁死了。」說著就到廚房拿饅頭和開水，一起端回房間。

張如惠接過來就吃。韓冠如忙說：「慢點吃，先喝口水。」

她順從地取水來喝，喝完把碗放下，問：「我見到的四娘、五娘也一樣吧？」

韓冠如沒想到她一開口會這麼問。「你說什麼一樣？」他問。

「我想說的是，如果我沒猜錯的話，你家老四，還有在美國的老五都在家娶了親吧？」

「嗯。」

「他們離開家後，在外面又娶妻生子了。我說的不錯吧？」

「嗯。」

「想想真好笑，我還以為是個多複雜的事情呢，其實就是這麼簡單，你們兄弟幾個都是這麼乾的，都是···。我們結婚前有那麼長的時間在一起，你有沒有想過要和我講實話？哪怕是一分一秒？」

「何止一分一秒，我時時都想著要不要告訴你，可我明白，只要我一張口，立刻就會失去你，這是我實在不能忍受的啊！我對你是真情實意的，在這一點上，我確實沒有騙你。我只愛你一個，也相信你對我是有感情的。」

「我承認我愛過你，就連現在我都沒有勇氣說，我對你的愛已經不存在了。我想做個誠實的人，無論對你還是對我自己，都不願意說虛假的話。但是既然你有她們倆，你怎麼還能說得出口你愛我？你已經沒有權利這樣說了，更別說你還是基督徒。你，還有你父母都知道欺騙就是犯罪，明明知道還要騙我，我能原諒你嗎？今生今世我絕不會原諒你。還有這個邢嶺村我也不原諒，這裡竟然滿是罪惡，是要受到神詛咒的地方。你們不懼怕嗎？」

「怕，我當然害怕。但是，我也實在無法控制自己不去犯下這個罪。我們幾個兄弟都是在出生不久就被安排好了娃娃親，在十五六歲時就結了婚。如果我們一直待在邢嶺，也許不會覺得有問題。然而我們都離開了這個村子，走出了河南，甚至有人走出了中國。我們只

是普通人，同樣渴望愛，無法放棄真正愛上的人。我内心的痛苦是無法用語言表達的，即使我說出來，你也無法理解。因此我不敢說，又因為隱瞞而自責不已。這次我下定決心把你帶回家，希望你能逐漸瞭解我們這裡的情況，然後再向你坦白一切。」

「我實話告訴你，韓冠如，這件事我不會接受，無論如何都不接受！」

「如惠，你這麼說是什麼意思？你要我怎麼做？」

「要你做的，我已經想好了。」

「我一定聽你的！你說吧。」

「離婚！」她說這話的時候，眼裡流出淚來，但立即被她擦掉。見韓冠如張大嘴，無比吃驚的樣子，她又說：「我這兩天一直在想該怎麼辦。想來想去，唯一的辦法就是離婚，我不可能做你的小老婆。而且我和孩子住在這個家裡，對滌華娘兒倆也不公平，她們更是受害者，這個局面必須打破。沒有要和你商量的意思，你別試圖用什麼話來說服我。跟你這麼說吧，如果沒有孩子，我早就碰死在你面前了。你若能為我著想，就去辦離婚吧。」

「如惠，請你原諒！請你再考慮考慮，離婚怎麼行呢？我捨不得你，也捨不得孩子，‧‧‧。」

張如惠打斷她的話說：「請你現在就把大訓帶進來給我，然後出去！不要再進來，我不想看到你。在你拿來離婚證書以前，別跟我說話，我不會理你。」說完她又躺下，轉過身去。

韓冠如張口還想說什麼，看看這個情景，還是識相地閉上嘴，離開了房間。

從這天起，張如惠照常帶孩子，照常生活，就是不和韓冠如說話，一撐就是十多天。

韓冠如每天都往外跑。有一天他回來，手中真的就拿著一張離婚證，放在她面前說：「你叫我辦的，我拿來了。你看看是不是你要的東西？」

她沒想到離婚這麼快就辦好了，但快比慢好，她已經準備好要帶著孩子離開河南回北京，那裡還有親人，她也要堅強地過下去。但突然看到離婚證攤在面前，她莫名地生出一些複雜的情感，和韓冠如在一起生活的這幾年，有太多美好的回憶，依然在她心中。

她沈浸在自己的心事中，並沒有打開離婚證，一直到韓冠如說：「如惠，你不翻開看一下嗎？我可是忙了好幾天才拿到的。」

她嘆了一口氣，默默伸出手，拿起離婚證書翻開，只看了一眼，就變得目瞪口呆。她抬頭看著韓冠如急切地說：「我要的離婚證是什麼你不明白嗎？要離婚的是我和你，不是・・・。哎！你氣死我了！」說完就把離婚證扔給他。

怎麼回事呢？原來這幾天，韓冠如和父母商量以後，就帶著滌華母子跑到伊川法院，申請解除父母包辦的婚姻關係。法官問滌華娘是否願意離婚，她回答說：「俺沒什麼不願意，俺男人不要我了，隨他的心意好了。離吧！」

從法院出來，韓冠如對哭泣的滌華娘說：「是我對不起你！我們沒有感情，在一起過日子是過不好的。你放心，你還住在我們家，我也會照顧你們娘倆的生活。我和大訓她娘會搬走住到外面去，我們走了，大家才能安生。」

滌華娘哭著點頭，沒有說任何話。

另一邊，韓冠如把辦好的離婚證書交給張如惠看後，見她更加生氣，就彎腰從地上拾起證書，無言站立了一會兒才開口說：「如惠啊！你知道我是不會離開你的。雖然離開她們娘倆我也有愧疚，但我和她一點感情也沒有，要離婚也只有和她離。你既然不能容忍我同時有兩個妻子，那我就選擇了和你在一起。這樣一來，問題不就可以解決了嗎？你就不要再生氣了。好嗎？」

「你這樣做，讓我怎麼面對她們娘兒倆？好像是我逼你們離的婚，你明明知道，這不是我要的結果。」

「你先消消氣，如惠。你聽我說，我和家裡都商量好了，離婚以後，還是由我們韓家來養她們，也不趕她們走，她們還是住在中院。我們走，我們到南邊的汝陽去，我已在汝陽的內埠街小學找到教員的職位，下個學期就可以上班。所以等你的月子滿了，我們就搬到那裡去。」見她不回答，他又說：「如惠，不能再生氣了，我們再這樣鬧下去非出事不可。你肚子里的孩子說生就要生了，大意不得啊！」

張如惠想了一下，無力地垂下頭，說了一句：「要讓我答應你，只有一個辦法。我可以住在邢嶺帶孩子，你到汝陽以後，除了按

時捎給孩子撫養費，你不准回來見我，當然也不能回來看你離婚的妻兒。因為我不能接受你的欺騙，也不能接受因為我而拋棄原配。滌華娘是無辜的，滌華那孩子更無辜，所有這一切都是你造成的，你只有徹底離開這個家，才能承擔這個後果。這是我最大限度的妥協，而且因為我即將臨盆，不得已才這樣說。你若不能遵守，或是日後反悔，我可就一點機會也不給你了。」

「非要做得這麼絕嗎？這樣對你和孩子沒好處啊？」

「你是說你不同意嗎？那沒問題，我可以 ‧‧‧。」

「哎！別！別！就聽你的。我們先把孩子生下來，等小訓過完週歲再說行不行？」

「不行！你現在必須承諾，小訓一滿月你就走。君子一言，駟馬難追！」

「好，好吧！就按你說的辦。」也只有這樣先答應下來，才能擺平眼下的危機。而且時間緊迫，得準備好新生兒的接生，那個年月，女人生產，無疑是在鬼門關前走一遭。

還好，孩子在二月裡順利出生。小訓也是女孩子。

9 陸軍官校

這天下午，韓冠如正在家裡洗尿布，忽然有人到訪，指名要見韓冠如。

韓冠如放下手中的活，把手洗乾淨後走出房門，見一個青年人站在院子裡，見他就喊：「韓冠如！」。

「嗨！孫維和，是你呀？你怎麼來了？快請進！」原來這個孫維和是他在開封讀中學時的同學，兩人一直很要好。後來他考上了復旦大學，而孫維和則進了洛陽省立第四師範學校，現在他在汝陽做教師。

兩人互相問候以後到屋裡敘談。韓冠如問：「你這個時候從汝陽過來找我，一定有點什麼事吧？」

「你說對了，現在有個大好的機會，我們可以一起去投軍。」

「到哪兒去投軍？你倒是說清楚啊。」

「別急，你聽我說。你聽說過中央軍校的西安訓練班嗎？」

「一兩年前聽說過，好像叫西北軍官訓練班。但他們只招收京滬杭一帶淪陷區的學生。並沒有在河南招生的計劃，否則我早報名了。我們上中學的時候不就老想著將來要當軍官嗎？後來陰差陽錯地都當了教員。」

「這個訓練班最近搬到了陝西鳳翔，改名為陸軍官校第七分校，正在招第十五期的學員，也在河南招。我很想去，你呢？」

「要去什麼時候走？」

「今年過完年就開始招生了，三月開學，剩下沒幾天了，想去的話得趕緊，明天就去報考，應當來得及。」

「那你等我一下，我和老婆商量一下，馬上回復你。哦！她還在坐月子，就不出來見你了。」

「那沒關係！你們好好商量。我和我老婆都談好了，你當然也要徵得你老婆的同意才行。」

「那好，你坐一會兒。」

沒想到十分鐘不到，他就走出來對孫維和說：「行了，她同意。」

第二天一早，他們二人趕到洛陽上火車，當晚在寶雞下車，出了車站，迎面看到一個大招牌，是陸軍官校的接待處，進去即可報名。來得早不如來的巧，次日下午就有一場考試，他們兩個人正好趕上，而且考得都很好，被錄取為第十五期二總隊的甲級生。因為甲級生文化較高，學期為一年，不像乙級學生需要一年半才畢業。在那個戰火紛飛的年代，軍隊急需經過訓練、有文化知識的軍官，所以軍校都在盡最大努力，快速往部隊輸送人才。

韓冠如考上軍校以後，回過邢嶺一次。他告別了家人，就到陝西參軍，入校受訓。陸軍官校第七分校的主任由八戰區副司令長官胡宗南兼任，但真正在學校管事的是少將副主任顧希平。對，他和日後在南京開國民大會時，不斷給崔叔仙透露小道消息的那個顧希平，乃是同一人。不過，韓冠如在校期間過於普通，除了幾次聽他訓話以外，不曾有過交集。

1939 年的 3 月，他們學習期滿。各部隊都向軍校要人，韓冠如留在二總隊所屬的第十七集團軍當排長，孫維和則在畢業當天開小差跑了。他離開部隊前，悄悄地告訴韓冠如，他要到河南確山參加新四

軍。人各有志，又逢國共合作，到哪裡都是打日本，以當時的眼光來看，二人的去處並沒有太大的差別。

第 14 章 鄉野村寨 韓向新少女從軍

1 內埠街

內埠是汝陽縣的一個鄉鎮,因為這裡經濟活躍,商業繁榮,人來人往,相當地熱鬧,當地人就習慣稱其為內埠街。

張如惠出了月子後,去了一趟內埠街小學,告之丈夫韓冠如已到陝西從軍,不能到學校教課,自己願意取而代之。校長看了她的師範學校畢業證,喜出望外,隨即表示歡迎。故而暑假行將結束時,她便帶著兩個女兒搬到內埠街,一邊工作,一邊撫養孩子。

韓冠如當了連長後,能寄些錢回來,生活便寬鬆不少。

張如惠給兩個女兒重新命名,大訓改成向新,小訓改成向真。可見當時的張如惠是何等的嚮往新生活,也嚮往真實,不想再受欺騙。

韓向新是崔哥的媽,韓向真是二姨。

到 1941 年的時候,河南的半壁江山都被日軍佔領。遵照國府的命令,一些正規軍化整為零,留在敵後開展游擊戰。開封附近的陳留就駐有抗日游擊第二縱隊的一個團。韓冠如在這個團當參謀長,後來成了上校團長。

新四軍的冀魯豫軍區也在這一帶活動,韓冠如有一次偶然遇見了孫維和,問他是什麼職務,他回答說在六分區當參謀長。

2 大逃亡 1942

由於旱災、蝗蟲、戰亂所引起的河南省大飢荒,發生在 1942 到 1943 年間。各類歷史記錄和文學作品對這次慘不忍聞,一時間餓殍遍野的大災難多有詳述。

大導演馮小剛在 2012 年上映的電影《1942》里,也向我們展現了當時的飢民在逃亡路上的悲慘遭遇。據說這部電影上映後,票房收入慘淡,投資方甚至還虧了本錢。我真覺得很奇怪,如此震撼人心的電影,為什麼不被現在的觀眾認可?有人分析說,是我們這個苦難

深重的民族，會刻意地回避針對苦難的記憶。此話也許有點道理，但我認為還有另一種可能性，便是當代的觀眾已經無法想象這場災難和自己有什麼必然的關聯。

我不一樣，在那些成千上萬踏上大逃亡之路災民里，就有我的外婆、母親，還有無數她們的鄉親。文革期間，我和姐姐還在邢嶺的外婆家住過一段時間。我看《1942》，必然會有別樣的感受。電影結束了，眼睛還是濕潤的。

大飢荒的前一年，凶相已經在河南各地初見端倪。小麥因為乾旱欠收，飢餓的人們開始食用種子糧，繼而去吃野菜樹皮。偏偏這時又來了一場瘟疫，各地鄉村都相繼傳出有人染病而死的可怕消息。

滌華娘，那個不幸的女人，便是在這場瘟疫中逝去的。張如惠寫信給韓冠如，帶去這個令人哀痛的消息。當時，韓冠如部隊駐在許昌東北面的南席鎮。

丈夫也知道家鄉正在遭災，就回信給她，再一次求她帶著孩子到南席來找他。

張如惠還是很猶豫，畢竟這個男人傷她太深。可是等到1942年的秋天，內埠街一帶的村落，已經出現大批餓死的人，整村整村的人開始踏上逃亡之路，學校的課也停了，再不走的話，眼看著就活不成了。

她先帶著兩個女兒回到邢嶺，和韓家人商量逃難的事。韓德純把大家召集到一起開家庭會議。他說：「家裡的地窖里和閣樓上都還有些存糧，夠我們老兩口吃一陣子的，我們就不走了。你們就都到西安去找老四和老六吧。」

老三冠武說：「你們倆在家最好有人照應，我也留下陪你們吧？」

韓德純：「也好，你一個人留下就行，其他人都走。大家這趟出遠門也不知道要走多久，反正災荒不過去你們都別回來。你們先到洛陽，如果買不到火車票，就拿我的信去找參政員郭仲隗，我和他私交甚好，他一定能幫你們搞到車票。要是我們三個在家也待不住了，就去西安尋你們。」

張如惠問：「冠如來信叫我去他那兒，我也不知道是去南席好呢，還是跟大伙兒一起去西安。」

　　大家的意見很一致，都說應該去西安，原因是河南人都在向西跑，那邊有糧食，只要有錢就能買到吃食。東邊有日本人打仗，怎麼能去？只有去西安，才有活路。

　　張如惠心裡知道向西是對的，可是心裡想往東走的念頭總也甩不掉，她一時難以決定，就說容她再想一想。

　　韓德純說：「反正要到洛陽去，你還有時間考慮。等到了洛陽，看看那邊的情況再做決定吧。」

　　各家回去做準備，蒸饅頭、烙餅。次日天一亮出村，走到白沙街，他們便匯入了逃荒的滾滾人流。

　　韓向新這年剛七歲，媽媽怕她走散，一路都用手拉著她，不敢撒手。二女兒韓向真就由家裡其他人輪流抱著走。

　　大多數飢民並沒有明確的目的地，反正是聽說哪裡有吃的，就往哪裡走，當然就近的城鎮是主要目標。

　　還沒進伊川城，路邊就能看到倒臥在路邊的人，有的奄奄一息，有的一動不動，也看不出是否還活著。

　　出了伊川向北，在一個下坡的山道上，有一個要飯的乞丐躺在地上，他在身旁的路上刨了一條溝，再找塊石板鋪在溝上，想從這裡下山的人，都被他攔下。他指著石板說這是他搭的橋，要過可以，留下買橋錢。哪有人會理睬，一腳就踢翻了他。張如惠看見了，心生憐憫，從包袱里掏出一個饅頭遞給他，他接過來剛咬一口，就見有一幫路人上去就搶成一團。三爺爺趕緊上來拉著張如惠就走，並告訴她，千萬不要暴露身上有吃的，否則會遭搶，你沒見剛才一個饅頭就讓一堆人發瘋嗎？她確實也被剛才的情景嚇了一跳。

　　四天後，他們一行來到洛陽。這裡已經被飢民擠爆了，好不容易擠到火車站前，發現售票處的窗口緊閉，早就不對外賣票了。

　　三爺爺說你們就待在這兒別動，我去找郭參政員。

　　在省政府找到郭仲隗，郭參政員接過韓德純的信看了，抬頭笑著問：「你是德純的弟？」

　　「是！我們想到西安去，火車站不賣票，沒法子就找來了。請您想想辦法。我哥說你是他的好朋友，還說您會幫我們的。」

　　「別人可以不幫，你們非幫不可。這樣，我馬上打個電話問問。」

一通電話以後，他讓三爺爺到火車站去找寇站長。臨了，他還說：「你們挺走運，要是再晚來一天，我就到重慶去了。」

三爺爺謝了郭仲隗，回到車站。聽說去找站長買票，張如惠說她也去。三爺爺帶著她擠進辦公室，找到寇站長。寇站長說郭參政員已經跟他講過了，問他們一共多少人，三爺爺一報人數，寇站長面露難色，想了一下說：「人太多，一次走不了，得分三天走，行嗎？」

三爺爺說行，只要能走，三天就三天。

寇站長帶他們來到關閉的售票處，門口有不少人，都在等票，見站長來了，一下就圍了上來。寇站長忙高喊：「沒票！沒票！誰來都沒票！」他掏出鑰匙打開鎖，只讓三爺爺和張如惠跟他進去，也不理會外面人的怒罵。

寇站長讓裡面的售票員按三天的計劃，安排票給他們。售票員馬上低頭辦理。正這時，張如惠突然問：「站長啊，我想問，向東的票有嗎？」

寇站長抬臉看她，帶著疑問說：「你們不是要去西安嗎？乾嘛向東？」

三爺爺馬上說：「如惠，別節外生枝，買著票就到西安去吧。」

她好像是頃刻之間下了決心，說：「站長，他們都去西安，我去許昌。我要一張全票和一張半票。還有個孩子才四歲，可以抱在手上，用不著買票吧？」

寇站長說：「沒問題，向東的票有的是。不過我跟你說清楚，火車向東能開到哪兒，誰都不知道。鄭州大概能到，到鄭州轉京廣鐵路就難說了，那裡到處都在打仗。你一個女人到那兒乾嘛？」

「我丈夫在軍隊裡，他讓我們去找他。」

「哦，是這樣。好，就這麼辦。」

他們買了票，回到家人身邊。知道張如惠要到南席去，大家都不放心，最後四娘說：「你實在要向東，帶著大訓去就行。你一個人到兵荒馬亂的地方去，顧不上兩個孩子，小訓還是跟我們去西安。我們人多，輪流抱著就行。」

大家都說四娘說得對。張如惠仔細一想，她也確實沒有足夠的能力，同時帶著兩個孩子進入東邊那塊充滿未知的區域，因此她點頭

同意了。

向東的車是夜裡發出的，上車前張如惠抱著熟睡的小女兒，依依不捨。四娘說：「把孩子給我，你就放心走吧，要是能到南席見到冠如，記得寫封信過來。」

她默默地點點頭，流著淚在女兒的小胖臉上親了一下，遞給四娘，轉身拉著大女兒就走，強忍著不回頭看。

人分兩路，各奔東西。

崔哥的母親韓向新從這天夜裡開始，就形成了連貫的、清晰的記憶。她記得母親的眼淚流了好幾天，但從此以後，她幾乎再也沒有見到母親哭泣過。

1985 年的夏天，我陪母親一起回河南看外婆。那時候，我二姨韓向真已經因胃癌去世三年了。外婆當時和四姨一家住在下天院。我們到了下天院的第二天，媽媽帶我去汝陽縣城看望二姨的家人。客運汽車一路顛簸到了汝陽，我們見到了二姨的大女兒白莉，還有白莉的弟弟紅星。白莉讓紅星去找爸爸回家，她自己上街買菜，要給我們做午飯。家裡就剩下姨夫又娶的妻子，一個移民到汝陽的寡母，抱著一個年幼的孩子。我記得她的目光總是躲躲閃閃，看到母親很緊張，像是做錯了什麼事。媽媽也看出來了，安慰她說：「張照辰是我妹夫，你現在跟他結婚了，還照顧著我妹妹的孩子，我來是要謝謝你的。」

我見她立刻釋放了緊張情緒，說話也就自然多了。

白莉做了太多好吃的，根本吃不完。

午飯後，我們告別姨夫一家，又開始在公路上顛簸。媽媽問我：「你記得你二姨長得什麼樣嗎？」

「我當然記得她，我在邢嶺的時候都七歲了，她和你長得很像。」

「我們在洛陽和她分開的時候我也是七歲。我記得後來很久都沒見過她。等我爸媽帶著我、你三姨、四姨回到邢嶺的時候，看到她正和一個小羊在一起玩，長得又小又瘦。我們帶著她搬到白沙街以後，過了好長時間，她的臉色才轉過來，後來長得還挺高。」

「是那時候邢嶺的人對她不好嗎？」我問媽媽。

「也不是不好，那時家裡的情況不太好，沒有人太關注她而已。農村嘛，有口飯吃就不錯了。別說那年月，後來在文化大革命的

時候，你和你姐姐住在邢嶺那次，我回去接你們，你的兩只小手都是黑的，糙的像樹皮，洗了好幾盆水也洗不乾淨。你說有人對你不好嗎？」

「才不呢，外婆和四姨，還有村裡的人都對我好得很，我感覺可幸福了。」

「對呀，對你來說，最幸福的事就是天天不用洗臉、不用洗手。」

「當時還真是這樣。後來二姨怎麼樣了？」

「外婆一輩子都覺得虧欠了她，所以對她格外好。我和你四姨都是高小畢業，三姨念完了初中，只有她是高中生。她後來到學校當老師，就嫁給了校長，也就是你二姨夫。他們每生一個孩子，你外婆都會帶到邢嶺來幫她養，一直養到上學才送回汝陽，他們的四個孩子都是這樣。前些年她查出了癌症，外婆很著急，打電報讓我回來，到洛陽、鄭州去幫她聯繫醫院。我的幾個老首長也都幫了忙，給她找到最好的醫生動手術，減輕了她不少的痛苦。出院回家以後，外婆扔下一切跑到汝陽，在病床前日夜照顧了她半年，她才很安詳地走了。」

「那外婆對她還有內疚嗎？」

「作為母親，我認為你外婆不可能忘掉那段往事。而且，你二姨小時候再見到你外婆以後，就沒有當面叫過你外婆一聲媽媽，從來都不叫，一直到去世都沒叫過。」

「啊？為什麼？」

「我們誰也不知道，她在那幾年到底吃過什麼苦。總之，她的心裡可能會有被媽媽拋棄的感覺。當然，她後來也能理解，要不是迫不得已，外婆是絕對不會那麼做的。其實呀，我覺得她和你外婆還是很親的，不過小時候的特殊經歷，造成了一些心理障礙，以至於‘媽媽’這兩個字對她來說，要喊出來可能太難了一點。唉！那年河南死了那麼多人，我們這些活下來的，還抱怨什麼呢！」

媽媽掏出手絹擦眼淚，我扭頭看著窗外，公路邊栽種的樹木，不知是什麼品種，都有著筆直的樹幹，鬱鬱蔥蔥。

樹後面就是莊稼地，一望無際。

3 南席鎮

火車快開到鄭州就停下來不動了，前面的鐵軌被飛機炸壞，人們只能下車沿著鐵路步行，走了十餘里才到鄭州城邊。張如惠找到一個車夫，拉她們去找開往南席的汽車。到車站才知道，汽車不去南席，只能坐開往許昌的車，在長葛縣城下車後，往東再走四十里，就到南席了。

韓向新跟媽媽坐的汽車很破舊，速度慢不說，開起來還四處叮噹響。車窗也沒玻璃，風灌了進來，她不禁縮起了脖子，媽媽趕快解下自己的頭巾給她扎上，告訴她說：「快了，馬上就能見到你爸爸了。」

汽車搖搖晃晃過了梨河鎮，前面來到一個山坡，汽車像是喘不過氣來似的，「突突突」地冒著黑煙，速度越發慢下來。正在這時，車後面忽然出現了一幫人追趕他們的汽車，他們大聲喊著：「停車！停車！留下買路錢！」

開車的司機趕快對乘客們說：「壞了，遇到土匪了，快快！把你們的行李趕快扔下去。車開不動了，扔了行李才能開快一點。」

張如惠第一個把包袱扔出車窗，司機伸出頭往後看，見路邊只有一個包袱，知道其他人捨不得扔自己的東西，就又喊道：「你們不要命啦？沒見他們手裡有槍嗎？快扔！」

韓向新這才注意到，後面在奔跑的人中，有兩個手中舉著用紅布包著的手槍。其他人也開始扔東西，土匪不再追趕，他們在路邊撿了東西就往回走。

汽車好不容易翻過山坡，繼續前行，眼看快到長葛了，汽車突然震動了幾下就熄了火。車壞了，修不好，大家只能全部下車朝長葛走去。

韓向新和媽媽都空著手進了長葛，扔掉的包袱里有吃的，現在肚子餓了也沒辦法，城裡的街道上行人都很少，鋪子大多關著門，有錢也買不到食品。

媽媽說：「向新，我們只能餓著肚子趕路了，早點到南席見到你爸，就有東西吃了。」

她們沿著鄉村的土路向東走，大約走了有五六里路，迎面來了

一架騾車，她們趕緊讓到路邊。等騾車走近了才看到，趕車的是一個軍人。

媽媽向軍人招手，騾車停下。媽媽問：「小兄弟，向你打聽一個人，這附近的部隊裡有個叫韓冠如的，你認識嗎？」

「認識，認識，他是我們團長。你們是？」

「他是我孩子的父親。我們是來找他的。」

「啊喲！您是團長太太啊。來來！你們坐上車，我送你們到營部，到了營部就能和團長通電話啦。」

「你們營部在哪兒？遠嗎？」

「不遠，就在董村，一里路都不到。」

「那好，謝謝啦！」

「不敢當！不敢當！團長太太，你們坐好了，馬上就到。」

騾車掉頭就進了董村，來到一個院落。他們下車走進去，裡面有位軍官見到趕車的兵，劈頭就問：「你個兔孫子，竟敢不聽命令，怎麼現在還沒走？」

「報告營長，我沒違抗命令，走到半道又回來了。」

營長這時才發現他帶回兩個人，問到：「怎麼回事？他們是誰？」

「報告營長，這是團長的太太和女兒。」

「韓太太好！」營長反應真快，他立正敬禮，站得筆挺。

媽媽：「營長好！麻煩你打個電話給韓冠如，告訴他我們來了，好嗎？」

「是！裡面請！」營長帶她們進了營部，和團部通了電話後說：「韓太太，團長有令，命我馬上送你們去團部。」

媽媽：「營長啊，我們來的路上遇到土匪追我們的汽車，東西都扔了，能不能找點吃的東西給孩子在路上吃。」

營長馬上吩咐手下去準備吃的，然後問：「你們遇到的土匪什麼樣？」

媽媽：「我們也沒看清，他們手裡好像有槍，用紅綢子包著，我們扔了東西以後，他們拿走了，就沒再追我們。」

「誰想起來扔東西的？」

「開汽車的人。」

「汽車朝哪兒開走的？」

「車在長葛縣城北面兩里地壞在路上了。現在大概還在哪兒。」

「那就好辦。您都扔了些什麼？」

「一個洋布包袱，裡面也沒什麼，就是我們的一些衣服，還有一雙給韓冠如做的布鞋。」

營長叫來手下，按媽媽的描述，帶一個連的兵去追包袱，營長親自帶人護送她們坐騾車去南席。

正走在半道上，前面有兩匹馬疾馳而來。韓向新看到是父親帶著一個衛兵來迎接他們。四年都沒見過父親了，他騎在馬背上，穿著軍裝，挎著槍，又高大，又威武。爸爸到了跟前，從馬背上下來，上前抱起她問：「大訓，認識我嗎？」

「你是我爹。我不叫大訓，叫韓向新。」

「對！你叫韓向新。多好的名字！」說著他把女兒放在馬背上，再翻身上馬，一路跟著騾車來到團部。

第二天，爸爸在南席鎮上租了房子把家安頓下來。那個營長又來了，帶來了張如惠從車窗扔出去的那個包袱，裡面的東西都沒丟。原來那伙追車的人和司機是一伙的，常常這樣坑騙乘客。那天，一個連的人趕到時，那台破車還趴在那兒沒修好，司機被當兵的一嚇唬，立刻就招了，趕緊帶著兵到附近的村莊，去找搶東西的人。軍隊在村外就開始放槍，嚇得他們趕緊出村投降，軍人叫他們把槍交出來，他們這才說：「我們哪有什麼槍啊？我們都是這個村種莊稼的，槍是拿個掃炕的笤帚疙瘩，用紅綢子包起來冒充的。肚子餓得慌，沒法子才這麼乾的，怎麼也想不到會得罪你們團長太太呀！」

軍人聽了真是哭笑不得。用洋布包的包袱就一個，很好認。還好，東西都還在，全都送回來了。

4 三姨

一年後，出去逃難的人都陸續回鄉，韓向真也回到了邢嶺。這時媽媽的肚子已經很大，快要生老三了。韓向新也開始在南席小學讀書。日本軍隊又常常下鄉掃蕩，每到這時，軍隊要轉移，老百姓也要

躲到大山裡去，張如惠回邢嶺去接女兒的想法就被擱置了。

韓冠如的部隊有時回到南席，但有時出去很長時間也不回來，不知道在什麼地方打仗。只要回南席，他都會住在家裡陪著妻女。有一次，他回來了，人又黑又瘦，鬍子拉碴，頭上還受了傷。張如惠非常擔心，問他傷得重不重、疼不疼，他笑呵呵地說沒事兒，一回來看見老婆孩子，傷就好了，一點兒都不疼。

韓向新開始識字了，有一天爸爸回家，解開皮帶放在一邊，她見皮帶上有一把短劍，就拿來玩，抽出劍來發現上面有幾個字，有的她認識，有的不認識，就問：「爸爸，這上頭寫的字我就認識兩個，這是中，這是正。」

爸爸笑著說：「向新很厲害呀，都認識這麼多字啦！我來教你，這些字是‘蔣中正贈’。蔣中正是誰你知道嗎？」

「不知道。」

「蔣中正就是蔣介石，就是蔣主席呀。爸爸上軍校的時候，蔣主席是校長，這把劍是他送給爸爸的，所以會有他的名字。」

「他乾嘛要送你這個呢？」

「我也不知道為啥，他給我們每個人都送了。」

說完，他又對張如惠說：「如惠，我們接到命令，又要開拔了。這次要到新鄉去打一場大仗。那裡太危險，你們不能去，等打完仗我就回來。」

「沒事兒，向新還要上學，我們就待在這兒等你，你放心去吧。你自己也要多當心，一定要平安回來。」

「我這幾年在戰場上來來去去的，從來沒大事，你可以放一百個心。倒是你快要生了，南席沒有醫院，長葛的醫院我也不太信得過，所以我和四弟講好了，讓他過來陪你一段時間，時候一到，叫他送你到許昌，讓那裡的醫生給你接生。」

張如惠說好，就聽你的安排吧。

韓冠如走了，四弟韓冠棠來到南席。韓冠棠本來住在西安，最近剛搬回邢嶺。二哥請他幫忙照顧孕婦，他立即就趕過來，準備等二嫂的產期一到，就啓程去許昌。

沒想到的是，崔哥的三姨提前來到了人世。

這天，張如惠準備去發點白麵，給四弟蒸點豌豆糕，算算時

間，三天後就可以往許昌走了。剛把面放進盆，彎腰到水缸裡去舀水，肚子突然開始疼起來，她知道不能等了，得趕緊走。

她叫上四弟，由他牽了一頭毛驢讓她坐上，韓向新跟在後頭，他們先向南走，後向西行。

南席離許昌不算遠，大約要走三十里路，順利的話走上大半天就能到。

但他們並不順利，走到慈化店的時候，前面遇到一條河，偏偏橋壞了，必須蹚水過河。水不深，韓冠棠捲起褲腿，先把韓向新背過河，又回來讓張如惠坐在驢背上，他準備牽驢過河。哪知這頭驢怕水，不管韓冠棠拉也好，推也好，用樹枝抽打也好，就是死賴在岸邊不肯下水。張如惠看著滿頭大汗的韓冠棠說：「四叔，算了，別打它了，我自己走過去吧。」

韓冠棠連忙阻止：「使不得，水涼！」

張如惠：「等不了了，我們趕快過去吧。」說著她就從驢背上下來跨入水中，快速過了河。

韓冠棠把驢拴在河邊的樹上，也趕緊過了河。他們又往前堅持著走了幾里路，路過一個村鎮，見路邊有個學校，正是暑期，學校裡沒人。張如惠停下腳步說：「來不及了，只能在這兒生了。」

韓冠棠一聽慌了神，趕緊扶她進了學校的一間教室，讓她在凳子上坐下，他飛快跑出去，見學校邊過來一個大娘，他立即上前說：「大娘，求你幫幫忙，我嫂子要生了，她就在學校裡，咋辦呀？」

大娘上下打量著韓冠棠，見他是個體面人，就問：「你嫂子生孩子，你哥哪兒去了？」

「我哥是南席鎮上部隊的團長，他們出去打日本了，托我在家照顧嫂子。本來我們打算到許昌的醫院裡去，可是走到這就等不了啦，我嫂子說就在這兒生，叫我找人幫忙。」

一聽他哥去打日本了，大娘馬上說：「行，我來幫你嫂子接生。」

「你會嗎？」韓冠棠有點不太放心。

「嗨！我們這兒的人誰不是在家裡生孩子的，沒聽說過還要去許昌。你身上帶錢了嗎？」

「你要多少錢？」

「不是我要錢。我這就進去看你嫂子，你去附近的人家花錢買些被子和褥子，孩子不能生在學校的地上吧？」

「哦，我這就去。」

「還要買口鍋，再買一把剪子。」

「嗳！」

他迅速就把這幾樣東西買到了，回到學校把被褥鋪好，大娘讓張如惠躺好，就叫韓冠棠去學校伙房把鍋支好，放滿水用柴火燒開，剪子也扔在鍋裡。

韓冠棠一一照辦。兩個小時以後，他在門外忽然就聽到了孩子的啼哭。韓向新跑出來喊道：「四叔！是個妹妹。我又多了一個小妹妹。」

後來才知道，這個鄉村小鎮叫作五女店，離許昌還有十多里的路程。一個月以後，他們從五女店返回了南席。

我外婆給我三姨起的名字，叫韓向前。我小時候聽外婆說過：「你媽媽姐妹四個裡頭，要問誰最聰明，那一定是你三姨。」

5 閆寨

韓冠如回來的時候，韓冠棠已經回邢嶺，韓向前都快三個月大了。也就是這次回家，韓冠如帶著一家人搬到了新鄉和開封之間的閆寨鎮，因為日軍正在大舉進攻許昌，也危及到南席一帶。

日軍也多次進攻並佔領新鄉，但國軍又反復打回來幾次。韓冠如不清楚日軍何時還會攻過來，就沒在閆寨鎮上租房子，而是住在鎮子旁邊的農家，日軍掃蕩時，這裡更容易往較為偏僻的鄉村跑。

有一天，韓冠如的部隊不在閆寨，日本軍隊忽然就來到鎮上，事先誰都沒得到消息。這幫日本兵直撲閆寨學校而去，把所有的女學生都關進了學校邊上的娘娘廟裡，同時還抓進去不少鎮上的年輕婦女，然後日本兵就把廟門給關死了。

張如惠在家一聽說日軍來到鎮上，連忙抱起小女兒就往學校跑，一到學校附近，聽說所有的女孩子都被關進了娘娘廟，她的大女兒韓向新也在裡面。

這還得了嗎！怎麼辦啊？她瘋了一般就要往廟裡闖，被手快的

鄉親一把拉住，對她說：「你不能進去，進去就出不來啦！」

還有的勸她：「你這樣進去不就是羊入虎口嗎？哪裡能救得了你女兒？還得把自己給搭進去。何況你還抱著這麼小的孩子。」

她一時也不知該怎麼辦，只是渾身顫抖著說：「怎麼辦？怎麼辦？」

忽然，她看見旁邊有口井，她忙跑過去向井裡看，心裡想著：「如果我女兒這麼小就受辱的話，我就從這口井跳下去，一死了之。」井裡的水映出她抱著孩子的影子，也映出她頭上的藍天。

她在井邊跪下，緊抱著孩子閉上眼，開始大聲喊道：「我們在天上的父啊！」

她身邊的人也隨即「撲通、撲通」地跪下了一片，跟著她喊：「天上的父啊！」

她接著禱告說：「求禰伸出禰大能的手，救救我的孩子吧！」

「救救我的孩子吧！」

「主啊！求禰賜下憐憫，救我的孩子脫離凶惡，求禰把我的孩子從這扇門裡領出來，求你賜平安。求主聽我的禱告！我是奉了主耶穌的名向神祈求！阿門！」

「阿門！」

「阿門！」

張如惠把臉伏在井台上默默地在心裡說：「主啊！你若不肯聽我的禱告，我今天就死在這井裡。如果禰救我女兒出來，我這一生一世都要服事禰，無論我到何處，都要傳揚禰的名。我的禱告也是奉了我主耶穌基督的神聖之名。」

奇跡真的出現了。

就聽那邊的廟門發出聲響，開了一條縫，有兩個女孩子走了出來。張如惠緊張地抬起頭看過去，發現其中一個正是自己的女兒。韓向新完好無缺地向她跑過來。她問邊上的人：「我沒糊塗吧？我看到我女兒出來了。是真的嗎？」

周圍的人也都驚奇，不知該說什麼。韓向新已經走到媽媽跟前說：「媽媽，快走！」

她到家簡單收拾了東西，帶著女兒們頭也不回地離開了閏寨，馬上逃到封丘。在那裡又躲了半年，直到日本投降前夕，他們才回到

閆寨，和韓冠如重逢。

關於這次閆寨遇險的過程，外婆曾在晚年告訴過三姨。但是，她並沒有問過我母親娘娘廟裡面發生的事，她希望，當時只有九歲的大女兒，最好能徹底忘記這一天，別的都不重要。而我母親生前沒有和任何人提起過這件事。

6 陳留

抗戰勝利後，韓冠如的團部又回到了開封邊上的陳留鎮。這裡有一座基督教堂，一位年輕的牧師在這裡牧會。教堂後有個幽靜的庭院，韓冠如一家就在這裡居住。1946 年，我的四姨韓向平便出生在這裡。無論我的外婆還是我母親，都沒有和我說過這段時間他們一家人的生活是什麼樣子的，但我可以想象，那或許是一家人在一起度過的最幸福美滿的時刻。

不是瞎猜，我這麼說是有根據的。

我出國以後，媽媽和在鄭州的三姨、在下天院的四姨相約，一起回過陳留鎮。我並不知道這事，是母親去世以後，我和姐姐一起翻看她留下的照片，見到有一張是在陳留拍的，上面有母親、三姨和四姨，還有一位老者，不知道是誰。後來三姨告訴我，他是陳留教會的牧師，一直都是，當年的那個年輕牧師就是他。那天當老牧師得知她們幾個姐妹的身份後，感慨地說：「那是 1945 年的事了，你們的父親，韓團長是個很好的人。我還記得韓太太是北京人，你們家就住在這裡的後院，多美好的一家人啊！你們跟我來，這裡的這架鋼琴，就是當年韓團長找來的。我們在教堂里唱詩的時候，你們的母親就坐在這裡彈琴，她鋼琴彈得真好啊！你們看鋼琴還在，可韓團長都走了幾十年了，我也老啦！謝謝你們還記得這裡，還記得陳留這個小地方。」

很可惜，當年住在這個後院裡的一家人雖然讓人羨慕，但他們安穩、美好的日子並沒有持久。日本人離開後，國共兩黨的關係很快就緊張起來。甚至為了爭奪對日佔領區的接收權，雙方撕破臉打了起來。韓冠如和新四軍的第 30 團還有六分區都打過幾仗。剛剛經過了八年的抗戰，大家都不是吃素的，果真打起來，誰都很難佔到便宜。好

在戰鬥規模並不大，只是軍事上的摩擦，還沒有達到全面開戰的程度。畢竟，蔣介石和毛澤東都能在重慶坐在一張桌子上進行談判，還簽署了《雙十協定》。

當時，韓冠如和他身邊的軍人們對形勢的發展方向並不是十分明確。

也就是這個時刻，發生了一件事。這事可以說來得很偶然，卻把韓冠如推進了一個致命的漩渦之中。

這天，他手下的人進來報告，夜裡有三個共軍試圖穿越他們的防區，被他們扣下了，問團長怎麼處理。他也沒多想就給他的上司打了電話，上司命令他把這三個人押到師部去。這就簡單了，於是他叫手下先把人送到團部，再由他派人送走。

這三個人一押到團部，便被關進禁閉室嚴加看守。

如果他直接派人把這些人送到師部去，後續的事情就不會發生。但他像是鬼使神差一般，不知怎麼的就到禁閉室去看了一眼。

這一看可就糟了，這三個人中有一個是他認識的人。他們不僅相識，還是多年的同學和朋友，他就是新四軍的分區參謀長孫維和。當他和孫維和的目光相遇時，兩人一下子全愣住了。誰都沒想到會在這個地方，以這種方式再次相遇。

他的衛兵在他身後趾高氣揚地呵斥：「看什麼看！你敢跟我們團長瞪眼睛！」

韓冠如努力保持鎮定，不露神色地說：「就把這個瞪眼睛的傢伙給我帶來。」說完他就徑直走進他的房間。衛兵把孫維和的手在背後綁了，帶到韓冠如跟前。韓冠如上來就問：「你是新四軍哪一部分的？為什麼要進入我的防區？」說完緊盯著孫維和看。孫維和馬上理解了，回答說：「我有機密任務在身，不能在這兒說。」韓冠如對身邊的人說：「你們都出去吧，讓我來跟他好好談談。」

等身邊沒人了，韓冠如小聲問：「怎麼回事？還沒打夠嗎？怎麼跑到我們這邊來了？」

「我們奉命要到東北去，這裡是必經之路。我們穿便衣，也不知道怎麼被你的人給認出來了。」

「我們團里有很多當地人，你的同鄉就不少，當然有人認得你。現在怎麼辦？我的上峰已經知道了，要把你們押過去。」

「那你還等什麼呀？把我們押送過去，馬上可以立功領賞。你知道的，我可是新四軍的分區參謀長。」

「孫維和，都什麼時候了，你還開玩笑？到了我們師部我可就管不了啦，什麼時候才能放你走就難說了，誰叫你們跟我們爭地盤來著？」

「什麼叫爭地盤啊？算啦，咱們不說這個。韓冠如，你就說怎麼辦吧，要殺要剮，你給個痛快話。」

「你！唉！你不會真的以為，我不顧你的死活。」

「你要是想要我活，那就趁早，我有重要事情，必須盡快到東北去。而且，我不會一個人走。要走，我們三個都得走。我們已經得到情報，蔣介石在談判桌上簽了和平協議，但背地裡正在調兵遣將，準備大舉進攻我們解放區。大戰就在眼前，所以你要是把我們交給你們師部，我們一定不會活著出來。反過來說，你如果能放了我們三人，不但救了我們的命，也算是你在脫離共產黨以後，又一次為黨盡了力，我們會給你記一功。當然，你要是做不到，儘管把我們給交出去好啦，我也不會怪你。」

「你別急呀，讓我想想該怎麼辦。」

「‧‧‧。」

「這樣，今晚我親自押車，在送你們去師部的途中，你們跑就是了。」

「你自己怎麼辦？還有你手下的人靠得住嗎？會不會太過於冒險了？」

「要說冒險，可能會有點兒，但我總不能見死不救吧？你別管了，具體的事，我來安排。你們到時候直接上車就行。」

「好吧，謝謝你！」

當晚，他挑選了三個親信，悄悄吩咐他們如何如何行事，三人都說沒問題，一切聽團長的。

然後他叫汽車兵把車開到團部，讓那三個親信把三個共產黨五花大綁，押上車廂。他則坐進駕駛室，讓汽車兵開車去師部。出營房的時候，參謀長在大門口看見了還問：「團長還親自去呀？我去找個排長帶上人去不就行了嗎？」

「用不著費那事，我正好要到師部辦事，順路。」

等車開到半路，三個手下在後邊車廂對著天開了幾槍，韓冠如讓開車的兵停車，他下去之後問：「怎麼回事？為什麼開槍？」

後面喊道：「不好了，他們跳車跑啦！」

他對汽車兵說：「你在這裡看著車，我們去追。」

「是！」

「還愣著幹什麼？跟我追！」

黑夜裡，人早就跑得沒影了。他帶著三個手下往北邊跑了有半里地，讓每人朝天開了幾槍後，回到車上，命令返回駐地。回到團部他就向師部報告，說三個共黨在押解的路上打傷衛兵，企圖逃跑，都被當場擊斃了。

他的上司當時並沒有說什麼，俘虜逃跑，打死很正常。可不久以後，他的三個親信來告訴他，好像這件事還沒完，有從上面來的人問過話，好在他們幾個事先統一了口徑，一口咬定，是團長帶著他們追上這三個共黨，開槍把他們打死了。

他原以為，這事不會被人抓住把柄，豈不知，上峰根本就不相信他的話。原因有兩個，一是情報人員發現，韓冠如在進軍校以前，曾經加入過共產黨；二是作為一團之長，親自押車，又親自帶人追擊，怎麼看都不太正常。等暗地裡一調查就發現，那晚參與押車的三個人，都和他關係不一般，難免令人懷疑。

其實韓冠如因為事出緊急，還疏忽了一件事。當初這三人被抓，就是被人告發他們是共黨，證明是有人知道他們的名字的，最起碼知道其中的一個，如果這一個偏巧就是孫維和，那麼，情報部門稍微翻一下檔案記錄，就不難發現韓冠如和孫維和的關係。

不管是何原因，一年後，韓冠如的麻煩還是來了。他在師部的一個同學給他暗地裡報信：「軍統的人已經坐實，你去年放跑了三個共黨，抓你的通緝令都下來了，還不快跑？」

當夜就跑。他帶著一家人一路跑回了邢嶺。

7 伊洛中學

在邢嶺躲藏了一陣，見外面沒什麼動靜，他們就舉家搬到白沙街。韓向新和二妹妹韓向真都在白沙小學上學。韓冠如和張如惠不敢

487

公開求職，便在白沙街租了一個小店鋪，以彈棉花為生。日子挺清苦，但此時此地也確實沒有什麼更好的選擇。

韓向新上學早，6歲開始讀一年級，12歲時，她就高小畢業了。又過了三個月，共產黨的陳賡兵團打到伊川，不久又佔領洛陽，河南很快就都成了共產黨的天下。韓向新學會了一個新名詞：解放。

一天，一家人到伊川縣城去。走在十字路口，聽見一個女解放軍在街頭髮傳單，嘴裡喊道：「鄉親們，解放了，新政府成立啦！好消息呀，快來看！」

韓向新擠上前拿了一張傳單，上面寫著，政府舉辦伊洛中學，歡迎高小畢業生積極報名考試。

這不就是在說我嗎？就問道：「要是考上了，要學費不？」

「小妹妹，共產黨的中學不要學費，還免費吃飯，一天三頓，管飽。」

「爸爸、媽媽！我想去考。」韓向新說。

「管飽」兩個字不但吸引韓向新，對韓冠如、張如惠來說，孩子能有飽飯吃，還能讀中學，何樂不為？

於是就問：「什麼時候考？在哪兒考？」

「就在那邊，隨到隨考。」女解放軍手指不遠處說。

他們來到考試的桌前，考官是個中年人，她交給韓向新一張表格讓她填寫，也就是姓名，年齡，文化程度等。她馬上就填好遞過去問：「我填好了，在哪裡考試？」

「那你把這個讀給我聽！」中年人給她一張紙，她接過來看，沒有生字。

「共產黨來了，我的家鄉解放了，‧‧‧。」

她還沒讀完，就聽到：「好，好，你考上了，來我們學校上學吧。」

「學校在哪兒？」張如惠問。

「我們的學校在嵩縣的南莊。」

韓冠如：「那我們要送她到嵩縣去嗎？」

「不用，後天早上天一亮，你們就還把孩子送到這兒來。學生們在這裡集合，我們一起去嵩縣。」

到了第三天的清晨，這裡聚集了十九個學生，其中最大的16

歲，韓向新最小。韓冠如和張如惠一直目送著學生的隊伍出了南門才回白沙。這時夫妻倆似乎才突然明白，女兒走了，從此離開了這個家。

張如惠自言自語說：「她還那麼小！就這麼走了？」

「是呀！從伊川到嵩縣至少要走一百來里路啊！」韓冠如心裡也不是滋味。

韓向新可不在乎，他們一行人雖然走得腳疼，但沿路政府熱情款待他們，走了三天，也就到了南莊。

學校過集體生活，半軍事化，所學科目很簡單，就一門：政治。

第一篇課文就是毛澤東在 1939 年寫的《中國革命和中國共產黨》。

經過一年的政治思想教育，學生的政治覺悟空前高漲。學校號召學生參軍，從伊川來的學生，包括韓向新在內，共有十三個人報名參了軍。韓向新是唯一的女生，被分配到三分區衛生所。

「要是我從 1948 年開始做醫務工作，我的一生會是怎樣的呢？」母親後來不止一次和我討論過這個問題。我仔細思考過，卻無法回答這個問題。

而她總是接著說：「一定比做文藝工作要好！」

她說的也許對，也許不對。歷史無法假設，無論在生命的重要節點作出怎樣的選擇，人生都無法回頭，也就無法有效地檢驗這些選擇的正確性。

韓向新第一天穿上軍裝，在三分區政治部住一夜後，將到衛生所去報道。她心裡一高興，就唱起來了：「解放區的天是明朗的天，解放區的人民好喜歡。‧‧‧」

正唱著的時候，門外走進一個人問：「誰在唱？」

這把她嚇了一跳，馬上閉嘴。一看來的是一位女兵，年齡比她大一點。她緊張地問道：「是我，這裡不讓唱嗎？」

對方笑起來說：「不是。可以唱，哪裡都可以唱。我是聽到你唱得好，才進來看看的。以前好像沒見過你，新來的？叫什麼？」

「我今天剛來，明天就到衛生所去報到。我叫韓向新。」

「我叫俞芙麗，是文工隊的。乾嘛到衛生所去呀？你的嗓子這

麼好，來我們文工隊呀！」

「我也不知道，是政治部分配的。」

「文工隊多好，每天都唱歌跳舞，還能演話劇，你想不想來？想來就跟我去找我們隊長，讓他把你要過來。好不好？」

「你們文工隊在哪兒？」

「就在前面，你跟我走！」說著她拉起韓向新的手就跑到了文工隊。正好閻隊長和傅政委都在，俞芙麗介紹說：「這是韓向新同志，今天剛到，馬上要到衛生所工作。我碰巧聽到她唱歌，唱得非常好。你們要不要聽一聽？」

「好啊，為我們唱首歌吧？」

「唱什麼歌呢？」韓向新問。

俞芙麗：「就唱你剛才唱的就行。」

「解放區的天是明朗的天，解放軍去的人民好喜歡，人民政府愛人民呀，共產黨的恩情說不完，呀呼嗨嗨伊咳呀嗨，呀呼嗨呼嗨，呀呼嗨嗨嗨，呀呼嗨嗨伊咳呀嗨。」

閻隊長問：「韓向新，這首歌你是在哪兒學的呀？」

「在伊洛中學。」

「你還上過伊洛中學？知識分子嘛。想到文工隊工作嗎？」

「我，不知道。」她確實不知道。

傅政委說：「文工隊好，文工隊更適合你。別去衛生所了，就留在這兒吧？」

「好吧。」這一年，她剛滿十三。

8 蒙冤

幾乎在韓向新入伍的同時，韓冠如也再一次加入軍隊。這次他參加了解放軍。

最初的起因是聽說有人參軍後，拿到了《革命軍人證明書》，家屬憑此證明，可以在地方政府拿《軍屬證》。有了《軍屬證》，政府會給予一定的照顧。

所以韓冠如就把棉花店關了，報名入伍，加入中原野戰軍，隨軍開赴前線參加淮海戰役，之後隨第二野戰軍到大西南去剿匪，再後

來又到朝鮮參戰。

過去在陳留的那一支部隊，在和陳庚兵團交戰時，集體投誠了解放軍。解放軍瞭解到他曾是那個團的團長，又是陸軍官校的畢業生，所以，他一參軍就是副營長，隨著戰事的開展，他的軍事才能和作戰經驗逐漸顯露，因此他進步很快。到1952年，他們的部隊從朝鮮撤回國內之前，他就又是團長了。

1953年，他被批准轉業，來到天津軍醫大學任司務長。

過了半年，他思家心切，便告假回到河南的汝陽內埠。

張如惠拿到《軍屬證》，果真有用，她立刻就到汝陽內埠街完全小學當了教師。從老二到老四，三個自己的孩子都在這裡做過她的學生。

又是五六年沒回家了，見到妻子後韓冠如說：「我這一輩子幾乎都在當兵打仗，實在是厭倦了這種動蕩的生活。現在和平了，沒仗可打了，我就申請了轉業，以後就有安生日子過了。我這次回來就想和你商量，一起搬到天津去吧。天津城市大，你和孩子都過去享幾天清福，我希望從今以後，我們一家人再也不分開。」

張如惠回想起當年一時意氣，絲毫不肯原諒他，導致他走上了戰場，在血與火的環境里度過了這麼多年，心中不免愧疚，便說：「現在我們都快老了，你說去哪裡，我們就聽你的好了。神叫我們原諒人七個七次，我卻一次也不肯原諒，是我的錯。如果不是我逼你離開家，不許你回來見我，你也不會去考什麼軍校。那天你進來問我的意見，我心裡其實捨不得你去當兵，但嘴上不服軟，就讓你去了。結果讓你吃了這麼多的苦，經歷了這麼多的危險，老實說我挺後悔的。」

「別這麼說，如惠，誰叫我們生在這個時代？又因為見到你，我頭腦發昏，還騙了你，都不是你的錯。再說你吃的苦還少嗎？我不在家，你不僅一人養活了我的四個女兒，還到處傳教，也在教會服事。我佩服的了不得呐！」

過了幾日，他們夫妻到街上去買菜。菜市場里人很多，他們買了白菜和肉，準備回去包餃子。已經走出菜場很遠了，張如惠忽然想起來忘了買生薑，說要轉回去買。韓冠如說：「算了吧，沒有生薑怕啥？我們河南人包餃子不像北京那麼考究，我就沒聽說過非要放生薑

的。」

張如惠：「別忘了，過幾天我們就都成了天津人了。天津人包餃子一定和北京一樣，包豬肉餃子，蔥薑末是一定得放的。」

反正也沒有要緊的事，兜回去一圈也沒啥。「那走吧！」他們就又返回了菜市場。四處看了一下，在一個角落里有人賣生薑，他們信步走過去，買了一毛錢的生薑。

轉身正要離開，身後傳來一聲：「韓團長！」

回頭一看，原來是當年在陳留時，他的一個部下，那位團參謀長。便問道：「是你呀？怎麼會在內埠街碰到你？」

「這裡是我老家。我轉業到汝陽縣工作。你這些年到哪去了？怎麼一點消息也沒有呢？」

「那時候，軍統通緝我，我就不辭而別了。後來又參軍了，跟你們不在一個部隊。現在轉業到天津軍醫大學工作。我們馬上就搬到天津去了，晚幾天我們就碰不到面了，還真巧。」

「是巧，我也是臨時回一趟家，就碰到了。你住哪裡？明後天有空，我們聊一聊老部隊的事兒？」

「好哇！我們就住在完小後面的院子里，有空請過來，不過要抓緊，我可能在內埠只能待上個五六天。」

「好！我會抓緊時間。」

第二天他在家等了一天也沒見人來，心想這人大概也就是隨口一說，人都回汝陽了也說不定。

到第三天下午，還真的來人了。一共來了三個人，見到他就遞上介紹信，他一看，這些人來自陳留縣公安局的鎮反專案組。他不解地問：「你們找我有什麼事？」

來人說：「我們是過來請你去一趟陳留。有一件事情，我們需要你協助調查。」

他有點犯難：「去倒是可以，不過我在天津請的假就要到期，不能跟你們在陳留待太久。這次我就是回來搬家的，還有很多事情要辦，這點希望你們理解。」

「理解，理解，不會太久，事情一說清楚馬上就能回來。」

「那行，我跟你們走。」他給妻子留下一張字條說：「如惠，陳留公安局請我去辦事，很快回來。勿念！」

張如惠放學回家，見到桌上的字條，沒多想就忙著去給孩子做晚飯。第二天又忙活了一天，收拾準備搬家的東西。

第三天、第四天，丈夫還是沒有音訊，她開始擔心起來，問自己：「他該不是又遇到什麼麻煩了吧？不會啊？他在共產黨的軍隊也這麼多年了，還當了團長，會有什麼事呢？」

一個星期以後，她決定不再等待，安排好老二和老三在家照顧小女兒，她自己買了車票，去陳留。

到了陳留公安局就問：「你們這裡有沒有韓冠如這個人？」

「有。」

「他在這裡幹什麼？我能見見他嗎？」

「他因為反革命嫌疑，正在接受審查，你不能見他。」

「他是志願軍的團長，你們不知道嗎？」

「可他也是國民黨軍隊的團長。解放戰爭中，他不但與新四軍為敵，還至少殺了三個共產黨。」

張如惠連忙說：「那是以前的事了，後來他不是參加解放軍了嗎？他還立過軍功。以前是國民黨，後來投誠的、起義的不是大有人在嗎？沒聽說要翻舊賬啊。」

公安局的人有點不耐煩地說：「我沒時間跟你多說。這麼說吧，如果是他的上級讓他殺的還好說，可實際的情況是，他的上級明明只讓他把人押解到師部，他卻自作主張，在半道上親手把三個人都殺了。」

「這怎麼可能？他是個基督徒，絕不會擅自殺人。一定是有誤會，請你讓我見一見他，讓我問個明白。」

「這不符合規定，你還是回家等消息吧。判決以後，我們會通知你，到時候你才能來見他。」

她忐忑不安地回家等了十幾天，判決書寄到，打開一看，不禁魂飛魄散。她的丈夫因為反革命罪和反革命血債，被判處死刑，立即執行。執行日期前，家屬只有一次探望的機會。

她再一次去陳留，在看守所見到了韓冠如。他看見她異常激動，不停地說：「對不起！對不起！我又一次害了你！我怎麼老是這樣？我對不起你呀！」

張如惠看到此情此景，反倒很鎮定。她說：「冠如，你告訴

493

我，你到底殺了多少共產黨？」

「如果我殺過共產黨，現在共產黨來找我算賬，我沒話說。可我真的沒有殺過啊！」

「那他們憑啥判你死刑？」

「1945 年，我們抓了三個共產黨，其中一個就是我的同學孫維和。上級讓我把他們送過去，但孫維和說要是送過去他們就活不了，所以我就在半路上放了他們，回來謊報是他們逃跑，被我擊斃了。也就是這件事才導致我們連夜逃出陳留，你還記得嗎？」

「記得你說過，軍統說你通共要通緝你，我們才跑的，原來就為這？」

「最大的麻煩是，當時的師部並不知道這三個人的名字，我們團也只有我知道，還只知道孫維和一個，另外兩個我也沒問名字。可是師部留下了檔案，我就說不清了。」

「你放了他們三個人的時候，就沒有人在場嗎？」

「有三個人知道內情，可是這支部隊在朝鮮打仗的時候，消耗了一大半，這三個人都死在朝鮮戰場了，再沒人可以為我作證了。」

「不對呀？不是還有被你放走的三個人嗎？把他們找來一問，時間地點都對，就能證明你是無辜的呀？」

「這三個人，我只認識孫維和。就連孫維和這個名字也是我告訴專案組的。沒有旁證，光憑我自說自話那是沒用的。

「那就查孫維和這個人，讓他出來證明。」

「查了，我說孫維和是新四軍六分區的參謀長，可專案組一翻記錄，六分區沒有孫維和其人。當過六分區參謀長的幾個人，不是死了，就是找不到。倒是那天我們在菜場遇到的那個人，一口咬定人是我殺的。現在是人證物證俱全，所以我也就認命了。死就死吧，就當作是神對我的懲罰。是我連累了你一輩子，真的是對不起！」

「一點辦法都沒有了嗎？孫維和是哪裡人？能不能找到他的家裡人？」

「我只記得他是開封人，好像還有個哥哥，但我沒見過。算啦！就是能找到也來不及了，現在是在鎮壓反革命的運動中，陳留公安局能為我調查這麼久，已經是例外了。還有，那個告發我的人你見過，不要恨他，他一定認為自己做的是正確的事。請你答應我，不要

恨任何人，努力保護好自己，保護好我們的女兒。你們繼續平安生活下去，就是我最大的心願。」

她沈默了一會說：「好，韓冠如，我答應你！還有另外一件事，我一輩子都不會放棄，就是一定要找到這個孫維和。我從今天開始禱告神，求神賜我更長的生命，一直等找著他，等替你平冤昭雪，我才願意死。」

韓冠如流著淚說：「我相信你！如惠，謝謝你！」

9 雞蛋與手榴彈

韓向新於 1948 年 9 月參軍，是她自己做的決定，只是寫了一封信通知家裡。爸爸媽媽接到信，很不放心，爸爸立即趕到三分區文工隊去看她，文工隊的領導告訴韓冠如，韓向新在這裡年齡最小，大家都很照顧她。她的嗓音條件好，是隊裡的重點培養對象，目前在《兄妹開荒》里演妹妹，戰士們反映很好。看她在這裡的情況比預想的要好，韓冠如也就放心了。臨走前他告訴韓向新他也報名參加了解放軍，很快就會隨部隊出發上前線。分別時，他還塞給女兒一塊銀元。

有了這塊銀元可就麻煩了，怎麼也花不出去。

解放區使用中州幣。在部隊，男戰士是沒有津貼的，女兵也是在 1949 年以後才每月發五毛錢衛生費。我不知道一塊銀元值多少中州幣，連韓向新當時也不清楚，有幾次想買東西，都因為找不開而被賣家拒絕了。

俞芙麗現在是她的好朋友。一天，比她大四歲的俞芙麗對她說：「你看你真的是個黃毛丫頭，頭髮又黃又乾，要想想辦法呀。」

「想什麼辦法呢？」她問。

「我聽說洗頭的時候往水里加個雞蛋能讓頭髮變黑、變亮。」

「真的嗎？那我試試。」

兩天以後，有個山裡人到南莊來賣雞蛋，她跑過去說：「老鄉！我要買四個雞蛋。」說著就把銀元遞過去。

賣雞蛋的山民接過來問：「這是什麼錢？」

「這是銀元，很值錢的。你要是找不開，就多給我幾個雞蛋，

我有要緊的事，急著要雞蛋用。」

「那好吧，你給我這塊銀元，這些雞蛋都留給你。你住在哪兒？我給你挑過去。」

「啊喲！我也用不了這麼多的雞蛋呀，兩大筐也太多了！」

「不多，不多。兩筐雞蛋換一塊銀元，太值了。」

沒多久，她的頭髮真的就開始變黑、變亮起來。唯一的問題是，她從此再也不喜歡吃雞蛋了。不但她畢生都不愛吃雞蛋，她兒子崔哥也不愛吃。

全體文工隊的人都幫她吃。南莊那地方很小，平時除了雞蛋也沒什麼好吃的。

但俞芙麗有時請大家吃美國罐頭和巧克力糖。

你沒看錯。奇怪嗎？不奇怪！

三分區和四分區合併以後，獨立三團團長李平武想跟俞芙麗搞對象，部隊在前方繳獲了好吃的，他全都派人送到文工隊來，當然是為了拍馬屁。

這年秋季，有傳聞說胡宗南的部隊要進攻河南解放區。消息一傳開，有人開始動搖了，部隊出現了一些「開小差」跑回家的現象。

按照解放軍的紀律，「開小差」可不是小錯誤，抓回來是要嚴肅處理的。可這次有點不一樣，軍區的領導認為這裡剛解放不久，有些新兵的革命意志不夠堅定，因為害怕而逃跑，情有可原。因此上級宣佈，有誰想跑的，跑就是了，只要不帶槍跑，我軍一概不抓。

韓向新跟俞芙麗在一起閒聊時，都說部隊上的領導和同志都對我們這麼好，我們不該逃跑。即使有危險，我們也應該和同志們待在一處。

她們不跑，不代表別人不跑。而且暗地的傳言越傳越恐怖，逃掉的人日益增多。有一天，俞芙麗在駐地的院牆邊指著一個牆洞對韓向新說：「向新，你看到了嗎？這個洞是幾天前才有的，剛開始也就是個破洞，可這幾天從這裡鑽出去的人真不少，把這個洞都磨得又圓又光滑。」

「還真是的，要跑掉多少人才能讓這個洞變成這樣？」韓向新說。

又過了兩天，文工隊召開戰鬥動員大會，閻隊長和傅政委分別

講了話。會後，給所有男隊員都發了步槍，女隊員則是人手一枚木柄手榴彈。閻隊長還專門找了一塊空地，向女隊員們演示了手榴彈的使用方法。

韓向新白天把手榴彈別在皮帶裡，夜裡睡覺前，用衣服包好，枕在頭下。

一天晚上，文工隊演出話劇《白毛女》，韓向新演喜兒，觀眾是剛從前線撤下來休整的部隊。正演了一半，台下忽然發生了爆炸，砰地一聲，升起一股濃煙。

傅政委當時就在後台，聽到爆炸聲，他迅速讓所有的演員都趴在地上，然後拔出手槍來到台下，找站崗的哨兵瞭解情況。

哨兵說，爆炸點是在台下正中間的位置，聽聲音像是是手榴彈。傅政委以前在野戰部隊打過多年的仗，他也能判斷出那是手榴彈炮炸的聲音。

「誰扔的手榴彈？看到可疑的人沒有？」傅政委問。

哨兵說：「我一直在警戒，沒有看到任何人靠近，更別說扔手榴彈。」

那就奇怪了。沒有敵人靠近，手榴彈是哪來的呢？

過了一會才弄清，手榴彈爆炸只是一個意外。

原來，部隊裡有一位戰士，前兩天打仗的時候，把手榴彈木柄上的蓋子擰開，準備朝外扔，不想這枚手榴彈還沒扔出去，戰鬥就結束了。他在陣地上找了一陣也沒找到手榴彈的蓋子，只好把拉線塞進木柄，再把它放回身上背的手榴彈袋裡。

看文工隊演出的時候，他抱著步槍，坐在地上，一不小心，手榴彈里的拉線滑出來，拖在了地上。演出過程中，有個士兵站起來要去小解，路過時剛好踩在手榴彈的拉線上，手榴彈立刻爆炸。

還好，這是一枚軍區兵工廠生產的手榴彈，裝填的是爆炸威力不夠大的黑火藥，只傷了三個戰士，傷勢都不重。

演出繼續進行。但第二天，女兵們的手榴彈都被收回，防止出意外。

唯一的武器也沒了，女兵們悄悄地議論：「胡宗南來了，我們怎麼辦？」

過了很多年後，韓向新在伊川縣見過一個舊相識，他姓時，是

她當年在伊洛中學的同學，也是伊川人，和韓向新同時報名參軍。他就是在胡宗南要來的傳聞中跑回家的。因為有這段不太光彩的歷史，他後來沒能正式參加工作，一直都在做臨時工。說起當年往事，他很懊惱，因為胡宗南那次根本就沒來，在陝西就被解放軍給打敗了。

他還說：「以前的事，也就這麼一說，其實也沒啥可後悔的。那年我們伊川來的 13 個同學一起參軍，解放後還活著的就剩兩個。你，還有我。」

10 李司令員

俞芙麗後來和李團長結婚，生了六個孩子。李團長又成了洛陽軍分區司令員。崔哥在他家住過幾次，我最後一次見到李司令員是在 1985 年的七月底。他們的孩子都已經離開家，老兩口住在偌大的房子里，顯得有些冷清。晚飯前，他叫我跟他去後院摘苦瓜，他自己種的。摘好了，他把半籃子苦瓜遞給我說：「小農，去！送到廚房，叫服務員炒了端到後院來。」

後院有個石頭桌子。夏天里，他都喜歡在石桌上吃晚飯。那是我第一次吃苦瓜，覺得真是苦，不太適應。後來在北美就常見到苦瓜了，自己家的後院也種過，我越吃越愛吃。吃到後來，好像再也吃不出苦味，不知是什麼道理。

李司令員是四川人，1931 年參加川東農民暴動，隨四方面軍走完長征路。抗戰時期，他赴河南開闢敵後戰場，說起獨立團長李平武，在河南白馬寺方圓百里都是威名遠揚，是個響當當的傳奇人物。

崔哥媽媽後來還在鄭州軍分區、洛陽軍分區，水利二師文工團工作過。這期間她認識了許多好朋友，她們一生從沒斷過聯繫。

其中一些好友嫁給了首長，過程各有不同，有的是首長猛烈追求，再送好吃的拍馬屁，比如李團長。有些朋友的婚姻就是上級的命令，喜歡要執行，不喜歡也要執行。如果敢說不，先是講道理，說你看這位首長為了革命一直單身，嫁給他既是幫助革命同志，也是一項光榮的政治任務。如果遇到頑固不化的「榆木腦袋」怎麼辦？我媽說，還真有這樣不聽話的人，但最後都嫁了。聽說領導見勸不動，最後掏出手槍拍在桌上，問題就都解決了。

媽媽還說：「首長都喜歡到文工團來找對象，好在我那時候小，要不然你們的爸爸可能就是其他人了。」

我開玩笑說：「那我不就成了高幹子弟了嗎？」

戰友里跟媽媽年齡相仿的好朋友，後來都是自己談戀愛結婚的。我所熟悉的尹君麗和顧景莉後來住在鄭州，華瑞芳住在上海。

崔哥年輕的時候，常到上海開會或者出差，認識了華阿姨的女兒，甚至還牽出過一小段可貴的，不易界定的友誼。這可是後話的後話。如有可能，下一部書里我再講給大家聽。

我們還是回頭來說我母親韓向新的故事。

1955 年，她二十歲那年，水利二師文工團與防空軍文工團合併，她從山溝進了北京。

在防空軍文工團，她就演過崔開元寫的話劇《台灣之夜》，但這個編劇是何許人，當時的她並未在意。

一年以後，她提出了想學文化的要求，申請調離文工團。報告交上去不久，領導告訴她，她的申請被批准了，調她到防空軍文化部去工作。

這天，防空軍文化部派人開了一輛三輪摩托車來接她。摩托車漏油，路途雖不遠，但汽油味薰得她想吐。

到了政治部，幹部助理員說，谷副政委已經安排好，派大學生崔開元同志輔導你學習文化，現在就請他過來，你們認識一下。

她等了一會兒，見一位中尉從外面走進來。他比中等個略高一點，五官俊秀，尤其是他那雙大眼睛，明亮而有神采，是一個不太常見的帥氣男子。

助理員介紹：「崔開元同志，這位就是韓向新同志，你們就要在一起工作，也要一起學習。部裡的車壞了，我們只好用三輪摩托把她接來了，她有點暈車，就請你幫她把行李箱搬到四樓宿舍去，好不好？」

「好，走吧！」崔開元接過箱子，提起來就走。

韓向新跟在他後頭上了四樓。

關於他們的這次初次相遇，母親曾回憶說：「當時並不知道谷副政委的意思，我還覺得好奇怪，行李也沒多重，你爸也正年輕，可看他拎得臉紅脖子粗的。我還心裡想呐，大學生都這麼不中用嗎？」

第 15 章 大辦農業 北大荒官兵十萬

1 父親的自傳 5

我一生中最大的事，發生在 1956 年，因為韓向新調到文化部來工作了。

通過谷副政委的介紹，我們從工作關係到個人關係，轉變得很自然。剛和向新談戀愛的時候，畢部長曾和我談過一次話，他說韓向新的父親是在鎮反運動中被槍斃的反革命，家裡的成分還是地主，對於我這樣的人更應該慎重考慮。言下之意大概是說，出身不好的人和出身好的人結婚可能會有幫助，而兩個人出身都不好的話，就要有思想準備，兩個人以後的進步，有可能都會受到一些影響。

可是我想，韓向新不嫌棄我的家庭背景，也不嫌棄我只是個中尉小軍官，更不嫌棄我年齡比她大八歲。我很珍惜這份難能可貴的感情，在戀愛了半年後，我們結婚了。

當然，在部隊結婚要履行手續，先打申請報告交政治部批准，再到崇文區民政局去登記。

向新作為新娘子，我沒給她買任何新衣服，新房裡只有一張舊床，一張破桌子。現在想起來，我還是充滿內疚。

1956 年 12 月 31 日，我們準備了一些糖果，在文化部的禮堂里辦婚禮。我們在文化部宣佈了婚期，邀請大家來參加婚禮。因為證婚人是谷景生副政委，他把司令員楊成武、副司令員譚家述、參謀長鐘偉、政治部主任任道權等防空軍的首長也請到了現場。

禮堂的桌子上，文化部準備了兩塊粉紅色的綢布，來賓都用毛筆在上面簽字留下姓名。文化部的助理員們簽在其中的一塊上，這塊綢布還保留至今。另一塊上簽了首長們的名字，文革中抄家盛行之時，怕萬一被抄出來招惹是非，我就把它燒了。同時燒掉的還有一床媽媽送給向新的絲綢被面，上面有龍鳳刺繡，是溥儀當年賣出宮的文物，這件東西應該很貴重，否則在太原的時候，媽媽不會把它當作給兒媳的見面禮送給向新。

向新在懷孕三個月的時候，接到任務，到廣州軍區出差，等回到北京的時候，我們防空軍已經併入空軍了。她同時還錯過了「大鳴大放」給黨提意見的階段。後來回頭一想，實屬幸運非常。而我因為歷次運動都挨整，自然不敢多說話，也僥倖在反右運動中得以免災。

空防合併是 1957 年 5 月的事。我們變成了空軍政治部宣傳部

的助理員，在東交民巷空軍政治部辦公，宿舍也在空政院內，這裡原本是美軍的機關，有球場，還有游泳池，環境也比防空軍更好。

到了空軍以後好像沒什麼事可乾，有些助理員就弄弄「自留地」，也就是寫寫小說、電影劇本。而我則喜歡打球、游泳、照相。

很快，那場震撼了全中國，也影響了一大批知識分子命運的政治運動 —— 反右，開始了。

政治學習的時候涉及到右派是不是反動派的問題，引起了大家的激烈爭論。有人說是，也有人說不是。輪到我發言的時候，我分析認證了右派是反歷史潮流而動，當然是反動派。我的發言被拿到整個政治部來討論，大家依然是眾說紛紜。不想幾天以後，人民日報發表社論，標題赫然就是：「右派就是反動派」。

歪打誤撞，我被指定參加政治部反右中心組，批判兩個全軍大右派，梁南和徐述倫。我心裡很矛盾，當初我說過右派是反動派，但我說的是真正的右派，可現在被批判的人也看不出哪裡右了呀？

梁南被開除軍籍，取消預備黨員資格，下放北大荒。後來我在北大荒工程團當磚瓦廠廠長的時候，他就在廠子裡勞動，我為了照顧他，安排他到廠部辦黑板報。他是個詩人，比我大兩歲，當年能加入作協，是因為寫了一首詩叫《危地馬拉兄弟，我望見你》。等後來他再次拿起筆來寫詩，已經是二十多年之後的事情了。

谷景生後來調去做國防部第五研究院的政委，我就很少再遇見他了。反右時，範承秀被打成右派，上級讓他和妻子離婚，他沒有同意，因而被降職處理。文革時，他還被判刑坐了牢，這是我在途經鄭州的時候，從向新以前的老首長那裡聽說的。

反右後不久，大約是在 1958 年的年初，全軍總動員，號召十萬官兵轉戰北大荒搞生產建設。我身邊沒有人不寫申請書，都要求去北大荒，我也寫了。最後整個空軍政治部被批准的，也就不到十個人。

我要求全家都去北大荒，而我的申請被光榮地批准了。畢部長也對我說，現在去北大荒經受鍛鍊和考驗，入黨問題更有希望。但我和向新都是滿腔熱血、義無反顧地走向了邊疆，不為別的，只是為了響應黨的號召，建設社會主義祖國。

不但我們，大多數自願去北大荒的人們，也都同樣懷著這樣的美好理想。

女兒小佳是 1957 年 10 月在北京空軍總院出生的，這時只有三個月大。雖說是全家被批准，可上級還是提醒，北大荒還基本是原始森林加藻澤地，現在的季節裡更是冰天雪地，氣溫能低到零下四十度以下。孩子太小，是會凍死的。

我們考慮後，連夜把她送到了太原。這時候，媽媽正犯病，血壓高。小佳又不肯喝牛奶，媽媽還是流著淚把孩子留下了，讓弟弟開明第二天送她去醫學院附屬醫院的托兒所。

離開太原時，向新提出來到托兒所再去看看孩子。我私下聽開明說，孩子在托兒所里不停地哭，所以我沒同意她去，拉著她就上了火車。向新一路都在哭哭啼啼。

後來的事實證明，不帶孩子去北大荒是正確的，在最初的幾年里，凡是帶了孩子去的人，無不追悔莫及。

至今我都十分感激母親和開明對小佳的照顧。後來母親病重，神志不清，小佳便繼續待在開明身邊，直到1963年的10月，她快七歲時，我去北京林業部開會，才把小佳從太原接到黑龍江來。

母親病故於1964年5月24日。兩個月後，我們從虎林調高郵，繞道太原。小佳、小農都到太原雙塔寺奶奶的墓前磕了頭。

雙塔寺的墓地在文革期間被改造成「大寨田」了。

2 結婚前

韓向新是防空軍文化部唯一的女性。她擔任婦女助理員，大部分時間都在做軍官家屬的思想工作，說得更詳細一些，就是處理那些媳婦們的家庭瑣事。這個經歷培養了她的耐心和與人溝通的能力，在日後的不同場合中都對她產生了巨大的幫助。

現在，她不用再像以前那樣到處去部隊演出，完全可以安下心來學習。她買了一套中學的教材，含有語文、數學、歷史、地理。她在文化部的老師崔開元翻了一下她的新書，不好意思地說：「其它的都還行，就是數學我教不了。我在上中學的時候，數學老是不及格。」

她說：「數學你不想教也行，我們就先學別的。你說從哪本書開始？」

「那你就先學中國歷史的第1、2、3、4冊，然後學世界近代史。學完了，我們再開始學地理。語文我們就在學習歷史、地理課的時候順帶著講，好不好？」

「好！那就麻煩你啦！」

「不麻煩，反正現在我也不太忙，你有什麼問題，儘管來找我好了。」

他們兩個便經常在一起學習。有一次崔開元提議，可以到故宮實地去看看，對學習中國歷史有幫助。韓向新也說好，就相約星期天一起去。

在故宮博物院裡轉了一大圈以後，他們的肚子都餓了，走出故宮大門，不遠處就有一個餐廳，韓向新朝這家餐廳看了一下說：「到吃飯的時候了，我們進去吃個飯吧？我請客，也算是向你這個老師道謝一下。」

「好哇！這是一家新開的西餐廳，我以前在北京讀書的時候還沒有它。不知道他們的西餐做的怎麼樣。」

「啊？西餐啊？西餐我沒吃過，你會吃嗎？我不會。」

「我倒是會，你要是想試試，我可以教你。」

「那好吧，學學也行，反正你是我老師。」

幾個月相處下來，韓向新發現，崔開元不但會吃還會玩，好像就沒有什麼是他不會的。各種樂器玩得不比文工團的人差，打球、游泳、溜冰也都樣樣在行，更別說會外文、會寫作。原來當初演的《台灣之夜》的劇本都是他寫的。真是有才華！

也就在這個時候，谷副政委把韓向新叫到他的辦公室，問她說：「小韓啊，你到文化部來工作有好幾個月了，感覺怎麼樣？工作還適應嗎？」

「非常適應。我很高興在這裡工作，也有時間學習文化了。」

「那你對崔開元這位同志的印象怎麼樣？」

「他是個好同志，在學習上給了我很多的幫助。而且我發現他什麼都懂，什麼都會，不愧是個大學生。」

「也就是說，你們兩個在相處過程中，還是很愉快的。對吧？」

「對！我們很談得來。」

「那就太好了！既然你們在一起相處得不錯，我就想促成你們兩個人的友誼向進一步發展，你說好不好哇？」

「谷副政委是說···？」

「我是說，你們兩人要是都願意的話，可以嘗試著向戀人關係發展，經過一段時間的戀愛，相互之間進一步瞭解了，就可以考慮組成一個家庭。到那時候，你們在一起工作、一起學習、一起生活，那

多好呢？你要是願意，我去跟崔開元去說。好不好？」

　　韓向新還是考慮了一下，時間不長，半分鐘後她說：「好！」

　　他們談戀愛的時候，最常去的一個地方是小小的景山公園，這裡山頂的亭子里可以坐下休息，還可以從這裡俯瞰故宮和周邊的區域。這個時期，媽媽留下很多照片，都是父親拍的。

　　韓向新的母親來過北京看女兒，也看未來的大女婿。這時候，韓向新的大姨已經不在世，張如惠帶著韓向新和崔開元去看望她的二姐。

　　張如惠的二姐住在朝陽門外的呼家樓，此時她和丈夫都已從紡織廠退休。幾十年來，張如惠第一次回到北京，二姐早就提前通知了在磚瓦廠工作的小弟張寶善，他們姐弟三人終於再次相聚一堂，自然是眼淚汪汪，異常激動。

　　韓向新帶來了未婚夫，大家都熱情招待。二姨問崔開元是哪裡人，韓向新說：「他是江蘇省的高郵縣人。我以前從沒聽說過高郵。」

　　二姨的女婿姓李，是北京朝陽區建築公司的黨支部書記，他對崔開元說：「高郵我聽說過，是個富裕的魚米之鄉，對吧？」

　　崔開元說：「應該算是。我很小就到上海去生活了，對高郵不是很瞭解。」

　　二姨說：「我也知道高郵。」

　　二姨夫：「哦？你還不簡單吶，那麼遠的地方，你也知道？」

　　二姨：「也就是巧了，我出生之前，我爹有個朋友就是高郵人。爹說他是個大官，受了慈禧太后的賞賜後，告老還鄉回高郵去了。他走前還留了一塊玉佩，娘說那玉是他送給我的。可惜在娘去世以後，我們日子過不下去，只好把玉佩給賣了。」

　　崔開元：「哦？還有這樣的事。想不到高郵還有人在北京做過大官。」

　　二姨：「就是啊，這個高郵人好像是個立下大功的軍人，回到高郵以後，他還幫我爹在上海找到了一個好工作。」

　　崔開元：「那您父親一直就在上海嗎？」

　　二姨：「沒有，他在上海工作了不到兩年，就病死了。」

　　這時二姨的女兒拿來幾個蘋果說：「大家來吃蘋果吧！邊吃邊

談。」

崔開元馬上站起來說：「我來削皮。」說著他從口袋里掏出折疊小刀，熟練地旋轉著手中的蘋果，果皮就被一圈圈削下來。

屋子里所有人都瞪大眼，看著這個瞬間被削光皮的蘋果，氣氛有些異樣。二姨問：「小崔，你當兵前是幹什麼的？」

「我在朝陽大學讀完書就參軍了。」

「哦！朝陽大學就在我們這兒不遠啊？」

「對！就是現在的人民大學。」

「那你在朝陽學的什麼？」

「我當時學的是法律。」

「哦，法律系的學生。難怪！」

崔開元沒明白這話里的意思，問：「什麼？」

「沒什麼，沒什麼，看你蘋果皮削得不錯，還以為你是賣水果的呢。」

大家笑個不停，二姨在大家不注意時，收拾了桌子，蘋果皮也收起來，一起端到廚房去了。

張如惠到北京來還有一個目的，就是讓女兒幫助尋找一個人，那個被韓冠如救下的，也間接要了他命的人，孫維和。

韓向新正式寫了一份報告交給畢部長，想請組織上幫助找到這個人，畢部長瞭解情況後說：「像你反映的事情，並不少見。戰爭年代的很多事情，都有極其複雜的背景。就我所知，現在公安部就有一個處理這類案件的部門，專門清查戰爭年代遺留下來的一些懸案。我會請保衛部的人去和公安部聯絡，一有消息，立刻通知你。但是，韓向新同志，在得到上級確切的結論以前，希望你能正確對待你父親的問題，那畢竟是鎮反運動的一個結論，你個人沒有權利私自論斷，更不容許越過組織，任意去調查或者和其他人進行討論。要充分相信黨，相信組織上會公正地核查你父親的案子。你清楚這一切嗎？」

韓向新：「是！畢部長，我一定記住您說的話。也要謝謝您的幫助！」

畢部長：「你不要謝我！其實我以前也遇到過這樣的事。那是在抗戰時，我們的部隊被敵人包圍了，我們拼死衝出重圍，從此和大部隊失去了聯繫。經過了一段艱苦的游擊戰，有一天來了一個人找到

我們，他說他是軍區派來和我們聯繫的，可我們這邊沒有人認識他，我們把他捆起來審問，他的回答又更加讓我們相信，他是敵人派來的特務。無巧不巧，也就在這時，敵人又跟了上來，顯然是他引來的。我們必須再次突圍。」

「那你們是怎麼對待這個人的？」

「馬上就要有場惡戰，突圍的時候，帶著這樣的俘虜是一件很困難的事。所以我們三個幹部緊急開了一個會，商量怎麼辦。另兩個幹部一個說放了他，一個說槍斃他。最後決定的一票就落在了我的手上。我 ⋯ ⋯ 。」

「這個人後來呢？」

「後來，我們終於找到了大部隊，首長說曾經派過一個同志去找我們，但這個同志一直沒有回來。我們再仔細一問，原來這個同志就是那個人，那個讓我們當成了特務的人。但是一切都不能輓回了。」

畢部長停頓片刻後又說「是啊，戰爭造成了太多的悲劇。現在仗都打完了，我們僥倖活下來的人有了機會，就應該努力去尋找那些事情的真相，不但要對死去的人有個正確的評判，也是要給他們的家人一個交代呀！」

韓向新聽著畢部長說話，沒有吭聲。

她後來離開北京，去了北大荒，再後來，直到畢部長因病去世了，她也沒有得到任何消息。但這件事並未結束，欲知後事如何，敬請期待《湖天一覽樓》第二部的問世。

3 初到北大荒

我有點懷疑，各位是否都知道這北大荒是什麼地方。我去查了一下《維基百科》，在「北大荒」的詞條下是這樣說的：

「北大荒是中國黑龍江省北部一大片地區的一個名稱。在地理上，北大荒屬於中國最北部地區，尤其在冬季氣候非常寒冷，耕作期相當短，一直是中國人口比較稀少的地區之一。因其荒蕪而被稱為北大荒。現在主要為黑龍江省嫩江、黑龍江谷地和三江平原地區的總

稱。」

說起東北黑土地，不知你都聽過哪些說法？是松花江上、森林煤礦、大豆高粱？是棒打獐子瓢舀魚？還是捏把黑土冒油花，插雙筷子也發芽？

對於這些胸前戴著大紅花，即將登車奔赴北大荒的官兵來說，這些話早就聽過無數次了。

前門車站的月台上，總政和空政的首長都來歡送，列車在鑼鼓聲中緩緩啓動，駛出了北京。一天一夜以後，到了哈爾濱再轉車去密山。

到了密山一下火車，滿眼看到的都是人，密密麻麻、熙熙攘攘，他們全都穿著舊軍裝，但沒有領章帽徽，這個身份一看就知道，都是農墾部隊的人。

北大荒這塊土地，從解放軍奪取東北以後，就開始有復員、退伍軍人來到這裡拓荒。後來知識青年上山下鄉，也來過一批建設者。但是這兩次的規模，遠不能和 1958 年初來的十萬官兵相比較。這一年來的人不但數量龐大，而且這十萬人幾乎是集中在兩三個月的時間里到達的。作為最後的鐵路中轉站，即使是超負荷轉運，黑龍江省軍區也增派了運輸部隊把人往新建點上送，密山縣內還是人滿為患，甚至有些混亂。而且每一天來自全國各地的人，仍舊在不斷湧入。

總政來的人，應該到鐵道兵密山農墾局報道，但是人太多，接待不了，需要排隊等候。崔開元在等待時聽說，除了各地來的人，近期還一下子來了七個預備師，全都被整建制地填進了北大荒。難怪密山被人堵得快要撐破了似的。

瀋陽軍區的專列開到，沒法讓他們下車了。請示上級以後，改變了接收單位，本來分配到密山的部隊，全部轉送佳木斯，由新成立的合江農墾局接收。可火車上的官兵鬧情緒，不肯離開，說是只去密山，不去合江。這就越來越亂了。

這時，鐵道兵司令王震上將出現了，他號召在密山滯留的農墾部隊官兵邁開雙腳，徒步進軍荒原。預備六師首先響應，用汽車、拖拉機運送糧食和工具，所有的人員一律步行到新建點去。

隨後大批人員也都照樣而行，密山的壓力才開始緩解。

　　終於輪到總政來的人員聽候派遣，大概是要照顧軍委來的人，農墾局安排給他們的新建點在裴德村，離密山並不遠，只有十公里，步行兩個小時就能到，不像有些部隊，要在冰雪裡跋涉一百五十公里，夜裡還需要在寒風中露營。北大荒二月份的氣溫仍舊非常低，有些南方過來的部隊，沒有禦寒的經驗，出現了一些傷亡，聽說有人在露營的時候烤火，因為雙腳被凍得失去了知覺，烤著烤著覺得腳有點疼，脫下鞋一看，十個腳趾頭都留在了鞋裡，也不知是凍掉的還是火燒掉的。

　　還好，崔開元、韓向新他們這一批人很安全地到達了裴德。

　　儘管北大荒已經有一些小規模的軍墾農場，但此次拓邊運動的目標，卻是開發人煙罕至的廣袤荒原。因此，這十萬官兵最初的任務就是建造營地、勘探、伐木、開山修路。其中修路是主要任務，密山農墾局首先要建起一條從密山到虎林的鐵路線，全長一百一十四公里，要求在當年的八月一日前完工，向建軍三十一週年獻禮。

　　派往裴德新建點的有一個爆破分隊、一個石渣分隊、還有一個運輸分隊。崔開元因為在空政時要求建設北大荒的態度積極，現在擔任爆破隊的隊長，指導員是一位姓向的黨員，他原是野戰部隊的副團長。爆破分隊的人員大多數來自遼寧錦州的原志願軍第四十軍。爆破隊的任務是爆破山體，炸出的石頭由石渣分隊砸成不大不小的石子，再由運輸分隊運到鐵路前端去鋪路基。別的新建點負責伐木做枕木，鋪鐵軌。

　　韓向新被任命為石渣分隊的隊長，她的手下是清一色的來自四川和湖北等地的年輕女學生，她們也是到北大荒來實現革命理想的。

　　任務雖然很明確，可到了裴德一看還是傻眼了。這哪裡能稱為一個村？也就幾戶人家在此居住。現在一下子來了三個分隊有男有女的好幾百人，住在哪裡呢？

　　幾位村裡的老鄉說，他們見過部隊上來的人，他們來到北大荒要做的第一件事，就是搭下馬架。下馬架也叫馬架子，你們不會不要緊，我們教你。你們去砍下樹幹做立柱，架上橫梁，牆用土壘，再用樹枝和茅草蓋頂鋪床，裡面就可以住人了。

　　許多事情，在部隊裡顯得較容易，因為有人海戰術。爆破隊和運輸隊的人三下五除二，就備好了建馬架子的所有材料，不但夠自己

用，還能支援石渣隊。

三個分隊在夜幕降臨前都把「窩」搭好住了進去。生火做飯，荒原上就算安了家。

當晚起風，還越刮越大，石渣分隊的幾處馬架子的頂被掀掉了，刺骨的寒風吹進來，一群姑娘就開始哭上了。

分隊長韓向新必須盡快處理危機，她想帶人加固馬架子，可天黑、風大，忙了半天也無濟於事。整個分隊像是炸了營，徹底亂套了。

實在沒辦法，請求兄弟分隊支援吧，她跑去找丈夫幫忙。

三個分隊之間都相隔著一段距離。她路過運輸隊的時候，見人家的馬架子都完好無損，心想崔開元他們的馬架子最好是也沒有大問題，這樣才好意思讓他們來幫忙。

等走近了，見一群馬架子里有一個特別大，裡面生了火，還傳出唱歌的聲音，這歌她在文工團唱過，叫做《金日成將軍之歌》，當時在志願軍中很流行。

她在外面喊：「崔開元！」

有一人探出頭說：「崔隊長在裡頭，進來吧。」

她一進去，裡面的情景看得她又委屈，又氣憤。只見這裡乾燥而溫暖，崔開元摘掉棉軍帽，棉軍衣的扣子也都解開，正在賣力地吹著口琴，周圍的兵圍在火旁，歡快地唱著：「長白山，綿綿山嶺···」他們的臉上映著紅光，好不自在悠閒。

而女兵那邊又是一幅什麼情景，你崔開元想都不想啊？我可是你的老婆，你怎麼就不會過來稍微關心一下呢？想著想著，便流下了眼淚。

這還不是最糟的，當這些男人發現韓向新站在一邊時，便停止歌唱，眼睛望向他們的分隊長。

崔開元拿著口琴走近她問：「哎？你怎麼來了？」

她傷心得連話都說不全：「我們，屋頂，刮跑了，女的，她們都在哭。」

崔開元覺得作為一個分隊長，遇到困難就哭，而且是在自己的部下面前流淚，這也太丟人了，於是說：「哭什麼？哭有用嗎？別哭！」

聽他的口氣像是訓自己，那還得了？她哭得更傷心了。

這件事是母親一生當中，父親第一次傷害她，也是傷害最重的一次。我從小不知聽媽媽說過多少次，你爸爸是大學生，什麼都會，我當初就很崇拜他。可後來發現，他最在行的就是玩。對待我，就不如那些工農幹部對老婆好。有時父母爭論，這天晚上的事也總被提起，媽媽一說在裴德的第一夜，爸爸就理虧，不再說話。後來我問過爸爸，你怎麼就不會過去幫一下忙呢？

「我怎麼就沒幫忙？我們立刻就過去，連夜為她們加固了所有馬架子，把她們安頓好以後才走。後來我們吸取教訓，花了幾天時間去伐木，建好了較為正式的住房，首先就讓她們石渣隊住進去了，我手下的兵就因為幫忙認識了她們，後來有不少人找的老婆，就是她們石渣隊的。」

他說的這一部分，媽媽沒說過，估計是屬於「選擇性」忘卻。

4 虎林

隨著密虎鐵路不斷延伸，他們的新建點也在往前移動，其中有一段時間，爆破隊來到一片荒蕪人煙的草垈，成為這個區域最早的一批居民。崔開元隨口為這個新建點起了一個名字叫東風。從此以後，這裡就叫東風，現在你打開黑龍江省的地圖，還能找到這個東風鎮，就在虎林市東邊七公里處。

密虎鐵路竣工之後，又過了兩個月，崔開元和韓向新都被調到虎林。崔開元在建築工程團政治處任助理員，兼《建築工程報》的編輯。韓向新也在政治處，做婦女助理員。

政治處是機關，又住在虎林縣城，條件比那些新建點要好很多，但北大荒的艱苦生活還遠沒結束。

他們起先住在一戶當地人家隔出來的半間房裡，放進一張床，就放不下別的東西了。一天，房東只有一歲的小女兒病了，發高燒。房東夫婦抱著孩子就去了醫院，幾個小時後空手回來了。崔開元問孩子怎麼樣了，他們回答說孩子死了，回來的路上埋掉了。

隔壁一家住著政治處的黨支部書記，叫王影。他原來是東北野戰軍的軍事幹部，1948 年就到北大荒來了，據他說，那時候更苦，有

一次他們到了一個地方，發現火柴用完了，需要到隔壁去借個火，結果騎著快馬跑了一整天，才找到人家。

崔開元和韓向新在北大荒期間，每年都是先進工作者。王影說按你們的表現，做一個黨員當然夠格，可按你們的出身，還需要經過長期的考驗。

這個王影，其實是在北大荒時崔開元最要好的幾個朋友之一，他不是有意為難朋友，當時黨的政策就是這樣，他也無法改變。

工程團成立了磚瓦廠，崔開元被調去當廠長，這是他自己要求的，在政治處工作而不是黨員，總免不了會有尷尬的事。韓向新也要求離開機關，到鐵工廠當了工會主席。

到了 1960 年，他們總算是有了正規的住房。然而災荒年又開始了。

北大荒原本就缺少食品供應，到了冬天沒有新鮮蔬菜供應，能吃到的只有凍得發黑的凍蘿蔔和凍白菜。

到了災荒年，情況就更加惡化。政府號召「瓜菜代」，可這裡的凍蘿蔔白菜早吃完了，拿什麼代？

人們盡力尋找能吃的東西，先吃草籽，後吃榨樹葉，都吃完了，就把黃豆桿磨碎，加一點玉米面烤熟，美其名為「烤糕」。可這東西吃的時候一不小心就會劃破喉嚨，吃完還拉不出來，要有用手摳。就這也不能吃飽，只能定量分配。

韓向新意外懷孕了。這種情況下怎麼養孩子呢？夫妻一商量，就到醫院去做人工流產。醫院屬工程團，醫生姓歐陽，是熟人，韓向新都躺在手術台上了，歐陽醫生一邊戴手套，一邊說：「向新啊，你真的想好不要這孩子了嗎？我覺得你應該把孩子留下才對。」

她簡單的一句話，讓韓向新突然間就改變了想法，她決定要把孩子生下來。

好險吶！崔哥是這樣來到世界的。

5 崔哥出生

崔哥出生於 1960 年的寒冬，那一天正好是二十四節氣中的「大雪」，所以我經常吹牛說我不怕冷，因為我在一年中最冷的一

天，出生在中國最冷的地方。

母親說那天夜裡虎林停電，她凍得直發抖。醫生到家裡來接生，孩子在夜裡兩點生下來，渾身包裹著一層白色的油脂。醫生說只有在極其寒冷的地區，新生兒才有這種現象，這層油脂是起保暖作用的。

嬰兒出生，把他爸爸媽媽折騰了一夜，不但是韓向新，連崔開元都累得夠嗆。天亮以後，歐陽醫生走了。韓向新說：「開元你到食堂去看看有什麼吃的吧，我餓了。」

他說：「好」就去了食堂。打了一點玉米面煮草籽，然後往回走，還沒出食堂門，碰到了王團長。王團長問：「聽說你老婆生了，生的是男孩女孩？」

他一下子被問住了，是呀，男的女的呢？不知道啊！趕快往家趕，進了家門就問：「向新，我們生的孩子，是男的女的？」

「是個男的。」

他這才知道自己有兒子了。

韓向新問，給孩子取個什麼名字呢？

崔開元說：「剛才回來的路上，看到新刷的大標語：‘大辦農業’。現在大家都在餓肚子，可見農業有多重要。就叫他大農好了。」

這時候工程團已經改名為農墾師第四團，大農是團里唯一的新生兒，王團長和吳政委討論後決定，團首長的代號要改，大農叫一號，團長叫二號，政委叫三號。

在農墾部隊，幹部級別偏高，團長至少是是師級幹部。

「師級幹部」的「一號首長」整天就知道哭。

他肚子餓，不哭才怪。因為產婦沒有奶，沒有吃的當然不會有奶。但總不能讓一號也吃草籽吧？二號首長向農墾師打報告，要求全團停工一天，組織人員進山打獵，給一號媽媽下奶。師首長馬上同意，並指示要想盡一切辦法，保證讓一號活下來。

進山打獵的人回來了，帶回來了幾匹狼和一頭熊。這頭熊本來在樹洞里冬眠，打狼的槍聲把它給震醒了，稀裡糊塗爬出來便成了獵物。

一號終於有奶吃了。可總是這樣去找獵物也不是辦法，附近駐

紮著這麼多軍隊，都有槍，野獸再多也扛不住，打獵的人往往都是空手而歸。

大農滿十個月的時候就斷了奶，不斷不行，韓向新餓得實在是沒有奶餵孩子了。

有人甚至餓死了。

有些人是因為吃樹葉引起水腫而死，還有人乾活的時候還挺正常，一坐下來休息，就再也沒有站起來。有一天，一個軍銜為大校的人，拿著一個口袋，到山裡去收集樹葉往回扛，走累了，就想坐下來靠在路邊的樹上歇一會。第二天人們找到他時，他已經去世，身邊的口袋還是滿滿的，上衣口袋里還有一張銀行存折，上面有近三千元的存款。

到最困難的時候，人們已經餓得近乎絕望，大家已經沒有力氣乾活，只能聚在一起聊天，當然是聊吃的。有人感慨說，這時候誰要給我一口飯吃，叫我幹什麼都行。說得可能有點誇張，但能夠體會到他們挨餓的心情。當初十萬人湧進北大荒取得了人力優勢，可現在人多反倒成了劣勢。

就在飢荒快到失控邊緣的時候，一線生機顯現。

鐵路修好了，有一趟貨車從蘇聯開來，目的地是北京。農墾師的師長命令攔下火車，上車查看，見車廂里裝的全是止咳糖漿。行啦，只要能吃，藥也行。全部扣下來，分給全師官兵救急。

鐵路部門不讓動，說這是運到北京去的重要物資，你要敢搶可是犯錯誤。師長已經紅了眼，管他犯不犯錯誤，先搶了再說，總不能讓農墾師的官兵餓死。

師長的確犯了錯誤，被連降四級，到一個縣里當書記去了。可全師的人都感謝他，那些止咳糖漿續上了命，讓人們又堅持一段時間，飢荒隨後也就慢慢好轉，慢慢結束了。

團黨委開會討論崔開元同志的入黨問題，黨委委員們舉手錶決，只有一個人沒舉手。政委問他是啥意見，他回答：「崔開元同志入黨條件都能達到，按說沒有問題，可是我忽然想起來，昨天《人民日報》的社論說，美蔣分子正在叫囂什麼'反攻大陸'。在這個敏感時機，我認為對剝削階級出生的人，應該更加慎重對待。所以我覺得我們應當再觀察一下，下次再討論。」

按照組織原則，作為入黨發展對象，這個討論結果，是要知會崔開元本人的。他一聽差點沒氣得背過氣去。什麼？反攻大陸？你是說我會幫著蔣介石反攻大陸？你不是血口噴人嗎？

氣歸氣，他說出口的只能是：「好吧，我接著爭取吧。請組織上繼續考驗我。」

6 狼群

當飢荒過去，恢復生機的不僅是人類，天上的飛鳥、山裡的野獸也逐漸多起來。

1963 年的夏季，崔開元下班回家的路上，發現有一群麻雀，落在路旁一戶人家的草堆上，準備過夜。

他回去取來獵槍，一槍下去，打著十六隻麻雀。槍聲引出了草堆的主人，他出來看到崔開元穿著舊軍裝，知道是農墾部隊的，便想跟崔開元平分他打的麻雀。崔開元想想有道理，畢竟是人家的草堆，就說好吧，我們各拿八隻。

他拿著八隻麻雀準備回家，那人的老婆出來了，大聲喊道：「當兵的，別走，你把我家的雞和鴨都打死了！」

原來，草堆的另一邊是雞鴨的窩，剛才的子彈穿過草堆，把窩裡的一隻雞和一隻鴨給打死了。

沒想到會節外生枝，崔開元明顯理虧，忙說：「實在對不起！我大意了，沒看見後頭還有你們家的雞和鴨子。這樣吧，雞和鴨你們留著吃，我賠你們錢。」他掏出錢包，裡面一共有十二塊錢，他全拿出來賠給了他們。

這夫妻倆收了錢，就回去了。可第二天這兩人又跑到單位來了，嫌錢少，還想要。崔開元就不太高興了，說：「我覺得賠你們的錢並不少，我不會再給你們錢的，你們走吧。」

「那不行，你要不給錢，我們就找你們領導。」

在虎林的最高領導就是第四團的王團長。王團長聽兩人告完狀，又向崔開元問明情況以後，對這夫妻二人說：「你們可能太貪心了一點，一隻雞、一隻鴨就賠了你們十二塊。你們養的是什麼雞？什麼鴨？這麼貴重？趕快走，再鬧我就不客氣了。」

這兩人只好回去，但他們還是不死心，居然告到了縣法院，法院也不想管，這件事也就不了了之。

有天夜裡，崔開元在睡夢中被門外的動靜給弄醒了。他穿上衣服，把門打開一條縫，拿著手電筒一照，看見一個動物，外形好似當年他養過的那條狗開清。他馬上意識到這是一頭狼。

狼一見光馬上逃走了。第二天早上起來一看，才知道這條狼是餓極了，他門前支著一輛平板車，狼把平板車的橡膠輪胎啃掉了一截。

第二天夜裡，狼又來了，這回他早有準備，當天到保衛處借了一支三八式步槍，在狼又啃輪胎的時候，他開了一槍，也不知打著沒有，就又回去睡覺。次日起床後打開門查看，見地上有血跡，順著血跡向前找，五十米外躺著那條死狼。

正好是個星期天，他把刀磨磨快，坐在自家門口剝狼皮，清理狼肉，準備晚上請幾個好友來吃一頓。

他的好朋友裡有支部書記王影，隔壁鄰居孔文庫，原八一電影製片廠的演員於紹康，還有當年爆破隊的一排長孫林生。

他正在門外忙得起勁，一個路過的老鄉，在他身邊停下腳步問到：「同志，你剝的好像是條狼吧？」

「對，是條狼。它啃壞了我的車軲轆，我昨夜把它打死了。」

「同志啊，你知道嗎？你闖禍了。」路人不像是開玩笑。

「怎麼啦？」

「你在家門口打死狼本身就犯了大忌，現在又在門口剝皮，所以說你闖禍了。咱北大荒的狼很特別，它們是群居的狼，不會有狼是落單的。你在打它的時候，別的狼可能就在附近，你沒看見罷了。即使別的狼當時沒看見，你現在這樣大模大樣地剝狼皮，狼群就不可能看不見了，今天天一黑，狼群必來找你報仇。我們這兒以前有過這樣的事，最後全家人都被狼吃了。你不是本地人，不知道狼群的厲害。還是早做防備吧。」

「怎麼準備呢？」他聽了立刻緊張起來。

「狼是極聰明的野獸，你要是回避不了，唯一的辦法就是把它們給徹底打怕了，今後再也不敢找你麻煩。」

他趕快把狼肉整理好，再把門外的血跡清理乾淨，跑去找孫林

生商量對策。

孫林生是上海人，1949 年參軍，朝鮮戰場上立過戰功，到北大荒以前是四十軍的一個連長。當初在爆破隊的時候，他是崔開元手下最得力的一個排長。這會兒他跟石碴隊裡的一個四川姑娘結了婚，也住在虎林城裡。

孫林生一聽說還有這種說法，馬上就說：「那咱們寧可信其有，不可信其無。這樣好不好？如果狼肉夠吃，我們就多叫上幾個人，吃完肉就跟狼群乾一仗，一直把它們打服為止。」

崔開元說：「好吧，就這麼辦。」

他們聯絡了王影、於紹康、孔文庫，再加上和孫林生在朝鮮打過仗的幾個戰友，加起來有八個人，天一黑，都到崔家來吃狼肉。

提前通知鄰居們撤走，韓向新也帶著大農臨時住在單位的值班室，只留下崔開元用蔥姜料酒，做了一大鍋紅燒狼肉，等到傍晚打狼的人都來齊了，大家盡情吃肉喝酒，邊吃邊聊天，高興的差點就忘了夜裡還要跟狼打仗的事情。

也就是十點多鐘的時候，房子外面傳來了什麼東西的腳步聲。

嗯！好像是狼來了。

又過了一個小時，外面的動靜逐漸增大，房子的前後左右都被狼群包圍了，能聽得出群狼在圍著房子轉圈。狼群果真來，崔開元不免心裡有些緊張，便問孫林生：「狼好像來了不少，我們能行嗎？」

孫林生笑笑說「它來多少也不怕，看看我們手裡都是什麼傢伙。簡直就是殺雞用牛刀。」現在的屋子裡有八個酒足肉飽的男人，六支步槍，兩挺輕機槍，子彈充足。

大家站起身來，分散到房子前後的四個窗口，悄悄把槍管從窗戶邊伸出去，孫林生一聲口令：「開火」，八個槍口同時吐出火焰。北大荒的狼群自古都沒見過這麼厲害的對手，瞬間認栽，一陣嚎叫過後，群狼四散而去。

天亮以後，外面的地上躺著二十一頭狼的屍體。這都是當場被打死的，也不知受傷的有多少。

全團在食堂聚餐，吃了一頓狼肉。此後狼群再也沒敢靠近過這一帶。

我們家離開北大荒以後，孫林生帶著老婆孩子轉業到了河南許

昌，在一個工廠裡當幹部。1986 年，他們的廠瀕臨倒閉，發不出工資，廠方便鼓勵職工自謀生路。他把電話打到崔開元的家裡，問老分隊長，南方有沒有什麼掙錢的機會，我父親就讓我在揚州想想辦法。

當時我們無線電廠生產台式收錄機，有幾款產品在河南一帶銷路很廣、供不應求。我的好友楊曉鵬正好在銷售科工作，跟廠領導的關係也不錯。雖然我們的產品很緊俏，不少客戶根本提不到現貨，但只要是孫林生一來，總能滿載而歸。

他用我們的產品掙得了啓動資金，幾年後殺入股市，發了大財。

7 崔大筆

還是在裴德的時候，聽說總政派了慰問團到北大荒來慰問，崔開元盤腿坐在茅草堆上，寫下了他在北大荒的第一首詩：

——歡迎總政治部慰問團——

北大荒換上綠色的新裝，
打扮得像個新嫁娘，
白樺招手，
流水歡唱，
歡迎親人來自祖國的心臟。

親人們坐火車來到邊疆，
列車該有多重多長！
裝載著多少顆心啊多少句話，
多少首長的關懷戰友的希望！

用我們的汗珠穿成項鍊，
用我們的勞動編成詩章，
這是北大荒戰士的禮物，
也是對親人勞苦的報償。

請轉告北京的首長，
我們仍然穿著軍裝，
軍裝的顏色會變黃，
我們的心永遠紅得發亮。

　　他真的就是隨便一寫，也沒認真修改就寄到報社去了。1958年6月4號，《農墾報》發表了這首詩，意外引起一陣轟動，在當時的環境裡，這樣寫詩還很時髦，而且情感樸素，通俗易懂。

　　既然大家都喜歡，那就按照這個路子繼續寫。後來他陸陸續續寫了很多這樣的詩歌，在《農墾報》、《北大荒文藝》、《牡丹江日報》、《黑龍江日報》上發表。他也寫過一些短篇小說、快板詩等。

　　不久他加入了作家協會，名聲也越來越響。有一次坐火車去哈爾濱辦事，旁邊的幾個乘客在議論，說現在東北最有名的詩人叫崔開元，他被稱為「東北的公劉」。閒談中，這些陌生人聽說他是農墾局的，就問他認識崔開元嗎，他只好說不認識才作罷。

　　王團長和吳政委首先肯定了他的寫作才能，開大會的發言稿都叫他寫。後來吳政委轉業到地方當書記以後，還是找他寫講話稿，或是總結報告。

　　王團長後來升官當了完達山管理局的基建處處長，上任時只帶走了崔開元一人，任命他為基建處的總調度員。總調度相當於團級職務，當然算是升官了，可是在農墾四團即將解決的入黨問題就又被耽誤了。

　　崔開元離休以前，寫作一直都是他重要的工作。儘管他後來再也不寫文藝作品了，但本單位，上級部門，乃至上級的上級也常常抽調他去寫報告。連在文革中被批鬥時，肩膀上都扛著一支大黑筆。因為在高郵，他還有一個外號，伴隨了他很長的時期，那就是「崔大筆」。

　　他離休後就只剩兩大愛好，養花、寫詩。這個時期他寫的詩清一色都是律詩，很講究格律，追求淡雅，但讀起來有韻味，意味深長。他後期的作品，大多收藏在《中華詩詞選編》，還有《崔氏父子詩草》第一、二集裡。

8 外婆和四姨

大農出生一年後，災荒年即將結束，韓向新把她母親和最小的妹妹韓向平接到虎林來了。

韓向新要工作，孩子這麼小就送托兒所，心裡著實捨不得，就寫信給母親，想請她來幫著看孩子。

韓向新結婚以前，她就帶著小女兒去過一趟北京，見了崔開元，覺得這個年輕人很正派，也老實可靠。後來她去朝陽門外去見她二姐時，她姐姐一聽說崔開元是朝陽大學畢業的，就悄悄地對她說：「啊喲！這朝陽大學法律系的名聲可是不大好。當時能來讀書的，都是些大官和有錢人家的子弟，天不怕地不怕的主兒，誰都惹不起。就不知咱家這姑爺到底怎樣？光看他削蘋果的樣子，就知道是個大手大腳的人。咱們家的孩子，有蘋果吃就不錯，誰不是帶皮啃吶？」

張如惠把這話和韓向新說過，女兒覺得好笑，說：「媽，這都是什麼年月的事了！崔開元 49 年就參軍了，哪怕他以前真的是個公子哥，在部隊工作了這麼多年，你說他會是個壞人嗎？」

張如惠沒再說什麼，就回河南去了。現如今，女兒結婚好幾年了，還生了兩個孩子，也是時候去看看他們了，否則總不放心。

她帶著韓向平從洛陽上火車，一路轉車來到虎林。這時候大農兩歲不到，大農的小姨韓向平剛好十六。

張如惠一來就和大女兒說好，只在虎林待八個月，到時候我們回河南，大農送幼兒園。

行啊，就這麼辦吧。

接下來的八個月裡，張如惠每天在家看孩子、做飯。韓向平喜歡抱著大農在門口玩。

大農走路、說話都晚，比較起來遠沒有他姐姐小佳小時候聰明伶俐。也許是男孩子的關係，大農越傻就越顯得可愛。

大農在北大荒沒吃過什麼好東西，崔開元到牡丹江出差，買回一斤玉米面做的餅乾。大農一嘗就愛上了，捧著餅乾就啃，吃了一塊就會說：「鵝還起！」意思是我還要吃，但口齒不清，說不出來。

崔開元把餅乾桶拿開，他還是用小胖手指著說：「鵝還起！」

崔開元覺得兒子逗，就假意生氣把餅乾桶扔在地下。張如惠趕緊說：「別把孩子嚇著！」她以為大農會哭。

才不會呢？大農的腦子還轉不過這個彎，指著地下，認認真真地說：「鵝還起！」

大農的小姨說：「看把咱家大農餓得。」說著去打開桶又給了他一塊餅乾。

大農既是全團一號，大家自然都喜歡他。有一天，韓向平陪著大農在街邊玩，有個團里的人路過，給他買了一支冰棍吃，剛吃一口，路邊有條小花狗跑過來，有人看見了，就逗大農說：「大農，冰棍好吃嗎？」

他點頭。

「小花狗也想吃，怎麼辦呢？」

話音剛落，大農想都沒想，隨手就把冰棍扔在地上，小花狗叼著就跑，躲到一個角落享受去了。大農看看小狗，又看看自己空著的手，又想笑又想哭。

大農不但常常冒傻氣，還是個小愣頭青。有一天，不知他從哪裡找來兩只搪瓷茶缸，一手握一個，雙臂輪開，再用力將兩個茶缸撞在一起。茶缸肯定是撞壞了不說，旁邊有個年齡相仿的小姑娘，是孔文庫的女兒，捂著流血的鼻子在哭。張如惠跑過來一看，原來是大農掄茶缸的時候，砸中了身邊小姑娘的鼻子，張如惠連忙去找藥棉給小姑娘塞鼻孔。再看大農，還在不停地輪來輪去，一邊撞，一邊口中念念有詞：「半斤牛奶！半斤牛奶！」

原來他是在模仿賣牛奶的阿姨在叫賣。可人家是拿著小木棍敲擊一個小鐵盆。不像這一位，拿大茶缸子互相撞。而且，一點不懂得憐香惜玉。

有一天崔開元回家躺在床上想事情，大農過來了問：「爸爸，你怎麼啦？」崔開元回答：「爸爸有病了，要在床上休息呀！」

一個沒注意，三歲的大農竟自己跑到也是鄰居的一個醫生家裡，把醫生帶回來了。醫生一進門就問：「開元，大農說你病了，怎麼回事？」

崔開元忙說：「哎呀！對不起！我和他開玩笑，他當真了。」

崔哥六十多歲的時候，小姨還說起這件事，居然不無自豪地

說：「小農從小就聰明。」我聽了覺得好笑，這是聰明嗎？明明是傻嘛！

全家人都是這樣愛著這個愣了吧唧的小傻瓜。

八個月很快過去，張如惠按照計劃該回去了，崔開元和韓向新抱著大農一起到火車站去送行。韓向新對母親說：「媽，你到家以後，發一個電報過來，我好放心。」

張如惠說：「我會的，你們回吧，快要排隊檢票了。」

崔開元說：「不急，我們等你們上車。車開走了，我們再回家。」

火車開走了，回家吧。

晚上正吃飯的時候，門被推開了，韓向新赫然發現，母親竟帶著妹妹又回來了。

「媽媽！怎麼回事？怎麼又回來了？」

張如惠說：「不走了，我繼續在這看孩子。」

韓向新問妹妹到底是怎麼回事。

韓向平說：「我們的火車一出虎林，媽就覺得哪兒不對勁，說是好像忘了什麼東西，卻怎麼也想不起來是什麼。到了牡丹江轉車，我們坐在候車室里等車，老遠的窗戶外頭，有個人抱著個小男孩子站在那兒。那個小孩子的小手趴在窗戶上往裡面看，正好被媽看到了，她立刻站起來就去買票，又回到虎林了。回河南的火車票怕是退不了了吧？」

韓向新一下就明白是怎麼回事了，哽咽道：「退不掉就別退。回來就更好，省得明早還要送大農去幼兒園。」

崔哥的外婆便繼續待在虎林，一直待到 1964 年我父母調離北大荒的前夕。而四姨則跟著我們一起從虎林來到高郵，文革開始後，她才回邢嶺去。

我五歲時，四姨還在高郵。雖然我那時還很傻，但開始有了一些斷續的記憶。

所有的這些記憶片段，全都十分美好。謝謝四姨！

9 回高郵

　　到了 1964 年初，有人在報上登文章說，昔日北大荒已經變成了米糧倉，所以北大荒應該更名為北大倉。

　　由成千上萬人組成的農墾大軍，懷著浪漫情懷、崇高理想，可謂滿腔熱血地來到北大荒這塊荒蠻之地。他們要戰勝漫長的、超低溫的冰雪寒冬，他們也要戰勝夏季的毒蟲和無邊的藻澤，同時要面對瘟疫、疾病、疲勞、飢餓，還要時常忍受身處荒原深處的那份孤獨。

　　回頭一看，自己用雙手建起了鐵路、公路、工廠、農場、學校、醫院。一個個新建點從渺無人煙，變成了村鎮城市。這些新北大荒人雖是極其艱苦的一代，但也是非常值得自豪的一代。

　　經過六年的艱苦奮鬥，當初那十萬官兵的勞動成果已經初具規模，這時候中央才有機會重新審視這批人員的現狀，結果發現了一些問題。這些問題中最首要的，就是北大荒各農墾師、農墾團里，積壓了大批的幹部。

　　崔開元不論是在第四團的磚瓦廠，還是後來在完達山管理局工作時，都曾見到過普遍的幹部過剩問題，有些地方尤為嚴重，居然出現了不少團級幹部只能當普通工人的情況。時間一長，不少幹部的情緒還是受到一些影響。

　　中央掌握了這個情況以後，立即著手解決。國務院總理周恩來親自和各省市打了招呼，讓他們接收一批北大荒的幹部到各地消化。

　　崔開元的人生哲學和他的父親截然相反。他常說的一句話就是：「走到哪兒算哪兒，聽天由命，怎麼都行。」

　　無論是以前在軍委工作，還是後來在高郵拉糞車，他都沒有找過任何人，或是做過任何努力，以試圖改變自己的命運。

　　這次也一樣，他覺得在北大荒過一輩子也不錯，可韓向新的想法不一樣。

　　她對崔開元說：「當初在北京，就是你打報告要求全家支援邊疆，我沒有意見，跟著你就來了。現在北大荒已經是北大倉了，我們建設邊疆的任務已經完成，該換個地方了。我們轉業吧？我們把小佳也接回來，一家人到地方上去重新開始。這樣至少對你的氣管炎有好處，省得你整個冬天都咳個不停。」

　　既然妻子想走，那就寫個轉業報告試試吧。韓向新建議不但要寫，還要先後寫兩份，好讓領導知道你要求轉業的決心有多大。

　　第二份申請報告交上去不久，管理處就批准了他們的轉業要求。管理處人事部的周部長找崔開元談話說：「你是江蘇人，你和韓向新的工作去向，暫時定在江蘇省，你們有沒有意見？」

　　「沒意見，江蘇挺好。」

　　現在回頭想，這是個重大失誤。轉業到韓向新的家鄉河南，應該是個好得多的選擇。那裡各大城市都有她的老戰友、老首長，可說是人脈超強。可惜他們兩個都太天真，太沒把轉業的去向當回事，根本就沒有往那個層面去想。

　　「那我們就和江蘇省聯繫。不過到江蘇省內的哪個城市，就需要江蘇省組織部來定了。我們的建議是，你們預先到南京跑一趟，瞭解一下那邊的情況，如果不滿意，我們還能再做打算。」周部長說。

　　人事部的這個安排既謹慎也穩妥。可惜，崔開元並未採納周部長的建議，而是表態說：「南京我們就不去了，一切聽從組織安排。到任何地方都是為黨工作，沒有區別。」

　　韓向新有那麼一點感覺，這樣做好像草率了一些，但也沒多說什麼，因為江蘇的情況她也不瞭解。

　　「那好吧，我們會和江蘇聯絡好，你們離開虎林以後，帶著介紹信到南京，聽候江蘇省的安排。我最後還想提醒你們，中央軍委對這次的轉業幹部很關心，命令我們務必安排好每一位離開北大荒的幹部。所以，你們要是到了地方上對安置工作不滿意，完全可以回來重新分配。」

　　「好！謝謝周部長。」

　　他們接下來就有得忙了，先送母親回河南，接著聯繫鐵路部門托運行李

　　行李不算多，正在夏天，兩個皮箱塞了冬天的衣服，釘了兩個木箱裝書籍，一個木箱盛炊具碗筷。另外帶走一個鐵工廠的八級工匠做的鐵皮水桶，桶裡塞進一些常用的工具。原來的傢具都留下了，打包帶走的只有兩樣，一個是紫斑竹做的書架，還有一個圓木桌。

　　這圓桌有故事，還是崔開元在磚瓦廠工作時的一個晚上，廠裡的木工來串門子，他是八級木工。你可能會問，怎麼都是八級？對的！就是八級，東北從來都不缺高級大工匠。

　　他進門就打開手上的提包，取出一小塊木頭說：「廠長，我在

燒火的木料里，發現了這個木頭，你知不知道它是什麼？」

崔開元不認識。

木工：「我那裡還有一大塊料，這只是小樣。這可是黃菠蘿木，在蘇聯是軍用木材，平時根本找不到，就這麼燒了太可惜，我可以給你做個桌子。你說好不好？」

想想自己房間里的那張搖搖晃晃的破桌子，趴在上面寫作，總是嘰嘰嘎嘎亂響，有張新桌子也不錯。

於是他找團首長請示，團長說沒問題，你寫東西也是革命工作，做個桌子給你用是應該的。

八級木工把桌子做好了，拿到家一看，簡直就是一個藝術品。這是一個圓形的桌子，有著極漂亮的花紋，通體閃著黃色的光澤。桌面和桌腿可以拆卸，卸開的桌腿還能折疊。崔開元算是見過點世面，這樣美輪美奐的桌子，他也是頭一回見。

臨走時，團部管理處說你用的傢具都可以帶走，他說我只要兩個，一個書架，一個圓桌就夠了。

全都收拾好了，除了手提行李外，其他的東西也都送到火車站準備裝運。

第二天一早就要啓程。

晚上幾個要好朋友來了，陪他們來到火車站，在車站邊上找了一個小酒館，為崔開元和韓向新送行。

他們吃狍子肉，喝瀘州特曲。

崔開元平時不喝酒，他總是喝一點點就能醉。

就要離開生活了七年的北大荒，心生無限感慨，加上幾個老戰友不停地勸酒，他不但喝了酒，還喝了好幾杯，這是他整個人生中喝的最多的一次。

肉吃完，酒喝光，戰友們眼中噙著淚花，站起來握手告別。

就在這一刻，有一個人跨進小酒館，站在幾張酒桌之間，大聲問：「崔開元同志在不在？崔開元同志是哪一位？」

「我就是。」崔開元覺得太奇怪了，怎麼都到這時候了，還會有人來找他？

來人馬上走過來，伸出手說：「崔開元同志，我總算找到你了！」

崔開元見是一位陌生人，不知所來何事，就對幾個戰友說：「那我們就再見啦！希望我們後會有期。」

朋友們推門離開之後，他才對找來的人說：「你找我什麼事？」

「崔開元同志，我姓馬叫馬力，是受東北局的委派，專程過來找你的。」

「現在天都黑了，你怎麼才到？」

「我先到完達山管理局的基建處找你，他們說你回虎林了，我馬不停蹄趕到虎林一看，你的家都搬空了，隔壁的人說你在火車站，我就在車站周圍四處找，終於找到了。差一點就完不成任務。」

「你的任務是什麼？」

「我們東北局下屬的《黑龍江日報》社正在找一個第四版報紙的編輯。東北局開會的時候，馬明方書記提出，讓大家推薦一個合適的人選，你們管理局的陳副局長就推薦了你，正好宋任窮同志也在，他說他在報上也注意到了崔開元同志的詩，很欣賞。於是派我過來聯繫你調動的事，誰知道來了才聽說你要到江蘇去了，所以抓緊時間趕過來找你。這裡是東北局的調令。」他掏出東北局的介紹信，還有那份調令給崔開元看。接著說：「請你立刻簽票，不要去江蘇了，跟我走，直接去哈爾濱。

可能是酒喝多了，頭腦不清楚，這麼好的機會就在眼前，總不能錯過吧？可他的回答卻是：「我們的行李都已經裝上車了，我還是去江蘇吧。」

馬力一聽就急了，心想報社的編輯是多少人夢寐以求的職位呀？你怎麼就不在乎呢？他馬上說：「裝上車也可以卸下來嘛，你要不願說，我去找他們。有東北局的調令，怕什麼？」

「算啦！」

崔開元一輩子就耽誤在這兩個字上

他說道：「馬力同志，謝謝你趕過來！我不想麻煩了，還是讓我去江蘇吧。江蘇是我老家，多少年都沒回去了，真的想回去看看。至於能當編輯的人多的是，像我們局裡的王其力同志，孔文庫同志都比我的能力強，我把他們推薦給你，你們再去瞭解瞭解看。好吧？」

後來，王其力和孔文庫都調到報社去了，在哈爾濱生活直到晚

年。而昏昏沈沈的崔開元則在那個清晨，登上了開往江南的列車。

「哐當、哐當、‧‧‧。」

火車一直「哐當」到南京。他們下了火車，在鼓樓附近找了一家挺乾淨的旅館住下來。

到了古城南京，崔開元想做的第一件事，就是要帶全家人出去逛一逛。

中山陵、孝陵衛、玄武湖都去轉了一圈。南京街面上的飯館可就比虎林高級多了，價格也不貴，再說軍隊轉業幹部的工資本身就偏高，那還不去打打牙祭，搓上它幾頓再說？人可以脫胎換骨，嘴饞的毛病是永遠都改不掉的。

三天一過，看見毛病了。

兩個孩子一直都在北方生活，尤其是大農，冰天雪地他倒不怕，可對南方夏季的火辣陽光就完全沒有抵抗力了。小佳、大農又都穿著短褲和短袖的衣服，曬了兩三天以後，他們的皮膚就曬傷了。先是發紅，後來出水泡。怕水泡破裂後感染，韓向新就給孩子們的創口上塗了紫藥水。

這樣一來，兩個孩子成了大花臉，不能再曬了，就待在旅館休息吧。

崔開元這時候才想起來，省委組織部還沒去呢。正好今天有空，去跑一趟吧。

到了江蘇省委組織部，找到分管這次轉業幹部的工作人員，遞交了介紹信和其它轉業材料。

對方看了以後說：「你們這次從北大荒轉業，國務院是有明確指示的，一定要合理安排，盡量讓你們滿意放心。所以你看看有什麼要求的話，就提出來，我們研究一下再給答復。」

崔開元說：「我們在部隊十多年了，從來不提個人要求，組織上的要求就是我們的要求，我們服從分配。」

「要是都能有你這樣的覺悟，我們的工作可就輕鬆多了。好吧，你明天下午過來取介紹信吧。」

次日，他再一次來到組織部，昨天見到的人不在，邊上的人聽說他叫崔開元，就說你的介紹信已經準備好了，可以拿走了。

介紹信函裝在一個牛皮紙信封中，他拿著就回到了旅館。

見他回來，韓向新說孩子們肚子餓了，先出去吃飯吧。

南京管家橋有個福昌飯店，菜做得很地道，崔開元小時候隨父親來南京，到這裡吃過幾次飯。他忽然記起兒時的往事，就把一家大小都帶去出去找這家飯店，問了一下路人，飯店離得不太遠，等走進一看，四周仍似當年，沒太大變化。

飯菜端上桌，嘗嘗還真是老味道，自然一家人都吃得開心。

吃完回旅館，這才打開信封，看看會在哪裡落腳，結果沒想到，他們需要到揚州地區去聽候分配。

揚州就揚州吧。

到了揚州市，揚州地區組織部的人說：「我們蘇北地區是老根據地，地方幹部本來就多，每年又會從部隊轉業一批。目前我們這裡什麼都缺，就是不缺幹部。這樣吧，看你的祖籍是高郵，你要不要去高郵看看？當然，假如你不想到縣里去，也可以向省組織部反映。你的幹部級別雖然是行政十七級，但你原單位完達山管理局的級別至少是兵團級，局長還是有名的上將王震。你在基建處擔任總調度的工作表現，你們的首長陳副局長親自寫了鑒定書，他對你的評價也很高。像你這樣的轉業幹部，讓縣一級機關給你分配工作，確實不太合適。要是實在不行，你們還可以原路返回黑龍江，重新考慮轉業的去向。」

「我們就去高郵。」他說。

他們在遊覽了瘦西湖和平山堂以後，在菜根香飽餐一頓，到車站買了票上汽車，奔高郵。

過了江都縣城，汽車上就幾乎都是高郵人了。在南京還行，自打到了揚州，韓向新就對當地的方言產生了疑問，這是中國話嗎？怎麼一句也聽不懂？還好身邊有個翻譯。其實崔開元也只能聽懂，並不會說。他小時候可能說過高郵話，但那是有記憶之前的事了。之所以能聽懂大部分高郵話，是因為他父母在家一直都講高郵方言，

還跟當年一樣，一過邵伯，汽車就在運河河堤上行駛。崔開元只是發現，和上次相比，大運河的河堤變高了，河道寬闊了許多，河裡南來北往的船隻也明顯增多。在那些熟悉的帆船中間，出現了不少機動船，它們沒有風帆，「突突突」地吼叫，身後拖著一長串的拖船，速度明顯超過那些傳統的帆船。他向右邊扭頭看看韓向新，見她

也在注視著繁忙的河面，小佳和大農卻都在沈睡。

車往前行，韓向新看到路右邊的牌子上寫著「露筋」的字樣，便問崔開元說：「為什麼路邊上的牌子上面寫著露筋兩個字？怪嚇人的。」

坐在她左邊的崔開元說：「這個地方就叫露筋。我上次從這裡經過的時候也覺得挺奇怪。我當時問了這個地名的來歷，結果我父親和我母親的回答卻不一樣。」

「你信哪一個？」

「我父親說的好像更加貼近歷史真相。他說是古代有個年輕女人為了守貞潔，夜裡在露天休息，被一種大蚊子咬死了，還咬得露了筋。我媽媽說的是，有一個孝子為了不讓大蚊子咬媽媽，就脫了衣服，在媽媽的房門口主動餵蚊子，最後被蚊子咬死了。人們為了紀念他，就叫這個地方露筋。

「我更願意相信你媽媽講的這個。」

「我，也是。」說著，他把臉轉向左邊。

天氣熱，車窗都開著，迎面而來的風很快吹乾了他臉上的淚跡。

過了好一陣，他問韓向新：「你注意到了嗎？我們在汽車上能看得見高郵湖。」

「哪裡是湖？那邊看不到東西呀？」

「你再仔細看，河那邊的天邊下面有一條窄窄的灰色的帶子，那就是湖水。」

「哦！看見了。怎麼看起來湖水比河水還要高？」

「湖水有可能是比運河的水位高，不過我不太確定。但運河的水位比高郵城的房子高，那是肯定的。因此歷史上，高郵常有水患。我剛才說上一次回高郵來，還是抗戰勝利後不久，我正上大學的時候，和我爸爸媽媽還有姐姐一起到高郵來接奶奶。那次聽我父親講過不少關於高郵的事情。他說高郵最早的城市就在那裡。」他指著高郵湖的方向繼續說：「有一次發洪水，把高郵整個淹沒了。現在的高郵也不年輕，但最老的高郵古城現在還沈在湖底下吶。」

他們說著話，汽車就從高郵南門駛過，幾分鐘後客車開進緊貼著公路的高郵汽車站。車上的乘客在車還沒有完全停穩的時候，就紛

紛站起來往車門擠過去。他們帶著孩子，不想湊這個熱鬧，就留在座位上坐著沒動。

等性急的高郵人都下了車，他們這才站起身。韓向新抱著兒子，韓向平提著行李一前一後下了車，崔開元一手提行李，一手拉著女兒，在後面跟著。

今天的崔開元穿著在南京新買的短袖翻領白襯衫，扎在舊軍褲里；而韓向新則穿著一件米黃色的連衣裙。這條裙子還是去北大荒以前在北京做的。因為一路上怕車里的風大，她在頭上扎了一條白色的紗巾。韓向平則穿著一件花布短袖上衣，配搭一條姐姐送給她的藍色軍褲。

出站口在東南角，他們走過去檢票出站，從車站飯店的一側來到站外的街道上。

韓向新停下腳步，仔細地四處觀察。她正站在一個丁字路口，右邊是剛才經過的南北向公路，公路另一邊的運河裡有一艘帆船正在駛過，白色的風帆上縫著一塊深灰色的大補丁。往左看，是一條挺寬闊的柏油馬路，從她腳下的位置開始下坡，坡度一直向東延伸很遠。

她朝著車站飯店的門框上方瞥了一眼，門牌上寫著：「通湖路3 號」。

這裡顯然是一個運輸要道。除了汽車和行人，還有不少拉煤和拉黃沙的平板車經過這裡，在地上留下了一層細細的灰塵。一陣風吹過，她眯起了眼睛，下意識地將裹在頭上的白紗巾向下拉了一下。她完全沒有注意到路人投來的好奇目光，只是低頭查看手中抱著的大農。

大農這時剛剛醒來，媽媽把他放下，小姨拉起他的手。

崔開元此時正攪著小佳往東走，希望在不遠處就能找到一家旅館。他回頭說：「向新，我們走吧！」

（第一部完）

後記

　　我回頭查看了一下，這本書是從 2020 年的 7 月 4 號開始動筆，經過了兩年半，終於在今年元旦的晚間完成了初稿。接著又用了五個月的時間進行審核校對、修改糾錯。一共修改了 11 次之多，直到今天，總算能收工了。

　　倒不是因為寫起來有多麼艱辛，或是構思、碼字耗費了大量的時間。拖延了這麼久，主要是因為我有全職工作，需要每周工作六天，每天從事八至十小時的體力勞動。因此，書中絕大部份內容都是在節假日寫成的。寫作的地點可能在家裡，也可能是一些奇奇怪怪的地方，比如切諾基原住民保護區的原木屋、芝加哥老城區的旅館、SHOPPING MALL 里某個角落的沙發上。

　　即使是節假日，也並非全都留給了寫作。我平時只有周日不上班，但這一天要去教會。從教會回到家，先要打理前後院子的庭院工作，然後才能坐在電腦前寫作。

　　其中有三個月的時間，我一個字也沒寫。我利用這個階段的業餘時間，學習了亞馬遜的雲計算課程，通過考試獲得了證書。

　　此外，我還要花時間顧及自己其他的一些愛好，像是文物收藏、擺弄音響、聽音樂、玩樂器。我同時還擁有業餘無線電的中級執照，需要經常用電台練習收發報的技術。

　　我想說的是，寫作沒有讓我的世界天昏地暗。相反，只要堅持不懈地往下寫，不管身處何地，有空就寫一點，積少成多，最後就能輕鬆愉快地完成一個看似挺難的任務。

　　現在回想起來，這個過程實際上比我想象的還要順利。這都要歸功於我的祖父、父親、母親在生前不僅向我講述了許多他們的故事，並且還留下了各自的傳記文字。這成了我寫這本書的最初動力和在創作過程中隨時的幫助。當然，也有不少和歷史事件有關的細節，必須另行搜尋和求證。幸運的是，在現今的互聯網時代，這些工作已經變得不那麼困難了。

　　況且，還有許多人提供了幫助。陳俊邁長老毫無保留地傳授了他自己的出書經驗；我的三姨韓向前、四姨韓向平、姐姐崔曉佳，汪曾祺先生的胞妹汪麗紋夫婦，還有其他一些親戚朋友提供了不少故事

素材；我的姐夫張所成提供了封面攝影；我的同學朱軍提供了陳從周先生題寫的書名；我姐姐還為本書的審核和校對付出了大量的辛勞。

在此，我要向所有關心、鼓勵、幫助我完成此書的人們表達最真誠的感謝！尤其想謝謝我的太座大人陳曉蕾！沒有她的支持，我絕不可能完成此書。沒有她細緻的、具體的、全面的修改意見，我的文字作品其實是漏洞百出，滿目瘡痍，根本拿不出手。

您現在看到的是《湖天一覽樓》的第一部。從第二部開始，我會講述我們一家人回到高郵以後的生活。下面的故事該怎麼講，除了腦子裡的一堆問號，我還沒有具體的想法，只是一個計劃。

誠然，對於我這個年齡的人來說，這個計劃似乎過於宏大。但我還是希望有足夠的能力和時間，把想要講的故事全都講完。願我主成全！

我自己作了一個猜想，可能會有人想問一個問題：「這些故事完全是真實的嗎？」

是不是一定要回答？好吧！我告訴您，這只是一本小說。由此立場來看，你不必相信看到的全都是真人真事。加工和修飾一定是有的，儘管這一部分佔比非常之小。但是，我還是希望你完全把它當作一本小說來看。

我們個體的命運、家族的興衰，無不緊扣著時代的脈動和歷史的走向。特定時期里的社會風貌大觀，又是由具體的人物和細微的事件堆砌而成。如果您認同了以上觀點，那就簡單了，我便敢說我的故事又是十分真實可信的。

看似偶然，卻也是必然；應該是假的，卻和真的一樣；請雨春老弟吃飯，可他把士隱兄也帶來了。真的不好說！你懂的啦！

最後還想說的是，我沒有受過系統的寫作訓練。我的語文水平、歷史知識也都非常有限。因此，本書的缺點和錯誤一定不少。

敬請諒解！

謝謝您一直讀到這裡！真的是非常感謝！

崔哥

2023 年 5 月 30 日

備注

中文書名	《湖天一覽樓》 （第一部）
作者姓名	崔哥 （Edward X Cui）
監制	陳曉蕾 （Flora Cui）
英文書名	《Where Lake Meets Sky》 （Volume 1）
審核校對	崔小佳
排版裝幀	崔哥
封面攝影	張所成
書名題字	陳從周
字符總數	402,492
字數	396,958
頁數	532
字體	繁體中文
印刷	D2D
規格	6 X 9 英寸 （153 X 229 mm）
書號	ISBN 9798223162063
版權註冊	1-12295768401 （PUB160-77）
版權註冊登記號碼	TXu2-363-098

Milton Keynes UK
Ingram Content Group UK Ltd.
UKHW040732030823
426269UK00001B/155